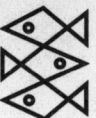

Vor rund fünftausend Jahren herrscht in Mespotamien, dem Zweistromland zwischen Euphrat und Tigris, der tyrannische König Gilgamesch. Da er seine Untertanen wie Sklaven behandelt und sich darüber noch weigert, die Heilige Hochzeit mit der Priesterin Schamhatu zu vollziehen, schicken ihm die Götter einen Boten, der ihn zur Vernunft bringen soll: Enkidu, den Löwenmann. Aller göttlicher Vorsehung zum Trotz verlieben sich Gilgamesch und Enkidu jedoch ineinander und werden ein Paar.
Als Gilgamesch erneut ihre Priesterin verschmäht, zieht er den Zorn der Stadtgöttin auf sich. Sie schickt den gewaltigen Himmelsstier auf ihn herab, die furchtbarste Waffe der Götter, denn das bedeutet sieben Hungerjahre für die Stadt Erech.
Gilgamesch und Enkidu ziehen gegen den Stier zu Felde und erschlagen ihn. Die Stadt bleibt zwar von der Katastrophe verschont, aber Enkidu erkrankt schwer und stirbt.
Vor Schmerz über den Verlust des Geliebten halb wahnsinnig, verläßt Gilgamesch die Stadt und irrt durch die Wildnis. Da er den Tod Enkidus nicht hinnehmen will, begibt er sich auf eine Reise, um das Geheimnis der Unsterblichkeit zu ergründen und Enkidu wieder zu sich zurückzuholen ...

*Stephan Grundy* wurde 1967 in New York geboren und wuchs in Dallas auf, wo der Deutsche und Englische Philologie studierte. Er promovierte über den germanischen Kriegsgott Wodan. Seine Doktorarbeit ›The Cult of Odin: God of Death‹ wurde in der Harvard University Press veröffentlicht. Er lebt seit 1995 mit seiner Frau Melodi in Irland.
Im Fischer Taschenbuch Verlag erschienen bisher: ›Rheingold‹ (Bd. 12464) und ›Wodans Fluch‹ (Bd. 13763).

*Unsere Adresse im Internet: www.fischer-tb.de*

Stephan Grundy

# Gilgamesch
# Herr des Zweistromlandes

Roman

Aus dem Amerikanischen von
Verena C. Harksen

Fischer Taschenbuch Verlag

Veröffentlicht im Fischer Taschenbuch Verlag GmbH,
Frankfurt am Main, Januar 2001

Lizenzausgabe mit freundlicher Genehmigung des
Wolfgang Krüger Verlags, Frankfurt am Main
Die Originalausgabe erschien 1998 unter dem Titel
›Gilgamesh‹ im Verlag Bantam Books, New York
© 1998 by Stephan Grundy
Druck und Bindung: Clausen & Bosse, Leck
Printed in Germany
ISBN 3-596-14890-1

»Der vorangeht, rettet den Gefährten,
der den Weg kennt, schützt den Freund.«
Aus dem Gilgamesch-Epos,
in der Übertragung von Maureen Gallery Kovacs

»Eine Katze – für das, was sie denkt.
Ein Mungo – für das, was er tut.«
Sumerisches Sprichwort

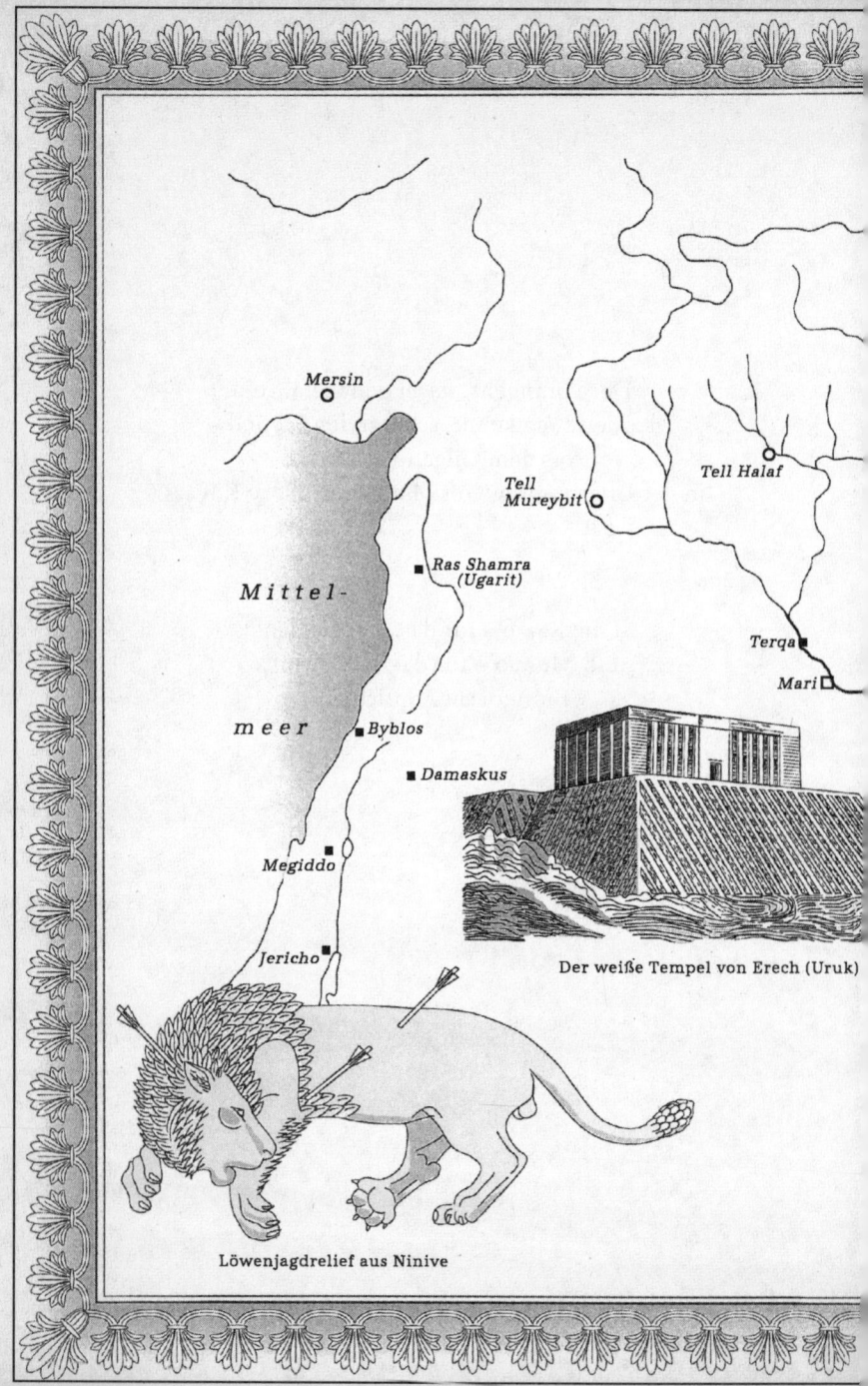

Der weiße Tempel von Erech (Uruk)

Löwenjagdrelief aus Ninive

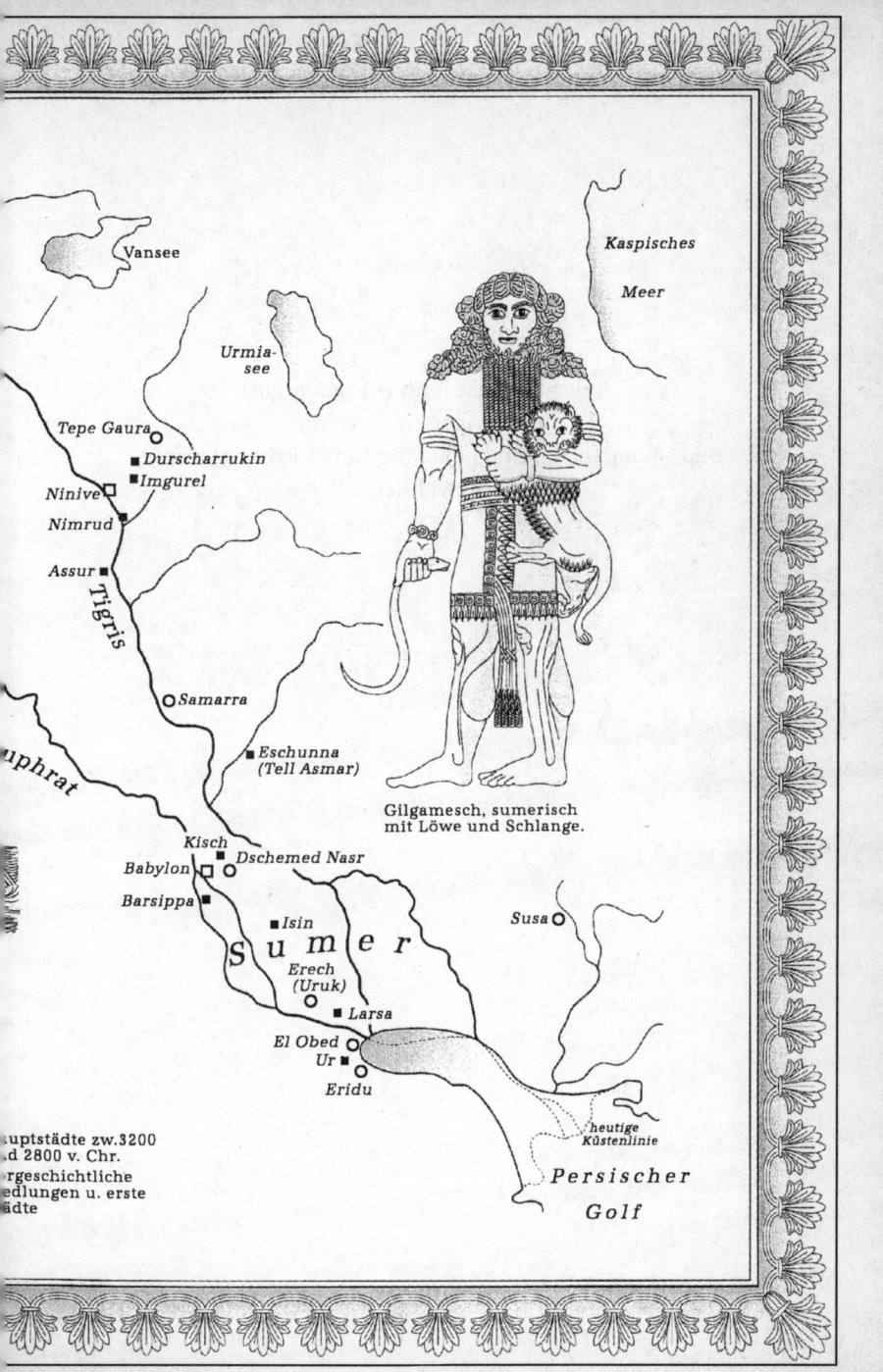

Dieses Buch ist John F. Prendergast,
dem ewigen Seneschall,
und seinem edlen und geliebten Kater, Prinz Mordred,
gewidmet

# Inhalt

Die Priesterin 11
Der Oberste Krieger 65
Der Löwenmann 101
Der Jäger 223
Die Belagerung 329
Der Zedernwald 377
Der Fluch 433
Der Himmelsstier 491
Die lange Reise 581

Nachwort 659
Anmerkung der Übersetzerin 665
Glossar 667

# Die Priesterin

1

Auf den Ebenen von Erech wurde der Schatten der Stadtmauern allmählich länger. Obwohl das Frühlingsfest des Neuen Jahres kurz bevorstand und die Felder der grünen Ernte entgegenreiften, lag noch ein Hauch von Kälte im leichten Abendwind. Puabi hüllte sich enger in ihren wollenen Mantel und packte den krummen Hirtenstab fester. Um sie herum drängte sich die Herde von Inannas Schafen, deren Hirtin sie war. Ab und zu hob eines der Tiere den Kopf und blökte traurig und leise in den hohen Widerhall der Glockenschläge, die von Erechs Tempeln herüberklangen.
»Ruhig, ihr törichten Geschöpfe«, sagte Puabi. »Genießt das Grasen, solange ihr könnt, denn morgen werden es eure Hirten sein, die schmausen.«
Während sie so sprach, fühlte sie, wie ihre Züge hart wurden. Ja, morgen würde es allerdings ein großes Neujahrsfest geben: Anstelle der Heiligen Hochzeit, die, solange Puabi denken konnte, alljährlich zwischen dem alten En, dem Hohepriester der Inanna, und der Schamhatu, Stimme der Göttin auf Erden, stattfand, würde nun der junge Gilgamesch als Nachfolger seines vor langer Zeit verstorbenen Vaters Lugalbanda die Krone des Ensi tragen. Heute abend würde die Schamhatu, seine Mutter, von ihrem Thron steigen und Rimsat-Ninsun, die Alte Frau von Erech, werden, und man würde unter den Frauen des Tempels eine Jungfrau auserwählen, um von nun an die Macht der Göttin zu verkörpern. Und am Ende des Neujahrsfestes würde Gilgamesch auch En werden, so wie er Ensi war, und zu der

neuen Schamhatu eingehen und ihr sein Leben als Opfer weihen, über das Inanna nach ihrem Gefallen verfügen konnte, während er zugleich von neuem der Göttin die Jungfräulichkeit nahm, wie es sein Vater Lugalbanda und sein Großvater Dumuzi vor ihm getan hatten.
Die scharfe Spitze von Puabis Krummstab hatte sich tief in die Erde gebohrt und eine dunkle Narbe in das kurzgeschorene Gras gezogen. Gilgamesch, dieser aufgeblasene kleine Frosch ... Als Kinder hatten sie gemeinsam unter den wachsamen Augen von Inannas Schreibern gesessen, denn alle Kinder des Tempels, vom Erben Erechs bis hinab zu den Findlingen, wie Puabi einer war, lernten in dieser einen Schule lesen und schreiben, Zahlen und Weissagungen. Obwohl er drei Jahre jünger war als Puabi, hatte Gilgamesch sich stets vorgedrängt und mit lauter Stimme verlangt, als der Beste anerkannt zu werden, der Stärkste, dessen Blut am edelsten war ... Sie hatte ihn damals gehaßt. Auch als andere Tempelpflichten sie mit vierzehn aus der Schule fortriefen, hatte sie ihn bei jeder Gelegenheit genau beobachtet. Sie fand nicht, daß die Erlaubnis, mit den Kriegern zu drillen, und der Unterricht in den Künsten der Kriegsführung und Strategie ihn zu einem besseren Menschen gemacht hätten. Während seine Kraft und Geschicklichkeit wuchsen und ihn den meisten Männern in Erechs Streitmacht bald nicht nachstehen ließen, war Gilgameschs Wesen nur noch hochfahrender und eingebildeter geworden.
»Inanna sei Dank«, bemerkte Puabi laut, »daß ich nur eine Hirtin bin. Mir tut die arme Frau leid, die man zu seiner Schamhatu ernennen wird!«
Um ihre Worte zu unterstreichen, rammte sie von neuem ihren Stab in den Boden und starrte die Schafe an, als wollte sie sie herausfordern, ihr zu widersprechen. Die aber wandten nur die schweren Köpfe und senkten demütig die dunklen Augen, während sie mahlend am Gras unter ihren Hufen zupften. Die Wahl der neuen Schamhatu heute abend würde erfolgen, indem man die Leber eines Mutterschafes deutete; aber Puabi wußte sehr wohl, daß Urgigir, der Opferpriester, im Rat der Großen von Inannas Tempel eine wichtige Rolle spielte und daß man insgeheim ausführlich über die Nachfol-

gerin der Schamhatu gesprochen haben würde. Das war in allen Tempeln üblich – menschlicher Verstand regulierte den Zufall und den Willen der Götter.

Es gab zwei Mädchen, die allgemein für die wahrscheinlichste Wahl gehalten wurden: die junge Seherin Geme-Tirasch, durch deren Mund die Göttin bereits mehr als einmal gesprochen hatte, und die geschmeidige, fuchsäugige Sängerin Schubad, deren hohe Sopranstimme die Zimbeln zum Klingen brachte, wenn ihre Töne sich bei der abendlichen Hymne an Inanna über den Gesang der anderen emporschwangen. »Eine Jungfrau ist sie allerdings nicht«, dachte Puabi mit einer Spur von Schadenfreude. Schubads Körper und Gesicht waren so lieblich wie ihre Stimme, und Puabi hätte nicht sagen können, wie oft sie nachts das Rascheln gehört hatte, wenn die andere von ihrem Strohsack aufstand und ihre schlanken Füße flüsternd über den Lehmboden huschten, um zu ihrem nächtlichen Stelldichein zu gelangen. Falls man sie erkor, würde es hart für sie werden, denn die Schamhatu durfte keinen persönlichen Geliebten besitzen, sondern mußte die Männer empfangen, die sich Inannas Gunst verdient oder, zu gewissen Zeiten, unter bestimmten Umständen, erkauft hatten.

Doch war Schubad schön und gebildet, die Tochter eines Edelmannes. Mit dreizehn Jahren hatte man sie in den Tempel gebracht, als ihre Begabung für Gesang und Tanz unübersehbar hervortrat, und es bestand kein Zweifel, daß sie die Stellung hervorragend ausfüllen würde. Das gleiche galt freilich auch für Geme-Tirasch. Sie war weniger auffallend, aber von stillem, tiefgründigem Wesen, und ihre Fähigkeit, im Zustand der Trance Dinge zu sehen, unumstritten. Sie würde sich rasch zu einer hochgeachteten Frau und Stimme der Göttin entwickeln, und vielleicht würde sogar Gilgamesch auf sie hören.

»Und ich werde bei euch bleiben, ihr albernen Schafe«, knurrte Puabi und warf den Kopf in den Nacken. Sie hatte im Lauf der Zeit fast alle Pflichten im Tempel kennengelernt: das Backen, das Weben, die Versorgung der Findelkinder, die Arbeit der Schreiber, das Singen und Spielen. Nur als Sängerin hatte sie Talent gezeigt. Sie hatte im Chor vielversprechend angefangen und hätte irgendwann vielleicht Solopartien singen dürfen – wäre nicht Schubad gekommen. Ihre Stimme bewegte sich im gleichen Bereich wie die von Puabi, übertraf sie jedoch, wie ihr der Musiklehrer Elulu in seiner rücksichtslosen Art klargemacht hatte, bei weitem. Sie hatte wählen können, ob sie als zweite Besetzung für Schubad bei den *Gala*-Priestern bleiben oder eine andere Aufgabe übernehmen wollte. Da war sie gegangen. An Elulus Barschheit hatte sie sich gewöhnt, aber die Verachtung eines hochgeborenen Mädchens, das zwei Jahre jünger als sie und dreimal so begabt war, konnte sie nicht ertragen.

Nun hütete sie also die Schafe und würde es weiter tun, bis ein Priester oder eine Priesterin sie bemerkte und zu sich rief, damit sie ein Handwerk oder eine Kunst erlernte – das Opfern vielleicht, oder das Entzünden heiliger Feuer, das Lenken der Gebete von Menschen, die ihre Opfer darbrachten, das Deuten der Schafsleber. An Aufgaben im Dienst der Inanna mangelte es nicht. Vielleicht würde sie auch den Tempel verlassen und sich allein in der Welt durchschlagen; aber das kam kaum in Frage, solange sie nicht die Aufmerksamkeit eines Mannes erregte, der ihr eine gute Heirat bot. Tatsächlich hatte sie als Hirtin des Tempels mehr Freiheit und besser zu essen als der Großteil der Frauen, die sich in den Mauern von Erech beim Spinnen, Weben und Kochen plagten. Darum wünschte sie sich auch eigentlich nicht, das Leben aufzugeben, in dem sie ihre einzige Heimat gefunden hatte.

Puabi steckte zwei Finger in den Mund und pfiff, zwei kurze, schrille Töne. Der Hund, der unbeweglich wie ein großer, zottiger Felsblock im Gras gelegen hatte, sprang auf, rannte in einem großen Kreis um die wenigen Schafe herum, die sich von der Herde entfernt hatten, und trieb sie zusammen. Puabi schwang ihren Stab, um ein weiteres Tier abzudrängen, und gemeinsam machten sie, der Hund und die Schafe sich auf den Heimweg zu den vom Sonnenuntergang rotgefärbten Mauern der Stadt.

## 2

Gilgamesch ging in seinem Zimmer auf und ab und warf dabei einen kleinen Ball aus mit Federn gefülltem Schaffell von einer Hand in die andere. Seit fast einer Woche war er jetzt im Gipar, dem großen Gebäude innerhalb des heiligen Bezirks der Eanna, eingesperrt, um sich dort den Reinigungszeremonien zu unterziehen, die ihn darauf vorbereiteten, den Platz seines Vaters als Ensi von Erech einzunehmen. »Und auch als Lugal«, versprach er sich selbst zum tausendsten Mal. »Erech braucht einen Heerführer ebenso wie einen Herrscher; schon viel zu lange haben unsere Schwerter in der Scheide geruht. Seit Lugalbandas Zeit ist der Tribut aus Ur immer geringer geworden; sie wissen dort, daß sie von einer Stadt, in der alte Männer regieren, nichts zu befürchten haben, und mich halten sie immer noch für ein Kind. Doch obwohl ich erst fünfzehn bin, werden sie ihren Irrtum bald einsehen.«

Er warf den Ball fort, zog das kurze Bronzeschwert an seiner Seite und sank in geduckte Fechtstellung. Während der letzten Woche hatte er nicht mit den Männern drillen dürfen, sich aber trotzdem große Mühe gegeben, nichts von seiner Schnelligkeit und Stärke zu verlieren. *Ausfall, Rückzug, Parade, Ausfall* ... Gilgamesch konnte den Feind vor sich sehen, die breiten Schultern und den rasierten Schädel, die schwarzen Augen mit dem stumpfen Glanz von Asphalt, der frisch aus der Erde quoll. Vor und zurück, seitwärts ausweichen und dabei blitzschnell nach dem ausgestreckten Arm des anderen schlagen; den Schild zum Abblocken unter dem Handgelenk hochreißen und näherspringen, das Schwert aufwärts gebogen zum raschen, alles zerfetzenden Bauchstoß. Gilgamesch zerrte die Klinge aus der Luft heraus und wirbelte herum, um sich dem nächsten Feind zu stellen ... und die Schwertspitze pfiff wenige Zoll am Bund des schlichten Leinenrocks vorbei, den der alte En trug.

Der alte Mann war nicht zurückgesprungen, sondern stand nur da und musterte Gilgamesch mit gelassenem Blick. Gilgamesch lief rot an und steckte das Schwert in die Scheide zurück. Obwohl seine Augen den silbergrauen Scheitel des En um eine volle Handspanne

überragten, ließ ihn der Blick des Priesters zusammenschrumpfen, als hätte man ihn dabei ertappt, wie er mit seiner Rohrfeder Schwert spielte, statt die Tafel abzuschreiben, die man ihm gegeben hatte.
»Fällt dir das Warten schwer, Gilgamesch, Lugalbandas Sohn?« fragte der En. Seine tiefe Stimme war trocken wie Jahre voller Wüstenstaub, kaum mehr als ein heiseres Flüstern.
»Viel länger muß ich ja nicht mehr warten«, erwiderte der Jüngling mutig. »Ich höre die Lieder des Sonnenuntergangs.«
»Und bei Sonnenaufgang wird man dich hinausführen, um die Krone von Erech auf dein Haupt zu setzen. O ja, und man wird dir drei Gattinnen geben, drei schöne Tempeljungfrauen, deine eigenen Weihepriesterinnen, um die Opfer von Butter, Öl und Honig zu verwalten, mit denen das Volk seinen Ensi ehrt. Ich bin sicher, daß du für sie bereit bist; nur gut, daß niemand von dir erwartet, jungfräulich mit ihnen das Lager zu teilen.«
Halb stolz, halb verlegen, merkte Gilgamesch, daß er von neuem errötete. Er fragte sich, ob man damit rechnete, daß er alle drei Frauen gleichzeitig befriedigte. Sekundenlang tauchte ein Bild vor ihm auf, warme Brüste, die sich an ihn preßten, weiche Schenkel, die sich öffneten, und er trat unruhig von einem Fuß auf den anderen und hoffte, der En würde nicht nach unten schauen, um den Beweis für die Wahrheit seiner Worte zu bemerken. Aber es stimmt: er war ein Mann, er war bereit.
»Und ebenso bereit wirst du sein«, fuhr der En fort, »für sie, die anstelle deiner Mutter zur Schamhatu erkoren werden wird – so wie du meinen Platz bei der Hochzeit einnehmen und mich auf meine alten Tage bei dieser Aufgabe ablösen wirst.«
Die Luft wich aus Gilgameschs Lungen, als wären die dünnen, braunen Finger des Priesters zur Speerspitze erstarrt und durchbohrten ihn unter dem Brustbein, um Atem und Glieder zu lähmen. Er hatte gewußt, daß er eines Tages zu Inanna eingehen mußte, aber irgendwie hatte er geglaubt und sich auch selbst eingeredet, daß es nicht dieses Jahr sein würde. Nicht gleich bei seiner Thronbesteigung, nicht bevor er die Möglichkeit gehabt hatte, älter zu werden, stärker, berühmt unter den Menschen ...

Ohne es zu merken, war er einen Schritt zurückgestolpert, dann noch einen. Er ballte die Hände zu Fäusten, damit sie nicht zitterten, aber er konnte nicht verhindern, daß ihm das Blut aus dem Gesicht wich und sein Herz bebte.
»Aha«, sagte der En leise, wie zu sich selbst. »Aha. Du verstehst also. Ich hatte gedacht, ich müßte dich furchtsam machen, damit du dich der Göttin offenen Auges darbringst, im Bewußtsein des Preises, den ihr Bräutigam zahlen muß ...«
»Seinen Tod!« unterbrach Gilgamesch heftig, und bei dem letzten Wort überschlug sich seine Stimme in einem hohen Kreischlaut. »Glaubst du, weil ich ein Kind war, hätte ich nie den Liedern über Inanna und Dumuzi gelauscht oder nicht gehört, was das Volk sich über den Tod meines Vaters erzählt – daß ihn die Göttin als Opfer nahm, sobald im Schoß meiner Mutter mein Leben keimte?« Er zitterte jetzt am ganzen Leib und spie die Worte aus, als kämen sie gegen seinen Willen, als erbreche er geronnene Klumpen verdorbener Milch. Er wußte nicht, wie lange es her war, daß er zum ersten Mal den dunklen Umriß des Verhängnisses wahrgenommen hatte, das über ihm hing wie der Schatten von Inannas riesigem Standbild im Tempel; ihm war, als habe er nie ohne diese Furcht auf seinem Pfad gelebt, diesen schwarzbitteren Fleck auf den geschichteten Hörnern von Lugalbandas Krone, die doch so schimmernd vor ihm herleuchtete. Doch nie hatte er zu jemandem davon gesprochen. Seine ganze Kindheit über hatte das Geheimnis kalt in ihm gelegen, um sich endlich wie eine Schlange, die starr von der Nachtkälte ist, allmählich zu lockern und zu regen, als er immer mehr zum Mann wurde und die Bedürfnisse seines Körpers befriedigen mußte wie ein Mann – das Wissen, daß Inanna eines Tages seine eigene Begierde nutzen würde, ihn einzufangen wie einen Vogel im Netz, um ihn dann zu vernichten wie alle ihre anderen Liebhaber.
Der En berührte das große Medaillon, das auf seiner nackten, knochigen, schmalen Brust lag – das Zeichen seiner Würde als Inannas Gemahl. Es war aus Silbergold und mit polierten Steinen aus dunklem und hellem Kristall besetzt. »Obwohl wir jedes Jahr um Dumuzi trauern, bin ich seit Lugalbandas Tod viele Male in Inannas Kammer

gegangen, und doch lebe ich. Das hier ist ihre Stadt, und du bist dazu geboren, ihr Bräutigam zu sein. Ich habe stets gehört, du seist tapfer; bist du nicht bereit?«
Er hob das Medaillon, als wollte er es abnehmen, und Gilgamesch fuhr zurück. Er war verzweifelt vor Scham und Zorn, und seine Eingeweide verknoteten sich, als umkrampften sie die kalte Bronze einer eindringenden Klinge. »Laß mich zuerst beweisen, wer ich bin! Durch die Kraft meines Arms will ich Erechs alte Größe wiederherstellen. Bis dahin bleibe du Inannas Bräutigam.«
Der En ließ die Hand sinken. »Wir können dich nicht zwingen; dein Opfer muß freiwillig sein«, sagte er milde. »Aber willst du um deiner Furcht vor dem Tode willen auf die Herrschaft über Erech verzichten?«
Gilgamesch sah zu Boden und schüttelte stumm den Kopf.
»Noch kannst du wählen. Ich weiß von einer Karawane, die heute abend die Stadt verläßt und ins Schwarze Land zieht. Sag nur ein Wort, und ich sorge dafür, daß du mitreisen kannst.«
»Nein. Nein, ich will nicht fortgehen.«
»Du sprichst, wie du es gewöhnt bist und wie du es gelernt hast. Denk noch einmal nach: Wenn du dich jetzt falsch entscheidest, wirst du später nur um so mehr leiden. Fliehe und lebe in Freiheit – bleibe, laß dich fesseln von den Ketten der Herrschaft und gib dein Leben Inanna.«
»Ich werde bleiben«, antwortete Gilgamesch, und seine Stimme klang kräftiger. »Aber dennoch will ich dieses Jahr nicht zu Inanna gehen. Frag mich nächstes Jahr wieder, wenn meine Herrschaft gefestigt ist und ich etwas geleistet habe.«
Er stand breitbeinig da und wartete auf das, was der En als nächstes sagen würde. Listige, grausame Worte, im trockenem Gemurmel des alten Mannes so geschickt formuliert, daß Gilgamesch erst dann antworten konnte, wenn ihr volles Gewicht ihn getroffen hatte – ein Satz, der sein Inneres nach außen kehren, ihn zum Weinen bringen würde, ohne daß er es merkte... Aber der En neigte nur das Haupt.
»Wie du willst. Ich werde in diesem Jahr die Heilige Hochzeit feiern und den Platz von Inannas Gemahl für dich einnehmen, bis du bereit

bist, es selbst zu tun; es sei denn, daß sie, die Schamhatu wird, dein Herz rühren kann, denn durch sie lebt die Göttin. Wasch dir nun das Gesicht, denn die Eunuchen werden dich bald holen, und es gibt noch vieles, von dem du dich reinigen mußt.«

Die bemalte Matte aus gewebtem Schilf an der Tür schwang so lautlos hinter ihm zurück, wie sie sich geöffnet hatte. Gilgamesch blieb verblüfft zurück und starrte auf die Stelle, an der der En eben noch gestanden hatte.

Kochend vor Wut und taumelnd wie unter einem Faustschlag, wußte er nicht, ob er sich zusammenkrümmen und weinen oder mit dem Schwert gegen die Wände schlagen sollte, bis die Lehmziegel zu Staubwolken zersprangen und die Bronzeschneiden stumpf wurden.

»Wie konnte er so sprechen?« flüsterte er, und dann: »Wie konnte er mir das antun?« Gerade jetzt, am Vorabend seiner Thronbesteigung, jetzt, da er im Begriff stand, seinen Platz bei den Göttern einzunehmen – warum war der En gerade heute zu ihm gekommen und hatte ihm das Gefühl gegeben, ein armseliges, unwürdiges Kind zu sein? Dieser alte Narr, der mißratene Sohn einer Ziege! Und er hatte Gilgamesch Angst einflößen wollen, das hatte er selbst gesagt.

»Ich darf nicht schwach sein«, ermahnte der junge Mann sich selbst. »Ich darf keine Furcht zeigen, sonst werden sie mich verschlingen.«

Ihm fiel ein, daß es nicht feige gewesen war, sich dem En zu widersetzen, sein Recht als Herrscher zu fordern und sich trotzdem zu wehren ... gegen das Eine, das er nicht tun wollte, nämlich sich Inanna auszuliefern wie ein gefesseltes Lamm dem Rachen des Löwen. Gilgamesch packte den Griff seines Schwertes und zog es aus der vergoldeten Lederscheide. »Ich will Ensi sein«, sagte er und gab sich große Mühe, daß seine Stimme nicht brach und ihre männliche Tiefe behielt. »Und ich will Lugal sein und Erech seine Größe zurückgeben, im Namen meines Vaters Lugalbanda.«

# 3

Als Puabi ihre Schafe in den Pferch gebracht hatte, begab sie sich eilig zu den Gemeinschaftsbädern, wo sich schon andere Bewohner des Tempels wuschen, um sich so auf das abendliche Ritual vorzubereiten. Dankbar warf sie das alte Wollkleid ab, das voller Schafgestank und Schweiß war, und glitt nackt in eines der großen Wasserbecken. Das Badewasser war nur noch lauwarm, aber es duftete nach frischen Tamariskenzweigen und süßen Ölen und fühlte sich auf ihrer Haut glatter an als feinstes Leinen. Sie schrubbte sich, tauchte den Kopf unter und warf die Masse dunkler, nasser Haare in einem Sprühregen feiner Tropfen in den Nacken.
»Paß auf, wo du hinspritzt!« rief Schubads Silberstimme hinter ihr.
»Ich war schon fast trocken, und du stinkst immer noch nach den Schafweiden.«
Puabi drehte sich um und sah die andere an. Schubad räkelte sich anmutig auf einer Matte am Beckenrand und rieb sich mit einem parfümierten Leinentuch den geschmeidigen, nackten Körper ab. An der schrägen Rundung ihrer linken Brust hingen ein paar Wassertropfen, die sie jetzt ostentativ abschüttelte.
»Wenn du nicht naßgespritzt werden willst«, sagte Puabi, »dann such dir einen besseren Platz zum Abtrocknen.«
Die Sängerin lächelte – ein weiches, träges Lächeln, als komme sie gerade aus den Armen eines ihrer Liebhaber. »Vielleicht werde ich das tun.« Sie griff nach unten, um einen letzten feucht schimmernden Fleck von der Rückseite eines schlanken Schenkels zu wischen, verschränkte dann die Arme hinter dem Kopf und bog sich kurz nach hinten, um mit den Schultern die Matte zu berühren, bevor sie in einer langsamen, beherrschten Tanzbewegung auf die Füße kam. Sie warf den glänzenden Wasserfall schwarzer Haare zurück, der bis zur Mitte ihres Körpers reichte, und glitt ohne sich noch einmal umzuwenden davon.
Puabi knirschte mit den Zähnen. Bei all ihrem Hochmut hätte es selbst Schubad nicht gewagt, mit Inannas Gunst zu prahlen, bevor die Göttin gesprochen hatte; aber heute abend benahm sie sich, als sei

sie dieser Gunst sicher. Wenn man sie zur Schamhatu wählte, würde die Sängerin eigene Gemächer beziehen und ein eigenes Bad und Tempeleunuchen zur Bedienung bekommen. Das Spritzen und Lärmen der anderen brauchte sie dann nicht mehr zu ertragen. »Sie und Gilgamesch, das wäre ein schönes Paar!« dachte Puabi. »Ich hoffe nur, daß man Geme-Tirasch wählen wird.«

Sie blickte sich nach der jungen Seherin um, konnte aber deren rundliche Gestalt nirgends entdecken. Andererseits hatte Geme-Tirasch niemals Pflichten außerhalb der Eanna. Bestimmt hatte sie als eine der ersten gebadet, wartete wohl schon an ihrem Platz im Heiligtum oder hatte sich irgendwo zum Meditieren zurückgezogen. Das Wasser wurde jetzt schnell kälter, und die anderen Badenden waren bereits hinausgestiegen, hatten sich hastig abgetrocknet und nach den sauberen, trockenen Gewändern gegriffen, die am anderen Ende des Baderaums bereitlagen. Auch Puabi ging dorthin und wühlte in dem Stapel, bis sie ein Kleid fand, das ihrer Größe einigermaßen entsprach. Unter den Bewohnern des Tempels hieß es oft, daß sie immer genug zum Anziehen hatten, aber nie Sachen, die ihnen wirklich paßten; und auf die geringeren Dienerinnen und Diener Inannas, die sich mit dem begnügen mußte, was der Tempel zur Verfügung stellte, traf das in der Tat zu.

Puabi reihte sich hinter den anderen jungen Frauen ein und lauschte ihrem Füßescharren und leisem Kichern. »Du könntest es sein!« flüsterte eine. »Oder ich.«

»Und würde dir das nicht gefallen – Gilgamesch in deinem Bett?«

»O nein, denn das wäre ja nur einmal im Jahr. Lieber wäre ich eine seiner Weihepriesterinnen, dann könnte ich jede Nacht mit ihm schlafen.«

Eines der Mädchen lachte. »Er ist erst fünfzehn – lüstern mag er ja sein, aber du hättest mehr davon, wenn du mit einem Widder das Lager teiltest ... bumm, bumm, bumm. Nein, sage ich, gebt mir einen Mann, der alt genug ist, um zu wissen, was er tut. Und ich möchte auch nicht Schamhatu sein – könnt ihr euch das vorstellen: Sich nie aussuchen dürfen, bei wem man liegt, sich nie verlieben?«

»Ach, sie wird sich schon ab und zu verlieben. Jede tut das.«

»Aber die Schamhatu darf nicht heiraten und nur dann mit Männern schlafen, wenn ihre Pflicht es verlangt. Nichts in ganz Erech wäre mir das wert.«
»Dann wird die Göttin dich auch nicht erwählen. Sie sucht sich eine Hübschere.«
»Wie Schubad? Nun, sie nennen Erech *Inannas Scham* – ebensogut könnte man Schubads Schenkel als Stadttore bezeichnen.«
»Eifersüchtige Kuh, eifersüchtige Kuh ... ich kenne eine eifersüchtige Kuh!«
Puabi konnte sich das Lachen nicht verbeißen. Doch nun begannen sie die Stufen des Erdhügels zu ersteigen, auf dem das Heiligtum errichtet war. »Still!« rief sie den anderen leise zu. »Man könnte uns innen hören.«
Die anderen verstummten allmählich. Aus dem Inneren des Tempels ertönte dumpf eine einzelne Baßtrommel wie der langsame, kaum hörbare Schlag eines Herzens.
Als Puabi das Heiligtum betrat, mußte sie blinzeln. Die Flammen von Hunderten kleiner Öllampen, aufgestellt in allen Ecken und Winkeln, explodierten hinter ihren Augenlidern wie eine Million winziger Lichtpunkte. Die warme Luft war süß von Weihrauchdüften und ahnungsschwer wie eine dunkle Wolke, aus der sich in Kürze ein Gewitter entladen wird. Alles, was zum Tempel gehörte, hatte sich hier versammelt, jeder an seinem Platz, wie Pflicht und Rang es bestimmten. Am hellsten aber brannten die Lichter am Ende der langen Halle. Dort befand sich das gewaltige Abbild der Inanna mit ihren beiden Löwen, vollendet in Stein gemeißelt und so bemalt, daß es die Wärme eines lebendigen Antlitzes widerspiegelte. Daneben stand die Schamhatu, die Züge bleich und starr wie Alabaster. Die Öllampen umgaben beide, Statue und lebendige Frau, mit einem goldenen Heiligenschein, und die Herrlichkeit der Göttin leuchtete aus ihnen.
»Aber die Schamhatu ist ja alt«, dachte Puabi mit jähem Erschrecken. Nie zuvor hatte sie die Falten gesehen, die das Gesicht unter dem Goldsterndiadem mit den geschnittenen Lapisperlen durchzogen, oder gemerkt, daß die starken Schultern der Hohepriesterin sich erschöpft nach unten senkten. Nun aber glänzten Silberstreifen unter

den goldenen Tamariskenblättern, die vom Rand der Krone herabhingen, und selbst sie, Puabi, die Hirtin, der Inanna niemals heilige Visionen oder Weisheit geschenkt hatte, konnte deutlich erkennen, daß diese Frau nicht mehr, wie noch beim letzten Fest des Neuen Mondes, die Jungfrau von Erech war, sondern eine alte Frau ... eine Frau mit einem erwachsenen Sohn.
Die Schamhatu bewegte sich. Sie öffnete den Mund, eine dunkle Höhle im bleichen Gesicht, und ihre tiefe Stimme klang durch den flüsternden Takt der Trommel.
»Höre mich, mein Volk, hört mich, Kinder der Eanna!« rief sie. »Gilgamesch, der Sohn von Inanna und Lugalbanda, ist ein Mann geworden, bereit, die Zeichen der Königswürde seines Vaters zu ergreifen und Ensi und En von Erech, Gemahl der Inanna, zu werden. Er ist gewachsen, und ich bin gealtert, wie es die Götter den Sterblichen bestimmt haben. Keine Jungfrau bin ich mehr und nicht länger das rechte Gefäß für Inanna – der Trinkschlauch ist zu alt für die Stärke ihres neuen Biers. Darum muß die Göttin ihre Wahl treffen, wer nun die Krone der Himmelskönigin tragen und auf irdisches Leben und irdische Liebe verzichten soll, auf daß Inannas Wille unter den Menschen geschehe.«
Hinter sich hörte Puabi ein leises Trappeln, dann ein sanftes Blöken. In vollem Ornat hielt der En seinen Einzug. Seine spitze Krone war aus Schichten einander überlappender Hörner zusammengesetzt, und er trug lange weiße Gewänder aus mit Wolle vermischtem Leinen, die am Saum mit den Symbolen der Göttin bestickt waren. Die glatten Kristallsteine seines Silbergoldmedaillons blitzten im Lampenlicht hell zwischen den schwarzen Onyxen hervor. Er führte ein Mutterschaf mit glänzender Wolle, dessen weißes Fell mit schwarzen Flecken durchsetzt war. Sie schienen vor Puabis Augen zu wirbeln und zu tanzen wie Flöckchen aus Nacht, die sich zwischen den funkelnden Rädern der Sterne drehen. Hinter ihm folgte Urgigir, der Opferpriester, ein hoher, dunkler Schatten vor dem Hintergrund der kleinen Flammen, die das Heiligtum erhellten. Das Bronzemesser in seiner Hand glühte so kirschrot, als habe man es gerade erst aus der Gußform befreit.

»Das ist eines von meinen Schafen«, dachte Puabi plötzlich. »Das ist Königin Schaf!« Denn das Mutterschaf trug ein einzigartiges Zeichen: einen reinweißen Ring um die Oberseite seines gefleckten Kopfes, der aussah wie eine Krone. Darum hatte Puabi ihm diesen Namen gegeben, und darum hatte man das Tier bestimmt auch ausgewählt. »Armes Ding ... hätte ich gewußt, daß du heute abend sterben mußt, hätte ich auf dem Markt angehalten und dir frischen Salat zum Abendessen gekauft. Aber fürchte nicht um deine Kinder. Ich werde dafür sorgen, daß sie Milch bekommen, bis sie groß genug sind, allein vom Gras zu leben, und aufmerksam über sie wachen, damit sie nicht dem Wolf in den Rachen laufen.« Obwohl es das gewöhnliche Schicksal der Tempelschafe war, als Opfertiere zu sterben oder einfach nur den Bewohnern der Eanna als Nahrung zu dienen, war Königin Schaf ein gutes und folgsames Geschöpf und ihren beiden fetten Lämmern eine gute Mutter gewesen, und Puabi war traurig, sie so ruhig ihrem Untergang entgegenschreiten zu sehen – obwohl es ein so edler Tod war, wie ein Schaf ihn nur erwarten konnte.

Als die beiden Männer und das Schaf vor Inannas Standbild angekommen waren, trat die Schamhatu mit erhobenem Arm vor. Ihre dünnen, ausgestreckten Finger bewegten sich witternd wie die Nase eines Jagdhundes, der eine Spur sucht. *Dort*, zeigte sie, *und dort, und dort*, und während sie auf die jungen Frauen deutete, schwebten die Erwählten so lautlos auf sie zu wie Tauben, die am Abend in ihren Schlag zurückkehren. Sie stellten sich hinter dem En und Urgigir auf. Der Dolch des Opferpriesters kratzte jeden Namen leicht in eine bestimmte Stelle des tönernen Abbilds einer Schafsleber, das er in der Hand hielt. Puabi sah ohne Überraschung, daß Schubad unter den Auserkorenen war, ebenso Geme-Tirasch, aber es würde noch neunzehn andere geben, denn alles mußte den richtigen Anschein haben.

Sie war so damit beschäftigt, darüber nachzudenken, wen die Schamhatu ausgesucht hatte, daß sie einen Augenblick gar nicht merkte, daß der Finger der Priesterin auf sie selbst zeigte.

»Geh«, flüsterte die Schamhatu ... oder lag es nur am Flackern des Lampenlichts, daß ihre Lippen sich zu bewegen schienen, und ein

sanftes Rauschen des Windes von draußen hatte das leise Geräusch hervorgebracht, das Puabi hörte? Gleichviel, sie raffte ihre Röcke und trat vor, um sich unter die anderen einzureihen. »Wir sind nicht mehr als Öllampen, diejenigen zu beleuchten, die der Tempel erwählt hat«, dachte sie. »Ich hoffe nur, es ist nicht Schubad.«
»Höre mich, Inanna!« rief der En. Obwohl seine Staubstimme ruhig und tief war und keinen Widerhall hatte, tönte sie klar durch das Heiligtum. Die *Gala*-Priester und -Priesterinnen, Sänger der Rituale, nahmen seine Worte auf. Oktaven über ihm zitterten ihre Stimmen.
»Da du nun einen Becher beiseite stellst, wähle einen anderen, um ihn zu füllen; da dein altes Mutterschaf hinaus auf die Weide geht, wähle ein anderes für deinen Widder. Königin des Himmels, die schwarzköpfigen Jungfrauen von Sumer stehen vor dir. Laß uns dein Urteil wissen. Schenke uns eine neue Schamhatu, eine Braut für deinen gesegneten Bräutigam; gib uns eine Frau, deren Fleisch du tragen willst, um deine heiligen *Me*, die Gaben der Kultur, von neuem nach Erech zu bringen. Wer soll dein Diadem tragen, Inanna? Inanna, wer soll die Krone der heiligen Himmelskönigin tragen?«
Die Schamhatu hob die Hand und winkte ihm zu schweigen. Sekundenlang sah Puabi den hellen Glanz, der in den Augen der alten Frau in ihrem Zwillingsnest aus Runzeln aufblitzte. Die Knochen unter der durchsichtigen Haut ihres Antlitzes waren klar zu erkennen. In dieser Sekunde erschien sie wieder jung.
Sie legte die Hand an die Flanke des Mutterschafs, gerade über der Leber. Dann erstarb das Strahlen. Die Schultern der Schamhatu sanken nach unten, und sie war eine alte Frau.
Gebannt von der Verwandlung, die sie zu sehen geglaubt hatte, merkte Puabi nicht, wie Urgigirs Messer aufblitzte und Königin Schaf den Hals durchtrennte. Sie hörte nur das blasige Blöken, sah das Ausschlagen der Hufe hinter den Röcken der beiden *Ischib*-Priester, die vorgetreten waren, um Urgigir beim Vollziehen des Opfers zu helfen. Dann drängten die anderen Mädchen sich vor sie, schiebend und stoßend, so heftig sie es vor den Augen der Tempelbewohner hier im heiligen Schrein wagten, und Puabi war kleiner als die

meisten von ihnen. Obwohl sie sich auf die Zehenspitzen stellte, konnte sie nicht sehen, was vorging. Sie hörte nur die leisen, schmatzenden Geräusche, als Urgigir in den Leib des Schafs griff, um die Leber herauszuholen.
Dann richtete der große Opferpriester sich auf. Er hielt die dunkle, tropfende Masse vorsichtig in beiden Händen, um sie nicht durch Ungeschicklichkeit zu beschädigen, und legte sie auf den Lehmziegeltisch zwischen den beiden Köpfen von Inannas Steinlöwen. Er bückte sich, wischte die Leber mit einem weißen Tuch sauber und untersuchte sie dann mit großer Sorgfalt, wobei seine Augen immer wieder zu der Leber aus Ton und den daraufgeschriebenen Namen hinüberhuschten. Puabi konnte nur den leisen Luftzug in ihren Lungen und den Herzschlag hören, der in ihren Ohren hämmerte. Die Trommel schwieg, und niemand wagte sich zu rühren oder zu sprechen, während alles darauf wartete, daß die Göttin ihren Willen kundtat.
»Die Göttin hat gewählt!« rief Urgigir. Obgleich seine tiefe Stimme kraftvoll und klar war, klang sie Puabi gedämpft, so als riefe er aus großer Ferne nach ihr. »Seht, wir sind gesegnet, denn die Leber glänzt glatt und rein; gewißlich schenkt die Göttin uns ihre Gunst. Bäume altern und welken, und sterbliches Leben vergeht, wie es die Götter bestimmt haben, doch für verbrauchtes Leben geben sie uns neues zurück. Eine Schamhatu geht von uns, und eine andere ist erkoren, ihren Platz einzunehmen. Tritt vor, Puabi!«
Bei diesen Worten stockte Puabis Atem, als hätte sie ein Widder mit voller Kraft in den Magen gestoßen. Einen Moment lang konnte sie nur mit weit aufgerissenem Mund nach Luft schnappen, während das Volk im Tempel den Kopf drehte und alle Blicke sich auf sie richteten. In den Reihen glänzender, schwarzer Augen spiegelte sich der Lampenschein. Puabi sah Schubads Mund offenstehen, das Entsetzen der anderen ein Echo ihres eigenen Schrecks; Geme-Tirasch hielt die Augen geschlossen, als hätte sich die junge Seherin bei der Nachricht, daß sie nicht die Erwählte war, sogleich in ihre eigenen Meditationen zurückbegeben. »Das muß ein Irrtum sein«, dachte Puabi. »Urgigir hat die Leber falsch gelesen oder seine Anweisungen nicht richtig behalten. Er kann nicht mich meinen!«

»Tritt vor, Puabi«, wiederholte Urgigir. »Tritt vor – oder, wenn dein Herz zu schwach ist, anzunehmen, was die Göttin dir auferlegt, verlaß für immer diesen Ort. Es steht dem Volk des Tempels nicht zu, den Willen Inannas in Frage zu stellen.«
Puabi kam mit unsicheren Schritten auf ihn zu und stellte sich vor dem Opfertisch auf. Selbst im flackernden Schein der Öllampen erkannte sie den kleinen Streifen hellen Blutes, der wie ein glänzender Karneol auf der glatten, dunklen Oberfläche der Leber glühte. Es gab kein deutlicheres Zeichen, und sie wußte jetzt sicher, woran sie immer gezweifelt hatte: Auch wenn es Menschen waren, die Inannas Botschaften lasen und verkündeten, konnten selbst die Pläne der Großen den Willen der Gottheit nicht vereiteln.
»Willst du Inannas Wünschen dienen?« fragte heiser die trockene Stimme des En. »Willst du deinen Namen aufgeben, dein irdisches Leben und alle irdische Liebe, die ungeborenen Kinder in deinem Leib? Willst du dich nur dort hingeben, wo die Göttin es will, und nichts anderes sein als ihr heiliges Gefäß in Erech?«
»Ich will«, antwortete Puabi entschlossen. Ihr war, als stehe sie am Ende eines langen Ganges, dessen Tür sich vor ihr öffnete, um das, was dahinterlag, zu erhellen; und obwohl sie geglaubt hatte, ziellos oder nach eigenem Willen zu wandern, wußte sie nun, daß sie nie einen Schritt getan hatte, der nicht an diesen Ort geführt hatte.
»So leiten uns die Götter, ohne daß wir es merken. Wie Blinde sind wir, die durch die Nacht irren.« Der Gedanke erschütterte sie bis ins Mark. Eine Woge tiefster Demut, wie sie sie nie gekannt hatte, überschwemmte sie. Das also bedeutete es, sich in der Gewalt der Götter zu wissen.
Noch während sie so dachte, verneigte sich die alte Schamhatu vor ihr, und der En kniete vor ihr nieder. »Leg dein Gewand ab«, flüsterte der alte Priester so leise, daß nur sie es hören konnte.
Obwohl Puabi daran gewöhnt war, mit den anderen Bewohnern des Tempels nackt die gemeinschaftlichen Bäder zu benutzen, zitterten ihre Hände, als sie sich bückte, um nach dem Saum ihres Kleides zu greifen, so stark, daß sie die Falten der weichen, weißen Wolle kaum halten konnte.

»Es ist der Wille der Göttin«, wiederholte sie innerlich. Sie gestattete sich keinen weiteren Gedanken, und als stürze sie sich kopfüber in eisiges Wasser, packte sie den Rand des Gewandes und zog es sich über den Kopf. Ein sanfter Wind spielte auf ihrer fröstelnden Haut; sie fühlte, wie ihre Brustwarzen hart wurden wie unter der Berührung eines Liebhabers, und ihre Gesäßmuskeln spannten sich, als sie dem vor ihr knienden En das weiße Kleid reichte.
»Nimm die Krone von meinem Kopf«, murmelte die alte Schamhatu, »denn sie gehört Inanna.«
Das Diadem wog schwer in Puabis Händen. Der große, achtzackige Stern aus massivem Gold blendete sie eine Sekunde, bevor sie ihn hochhob und auf ihren eigenen Kopf setzte. Die goldenen Tamariskenblätter, warm von der Haut der anderen, streiften ihre Wangen.
»Nimm die Gehänge von meinen Ohren, denn sie gehören Inanna.«
Langsam, als tanzten sie in einem Traum, vollzogen die beiden Frauen das Ritual. Die Ketten um den Hals der alten Priesterin, der Brustschmuck aus gedrehtem Gold, der Gürtel aus Geburtssteinen um ihre Hüften, die Reifen um Handgelenke und Knöchel, das Gewand aus blaßblauem Leinen – dessen Fransen den Boden vor Puabis Füßen fegten, als sie es übergestreift hatte – und endlich das feingewebte Lendentuch ... bis die Ältere nackt vor Puabi stand, die hängenden Brüste und den schlaffen Bauch entblößt vor den Blicken der Menschen im Tempel. Obwohl die Schamhatu Gilgamesch nicht geboren hatte – es war ihre Vorgängerin gewesen, die Lugalbandas Erben zur Welt brachte und dabei starb –, hatten die langen Jahre ihrem Körper genauso unausweichlich die zusammengesunkene Gestalt einer alten Frau gegeben.
»Nun bist du die Schamhatu, Inanna-auf-Erden, Jungfrau von Erech. Und ich«, sie griff nach dem weißen Kleid, das ihr der En mit ausgestreckten Handflächen entgegenhielt, »ich bin Rimsat-Ninsun, die Alte Frau von Erech, Mutter des Ensi. Möge Inanna freundlich in dir weilen, Tochter.«
Rimsat-Ninsun breitete die Arme aus und drückte Puabi liebevoll an sich. Die Augen der Jüngeren brannten von heißen Tränen – hatte

eine Mutter sie je so gehalten? Sie fühlte sich wie ein neugeborenes Kind. Alle Erinnerungen an das, was sie gelernt hatte, selbst an das Hüten der Schafe, verblaßten in ihr wie ein Weihrauchfaden, den der Wind verweht.

»Ich bin die Schamhatu«, verkündete sie, und ihre Stimme war fest und so laut, daß alle sie hören konnten. Vor ihr berührte der En mit der Stirn den Boden und stand dann auf, um von einem der weißgekleideten Helfer, der lautlos herbeigeeilt war, eine Schale mit duftendem Öl entgegenzunehmen. Haupt und Hände, Herz, Scham und Füße salbte er ihr und wandte sich anschließend dem Standbild der Inanna zu, das vor ihnen aufragte, um ihm die gleiche Ehre angedeihen zu lassen. Dunkel hoben sich die gesalbten Stellen von Inannas bemaltem Gesicht und dem hellblauen Leinen ihres Gewandes ab.

»So ist es vollbracht«, erklärte er. »Geh hin in Frieden und Freude, du Volk Inannas, und der Segen der Göttin sei mit dir.«

Die *Gala*-Sänger erhoben ihre Stimmen, und die Tempelbewohner verließen das Heiligtum, gefolgt von den Sängern selbst. Nur der En und Puabi – obwohl sie wußte, daß sie ihren Namen vergessen mußte, konnte sie von sich selbst noch nicht als Schamhatu denken – waren vor Inannas steinernen Augen zurückgeblieben.

»Warum?« begann Puabi, aber der En legte den Finger auf den dünnen Strich seiner Lippen und brachte sie zum Schweigen.

»Komm mit«, flüsterte er heiser.

Sie folgte ihm die Stufen des Heiligtums hinunter zum Gipar, wo seine Gemächer lagen. Irgendwo in diesem Gebäude, das wußte sie, bereitete man Gilgamesch auf seine Thronbesteigung vor. Aber daran wollte sie jetzt nicht denken, um die Ehrfurcht und Freude, die sie erfüllten, nicht zu verderben.

Das Zimmer des En war warm. Im Kamin brannte ein kleines Feuer. An der Decke hingen Kräuterbüschel zum Trocknen. Truhen aus eingelegtem Zedernholz säumten die Wände. Mehrere Katzen lagen schlafend auf dem Bett, kurzhaarige Tiere, gefleckt und getigert, sämtlich Abkömmlinge des Paares, das der En aus dem Schwarzen Land mitgebracht hatte, als er noch ein junger Mann war und den langen Zug durch die Wüste gewagt hatte. Eine der Katzen sah auf,

als sie eintraten, und gähnte weit, die Zähne kleine Elfenbeinsplitter, die sich hell vom rosigen Inneren des Mundes abhoben. Eine andere miaute und sprang auf, um sich um die Knöchel des En zu winden und zu ihm aufzuschauen. Er bückte sich, um sie zu streicheln, aber Puabi sah, wie es in seinem Gesicht mit der Adlernase schnell und schmerzhaft aufzuckte, als ein jäher Rückenschmerz ihn erfaßte. Auf dem Tisch stand ein kleines, goldenes Glöckchen. Der En hob es auf und läutete dreimal. Ein hoher Ton klang durch den Raum.
»Setz dich«, forderte er sie auf und wies auf die weiche Matte aus sahneweißer Wolle vor dem Feuer. »Man wird uns sogleich Bier bringen, denn ich glaube, du brauchst eine Erfrischung.«
Verwundert hockte Puabi sich nieder, und der alte Mann nahm mit gekreuzten Beinen neben ihr Platz. Bald darauf ertönte ein leises Klopfen am Türrahmen.
Der junge Mann, der mit zwei silbernen Bechern eintrat, war keiner der gewöhnlichen Tempeldiener, sondern der Schreiber Schusuen, Urenkel des En. Er war ein gutaussehender Jüngling von geschmeidigem Körperbau und feingeschnittenen Zügen. Das dichte, braune Haar und das seltene Hellblau seiner Augen waren ein Erbe seiner Urgroßmutter, die der En zusammen mit den Katzen nach Hause gebracht hatte. Wiewohl zwei Jahre jünger als Puabi, überragte er sie beinahe um Haupteslänge, und seine Größe, zusammen mit dem gelehrten Ausdruck des Gesichtes und der gelassenen Haltung, ließ ihn wie einen Erwachsenen erscheinen. Seine Brust war nackt, und er trug nur einen kurzen Rock. Die kleinen, dunklen Brustwarzen hoben sich deutlich von der blassen Haut seiner schlanken Brust ab, und Puabi konnte sich nicht enthalten, auf die wohlgeformten Muskeln seiner Waden und Schenkel zu blicken, die sich spannten, als er ihnen die Getränke reichte. »Aber ich darf die Männer nicht mehr so anschauen«, dachte sie und wandte errötend das Gesicht ab. Eine weitere kurzhaarige Katze, ein halbwüchsiger, hochbeiniger Kater, war Schusuen ins Zimmer gefolgt und sah sich nun mit klagendem Jaulen darin um. Puabi war dem Tier dankbar, weil es ihren Blick ablenkte.
»Danke, Urenkel«, sagte der En und nahm den Becher aus Schusuens

langen Fingern. »Warst du mit deinem Bericht über den heutigen Abend denn so schnell fertig?«

»Halbfertig, Urgroßvater«, entgegnete Schusuen höflich. »Ich wollte nur sehen, ob es noch etwas gibt, das du aufgezeichnet haben möchtest.«

»Nichts, das der Annalen der Eanna würdig wäre. Geh wieder an die Arbeit. Morgen wirst du viel zu tun haben, denn ich wünsche, daß du an Gilgameschs Seite stehst. Über die Triumphe eines jungen Mannes sollte ein junger Mann schreiben, und ich denke, du bist dieser Aufgabe gewachsen. Nun geh und beeile dich fortzufahren.«

Schusuens Gesicht leuchtete freudig auf, und einen Augenblick empfand Puabi jähes Bedauern – nie würde sie einem Mann Freude bringen, es sei denn als Gefäß der Göttin.

»Ich danke dir, Urgroßvater!« sagte der Schreiber und entfernte sich rasch, gefolgt von seiner Katze. Der Webteppich im Türrahmen fiel wieder herunter. Der En wartete, bis die Fransen nicht mehr am Boden zitterten, bevor er weitersprach.

»Bestimmt fragst du dich, warum die Göttin gerade dich erwählt hat«, sagte er gelassen.

»Ich dachte nicht, daß mich *irgend jemand* erwählen könnte.«

Die dünnen Lippen des En verzogen sich zu einem trockenen Lächeln. »Wie du dir vielleicht schon ausgerechnet hast – und du wirst es sehr bald ganz genau wissen –, überlassen die Götter oft den Menschen die Entscheidung, aber wir müssen uns hüten, ihnen nicht in den Weg zu treten, wenn sie selbst ihre Wahl getroffen haben. Ich nehme an, du wirst nicht allzu überrascht sein, wenn ich dir sage, daß es, hätte die Leber nicht unmißverständlich etwas anderes gezeigt, Geme-Tirasch gewesen wäre, die die Sternenkrone tragen würde.«

»Und nicht Schubad?«

»Sie ist schön und begabt – aber auch eigensinnig und indiskret. Auch wenn die Schamhatu Inanna-auf-Erden ist, sind es Menschen, viele Menschen, die den Tempel verwalten und seine Politik bestimmen müssen, in den Mauern der Eanna und außerhalb. Schubad würde nicht gut mit uns zusammenarbeiten und nicht leicht lernen, sich aus den Angelegenheiten derer herauszuhalten, die ihre Pflicht tun, wie es ihnen auferlegt ist.«

Die Augen des En waren dunkel wie die unergründlichen Tiefen eines alten Brunnens, und im heiseren Tonfall seiner Stimme lag etwas, das an Puabis Nerven zerrte. Noch summte ihr Kopf von den Aufregungen des Abends, und sie wartete nicht erst, bis sie ihre Kehle mit einem Schluck des guten Biers gekühlt oder sich ihre Worte gut überlegt hatte, sondern platzte heraus: »Du meinst, Schubad würde keine gehorsame Marionette sein?«

Die Lippen des En öffneten sich, und Puabi konnte die hellen Reihen seiner Zähne vor der Schwärze dahinter sehen. Sie nahm sich zusammen, um nicht angstvoll zurückzuweichen, als hätte sie die Hand auf eine warme Steinmauer gelegt und eine Schlange gefühlt, die sich unter ihren Fingern wand. Dann hörte sie sein leises Lachen, das nur ein Hauch war, und wußte, daß sie nichts Falsches gesagt hatte.

»Was die Schamhatu ist, hängt von der Frau ab, die dieses Amt innehat. Sie kann ein leeres Gefäß sein, zufrieden damit, still dazusitzen und zu nicken, bis man zu heiligen Zeiten die Göttin anruft, durch sie zu sprechen. Und doch ist sie nicht weniger Schamhatu als die, die mit Zunge und Plan ihren Weg geht, den Ensi berät und die Wünsche der Eanna fördert. Was für eine Art Priesterin du werden willst, mußt du selbst entscheiden: Heute wirst du die ersten Schritte auf diesem Weg tun. Doch ob als Marionette oder als Führerin, du mußt lernen, mit dem Volk des Tempels auszukommen, sonst wirst du nicht lange hier bestehen können.« Er sah sie forschend an. »Und nun – was denkst du von Schubad? Was wird sie heute abend tun?«

»Sie ist stolz und findet, daß man sie zur Schamhatu hätte ernennen müssen«, versetzte Puabi langsam. Sie wählte ihre Worte so sorgfältig wie die Schritte über einen holperigen Weg in einer mondlosen Nacht. »Wenn sie mehr Freundinnen hätte, würde sie sich von ihnen trösten lassen und sie auffordern – ganz unauffällig natürlich –, üble Gerüchte über mich zu verbreiten. Aber ich glaube, sie wird allein sein und vor sich hinbrüten und dabei Pläne schmieden, wie sie sich rächen kann, ohne sich selbst allzusehr zu gefährden.«

»Und wie würdest du damit umgehen? Wie kannst du sie von dem

Gedanken abbringen, daß du ihr Unrecht getan hast, ohne daß du ihr im Streit gegenübertrittst oder wartest, bis sie etwas tut, das uns zwingt, sie auszustoßen? Denn sie wäre ein großer Verlust für den Tempel.«

Puabi verzog das Gesicht. Ließ selbst er, in seinem Alter, sich von Schubads Schönheit und Stimme verführen? Doch als sie sich zwang, in den Anforderungen ihres neuen Amtes zu denken – verantwortlich für alles, was im Tempel geschah, von den großen rituellen Zeremonien bis hin zu den Kindern, die das Heiligtum fegten –, konnte sie nicht leugnen, daß der En recht hatte; war sie nicht selbst aus den Reihen der Sängerinnen ausgeschieden, weil sie wußte, daß ihrer Rivalin keine andere gleichkam?

»Wenn man ihr irgendeine hohe Ehrung verliehe...«, begann sie zögernd, »etwas, das mit einer eigenen Kammer und einer Dienerin verbunden wäre und sie unter die Hochgestellten der Eanna aufrücken ließe... denn das ist ihr Wunsch. Aber sie ist zu jung, und es gibt andere, die solche Anerkennung weit mehr verdienten.«

Der En lächelte. »*Reite einen zahmen Esel, an den Streitwagen aber schirre einen Wildesel.* Morgen wird Schubad erfahren, daß Inanna sie zur ersten Solosängerin des Tempels beim nächsten Neujahrsfest erwählt hat – wenn sie die Stücke zu Elulus Zufriedenheit lernen kann. Sie kennt das Gefühl der Rute des *Gala*-Meisters auf ihren Handflächen, seit sie ihm als einfaches Chormädchen zum ersten Mal Widerworte gab; sie fürchtet seine Strenge und weiß, daß es auf sein Wohlgefallen ankommt. Er wiederum weiß, daß die Aufgabe im Rahmen ihrer Fähigkeiten liegt, aber gerade darum wird er sie um so härter anfassen. Schubads größter Wunsch ist es zu singen, darum wird sie alle ihre Gedanken, gut oder böse, auf Elulu richten und keine Kraft mehr haben, gegen dich zu kämpfen. Wenn du die Taten anderer lenkst, so achte nicht darauf, was sie für Eigenschaften haben, ob sie stark oder schwach, gut oder böse sind – schau nur auf sie selbst und wie sie dir dienen können.«

»Und was ist mit Geme-Tirasch? Ich weiß nicht, was sie denkt, nur daß auch sie begabt ist und gute Gründe hatte, sich als die nächste Schamhatu zu sehen. Die besten Gründe«, fügte Puabi hinzu und

musterte den En mit scharfem Blick. Aber sein Gesicht verriet nichts von dem, was er ihr gerade gestanden hatte; nicht einmal ein runzliger Augenwinkel zuckte, so als sitze seine Haut zu eng auf dem knochigen Schädel, als daß er noch eine Miene verziehen könnte.
»Was soll mit ihr sein? Vielleicht solltest du selbst mit ihr reden.«
Puabi hob den Becher und sog einen langen Schluck durch den goldenen Trinkhalm, der gegen den Silberrand klirrte. Das Bier war süß und kühl, sein voller Malzgeschmack köstlich auf der Zunge – mildes, gut gereiftes Bier, wie sie es noch selten zu kosten bekommen hatte. »Von nun an werde ich immer solches Bier trinken«, dachte sie, und der Gedanke war berauschender als die Wärme des Alkohols in ihrem leeren Magen.
»Das werde ich tun«, erwiderte sie.
»Doch es gibt noch etwas, über das du besonders ernsthaft nachdenken mußt ... ja, und um Inannas Weisheit bitten.«
Obwohl Puabi der Anflug listigen Humors im Tonfall des En vorher gar nicht aufgefallen war, hörte sie jetzt deutlich, wie er verschwand. Jetzt war die staubige Stimme hart wie Stein, kalt wie die Felsen der Wüste, überfroren von den glitzernden Eissternen einer Winternacht. »Ich habe heute mit Gilgamesch gesprochen. Er sagt, daß er in diesem Jahr nicht das Brautbett mit Inanna teilen will.«
Puabi riß erschrocken den Mund auf. Dann schloß sie ihn wieder, und der harte Aufeinanderprall ihrer Zähne hallte unangenehm in ihrem Schädel nach. »Er ... warum? Wie kann er?«
»Er fürchtet sich vor der Göttin. Er hat Angst vor dem Tod – und er ist noch sehr jung.«
»Wie kann er glauben ... Er kann doch nicht herrschen ohne Inanna an seiner Seite! Er muß ihr Bräutigam werden, sonst ...« Puabi konnte sich nicht ausmalen, was geschehen würde, wenn ein Jahr ohne die Hochzeit verging.
»Du mußt morgen nacht zu ihm gehen und für Inanna sprechen. Du bist die Schamhatu; diese Aufgabe kann dir niemand abnehmen. Sonst ... bis er einwilligt, kann ich das Amt des En in seiner Eigenschaft als Inannas Gatte noch eine Weile ausüben. Aber ich werde

alt und mein Körper schwächer, und früher oder später werde ich nicht mehr in der Lage sein, die Pflichten des Bräutigams zu erfüllen.«
Puabi saß einen Augenblick still und voller Entsetzen da. Daß das alles so schnell kam – daß erfolgreich zu sein für sie bedeutete, in Gilgameschs rohen, fünfzehnjährigen Klauen ihre Jungfräulichkeit zu verlieren, obwohl er sie ebensowenig gern hatte wie sie ihn, während Versagen bedeutete, den En im Stich zu lassen, und mit ihm Inanna und Erech ... »Meine Göttin«, betete sie stumm, »warum hast du mich erwählt, wenn du doch wußtest, daß das auf mich zukommen würde?«
Barmherzigerweise sagte der En nur: »Du mußt darüber nachdenken: Wie bringe ich Gilgamesch in Inannas Bett, wie nehme ich ihm seine Furcht.«
»Aber er fürchtet sich vor nichts«, erwiderte Puabi gallig. »Zumindest will er es nicht zugeben. Ich kenne ihn, er ist wie ein wilder Stier. Es gibt keine Herausforderung, so töricht sie auch sein mag, die er nicht annimmt, und keine Stimme der Vernunft, die ihn davon abhält, zu beweisen, daß er keine Angst hat.«
Der En schüttelte den Kopf. »Du mußt darüber nachdenken«, wiederholte er. »Geh nun. Du hast hier im Gipar gedient und weißt, wo deine neuen Gemächer liegen. Wenn du dorthin kommst, werden sie für dich bereitstehen.«
In ihrer Verwirrung fiel Puabi weiter nichts ein, als den Anweisungen des En zu folgen und wortlos zu gehen. Doch als sie vor der gewebten Matte stand, die vor den Räumen der Schamhatu hing, merkte sie, daß sie vor Kälte und Furcht zitterte und es nicht über sich brachte einzutreten. Die Sternenkrone lastete schwer und stachlig auf ihrem Kopf, und als sie den Arm hob, um die Matte zur Seite zu ziehen, pochte ihre Handfläche schmerzhaft. Ein Schritt vorwärts, zwei zurück – es schien der letzte, unwiderrufliche Augenblick zu sein.
»Ich habe vor der Göttin und dem Volk des Tempels im heiligen Schrein geschworen«, murmelte sie. »Warum habe ich Angst, nun, da es getan ist?«

Und doch war es Puabi, als sie das Bett der Schamhatu vor sich sah, das Gestell aus Elfenbein, die sauberen, mit Kalmus parfümierten Laken, als ruhte darauf bereits Gilgamesch, das verhaßte, selbstsichere Gesicht zu einem breiten, herausfordernden Grinsen verzogen. »Das für die Göttin?« fragte sie bitter und gab sich selbst zur Antwort: »Ja, das und alles andere.« Schlimmstenfalls eine kurze, unangenehme Zeitspanne, in der Gilgamesch ihren Körper betatschte, ein paar Minuten Schmerz, wenn er in sie eindrang und seine Befriedigung fand. Aber wenn es vorbei war, hatte sie ein Jahr Ruhe. Und sie wäre ...
... *nicht* frei von ihm, denn die Eanna mußte sich jeden Tag aufs neue mit dem Ensi auseinandersetzen – sie waren die beiden großen Kräfte in Erech. Aber daß er das Bett mit Inanna teilte, würde ihr Macht über Gilgamesch geben, solange er herrschte, so wie der Körper der Schamhatu einmal im Jahr eine Nacht lang ihm gehörte, und das war der wahre Wille der Göttin.
Puabi trat durch die Türöffnung ins Schlafgemach der Schamhatu. Sie war allein mit dem sauberen Geruch der Binsen auf dem Boden, in den sich das süße Öl der Lampen mischte, die überall brannten. Auf dem Nachttisch am Bett hatte man einen frischen Becher für sie hingestellt, aus Silberscheiben zusammengefügt und eingelegt mit Lapis, und daneben stand ein Teller mit hellen Melonenscheiben und dünnen weißen Käsestreifen. Neben dem Bett wartete die steinerne Statue der Inanna, nackt und bleich im dämmrigen Licht. Langsam, Stück für Stück, entkleidete sich Puabi, setzte die Krone auf Inannas Haupt, hängte die Ohrringe an ihre Ohren ... jeden einzelnen Gegenstand bis hin zum Lendentuch um ihre Mitte und das Gewand aus blaßblauem Leinen. Die Fransen des Kleides waren staubig, weil sie am Boden geschleift hatten ... sie würde es ändern lassen müssen, denn die alte Schamhatu war größer gewesen als sie.
Puabi setzte sich aufs Bett und fühlte sich seltsam leer. Bald jedoch erkannte sie den Grund. Sie war allein, ohne die anderen Mädchen, mit denen sie tuscheln konnte, bis alle einschliefen, und sie hatte im Augenblick keine Pflichten. Früher war sie bei diesen seltenen Gelegenheiten, bevor ihr jemand eine der unzähligen Arbeiten auftragen konnte, die in der Eanna ständig anfielen, in den Raum geflohen, wo

die Übungsinstrumente aufbewahrt wurden, hatte sich eine Lyra genommen und ein wenig vor sich hingesungen. Doch nun ...
»Ich werde mir eine Lyra bauen lassen«, flüsterte sie. Ein schönes, neues Instrument, dessen Saiten nicht ständig von ungeschickten Fingern verstimmt waren und dessen Rahmen nicht immer wieder von achtlosen Händen gegen harte Gegenstände gestoßen, zerkratzt und zerbeult wurde, ein Instrument, wie sie es sich einst erträumt hatte, bevor sie begriff, daß ihre Begabung allenfalls mittelmäßig war.
Ja, mit der Zeit würde sie so etwas bekommen, und andere schöne Dinge mehr. Jetzt aber war sie hungrig und durstig und, wie sie merkte, als ein gewaltiges Gähnen sie überkam, völlig erschöpft. Sie würde essen, schlafen und alle Gedanken und Sorgen auf den nächsten Tag verschieben ... auf Gilgameschs Thronbesteigung.

## 4

»Erwache, mein Gebieter«, tönte eine sanfte, hohe Stimme in Gilgameschs Ohr. Der junge Mann zuckte krampfhaft zusammen, und seine Augen flogen ruckartig auf, als die Worte ihn aus den Tiefen des Schlafes rissen. Vor dem Bett stand sein Eunuch Enatarzi. Die rundliche Brust und der schwellende Bauch leuchteten bleich über dem kurzen, grauen Rock. In der Hand hielt er einen goldenen Becher – alles, was Gilgamesch heute zum Frühstück bekommen würde, denn er mußte nüchtern zu seiner Thronbesteigung gehen.
Gilgamesch nahm dem Eunuchen den Becher ab und schlürfte, ohne den goldenen Trinkhalm zu benutzen, gierig das klare Wasser.
Während er sich die Klebrigkeit aus den Augen blinzelte, spülte der kühle Strom den faden Geschmack des Schlafs aus seinem Mund. Er hatte in der Nacht lange wachgelegen und sich in den Decken gewälzt, während er versuchte, mit Körper und Geist gegen die unwillkommenen Worte des En anzukämpfen; als der Schlummer ihn endlich übermannte, war er zum Ertrinken tief.

»Dein Bad wartet«, mahnte Enatarzi. »Beeile dich; noch ist der Himmel dunkel, aber die Dämmerung naht bereits.«
Nackt folgte Gilgamesch seinem Diener den Gang hinunter zur Badekammer. Sie war von hellem Lampenschein erleuchtet. Als er eintrat, begannen drei *Gala*-Priester, zwei Eunuchen und ein bärtiger Mann, zu singen. Die Stimmen der Eunuchen, ein Alt und ein Sopran, stiegen eisig rein über den tiefen Baß ihres Gefährten empor.

»An der Himmel, Vater der Götter, höre uns!
Enlil, du Mächtiger, allwissend in Weisheit,
Inanna, Himmelskönigin, Göttin von Erech, hört uns!«

Neben den Priestern stand der En, in der Hand ein Bündel Schilfruten, die Ruten der heiligen Reinigung, aber auch die Ruten, mit denen die Kinder der Eanna ausgepeitscht wurden, wenn sie sich innerhalb des Bereichs der Götter schlecht benahmen. Als er in die ausdruckslosen schwarzen Augen des kleinen alten Mannes blickte, fühlte Gilgamesch, wie sein Inneres ein wenig zusammenschrumpfte, als wäre er noch ein Knabe und der En wollte ihn schlagen, weil er Inanna zurückwies.
Der Jüngling knirschte mit den Zähnen. Hier stand er, auf der Schwelle dazu, als Herrscher von Erech bestätigt zu werden, und doch mußte er alten Männern gehorchen wie ein Kind, die Rituale vollziehen, die man ihm eingebleut hatte, bis er sie auswendig kannte, einem Sklaven gleich, dem man beibrachte, wie er seine Gebieter richtig anredete und sich vor ihnen verneigte. Eine Woche war er nun schon der Gefangene des En, hatte das endlose Baden und Singen über sich ergehen lassen, das karge Essen und die langatmigen Vorträge, deren Ziel es war, das Feuer seines Stolzes zu dämpfen und ihn zu zwingen, seinen Nacken unter dem Willen des Tempels und seines Ältestenrates zu beugen. Sein ganzes Leben lang, soweit er sich überhaupt zurückerinnern konnte, war es so gewesen.
*Du wirst der Ensi sein, du mußt lernen ... du mußt ... du darfst nicht ... bedenke, daß du herrschen wirst, und darum ... was du wünschst, ist ohne Bedeutung, denn du wirst Ensi und En sein ...*

Und doch, obwohl Gilgamesch die endlosen Riten und das Gezeter, das sie begleitete wie Fliegen sauer gewordene Milch, allmählich zutiefst verabscheute, konnte er sich nicht wehren oder einen der Schritte, die er gelernt hatte, auslassen. Er konnte nicht einfach die Stufen zum Heiligtum emporsteigen und dem Volk von Erech verkünden: »Ich bin jetzt euer Ensi«, ohne Segen, Ritual und Zeichen der königlichen Würde. *Wenn du herrschen willst* – Gilgamesch erinnerte sich, daß der En diese Worte wieder und wieder zu ihm gesagt hatte –, *dann mußt du dem Volk geben, was es von dir erwartet, damit es dir nicht aus Enttäuschung den Gehorsam aufkündigt.*
Und so bitter auch die Quelle dieser Weisheit war, wußte Gilgamesch doch, daß die Worte wahr waren. Deshalb konnte er jetzt auch keine andere Antwort geben, als die, die er gelernt hatte: »Hier stehe ich, ein Sterblicher vor den Göttern. Reinige mich und befreie mich von allem Bösen, auf daß ich ein brauchbares Gefäß ihrer Erhöhung sei. Darum flehe ich.«
Der En hob die Ruten und versetzte Gilgamesch ein paar leichte Schläge, die ihn kaum streiften; dennoch schien jede Berührung tiefer einzuschneiden, als ihre Wucht es gerechtfertigt hätte – so, als wären die geschmeidigen Halme in Bienengift getaucht. Stirn, Mund und Hals; Schultern, Handflächen und Herz; Bauch, Leisten, Schenkel und Füße. Zuletzt gab es drei kräftigere Geißelhiebe auf den Rücken, hart genug, um rote Striemen zurückzulassen; sie sollten ihn daran erinnern, daß er bei aller Erhöhung über die Menschen für die Götter nicht mehr als ein Sklave blieb. Gilgamesch ertrug diese Hiebe so stolz wie die anderen, ohne zu zucken oder einen Laut von sich zu geben. Dennoch war er froh, als der En das Bündel zur Seite legte und die Stellen, die er geschlagen hatte, mit süßem Öl einrieb. Als er in das heiße Wasser des Bades glitt, brannte sein Rücken von neuem, aber er atmete tief den duftenden Dampf ein, und der Schmerz war rasch verflogen. Die Demütigung des Geschlagenwerdens allerdings, auch wenn sie nur symbolisch war, blieb haften.
»Geduld«, ermahnte er sich, als Enatarzi neben der Wanne niederkniete, um ihm die flaumigen Anfänge eines Bartes von Kinn und

Wangen zu schaben. »Bald wird all das vorbei sein. Sitzt erst einmal die Krone auf meinem Kopf, werden die Dinge sich ändern.«
Gilgamesch stieg aus dem Wasser und blieb still stehen, während Enatarzi ihn mit sanft knospenden Tamariskenzweigen streifte, dann sorgfältig abtrocknete und ankleidete. Heute trug Gilgamesch den bodenlangen Rock des Herrschers, raschelnd von vielen übereinanderliegenden Schichten von Leinenbinden. Ein glänzender Harnisch aus Bronze bedeckte seine Brust, und schwere goldene Reifen umgaben seine Handgelenke. Das lange, wellige schwarze Haar, vorsichtig ausgekämmt, wurde mit Weihrauchöl in Form gebracht. Zuletzt reichte man ihm die gewaltige Bronzeaxt, die sein Vater Lugalbanda getragen hatte, damit er sie an seinem Gürtel befestigte. Obwohl Gilgamesch sie bisher nur immer hatte ansehen, nie aber berühren dürfen, empfand er ihr Gewicht an seiner Hüfte als angenehm, etwas Festes und Ermutigendes, Beweis seiner neuen Macht. Nie mehr würde er nach dem Willen anderer kommen und gehen müssen.
Die ersten tiefen Töne des Gongs bebten durch den festgestampften Lehmboden und prickelten in Gilgameschs Knochen.
»Das Licht der Dämmerung ist erschienen«, sagte der En ruhig. »Komm, Hirte von Erech. Deine Herde erwartet dich, und es ist Zeit, den Stab aufzunehmen.«
Stolz schritt Gilgamesch aus dem Baderaum, die Morgenluft streifte kühl sein frisch rasiertes Gesicht. Der Weg vom Gipar zum Heiligtum war bereits von Menschen gesäumt, die ihren schönsten Festtagsschmuck trugen – Gold und Silber die Reichen, Bronze, Kupfer und Tonperlen die Armen. Die *Gala*-Priester und Musikanten hatten sich zu beiden Seiten der Stufen aufgereiht, die hinauf zum Heiligtum führten. Bei Gilgameschs Anblick stimmten sie ein Lied an. Er kannte es, es war das Loblied auf seinen Vater Lugalbanda, der zu seiner Zeit das große Gebirge überquert und durch seine Herrschaft Erech mächtig gemacht hatte. »Und das ist gut«, dachte Gilgamesch und blähte die Brust, bis der Harnisch über den schwellenden Muskeln spannte. »Große Taten tat Lugalbanda, und seine Größe soll auferstehen in seinem Sohn ...«

... *Und er starb nach Inannas Willen.* Der Gedanke lief ihm kalt den Rücken hinunter. Mit Mühe richtete er den Blick wieder aufwärts. An der Tür des Heiligtums wartete die Schamhatu – nein, nicht die Schamhatu, auch wenn es die Frau war, die dieses Amt bekleidet hatte und ihm eine Mutter gewesen war. Ihr Gewand war nicht vom blassen Blau Inannas, sondern dunkel, und die Krone, die sie trug, war nicht das Goldsterndiadem der Himmelskönigin, sondern eine hohe Mütze mit den verkleinerten, aus Silber geformten Hörnern einer Wildkuh.

Hinter ihr standen drei junge Frauen in Kleidern aus feinstem Leinen, auf den hochgesteckten schwarzen Haarflechten Brautkränze aus frischen grünen Palmblättern. Beim Anblick der schweren Rundungen ihrer Brüste, deren Warzen dunkel durch das dünne, weiße Leinen schimmerten, fühlte Gilgamesch seine Männlichkeit schwellen, denn er wußte, daß dies die Frauen waren, die man ihm als Weihepriesterinnen, Schwestern, Gemahlinnen und Anbeterinnen geben würde, und mit denen er nach der Zeremonie ... Nicht immer, erinnerte er sich mit einem kleinen Lächeln auf den Lippen, bedeuteten Tradition und Riten etwas Unangenehmes.

Doch nun, im wachsenden Licht des Tages, schritt er erst einmal die Stufen zum Schrein empor. Und obwohl er sie seit seiner Kindheit hinauf- und hinuntergerannt war, kam es ihm heute vor, als laste das Anderthalbfache seines Gewichtes auf ihm; seine Waden schmerzten, und der Atem brannte heiß und rauh in seinen Lungen. Sein leerer Magen zog sich hart zusammen, und er war froh, daß er morgens nichts zu essen bekommen hatte.

»Fürchte ich mich?« fragte er sich. Doch die Augen von ganz Erech ruhten auf ihm; Utu, die mächtige Sonne, ging vor ihm auf, und er konnte jetzt nicht versagen, durfte keine Schwäche zeigen. Hochaufgerichtet und stolz erreichte er die letzte Stufe, drehte sich um und zeigte dem Volk sein Gesicht, die Hände segnend erhoben. Die Musikanten verstummten. Der En begann zu sprechen, und die *Gala*-Priester sangen ihm jeden Satz nach, um seine Worte weit über die Kraft seiner schmalen Brust hinauszutragen.

»Ihr großen Himmelsgötter, schaut her!
Ihr Mächtigen, die ihr alle Dinge geschaffen habt,
Die ihr Gestalt gabt dem Menschengeschlecht,
Dem schwarzköpfigen Volk von Sumer ... «

Die Worte der Anrufung, vertraut wie das hohe Sirren von Fliegen in der Hitze des Sommers, überfluteten Gilgamesch. Obwohl er regungslos dastand, still wie ein aus Stein gemeißelter Gott, huschten seine Augen über die Stufen unter ihm. Stumpf glänzte das Licht der aufgehenden Sonne auf dem kahlen Schädel Ur-Lammas, Gilgameschs oberstem Heerführer und Lehrer in der Kriegskunst. Der Jüngling konnte das leichte Lächeln sehen, das sich im graumelierten Bart des Älteren verbarg. Auch er war der Meinung, es sei Zeit, gegen Ur zu ziehen, sobald die Frühjahrsernte sicher eingebracht war. In den langen Jahren, während Lugalbandas Erbe zum Mann heranwuchs, hatte man Ur-Lammas Fähigkeiten selten gebraucht. Sein Anblick war tröstlich für Gilgamesch. Die beiden hatten in letzter Zeit viele Gespräche miteinander geführt, und der junge Herrscher wußte, daß, so viele andere auch seinem Entschluß, einen Krieg zu führen, widersprechen würden, Ur-Lamma auf seiner Seite stand und seine machtvolle Stimme für ihn erheben würde.
Ein weiterer Blick zeigte Gilgamesch zu seiner Überraschung den jungen Schreiber Schusuen, der auf der Stufe unmittelbar unter ihm hockte und mit dem Rohr in seiner Hand rasche Zeichen in eine feuchte Tontafel ritzte. Gilgamesch hatte angenommen, daß man einen der älteren Tempelschreiber wählen würde, um seine Thronbesteigung festzuhalten – aber warum eigentlich keinen jungen? Die Zeit der alten Männer in Erech ist vorbei, sagte er sich innerlich. Außerdem hatte er Schusuen, als sie gemeinsam in der Schule der Eanna saßen, immer gern gemocht. Der umwerfend trockene Humor des anderen Jungen richtete sich gegen die Lehrer, wenn die alten Männer außer Hörweite waren, und gegen die Mitschüler, wenn sie versuchten, ihn zu necken oder zu tyrannisieren, weil er so mager und dabei gescheiter war als die anderen. Schusuens Witz war eine der wenigen Quellen der Erheiterung in Gilgameschs Schulzeit ge-

wesen. Ja – wenn der Tag vorbei war, würde er Schusuen mitteilen, daß er zum persönlichen Schreiber des Ensi erwählt worden sei, um alle Taten und Äußerungen Gilgameschs aufzuzeichnen. »Wenn er nur«, dachte Gilgamesch und erstickte ein Grinsen, »darauf verzichten kann, gleichzeitig eine Parodie auf jeden amtlichen Bericht über meine Handlungen zu verfassen.«
Die langatmige Rede des En kam endlich zum Schluß. Ein tiefer, bebender Gong erfüllte die Luft, und Gilgamesch fühlte ein Brausen, als die Türen des Schreins hinter ihm aufschwangen.
»Seht die Schamhatu von Erech!« rief der En laut. »Seht Inanna-auf-Erden!«
So neugierig Gilgamesch auch war, drehte er sich doch nicht um. Er wartete, bis die Schamhatu, die seine hohe Krone und das mit Einlegearbeiten verzierte Prunkzepter trug, um ihn herumgegangen war und vor ihm stand. Ihr reicher Goldschmuck funkelte und blitzte im Morgensonnenschein, so daß er zuerst nur das helle Licht sah, das über ihr blaßblaues Gewand floß. Eine kleine Frau, deren Kopf ihm nur bis ans Kinn reichte, zierlich gebaut ... Dann blinzelte er sich das goldene Feuer aus den Augen und erkannte das bleiche, ovale Gesicht unter dem achtzackigen Stern und den herabhängenden Goldblättern der Krone.
»Puabi!« zischte er.
Puabi blinzelte nicht, und ihre zarten Züge zuckten nicht einmal bei diesem Bruch von Ritual und Sitte. Es war, als hätte sie ihren Namen schon vergessen, um ganz in ihrem Amt aufzugehen; nur daß Gilgamesch felsenfest davon überzeugt war, daß ihr Wesen sich nicht verändert hatte. Sie, der Tempelfindling, war es gewesen, die sich stets voller Schadenfreude mit seinen Lehrern verbündet hatte, um ihn zum Schweigen zu bringen, wenn er reden, ihn zu tadeln, wenn er handeln wollte. Als ob die drei Jahre, die sie älter war als er, ihr ein Vorrecht über ihn gaben, trotz der Tatsache, daß er zum Herrscher geboren war und man sie in einem Korb am Tor der Eanna ausgesetzt hatte. Mit elf Jahren hatte er gejubelt, als man sie fortholte und mit den einfachen Arbeiten des Backens, Saubermachens und Schafhütens betraute. Aber die vier Jahre der Trennung hatten seine Erinne-

rungen nicht ausgelöscht, ebensowenig wie – dem Glanz ihrer Augen nach, der schwarz und scharf wie ein Obsidiansplitter war – die ihren.
Zorn begann in Gilgameschs Herz aufzusteigen, wie halbverglühte Kohle langsam zu neuer Flamme auflodert. Was war das für ein Streich, den ihm der Tempel oder Inanna spielte, daß man ihm ausgerechnet wieder Puabi gegenüberstellte? Hatte sich der En das ausgedacht, weil er glaubte, nachdem sie ihn als Kind tyrannisiert hatte, würde sie das auch jetzt noch tun können, wenn er ein Mann war? Daß sie sich wieder so benehmen würde, als hätten die Lehrer sie persönlich damit beauftragt, ihn stumpf und gehorsam zu machen?
Aber Puabi – nein, sie war jetzt die Schamhatu, das durfte Gilgamesch nicht vergessen, obwohl für ihn dieser Titel immer einer anderen gehören würde, der Frau, die jetzt als Rimsat-Ninsun dort oben stand. Ihre warmen Arme hatten ihn gehalten, wenn er als Kind hingefallen war und sich die Knie aufgeschürft hatte, sie hatte ihm an Festtagen Honigkuchen geschenkt und ihn nur fortgeschickt, wenn sie den Männern gegenüber, die allein zum Heiligtum kamen und deren Opfergaben oder auch Nöte groß genug waren, Inannas Gunst zu gewinnen, die Pflicht der Göttin erfüllen mußte.
Nun hob die Schamhatu seine Krone, ein hoch aufragendes Gebilde aus geschichteten Hörnern, der Prunkhaube des En nicht unähnlich.
»Gilgamesch, Lugalbandas Sohn«, rief sie mit lauter Stimme in den kühlen Morgen hinaus, »Herrscher der Menschen, Diener der Götter, knie nieder, auf daß du erhöht werdest.«
Widerwillig kniete Gilgamesch vor ihr nieder. Üppige Süße erfüllte die Luft, als der En duftendes Öl über seinen Kopf goß. Bächlein rannen durch sein Haar und tropften golden und schimmernd wie Honig auf den Brustharnisch.
»Gesalbter der großen Himmelsgötter«, fuhr die Schamhatu fort, »Inanna krönt dich zum Ensi von Erech, zum Hirten von Erech-der-Schafhürde.« Langsam ließ sie die hohe Mütze auf seinen Kopf niedersinken und hielt sie einen Augenblick fest, um sich zu überzeugen, daß sie richtig saß. Selbst mit gebeugtem Nacken war sich

Gilgamesch ihrer Nähe unbehaglich bewußt: der Rundung von Hüften und schlankem Bauch unter dem dünnen blauen Leinen, der Düfte nach Kalmus, Weihrauch und dem eigenen, warmen Fleisch der Schamhatu. Wenn er den Kopf hob, würde sein Gesicht fast die Gabelung ihrer Schenkel berühren. Es war gut, daß er kniete, denn schon spürte er die Schwellung in seinen Lenden, als ihm der ungebetene Gedanke durch den Kopf schoß: *Ich könnte sie morgen nacht besitzen!* Und wenn das geschah, würde es vielleicht nicht Inanna sein, der er sich unterwarf, sondern Puabi, über die er endlich den Sieg davontrug, und so könnte er alles erfüllen, was man von ihm erwartete, ohne sich dem Tod in die Hände zu liefern ...

Die Schamhatu trat zurück. Gilgamesch richtete sich auf, vorsichtig, um die schwere Krone im Gleichgewicht zu halten.

»Ensi von Erech, Inannas Verlobter«, sprach die Schamhatu, »von den Göttern Erhöhter, empfange nun das Zepter des Gerichts. Möge deine Herrschaft erfüllt sein von Weisheit, dein Haupt erleuchtet von Enlil dem Mächtigen, dem An der Himmel. Mögen die Dämonen der Einöde und der Unterwelt keine Gewalt über dich haben; mögen deine Tage im Land lang sein und Utu dich stets mit seiner Gunst bescheinen. Heil dir, Gilgamesch, Ensi von Erech, Lugalbandas und Rimsat-Ninsuns Sohn – zwei Drittel Gott und ein Drittel Mensch.«

Lauter Jubel stieg auf, als Gilgamesch das Zepter entgegennahm und in die Höhe reckte. Nun trat Rimsat-Ninsun vor, und hinter ihr folgten die drei jungen Frauen.

»Gilgamesch, Ensi von Erech, zwei Drittel Gott und ein Drittel Mensch«, wiederholte sie, »diese Frauen bringe ich dir. Gattinnen und geliebte Schwestern sollen sie dir sein, Weihepriesterinnen des Ensi. Enmebaragesi und Peschtur und Kubaba sind ihre Namen. Laß sie zu dir eingehen ins Hochzeitsgemach als Bräute deiner Wonne, denn du bist nun ein Mann und mußt die Pflichten eines Mannes erfüllen. Komm mit uns, Gilgamesch, Ensi von Erech, deine Bräute erwarten dich.«

Unter dem Beifall der Menge küßte Gilgamesch nacheinander alle drei Mädchen. Dann ergriff Rimsat-Ninsun ihn bei der Hand und

führte ihn die Stufen hinunter. Die drei Bräute schlossen sich an. Blumen übersäten ihren Weg, die hellen, weichen Blütenblätter umflatterten sie wie ein Schwarm winziger Tauben, und hinter ihnen erhoben die Sänger von neuem ihre Stimme.
Gilgamesch empfand kaum noch etwas anderes als überwältigende Erleichterung, in die sich allmählich wachsende Begierde mischte. Er hatte es endlich geschafft, war als Herrscher bestätigt und gekrönt. Morgen konnten er und Ur-Lamma mit der Neuigkeit, daß ein Krieg ins Haus stand, vor die Ältesten von Erech treten, aber heute, heute würde er den Lohn seiner Mühe genießen.
Das Zimmer, in das Rimsat-Ninsun ihn führte, duftete lieblich nach Blumen. Die Wände waren grün von frischen Palmblättern und Tamariskenzweigen. Ein Bierkrug aus Alabaster stand neben vier Elfenbeinbechern auf einem kleinen Tisch. Auf einem mit Perlmutt eingelegten Tablett aus Zedernholz waren eine Auswahl kleiner Pasteten, dazu Käse und Brot, angeordnet.
»Ich beglückwünsche dich, mein Sohn«, sagte Rimsat-Ninsun liebevoll zu Gilgamesch. »Lange habe ich auf diesen Tag gewartet, an dem du deine Herrschaft antreten würdest. Sei stark, wie du es immer bist – doch vergiß in deiner Kraft nicht, daß andere schwächer sind, und sei darum auch weise und milde.«
Sie küßte ihn sanft auf die Stirn und entfernte sich dann still, als Gilgameschs drei junge Frauen eintraten.
Gilgamesch stand vor dem Bett und betrachtete sie. Zwei waren klein und von rundlichen Formen, die dunklen, rehäugigen Gesichter einander so ähnlich, daß sie fast Zwillinge hätten sein können. Die dritte war größer und schlanker, und ihre apfelförmigen Brüste wölbten sich hoch und mit harten Warzen unter dem Leinenkleid. Enmebaragesi und Peschtur und Kubaba – aber als sie ihm ihre Namen nannte, hatte ihm Rimsat-Ninsun nicht erklärt, welcher davon zu welcher gehörte. Plötzlich fühlte Gilgamesch sich sprachlos wie eine Jungfrau und konnte den Blicken der drei nicht begegnen.
Die Größere sank auf die Knie, um sich anmutig vor ihm niederzuwerfen. »Mächtiger Ensi, Erhabener und Anbetungswürdiger, ich bin deine Priesterin Kubaba«, sagte sie. Ihre Stimme war leise und

süß und besänftigte Gilgameschs Unsicherheit in gleichem Maße, wie sie seine Erregung stärker werden ließ. »Vor der Göttin wählte mich deine Mutter für dich aus. *Ischib*-Priesterin in Inannas Tempel, das war ich, nun werde ich dir allein die Opferschalen darbringen, mit meiner Jungfräulichkeit als erstem Geschenk. Diese beiden Schwestern, Enmebaragesi und Peschtur«, sie winkte, und die anderen warfen sich ebenfalls nieder, »waren *Naditum* des Tempels. Nun bist du es, dem sie die Wonnen bringen, die die Göttin gewährt, und wir beten darum, daß dein Samen ihre Schöße, die bisher brachlagen, zum Keimen bringen wird.«
Bei ihren Worten merkte Gilgamesch, wie sich sein Glied zwischen den Beinen hob, hart wurde und pochend gegen den Bindenrock stieß. Die beiden *Naditum* würden in allen Künsten der Lust ausgebildet sein, mit denen eine Frau einen Mann erfreuen konnte, und Kubabas warmer Ton hieß ihn willkommen. Seine Mutter hatte gut gewählt.
»Erhebt euch und kommt zu mir, meine Bräute«, sagte er und ließ sich auf dem Bett nieder. Die drei Frauen folgten der Aufforderung. Enmebaragesi und Peschtur rahmten ihn mit ihren warmen Schenkeln ein, die sich an seine Schenkel preßten, und ihre schweren Brüste schmiegten sich an seine Arme. Kubaba füllte die Elfenbeinbecher mit Bier und hielt Gilgameschs Becher so, daß er durch den goldenen Halm trinken konnte. Das Bier war mit Honig und Dattelsirup versüßt; die Wärme, die es in Gilgameschs Bauch entzündete, stieg ihm rasch zu Kopf, bis er die heiße Röte in seinen Wangen spürte. Kubaba senkte den Becher und lehnte sich über ihn, um seinen Mund zu küssen, während die leichte Berührung von Peschturs Fingern, die über die Leinenbinden seines Rocks strichen, ein Zittern der Lust durch seinen Körper sandte.
»Komm, mein Geliebter«, flüsterte Enmebaragesi mit weichen, feuchten Lippen an seinem linken Ohr. »Laß dir den Brustharnisch abnehmen; du brauchst keinen Panzer gegen deine Gemahlinnen.«
Gilgamesch ließ zu, daß sie die schwere Bronze lösten und zur Seite legten. Enmebaragesi und Peschtur streichelten mit zarten Fingernägeln seine Brust und bestaunten leise murmelnd ihre Breite und

Stärke. Es kam ihm vor, als hielten sie sich zurück und warteten auf etwas. Dann merkte er, daß er immer noch die Krone trug, die nur er allein vom Kopf nehmen durfte. Er setzte sie ab und stellte sie vorsichtig auf den Tisch. Sogleich waren die beiden Schwestern über ihm. Jede ritt auf einem seiner Schenkel, so daß ihre Beine sich zwischen den seinen berührten. Er wandte das Gesicht von den Küssen der einen zu den Küssen der anderen. Hinter ihm kniete Kubaba und streichelte ihm Schultern und Rücken. Verzaubert vom süßen Geschmack von Peschturs Mund und dem feuchten Schimmer ihrer schwarzen Augen stellte er fest, als er sich endlich wieder Enmebaragesi zuwandte, daß sie es irgendwie geschafft hatte, von ihm unbemerkt ihr Kleid abzustreifen, und nun nackt auf seinem Schoß saß. Ihre großen, pflaumendunklen Brustwarzen streiften seinen Oberkörper; und während sein Blick an ihr hing, hatte auch Peschtur ihr Gewand ausgezogen.
Gilgamesch zog die Schwestern enger an sich und preßte die nachgiebigen Körper an seinen Leib. Enmebaragesi griff nach unten, und Gilgamesch merkte, daß Kubaba seinen Rockbund geöffnet hatte, so daß Enmebaragesi nur eine Falte des Leinens aufheben mußte, um seinen hoch aufragenden Stab freizulegen.
Als ihre Finger sich leicht um ihn schlossen, entrang sich ihm ein Stöhnen. In einer unerträglich seidigen Liebkosung schob sie die Kapuze auf dem dick geschwollenen Kopf auf und ab. Gilgamesch biß sich hart auf die Lippen und zwang den heißen Wolkenbruch, der seine Lenden füllte, zurück. Die Schwestern tauschten einen Blick; Gilgamesch, halbbetäubt, merkte es kaum. Enmebaragesi, die noch immer sein Zepter streichelte, schob die warme Last ihres Gesäßes zur Seite, während Peschtur sich leicht anhob und den Rücken nach hinten bog, so daß ihre Brüste zum Himmel zeigten. Enmebaragesi nahm Gilgameschs steifes Glied, strich mit der Spitze leicht über die betauten Blütenblätter der Scham ihrer Schwester und ließ dann Peschtur langsam auf ihn niedersinken. Er keuchte, als er fühlte, wie Peschturs Körper ihn umwogte, als sie sich wieder aufrichtete, ihn auf den Mund küßte und sich zu bewegen begann.
Kraftvoll stieß er nach oben, begegnete ihr wieder und wieder. Ihre

Augen schlossen sich halb vor Verzückung, und sie gab kleine, stöhnende Laute von sich. Eng umschloß sie ihn, einmal und noch einmal, und Gilgamesch konnte sich nicht länger halten; hart drängten seine Hüften aufwärts, ein letztes Mal. Dann schrie er laut auf und verströmte sich in ihr.
Peschtur behielt Gilgamesch in sich, als er allmählich schlaff wurde. Die beiden anderen streichelten ihn.
»Du hast heute früh gefastet, Gemahl«, sagte Kubaba. »Und ...«, sie lächelte ihm verschmitzt zu, »du hast schon hart gearbeitet. Du mußt hungrig sein.«
Noch während sie es sagte, wurde Gilgamesch die gähnende Leere seines Inneren bewußt. Ausgelaugt und heißhungrig wollte er nach dem Tablett mit den Speisen greifen, aber die sanften Hände seiner Gattinnen schoben ihn zurück aufs Bett.
»O nein! Wir werden dich füttern«, girrte Enmebaragesi und kicherte ein wenig. »Du bist jetzt verheiratet und brauchst dich um nichts mehr zu kümmern.« Abwechselnd steckten die drei Frauen ihm kleine Leckerbissen in den Mund: würzige Pastetchen, mit dem schmackhaften Fleisch von Enten und kleinen Vögeln gefüllt, Käse, mild und reif oder so salzig, daß jeder Bissen sofort mit einem neuen Schluck Bier hinuntergespült werden mußte, und blättrige Honigkuchenhappen. Indem sie ihn so verwöhnten, beugten die beiden Schwestern sich über Gilgamesch, streiften mit ihren Brustwarzen seine Haut und küßten ihn, während sie ihn fütterten. So dauerte es nicht lange, bis sie dafür gesorgt hatten, daß seine Männlichkeit von neuem ihr Haupt hob. Enmebaragesi griff nach ihm, aber Kubaba versetzte ihrer Hand lachend einen Klaps.
»Kommt, jetzt bin ich an der Reihe«, erklärte sie. »Ihr beiden habt die Freuden, die der Körper eines Liebhabers bereitet, reichlich genossen; ich aber bin eine Jungfrau – wollt ihr mich noch länger warten lassen? Gilgamesch, mein Gemahl, hast du je zuvor eine Jungfrau geliebt?«
Gilgamesch hätte nicht gedacht, daß eine Frau ihn zum Erröten bringen könnte, aber er spürte, daß das jetzt geschah. Seine drei Gattinnen kicherten.

»Nun, hast du?« drängte Kubaba.
»Einmal ... ja.«
»Und hat es ihr gefallen?
»Hör auf, das ist ungerecht«, mischte Enmebaragesi sich ein. »Woher soll er das wissen? Nein, wir werden dich, lieber Gatte, alles lehren, was man braucht, um eine Jungfrau zu gewinnen.« Sie bückte sich, um das Faltengewirr von Gilgameschs Rock von seinen Beinen zu ziehen, und zupfte dann die Nadeln und Bänder aus Kubabas Zöpfen, so daß ihr Haar offen in großen, schwarzen Wellen herabfiel.
»Und nun, bevor du ihr noch das Kleid abstreifst, drücke sie an dich und küsse sie – aber sanft, damit du sie nicht erschreckst und sie fortläuft. Du darfst auch deine Hand auf die Rundung ihrer Brust legen und ihre Warzen streicheln, aber achte darauf, sie nicht zu kneifen oder zu fest zu drehen, denn sie sind zart und nicht an die Berührung eines Mannes gewöhnt. Schau her, ich will es dir zeigen.«
Enmebaragesi setzte sich an Kubabas andere Seite, zog das schlanke Mädchen an sich und küßte sie. Sanft ließ sie ihre Zunge um Kubabas Lippen gleiten, liebkoste dabei zart eine von Kubabas kleinen runden Brüsten und drehte dann ihren Kopf Gilgamesch zu. Der junge Ensi ahmte, so gut er es vermochte, Enmebaragesis Bewegungen nach. Er fühlte, wie Kubabas Brustwarze unter seiner Handfläche hart wurde, und sie begierig seine Küsse erwiderte. Rasch und feucht fuhr die kleine spitze Zunge in seinen Mund.
Enmebaragesis Hand glitt an der Rundung von Kubabas Hüften hinab und um sie herum. Sie streichelte Kubabas Schenkel. Gilgamesch folgte ihrem Beispiel und genoß sanft das warme, straffe Fleisch unter dem dünnen Leinen, während seine Finger immer wieder den weichen Fingern seiner anderen Frau begegneten.
»Schau nun«, fuhr Enmebaragesi fort, »wie meine Hand sich in ihrem Schoß bewegt, wie ich leicht, ganz leicht, ans Tor des Lebens klopfe ...« Obwohl sie ihre Finger kaum bewegte, holte Kubaba tief Atem und hob den Kopf, um Gilgamesch in die Augen zu blicken. Sie öffnete die Lippen ein wenig und löste sich von den beiden, die sie liebkosten.
»Entkleide mich jetzt, mein Gemahl«, bat sie.

Langsam streifte ihr Gilgamesch das dünne Gewand vom Körper und enthüllte dabei Schritt für Schritt alles, das es nur halb verborgen hatte: die schmalen, hellen Schenkel und das zierliche Dreieck aus dunklem Flaum an der Stelle, wo sie sich trafen, die sanfte Biegung ihre Hüften und die glatte, flache Rundung ihres Bauches, die Brüste mit den rosigen Warzen, die anmutigen Schultern. Er hätte sie am liebsten aufs Bett geworfen, um ohne weiteres Warten ihre Tiefen zu ergründen, aber er wußte, daß er sich um ihretwillen beherrschen mußte. Das entflammte ihn nur heftiger. Ihre Zartheit, ihre Unruhe trotz der kühnen Worte – er wußte, daß sie sich fürchtete, denn sie zitterte, als sie ihm entgegenstrebte – erregten ihn wie der Geruch von Blut einen Löwen. Nackt umarmte er sie einen Augenblick, rieb sich langsam an ihrem Körper und ließ sie dann vorsichtig in die Kissen gleiten. Sie zog die Knie an und erwartete ihn.
Enmebaragesi und Peschtur schmiegten sich an Kubabas Seiten und streichelten die Liegende. Peschtur ergriff Gilgameschs Hand und legte sie auf das weiche Fellchen zwischen Kubabas Beinen.
»Auch hier mußt du sie sacht liebkosen«, erklärte sie. »Zuerst nur einen Finger ... das bedeutet schon viel für eine unberührte Jungfrau.« Sie sah hinab in Kubabas Augen. »Entspanne dich, meine Schwester: Je weniger du dich fürchtest, desto geringer ist der Schmerz.« Und zu Gilgamesch: »Und nun ein Stückchen weiter oben, vorsichtig ...« Kubaba erschauerte jäh, und ihre Hüften wölbten sich ein wenig unter Gilgameschs Berührung. »Nun darfst du allmählich in sie eindringen. Tu es langsam, aber fest und höre nicht auf; am besten geschieht es mit einem einzigen Stoß.«
Behutsam senkte sich Gilgamesch über Kubaba und ließ sich, so sanft er konnte, in sie hineingleiten. Als er in sie eindrang, verkrampfte sie sich, und ein plötzliches Aufwallen von Lust durchfuhr ihn, aber er stieß weiter vor. Auf einmal fühlte er, wie etwas in ihr nachgab. Mit einem kleinen Aufschrei öffnete sich ihr Körper dem seinen. Tränen quollen aus ihren Augen. Ganz umfangen von ihrer heißen Tiefe, wartete er, zog sich dann zurück und bewegte sich langsam wieder vorwärts, bis sie sich unter ihm zu regen und in seiner engen Umarmung auf und ab zu wiegen begann.

Als er fertig war, hielt Gilgamesch Kubaba noch eine Weile in seinen Armen. Er wußte nicht, ob auch sie ihren Höhepunkt erreicht hatte, und wagte nicht zu fragen; aber sie hielt die Augen halb geschlossen, und ihm schien, daß ihr leiser Atem an seinem Hals Freude ausdrückte.
»Das war wohlgetan, mein Gemahl«, sagte Kubaba endlich. Die beiden anderen Frauen murmelten zustimmend.
»Du bist wundervoll«, antwortete Gilgamesch aufrichtig. »Ich bin froh, daß man dich als Gattin für mich gewählt hat.«
»Fürwahr wohlgetan«, unterbrach ihn Enmebaragesi. »Doch nun, mein Gemahl, was ist mit mir? Jung und stark magst du sein, doch ein Mann mit drei Gattinnen hat viel zu lernen – denn man erwartet, daß du jede Nacht deine Pflicht bei uns allen dreien erfüllst.«
Peschtur sah sein Gesicht und brach in Gelächter aus. »Nein, das stimmt nicht. Aber wenn eine kleine Ruhepause dich nicht wieder stark macht, lehren wir dich etwas Neues. Denn jedermann weiß, daß eine Frau den stärksten Mann erschöpfen kann, und so groß deine Manneskraft jetzt auch ist, es mag eine Zeit kommen, in der selbst sie versagt. Und ist dies nicht der schönste Unterricht, den du je genossen hast?«
Obwohl Gilgamesch wußte, daß sie scherzte, lag etwas in ihren Worten, das ihn ärgerte. Aber er war so angenehm müde und gesättigt, daß der Stich kaum mehr als ein Nadelstich war, und darum lachte er nur und meinte: »So ist es. Nun, dann lehre mich mehr, wenn du kannst.«

5

Nachdem sie das Ritual vollzogen hatte, begab sich Puabi wieder in den kühlen Schatten von Inannas Heiligtum. Sie ging nicht nach vorn, um sich zu Füßen der Göttin niederzusetzen, sondern nahm den Weg durch die Säulen bis zu einer der zahlreichen kleinen, abgetrennten Nischen, die in die dicken Lehmmauern eingelassen waren. Dort hockte sie sich neben das kleine Tischchen mit der jetzt leeren

Opferschale und ließ ihren Atem zur Ruhe kommen, bis er kaum noch vernehmbar war.
Gilgamesch hatte seine Rolle durchaus gut gespielt – wozu auch wirklich nicht viel gehörte. Aber sie hatte sein Gesicht gesehen, als er ihren Namen hervorstieß – er hatte ihre alte Feindschaft nicht vergessen. Puabi freilich durfte daran nicht mehr denken und mußte sogar beten, daß er das gleiche tat, denn sonst würde es nicht lange dauern, bis die Wüstenwinde ihren Staub durch die leeren Heiligtümer Erechs wehten und die Stimme der Schreieule ertönte, wo man jetzt die *Tigi*-Hymnen sang. Und auf die eine oder andere Art mußte sie ihn in das Bett der Göttin bringen.
»Gilgamesch an seine Pflicht zu erinnern nützt nichts«, dachte sie. »Er wird sich nur um so heftiger wehren und sich mit aller Kraft auflehnen, schon um herauszufinden, wie weit er gehen kann.« Doch so sehr er seine Schulzeit gehaßt hatte, jetzt, das wußte Puabi, würde er feststellen, daß die Fesseln, die den Ensi banden, weit enger saßen als die des Erben vor seiner Thronbesteigung.
Nein, sie mußte als Herausforderin kommen, um Gilgamesch deutlich zu machen, daß er vor Inanna erscheinen – oder Puabi seine Furcht eingestehen mußte. Und es gab noch eine Waffe, von der sie Gebrauch machen konnte, denn jeder wußte, wie stark es ihn nach den Körpern der Frauen gelüstete. Puabi wünschte sich auf einmal, einst darum gebeten zu haben, daß man sie in den Künsten der Liebespriesterinnen der Eanna unterwies, Frauen, die sich darauf verstanden, Männer zu entflammen, obwohl diese in Ehrfurcht erstarrt, ängstlich, alt oder schwach waren. Um ihrer Pflicht willen würde sie diesen Unterricht jetzt nachholen, denn die Schamhatu war dafür verantwortlich, daß die Männer, die auf der Suche nach Inannas Segen zu ihr kamen, auch empfangen konnten, was die Göttin schenkte. Doch alles, was Puabi bislang über Männer wußte, war das, was sie von den anderen Mädchen der Eanna gehört und die wenigen, unbeholfenen Küsse, die sie in den versteckten Winkeln des Heiligtums mit Utuhegal getauscht hatte, bevor sein Vater überraschend starb und er den Tempel verlassen mußte, um die Werkstatt der Familie zu übernehmen.

Puabi war schon fast entschlossen, zu einer der älteren *Naditum*, die die Jungfrauen ausbildeten, zu gehen und sie um Rat zu bitten, als sie das leise Scharren von Sandalen auf dem Fußboden hörte. Sie senkte den Kopf wie tief ins Gebet versunken, aber die Schritte blieben unmittelbar hinter ihr stehen. Mit einem Seufzer schaute sie auf.
Hinter ihr stand Geme-Tirasch. Ihre dunkelgelockten Haare hingen aufgelöst um die runden Schultern, die braungrünen Augen waren weitgeöffnet. Plötzliche Unruhe durchzuckte Puabis Körper, und ihr erster Blick galt der Hand der anderen, um festzustellen, ob sie eine Waffe trug. Aber die Hände waren offen, die Finger steif abgespreizt, und weder Haß noch Wut trübte den verwirrten Ausdruck ihrer Züge.
»Erhabene Herrin«, sagte Geme-Tirasch leise, »die Göttin kam zu mir. Sie schenkte mir ein Gesicht.«
»Sprich.«
Während Geme-Tirasch sprach, beobachtete Puabi sie sorgfältig. Es wäre nicht ungewöhnlich, wenn sie sich sofort in den Vordergrund zu spielen versuchte, solange die Schamhatu neu und unerfahren war; die Worte einer Seherin, die Vertrauen genoß, konnten rasch zur Macht hinter den Taten eines Tempels oder Ensis werden. Ob da wirklich ein Gott sprach oder, zum Guten oder zum Schlechten, nur das Herz der Seherin – niemand, der allzu vertrauensvoll glaubte, konnte es wissen. Und doch ließen die Worte von Geme-Tiraschs leiser Stimme Puabi erzittern, und Grauen und Zweifel befielen sie.
»Gilgamesch stand auf den Stufen vor dem Schrein der Göttin«, sagte Geme-Tirasch. »Und ich hörte die Worte nicht, die du sprachst, denn ein großes Windrauschen erfüllte meine Ohren, und meine Augen lagen im Schatten, als dämmerte der Abend und nicht der Morgen. Aber es leuchtete ein seltsames Licht über dem Heiligtum, ein Stern, der brannte wie Sonnenglut und eine lange Spur über den Himmel sengte. Dann vernahm ich Urgigirs Stimme, als riefe er aus weiter Ferne ...«
»Was rief er?« fragte Puabi, die sich atemlos vorgebeugt hatte. Obwohl ein kleiner Teil ihres Verstandes sich ärgerte – es war ein alter

Wahrsagertrick, den Zuhörer zu zwingen, selbst an der Prophezeiung mitzuwirken –, hätte sie die Frage ebensowenig unterdrücken können, wie sie einen fallenden Stein daran hindern konnte, auf die Erde aufzuschlagen.
»*Die Vorzeichen sind nicht gut.*« Puabi fuhr zurück, denn die Stimme der anderen war fast bis zum Baß des obersten Opferpriesters herabgesunken. »*Die Götter sind unzufrieden; in den Blicken, die sie auf uns richten, liegt Zorn. Enlil ist unzufrieden ...*«
»Und dann«, fuhr Geme-Tirasch in ihrer eigenen Stimme fort. »hörte ich einen anderen Mann sagen: *Der Ensi von Erech ist tot. Geh hinaus auf die Mauern der Stadt und verkünde es, Schreiber.* Da wich der Schatten von meinen Augen, und ich konnte wieder sehen und hören.«
»Das ist ein Gesicht von großer Bedeutung«, sagte Puabi vorsichtig. »Sag mir noch: Hast du Gilgamesch selbst gesehen, oder sprach jemand seinen Namen aus?«
Geme-Tirasch schüttelte den Kopf, und ihre Lapis-Ohrgehänge schwankten wie Dattelfruchtstände im Sturm.
»Es ist gut, daß du mich unterrichtet hast«, fuhr Puabi fort. »Geh nun und denke weiter darüber nach. Wenn dir noch etwas einfällt, suche mich sofort auf.«
Geme-Tirasch kniete kurz vor ihr nieder, erhob sich dann und entfernte sich schweigend.
Puabi starrte der Seherin nach und biß sich auf die Lippen. Wenn dieses Gesicht echt war ... Sie mußte sofort den En aufsuchen und ihn um Rat bitten, mit ihm und Rimsat-Ninsun sprechen, vielleicht Urgigir holen lassen und ihn auffordern, das Orakel zu befragen. Aber was dann? Wenn man Geme-Tiraschs Worte für wahr befand und die junge Priesterin danach wieder zu ihr kam, im Namen der Götter dieses und jenes verlangte, um das Unheil abzuwenden, und dann immer mehr und mehr?
Nein. Sie würde zuerst zu Gilgamesch gehen. Wenn Geme-Tirasch wirklich eine Vision gehabt hatte, brauchte es wenig Weisheit, um zu erkennen, womit Gilgamesch die Götter gekränkt und selbst seinen Tod verursacht haben konnte. Sein Leben und das Leben von Erech

lagen in seinen eigenen Händen, und vor allen anderen mußte Puabi dafür Sorge tragen, daß er es nicht achtlos von sich warf.

6

Lange Zeit hatte Gilgamesch mit seinen drei Frauen geruht, lachend und scherzend. Er war überrascht, wie leicht es ihm fiel, sich mit ihnen zu unterhalten, sobald nur erst alle Begierden gestillt waren, eine Tatsache, die viel dazu beitrug, ihn den Ärger vergessen zu lassen, der noch immer an ihm nagte, wenn er daran dachte, daß er bei ihrer Auswahl kein Mitspracherecht gehabt hatte. Enmebaragesi und Peschtur steckten voller Geschichten aus ihrer Zeit als *Naditum* des Tempels: von der Ausbildung, die sie gelehrt hatte, nicht nur den Leib, sondern auch Verstand und Willen einzusetzen, um allen Männern, die zu ihnen kamen, Segen zu spenden; von den Männern selbst, stolzen Kaufleuten mittleren Alters, deren Prahlerei ihre Kraft um Längen übertraf; jungfräulichen Knaben, zu ängstlich, die Hand zu heben und den Körper der Priesterinnen zu berühren; und alten Männern, die sich wünschten, ihre Jugend wiederzufinden, und sei es nur für eine kleine Weile. Obgleich die Schwestern nur vier Jahre älter waren als Gilgamesch, schien es, als hätten sie in dieser Zeit die Hälfte aller Männer von Erech nackt und verwundbar vor sich gehabt. Kubaba wirkte stiller, ernsthafter und klüger, und Gilgamesch wußte, daß seine Art, sie zu lieben, ihr Herz gerührt hatte, denn ab und zu streifte ihre Hand die Stelle, an der er gewesen war, und sie sah mit einem sanften Lächeln zu ihm auf.
»So also heiratet ein Ensi«, dachte er, als die drei Frauen sich schließlich wieder anzogen und gemeinsam ins Bad gingen. Bald würde er Enatarzi rufen, damit er ihm ein Becken mit frischem Wasser brächte und auch er sich waschen könnte. Vorläufig jedoch genoß er es, nackt auf dem zerwühlten Bett zu liegen, jeder Muskel seines Körpers warm und entspannt, und das Gemisch von Süße und Moschus einzuatmen, das vom langen Liebesspiel in der Luft hing.

Er war fast eingeschlafen, als er das leise Klopfen am Türrahmen hörte. Wahrscheinlich war es nur sein Eunuch oder ein anderer Diener, der nachschauen wollte, ob er einen Wunsch hatte, aber dennoch zog er sich den Rock wieder hoch und befestigte ihn, bevor er »Herein!« rief.
Der weißwollene Vorhang schwang zur Seite. Gilgamesch fuhr in die Höhe. Vor ihm stand in vollem, schimmerndem Ornat die Schamhatu.
Zwar war das warme Wohlgefühl, das ihn erfüllte, zu stark, als daß er ihr hätte zürnen können – auch wenn er sich fragte, ob sie ihm nachspioniert und nur gewartet hätte, bis seine Frauen sich entfernten –, aber er nahm trotzdem eine strenge Miene an und fragte, so kalt es ihm möglich war: »Was willst du von mir?«
»Sollte ich nicht zu dir kommen, um mit dir zu sprechen, wenn wir beide es sind, die die Götter zu Hirten über Erech-die-Schafhürde gesetzt haben?« erwiderte die Schamhatu förmlich.
Gilgamesch stieß einen unterdrückten Seufzer aus. Aber er wußte, daß sie recht hatte, denn sie würden einander von nun an täglich begegnen. Außerdem war er nicht mehr der Knabe, mit dem sich Puabi in der Schule der Eanna ständig gezankt und in den Haaren gelegen hatte, und sie vielleicht nicht mehr das Mädchen, das die Hälfte ihrer Zeit seine Missetaten angezeigt und ihn die andere Hälfte selbst angeschrien hatte. Sie waren jetzt beide erwachsen; vielleicht konnten sie sich vertragen.
»Du hast recht«, stimmte er zu. Es gab keine Thronsessel in diesem Raum, wie sie für eine offizielle Audienz erforderlich gewesen wären, aber er stand vom Bett auf und hockte sich höflich auf dem Teppich nieder. Sie folgte seinem Beispiel.
»Du möchtest wissen«, begann Gilgamesch und gab sich große Mühe, seine Stimme tief und erwachsen klingen zu lassen, »welche Pläne ich als Ensi habe. Tatsächlich sind es Dinge, die die Eanna angehen, weil die Bekleidung und Verproviantierung des Heeres großenteils eure Aufgabe ist. Nach langen Gesprächen mit unserem weisen Heerführer Ur-Lamma habe ich in meinem Herzen beschlossen, nach der Ernte wieder den Titel des Lugal anzunehmen, denn wir

brauchen einen Kriegsherrn. Ich werde unsere Streitmacht einberufen und gegen Ur ziehen, um die Bewohner dieser Stadt auf den Unterschied zwischen dem Tribut, den unsere alten Verträge mit ihnen vorsehen, und demjenigen, den sie uns in den letzten Jahren gesandt haben, hinzuweisen. Ich verlasse mich dabei auf die Unterstützung des Tempels, der vom Eingang dieses Tributes ebenso viele Vorteile hat wie alle anderen in Erech.« Er lächelte sie so bezaubernd an, wie er konnte. Er wußte, daß seine Worte gut geklungen hatten, denn er hatte in vielen Nächten darüber nachgedacht, auch wenn er nie damit gerechnet hatte, sie ausgerechnet Puabi einmal vorzutragen.

Aber die dünngeschwungenen Augenbrauen der Schamhatu zogen sich finster zusammen, und ihr Mund wurde schmal. »Lugal von Erech – ja«, murmelte sie. »Aber du weißt, Gilgamesch, daß du noch etwas anderes sein mußt.«

*Der En hatte mit ihr gesprochen.* Gilgamesch merkte, wie seine Sehnen sich von neuem anspannten und sein Nacken unangenehm prickelte. Noch rang er um Beherrschung; wenn er sich wie ein Kind benahm, würde sie nie aufhören, ihn auch so zu behandeln.

Er zwang seine Muskeln, sich zu entspannen, und lächelte kühl.

»Du meinst die Heilige Hochzeit«, sagte er und wollte fortfahren, wollte alles ruhig mit ihr besprechen, um zu sehen, auf was für einen Waffenstillstand, was für eine Art Vergleich sie sich einigen könnten. Schon öffnete er den Mund, als die Schamhatu sich vorbeugte, so nah, daß er sah, wie ihre Pupillen schwarz und groß wurden und die Iris ihrer Augen verschlangen, in denen er selbst sich winzig widerspiegelte.

»Du mußt das Bett mit Inanna teilen«, zischte sie drängend. »Es gibt keine andere Möglichkeit, nicht für den Herrscher von Erech, nicht für Lugalbandas Sohn. Der En hat mir gesagt, du fürchtetest dich, aber ich kenne dich, Gilgamesch. Du hast stets behauptet, du hättest vor nichts Angst. Ist das wahr?«

»Ich habe keine Angst«, entgegnete Gilgamesch, aber er wußte, daß er log. Schon zitterte er innerlich, und er konnte das heftige Beben, das alle seine Muskeln überflutete, nur mit größter Anstrengung unterdrücken.

»Dann beweise es«, forderte sie ihn heraus. »Schwöre mir, daß du morgen als Bräutigam an der Heiligen Hochzeit teilnehmen und En werden wirst, Inannas Gemahl.«
Gilgameschs Zorn wuchs, und die willkommene Hitze vertrieb die kalte, krankhafte Angst in seinen Eingeweiden. »Ich werde dir gar nichts schwören, Puabi.«
»Ich bin nicht mehr Puabi!« fuhr sie ihn an. »Ich bin die Schamhatu von Erech, und ich spreche im Namen Inannas, der du von Rechts wegen angehörst und deren Gesetzen du gehorchen mußt. Hast du Angst vor ihr? Gibst du zu, daß du dich fürchtest, ihr Bett zu besteigen?«
Sie starrten einander an. Die Augen der Schamhatu waren große, dunkle Höhlen im fahlen Fels ihres Angesichtes. Gilgamesch kam es vor, als sei sie von ihren Worten ebenso entsetzt wie er.
»Ich bin weder Sklave noch Kind«, sagte er rauh. »Ich bin ein freier Mann, Herrscher von Erech.«
»Ein verwöhntes Kind bist du, das sich für einen Herrscher hält!« schrie die Schamhatu. »Noch keinen Tag lang bist du Ensi, im ganzen Leben hast du nichts Nützliches geleistet – wie kannst du es wagen, dich der Göttin zu verweigern, wenn sie und dein Volk deine Dienste fordern?«
Gilgamesch verbiß sich die Antwort, die ihm auf der Zunge lag. »Ich bin auch kein Zuchtesel«, erwiderte er nur.
Die Schamhatu schwenkte den Arm über das Gewirr zerwühlter und feuchtfleckiger Laken auf dem Bett. »Anscheinend gibst du dir aber große Mühe, es zu sein! Schon jetzt kennt man dich in den Schenken von Erech; du scheinst für jede Frau in der ganzen Stadt bereit zu sein, nur nicht für Inanna.«
»Nur nicht für dich!« schrie Gilgamesch zurück, und der schrille Ton seiner Stimme überschlug sich in einem plötzlichen Aufbrüllen. Er ballte die Fäuste, so fest er konnte, und zwang die Worte nieder, die sich auf seine Lippen drängten. Er wußte, daß er die Göttin von Erech und ihre Priesterin nicht verfluchen durfte, aber er war nicht sicher, wie lange er sich noch beherrschen konnte. Darum holte er tief Atem und sagte dann, so ruhig er konnte: »Geh nun. Verlaß mich. Wir wer-

den ein andermal darüber reden, aber ich habe mit dem En gesprochen, und er hat mir zugesichert, daß ich Inanna dieses Jahr nicht zu heiraten brauche. Er wird als Bräutigam die Ehe vollziehen wie schon so viele Jahre, und die Göttin wird mit ihrem Gemahl zufrieden sein.«
Die Schamhatu starrte ihn noch ein paar Augenblicke an. Plötzlich fuhr sie herum, riß einen halbgefüllten Elfenbeinbecher vom Tisch und holte damit aus, als wollte sie ihn nach Gilgamesch werfen. Er hob die Hand, als halte er einen Schild, um Pfeile oder Steine abzuwehren, aber Puabi stellte den Becher sehr vorsichtig wieder hin, machte kehrt und verließ stumm das Gemach.
Gilgamesch sank zu Boden, den Kopf in den Händen. »Ich habe gesiegt«, murmelte er leise. Aber er fühlte sich nach wie vor machtlos, und die jähe Stille im Raum verschluckte alles, was er gesagt hatte. Am Ende hatte sich zwischen ihm und Puabi doch nichts geändert. So sehr er sich bemüht hatte, die ganze Selbstbeherrschung eines Erwachsenen zu zeigen, alle Staatskunst anzuwenden, die er gelernt hatte – er hätte ebensogut mit dem Wüstenwind streiten, mit dem Sturm unterhandeln können. Und doch spannte sie das gemeinsame Joch ihrer Ämter zusammen, wie einen Wildesel und einen Ochsen, die man an denselben Streitwagen schirrt, und seine einzige Hoffnung darauf, den Weg zu bestimmen, lag darin, daß er stärker zog als sie.

7

Hoch aufgerichtet und mit steinernem Gesicht schritt Puabi in ihre Gemächer zurück. Erst als sie ihre Schlafkammer erreicht hatte und niemand sie mehr sehen konnte, warf sie sich bäuchlings auf das Bett und schluchzte voller Wut in ihr Kissen.
Sie wußte nicht, ob sie zorniger auf Gilgamesch oder auf sich selbst war.
»Ich habe versagt«, rief sie laut. »Meine erste wirkliche Aufgabe als Schamhatu – und ich habe versagt!« Sie wälzte sich herum und

starrte auf das nackte Standbild der Inanna neben dem Bett. Ihr Diadem war heruntergefallen; sie hob es auf und setzte es mit zitternden Händen auf das Haupt der Göttin.
»Inanna«, fragte sie bitter, »warum hast du mich erwählt? Nutzlos bin ich und dumm. Ich glaubte, Gilgamesch gut genug zu kennen, um ihn umzustimmen, aber statt dessen habe ich meine Hoffnung, ihn dir zuzuführen, selbst zunichte gemacht. Was immer Übles daraus entstehen mag, ich konnte es nicht abwenden.« Und wie um noch Salz in ihre Wunden zu reiben, dachte sie daran, wie er ausgesehen hatte: nur mit seinem Rock bekleidet, das Haar zerwühlt, die Augen in wollüstiger Erschlaffung halb geschlossen, in einem Raum, der überall nach der Lust roch, der er sich mit seinen drei Gattinnen gerade hingegeben hatte. Wie konnte er sie danach verschmähen? Wie konnte er Inanna verschmähen?
Voller Grimm riß sie sich die Festkleidung der Göttin vom Körper und hängte ein Stück nach dem anderen auf die Statue, bis sie selbst nackt und die Göttin bekleidet dastand. »Ich bin deiner Gaben nicht würdig, o Inanna. Nimm sie zurück! Wähle eine andere an meiner Stelle!«
Aber Inannas steinerne Züge blieben stumm, die steinernen Augen ausdruckslos, als sie zusah, wie Puabi vor ihr weinte und sich wand. Und allmählich legte sich der Sturm, der die Priesterin erschütterte. Träne für Träne versiegte, bis Puabi erschöpft und zitternd zu Füßen der Göttin lag.
»Inanna«, fragte sie, und ihre Stimme klang sehr dünn, »was soll ich tun? Wie kann ich Ordnung in alles bringen – wenn *er* Ensi ist?«
Aber auch jetzt gab Inanna keine Antwort. Schließlich stand Puabi auf und streifte sich ein einfaches Gewand über. Ihre Muskeln schmerzten so heftig, als hätte sie den ganzen Tag lang harte, körperliche Arbeit verrichtet, doch sie achtete kaum darauf. Weit schwerer lastete auf ihr, was ihr noch bevorstand: Sie mußte zum En gehen und ihm berichten, was geschehen war und daß er nun doch für dieses Jahr Inannas Bräutigam bleiben mußte – für dieses Jahr und alle folgenden, wenn man Gilgamesch nicht auf irgendeine Weise dazu brachte, seine Meinung zu ändern.

Aber als sie sich ein wenig gefaßt hatte, verzichtete Puabi zunächst darauf, den En zu suchen. Statt dessen hüllte sie sich, um nicht so leicht erkannt zu werden, in einen weiten Mantel und machte sich quer durch die Stadt zum Tempel der Rimsat-Ninsun auf.
An der Tür des Heiligtums brauchte sie nicht zu sprechen; sobald sie die leichte Wolle zurückgeschlagen hatte, die ihr Antlitz verbarg, humpelte die alte Frau, die am Eingang Wache hielt, davon, um die neue Göttin zu holen.
»Was fehlt dir?« fragte Rimsat-Ninsun, als sie zu Puabi heraustrat. »Du scheinst beunruhigt.«
»Ich würde gern unter vier Augen mit dir reden, denn es ist übel ausgegangen mit Gilgamesch.«
Rimsat-Ninsun führte sie in ihre eigenen Gemächer und hockte sich zu ihr auf den Teppich. Von der Ruhe der Älteren besänftigt, erzählte Puabi ihr alles – von Geme-Tiraschs verwirrender Prophezeiung bis hin zu ihren Erlebnissen mit Gilgamesch. Rimsat-Ninsun hörte zu und nickte nur hin und wieder mit dem Kopf.
»Das verheißt nichts Gutes«, meinte sie endlich, »und doch können wir nur wenig dagegen unternehmen. Ich glaube nicht, daß wir Gilgamesch vor morgen noch umstimmen können, und niemand vermag zu ändern, was die hohen Götter beschlossen haben. Man kann nur versuchen, auf alles vorbereitet zu sein. Es ist klug von dir, den Weissagungen einer Seherin mit Vorsicht zu begegnen, obwohl ich glaube, daß man Geme-Tirasch trauen kann. Doch können Ehrgeiz und Enttäuschung das Wesen vieler Menschen verändern; beobachte Geme-Tirasch deshalb, so wie du es vorhattest, und ihr Verhalten wird zeigen, ob sie die Wahrheit spricht. Was nun den morgigen Tag angeht ...« Sie schloß kurz die Augen, als schaue sie auf das Bild einer Erinnerung. »Bist du noch Jungfrau?«
Puabi nickte.
»Aha. Du kennst dich mit Männern nicht aus, und die erste Nacht könnte hart für dich sein. Um so mehr, als der En ein alter Mann ist, und seine Rute zwar noch steht, aber selbst die sanfteste Art der Lust seinem Körper eine Anstrengung bedeutet. Das beste wird sein, wenn du ihn auf dem Rücken liegen läßt ... werde nicht rot! Du

mußt lernen, dich für nichts, das zwischen Männern und Frauen geschieht, zu schämen oder verlegen zu sein, denn du wirst diese Dinge nicht nur tun müssen, sondern du mußt sie mit Anmut vollbringen, ohne dabei Gedanken zu hegen, die Inannas Anwesenheit stören oder dich den Männern, die zu dir kommen, geringer als die Göttin erscheinen lassen. Laß den En auf dem Rücken liegen und senke dich auf ihn herab, aber belaste nicht seine Brust mit deinem Gewicht, wenn du es irgend vermeiden kannst, denn sein Atem geht mühsam. Dann mußt du dich auf ihm bewegen, damit er nicht aufwärts in dich hineinstoßen muß, denn das fiele seinem alten Rücken schwer. Wenn er auf diese Art nicht zum Ende kommt, nimm ihn in den Mund oder in die Hand. Es kommt nur darauf an, daß er sich für Inanna ergießt, nicht darauf, daß sein Same in deinen Schoß fließt. Sei sanft, denn die Weichteile eines Mannes sind sehr empfindlich, und wenn deine Zähne ihn kratzen oder der Griff deiner Finger zu rauh ist, könnte er erschlaffen und vielleicht nicht mehr hart werden.« Sie hielt inne. »Laß mich überlegen ... in der Truhe deines Gemachs findest du ein Fläschchen. Es enthält den Trank, der dich hindert, schwanger zu werden. Trink die Hälfte davon an dem Abend, bevor der En zu dir kommt, und die andere Hälfte vor Tagesanbruch am nächsten Morgen. Danach vergiß nicht, ihn zu bitten, daß er dir einen neuen Vorrat davon mischt, denn du mußt diesen Trank jedesmal einnehmen, wenn ein Mann zu dir kommt.«
»Ist das alles?«
Rimsat-Ninsun nagte einen Augenblick an ihrer Unterlippe. »Es ist schon so lange her, daß man mich alle diese Dinge lehrte ... Ja. Vielleicht hast du Angst, wenn er das erste Mal zu dir kommt, und du mußt lernen, wie man mit einem Mann liegt, der kein Feuer in deinen Lenden entfacht. Geh zu Schibtum, die die *Naditum* ausbildet, und sie wird dir etwas von dem Öl geben, das sie benutzt, damit er leichter in dich eindringen kann. Und ... wenn du noch eine Jungfrau bist, wird deine Jungfernhaut nicht so leicht zerreißen. Vielleicht ist es besser, wenn das vorher geschieht.«
»Und wie soll ich das anfangen?« fragt Puabi entsetzt. »Muß ich mir einen Mann suchen?«

Rimsat-Ninsun lachte, aber gutmütig. »Mein Kind! Lebst du schon so lange in der Eanna und weißt so wenig von dem, was andere Frauen wissen? Bitte Schibtum um einen Stößel, und sie wird dir zeigen, wie du ihn anwenden mußt – es sogar für dich tun, wenn du möchtest. Du darfst dich nicht schämen, wenn sie dich berührt, denn sie wird dich in allem unterweisen, das du wissen mußt, und du kannst nichts lernen, wenn du dich vor ihr fürchtest.«

Puabi antwortete nicht, aber ihr Gesicht mußte wohl verraten, was in ihr vorging, denn Rimsat-Ninsun beugte sich vor und tätschelte ihr leicht die Schulter. »Ich weiß, daß du dich fragst, ob es nicht leichter wäre, die Hochzeit mit Gilgamesch zu vollziehen. Sei getrost – auch wenn er vielleicht weniger von dir verlangt hätte, wären deine Schmerzen gewiß größer gewesen. Der En ist zwar alt, aber er weiß recht gut, was Frauen sich wünschen, und hat mir jedesmal, wenn ich bei ihm lag, Lust bereitet. Geh mit Liebe und Freude im Herzen zu ihm, und gewiß wird Inanna dich mit ihrem Segen erfüllen. Du könntest das Amt, das du ausüben mußt, auf keine bessere Weise beginnen.«

»Ich danke dir«, sagte Puabi. »Du hast meinem Herzen Ruhe geschenkt; ich weiß jetzt, daß ich tun kann, was ich tun muß.«

Rimsat-Ninsun küßte sie leicht auf die Stirn. »Das ist ein guter Anfang. Und wer wüßte das besser als ich, die einst dort saß, wo du heute sitzt, um von einer anderen alten Frau den gleichen Rat zu erhalten?«

# Der Oberste Krieger

*1*

Die Schamhatu saß auf ihrem mit Einlegearbeiten verzierten Hocker zu Füßen der Göttin Inanna. Obwohl der Schrein auf dem Gipfel der hohen Terrasse warm war von der Hitze des Tages, ging im Schatten des gewaltigen Steinbildes und des Löwen, der es trug, ein Luftzug wie ein milder Wind, der vom Fluß her über die glühende Ebene weht, wenn die Abendschatten länger werden. Die Shamhatu brauchte nicht aufzuschauen, um sich von Inannas Gegenwart zu überzeugen; sie kannte das gemeißelte Gesicht der Göttin unter dem riesigen, achtzackigen Stern ihres Golddiadems besser als ihr eigenes, und ihre Finger waren über die Steinmähne des Löwen geglitten, wann immer sie sich als kleines Kind für ein paar Augenblicke von ihrer Aufgabe, die alten Binsen vom Boden des Heiligtums wegzufegen, davongestohlen hatte.

Jetzt raschelten Schritte in den Binsen, und die Schamhatu blinzelte, um wach zu werden. Vor ihr stand ein dreizehn- oder vierzehnjähriges Mädchen, dessen kleine Brüste sich weich an das schweißfleckige lange Wollhemd drückten. Das dunkle Haar war zu einem einfachen Pferdeschwanz zurückgebunden. In der Hand trug die Kleine eine Tontafel.

Das Mädchen sank anmutig zu Boden und berührte mit der Stirn die langen, darauf ausgestreuten Blätter. »An die Schamhatu, Inannas Stimme und Leib in Erech-der-Schafhürde, Dienerin der göttlichen Herrin und Königin des Himmels, Braut dessen, der Erechs Schafe hütet, diese Botschaft von Lugalbandas Sohn Gilgamesch, Ensi und

Lugal von Erech, Beschützer der Herden, im Krieg unbesiegt und mächtig im Frieden, zwei Drittel Gott und ein Drittel Mensch.«
Sie erhob sich und reichte der Schamhatu die Tafel.
Diese nahm sie vorsichtig entgegen, denn der Ton war noch etwas feucht. Gilgamesch hatte sich nicht die Mühe gemacht, die Tafel brennen oder auch nur trocknen zu lassen. Sie überflog mit scharfem Blick die Linien der Zeichen im nassen Ton. Sie stammten von Gilgameschs eigener Hand, eine Schrift, die der Schamhatu wohlbekannt war, weil er immer so stark aufdrückte, daß man die Zeichen manchmal nur schwer entziffern konnte. Junger Narr, dachte sie verächtlich. Obwohl er nur ein paar Jahre jünger war als sie, Lugal und Ensi, ungeschlagen in drei kurzen Kriegen, hatte er noch immer nicht gelernt, sich zu zügeln, nicht einmal so weit, daß er deutlich schrieb, obwohl der alte En ihm als Kind auf die Finger geklopft hatte, bis er selbst müde war.
*An die Schamhatu und den Tempel Inannas ...* die üblichen Titel und Würden für sie und ihn selbst. Selbst Gilgamesch handelte nicht so unüberlegt, diese Floskeln wegzulassen. *Der Lugal, Verteidiger der Schafe von Erech, wünscht die Hilfe seiner Hirten ...* Liebe Götter, was sollte das? ... *Bis zum Ende des nächsten Monats werden fünftausend Kriegerröcke aus fester Wolle benötigt. Ich ersuche dich deshalb, alle, die in deinem Tempel arbeiten, spinnen, weben und nähen zu lassen, denn zu diesem Zeitpunkt werden meine neuen Rekruten bereit sein, ihre Ausrüstung zu empfangen; auch müssen für jeden einzelnen eine Tonschale und ein Becher gefertigt werden ...*
Die Schamhatu hob die Tafel und schleuderte sie mit aller Kraft, die Schrift voran, gegen die nächste Wand. Die Tafel blieb einen Augenblick haften, fiel dann herunter und hinterließ einen schmutzigen Streifen aus frischem Lehm auf den roten und schwarzen Mosaikeinsätzen, die in geometrischen Mustern die Lehmziegelwände des Heiligtums schmückten. Kein anderer würde diese Botschaft noch lesen. Zu zornig, um noch auf ihre Würde zu achten, sprang die Priesterin auf.
»Ruf mir Gilgamesch!« schrie sie das erblaßte Mädchen an, das sich unter ihrer Stimme duckte wie ein verhungerter Schakalhund auf

der Straße unter einem Tritt. »Und richte ihm aus ...« Die Schamhatu nahm sich zusammen; es ziemte sich nicht, eine solche Botschaft an den Herrscher der Stadt von einem Kind überbringen zu lassen. *Auch wenn Gilgamesch ihr nichts tun wird, vor allem, weil sie noch nicht alt genug für ihn ist, ihr die Jungfernschaft zu nehmen.* »Nein. Rufe ihn nur zu mir, denn ich möchte mit ihm sprechen. Und hole mir den En und lauf dann hinüber zum Tempel Rimsat-Ninsuns, denn auch ihr Rat kann uns von großem Nutzen sein.«
Sie setzte sich wieder hin, faltete die Hände im Schoß und versuchte, das rauhe, zornige Stierschnauben, das in ihren Ohren dröhnte, aus ihrem Atem zu tilgen.
Als endlich ein Schatten das längliche Rechteck der Tür verdunkelte, war es nicht Gilgameschs breitschultriger Umriß, sondern ein weit kleinerer, nämlich der zusammengeschrumpfte, schmale Körper des alten En, der einen Teil der Sonne verdunkelte, während der Rest des Lichtes über seinen silbergrauen Scheitel strömte. Er schnaufte nicht, aber die Schamhatu wußte, daß er eilig aufgebrochen war, denn er trug nicht den dreistufigen Rock aus Leinenbinden, der seinen hohen Rang kennzeichnete, sondern nur einen schlichten Wollrock, und die dünnen Knochen seiner eingesunkenen Brust traten scharf und nackt hervor, ohne daß der große Anhänger aus Silbergold und polierten, klaren und dunklen Kristallcabochons, das Zeichen seines Amtes, sie verdeckte.
»Wo steckt Gilgamesch?« platzte die Schamhatu heraus.
Der En schüttelte zwar nicht den Kopf über die unbeherrschte Sprache der jungen Priesterin, aber die Schamhatu glaubte den Vorwurf in seinen großen, dunklen Augen zu lesen und schämte sich. Er muß die Hitze des Tages verschlafen haben; schließlich ist er ein alter Mann, dachte sie.
»Gilgamesch ist ausgegangen«, antworte der En milde. »Sein Leibsklave Enatarzi sagt mir, daß er nur lange genug gerastet hat, um dir eine Tontafel zu schreiben. Jetzt beaufsichtigt er den Bau seiner Mauern, denn er meint, daß es, wenn Erech standhalten soll, noch viel zu tun gibt, bevor die Streitmacht von Kisch gegen uns heranzieht.«
»Den Bau seiner Mauern!« fauchte die Schamhatu. »Als hätte er

nicht schon die Hälfte der jungen Männer von ihrer Arbeit in den Gerstenfeldern und Palmenhainen fortgeholt, so daß Greise den Rücken krümmen und Frauen ihren Herd verlassen müssen! Er kann seine Leute nicht mit Gras füttern, und das wird alles sein, was noch übrig ist, wenn die Dinge so weitergehen. Aber weißt du, was er jetzt vorhat?«

»Irgend etwas Außergewöhnliches, nehme ich an, wenn du hier herumfauchst wie eine meiner Kurzhaarkatzen aus dem Schwarzen Land«, versetzte der En. Die Schamhatu glaubte einen Unterton von Belustigung in der trockenen Heiserkeit seiner tiefen Stimme zu erkennen, und es machte sie nur noch erboster. »Schon gut, sag es mir: Was für einen Zaun hat der junge Stier wieder umgerannt?«

»Er hat mir geschrieben, daß er bis zum Ende des nächsten Monats fünftausend Kriegerröcke braucht. Das wäre schon schwierig genug, aber er sagt, er will sie für fünftausend neue Rekruten haben! Aber wo, frage ich dich, will er diese Leute finden, wenn er schon fast jeden gesunden Mann in Erechs Schafhürde in seinen Dienst gezwungen hat, um seine verfluchte Mauer zu bauen oder in seinem Heer zu kämpfen oder beides? Mir ist klar, daß er an seinem verrückten Plan festhalten will, Agga von Kisch den jährlichen Tribut zu verweigern – und wozu?«

»Meine Knochen sind alt«, bemerkte der En und rieb mit der Faust über die braunen Kämme seiner Rippen, »Schamhatu, göttliche Herrin, muß ich den ganzen Tag hier stehen, während du einen Mann anschreist, der dich nicht hören kann?«

»Vergib mir.« Die Schamhatu rief mit lauter Stimme nach einem Stuhl. Gleich darauf hatten zwei Tempeldiener einen mit Lapis eingelegten Hocker aus einer der kleinen Nischen geholt, die die Innenwände des Heiligtums durchzogen, und neben sie gestellt.

»Ich ärgere mich nur darüber, daß es unserem mächtigen Lugal derart an Vernunft mangelt. Wenn er dem Tempel Botschaft schickt, weil er das Korn aus unseren Vorratshäusern haben will, weiß er offenbar sehr wohl, daß Krieger essen müssen; aber glaubt er denn, daß die Gerste von allein aus der Erde sprießt, ohne Pflege heranwächst und ohne Ernte fällt? Die Kanäle, die das Feld bewässern, müssen ebenso

dringend instandgesetzt werden wie Gilgameschs Belagerungsmauer, und auch wenn wir in unseren Lagerhäusern für sieben Jahre Getreide aufbewahren, so heißt es den Zorn der Götter riskieren, wenn wir uns davon bedienen, solange sie uns schönes Wetter schenken, damit wir weiteres Korn anbauen können. Ein starker Lugal mag er sein, der Krieger um sich schart und Schlachten gewinnt, so daß Erech nun die Erste der Städte und nur noch Kisch uns überlegen ist; aber als Ensi, der nicht nur Wölfe und Löwen verjagen, sondern auch Erechs Schafe zu grünen Weiden und klarem Wasser führen soll, ist er nicht besser als der törichteste unserer Tempeldiener, der nicht den Boden fegen kann, ohne daß man ihn dabei beaufsichtigt.«
»Wie kannst du es wagen, so von mir zu sprechen?« dröhnte jetzt eine tiefe Baritonstimme von der Tür her, und ein riesiger Schatten verdunkelte das Sonnenlicht. Am Eingang des Schreines stand Gilgamesch, die nackten Schultern glänzend von Schweiß, und starrte finster den langen Hauptgang hinunter auf die beiden, die dort saßen. Als er auf sie zuschritt, wehten die Binden seines langen Rocks um die dicken Muskelstränge der sonnengebräunten Beine. Die schweren Muskeln an Armen und Schultern traten kräftig hervor, während er die goldberingten Fäuste ballte und wieder öffnete. »Ich habe dich aufgefordert, mir Dinge zu liefern, die die großen Herden und zahlreichen Diener von Inannas Tempel dem Herrscher von Erech zur Verfügung stellen müssen, nicht aber, mich mit Beleidigungen zu überschütten, die dem elendesten Straßenköter zuzurufen du dich schämen würdest.«
Auch die Schamhatu ballte die Fäuste; hätte sie den Stein des Anstoßes, die Tontafel, noch in der Hand gehabt, hätte sie sie ihm ins Gesicht geschleudert. Aber sie wußte, daß es unziemlich für Schamhatu und Ensi war, einander anzukeifen wie Fischweib und Dattelhändler, die auf dem Marktplatz feilschen. Darum richtete sie sich auf und erwiderte kalt: »Wenn du die Achtung wünschst, die deinen Ämtern gebührt, solltest du deine Pflichten besser erfüllen. Weißt du nicht, daß die Felder von Erech auch dann bestellt werden müssen, wenn du so töricht bist, um deines eigenen Stolzes willen die Nase über Agga von Kisch zu rümpfen?

Deine Krieger mögen sich in der Hitze des Tages mit Gurken und Melonen erfrischen und abends guten Gersteneintopf mit Lammfleisch essen, aber jemand muß dafür Sorge tragen, daß die Kanäle, die durch die Felder führen, ihr Wasser nicht im Boden versickern lassen, bevor es die Pflanzungen erreicht, und jemand muß mit dem *Dalu* das Wasser für Salat und Zwiebeln schöpfen. Belagerungsmauern werden uns nichts nützen, wenn die Menschen dahinter schon verhungert sind, weil du alle Männer von der Arbeit, bei der sie gebraucht werden, abgezogen hast.«

»Vor noch nicht sieben Tagen«, antwortete Gilgamesch, und die edlen Züge seines Gesichtes waren jetzt ebenso starr wie die der Schamhatu, »schworst du mir, alle Vorratshäuser Inannas seien wohlgefüllt, reicher als jemals zuvor seit Lugalbandas Tod – und das, obwohl ich Inannas Lager nicht geteilt habe«, fügte er rauh hinzu. Die Kinnmuskeln der Schamhatu spannten sich, und sie biß schmerzhaft die Zähne zusammen. Aber sie ließ sich nicht aufreizen, denn sie wußte, daß Gilgamesch nur von der Hauptfrage ablenken wollte, indem er auf einen älteren Streitpunkt zurückgriff. Der Ensi wartete einen Augenblick, und die Schamhatu erkannte die schmalen Falten auf seiner breiten Stirn, einer glatten Tontafel gleich, die zu brechen anfängt, bevor man noch Worte in sie einritzen kann. Sie schwieg noch immer.

Schließlich fuhr Gilgamesch fort: »Nun gut. Wir können den Krieg für nächstes Jahr gleich nach der Pflanzzeit erwarten, und wenn die Königin der Schlachten an unserer Seite kämpft, wird er dann auch beendet sein. Danach wird das, was wir einsparen, weil wir keinen Tribut mehr zahlen müssen, die Vorratshäuser wieder reichlich füllen.«

»Ja ... wenn der Regen zur rechten Zeit fällt und der Buranun kein Hochwasser führt, das uns überschwemmt; doch warum sollten die Götter so gnädig mit uns sein, wenn Erechs Ensi seinen Teil der Riten nicht ausfüllt?«

»Wenn wir die Schlacht gewonnen haben und den Göttern unseren Dank darbringen, werden alle Riten ordnungsgemäß vollzogen«, sagte Gilgamesch. »Ich nehme jeden Monat am Fest des Neuen Mondes teil; besorgt nicht der En den Rest?« Er warf die glänzende, wellige Haarmähne zurück und kreuzte die Arme über der Brust. Unter dem Klopfen seiner Sandale raschelten und brachen die Binsen, und der Duft von Kalmus, der aus den zertretenen Blättern aufstieg, vermischte sich mit dem Rauch der kostbaren Harze und Öle, der zum Tempel gehörte.

Die Schamhatu öffnete den Mund zu einer Antwort und schloß ihn wieder, als sie merkte, daß sie ihm um ein Haar kopfüber in die Falle gegangen wäre. »Der große Stier ist nicht so dumm, wie er scheint«, ermahnte sie sich streng.

Sie nahm sich zusammen.

»Darum geht es jetzt nicht. Du wolltest über die Tafel sprechen, die du mir geschickt hast ...«

»Von Erechs Mauern ließest du mich rufen«, unterbrach Gilgamesch, »und der Tag ist heiß.« Er wischte sich mit übertriebener Gebärde die Schweißperlen von der Stirn. Selbst im Stehen liefen neue kleine Bäche über die breiten, flachen Rundungen seiner Brustmuskeln und schlängelten sich an den dicken Armmuskeln hinab. »Hat Inanna kein Bier für den Hirten ihres Volkes oder wenigstens kaltes Wasser?«

»Kaltes Wasser wird uns allen gut tun«, flüsterte der Ensi, und seine tiefe, wüstentrockene Stimme raschelte wie die Pfoten eines Wolfs im toten Gras, »denn dies ist eine Angelegenheit für nüchterne Gedanken und kühle Köpfe und nicht für die Wärme von Bier. Ah, da kommt sie ...«

Die Gestalt, die jetzt an der Tür stand, war zierlich und so dicht in tiefblaue Wolle gehüllt, daß nur ihre dunklen, mandelförmigen Augen erkennbar waren. »Mein Sohn«, sagte Rimsat-Ninsun und richtete den schwarzen Blick auf Gilgamesch, der darunter unruhig von einem Fuß auf den anderen trat. »Warum ruft man uns hierher?«

»Ich habe meine Pläne für die Sicherheit von Erech ausgeführt!« entgegnete Gilgamesch hitzig, und selbst unter seiner tiefen Bronzebräune sah die Schamhatu, wie das Blut ihm rot über die hohen Wangenknochen schoß. »Warum behandelt man mich wie einen Kna-

ben, der seine Schreibstunde geschwänzt hat? Damit Erech sich verteidigen und seine Freiheit erringen kann, brauchen wir eine starke Belagerungsmauer und Krieger, die eine vernünftige Ausbildung genossen haben, keine Jünglinge, die besser daran gewöhnt sind, mit dem *Dalu* Wasser zu schöpfen, als einen Schwertgriff zu halten. Ich weiß sehr wohl, daß unsere Zahl geringer ist als die der Streiter von Kisch; darum müssen wir zu allen Mitteln greifen, über die wir verfügen, und vor allem zusehen, daß unsere Leute besser gedrillt und disziplinierter sind als Aggas Krieger, damit vielleicht Führerschaft siegt, wo bloße Stärke verliert. Ich bitte euch auch, daran zu denken, daß ich nicht durch Torheit meine ersten Schlachten gewann.«
»Mein Sohn«, erwiderte sanft und unerbittlich die alte Frau, »im Heiligtum Rimsat-Ninsuns weinen die Frauen so laut, daß die Holzfigur der Göttin in Gefahr steht, unter der Flut salziger Tränen rissig zu werden. Sie kommen, weil man ihnen ihre Männer genommen hat und ihre Kinder kein Brot haben; sie kommen, weil man ihre Söhne von der Arbeit gerissen hat, so daß der Bäcker seinen Ofen und der Hirte seine Herde nicht mehr versorgen kann, und die alte Mutter in der Morgenfrühe bei den Schafen stehen muß, wo ihr die Feuchtigkeit die Gelenke zerfrißt, oder sich das Kreuz ausrenkt, wenn sie die schwere Gerste in die Malzöfen schaufelt. Junge Mädchen weinen, weil die Männer, die sie lieben, den Brautpreis nicht mehr verdienen können, denn man läßt sie zum mageren Sold des Kriegers oder Ziegelbrenners arbeiten. Sie alle kommen zu meinem Schrein und spenden die kleinen Gaben, die sie in dieser Zeit, in der man ihnen die Männer geraubt hat, noch aufbringen können.«
Rimsat-Ninsun schlug den Mantel zurück. Wenn auch keine Greisin, war sie doch keine junge Frau mehr, und die Schmuckstücke, die sie heute trug, ließen sie noch älter erscheinen. Wenn die Schamhatu sie sonst gesehen hatte, hielt gewöhnlich ein Goldreif ihr von Silberfäden durchzogenes, hinten zurückgebundenes Schwarzhaar zusammen, und Reifen aus Gold und Silbergold klirrten an ihren schlanken, weichen Armen. Jetzt waren es Halsketten aus Ton- und Achatperlen, die sie trug, und Armreifen und Ohrringe aus gedrehtem Kupferdraht. Der billige Halsschmuck hing über den erschlafften Brüsten

und hob sich grell von der schlichten weißen Wolle ihres Kleides ab, die Kupfer- und Bronzereifen bedeckten ihre Arme. Sie sah aus wie die alternde Gattin eines Gemüsehändlers, die zum Neujahrsfest so herausgeputzt war, wie sein magerer Wohlstand es erlaubte.
»Sieh her, ich komme mit den Geschenken, die sie mir gemacht haben – mit allem, was die Frauen von Kriegern und Ziegelbrennern aufbringen können. Früher glänzte Gold zu Füßen von Rimsat-Ninsuns Standbild, und helles Silber blinkte im Rauch meines Schreins, in dem jetzt Palmöl brennt und nicht mehr Olivenöl aus den Bergen oder kostbare Harze. Die Herzen der Menschen, die zu mir kommen, sind nicht geiziger geworden, aber niemand kann mehr geben, als er hat. Nur die, deren Sippe reich genug ist, deinem Willen auf andere Art zu dienen, können die Feuer der Goldschmiede von Erech noch brennen lassen; nur jene von geringerem Stand, die sich freikaufen können, lassen die Hämmer der Silberschmiede weiterpochen – soweit nicht die Künstler selbst weggeschleppt wurden, um mit ihren kunstfertigen Händen unbehauene Steine zu heben oder, anstatt zarte Goldblätter zu schaffen, Gußformen für Schwerter herzustellen und die Feuer zu schüren, in denen man Kupfer und Bronze schmilzt.«
Die Schamhatu sah, wie die kleinen Muskeln an Gilgameschs glattgeschabtem Kinn zuckten, und bildete sich ein, ein leises Zähneknirschen zu hören. Es klang, als rieben sich in der Ferne Steine unter einem achtlosen Schritt.
»Besser so«, versetzte er endlich, »als daß alle diese Männer erschlagen liegen und niemand mehr die zerstörten Heiligtümer aufsucht oder keine Göttin mehr zu Monats- und Jahresfesten Hof hält! Der Rat der Frauen ist gut für Dinge, die Frauen betreffen; der Rat von Priestern gilt, wenn wir vor den Göttern stehen; doch wenn es um Krieg geht, sollten alle der Stimme eines Kriegers lauschen. Ich bin ein Krieger, dem auf fünf Tagesmärsche im Umkreis kein anderer gleichkommt. Es ist für Rimsat-Ninsun, daß ich Erech darauf vorbereite, standzuhalten, und Erechs Heer darauf, zu kämpfen – und für Inanna, damit sie auf ewig über unserer Stadt und ihrem Land steht, göttliche Herrin der Schafhürde und Himmelskönigin zugleich.«

»Wenn das dein Wille ist«, murmelte der En, »warum nimmst du dann nicht einen Bruchteil dessen, was du auf Krieg und Mauern verschwendest, und schickst unseren jährlichen Tribut nach Kisch, wie wir es seit Dumuzis Zeiten getan haben? Dann wird Rimsat-Ninsuns Schrein von den freudigen Stimmen der Mütter und dem fröhlichen Geschrei ihrer kleinen Kinder widerhallen, und es wird kein Klagen von Witwen und Jammern von Greisen geben.«
Gilgamesch machte eine halbe Drehung, daß die Binden seines Rocks flogen. Die Schamhatu sah die dunklen Augen des jungen Ensi schmal werden, und seine dicken Schultermuskeln wölbten sich wie die Schultern des gereizten Stiers, der zum Angriff ansetzt.
»Warum nicht, Gilgamesch?« wiederholte sie.
Sofort fuhr er zu ihr herum, so blitzartig, wie eine Schlange zwischen die Pfoten des Mungos schnellt. Seine dunklen Brauen zogen sich finster zusammen, als er auf die vor ihm sitzende Priesterin starrte; doch selbst in seinem Zorn konnte er nicht verhindern, daß seine Blicke zu der steinernen Gestalt der Göttin hinter der Schamhatu huschten.
»Wie lange sollen wir dem Nordkönig noch Tribut zahlen?« fragte er leidenschaftlich. »In diesem Jahr hat er mehr verlangt als im Vorjahr, und letztes Jahr mehr als im vorletzten. Auch wenn ihr alle blind seid, ich kann es sehen: Bevor die ersten Silbersträhnen mein Haar durchziehen, werden wir unser Lösegeld nur zahlen können, wenn wir uns selbst in die Sklaverei verkaufen, so sicher geschlagen, als hätten wir den Krieg verloren. Agga nämlich ist nicht blind und weiß sehr wohl, wie stark Erech geworden ist; er will uns ausbluten lassen, bevor wir so mächtig sind, daß wir uns gegen ihn erheben können, und dafür sorgen, daß wir den Kopf nicht höher tragen als die Städte um uns herum. Ich sage euch, daß Agga bereits weiß, daß ich sein Feind bin, und die schlichte Tafel mit der Liste seiner Forderungen bedeutet nichts anderes als die Würgeschlinge, die er um Erechs Kehle zusammenzieht.«
Gilgamesch hieb krachend mit der Faust in die offene Handfläche und warf seinen Ratgebern zornige Blicke zu, als wollte er sie aufstacheln, ihm zu widersprechen. Er hatte die Oberlippe ein wenig hoch-

gezogen und ließ einen Schimmer weißer Zähne sehen. Das schwarze Lockenhaar hing wie eine schweißdurchtränkte Mähne um Kopf und Schultern. Die Schamhatu merkte, daß auch ihr kalter Schweiß über den Rücken rann, als hätte sie gerade nachts am Rand ihrer Schafherde das Keuchen eines Löwen vernommen. Doch schon damals, als sie noch den Tempel ausfegen mußte, hatte sie gesehen, wie Gilgamesch, größer und stärker als die anderen Kinder im Haus der Weisheit, den rechtmäßigen Besitzern ihre Honigkuchen weggenommen und sie auf Nase und Ohren geschlagen hatte, wenn sie sich wehrten. Sie hatte sich nicht vor ihm gefürchtet, denn sie war drei Jahre älter und immer noch so viel größer als der junge Ensi, daß sie ihm eine Ohrfeige geben und ihm einen gesunden Respekt vor der Nachhaltigkeit ihrer Schläge einflößen konnte. Damals hatte Gilgamesch seine Lektion gelernt und seine Schulkameraden nicht länger tyrannisiert. Die Schamhatu hatte das Gefühl, daß sie ihm jetzt wieder einmal eine Lehre erteilen mußte.
»Agga ist, wie du sagst, nicht blind«, begann sie, »und er weiß, wie Erechs Reichtum gewachsen ist, seit wir selbst angefangen haben, Tribut zu erheben. Er verlangt nicht mehr als den dreißigsten Teil, wie er es immer getan hat. Du allein bist es, der ihn in einen Feind verwandeln will, und niemand sollte besser wissen als du, daß es nichts Törichteres gibt als einen Schwächeren, der darauf versessen ist, sich mit einem Stärkeren anzulegen. Was würdest du tun, wenn sich ein geringerer Mann nicht von einem Ringkampf mit dir abbringen lassen will?«
»Ich bin kein geringerer Mann!« brüllte Gilgamesch, doch die Schamhatu erkannte, daß er seine eigenen Worte gehört und ihre Torheit begriffen hatte. Seine Fäuste öffneten sich, und obwohl ihm noch immer das Blut die Wangenknochen verdunkelte, verschwanden langsam die Falten von seiner breiten Stirn. »Ja, es stimmt – oft ringen die Kleineren und Schwächeren mit den Größeren und Stärkeren, und wenn beide gleich klug sind, gewinnt der Größere. Aber ich lernte das Ringen als Knabe, ehe ich noch die Größe eines Mannes besaß, und lernte auch, daß Geschick und Verstand ebensooft den Sieg davontragen wie Muskeln und Gewicht. Und genau darum muß

ich meine Krieger zusammenrufen und sie ausbilden, auch wenn dabei Zeit verlorengeht, die zum Bestellen der Felder gebraucht wird; das ist nicht Torheit, sondern Weisheit, und ihr nützt Erech nicht, wenn ihr mich davon abzubringen versucht. Genausogut könntet ihr versuchen, den Buranun aus seinem Flußbett abzuleiten.«
»Nicht abzuleiten«, erwiderte der En mit leiser, heiserer Stimme und sah zu Gilgamesch auf. Die faltige Haut schien von den Knochen seines Gesichts abgefallen zu sein; von der Umrahmung des langen Silberhaares bis hin zu der stolz geschwungenen Nase hätte es die Bronzeschneide einer gegen den Ensi erhobenen Axtklinge sein können, wären da nicht die dunkelglitzernden Achate der Augen des alten Priesters gewesen. »Doch wenn die Strömung des Flusses zu mächtig für seine Ufer wird, bersten sie, und dann bringt das Wasser den Feldern nicht Leben, sondern Tod. Du darfst nicht vergessen, daß kein anderer in Erech so stark ist wie du, weder deine Steinsetzer noch, was weit wichtiger ist, deine Krieger. Du kannst kein Heer von Gilgameschen aus ihnen machen, ganz gleich, wie lange du sie zwingst, Palmen, Feigen und Gerstenfeld zu verlassen, und ihnen statt dessen Schwerter in die Hand drückst.«
Gilgamesch verdrehte die Augen, und sekundenlang hatte die Schamhatu das Gefühl, auf eine in grauen Stein gemeißelte Maske zu blicken, die sich über das Gesicht des Ensi gelegt hatte. Sie konnte die Verzweiflung in seinen Gliedern spüren, eine plötzliche, kalte Schwäche wie das unerwartete Auftreten von Krankheit in den Eingeweiden.
»Kein anderer in Erech kommt mir an Stärke gleich«, wiederholte er leise. Dann wurden seine dunklen Augen wieder lebendig, und er fuhr zornig fort: »Ja, ich kann nehmen, was ich habe – schon früher habe ich diese Männer angeführt und weiß, was sie leisten können und was nicht; und wenn nicht die Götter wollen, daß Kisch uns unterwirft, kann ich meine Krieger befehligen, wenn die Streitmacht von Kisch auf den Flußebenen rings um Erech ihr Lager aufgeschlagen hat. Es ist die vereinte Macht, nicht die eines einzelnen, die den Sieg davonträgt; aber diese müssen jetzt zusammengerufen und gedrillt werden, sonst werden sie niemals wie *ein* Mann handeln.«

»Aber weshalb so hastig, Gilgamesch?« fragte der En mit schiefgelegtem Kopf. »Wenn du langsamer vorgehst, deine Kräfte sammelst und deine Männer so ausbildest, wie Erech es tragen kann, nämlich ohne gleich alle Arbeiter von den Feldern zu holen, dann kannst du doch deines Sieges, vielleicht in drei oder vier Jahren, um so sicherer sein und brauchst die Stadt nicht so zu belasten.«
Gilgamesch schüttelte den Kopf, daß die dunklen Locken flogen. »Das habe ich mir bereits überlegt. Es liegt eine gewisse Weisheit darin, denn es stimmt, daß man auf diese Art eine stärkere Streitmacht aufbauen kann. Aber Agga ist ebensowenig taub, wie er blind ist. Würden wir unsere Kräfte langsam sammeln, so hieße das, ihm jetzt schon zu verraten, was wir für später planen, und zwar lange, bevor wir uns wirklich gegen ihn wehren können. Dann brauchte er keinen Vorwand, um uns zu vernichten, und das würde sein erster Gedanke sein. Ich habe nicht den geringsten Zweifel daran«, fügte er hinzu, »denn ich würde es genauso machen.«
»Und weshalb dann nicht nachgeben, Gilgamesch?« erkundigte sich Rimsat-Ninsun. »Warum trittst du dein Volk in den Staub deiner Sandalen, als wärst du nicht Erechs Hirte, sondern sein Eroberer, wenn du die Menschen nur von einer Bedrohung retten willst, die gar keine ist, solange du sie nicht provozierst? Das Treffen der Heere ist, wie du sagst, kein Gegeneinanderanrennen der beiden wilden Stiere Gilgamesch und Agga, sondern ein Krieg von vielen gegen viele; und doch ist es nicht der Wille derer, die für Erech oder Kisch kämpfen und fallen, der da sagt: *Es soll Krieg sein!* Ob du nun zu den Ältesten der Stadt sprichst oder zu den Männern, die die Steine für deine Mauer schleppen, du wirst sie sagen hören: *Wir wollen Frieden. Wir wollen ein mit Klugheit regiertes Erech, hell glänzend unter dem Stern Inannas, eine mächtige Festung in der Gunst der Götter.*«
»Alte Männer mögen so sprechen«, gab Gilgamesch zurück. »Die Ältesten von Erech, auch wenn man sie weise nennt, haben die Kraft ihrer Arme lange verloren, und die Kraft ihrer Herzen ist mit ihr geschwunden. Doch wenn ich die jungen Männer frage, die Krieger und die Starken, so sind sie bereit zum Kampf und wollen Kischs Joch

abwerfen, damit wir unser Haupt wieder hoch erheben können im Land.«

»Und wenn du über eine Stadt voller junger Männer herrschen würdest, wäre das auch schön und gut«, bemerkte die Schamhatu bissig und kreuzte die Arme über der Brust. »Aber es ist die Pflicht des Ensi, für das ganze schwarzköpfige Volk zu sorgen, jedem Gerechtigkeit widerfahren zu lassen und niemandem Böses zu tun. Der Ensi soll sichere Reisewege einrichten, Häuser bauen und Gärten pflanzen; er soll die Mauern der Kanäle verstärken, damit alle, vom Sklaven bis hinauf zum Priester, immer frisches Wasser trinken können, und er soll Gerste und Bier an Lehrlinge und Arbeiter verteilen, damit in den Mauern seiner Stadt niemand Hunger leidet.«

Nun verschränkte auch Gilgamesch die Arme und starrte die Schamhatu erbost an.

»Du plapperst die Worte einer Tontafel, die die Kinder abschreiben müssen. Ich werde sie dir zurückgeben: Inanna hat mich erhöht über die Menschen; An setzte die heilige Krone auf mein Haupt und ließ mich das Lapiszepter ergreifen. Die Götter stellten mich nicht an diesen Platz, um Erech einen Herrscher zu geben, der sich fürchtet; das Geschlecht Lugalbandas und Dumuzis ist nicht das zahmer Esel, die man schlägt und deren Willen man bricht, bis sie die Last des Bauernkarrens ziehen, sondern das der edelsten und reinblütigsten Wildesel, heftig wie der Hagelsturm, der aus der Wüste heranzieht.«

Er packte den goldumspannten Griff des Schwertes, das in ebenfalls goldener Scheide an seiner Seite hing, und zog es halb heraus. Die Tempeldiener hatten schon begonnen, die abendlichen Öllampen anzuzünden; die kleinen Flammen glänzten rot auf der polierten Bronze und spiegelten sich blasser auf der dünnen Linie der scharfgeschliffenen Schneide.

»Hier, im Angesicht Inannas, Himmelskönigin und Kriegsherrin, erkläre ich, daß es Krieg geben wird, und weder das Stöhnen alter Männer noch das Winseln von Weibern soll mich davon abbringen! Schamhatu, laß diese Röcke nähen, denn ich brauche sie für meine neuen Streiter – ich, Lugal von Erech, habe es befohlen.« Er rammte das Schwert zurück in die Scheide.

Die Schamhatu stand auf und sah ihm gerade ins Gesicht. »Als Lugal, Befehlshaber unserer Streitmacht, darfst du diesen Befehl erteilen. Aber als Ensi, Herrscher der Stadt, mußt du deine Pflicht gegenüber der Göttin von Erech erfüllen. Inannas Tempel gibt dir nichts, weder Röcke, um deine Krieger zu kleiden, noch Korn, sie zu ernähren, bis die Göttin deinen Eid hat, daß du beim Fest des Neuen Jahres das Bett mit ihr teilen wirst.«
»Und wenn ich diesen Eid leiste«, erwiderte Gilgamesch mit erstickter Stimme, »willst du dann deinerseits schwören, daß du mir die Hilfe gewährst, die ich brauche, und die Freiheit, alle gesunden Männer einzuberufen, die ich für den Krieg, der kommen muß, und für die Mauer, die Erech schützen soll, benötige?«
Einen Augenblick stand die Schamhatu da, angespannt und bebend wie ein Falke, der sich von seiner steilen Klippe schwingen will, und starrte ihn an. Sie konnte den weißen Rand um seine dunklen Augen sehen, grimmig wie die Augen eines Wildesels, der gegen die Seile tritt, die ihn gefangen und gefesselt halten, um ihn zu bändigen; winzige Schweißperlen glänzten auf seiner Haut wie kostbares Öl.
Die Schamhatu nickte einmal scharf. »Ich will.«
»Dann schwöre ich es«, sagte Gilgamesch.
»Und auch ich schwöre.«
Ohne ein weiteres Wort machte Gilgamesch auf dem Absatz kehrt und verließ mit großen Schritten das Heiligtum. Die Schamhatu konnte das allmählich verklingende Klappern seiner Sandalen auf den Lehmziegelstufen der Terrasse hören. Ihre Beine zitterten so heftig, daß sie sich wieder hinsetzen mußte, und ihr Atem rauschte ihr laut in den Ohren.
Rimsat-Ninsun seufzte. »Als ob man einen wilden Stier vor den Pflug spannen wollte«, murmelte sie und drehte sich zu der Schamhatu um. Die billigen Reifen an den Armen der alten Priesterin klirrten und schepperten, als sie sich ein paar schweißfeuchte Haarsträhnen aus der Stirn strich. »Wohlgetan war es von dir, ihn auf diese Art zu zügeln. Hab keine Furcht, denn es ist nicht deine Schuld, wenn du ihn nicht völlig zähmen kannst. Gilgamesch ist mächtiger als sein Vater und kam so jung zur Herrschaft ...«

Die Schamhatu, von neuem gereizt, warf ihr einen Blick zu. Sie wußte nur zu gut, daß es zu den Pflichten der Schamhatu gehörte, den Ensi sowohl mit weisem Rat als auch durch die Worte Inannas zu beeinflussen. Das hatten ihr die alten Priesterinnen, die sie im Bad zur Reinigung mit Tamariskenblättern abrieben, oft genug ins Ohr geflüstert. Aber ...
»Keine Weisheit ist stark genug, sich gegen hartnäckige Dummheit zu behaupten«, versetzte sie hitzig. »Wenn er weder auf dich und den En noch auf mich hören will, was können wir dann noch ausrichten?«
Der En streckte den Arm aus und berührte die Schamhatu mit einer Hand wie ein Bündel dürrer Zweige, die man in Leinen gewickelt hat. »Schamhatu«, begann er mit tiefer, heiserer Stimme, »wenn sich Gilgamesch mit Worten nicht umstimmen läßt, müssen wir darum beten, daß die Götter ihm Weisheit verleihen und ihn auf sichereren Pfaden führen als denen, die er selbst für seine Stadt einschlagen will. Im übrigen jedoch dürfen wir ihm vor dem Volk von Erech nicht offen widersprechen, denn dann wird die Schafhürde wirklich den Wölfen zur Beute fallen. Es stimmt ja, daß wir genügend Vorräte besitzen, um sieben Jahre davon leben zu können, so daß wir Gilgamesch das eine Jahr, das er fordert, zubilligen können. Zu dem, was danach kommt: Es kann sein, daß Gilgamesch seine Schlacht gewinnt; dann werden wir jubeln, weil Inanna für ihre Stadt gekämpft hat. Sollte er verlieren, müssen wir uns bemühen, Aggas Herz zu rühren. Doch niemand ergründet die Pläne der Götter; ihre Gedanken sind uns fremd und ihr Wissen noch fremder. Doch du hast gut daran getan, seinen Eid zu gewinnen, daß er das Bett mit Inanna teilen will, denn das wird sie gewiß erfreuen. Was nun uns betrifft, so müssen wir abwarten, unsere Riten vollziehen, wie es unsere Pflicht ist, und sehen, was geschieht.«
»Abwarten werden wir, das stimmt«, antwortete die Schamhatu mit vor Wut erstickter Stimme. »Jetzt aber muß ich gehen und mir ein Bad bestellen, um mich zu reinigen, denn ich bedarf dieser Reinigung äußerst dringend, damit ich über den Mann, der zum Neuen Jahr Inannas Gemahl werden soll, nichts sage, das besser ungesagt bleibt.«

## 2

Ohne nach rechts oder nach links zu schauen, schritt Gilgamesch durch die Straßen von Erech. Die Rufe der Händler verstummten allmählich, wie das Summen von Bienen leiser wird, wenn der Abend kommt; über dem letzten roten Licht der Sonne dunkelte der Himmel ins Blau der Dämmerung hinüber. Noch immer brannte der Zorn in Gilgameschs Körper, stach ihn mit tausend Nadeln, als hätte er sich in einem Dornbusch gewälzt.
Wie konnte sie es wagen, so mit ihm zu sprechen? Noch nie hatte er eine Frau geschlagen, aber als die Schamhatu mit ihren über der Brust gekreuzten Armen dagesessen und ihn so selbstgefällig an die Pflichten des Ensi erinnert hatte – als ob man ihm diese nicht schon als Knaben, von seinem ersten Tag im Haus der Weisheit an, eingebleut hätte, indem man ihn zwang, sie wieder und wieder abzuschreiben, während der En dabeistand, um ihm für jeden Fehler einen Stockhieb über die Knöchel zu versetzen –, da hatte er die größte Lust verspürt, sie mit einem Schlag auf den Mund zum Schweigen zu bringen und ihr klarzumachen, daß die Götter sie nicht erhoben hatten, damit sie den hingestreckten Körper des erwählten Herrschers unter ihren Füße zertrat.
»Frauen und alte Männer«, murmelte er vor sich hin. Die Worte hinterließen einen bitteren Geschmack in seinem Mund. Er spuckte aus. Der Speichel traf die glatte Lehmziegelwand eines Hauses und tropfte langsam daran herunter. »Was für einen Rat können sie mir schon geben? Ich brauche die Meinung eines Mannes, und dafür habe ich ...«
Er blieb stehen. Der leichte Abendwind, der von den breiten Ufern des Buranun herüberwehte, kühlte ihm den Schweiß auf Schultern und Armen. Um ihn herum hatte sich mitten auf der belebten Straße eine Insel des Schweigens gebildet, denn die Männer und Frauen, die lachten und einander anstießen, während sie nach Hause zu ihren Familien oder in die Schenken eilten, schlugen einen vorsichtigen Bogen um ihn und wagten nicht, ihm allzu nahe zu kommen, um nicht den Zorn des Ensi zu erregen.

»... nur mich selbst«, beendete Gilgamesch den Satz.
Einen Augenblick länger verharrte er unschlüssig. Jetzt würden bald seine Mauerbauer von der Arbeit heimkehren, begierig, eine rohe Tonschale voll Gerstenbrei und Fisch zu empfangen und sich den Becher mit frischem Bier füllen zu lassen; seine Krieger würden die Drillwaffen niederlegen und verschwitzt und müde in ihre Kasernen gehen, wo eine ähnliche Mahlzeit auf sie wartete. Er hatte sie oft mit ihnen geteilt, hatte den ganzen Tag mit seinen Maurern in der Sonne geschuftet oder das Übungsschwert geschwungen, während er gleichzeitig seinen Leuten Befehle zubrüllte. Doch, es gab Männer, mit denen er reden konnte, den grauhaarigen alten Veteran Ur-Lamma oder seinen klugen jungen Unterführer Ninschubur – sie konnten sich über den Krieg unterhalten, über Schlachten, in denen sie gekämpft oder von denen sie gehört hatten, und darüber, was in den Köpfen von Kämpfern vorging.
Aber diese Aussicht lockte Gilgamesch heute nicht so, wie es sonst vielleicht der Fall gewesen wäre. Er stellte fest, daß er nicht bereit war, vom Heiligtum aus gleich in die Kaserne zu gehen, von seiner harten Auseinandersetzung mit den großen Priesterinnen und dem Priester von Erech zum Gelächter und der Ungezwungenheit seiner Krieger zurückzukehren, vor allem jener, die begierig auf den Krieg warteten. Es kam ihm zu einfach und sogar ein wenig feige vor – so als fliehe man vor den Wunden und der Hitze der Schlacht, um in einer kühlen Herberge zu sitzen, Bier zu trinken und mit den Schankmädchen zu scherzen.
»Ich bin Ensi von Erech, Lugalbandas und Rimsat-Ninsuns Sohn«, sagte er laut zu sich selbst, »zwei Drittel Gott und ein Drittel Mensch. Und weder die Schamhatu noch Rimsat-Ninsun sprachen heute mit der Stimme ihrer Göttin. Sie sind nichts weiter als Frauen.«
Er dachte einen Moment darüber nach und lächelte. Den ganzen Nachmittag lang hatten ihn Frauen geplagt – sollte er nun nicht bei einer Frau Entspannung finden? Er konnte zu seinen Gemahlinnen gehen, zu einer oder allen dreien, und sie würden ihn erfreut willkommen heißen, wie sie es immer taten. Und doch ... sie waren die

Frauen, die man für ihn ausgewählt hatte, Erinnerung an das, was seine Mutter und die anderen von ihm erwarteten, Belohnung für die Erfüllung dieser Pflicht.
Nein. Auch wenn er diese Gemahlinnen besaß und zudem wußte, daß jede Frau in der ganzen Stadt ihre Schenkel für ihn öffnen würde, gab es eine, die am würdigsten war, den Segen des Ensi zu empfangen. Naram-Sins Tochter Sululi sollte morgen früh heiraten. Was konnte er ihr Besseres schenken, als heute nacht in ihre Brautkammer zu treten? Und sie war eine hochgeborene Jungfrau, die diese Ehrung verdiente.
Naram-Sins Haus war eines der größten und neuesten in Erech und nicht aus Lehmziegeln, sondern aus Steinen erbaut. Gilgamesch streckte die Hand aus und stieß die Tür auf. Der muskulöse Sklave mit dem kahlgeschorenen Schädel, der daneben gestanden hatte, trat vor, als wollte er ihm den Eintritt verwehren. Gilgamesch starrte ihn nur einen Augenblick an, dann wich der Sklave zurück, sank auf die Knie und berührte mit der Stirn den Boden. »Endlich erkennt er den Gast«, dachte Gilgamesch mit grimmigem Lächeln. Der Ensi drängte sich an ihm vorbei und folgte dem Licht der kleinen, überall in Nischen des Korridors verteilten Öllampen. Weiter hinten vernahm er Gesang und Gelächter, das Klimpern einer Lyra und fröhliches Stimmengewirr. Er ging dem Geräusch nach und kam so in den viereckigen Garten, um den herum das Haus gebaut war. Dort trat er hinaus in die flackernde Dunkelheit und das Licht des Hochzeitsfestes.
Mitten im Garten brannte ein großes Feuer, das ab und zu zischend in einer hellen Flamme auflorderte, wenn von dem darüber bratenden Lamm Fett hineintropfte. Sanftgeschwungene Palmen hoben sich als schlanke Schatten mit fächerförmigen Köpfen vom blassen Kalkstein der geglätteten Hauswand ab, und die Menschen bewegten sich in ihren Röcken und langen Gewändern wie Silhouetten, während sie aus Kelchen tranken, die im tanzenden Licht des Feuers silbern und golden aufglänzten.
Naram-Sin saß auf einem großen, geschnitzten Zedernsessel, Sululi zur einen und den Bräutigam – Gilgamesch wollte sein Name nicht einfallen – zur anderen Seite. Die Jungfrau war nicht übertrieben

aufgeputzt, trug jedoch gegen die Kälte einen kostbaren Quastenschal aus feinster, weißer Wolle. Auf ihrem Kopf saß eine Blätterkrone aus getriebenem Gold und Silber, und die gleichen Blätter hingen von ihren Ohren herab. Selbst in diesem Hochzeitsstaat war Sululi von Gesicht und Gestalt nicht schön; ihre dunkel geschminkten Augen und der dicke, schwarze, um den Kopf gewundene Zopf unterstrichen nur die gelbliche Blässe ihrer Haut und die flachen, groben Linien ihrer breiten Wangenknochen. Der Schal konnte die eckigen Formen des ungeschickten, langgliedrigen Körpers nicht verbergen, und das Gesicht zeigte an einigen Stellen die rötlichen Pusteln der Jugend. Und doch schien sie Gilgamesch auf einmal lieblich, denn er verstand jetzt, daß es ihm bestimmt war, ihre Jungfernschaft zu nehmen, und ihr, allen Segen zu empfangen, den seine Berührung ihr bringen konnte. Und das wußte er: Keine Jungfrau war häßlich in ihrer Hochzeitsnacht oder wenn ein Mann sie begehrte, wie er das in diesem Augenblick tat.
Als Gilgamesch näherkam, erhob sich Naram-Sin. Sein kahlrasierter Kopf leuchtete im Feuerschein, als er sich so tief vor seinem Herrscher verneigte, daß die Binden seines Rocks und die gekräuselten Spitzen des silbermelierten, schwarzen Bartes beinahe den Boden berührten.
»Sei uns gegrüßt, Gilgamesch, Ensi und Lugal von Erech, von der Göttin Rimsat-Ninsun Geborener«, murmelte er mit sanfter Stimme. »Dein Erscheinen bringt Freude; das Licht deines Antlitzes spendet dieser Hochzeit Segen. Trink von unserem gut gereiften Bier und dem Dattelwein, labe dich an unseren Speisen, Lammbraten, Kuchen und Früchten. Kein willkommenerer Gast hätte heute abend in unser Haus treten können.«
Geschmeidig richtete der ältere Mann sich wieder auf. Naram-Sin war hochgewachsen, nur wenige Fingerbreit kleiner als Gilgamesch, und obwohl die Muskeln an seinen Schultern und Armen allmählich vom Alter faserig wurden, wußte der Ensi, daß Naram-Sin das Schwert an seiner Seite wohl zu führen verstand. Es lag eine Art von Herausforderung in der Art, wie der andere furchtlos seinem Blick begegnete; Gilgamesch zweifelte nicht daran, daß Naram-Sin

sehr gut wußte, warum sein Haus mit diesem Besuch beehrt wurde.
»Ja, Segen über dich und die Deinen«, antwortete er. Eine schlanke Dienstmagd reichte ihm mit abgewandten Augen einen Becher. Die Dreiecke aus eingelegtem Gold um den Rand des gemusterten Olivenholzgefäßes glitzerten, als der Ensi es an die Lippen hob. Der Dattelhonigwein hinterließ einen klebrigsüßen Geschmack auf seiner Zunge, rann jedoch mit warmem Glühen in seinen Magen. Eine andere Dienerin reichte ihm einen Teller mit frisch vom bratenden Lamm abgeschnittenen Fleisch, dessen Fett in kleinen, schimmernden Kügelchen in der Soße glänzte. Gilgamesch steckte ein Stück in den Mund und kaute langsam. Er genoß den Geschmack nach Knoblauch, Minze und Honig, der sich mit dem vollen, zarten Lamm-Aroma mischte. Dann brach er ein Stück von dem warmen Brot ab, das daneben aufgeschichtet war, und rollte es zusammen, damit die geschmolzene Butter, mit der es getränkt war, ihn nicht befleckte.
Auf der anderen Seite des Hofes begannen die Musikanten zu spielen. Ihre Stimmen erhoben sich über das Klimpern der Lyra, das hohe, grelle Klirren der Zimbeln, das Pochen der kleinen Trommeln und den sanften, klagenden Gesang der Holzflöten.

»Siehe, die Braut errötet in der Wärme ihres Geliebten
Wie ein zum Pflücken reifer Granatapfel.
Seine Arme schützen sie wie die Äste der Palme,
Ein Dach gegen Wind und Regen.
Flieg, kleine Taube, fliegt, ihr beiden Tauben,
Gurrend in euer Nest, denn der Abend kommt.
Wie die Ziege sich nach dem Bock sehnt,
Wie das Mutterschaf nach dem Widder,
Wie die Löwin nach dem Löwen, in der Kühle der Nacht,
Siehe, so sehnt sich der Bräutigam nach seiner Geliebten,
Ihren Brüsten, süß wie Dattelhonig,
Ihren Küssen wie klares Wasser ...«

Es war ein Hochzeitslied, das Gilgamesch schon oft gehört hatte. Nicht zum ersten Mal saß er so neben einer jungen Braut, die bei den Worten errötete und deren Fransenschal aus Wolle in der Wärme des Sommerabends von ihrer nackten Schulter geglitten war und die obere Rundung ihrer Brüste enthüllte, während sie zu ihrem Bräutigam hinübersah ... oder, unter langen, schwarzen Wimpern und aus dem Augenwinkel, zu ihm. Es war ein Lied, das er wieder hören würde – und dabei lief ihm, leichtfüßig wie ein huschender Skorpion, ein kleines, kaltes Prickeln den Rücken hinunter –, beim Neujahrsfest nämlich, zwischen Winter und Sommer, wenn man ihn in Inannas Hochzeitshaus führen würde, weil die Schamhatu ihn überlistet und er es ihr geschworen hatte.
»Mißfällt dir etwas, großmütigster Gebieter von Erech?« fragte Naram-Sin. »Wenn Speise und Trank dir nicht zusagt, können wir dir etwas anderes bringen.«
»Nein, es ist alles gut«, erwiderte Gilgamesch. »Doch wenn ein baldiger Krieg droht und die Stadt noch immer dringend der Zurüstung bedarf, fällt es schwer, die Gedanken vom Kampf auf den Jubel zu richten. Vergib mir.«
Gilgamesch hörte den schwachen Hauch von Naram-Sins Seufzer nicht, aber er sah, wie sich die Muskelstränge an den Schultern des Älteren ein wenig entspannten, als er fortfuhr: »Soweit ich weiß, verläuft alles, wie es soll. Ich habe gewiß meine Pflicht nicht vernachlässigt, und mein zukünftiger Schwiegersohn, Ischbi-Erra«, er machte eine bedeutungsvolle Handbewegung, »hat vor kurzem den Befehl über eine Sechzigschaft im Heer übernommen und brennt darauf, noch mehr zu tun, wenn man es ihm befiehlt.«
Gilgamesch streifte den jungen Mann mit kurzem Blick. Er wußte, daß er Ischbi-Erras schmales, glattrasiertes Gesicht schon gesehen hatte, aber es gab zweihundert Anführer von Sechzigschaften in seiner Streitmacht, die meisten davon neu ernannt, so daß er sie noch nicht alle mit Namen kannte.
»Das ist gut«, antwortete er. Aber es war die schimmernde Krone in Sululis dunklem Haar, die ihn von neuem anzog, das glitzernde Licht in ihren geschminkten Augen. Ihm war, als hebe und senke der weiße

Quastenschal über den kleinen Brüsten sich schneller, wenn er sie ansah, und auch sein eigener Atem ging rascher.
So saß er, aß und trank, während er sich höflich mit Naram-Sin unterhielt, bis endlich die Frauen, gurrend und mit ihren Schals und langen Röcken flatternd wie ein Taubenschwarm, Sululi fortführten und in ihre Kammer brachten, wo sie die Nacht verbringen und warten würde, bis am Morgen ihr Bräutigam zu ihr kam.
»Auch ich muß nun zu Bett gehen«, sagte Gilgamesch. Ischbi-Erras Gesicht zeigte keine Regung. Der junge Mann starrte in die heruntergebrannte Glut und sah seinen Herrscher nicht an. Naram-Sin nickte, und seine Mundwinkel zuckten.
»Schlafe wohl, Ensi, von den Göttern Erhöhter. Möge dein Segen allen, die hier versammelt sind, Bräutigam, Braut und zwei edlen Familien, Inannas Gunst bescheren.«
»Möge es so sein«, erwiderte Gilgamesch gedankenverloren und schlug die Richtung ein, die die Frauen genommen hatten.
Der Weg zum Brautgemach war mit Kalmus bestreut. Die langen Binsen raschelten unter Gilgameschs Sandalen, als er durch den kühlen Gang auf den mit Blüten und Tamariskenzweigen geschmückten Torbogen zuschritt. Die Tür schwang auf. Innen brannte eine einzige Öllampe. Sululi hatte ihren Zopf gelöst, und der lange, dunkle Wasserfall ihrer Haare glänzte von lieblich duftenden Ölen. Bei seinem Anblick schrak sie zurück und zog sich das Laken über den kleinen Busen. Im matten Licht schimmerten ihre Augen riesengroß und tränenhell.
»Mächtiger Ensi«, flüsterte sie, und ihre Stimme war weich, atemlos und ein wenig schrill. Mit drei schnellen Schritten hatte Gilgamesch den Raum durchquert und sich neben sie auf das Bett gesetzt. Ihre langen Glieder versteiften sich unter der dünnen Wolldecke, und er konnte die Hitze ihres Körpers spüren.
»Genauso ist es«, murmelte er als Antwort. »Und ich bin nicht gekommen, um Schmerz oder Schande über dich zu bringen, sondern um den Segen der Götter zu spenden, die mich auf den Thron des Herrschers über alle Menschen gesetzt haben. Fürchte dich nicht, ich will dich mit Sanftheit für deinen Bräutigam bereitmachen.«

Er streckte die Hand aus, um die entblößte Rundung ihrer Schulter mit einer Fingerspitze zu liebkosen. Unter seiner Berührung überlief Sululi eine kleine Gänsehaut, aber sie zuckte nicht zurück. Gilgamesch lächelte verstohlen. Er hatte schon früher mit Jungfrauen geschlafen; ein- oder zweimal war er auch gegangen, wenn das Mädchen wirklich unwillig war. Aber diesmal erkannte er – vielleicht an irgend etwas in Sululis Atem oder am Duft ihres Körpers unter den kostbaren Ölen, mit denen man sie gesalbt hatte –, daß sie ihn nicht abweisen würde, wenn er nur zärtlich genug mit ihr umging.
»Mein Mund ist zu klein«, flüsterte Sululi, »er kennt das Küssen nicht. Meine Weiblichkeit ist zu klein ...«
»Oft begreifen die Menschen nicht«, antwortete Gilgamesch, »was den Göttern gefällt; das aber haben die Himmlischen uns geschenkt, daß unter den vielen *Me*, die Inanna nach Erech brachte, jene Gaben waren, die uns zu mehr als zu Tieren machen: Herrschertum und Göttlichkeit, die erhabene und ewige Krone ... und die Liebe von Mann und Mädchen, auf daß die Menschheit nicht untergehe im Angesicht der Götter.«
Diese Worte, die er so viele Male mit von den Schlägen, die jeder Fehler ihm eintrug, schmerzenden Knöcheln geschrieben hatte, tropften ihm jetzt vom Munde, wie reife, süße Datteln vom Palmbaum fallen, und er fühlte, wie Sululi neben ihm aufhörte zu zittern und weich wurde, eingelullt von der Vertrautheit jener Aufzählung, die auch sie von Kindheit an kannte.
Er beugte sich zu ihr, um sie zu küssen, und sie hob den Kopf zu ihm auf. Zuerst lag ihr Mund still und kalt unter dem seinen, und sie war ungeschickt mit Nase und Zunge; sie war wirklich eine ungeküßte Jungfrau, auch wenn ihre Worte von eben nur das wiederholt hatten, was die ebenso jungfräuliche Göttin Ninlil sagte, bevor der Gott Enlil den Mond mit ihr zeugte. Einen flüchtigen Augenblick lang fragte sich Gilgamesch, ob es Ischbi-Erra vielleicht hauptsächlich auf Naram-Sins Reichtum und Einfluß ankam, denn welcher Liebhaber hätte seine Geliebte so völlig unberührt zu ihrer Hochzeit gehen lassen?
Ohne daß er es wollte, stahlen sich Worte aus der Liturgie von

Dumuzi und Inanna in seinen Sinn, die Worte der beiden Liebenden vor ihrer Hochzeit, vor der Bezahlung des Brautpreises.

> »Dumuzi, laß mich gehen, ich muß zurück nach Hause.
> Was soll ich sagen, um meine Mutter zu täuschen?
> Inanna, listigste der Frauen, ich will es dir verraten.
> Sag: *Meine Freundin nahm mich mit auf den großen Platz,*
> *Wo uns ein Gaukler ergötzte mit seinem Tanzen,*
> *Wo er uns sein Lied sang, das süße,*
> *Uns die Zeit vertrieb mit Jubel und Frohsinn.*«

»Während wir«, flüsterte Gilgamesch dicht an Sululis Wange, »uns im Mondlicht an der Liebe erfreuen. Ich will dir ein Bett bereiten, rein, lieblich und vornehm, und der freundliche Tag wird deine Lust erfüllt sehen.«
Er strich ihr eine kleine Haarsträhne aus der Stirn und ließ dann die Hand tiefer gleiten, über ihre Schulter nach unten. Seine Finger zeichneten die schmale Rundung ihrer Brust nach und endeten an der kleinen Nabe ihrer Brustwarze, die schon hart wurde. Sululi zog mit scharfem Zischen den Atem ein, reglos wie eine halbwilde Katze unter Gilgameschs großen, behutsamen Händen. Vorsichtig legte er den anderen Arm um sie und zog sie so dicht an sich, daß sie das Herz in seiner Brust hören und die Härte seiner Schenkel unter den Leinenbinden des Rocks fühlen konnte. Wieder küßte er sie, bis ihre Lippen den seinen entgegenkamen und das heiße Salz ihrer Tränen in die süße Wärme ihrer Münder rann. Da wurde Gilgameschs Herz weit, denn nun war er sicher, daß noch keines Mannes Liebe sie berührt hatte.
»Ich weiß, was es heißt, allein zu sein«, hätte er ihr am liebsten gesagt, aber er wußte, daß sie es niemals glauben würde, denn war er nicht Ensi und Lugal, hatte er nicht Gemahlinnen und Geliebte ohne Zahl?
»Meine Schöne«, murmelte er ihr ins Ohr und folgte noch immer mit einer Fingerspitze dem immer härteren Ring ihrer Brustwarze. Mit der anderen Hand streichelte er das dünne Laken, das ihren straf-

fen Bauch bedeckte, und endete schließlich auf der flachen Rundung des kleinen Hügels zwischen ihren aneinandergepreßten Schenkeln.
»Meine Taube, meine Gazelle, die am klaren Wasserloch trinkt. Deine Brüste sind süß wie die Fruchtstände von Datteln, und von deinem Schoß fließt der Honig des Weins. Hoch und lieblich bist du wie eine Palme unter Dornbüschen, willkommen dem Reisenden auf staubigem Weg, rein und frisch wie die Fächer der Tamarinde, die ein kühles Bad im Sommer mit ihrem Duft erfüllen.«
Sululi antwortete nicht, sondern hob nur wieder ihr tränennasses Gesicht zu Gilgamesch auf, so daß ihre Lippen sich begegneten. Dann schlang sie die Arme um ihn und umklammerte ihn ganz fest, und er fühlte, wie sie an seiner Brust erschauerte. Langsam nahm er die Hand von ihrer Brust und zog die dünne Decke nach unten, so daß ihr langer Leib im matten Licht der flackernden Öllampe hell schimmerte. Gilgamesch senkte den Kopf und umschloß mit seinem Mund ihre andere Brustwarze, um zart daran zu saugen und mit der Zungenspitze die harte kleine Erhebung zu liebkosen.
Sululi atmete keuchend, und Gilgamesch merkte, wie sich unter seiner Hand ihre Schenkel öffneten und seine Finger den Weg durch das Vlies weicher Locken zu dem feuchten, warmen Schatz darunter fanden.
»Wie der Widder zum Mutterschaf, so der Hirte zur Hirtin«, flüsterte er, löste mit der freien Hand das Band seines Rocks und ließ das Leinen herunterfallen. »Tochter von Erech, du bist sicher in der Schafhürde.«
Eine Weile blieb er so neben ihr liegen und ließ sie fühlen, wie sehr er sie begehrte. Er saugte an ihrer Brust und bewegte sanft die Hand zwischen ihren Beinen. Dann huschte ihre Hand über seinen Rücken wie der Flügel eines Nachtfalters, der suchend die Flamme der Lampe umkreist, und fand endlich den Weg nach unten. Mit dem rauhen Griff einer Jungfrau packte sie sein hartes Zepter. Gilgamesch schnappte nach Luft – halb vor Lust, halb vor Schmerz.
»Sacht, sacht«, flüsterte er und tastete nach ihrer Hand, um sie zu lockern. »Trotz all seiner Stärke ist ein Mann ebenso verletzlich wie du.«

Sofort gab Sululi ihn frei und sah mit großen Augen zu ihm auf.
»Habe ich dir ... weh getan?«
Gilgamesch führte ihre Hand sanft wieder nach unten. »Fühle selbst, daß du es nicht getan hast. Aber sei behutsam, ich werde es dir zeigen. So ... und so ... liebkose mich so, wie du es dir von mir wünschst«, flüsterte er und folgte ihren Bewegungen mit seinen Fingern zwischen ihren Beinen.
»Oh ... mein Ensi. Wird Ischbi-Erra mich so berühren?«
»Wenn er es nicht tut«, erwiderte Gilgamesch, dessen Herz sich in plötzlicher Sorge um sie zusammenkrampfte, »mußt du es ihn lehren.« Seine nächsten Worte kamen ohne Nachdenken und ließen das Blut in die Höhlung seines Körpers zurückströmen: »Schließlich ist es Inanna, die den Menschen die *Me* bringt.«
»Ich habe dir doch weh getan«, klagte Sululi und nahm die Hand von seinem erschlaffenden Glied. »Ach, Gilgamesch, es tut mir leid. Ich wollte nicht ...«
»Nein, es ist nicht deine Schuld«, antwortete er und hob den Kopf, um sie mit seinen Lippen zum Schweigen zu bringen. Er bedeckte ihre weichen Augenlider mit Küssen und glitt dann weiter nach unten.
*Zum Neujahrsfest ...* Der Gedanke erfüllte ihn mit einer jähen, gewaltsamen Gier danach, Sululi zu nehmen, als wäre sie die Shamhatu, die er mit Gewalt unter sich zwang. Doch obwohl er dabei wieder hart wurde, zwang er sich, ihren Körper nur ganz sanft zu berühren. Diese Jungfrau, so einsam in ihrer Hochzeitsnacht, hatte nur eines verdient: alle Freude, die er ihr spenden konnte.
»Dann laß mich ... Gilgamesch«, hauchte sie. »Ich bin bereit, bitte laß mich ... du hast mich so glücklich gemacht, mein Ensi.«
Immer noch lag er neben ihr, nun aber berührte er sie tiefer, bis er spürte, daß sie von innen erblühte. Dann stützte er sich auf die Ellenbogen und schob sich langsam über sie, von ihren eigenen Bewegungen geleitet wie ein Widder, der sich Schritt für Schritt in die Hürde locken läßt. Einen Augenblick zögerte sie, und er fühlte die enge Kappe ihrer Jungfernhaut; ein einziger Stoß und sie war durchbohrt. Sululi stieß einen leisen Schrei aus, wich jedoch nicht zurück. Gilga-

mesch wartete, glitt mit seiner Hand zwischen ihre beiden Körper und streichelte sie so lange, bis sie sich von neuem unter ihm bewegte.

Endlich umklammerte sie ihn, und ihr Schoß umschloß ihn wieder und wieder, bis seine Tränen und sein Samen gleichzeitig hervorströmten und er den Kopf auf ihre kleinen, weichen Brüste sinken ließ. Er weinte offen und hielt sie fest an sich gepreßt, bis sie unter seiner Last zu keuchen begann. Dann rollte er zur Seite, ließ sie jedoch nicht los.

»Mein Ensi ... mein Liebster. Wirst du zu mir zurückkommen?«

Gilgamesch rang nach Luft. Allmählich beruhigten sich die schweren, schluchzenden Atemzüge, bis er wieder deutlich sprechen konnte. »Du mußt Ischbi-Erra heiraten«, sagte er. »Vielleicht komme ich wieder, aber vergiß nicht, ich bin der Ensi und ...«

»Inannas Geliebter«, ergänzte Sululi.

Gilgamesch ballte die Fäuste und hätte am liebsten laut aufgeschrien, aber er dachte daran, daß er mit einer jungen Frau im Bett lag, der er soeben die Jungfernschaft genommen hatte, und daß er für sie der Ensi von Erech war, dessen Leben verwirkt war zwischen den Schenkeln der Göttin – Gilgamesch, zwei Drittel Gott und ein Drittel Mensch. Und obwohl er vielleicht den Kummer in Sululis Herz begreifen konnte, mußte er für sie doch über solchen Schmerzen stehen.

»Und so kommen wir einsam zueinander und trennen uns ebenso einsam,« dachte er. Aber er küßte Sululi noch einmal und sagte:

»So ist es. Aber auch du bist Erech, denn ohne sein Volk würde auf Erechs Leinpfaden nur Unkraut wachsen und auf den Streitwagenspuren nur Klagepflanzen; wo jetzt die Kräuter sprießen, die das Herz beruhigen, wüchse nur Tränenried und flösse bitteres Wasser. Ohne dich würde, der da in Erech leben will, keine gute Wohnung finden, und der da sein Haupt in Erech niederlegen möchte, keinen guten Schlafplatz. Ich bin zu dir gekommen, weil du schön bist«, fügte er hinzu, und in seiner weich gewordenen Stimme lag verzweifelte Anstrengung. »Die Götter spenden ihren Segen durch Menschenhand, sei du durch mich gesegnet.«

»Mein Ensi«, rief Sululi leise, »ich weiß, daß es so ist. Nichts Besseres hätte ich mir für diese Nacht erträumen können. Wenn ich mehr für dich tun kann ...«
Er legte den Finger auf ihre Lippen und fühlte das zarte Fleisch unter seiner Berührung still werden. »Du hast mir große Freude geschenkt, meine Schöne; eine Geliebte bist du, deines Ensi würdig. Denn selbst die Götter«, gestand er widerwillig, »sind nicht immer glücklich. Mit schwerem Herzen kam ich zu dir, und freudig gehe ich. Schlaf nun, und vergiß nicht, solange du lebst«, er verzog das Gesicht zu einem schmerzlichen Grinsen, »daß du gewonnen hast, wo Inannas Schamhatu versagte, denn du hast mir gegeben, was ich von ihr nicht bekommen konnte.«

3

Die Schamhatu hatte sich mit dem vollen Putz der Göttin geschmückt. Sie hatte ihren Körper bereit gemacht, sich mit Ölen gesalbt und ruhte jetzt auf den weichen Laken des Zederbettes in der Kammer, in der die Männer zu Inanna eingingen. Bis auf eine kleine Lampe war der Raum unbeleuchtet. Die Freier der Göttin durften sie nur im Halbdunkel erblicken, damit ihre Macht sie nicht blendete oder, nüchterner ausgedrückt, damit der allzu unverhüllte Anblick eines weniger als göttlichen Körpers sie nicht enttäuschte. Der Mann, der heute zu ihr kam, war einer der Stadtältesten, und die Schamhatu kannte ihn von den Ratsversammlungen her: Naram-Sin, stets besonnen im Urteil, doch nie zu schüchtern, seine Meinung zu äußern. Er hatte heute morgen ein großes Opfer gebracht, um Inannas Segen zu erlangen, und die Schamhatu wußte, daß es unklug gewesen wäre, sich ihm zu verweigern oder ihn mit einer geringeren Priesterin abzuspeisen, denn er war bekannt dafür, mit seinem Geld sparsam umzugehen, so daß sein Wunsch, was immer es sein mochte, ihm sehr am Herzen liegen mußte.
Als Naram-Sin eintrat, warf er sich vor der Göttin nieder, wobei sich sein schwarzsilberner Bart auf dem Boden ausbreitete und die

Flamme der Lampe auf seinem geölten und geschorenen Schädel glänzte.
»Heilige Inanna, Königin des Himmels«, begann er. Die Schamhatu lauschte der Anrufungslitanei und atmete in tiefen Zügen, um die Macht der Göttin in sich hineinzurufen, bis sie endlich das Prickeln im Körper und die Wärme in ihren Lenden spürte, die Inannas Anwesenheit verkündeten.
»Erhebe dich«, sagte sie leise, und ihre Stimme in der Kammer klang wie ein tiefes Summen. Sie griff nach Naram-Sins Händen und zog ihn hoch. Dabei freute sie sich über die Kraft seiner sehnigen Arme und Schultern; und obwohl er die Augen niedergeschlagen hielt, um der Göttin nicht unhöflich ins Gesicht zu starren, sah sie, daß er nicht verlegen war.
Langsam löste die Schamhatu ihr Lendentuch und hob den Saum ihres Kleides. Warme Luft umspielte ihre nackten Beine und den Bauch. »Siehe, meine Scham ist das Boot des Himmels«, verkündete sie. »Siehe die Schönheit des himmlischen Bootes: Beladen mit Segen und Heiligkeit für die Kinder der Menschen, bringe ich es nach Erech.«
Naram-Sin kniete vor ihr nieder und küßte sie ehrfürchtig zwischen den Beinen. Unter der warmen, feuchten Berührung seines bärtigen Mundes regten sich ihre Lenden, und sie zog das Kleid noch weiter hinauf. »Siehe, meine Brüste sind eine fruchtbare Ebene. Milch strömt aus ihnen, Getreide und Honig für die Kinder der Menschen.«
Er stand auf und umschloß ihre Brüste mit seinen Händen. Sanft sog er erst an der einen, dann an der anderen Brustwarze und liebkoste sie mit seiner Zunge, bis die Schamhatu fühlte, wie sie in seinem Mund anschwollen und hart wurden und kleine, lustvolle Zuckungen hinab in ihren Bauch sandten. Als er ihren Körper küßte, warf die Schamhatu ihr Kleid ab und ließ sich nach hinten auf das Bett gleiten, wobei sie sorgfältig darauf achtete, Inannas Krone nicht zu verlieren. Naram-Sin ließ seinen Mantel fallen und löste seinen Rock. Die Muskeln seiner Schultern und die kleinen Knochenkämme an Brust und Becken traten deutlich unter der Haut hervor, denn das Alter

hatte ihn mager gemacht; aber seine Rute stand hart und geschwollen vor seinem Bauch wie bei einem Jüngling.
Die Schamhatu spreizte die Knie und streckte ihm die Arme entgegen. »Inanna ruft dich«, hauchte sie. »Komm in meinen Garten: Der Granatapfel ist für dich gepflückt, die süße Feige harrt deiner.« Sie umarmte Naram-Sin, zog ihn zu sich herunter und reckte ihre Hüften seinem ersten Stoß entgegen, umschloß ihn und hielt ihn fest in ihrem Schoß.
»Inanna! Inanna!« rief er aus, als sie sich miteinander wiegten. Immer heftiger stieß die Schamhatu nach oben. Sie fühlte die Macht der Göttin in ihrem Körper schwellen wie eine Knospe, die sich erwärmt und aufblüht.
»Jetzt«, seufzte sie in Naram-Sins Ohr. »Jetzt!« Er umklammerte sie mit zuckenden Hüften. Sie glaubte zu fühlen, wie sein Samen sich in sie ergoß und die Schleusen ihrer eigenen Lust öffnete. Obwohl er schon in ihr schlaff wurde, gab sie ihn nicht frei.
»Großer von Erech«, stöhnte sie atemlos – denn die Frage mußte gestellt sein, ehe die Macht Inannas sie verließ –, »was begehrst du von der Göttin?«
»Göttliche Herrin, Königin des Himmels, ich möchte über den Ensi von Erech sprechen.« Naram-Sins Atem ging bereits wieder gleichmäßig, und die Schamhatu wußte, daß sie ihn nicht mehr lange in sich behalten konnte.
»Sprich rasch.«
»Göttliche Herrin, es geht um die Pflichten des Ensi. Große Gebieterin, Königin des Himmels, der Mächtige von Erech, den die Götter über uns gesetzt haben, kam zu meiner Tochter in der Nacht vor ihrer Hochzeit, als sie allein im Brautgemach lag.«
»Wie es sein Recht ist«, zwang sich die Schamhatu zu antworten. Einen Augenblick dachte sie daran, wie Gilgamesch seine Lust an einer Jungfrau stillte, ganz wie es Naram-Sin gerade mit ihr getan hatte, und ihre Zähne knirschten, als hätte sie in der weichen Süße einer Dattel auf den unerwarteten Kern gebissen. Sie löste sich von Naram-Sin und setzte sich auf. Es ziemte sich nicht für die Göttin, vor den Männern, die zu ihr kamen, ihren Körper abzuwischen oder

andere menschliche Dinge zu tun, aber Naram-Sins Samen tropfte als schleimige Spur von ihrem Schenkel, und sie wünschte sich von ganzem Herzen, ihn abtrocknen zu können.
»Er hat ihr die gebührenden Geschenke geschickt, mehr, als er ihr schuldet, denn es sind erst drei Wochen vergangen und man weiß noch nicht, ob sie ein Kind trägt ...«
»Auch das ist, wie es sein soll: Das Herz des Ensi ist offen.«
»*Und wenn ich lüge*«, flüsterte die Schamhatu Inanna zu, »*so geschieht es ausschließlich um Erechs willen.*«
»Aber, göttliche Herrin, obwohl doch der Besuch des Ensi der ganzen Familie Segen bringen soll, ist nichts davon auf uns gekommen. Mein Schwiegersohn, Ischbi-Erra, führt immer noch eine Sechzigschaft an, obwohl ich weiß, wie groß Gilgameschs Heer inzwischen geworden ist; mein Vermögen ist nicht gewachsen, wenngleich ich den Ensi beim Hochzeitsfest willkommen hieß, obwohl ich genau wußte, was er in den Mauern meines Hauses suchte. Denn er läßt seine Blicke schweifen über die Schafhürde von Erech, wie ein wilder Stier sich über alle erhebt und den Kopf in den Wolken trägt.«
Die Schamhatu nickte langsam. Sie hatte diese Klage schon früher gehört.
»Inanna wird dich belohnen«, antwortete sie bedrückt.
»Möge diese Belohnung schnell kommen. O göttliche Herrin, ich achte es nicht gering, daß die Jungfräulichkeit meiner Tochter dem Erwählten Innanas, dem Mächtigen von Erech, zuteil wurde. Doch Gilgamesch ist zwar wie ein wilder Stier, den nur die Götter bändigen können; aber er ist auch der Ensi dieser Stadt, und wie kann er bestehen ohne die Hilfe der Starken?«
»Inanna wird dich belohnen«, wiederholte die Schamhatu energischer. »Zweifle nicht an der Göttin; gedeiht nicht Erech, und geht es dir hier nicht gut?«
»Ich hege keinen Zweifel an der Göttin«, erwiderte Naram-Sin. »Herrin, ich vertraue deinem Wort.«
Die Schamhatu legte ihm die Hand auf den Kopf. Die kurzen Stoppeln stachen in ihre Handfläche, und sie fühlte die Glätte des Öls, mit dem er seinen geschorenen Schädel eingerieben hatte. »Das ist gut.

Geh nun und sei gewiß, daß bei der Sippe, die der Ensi gesegnet hat, das Glück einkehren wird.«

Bevor er sich anzog, warf sich Naram-Sin erneut zu Boden und noch einmal, bevor er sich entfernte. Die Schamhatu hatte ursprünglich sofort ihr Bad aufsuchen wollen, aber als sie den Raum verließ, war es, als treibe der dröhnende Nachhall von Inannas Gegenwart in ihrem Körper sie weiter, und ihre Füße strebten nicht dem Bad, sondern dem Heiligtum auf seinem hochstufigen Hügel zu. Dort waren um diese Stunde Bittsteller aus der ganzen Stadt versammelt, die ihre Gebete sprachen und der Göttin Opfer darbrachten. Die Schamhatu wußte, daß sie sich auf ihren Thron setzen und dem Flehen zuschauen sollte, stellvertretend für Inanna, aber statt dessen blieb sie in einer leeren Nische der Wand stehen und richtete den Blick auf die schlichte Lehmziegeldecke des Schreins. Immer wieder sah sie Gilgamesch vor sich, die breiten Schultern, braun über dem weißen Rock, die dunkelglänzenden Locken, die sich über den Rücken kräuselten, während er achtlos in das eine oder andere Brautgemach schlenderte. Sie würde nie ein solches Brautgemach haben, es sei denn, die Göttin in ihr begehrte es.

»Unvergleichlich ist seine erhobene Waffe«, murmelte sie bitter, »und seine Trommel entflammt das Volk. Mit den jungen Edlen von Erech zieht er zuchtlos durch die heiligen Stätten ...« Unvermittelt trat sie hinaus in die Mitte des Tempels und klatschte in die Hände, um das leise Gesumm der Beter zum Schweigen zu bringen.

»Seid still!« rief sie, und ihre Stimme klang laut und durchdringend wie der Ton eines Widderhorns. Sie hatte plötzlich das Gefühl, ein gewaltiger Wind hebe sie in die Lüfte, wie eine Wolke auf den Flügeln des Sturms, und die Worte strömten von selbst aus ihrer Kehle: »Doch nein, sprecht! Kündet mir, was in euren Herzen ist, denn die Göttin Inanna befiehlt es.«

Einen Augenblick wurde es im Schrein tatsächlich so still, als seien die Mauern geschmolzen und mit einem sanften Rauschen des Lehms eingestürzt. Dann erhoben sich von neuem die Stimmen, eine hier, eine dort, die hohen, klagenden Töne der Frauen und darunter der tiefe Strom der männlichen Rufe.

»Tag und Nacht bedrückt er die Schwachen ...«
»Ist das unser Hirte, stark, leuchtend und voller Weisheit?«
»Gilgamesch läßt nicht die Jungfrau zur Mutter gehen ...«
»Nicht das Mädchen zum Krieger, die Braut zum jungen Bräutigam ...«
Die Schamhatu stand da und schwankte auf ihren Füßen. Jede einzelne Stimme traf sie wie ein scharfer Peitschenhieb, und sie konnte sich kaum aufrecht halten. Plötzlich stieß sie einen lauten Schrei aus, und es kam ihr vor, als könne sie ihre Stimme in der harten Zinnschale des Himmels widerhallen hören und die tieferen Stimmen von Rimsat-Ninsun und dem En sängen mit ihr:

»Götter, schuft ihr nicht diesen mächtigen, wilden Stier?
Unvergleichlich ist seine erhobene Waffe,
Und seine Trommel entflammt das Volk.
Er, Gilgamesch, läßt nicht den Sohn mit dem Vater gehen,
Bei Tag und bei Nacht,
Läßt nicht die Jungfrau zur Mutter,
Das Mädchen zum Krieger, die Braut zum jungen Bräutigam.«

Dann hörte sie auf einmal die Stimme von Rimsat-Ninsun, die auf ihren Ruf antwortete. Von den Lehmziegeln des Heiligtums der älteren Göttin klang die tiefe Stimme der älteren Priesterin zu ihr herüber:

»Götter, schuft ihr nicht diesen mächtigen, wilden Stier?
Gilgamesch, Hirte von Erech, keiner kommt ihm gleich.
Zwei Drittel Gott und ein Drittel Mensch, so erhebt er sich über alle.
Die Witwen weinen, die Jungfrauen schreien,
Die jungen Männer stürzen unter seiner Stärke,
Denn keiner kommt ihm gleich.
Wütend wie ein wilder Stier, den man an den Pflug schirrt,
Treibt er die Furche in den Fluß,
Reißt die Kanäle auf, peitscht den Buranun zur Flut,
Zerstampft die Erde von Erech unter seinen Füßen.
Doch ist er nicht der Erwählte der Götter,

Die seine Krone und Rute über die Köpfe der Menschen
gesetzt haben?«

Die Schamhatu sehnte sich in ihrem Herzen, darauf Antwort zu geben, aber es war der En, von dem – tief und heiser – die Erwiderung kam. Seine Worte hämmerten wie Trommelschlag, wie das Pochen des Blutes in ihren Ohren:

»Götter, schuft ihr nicht diesen mächtigen, wilden Stier?
Gilgamesch, Hirte von Erech ...
Götter, laßt ihn den finden, der ist wie er!
Zwei Drittel Gott und ein Drittel Mann ... ihr, die ihr ihn über das
Volk gesetzt habt,
Ihr Mächtigen, hört unser Wehklagen!«

Und nun erhob die Schamhatu wieder ihre Stimme und hörte das Murmeln des Volkes hinter sich, als ihr Schrei, in den die Rufe von Rimsat-Ninsun und dem En einfielen, zum Himmel stieg:

»Inanna, Königin des Himmels, Hirtin von Erech,
Enlil, der der Erde Leben, der Ernte Wasser bringt,
An, Gebieter des Himmels, erhört unsere Gebete!
Schafft uns ein Gegenstück zu Gilgamesch,
Einen Mann, dessen Herz wie das seine schlägt,
Laßt sie gegeneinander kämpfen,
Auf daß Erech Frieden finde!«

# Der Löwenmann

1

Die langen Morgenschatten der Hügel lagen auf der Ebene wie lose Fetzen aus schwarzem Vlies, dazwischen helles Sonnenlicht, das die Augen blendete. Akalla, der Fallensteller, schritt dahin und ließ sich von Sonnenschein und Schattenkühle wie von Wellen umspielen. Über ihm flatterte ein zwitschernder Sperlingsschwarm, der sich schwarz vom blassen Blau und Rosa des Morgenhimmels abhob. Die Schneide von Akallas Speerspitze funkelte golden; ihre Bronze war zu glitzernder Schärfe geschliffen. Noch gestern am späten Abend hatte er sie frisch gewetzt, denn Gazelle und Steinbock waren nicht die einzigen Tiere in Berg und Tal. Aber auch vor den Löwen, Hyänen und Wölfen fürchtete Akalla sich kaum; wenn ein Löwe nicht gerade zum bösartigen Einzelgänger wurde, stellten die Tiere mehr eine Bedrohung für die Schafe als für die Menschen dar.
Aber etwas anderes durchstreifte die Gegend, etwas mit Händen, um die Gruben aufzufüllen, die Akalla gegraben, die Fallen aufzureißen, die er gestellt hatte, und um das Wild zu befreien, von dem er und seine Familie lebten. Der Fallensteller wußte nicht, was für ein Wesen das sein konnte, ein Verrückter, ein Geist oder einer der *Galla*, die die Gesetze der Unterwelt hüteten. Weil er aber kein Feigling war, hatte er sich vorgenommen, das Rätsel zu lösen, bevor er seine Familie nahm und mit ihr in eine weniger gefährliche Gegend zog. Weil er auch kein Dummkopf war, hatte er sorgfältig seinen Speer geschärft und die Bindungen seiner Pfeile geprüft, um sicherzugehen, daß die Federn nicht gebrochen und die Schäfte ge-

rade und nirgends gesplittert waren. Dafür hatte er zwar mit verlorenem Schlaf bezahlt, sich aber etwas mehr Gelassenheit erkauft. Die Riemen von Bogen und Köcher auf seinen nackten Schultern spürte er kaum noch; sein tiefgebräunter Rücken war schwielig vom ständigen Reiben der Jagdwaffen, wie die Schultern eines Ziegelträgers oder die Hände eines Steinmetzes die Schwielen ihrer Arbeit tragen.

Als er die steinigen Hügel hinaufstieg, bewegte er sich vorsichtiger. Schon huschten die kleinen Skorpione aus den Schatten der Felsen; die Schlangen, noch träge und starr von der Nachtkühle, begannen sich erst allmählich zu regen. Ein Stück unterhalb der Hügelkuppe hielt er inne und fuhr sich mit der Hand durch den kurzgeschorenen, schwarzen Stoppelpelz auf dem Schädel. Viele Stadtleute rasierten sich ihren Kopf; Akalla, der den größten Teil des Tages im Freien herumlief, war viel zu klug, um sich die Sonne auf den kahlen Scheitel brennen zu lassen.

Die zunehmende Helligkeit enthüllte ihm jedoch ein sonderbares Bild. Mit den breiten Pfotenspuren von Löwen, die sich immer wieder kreuzten, wie es in einem Rudel üblich war, wenn die Tiere umeinander herumliefen, schliefen und spielerische Kämpfe aufführten, war er wohlvertraut. Die Gruppe, die hier vor zwei Nächten vorbeigekommen war, bestand aus einem umherziehenden Rudel junger Männchen, ohne die großen Abdrücke eines erwachsenen Rudelführers oder die zierlicheren Abzeichen von Löwinnen. Zwar würde es die Hirten seines Dorfes wenig freuen, wenn er sie warnte, in den nächsten Nächten zusätzliche Wachen für ihre Schafe aufzustellen, aber daran war noch nichts Ungewöhnliches. Nein, was ihn veranlaßte, sich verdutzt die Augen zu reiben, war der Anblick nackter, menschlicher Fußspuren, die zwischen den Löwenfährten hin und her liefen. Dieser Mensch war auch nicht später hier aufgetaucht und hatte die Fährte untersucht, wie Akalla das jetzt tat, denn obwohl seine Abdrücke hier und da über denen der Löwen lagen, war es an anderen Stellen umgekehrt. Wenn außerdem der Rest seines Körpers der Größe seiner Füße entsprach – und nach der Tiefe der Abdrücke zu urteilen, die zweimal so weit eingesunken waren wie die von

Akalla, mußte das der Fall sein –, dann handelte es sich um einen nicht zu unterschätzenden Gegner.

Akalla kam der Gedanke, daß er vielleicht lieber zurück ins Dorf laufen, ein paar andere Männer zusammenrufen und herausfinden sollte, ob sie zu einer Suchexpedition bereit wären. Aber er konnte im Geist schon ihre höhnischen Worte hören: »Akalla ist ein Stümper und Schwätzer! Ein Fallensteller, der zu dumm ist, seine eigenen Fallen zu stellen, holt uns, damit wir seine Geschichten bestätigen und er weniger unfähig dasteht! Ein Mann, der nicht einmal Buchstaben lesen und schreiben kann, die in Ton gebrannt sind, will die in den Staub gebrannte Schrift von Löwen lesen können!« Auch wenn nicht unbedingt Streit zwischen Akalla und seinen Nachbarn herrschte, war die Arbeit des Fallenstellers doch anders als die der Hirten, und obwohl Akalla sich recht gut auf das verstand, was er tat, wußte er doch auch, daß er nicht so wortgewandt war wie andere Männer und daß die Kratzer von Vögeln im Lehm der Wasserlöcher ihm immer mehr bedeuten würden als die Kratzer von Menschen auf Tontafeln, so sehr er sich auch bemüht hatte, die einfachen Worte lesen und schreiben zu lernen, die sogar die meisten Hirten verstanden. Darum richtete er sich jetzt auf, packte den Speer fester und machte sich daran, den merkwürdigen Spuren über die Berge und hinab in die nächste Ebene zu folgen.

Während er so dahinwanderte, grübelte er weiter. Die Fußspur des Mannes – wenn es denn ein Mann war – entfernte sich ab und zu von dem Junggesellenrudel. Wenn die Inschrift im Staub und Gras die Wahrheit sagte, war der Seltsame auf eine Herde Gazellen gestoßen, hatte sich ihnen vielleicht sogar eine kurze Zeit lang angeschlossen und mit ihnen Gras gerupft; nach dem Gewirr der Spuren an den Rändern einer Wasserstelle hatte er sich zwischen die Tiere gedrängt, bis er an der Reihe war zu trinken, ganz als gehöre er tatsächlich zu ihnen.

An demselben Wasserloch ließ sich Akalla nieder, um zu rasten. Die Sonne stand fast senkrecht am Himmel, und es war eine ganze Weile her, daß er sein Frühstück eingenommen hatte, ein Stück gutes Brot von seiner Frau und ein wenig getrocknetes Ziegenfleisch. Seine Mittagsmahlzeit war fast ebenso einfach: ein weiteres Stück Fladenbrot, um eine Stange salzigen Schafskäse gerollt, und zwei kostbare Datteln, saftig und süß unter der dünnen, trockenen Schale, das Ganze heruntergespült mit kühlem, ganz leicht schlammigem Wasser aus der Tränke. Als er fertig war, machten das Essen und die Sonnenwärme auf seinen nackten Schultern ihn schläfrig. Obwohl er wußte, daß er aufstehen und Schutz vor der Hitze suchen oder aber seine Suche fortsetzen sollte, blieb er sinnend sitzen, und beim Nachdenken fielen ihm die Augen zu.

Das Rascheln des Grases, schlürfende Geräusche, der durchdringende Moschusgeruch männlicher Löwen – das alles überfiel ihn gleichzeitig, riß ihm den auf die Brust gesunkenen Kopf hoch und ließ ihn mit wurfbereitem Speer aufspringen. Auf der anderen Seite des Wasserlochs drängte sich eine Masse aus goldbraunem Fell und peitschenden Schwanzquasten, und mitten darin, wie ein Bauer im wogenden Kornfeld, stand das Wesen, das Akalla jagen wollte und das nun ihn jagte. Ein kalter Schauer überfiel Akallas Eingeweide, sein Herz krampfte sich zusammen und hielt jede Sehne und jeden Muskel seines Körpers in tödlichem Griff. Er konnte sich weder rühren noch ein Wort herausbringen und starrte nur auf den Mann, der da unter den Löwen aufragte. Der Fremde war gut anderthalb Kopf größer als Akalla, der selbst nicht klein war; die muskelbepackten Schenkel unter seinem Rock aus halbgegerbter Gazellenhaut schienen dick wie die Stämme alter Dattelpalmen, und um die schweren Knochen des Handgelenks hätte Akalla die Finger nicht schließen können. Die üppige, zottige Haarmähne, unter den Streifen von Lehm und Fett golden wie reife Gerste, wallte tief auf den Rücken hinab; die Wangenknochen über dem wirren, goldenen Bart waren breit wie die eines Löwen. Seine Augen zeigten das helle Goldgrün von Feldern, die eben zu keimen anfangen. Sein ganzer Körper war mit einem lockigen, blonden Haarpelz bewachsen, so daß man kaum unterscheiden konnte, wo sein Fellschurz aufhörte und die eigene Haut begann.

Aber obwohl Akallas schlotternde Knie ihn kaum aufrecht hielten und seine Lungen nur mühsam und keuchend Atem holten, warf er sich nicht anbetend zu Boden. Sein Fallenstellerspeer, zuverlässiger

als die versagenden Beine, stützte ihn lange genug, daß Akalla die Kletten sehen konnte, die im verfilzten Haar des wilden Mannes steckten, und mit ihnen die blauen Flecke, tiefen Kratzer und Rinnsale von verkrustetem Blut, die vom spielerischen Zuschlagen der Löwenpranken stammen mußten. Akalla war nicht besonders klug, aber er dachte sofort daran, daß ein Gott selbst so geringfügige Verletzungen durch seine eigenen Geschöpfe niemals dulden würde. Ob der wilde Mann nun ein Wahnsinniger oder einer der letzten Überlebenden jenes langlebigen Volkes war, das die Erde bewohnte, ehe die großen Götter die Flut sandten, die die Menschheit ertränken sollte, auf jeden Fall war er nichts weiter als ein Mensch.
Aber auch wenn er das glaubte, konnte Akalla dem Wilden trotzdem nicht in die goldgrünen Augen sehen – erst, als diese seltsamen Augen ein wenig größer wurden und der Fallensteller das leise Keuchen hörte. Dann, wie von einer jähen Feuerzunge, die aus dem dürren Gras auflöderte, verschreckt, fuhren die Löwen und ihr Gefährte herum und rannten so schnell davon, daß der Beobachter nicht einmal richtig Atem geholt hatte, bevor sie auch schon verschwunden waren.
Akalla ließ den Speer fallen und sank schwer in den Schlamm am Rande der Tränke. Er zitterte so heftig, daß er kein Glied rühren konnte. Er wußte, daß er nicht geträumt hatte. Im Lehm auf der anderen Seite des Wasserlochs sah er die Spuren der Löwen und scharf ausgeprägt dazwischen die mächtigen Abdrücke des wilden Mannes.
Nach einer Weile tauchte Akalla seinen Tonbecher in den Teich und goß sich den Inhalt über den Kopf. Dann schöpfte er noch einmal einen Becher voll und ließ das klare Wasser langsam zu Boden tropfen.
»Enlil, dessen Befehl in weite Ferne reicht, dessen Wort heilig ist«, murmelte Akalla. Es war eines der wenigen Lobpreisungsgebete, die sein Vater ihm hatte eintrichtern können. »Herr, dessen Urteil unabänderlich ist, der auf ewig die Schicksale bestimmt, dessen erhabenes Auge die Lande überschaut, dessen erhabener Lichtstrahl die Herzen aller Lande erhellt und sie prüft ... «

Er kannte noch mehr davon, aber er hatte vor Schreck die Worte vergessen und hoffte nur, Enlil würde trotzdem verstehen, was gemeint war, und das Opfer annehmen.
Als der Becher leer war, blickte Akalla zum Himmel auf. Im polierten Blau stieg langsam ein schwarzer Fleck nach oben, der jetzt die Schwingen schräg stellte, um noch höher zu kreisen: ein Geier, der geduldig auf seinen Beuteanteil wartete ... auf das, was die Löwen übrigließen, und was zurückblieb, wenn der wilde Mann gefressen oder die Kiefern von Hyänen und Wölfen die Knochen geknackt hatten, um an das Mark heranzukommen. Akalla stellte sich vor, wie seine eigenen Knochen unter den gewaltigen Fängen der Untiere barsten, wie sein Geist in die Kälte der Unterwelt hinabschwebte, einer Taube gleich, die in der Abendkühle ihr Nest aufsucht, wie seine Arme zu Flügeln wurden und er den anderen Toten gurrende Klagelieder sang. Er wußte, daß er dem Tod um weniger als die Breite einer Schwanzfeder des Geiers entronnen war. »Doch wer«, so dachte er verwundert, »ergründet die Wege der Götter?«

2

»Was ist dir, mein Sohn?« fragte Akallas Vater, als der Fallensteller in die Hütte trat und sich daran machte, seinen Speer zur Seite zu stellen und Pfeil und Bogen abzulegen. »Auch wenn das Feuer zu Kohle heruntergebrannt und der Abend nah ist, erkenne ich, daß dein Gesicht seine Farbe verloren hat. Du siehst aus, als hättest du eine lange Reise hinter dir.«
Akalla betrachtete den alten Mann, der mit untergeschlagenen Beinen am Feuer saß und neue Lederriemen für seine abgewetzten Sandalen flocht. Sein kahler Schädel inmitten des Kranzes schwarzer Haare glänzte wie poliertes Zedernholz; die knotigen Muskeln an Schultern und Armen traten hervor, als er die Lederriemen fester zusammenzog. Obwohl das Alter sein Gesicht faltig und seine Nase knöchern gemacht hatte, glitzerten die schwarzen Augen noch im-

mer wie die Schneide eines Obsidianmessers aus dem Norden. Wenn es jemanden gab, der Rat wußte, dann ihn. Nie schalt Akallas Vater seinen Sohn wegen seiner stammelnden Zunge oder zweifelte an seinen Worten, und das wiederum trug dazu bei, daß Akalla bei ihm das Reden leichter fiel.

»Mein Vater, ein Mann ist aus den Bergen gekommen. Er ist der Gewaltigste im Land, seine Stärke ist so entsetzlich wie Ans fallender Stern. Er geht über die Berge, er ringt mit den Tieren an der Tränke, er drückt seine Füße in den Lehm der Wasserstellen. Er machte mir angst, darum wagte ich mich nicht zu ihm hin. Er hat die Gruben aufgefüllt, die ich aushob, die Fallen ausgerissen, die ich stellte, die wilden Tiere aus meiner Hand befreit. Er erlaubt es nicht, daß ich die Wildnis durchstreife; seinetwegen komme ich mit leeren Händen nach Hause zurück. Ich sah ihn inmitten eines Rudels junger Löwen am Wasserloch, und nie fühlte ich solche Furcht, denn er schien mir sowohl Löwe als auch Mensch zu sein, und seine Locken wogten so golden wie die Flechten der Göttin Aschnan.«

Akallas Vater legte die Sandalen beiseite und verschränkte für einen Augenblick die knochigen Finger. Dann stand er auf, nahm die kleine Holzschaufel neben der offenen Herdstelle und warf ein paar Schippen getrockneten Schafsdung ins Feuer. Als der Mist kräftig brannte und dichter Rauch sich in der Luft kräuselte, setzte der alte Mann sich wieder hin und sagte: »Mein Sohn, in Erech lebt ein Mann mit dem Namen Gilgamesch. Keiner ist stärker als er, seine Kraft gleicht der von Ans fallendem Stern. Ich habe gehört, daß er jung und stürmisch ist, ständig auf der Suche nach neuen Kriegen und neuen Frauen, und daß ihn das Fremde und Neue stets reizvoller dünkt als das Alte und Vertraute. Ich denke, er wird sich deine Geschichte anhören. Darum geh hin nach Erech und berichte Gilgamesch von diesem mächtigen Mann. Er wird dir eine Priesterin geben, die Schamhatu des Tempels, die sollst du mitnehmen: Die Frau wird den Mann besiegen, als wäre sie selbst stark. Wenn die Tiere zur Tränke kommen, soll sie ihr Gewand ablegen und ihre Scham entblößen. Wenn er sie sieht, wird sie ihn anlocken, und seine Tiere, die mit ihm in der Wildnis aufwuchsen, werden ihm fremd scheinen.«

»Woher weißt du das, Vater? Hast du schon einmal von einem solchen wilden Mann gehört?«

»Wenn er mit den Löwen lebt und selbst einem Löwen gleicht, so weiß ich dieses: Ein junger Löwe streift mit seinen Gefährten umher, bis ihm der Duft einer Löwin in die Nase steigt. Dann – wenn er stark genug ist – vergißt er die anderen, und sie werden seine Feinde; er gehört nun zu einem neuen Rudel und muß seine eigenen Jungen aufziehen und schützen. Wenn dieser wilde Mann ein Menschenweibchen riecht, wird es ihm nicht anders ergehen; er wird sich ihrem Rudel anschließen und sich gegen seine alten Freunde stellen, die ohne Gefährtinnen wandern, damit sie nicht versuchen, seinen Platz einzunehmen und seine Jungen zu töten, um sich selbst fortzupflanzen.«

Das stimmte. Akalla wußte alles über Löwen. Er hatte sogar einmal, aus der sicheren Entfernung einer Bergkuppe, etwas gehört, das wenige Menschen miterlebten: das jämmerliche Winseln und Schreien, als ein neuer Rudelführer die kleinen Jungen seines getöteten Rivalen umbrachte. Zwar lachten die Schäfer, wenn er beim Zählen seine Finger zu Hilfe nahm, aber sie vertrauten darauf, daß Akalla die Löwen des Landes, das er durchstreifte, kannte, die Hirten vor fremden Eindringlingen warnte und die hungrigen Schaffresser aufspürte. Er war überzeugt, daß das, was sein Vater über den wilden Mann, den Löwen, sagte, die Wahrheit war.

»Ich werde morgen beim ersten Tageslicht nach Erech aufbrechen«, sagte Akalla. »Aber wen soll ich ansprechen? Geht der Ensi durch die Straßen wie alle anderen Männer?«

Akallas Vater grinste und zeigte den Schimmer der wenigen gelben Zähne, die sich noch neben den geschwärzten Stümpfen in seinem Mund befanden. »Ich will dir etwas geben, das ich immer bei mir bewahrt habe, seit ich den Tempel Inannas verließ und hierherkam, um in Frieden meine eigenen Schafe zu weiden.« Er griff in seine Gürteltasche und holte einen kleinen Zylinder aus poliertem, braunem Achat heraus, in den rundum Zeichen eingeschnitten waren. »Das ist mein Siegel als Diener des Tempels. Es hat mir damals gute Dienste geleistet; es soll auch dich, solange du es trägst, vor unangenehmen Fragen beschützen.«

Akalla nahm das Siegel ehrfürchtig entgegen. Glatt und kalt lag es in seiner Hand, schien sich dann aber unter seiner Berührung zu erwärmen und sacht zu prickeln. Nie hatte er etwas gefühlt, das den Göttern so nahe war wie ein Siegel aus einem der großen Stadttempel. Zwar ließen die großen Götter sich herab, in ihren kleinen Häusern im Dorf Opfer entgegenzunehmen und Segen zu spenden, aber jeder sagte, daß die Städte ihre wahre Heimat waren: Inanna wohnte in Erech, Enlil in Nippur, Nanna in Ur, Enki in Eridu, und so fort.
»Ich werde gut darauf achtgeben.«
Wieder ging die Tür auf. Akallas Frau Inaschagga kam herein, unter dem Arm einen Krug, in der anderen Hand eine wollene Tasche.
»Lieber Mann, du warst den ganzen Tag draußen; hast du gefunden, wonach du suchtest? Du scheinst einen langen Weg hinter dir zu haben. Setz dich hin, iß und trink. Heute gibt es sogar Bier, und das wird noch ein paar Tage so sein, denn der Frau des Brauers versiegte die Milch früh, und unsere Ziege hat mehr als genug davon.«
Inaschaggas Worte schienen ihrem Atem stets davonzulaufen, aber das tat nichts; Akalla hörte lieber zu, als selbst sprechen zu müssen, und Inaschagga gefiel es, für zwei zu schwatzen.
Die beiden Männer hockten sich vor das Feuer. Sie suchten saubere Strohhalme aus den Haufen am Boden und schnitten die Enden mit ihren Messern ordentlich ab, so daß sie ihr Bier trinken konnten, ohne etwas zu verschütten. Akalla putzte einen weiteren Halm für Inaschagga, die jetzt Brot und Ziegenkäse brachte. Er nahm einen tiefen Zug von dem Bier, dann erzählte er seiner Frau, was er erlebt hatte. Ausnahmsweise lauschte Inaschagga ihm schweigend, und nur ihre mit Kohle umränderten Augen wurden immer größer; sie rang nach Luft, als er die Löwen erwähnte, die sich um den wilden Mann drängten, ohne ihm ein Leid zu tun. Inaschagga sagte erst wieder etwas, als ihr Mann ihr vom Rat seines Vaters und dem, was er nun vorhatte, berichtete.
»Ein guter Rat, gewiß«, meinte sie sinnend. »Aber du willst nach der Schamhatu des Tempels fragen, in deren Schoß Männer den Segen der Göttin suchen ... Kann ich denn meinen Gatten allein unter solche Priesterinnen gehen lassen? Wird er zu einem schlichten Land-

mädchen zurückkehren, wenn er erst gekostet hat, was ihm die Tempelfrauen bieten können? Oder wird auch er die Wildnis und seine Tiere verlassen, dem Geruch der Schafe und Ziegen den Rücken kehren und sein Gesicht der Stadt zuwenden?«
Akalla griff über den Krug und streichelte ihr weiches, schwarzes Haar. »Die Priesterinnen Inannas sind nicht für mich bestimmt. Es sind Frauen für Könige und Edelmänner.«
»Nicht immer«, unterbrach sein Vater. »Aber du brauchst trotzdem keine Angst zu haben, Inaschagga. Die Priesterinnen tun ihre Pflicht, wenn die Not groß ist und man den Preis bezahlen kann, den es kostet, die Göttin anzurufen; und ich erinnere mich, daß dieser Preis sehr hoch ist. In meinen zwanzig Jahren in Inannas Tempel lag ich nur dreimal bei einer Priesterin, und immer deshalb, weil die Schafe krank waren und ihren Segen brauchten. Auch verführen sie die Männer nicht mit ihren Reizen; es ist die Göttin, nicht die Frau, die zu ihren Freiern kommt; die Priesterin selbst hat alle Hoffnung auf eigene Liebe und Ehe Inanna zum Opfer gebracht. Du brauchst dich also nicht zu fürchten.«
»Dann geh mit meinem ganzen Segen, lieber Mann«, seufzte Inaschagga. Selbst im trüben Licht sah Akalla die Tränen, die aus ihren dunklen Augen strömten. Er wußte nicht, was er sagen sollte, aber er nahm ihre weiche, warme Hand und hielt sie an seine Brust, so daß sie fühlen konnte, wie sein Herz schlug.
Stroh raschelte und ein kühler Luftzug drang herein, als die Tür sich öffnete und wieder schloß. Akallas Vater war hinausgegangen, um sich seinen eigenen Geschäften zu widmen. Akalla stand auf und beugte sich zu seiner Frau hinunter, die sich ebenfalls erhoben hatte und zu ihm trat. Er küßte sie. Ihre Lippen waren warm und süß vom Bier, und als sie die Hand an seinen Gürtel legte, schien die Angst, die ihn durchzuckt hatte wie ein Wetterleuchten den Sommerhimmel, von ihm abzufallen. Er klammerte sich an sie, als wäre sie eine Zuflucht vor wilden Winterstürmen, ein grünumrankter Wasserbrunnen im trockenen Wüstenland, an dem er trinken konnte und in Sicherheit war.

# 3

Gilgamesch erwachte schweißgebadet und mit klopfendem Herzen. Er starrte in die Dunkelheit. Seine Leinendecken waren zerwühlt und hatten sich wie Windeln um seine Beine gewickelt. Feucht klebte das Haar an Stirn und Schultern. Die Öllampen waren ausgegangen, aber als er nach der Lampe auf dem Nachttisch griff, war ihr Boden noch warm; es konnte nicht lange nach Mitternacht sein.

Er lag da, bis sein Atem ruhiger ging, und ließ sich von der Nachtluft den Schweiß am Körper kühlen, während er an seine Träume dachte und sie sich einprägte, damit sie sich nicht im warmen Morgennebel auflösten. Nach einer Weile griff er nach dem kleinen Bronzegong, der neben dem Nachtlicht stand, und schlug darauf.

Kaum war der letzte Nachhall des Tons an den Lehmwänden verklungen, als auch schon der Sklave Enatarzi am Bett seines Herrn stand. Die massige Gestalt war ein tröstlicher Schatten hinter der kleinen gelben Flamme seiner Öllampe. »Der Ensi befiehlt, heiliger Gebieter von Erech?«

»Hol mir Wasser, damit ich mir Gesicht und Hände waschen kann, und einen Kamm, um mir das Haar zu kämmen«, befahl Gilgamesch, »außerdem meinen besten weißen Leinenrock und eine Halskette aus Lapislazuli; dazu ein passendes Geschenk für die Göttin Rimsat-Ninsun, meine geliebte Mutter, denn ich will zu ihr gehen und sie um Rat fragen.«

»Wie der Ensi wünscht.« Enatarzi warf sich kurz nieder, stand dann auf und eilte davon. Er hinterließ nur das rote Abbild seiner Lampenflamme, das lichtlos zwischen Gilgamesch und der Dunkelheit brannte.

Das kalte Wasser erfrischte Gilgameschs Stirn und kühlte seinen Nacken wie Morgentau. Er fühlte sich jetzt vollständig wach. Enatarzis sanfte, rundliche Hände zupften sich durch seine wirren Haare und glätteten die verfilzten Strähnen, bis die Locken erneut in glänzenden Wellen über Gilgameschs Schultern fielen. Der Ensi stand auf, um in den langen Rock zu treten. Der Sklave legte ihm die schwere, dunkle Kette um und bückte sich, um die Sandalenriemen um seine Beine zu winden und vorsichtig über den schwellenden Wadenmuskeln zu befestigen. Zum Schluß reichte er Gilgamesch einen kleinen, aber schweren Beutel. Er klirrte, als der Ensi sich bewegte – das richtige Opfer für die Göttin.

Der Mond war untergegangen, und der Schatten des Heiligtums auf seiner hohen Terrasse verdeckte das Sternenlicht. Im Finstern schritt Gilgamesch an den Gebäuden vorüber, in denen das Volk der Tempel von Inanna und An lebte, arbeitete und Handel trieb, damit die Tempel gediehen. Ungesehen gelangte er von der Eanna in das Erech der Menschen. Seine Sandalen klapperten auf der harten Lehmstraße und scharrten in den tiefen Spuren der Räder von schwerbeladenen Karren. Ab und zu drang ein Lichtschein aus der offenen Tür einer Schenke, und gedämpfte Ausbrüche von Gelächter schallten heraus ins Dunkel, nur um sofort wieder zu verstummen, wenn die Tür zufiel. Gelegentlich stolperte ein Betrunkener vorbei, der vor sich hin murmelte, sang oder Flüche zu den schweigenden Fenstern hinaufgrölte; doch auch wenn Gilgameschs langer, dreistufiger Rock nicht ausgereicht hätte, Narren davon abzuhalten, ihn anzupöbeln, genügten in jedem Fall seine Größe und das Schwert, das er trug.

Der Tempel von Rimsat-Ninsun, der Alten Frau von Erech, lag dem Tempel Inannas gegenüber auf der anderen Seite der Stadt – vielleicht, dachte Gilgamesch respektlos, damit die alte Hohepriesterin sich nicht in die Angelegenheiten der jungen Frau einmischte, die immer dann, wenn der Sohn der Älteren erwachsen oder sie nicht mehr im gebärfähigen Alter war, ihre Nachfolge antreten mußte. Das Echo seiner Sandalen klang von der Brücke über den durch die Stadt führenden Kanal. Eine Gruppe angeheiterter Nachtschwärmer trat zur Seite, als er auf sie zukam, und der starke Geruch nach fermentiertem Malz, der von ihnen ausging, war wie ein Windhauch vom Tempel der Braugöttin, wo das neue Bier floß und schäumte wie Idiglat und Buranun bei Hochwasser. In einer anderen Nacht, und wenn er sich nicht eben erst gewaschen und seinen herrscherlichen Staat angelegt hätte, würde er sich den Zechern vielleicht angeschlossen oder sich in irgendeine Schenke verirrt haben, um dort durch einen einfachen Strohhalm grobes, frisches Bier zu trinken und seine Unrast für kurze Zeit in den Armen eines freundlichen Schankmädchens zu stillen. Die Träume, von denen er wach geworden war, hatten seinen Körper erregt, so daß er für einen Augenblick, als er daran dachte, fast vom Wege abkam. Aber die Seltsamkeit der Zeichen, die ihm im Schlaf erschienen waren, und seine eigene Neugier trieben ihn weiter.

Rimsat-Ninsuns Tempel war wesentlich kleiner als der Inannas; selbst ohne die große Terrasse, die es so hoch über der Stadt aufragen ließ, hätte Inannas Haus das der älteren Göttin zweimal aufnehmen können. Als er sich der Tür näherte, wurde Gilgameschs Schritt langsamer. Er hob die Hand und ließ sie wieder sinken; beim zweiten Mal nahm er sich zusammen und pochte so kräftig, daß das Holz unter seiner Faust bebte und stöhnte.

Der Ensi brauchte nicht lange zu warten. An Rimsat-Ninsuns Tür hielt immer eine Priesterin Wacht, denn – es war eine Art grimmiger Scherz unter den Frauen des Tempels – während Findlinge von geringerem Stand dort zu jeder Stunde abgegeben wurden, kamen Kinder von höherer Geburt unweigerlich in tiefster Nacht, wenn der Mond schon untergegangen war und die Lampen nicht mehr brannten. Das Gesicht, das Gilgamesch durch den Türspalt im trüben Lampenlicht erkannte, war alt, mit einer heruntergebogenen Nase über zahnlosem Mund und umrahmt von ein paar silbernen Haarsträhnen. Es gehörte Bau, die der Göttin schon vor Gilgameschs Empfängnis gedient hatte und Hebamme gewesen war, als er geboren wurde. Sie hatte das Kind aus dem Leib der sterbenden Priesterin Inannas geschnitten, als es keinen anderen Weg mehr gab, es zur Welt zu bringen.

»Willkommen, Junge«, murmelte sie mit brüchiger Stimme. »Was willst du so spät? Ich sehe kein Kind in deinen Armen.«

»Ich suche den Rat Rimsat-Ninsuns, meiner Mutter«, erwiderte Gilgamesch. »Seltsame Träume hatte ich und muß wissen, was sie bedeuten.«

Die Tür öffnete sich knarrend in ihren ledernen Angeln. Gilgamesch duckte sich unter dem Türsturz und trat ein. Er folgte dem Licht, das die bucklige Gestalt der alten Bau umflackerte. »Setz dich dort hin

und hab Geduld«, sagte Bau. »Rimsat-Ninsun wird bald bei dir sein.«
Auf dem Lehmziegeltisch vor der Nische mit der Statue der Göttin brannte ein Halbkreis fast erloschener Öllampen. Ihre Flammen schimmerten dunkel auf den polierten Lapisdreiecken, die die Falten des göttlichen Gewandes bildeten, und hell auf den Goldringen an ihren Fingern und Ohren. Rimsat-Ninsuns Augen waren düster, und die gemalte Schwärze ihres Haares schien die Helligkeit aufzusaugen, als trüge sie eine Kapuze aus schwarzer Wolle; doch das blasse Olivenholz ihres Antlitzes glänzte von duftendem Öl. Auf dem Tisch vor ihr standen ein Teller mit Käse, kalkweiß im Lampenlicht, und eine Schale mit Honig, dessen tiefgoldene Oberfläche den Schein des Feuers zurückwarf. Gilgamesch konzentrierte seine Gedanken und wartete, wie man es ihn gelehrt hatte, reglos wie ein Steinrelief auf einem Wandfries. Der Ensi mußte oft so ausharren, ohne sich zu rühren und eine Miene zu verziehen, während die Priester und Priesterinnen ihre Riten vollzogen oder sich das Volk bei den allmonatlichen heiligen Mondfesten vor ihm versammelte. Es war lange her, daß harte Peitschenhiebe auf die Schultern das unruhige Zucken seines jungen Körpers zum Stillstand gebracht hatten, und inzwischen war es eine Entspannungsübung für ihn, wenn er sich zwang, so dazusitzen. Er atmete tief und sog die Düfte nach Weihrauch und Myrrhe, Olivenöl und Palmwein ein, in die sich die süße Würze der Kalmusbinsen mischte, mit denen der Boden bestreut war.
Hinter sich hörte er das Rauschen eines langen Wollkleides, blieb jedoch sitzen und wartete, bis seine Mutter vor ihn trat. Wie die Göttin trug auch die Priesterin Rimsat-Ninsun ein tiefblaues Gewand und Goldringe an Ohren und Händen; aber durch ihr schwarzes Haar zogen sich jetzt Silberfäden, und die Schatten der Lampen ihrer Göttin verwandelten die kleinen Fältchen um ihre Augen in tiefe Risse. Ihre Pupillen waren sehr groß, so daß ihre Augen ebenso schwarz und ausdruckslos wie die der Statue wirkten. Das lag nicht allein am trüben Licht; Gilgamesch begriff, daß die Göttin durch den Mund ihrer Priesterin sprechen wollte. Rimsat-Ninsuns Stimme klang langsam

und tief, und jedes Wort hallte dumpf von den Lehmziegelwänden wider.

»Mein Sohn, du bist gekommen, um meine Hilfe zu erbitten. Sag mir, was dich quält in der Tiefe der Nacht; was führt dich in mein Haus, wenn der Mond untergegangen und das Licht der Lampe gelöscht ist?«

Gilgamesch öffnete den Mund, und die Worte strömten aus ihm heraus, als breche ein Damm in seinem Herzen. »Mutter, ich träumte einen Traum. Darin schienen die Sterne am Himmel, und ein gewaltiger fallender Stern des An ging neben mir nieder. Ich wollte ihn aufheben, aber er war zu schwer für mich; ich wollte ihn umdrehen, aber ich konnte ihn nicht bewegen. Um ihn herum stand das Land Erech, das ganze Land hatte sich um ihn versammelt. Das Volk drängte sich um ihn, und die Männer scharten sich um den Stein und küßten seine Füße, als sei er ein kleines Kind. Ich liebte ihn und umarmte ihn wie eine Gattin; ich legte ihn dir zu Füßen, und du ließest ihn mit mir wetteifern.« Atemlos hielt er inne, und der Schwindel des Traums drehte sich in seinem Kopf weiter – die Sehnsucht nach dem feurigen Stein, der vom Himmel herabsauste, die Anstrengung der Muskeln, die sich gegen seine vibrierende Macht stemmten.

Rimsat-Ninsuns Mund verzog sich zu einem langsamen Lächeln, und die Schneide ihrer Zähne schimmerte hinter den dunklen Lippen wie weißglasierte Tonscherben. »Was die Sterne am Himmel betrifft, die dir erschienen, und Ans fallenden Stern, der neben dir niederging; den du zu heben versuchtest, der dir aber zu schwer war; den du umdrehen wolltest, aber nicht bewegen konntest; den du mir zu Füßen legtest, den ich mit dir wetteifern ließ, und den du liebtest und umarmtest wie eine Gattin ... damit verhält es sich so: Es wird ein mächtiger Mann zu dir kommen, ein Gefährte, der seinem Freund beisteht. Er ist der Größte im Land und der Stärkste; seine Kraft ist so gewaltig wie Ans fallender Stern. Du wirst ihn lieben und umarmen wie eine Gattin, und er ist es, der dich immer wieder aus Not und Gefahr erretten wird.«

Der Atem zischte in einem tiefen Seufzer aus Gilgameschs Lungen, und mit ihm, wie Blut, das von neuem aus einer tiefen Beinwunde

spritzt, wenn man den Verband lockert, kam ein neuer Ausbruch.
»Mutter, ich hatte noch einen anderen Traum. Vor der Tür meines Brautgemachs lag eine Axt, und Menschen hatten sich um sie versammelt. Das Land Erech stand um sie herum, das ganze Land war um sie zusammengelaufen, das Volk umdrängte sie. Ich legte sie dir zu Füßen, ich liebte und umarmte sie wie eine Gattin, und du ließest sie mit mir wetteifern.«
Da lachte Rimsat-Ninsun, ein sanftes Geräusch, wie Wind, der in trockenen Palmblättern raschelt. Sie streckte die Hand aus und strich Gilgamesch das Haar aus der Stirn, und er roch die süßen Öle auf ihrer Haut, Olive und Weihrauch und Myrrhe. »Die Axt, die du sahst, mein Sohn, ist ein Mann. Du wirst ihn zu mir bringen, ihn lieben und umarmen wie eine Gattin, aber ich werde ihn trotzdem mit dir wetteifern lassen. Es wird ein mächtiger Mann sein, ein Gefährte, der seinen Freund rettet, und seine Kraft ist so gewaltig wie Ans fallender Stern.«
»Aber wer ist dieser Mann, und warum kommt er zu mir?«
»Weil es der Wille der Götter ist. Möchtest du lieber, daß er nicht kommt?«
»Nie würde ich das wünschen!« antwortete Gilgamesch. Noch immer durchzitterte ihn die Sehnsucht seiner Träume – die rauhe, warme Stärke des Steins, das schimmernde Bronzegewicht der Axt –, und ihm war, als öffneten sich die schweren Tore seiner Pflichten vor ihm und entließen ihn für eine kleine Weile in die helle, freie Wüstensonne. »Wie Enlil, der große Ratgeber, es befiehlt, soll es geschehen – möge auch ich einen Freund und Berater finden! Du hast meine Träume von ihm gedeutet und verdienst höchstes Lob.«
Er stand auf und legte den Beutel, den Enatarzi ihm gegeben hatte, auf den Opfertisch zwischen den Käseteller und die Honigschale.
»Einen Freund und Berater sollst du bekommen, mein Sohn, denn so haben die Götter es bestimmt.« Rimsat-Ninsun war wieder hinter Gilgamesch getreten; ihre Stimme wurde noch langsamer und leiser, als flüstere sie ihm von jenseits des Buranun zu und das Flüstern eines Flußnebels trüge die Worte zu ihrem Sohn herüber. »Sie riefen die Göttin Aruru an, die die Menschheit geschaffen hat; sie riefen sie

an, dir ein Gegenstück zu erschaffen, einen Menschen, dir gleich an stürmischem Herzen und starken Gliedern. In sich selbst schuf Aruru, was An bestimmt hatte: Sie wusch ihre Hände, sie nahm ein Stück Lehm, sie warf es in die Wildnis. In der Wildnis schuf sie ihn für dich, aus Schweigen geboren, Ninurta gab ihm Stärke. Wenn du ihn siehst, wirst du ihn erkennen, denn schon jetzt ist er nicht fern. Weise Worte und weisen Rat sollst du erhalten; wenn ihr glücklich seid, wird Inanna eure Hände ineinanderlegen, und wenn euch Gefahr droht, werde ich die Worte sprechen, die euch zusammengeben.«

Gilgamesch wartete, aber seine Mutter sagte nichts mehr, und als er sich schließlich umdrehte, stand in der Dunkelheit niemand mehr hinter ihm. Aber er war noch nicht zufrieden. Er stand auf und wanderte in dem finsteren Tempel auf und ab wie ein unruhiger Löwe, so als befände sich Rimsat-Ninsun versteckt in einer der schwarzen Nischen, die die Wände säumten, und warte darauf, daß er zu ihr komme. Doch da war niemand, und es gab keine weiteren Antworten.

Nach einer Weile bemerkte er ein Licht in einem der kleinen Mauerbogen. Er richtete seinen Blick darauf und blieb stehen.

»Die Göttin ist zu Bett gegangen«, krächzte die alte Bau. »Und das gleiche sollte ihr Sohn tun, auch wenn er mit großen Vorzeichen geboren und von mächtigen Prophezeiungen umgeben ist, denn er muß morgen früh aufstehen und den ganzen Tag Gericht halten. Möchtest du einen Schlaftrunk, Gilgamesch? Dein Haar und deine Augen sind wild; du siehst nicht aus, als würdest du leicht Ruhe finden.«

»Ich werde schon gut schlafen«, antwortete Gilgamesch, und noch während er die Worte aussprach, wußte er, wie töricht sie waren. Aber er hatte das achtzehnte Jahr vollendet und seine Schlachten gegen Ur, Eridu und Lagasch gewonnen, und es stand Bau nicht zu, den Ensi von Erech zu bemuttern, als wäre er noch ein Knabe mit aufgeschürften Knien.

Bau hustete und murrte, aber als Gilgamesch beharrlich schwieg, hielt sie von neuem die Lampe hoch und leuchtete ihm aus dem Tempel. Auch wenn er bestrebt war, sich in Würde zu entfernen, konnte

es der Ensi nicht lassen, einen letzten Blick über die Schulter auf das Standbild Rimsat-Ninsuns zu werfen. Die schwarzen Teiche ihrer Augen starrten ernst in die Dunkelheit über den flackernden Öllampen. »Der Rat der Götter ist wie starker Palmwein«, dachte Gilgamesch, als er quer durch die Stadt zu dem anderen Heiligtum zurückging, das auf seinem Hügel aufragte wie ein schwarzer Schatten vor den Sternen. »Ein wenig davon wärmt das Herz; zuviel macht schwindlig im Kopf und läßt den Trinker unwissender zurück als vorher. Und doch – einen Freund zu haben, der mir gleicht, einen Menschen, den ich liebe wie den vom Himmel gefallenen Stern in meinem Traum, wie die Axt, die ich sah, als ich schlief ...«
Als Gilgamesch Inannas Tempelstadt wieder erreichte, wurde der Himmel schon grau. Er hörte Ziegen meckern und das Blöken von Schafen; eine kleine Weile mußte er zur Seite treten, bis einer der Hirtenjungen seine kleine Herde vorbeigetrieben hatte, denn die Schafe wußten nicht, daß der Ensi der Stadt unter ihnen weilte, und es kümmerte sie auch nicht; sie wollten Gilgamesch nicht Platz machen. Gilgamesch wußte, daß er eigentlich müde sein müßte, aber als er sein Wohnhaus betrat, wo Enatarzi ihn mit einem Becher Milch, noch warm vom Euter der Ziege, und einem Teller frischer Feigen mit Honig erwartete, die er aß, bevor er sich wusch und Gesicht und Körper für die Gerichtsverhandlung rasierte, fühlte sich der Ensi so wach und stark, als hätte er die ganze Nacht fest geschlafen und erst bei Tagesanbruch sein Bett verlassen.

4

Akalla sah die Mauern von Erech hoch über der Ebene aufragen, als er noch über einen halben Tagesmarsch davon entfernt war. Über ihnen erhob sich ein spitzer Hügel mit einem Bauwerk auf dem Gipfel. Er wußte nicht, ob es Ehrfurcht oder bloße Furcht war, die seine Schritte langsamer werden ließ, je näher er kam, aber er stapfte trotzdem unverdrossen weiter. Sein Vater hatte ihm zwei kleine

Kupferstücke gegeben, eines für die Hinfahrt auf der Fähre, das andere für die Rückfahrt. Der Fährmann, ein kleiner, untersetzter Bursche, dessen kahler Kopf wie polierte Bronze glänzte, nahm das erste Stück, ohne zu feilschen. Statt desen brummte er nur irgend etwas, winkte Akalla, sich auf den Boden des mit Häuten bedeckten Schilfbootes zu setzen, rammte seinen Staken ein und stieß vom Ufer ab.
Bald darauf stand Akalla wieder auf trockenem Land und vor einem großen Torbogen. Sprachlos vor Bewunderung blieb er stehen. Die bemalten Ziegel der Mauer ragten wie eine hohe Klippe vor ihm auf, höher als die Dattelpalmen, die sich auf dem Feld zu seiner Linken in weite Fernen erstreckten. Von innen konnte er das Geräusch von Stimmen hören, die sich zu einem tiefen, mächtigen Summen vereinten, als stünde er vor dem Bienenstock, der den Göttern ihren Honig liefert; Menschen strömten in beiden Richtungen durch das Tor, so dichtgedrängt wie eine Gazellenherde.
Auf jeder Seite des Tors von Erech stand ein Wächter. Auf ihren Bronzehelmen und Armschienen flammte das rötliche Sonnenlicht.
Es waren hochgewachsene Männer. Auf den dicken Muskeln an Brust und Armen über den sauberen Leinenröcken glänzte Schweiß. Sie hatten die dunklen Augen vor der sinkenden Sonne zusammengekniffen wie schläfrige Eidechsen.
»Dein Geschäft in der Stadt?« fragte der Mann zur Rechten Akalla mit träger, gelangweilter Stimme.
Akallas Kehle war wie zugeschnürt. Er wußte nicht, was er sagen sollte; sein Vater hatte ihm geraten, seine Geschichte erst im Tempel zu erzählen. »Hilf mir, Enlil!« rief er innerlich. Jetzt sahen beide Wächter ihn an und hoben ein wenig die Brauen.
Verzweifelt wühlte der Fallensteller in seiner Gürteltasche, bis seine Finger auf die prickelnde, kalte Glätte des Siegels stießen, das seinem Vater gehörte. Er hielt es hoch wie ein Amulett, mit dem man die *Galla* der Unterwelt vertreibt.
Der linke Wächter beugte sich näher und betrachtete es. Dann nahm er mit einer einzigen, zackigen Bewegung Haltung an und riß die

Speerspitze in den Himmel. Der rechte Wächter tat es ihm gleich, als wäre er sein Spiegelbild.
»Inanna, Mutter von Erech, heißt dich willkommen zu Hause, Tempelmann«, sagte der linke Wächter. »Betrifft dein Geschäft allein die Eanna?«
Akalla nickte. Zu sprechen wagte er nicht.
»Tritt ein und bitte um Segen für uns.«
Akalla ging unter dem Tor durch. Dabei fiel ein kalter Schatten auf seinen Hals, und ihm war, als fühle er die gewaltige Last der hoch über seinem Haupt aneinandergereihten Ziegel, die ihn zu Käfergröße zerquetschten. »So ergeht es den Menschen im Angesicht der Götter«, dachte er, »wahrlich, dies ist eine Stadt voller Heiligkeit.«
Hinter dem Tor teilte sich die Landstraße in drei weitere Straßen, alle vollgestopft mit Karren, Eseln, Ochsen und sich drängenden Menschen. Akalla hielt sich nach rechts, war aber noch keine drei Schritte gegangen, als ein Pfiff und ein Ruf hinter ihm ihn jäh zum Stehen brachten.
»He! Tempelmann!«
Es war der Wächter zur Rechten, der ihn zurückwinkte. Akalla ging zu ihm. Eiskalter Schweiß bedeckte seine Stirn und Handflächen.
»Du bist wohl schon zu lange von hier fort – oder zu lange in der Sonne gelaufen, wie?« fragte der Mann und zwinkerte ihm zu. Er stand so dicht vor Akalla, daß der Fallensteller die kleine rosa Geschwulst im Augenwinkel sehen konnte, die den Blick des Wächters verdrehte, so daß er mit einem Auge über Akallas Schulter zu schauen schien. Der Wächter nahm eine dünne Tontafel zur Hand.
»Sieh – das ist das Tor, an dem du jetzt stehst ... kannst du mir folgen?« fragte er langsam und bedächtig.
Sein Ton gefiel Akalla nicht; er erinnerte ihn zu sehr an die spöttische Art der Hirten, wenn sie sich über seinen trägen Verstand lustig machten. Aber dieser Mann hatte ein freundliches Gesicht, und es gab keinen anderen, der Akalla an diesem fremden Ort den Weg zeigte. Er sah auf die Tafel mit ihren Strichen und winzigen Kratzern, dann auf die Straßen ... ja, jetzt erkannte er ihren Verlauf, auch wenn die kleinen Striche und Häkchen der Schrift auf der Tafel die

längeren Linien der Straßen oft kreuzten und es fast unmöglich machten, das Gewirr der Gäßchen zu entziffern.
»Du gehst hier entlang, die mittlere Straße hoch«, sagte der Mann. »Siehst du sie?« Er zeigte mit dem Finger darauf. »Du gehst an den Fischhändlern, den Brauern und den Bäckern vorbei, bis du zu einer großen Querstraße kommst, so wie hier auf der Karte ... siehst du? Dort wirst du die Ochsenkarren sehen, die ihre Ladung in die Eanna bringen. Zeig einem der Lenker dein Siegel. Er wird dich mitnehmen, damit du dein Sandalenleder ein bißchen schonst. Sie arbeiten für den Tempel, wenn also jemand Geld von dir verlangt, ist er ein Schurke. Kannst du dir das merken?«
Akalla machte sich auf den Weg. Vorsichtig wanderte er durch die Straßen, immer darauf bedacht, niemanden anzurempeln und gegen keinen der Stände mit frischen Melonen oder Gurken zu stoßen, die die Straßen säumten. Sehnsüchtig schaute er einen Augenblick zu, wie eine alte Vettel mit bärtiger Oberlippe hinter einem der Stände eine Melone für sich selbst zerhackte und schmatzend an dem süßen, nassen Fleisch saugte – der Durst kratzte rauh in seinem Hals, und er konnte fast fühlen, wie der kühle Melonensaft den Schmerz linderte. Aber er besaß kein Geld, um etwas zu kaufen, außer dem Kupferstück, das er brauchte, um auf seinem Rückweg dem Fährmann die Überfahrt zu bezahlen, und so ging er weiter und staunte nur darüber, daß der Durst, der in der unfruchtbaren Wüste die geringste der Unannehmlichkeiten bedeutete, an die er sich gewöhnt hatte, hier in der Stadt mit allen ihren Reichtümern eine so furchtbare Plage sein konnte.
Er bat keinen der Ochsenkarrenlenker, ihn mitzunehmen. Obwohl der lange Schatten des Heiligtums auf der Terrasse schon bis fast an die westliche Stadtmauer reichte, dünkte ihn die Entfernung nicht groß, und er wollte sich nicht noch einmal für einen Einfältigen halten lassen. Darum ging er weiter, bis er die weitverstreute Ansammlung von Gebäuden am Fuß des aufgeschütteten Hügels sah, und blieb dann verwirrt stehen. Es waren lauter hohe, vornehme Häuser, viele davon zweistöckig, mit bunten Ziegeln geschmückt und bemalt. Um ihn herum trotteten Schafe, die ihn nicht beachteten. Er trat zur

Seite, um eine Herde Ziegen vorbeizulassen, die sich unter dem Stock des jungen Mannes, der sie antrieb, gegenseitig anstießen und dabei laut meckerten. Ein kühler Abendwind war aufgekommen, der kräftig durch die Wedel der Palmen und sanfter durch die zarten, schuppigen Blätter und Zweige der Tamarisken blies, die um den großen Brunnen in der Mitte des Hofes wuchsen. Auch wenn es noch nicht so kalt war, seinen Mantel, der ihm zugleich als Decke und Tragebeutel diente, zu entfalten, kühlte ihm doch der milde Wind die Schweißtropfen an Brust und Rücken, so daß er eine kleine Gänsehaut bekam und sich wie ein gerupfter Wasservogel fühlte.

Oben auf der Terrasse öffnete sich eine Tür, und Akalla vernahm das Tönen eines Widderhorns, gefolgt von dem Klang vieler Stimmen, die wie aus einem Munde sangen. Obgleich er die Worte nicht verstehen konnte, ließ ihre klagende Schönheit ihm einen Schauer über den Rücken laufen. Er wanderte umher, bis er einen Weg durch die Tempelgebäude fand, der ihn schließlich zu der Seite der Terrasse führte, an der die Stufen lagen, und von dort hinauf in das Heiligtum auf dem Gipfel.

Als er durch die offene Tür trat, wurde er fast ohnmächtig. Überall brannten Öllampen, so daß der Innenraum so hell und warm schien wie zur Mittagsstunde; die Luft war von schwerem, süßem Rauch geschwängert, in den sich die Gerüche von bratendem Fleisch und brennendem Holz mischten. Zinnen und Strebepfeiler zierten die von tiefen Nischen und offenen, zu kleineren Räumen führenden Türbogen durchzogenen Wände. Die schlichten, braunen Lehmziegel dieser Wände und der Säulen waren mit eingelegten Mustern aus farbigen Tonkegeln geschmückt; rote, schwarze und helle Punkte fügten sich zu Dreiecken, Rauten und gezackten Blitzbändern zusammen. Am Ende des Schreins erhob sich in der größten Nische eine riesige Statue aus bemaltem Stein: Inanna, die Königin des Himmels. Im blaßblauen Leinengewand stand sie auf dem Rücken eines vergoldeten Löwen, und auf dem Diadem über ihrer Stirn funkelte ein goldener Stern. Zu ihren beiden Seiten ragten zwei Palmen auf, schwer von reifen Früchten; es dauerte eine Weile, bis Akalla merkte, daß die Palmwedel aus Holz geschnitzt und bemalt waren

und die durchaus echten Dattelbündel an Haken von ihren Ästen hingen. Immer noch hoben und senkten sich die Stimmen, und durch die Lücken in den Wänden konnte Akalla einen Blick auf die Sänger erhaschen und das Klimpern der Lyren hören, die sie begleiteten.
»Was tust du hier?« fragte plötzlich eine tiefe, heisere Stimme hinter ihm. »Das Heiligtum steht jetzt Besuchern nicht offen.«
Akalla drehte sich um und sah auf die langen, silbergrauen Haare eines eingeschrumpften, alten Mannes hinunter, der dastand wie ein Adler auf seiner Zinne, den stolzen Schnabel in den Wind gereckt. Der alte Mann trug weißes Leinen mit scharlach- und purpurroten Bändern, und auf seiner dürren Brust leuchtete eine große, helle, silbergoldene Scheibe, die von klaren und dunklen Steinen funkelte. Wie zuvor brachte der Fallensteller kein Wort heraus. Er zog das Siegel seines Vaters aus der Gürteltasche und reichte es dem Priester.
Der alte Mann drehte es in den Fingern und biß sich nachdenklich auf die Lippen. »Es ist lange her, daß ich dieses Siegel zuletzt gesehen habe«, meinte er nachdenklich. Seine Stimme war zwar tief, doch ohne Klang; Akalla hörte die Jahre von Staub in seiner Kehle, der Kehle eines Mannes, der auf vielen Reisen die heißen Wüstenwinde eingeatmet und so viel gesprochen hat, daß die Musik seines Kehlkopfes verstummt ist. Er gab dem Fallensteller das Siegel zurück. »Ja, du mußt der Sohn von Gunidu sein, der einst Oberster der Hirten dieses Tempels war. Ein wenig siehst du ihm ähnlich, obwohl es unverkennbar ist, daß du ein rauheres Handwerk treibst, und gewiß weit entfernt von Erech. Was führt den Sohn nach so vielen Jahren an die alte Stätte seines Vaters zurück?«
»Großer Herr«, begann Akalla zögernd, denn er kannte den Rang des Priesters nicht, »mein Vater schickt mich hierher. Denn ich habe ein Wunder gesehen, und mein Vater hieß mich zu unserem Fürsten Gilgamesch gehen, um ihm davon zu berichten und ihn zu bitten ...«
Akallas Zunge stockte von neuem. Wie sollte er diesem Mann, dieser ehrfurchtgebietenden, schrecklichen, kleinen, trockenen Dattelhülse von einem Priester, offenbaren, was sein Vater ihm geraten hatte? Es schien ihm jetzt die allergrößte Dummheit, daß er nicht stumm von der Wasserstelle mit dem wilden Mann und seinen Löwen geflohen

war, die Nacht über geschwiegen und sich gleich am anderen Morgen nach neuen Jagdgründen umgeschaut hatte.

Hinter seinen Augenlidern brannte es wie Feuer. Die ersten stechend salzigen Tränen fraßen sich in Augenlider, die schon vom dichten Rauch des Heiligtums schmerzten. Er sah den Priester starr an, und die Gestalt des kleinen Mannes verschwamm und schwankte vor seinem Blick wie die tausend Flammen der Öllampen, die sich in seinen von Tränen glasigen Augen vervielfachten und wie Sterne blinkten.

Die kleine Hand des Priesters, trocken und rauh wie ein seit Jahren nicht gefetteter Lederhandschuh, schloß sich um Akallas Arm. »Komm mit mir«, sagte er. »Du bist müde, und ich höre Durst und Hunger in deiner Stimme. Nun, man bringt die Milch schon aus der Schafhürde. Inanna, die in Lust und Liebe gekleidet ist und deren Lippen voller Süße sind, will nicht, daß jemand in ihrem Hause hungert – am wenigsten jemand, der ein Wunder gesehen hat, so groß, daß der Ensi davon hören muß. Wahrlich, ich dürfte nicht länger der En ihres Heiligtums sein, pflegte ich nicht Inannas Kinder nach ihrem Willen.«

Akalla war so erschöpft, daß ihn nichts mehr überraschen konnte, aber dennoch traf ihn der Schock wie ein dumpfer Schlag in den Magen; der Mann, mit dem er sprach, war tatsächlich der En, Hohepriester von Erech, dem außer Gilgamesch kein anderer gleichkam. Und doch führte dieser heiligste der Menschen Akalla jetzt höchstpersönlich die Stufen des erhöhten Heiligtums hinunter und zu der Ansammlung von Gebäuden, in deren Fenstern Licht schien; er ging mit ihm in ein Haus und ließ den Fallensteller auf einem Stuhl aus poliertem Zedernholz niedersitzen, neben dem ein kleines Tischchen mit einer Platte aus Elfenbein stand, und Akallas Füße ruhten auf einem Löwenfell. Der En rief einen Sklaven und befahl Wasser zum Waschen, Speise und Trank. Akalla fühlte sich äußerst unwohl; daheim im Dorf besaß nur Puzur-Ili, der Dorfvorsteher, einen Stuhl, und auch er benutzte ihn nur bei den wichtigsten Zusammenkünften.

»Du kannst dich ein wenig ausruhen«, sagte der En, »denn Gilgamesch muß erst sein Tagwerk beenden, bevor ich ihn zu uns rufe, auch wenn er sicher längst keine Lust mehr hat, zu tun, was er tun muß.«

Der alte Mann nahm Akalla gegenüber Platz, stützte die faltigen, braunen Ellenbogen auf das glatte Elfenbein und legte das Kinn in die Hände. Akalla hielt seinem Blick nicht lange stand und sah sich statt dessen im Zimmer um. Die Beine des Stuhls, auf dem er saß, waren zu Steinbockfüßen mit zierlichen Hufen geschnitzt; die Armlehnen des größeren Sessels auf der anderen Seite des Zimmers endeten in vergoldeten Stierköpfen mit Augen, Hörnern und Stirnlocken aus Lapis, und die Rückenlehne war mit Intarsien aus schimmernden Muscheln geschmückt. Auf dem Fußboden lagen mehrere Löwenfelle, und die Mähnen über den lohfarbenen Pelzen waren so dunkel wie ein Strom von Flußwasser. Der Sklave kam mit einer Wasserschüssel und einem Leintuch; geistesabwesend rieb sich Akalla den Staub von Gesicht und Händen und starrte dabei noch immer verwundert um sich.

Die Wände waren mit Szenen bemalt, die er zunächst nicht deuten konnte. Da war ein Mann im schlichten Rock des Schafhirten, der sich einer Frau im Mantel näherte; dann lag die Frau wie tot am Boden, während der Mann auf einem hohen Thron inmitten einer großen Menschenmenge saß, ohne auf die Frau zu achten; die Frau erhob sich wieder, gefolgt von sieben schwarzen Schatten; der Mann verwandelte sich in eine Gazelle und verbarg sich unter den Schafen, wurde aber von den Schatten hervorgezerrt; unter den Hieben ihrer Waffen stürzte er tot nieder; schließlich saß die Frau erhaben auf dem Thron, einen Stern auf der Stirn, einen Löwen zu Füßen. »Es ist Inanna, die Göttin, die triumphiert«, dachte Akalla, »über ihren geliebten Gemahl Dumuzi triumphiert sie«, und er lächelte vor lauter Erleichterung, denn während sein Blick sich noch einmal mühsam durch die Bilder arbeitete, fiel ihm allmählich die Geschichte wieder ein. Inanna hatte Dumuzi geheiratet und war dann gestorben und in die Unterwelt gegangen, doch anstatt um sie zu trauern, hatte er sich selbst auf ihren Thron gesetzt. Als sie dann wiederkam, gefolgt von den *Galla*, um einen Stellvertreter zu suchen, der an ihrer Statt in

Ereschkigals grimmes Reich zurückkehren sollte, hatte Dumuzi ihren Bruder Utu angefleht, ihn in eine Gazelle zu verwandeln, damit er fliehen könnte; doch wohin er auch floh, die *Galla* konnte er nicht abschütteln, bis sie ihn schließlich stellten und erschlugen. O ja, Akalla erinnerte sich recht gut an diese Geschichte. Jetzt allerdings runzelte er die Stirn: Er wußte von Inanna und Dumuzi, aber der alte Priester hatte vorhin etwas über die Hochzeit von Inanna und Gilgamesch gesagt. Andererseits wollte er sich keine Blöße geben, indem er weitere Fragen stellte, und nun kam auch das Essen: ein ansehnlicher Stapel von Ochsenfleischwürfeln, gut mit Kümmel gewürzt und mit Honig gesüßt, errichtet auf einem Hügel von weichgekochtem und gebutterten Weizenkörnern wie das Heiligtum auf seinem Sockel. Das Ganze thronte auf einem dicken Brotfladen, darunter ein Teller aus schöner Bronze, und dazu ein Silberbecher mit Schafsmilch, der warm und glatt in seiner Hand lag.
»Nun werden wir sehen«, sagte der alte Priester und stand auf. »Iß in Frieden. Ich komme bald wieder.«

## 5

Kaum war der letzte Schreiber, während er noch damit beschäftigt war, Notizen in seine Tafel zu ritzen, aufgestanden und gegangen und die Türen des Gerichtssaals hatten sich hinter den letzten Bittstellern geschlossen, als Gilgamesch seinem Leibsklaven den Amtsstab in die Hand drückte und erleichtert aufseufzte. Er nahm die tönerne Wasserschüssel und goß sich den Inhalt über den Kopf, ohne sich darum zu kümmern, daß der spritzende Sturzbach an den Armlehnen seines Sessels herunterlief und das Karneolrot und Himmelblau des schöngewebten Teppichs zu nassem Achatrot und Lapisdunkel verfärbte. Enatarzi stand schon mit einem hohen, gekehlten Goldbecher neben ihm. Der Halm, der aus der Tiefe des Bechers emporragte, bestand aus purem Gold und war mit Dreiecken aus Lapis eingelegt, aber Gilgamesch roch nur den würzigen, milden Duft des

Biers. In einem einzigen, langsamen Zug leerte er den Becher und hielt ihn dem Sklaven zum Nachfüllen hin.
»Ein ganzer Tag verschwendet!« klagte er. »Dabei hatte ich gehofft, mittags fertig zu sein und die andere Hälfte des Tages der Ausbildung meiner Männer zu widmen. Hat denn das Volk von Erech nichts Besseres zu tun, als sich darum zu zanken, wem welche Ziege und welches Schaf gehört und was genau in einem Kaufvertrag steht?«
»Es ist sehr wichtig für sie, Ensi«, erwiderte Enatarzi gelassen und blinzelte mit den großen, schwarzen Augen. Wie viele Eunuchen umrahmte er sie mit dunkler Schminke, damit sie noch größer wirkten, obwohl er längst zu alt und zu dick war, die Blicke von Männern auf sich zu ziehen. »Denen, die wenig besitzen, bedeutet eine Ziege so viel wie dir halb Erech. Und was die Ausbildung deiner Männer betrifft – habe ich dich nicht sagen hören, daß ihnen wenig Zeit bleibt, um Schwert und Schild zu führen, bevor sie in der Hitze des Tages ermatten, wenn sie nicht in der ersten Morgenkühle aufstehen?«
»Schon wahr«, gab Gilgamesch zu. »Dennoch gibt es viele Männer, die recht gut an meiner Stelle Gericht halten könnten, während ich als Lugal von Erech der einzige bin; und wenn Kisch über uns kommt, ehe unsere Vorbereitungen abgeschlossen sind, anstatt daß wir es sind, die sie zu einem uns genehmen Zeitpunkt überfallen, wird das arme Volk von Erech weit größere Sorgen haben als solche, die blöken und mähen.«
»Und doch bist du ihr Ensi«, versetzte Enatarzi ungerührt. »Aber für heute ist dein Tagwerk beendet. Du kannst in Frieden dein Bier trinken, während dein Essen gebracht wird, oder ich kann dir Musikanten oder deine priesterlichen Gemahlinnen holen lassen.«
»Zunächst genügt mir etwas zu essen«, erklärte Gilgamesch. »Und ich werde über einen Kanten Brot und ein Stück Käse oder ein paar Streifen Trockenfisch, wenn ich sie schnell bekomme, glücklicher sein als über das köstlichste Mahl von Erech, wenn ich lange darauf warten muß.«
»Sofort, Ensi.«
Enatarzi lief eifrig hinaus. Gilgamesch seufzte noch einmal, streckte die Beine aus und nahm einen Schluck Bier. Die Gerichtssitzung die-

ses Tages hatte ihn noch gereizter gemacht als sonst. Die Streitfälle waren ihm kleinlicher und die Kläger zänkischer denn je erschienen, schrille Frauen und erboste Männer, die keifend aufeinander einschrien, so daß er zweimal gezwungen gewesen war, krachend seinen Amtsstab niedersausen zu lassen und »Ruhe!« zu brüllen. Gegen Ende des Tages war es so heiß geworden, daß er kaum noch die Augen offenhalten konnte, und so sehr Enatarzi sich auch angestrengt hatte, ihn zu fächeln, die großen, schwarzen Fliegen hatten nicht aufgehört, seinen Schweiß zu umschwärmen wie Säufer einen offenen Bierkrug. Doch jetzt, den Göttern sei Dank, war es vorbei, und morgen konnte er mit gutem Gewissen zu seinen Kriegern zurückkehren.
Er drehte sich nicht um, als die Tür hinter ihm aufging. Erst als er das unterschiedliche Geräusch der Schritte auf dem harten Ziegelfußboden hörte – einmal schlurfend, einmal grazil und leichtfüßig –, sah er nach, wer gekommen war.
Hinter ihm standen der En und die Schamhatu, und ihre Gesichter waren ernst. Beide waren einfach gekleidet: weißes Leinen mit farbigen Bändern. Die Schamhatu trug eine schlichte Halskette aus kleinen Karneol- und Goldperlen, dazwischen Blätter aus Lapis, und keines der großen Diademe bedeckte ihr Haar, das lang und lose herabhing wie ein Wasserfall aus poliertem Holz. Gilgameschs Herz wurde ein Stück leichter, denn sie traten nicht als En und Inanna vor ihn, sondern nur als Leiter des Tempels.
»Was wollt ihr?« fragte er knapp. »Ich habe gerade erst meinen Gerichtstag beendet und mich weder gewaschen noch gegessen.«
Der En betrachtete die nassen Haarlocken, die an Gilgameschs Hals klebten, und den schon halb im Teppich verschwundenen Wasserfleck. »Wenn du dich nicht gewaschen hast, muß der Buranun wohl zur falschen Zeit Hochwasser führen«, meinte die tiefe Stimme trokken. »Und was das Essen angeht, so erwarten dich im Gipar eine Mahlzeit und ein Gast, der gewiß deine Anteilnahme erregen wird.«
Müdigkeit und Hunger waren vergessen. Mit einem Satz sprang Gilgamesch auf. Nur seine blitzartigen Reflexe ließen ihn den umkippenden Goldbecher noch auffangen, bevor mehr als ein Mundvoll

Bier auf den Teppich geflossen war. Der goldene Trinkhalm klirrte gegen die Becherwände und kam erst nach und nach zum Stehen, als Gilgamesch fragte: »Wer ist es? Was für einen Mann habt ihr gefunden?«

»Ruhig, Gilgamesch«, erwiderte die Schamhatu. »Unser Gast ist ein einfacher Fallensteller aus dem Land westlich des Buranun. Er sagt, er habe ein Wunder gesehen und sein Vater habe ihm geraten, dir davon zu berichten.«

Gilgameschs Hände entkrampften sich so langsam, als löse er widerwillig den Griff um die Zügel seiner Streitwagen-Esel, um sie einem anderen zu überlassen. »Bringt mich zu ihm. Wenn ich dabei essen kann, bin ich bereit, ihn anzuhören.«

Als der En ihn in sein Haus führte, wartete der Fallensteller dort im Vorderzimmer. Er saß kerzengerade auf einem Zedernstuhl, den Rücken so weit wie möglich von der Lehne entfernt, die Hände im Schoß, als fürchte er, sein Schweiß könne das Holz des Sitzes entweihen. Vor ihm stand ein leerer Bronzeteller, auf dem nur noch ein paar Krumen zurückgeblieben waren. Sein Kopf war kurzgeschoren, aber nicht rasiert, die Haut, dunkelbraungebrannt wie altes Leder, spannte sich straff über kräftig hervortretenden Muskeln. Obwohl er keine Anzeichen einer wirklichen Mißbildung aufwies, war seine Stirn niedriger als die der meisten Menschen, und die dicken Wülste über seinen Augen gaben ihm ein ochsenähnliches, stumpfes Aussehen. Sein Mund stand ein wenig offen, als wäre die Zunge zu dick für den Kiefer. Gilgamesch musterte ihn einen Augenblick und fühlte, wie sich sein Magen mit Bitternis füllte wie mit Galltropfen. Dieser Mensch sollte ihm von einem Wunder erzählen? Wahrscheinlich würde es die Geschichte eines Schafes sein, das nach Osten statt nach Westen läuft.

Der Fallensteller stand mit einer einzigen, fließenden Bewegung auf und warf sich zu Boden, als fürchte er sich, vor dem König aufrecht zu stehen. Jetzt sah Gilgamesch ihn ein wenig genauer an; denn so stumpfsinnig der Mann auch wirkte, er bewegte sich mit der geschmeidigen Anmut dessen, der seinen Körper bis ins kleinste beherrscht.

»Erhebe dich und setz dich wieder«, forderte er Akalla auf. »Man sagt mir, du habest mir etwas zu berichten.«

»En ... Ensi ...«, stotterte der Fallensteller mit einem merkwürdigen kleinen Pfeifen an den Seiten seiner Zunge.

»Du brauchst keine Angst zu haben«, ermutigte ihn Gilgamesch. Einer der Sklaven des Priesters kam mit einem Teller voller Speisen. »Bring mir Dattelwein«, befahl ihm der Ensi, und leiser: »Und bring auch welchen für diesen Mann, denn ich sehe, daß er ihn braucht.« Der Sklave war in wenigen Augenblicken zurück. Vorsichtig trug er ein Tablett mit vier hohen Bronzebechern und reichte jedem der Anwesenden einen davon. Gilgamesch nahm einen reichlichen Schluck, wartete, bis die süße Wärme sich in seinem Körper verteilt hatte, und winkte dann dem Fallensteller fortzufahren.

»Also ... ich war in den Bergen ... da ist ein Mann, der aus den Bergen kommt ...« stotterte Akalla. Gilgameschs Bauchmuskeln spannten sich, als er sich vorbeugte und wartete, daß der andere weitersprach. »Ich glaube ... er ist der Gewaltigste im Land, seine Stärke ist so gewaltig wie Ans fallender Stern. Ständig schreitet er über die Berge. An der Wasserstelle drängt er sich zwischen die Tiere, und jenseits des Wasser pflanzt er seine Füße in die Erde. Ich fürchtete mich ... weil ich mich fürchtete, ging ich nicht zu ihm. Er füllte die Gruben auf, die ich ausgehoben hatte ... er riß die Fallen heraus, die ich aufstellte ... er befreite die wilden Tiere aus meiner Hand. Er läßt mich nicht in der Wildnis umherstreifen. Ich sah ihn unter den Löwen stehen, und Angst erfüllte mich, denn er erschien selbst wie ein Löwe. Er stand unter den Löwen, unter den jungen Männchen, die Mähnen, aber kein Rudel haben, und auch er trug eine Mähne, und sie war aus Gold.«

Durch die Zähne zischend entwich Gilgameschs Atem. Sein Herz hämmerte mit drängender Wucht, dröhnte in seinen Ohren wie die Trommeln des Tempels, und seine Hände umklammerten die Stierköpfe an seinen Armlehnen, bis ihre Lapishörner sich tief in seine Handflächen bohrten.

»Wer ist dieser Mann? Woher kommt er, und wie lange durchwandert er schon das wilde Land?«

»Ensi, ich weiß es nicht«, antwortete der Fallensteller, und Gilgamesch sah, daß ihm Tränen in die Augen traten. »Ich weiß nur, daß er aus den Bergen gekommen ist und mit den Tieren umherstreift. Ich sah ihn unter den Löwen stehen. Er ist der gewaltigste der Männer, und nie habe ich, außer dir, einen Gewaltigeren erblickt. Vielleicht ist er ein wenig kleiner, vielleicht sind seine Knochen ein wenig schwerer, in allem übrigen aber ist er Gilgameschs Gegenstück. Gilgamesch ...«, er hielt inne, als rufe er sich etwas Auswendiggelerntes ins Gedächtnis zurück, »zwei Drittel Gott und ein Drittel Mensch.«
Gilgamesch zwang sich dazu, sich im Stuhl zurückzulehnen und – als umkreise er mit der Waffe in der Hand einen gefährlichen Feind – tief zu atmen und alle Muskeln zu lockern. Die Wandfriese ringsum, tief im Schatten der Lampen, schienen ihn zu verspotten: Dumuzi, halb aufgerichtet vor Schreck, mit schwieligen Hirtenhänden, die sich in zierliche Gazellenvorderhufe, und Füßen in Sandalen, die sich in schmale Hinterhufe verwandelten; die dunklen *Galla*, die ihn von den Schafen wegzerrten, verlassen von Inanna, Ereschkigal ausgeliefert; und schließlich Inanna selbst, die auf Dumuzis Thron saß. Der goldene Stern, der ihr Diadem krönte, war aus wirklichem Gold geschmiedet und glänzte und funkelte im Schein der Öllampen, während das wellige Gold der Löwenmähne unter ihr diese Helligkeit zerbrach und überall verteilte wie Sonne das Licht auf schnell dahinfließendem Wasser. Vor Inanna saß die Schamhatu, und ihre geschminkten Augen leuchteten dunkel aus dem glatten, blassen Oval ihres Gesichtes. Sie lächelte. »Gilgamesch«, sagte sie, »warum verläßt du diese Stadt nicht für eine Weile und gehst mit dem Fallensteller? Solange du rechtzeitig zu den Hochzeitsvorbereitungen mit Inanna zurück bist, können die Stadtältesten recht gut allein regieren; haben sie es nicht fünfzehn Jahre lang getan, ehe du die Krone auf dein Haupt setztest?«
»Schamhatu«, dachte Gilgamesch, »was versuchst du mich mit den Worten meines eigenen Herzens – du, die mich sonst immer angetrieben hat, meine Pflichten zu erfüllen, je sinnloser und langweiliger, desto besser?« Dann kam ihm ein klarer Gedanke: Wenn er für fünf Monate fortginge, würde das Heer, das er mit so

viel Mühen und Entbehrungen aus den lehmigen Ebenen, den Palmenhainen und den weiten, grünen Feldern von Erech gestampft hatte, sich auflösen und in seine Wohnungen zurückkehren, und die meisten der jungen Männer würden sogar gern das Schwert mit dem Pflug, die Kriegskameraden gegen ihre Liebsten tauschen. Jetzt, da die Sonnenhitze schon ein wenig nachzulassen begann, war für eine Ausbildung zum Kampf die beste Zeit, die einzige Jahreszeit, in der ein Lugal seine Truppen in die Schlacht führen und auf einen Sieg hoffen konnte.
Und doch ... und doch ... zwei Wochen, ein Monat vielleicht ... Es würde seinem Heer nicht allzusehr schaden, und es ging um einen so hohen Preis!
Er blickte in seinen Becher und hielt ihn vorsichtig ein wenig schräg. Dickflüssig schwappte der klebrige, dunkle Wein, der noch immer mehr als halbhoch darin stand; er war stark, aber am wirbelnden Gesumm der Gedanken in Gilgameschs Kopf nicht schuld. Gerade wollte der Ensi weitersprechen und den Fallensteller fragen, wie weit entfernt der wilde Mann lebte und wann er ihn zuletzt gesehen hatte, als die leise Stimme der Schamhatu von neuem erklang.
»Gilgamesch, es wäre gut, wenn du gingst; die Götter senden ihre Träume nicht umsonst.«
Jäh fuhr der Ensi in die Höhe. Ein einziger, weißer Blitz flammte ihm vor den Augen und durchzuckte in heißem Erschrecken sein Herz. Der Wein lief ihm über die Handknöchel, und er rang nach Atem, während ihm die Gedanken durch den Kopf schossen: »Meine Mutter hat es verraten. Sie hat ihnen meine Träume erzählt, und die beiden wollen, daß ich drei Viertel meines Heeres verliere, damit der Tribut an Kisch für immer fortgeschrieben wird. Nur ein Narr fordert die Götter heraus, aber die Verschwörungen von Priesterinnen und Priestern sind eine andere Sache.«
»Erzähl mir mehr von diesem wilden Mann«, stieß er zwischen zusammengebissenen Zähnen hervor. Selbst im Lampenlicht merkte er, wie der Fallensteller unter der braunen Haut erblaßte; als der Mann antwortete, stotterte er wieder.
»Er ... er ... er ... Herr, schau dir einen Löwen an ... hier, diesen Lö-

wen unter meinen Füßen. Er ... er ... er hatte eine Mähne, und er war ganz mit goldenem Haar bewachsen, und die Löwen schienen ihn als den Stärksten im Rudel anzuerkennen. Es gab keine Löwinnen unter ihnen – ein Junggesellenrudel. Mein Vater ... mein Vater sagte, wenn er ein Weibchen witterte, würde er die Gruppe verlassen, wie junge Löwen es tun, wenn sie sich einen Platz in einem anderen Rudel erkämpfen.«
Wieder sah Gilgamesch auf die Schamhatu. Ein Lichtschimmer von der vergoldeten Mähne von Inannas Löwen glänzte auf der Rundung ihrer Wange wie ein Pinselstrich Goldpuder; obwohl er nicht von ihren Zügen ablesen konnte, was sie dachte, wußte er, daß sie das langsame Lächeln sehen mußte, das in seinem Gesicht wuchs.
»Wenn er ein Weibchen witterte ...«, meinte er sinnend. »Ganz gewiß ist dieser Mann von den Göttern geschickt; doch wer weiß, ob er ein sanftes Anschwellen des Flusses bedeutet, das unsere Ernten bewässert, oder eine reißende Flut, die unsere Felder in eine unfruchtbare Masse salzigen Schlicks verwandelt? Schon die bloße Stärke der Götter ist zu groß, als daß einfache Menschen sie ertragen könnten, denn warum sonst hätte Inanna uns als erste ihrer *Me* Priestertum und Herrscheramt gebracht?«
Er merkte, wie sein Grinsen breiter wurde. »Und doch lebten auch wir einst wild und kannten die Dinge nicht, die die Kultur erfordert. Darum scheint mir – wahrlich, die Götter müssen es wissen –, daß, bevor der wilde Mann nach Erech kommen kann, Inanna die *Me* zu ihm bringen muß, das Wissen um En und Götter und Herrscher, Heiligtum, Hirtenamt und erhabene Frauen, Wahrheit und Kriegsbanner und Waffen ... und den Verkehr der Geschlechter, ihr großes Geschenk, das aus dem Junggesellen-Löwen, dem Feind des Rudels, den Löwen macht, der eine Gefährtin gefunden hat und das Rudel verteidigt.«
Der Ensi erhob sich von seinem Sessel und ergriff die schmale Hand der Schamhatu. Sie stand da, ohne zu widersprechen, und Gilgamesch konnte das leise Beben in ihren Knochen, den flatternden Puls und den rascheren Atem spüren. Sekundenlang befielen ihn Bedenken: Als Priesterin war sie nie einem Mann begegnet, der das Ge-

schenk, das sie ihm bot, nicht in Ehrfurcht entgegennahm. Zudem war sie selbst für eine Frau klein und zart; konnte sie die Kraft des wilden Mannes überhaupt aufnehmen? Und seine Löwen, woher wußte man, daß sie sie nicht zerreißen würden, ganz gleich, was der Mann tat? Einen Augenblick stand Gilgamesch kurz davor, die Schamhatu mit seinen Armen zu umschließen wie mit den Mauern einer Stadt, die sie vor den wilden Tieren draußen schützen sollten.

Dann sah die Priesterin zu ihm auf und musterte ihn mit dem kühlen, tiefliegenden Blick, der ihn immer wieder aufreizte – als wären seine Gedanken in die Innenseite seines Hinterkopfes geritzt, und sie könnte sie durch seine Pupillen lesen. »Ich wage es«, flüsterte sie so leise, daß nur er es hören konnte. »Keine andere Priesterin als ich soll diesen wilden Mann empfangen; es gibt mehr als eine Art für eine Frau, der Kraft eines Mannes zu begegnen, so erregt er auch sein mag.«

Gilgamesch führte sie hinüber zu Akalla und legte die Hände der beiden ineinander. »Geh, Fallensteller, und nimm diese Priesterin, die Schamhatu, mit dir. Wenn die Tiere am Wasserloch trinken, soll sie ihr Gewand abstreifen und dem wilden Mann zeigen, daß sie eine Frau ist. Sobald er sie sieht, wird er sich ihr nähern, und seine Tiere, die mit ihm in der Wildnis aufwuchsen, werden ihn verlassen.«

Der Fallensteller starrte nur auf seine Hand und auf die dicken, dunklen Finger, die sich um die schmalen, hellen Finger der Schamhatu legten. »Mächtig ist Gilgamesch, Ensi von Erech ... zwei Drittel Gott und ein Drittel Mensch«, murmelte er.

»Gib gut auf sie acht«, gebot Gilgamesch. »Vergiß nicht, daß sie die oberste Priesterin der Inanna ist, in deren Körper die Göttin Fleisch wurde. Iß, wenn sie hungrig ist, trink, wenn sie Durst hat, raste, wenn sie ermüdet; denn sie hat ihr ganzes Leben im Tempel verbracht und ist das rauhe Dasein der Fallensteller und Hirten nicht gewöhnt.« Er sah die Mundwinkel der Schamhatu zucken, und von neuem überkamen ihn Gewissensbisse. Wenn sie jetzt weinte, dachte er, würde er ihr befehlen zu bleiben und an ihrer Stelle eine ältere und kräftigere Frau schicken. Aber sie nahm sich zusammen und verzog die Lippen zu einem Lächeln.

»Hab keine Furcht meinetwegen«, sagte sie. »Ich werde mich darum kümmern, daß man uns gut ausrüstet, und ich zweifle nicht daran, daß der wackere Akalla aufs beste für mich sorgen wird.«
Gilgamesch schluckte den Klumpen in seiner Kehle hinunter. »Dann ist es beschlossen. Anstatt des wilden Mannes aus den Bergen wirst du mir einen Kämpfer bringen, der im Krieg neben mir ficht und im Frieden an meiner Seite sitzt. Inanna stärke dich dazu. Ich vertraue darauf, daß sie dich sicher und so rechtzeitig zurückbringt, daß dir genügend Zeit bleibt, dich auf die Heilige Hochzeit vorzubereiten.« Oder auch nicht, fügte er innerlich hinzu: Wenn der wilde Mann die Schamhatu einen oder zwei Monate über das Neujahrsfest hinaus in der Wildnis festhielt, würden es nicht Gilgameschs Augen sein, die vom Weinen gerötet waren. »O En, das ist wahrlich ein Wunder, das du mir da verkündet hast. Gibt es noch mehr zu berichten?«
Der Mund des En spaltete sich zu einem seltenen Grinsen, und seine braunen Zahnstümpfe glommen im Lampenlicht. »Wer wollte die Weisheit des Ensi am Tage, da er Gericht hält, bestreiten? Wahrlich, die Götter haben ihn auf seinen Thron gesetzt und über alle Menschen in Erech erhöht, und ihre Klugheit tropft aus seinem Mund wie Honig aus der Dattel. Aber du siehst mir müde aus, und die Nachtkälte kommt schnell. Du solltest lieber nach Hause gehen, denn es gibt noch viel Arbeit im Tempel, bevor die Schamhatu zu ihrer Reise aufbricht.«
Gilgamesch sah auf den kleinen Mann hinunter, der nicht mehr Kraft im Körper hatte als ein welker Palmwedel, und ihn doch so beiläufig entließ. Die dunklen Augen des Priesters erwiderten den Blick, und Gilgamesch erkannte die Belustigung in den Augenwinkeln, obwohl das Grinsen so schnell verschwunden war, wie es kam.
»Dann werde ich gehen. Mögen die Götter euch behüten und Friede mit euch sein.«
En und die Priesterin wiederholten den Segen. Akalla war erstarrt wie ein Kaninchen in einer seiner Schlingen, aber das kümmerte Gilgamesch wenig.
So lange nach Sonnenuntergang war der Wind tatsächlich eiskalt;

der Winter würde bald kommen. Trotzdem kehrte Gilgamesch vom Gipar nicht gleich in seine eigene Wohnung zurück, nicht einmal, um einen Mantel zu holen, sondern schritt, noch immer mit bloßer Brust, zügig auf das Nordtor zu, ohne auf das Volk zu achten, das mit erschrockenem Keuchen aus seinem Weg stolperte. Wortlos ließen die Wachen ihn passieren. Er trat hinaus und blickte auf den Buranun. Der breite Strom floß in langsamen Wellen im Mondlicht dahin.
Ein kleiner Fisch sprang aus dem Wasser, und ein Stück entfernt hörte Gilgamesch einen Frosch quaken. Jenseits des Flusses erstreckten sich weite, ebene Felder, auf denen die Wintersaat keimte, hier und da von Palmen- und Tamariskenhainen durchbrochen; darüber glitzerten die Sterne am Himmel, und die Straße der Götter leuchtete, ein Milchstrom aus Inannas Krug. Gilgamesch ertappte sich dabei, daß er zu den Sternbildern aufsah und ihre Namen nannte, wie er es jedesmal in der Nacht vor einer Schlacht getan hatte. Ihre hellen, unverrückbaren Umrisse waren so beruhigend und fest wie der geflochtene Golddraht um seinen Schwertgriff.
Unvermittelt fiel ihm sein Traum wieder ein, der große Stern, der feurig vom Himmel fiel, Ans fallender Stern, und seine Augen füllten sich mit Tränen. In den Nächten vor einer Schlacht hatte er immer allein gelegen, über seine Kriegspläne nachgedacht und zum Himmel aufgeschaut, ohne daß ihm das etwas ausgemacht hätte; jetzt aber kam er sich vor wie ein Sklave, der eine große Last so lange schleppt, daß er ihr Gewicht vergißt und nur noch weiß, daß er den Kopf zur Seite legen und eine Schulter heben, die andere aber senken muß, und der dann seinen Korb mit Steinen abstellt, um einen Augenblick zu rasten, und feststellen muß, daß er ihn nicht wieder aufheben kann.
»War ich ein Narr, die Schamhatu fortzuschicken, anstatt selbst zu gehen?« murmelte er. »Habe ich mir die Gabe der Götter verscherzt?«
Aber er erinnerte sich auch noch an den Rest seiner Träume: Der fallende Stern war hier in Erech niedergegangen, die Axt hatte vor der Tür seines Brautgemachs gelegen. Ob aus Klugheit oder Torheit, aus

Stolz oder Vernunft, er hatte getan, was ihm auferlegt war. Er konnte nicht mehr damit rechnen, daß die Schamhatu zum Neujahrsfest nicht zurücksein würde, aber er konnte warten und auf das hoffen, was sie mitbrachte.

6

Der En rief einen seiner Sklaven und ließ Akalla in die Schlafräume führen, die den Ehrengästen des Tempels vorbehalten waren. Nachdem der Fallensteller gegangen war, ließ sich der En wieder in seinen Sessel sinken und sah die Schamhatu an. Sie erwiderte seinen Blick so gelassen sie konnte, obwohl sie spürte, daß sie am ganzen Leibe bebte – halb vor Furcht, halb vor Erregung, zwei zitternde Gefühle, miteinander vermischt wie das weiche Gold und das harte Silber, die man zu einer einzigen Platte Silbergold hämmert. Der En schwieg noch immer, und die Schamhatu begann sich zu fragen, ob sie etwas falsch gemacht hatte, ob ihre Ungeschicklichkeit, Gilgameschs Träume zu erwähnen, ihn von eben dem Pfad abgebracht hatte, den er einschlagen sollte. Sie wagte nicht, ihren Gedanken vor den uralten Augen des greisen Priesters Ausdruck zu verleihen, Augen, die sie aus dem Halbdunkel anglänzten wie Obsidiansplitter in der Totenmaske eines vergessenen Königs; aber es fiel ihr immer schwerer, unbeweglich sitzen zu bleiben.
Ein leichtes Klopfen ertönte an der Tür des Gipar. Die Schamhatu, insgeheim erleichtert aufseufzend, erhob sich und glitt geschmeidig hinüber, um zu öffnen. Draußen stand die Priesterin Rimsat-Ninsun, flankiert von fackeltragenden Wächtern. Die Asphaltflammen zischten und knisterten in der kühl gewordenen Nacht. Rimsat-Ninsun trug den vollen Staat der Göttin, aber ihre braunen Augen waren klar und ihr Blick irdisch; die Macht der Himmlischen war jetzt nicht in ihr.
»Sei gegrüßt, Tochter«, sagte Rimsat-Ninsun und schlug ihren ungerührten Wächtern die Tür vor der Nase zu. »Was gibt es Neues? Ihr müßt schon mit Gilgamesch gesprochen haben, sonst wären mehr Leute hier.«

»Ja, das haben wir«, antwortete der alte En. Wieder bildeten sich Fältchen um seine Augenwinkel, und seine dunklen Augen funkelten. »Geschwind handeln die Götter: Wer kann ihre Gedanken ergründen oder die Tiefe ihrer Weisheit messen? Der, von dem Gilgamesch geträumt hat, der von dir geweissagte Gefährte, hat sich bereits gezeigt. Und das habe ich dir nicht melden lassen, weil ich es für besser hielt, daß nur unsere Ohren es hören sollten: Der Fallensteller, der ihn sah und uns die Nachricht brachte, ist der Sohn von Gunidu ... dem Gunidu, der einst Oberster der Hirten dieses Tempels war.«
Rimsat-Ninsun holte tief und zischend Atem, und ihre Augen weiteten sich. Die Schamhatu fühlte, wie sich die kleinen Härchen auf ihrem Rücken sträubten. Hier gab es etwas Großes, von dem sie nichts wußte; sie hatte immer nur gehört, daß Gunidu der Erste der Hirten gewesen war und gute Aussichten gehabt hatte, noch höher aufzusteigen, bis er eines Tages, etwa ein Jahr vor Lugalbandas Tod, plötzlich in die Wildnis gegangen und dort verschollen war. Begierig lauschte sie, was die Alte Frau sagen würde; aber Rimsat-Ninsun bemerkte nur: »Ja, gewiß, wer kann die Gedanken der Götter ergründen! Keinesfalls konnte jemand von uns ahnen, was sie vor zwanzig Jahren beabsichtigten; aber sie sind weise und vorausschauend, und man kann ihre Pläne nicht verhindern. Erzähl mir mehr.«
Gemeinsam wiederholten der En und die Schamhatu die Worte des Fallenstellers und berichteten, wie Gilgamesch es abgelehnt hatte, dem wilden Mann selbst entgegenzugehen, obwohl ihm das Verlangen danach unmißverständlich ins Gesicht geschrieben stand, und wie die Schamhatu, halb freiwillig, halb gezwungen, sich bereiterklärt hatte, aufzubrechen und den Fremden durch Inannas Macht zu zähmen.
»O ja, ihn zu zähmen«, murmelte Rimsat-Ninsun. »Und mehr als das. Zum Glück sind es noch fünf Monate, ehe die Heilige Hochzeit stattfindet. Denn es genügt nicht, daß wir Gilgameschs vertrauten Gefährten aus der Wildnis holen; du mußt ihn auch lehren, ein Mensch zu sein. Und es ist keine kleine Aufgabe, einem erwachsenen Mann alle die Dinge beizubringen, die ein fünfjähriges Kind von alleine lernt.«

Die Schamhatu dachte voller Grauen an einen der Tempeldiener, einen Mann, fast so schön wie Gilgamesch, mit grünbraunen Augen, einem weichen Schopf dunkelbrauner Haare und so klaren, edlen Zügen, daß ihn die Maler des Tempels immer wieder Modell sitzen ließen. Man hatte ihn als Kind seiner Schönheit wegen dem Tempel der Inanna geschenkt, bevor sich zeigte, daß er nie mehr Verstand als ein Fünfjähriger haben würde. Jetzt beschäftigte man ihn damit, daß er unter sorgfältiger Aufsicht die Fußböden fegte. Man konnte ihn kein Wasser holen lassen, denn er konnte sich nicht merken, daß er die Eimer nicht ausschütten durfte, wenn sie schwer wurden; er konnte nicht in der Küche helfen, weil er dort vielleicht das Fleisch einfach ins Feuer warf, um die hübschen Flammen zu sehen. Die Schamhatu hatte sich als so ungeeignet erwiesen, ihn zur Arbeit anzuleiten, wie sie ungeschickt im Umgang mit Kindern war; obwohl auch sie eine gewisse Zeit bei den Findlingen verbracht hatte, war ihr die Arbeit dort keine Freude gewesen, und sie hatte sie schlecht verrichtet.

»Und doch muß ich es tun«, erklärte sie. »Geschehen muß es, und wir können die Aufgabe keiner geringeren Priesterin anvertrauen, wenn der Wille der Götter so eindeutig ist.«

»Außerdem«, fügte der En hinzu, »muß man ihn auch lehren, unsere Stadt zu lieben und alle *Me* der Kultur, die Inanna nach Erech brachte, zu kennen und wertzuschätzen. Denn so, wie der wilde Mann um Gilgameschs willen gezähmt werden muß, um dann alles, was der Ensi als selbstverständlich betrachtet, mit ganz neuen Augen zu sehen, wird er seinerseits Gilgamesch zähmen.«

Die Schamhatu nickte. Sie würde sehr viel mitnehmen müssen, Lyra und Spielbrett, feine Metallgegenstände und duftende Öle, dazu alle Abzeichen, die sie als Priesterin und Göttin in einer Gestalt auswiesen. Auch ein Zelt brauchte sie, denn niemand konnte sagen, wie weit entfernt von menschlichen Behausungen sie umherstreifen mußte, bis sie den Wilden fand. Aus ihrer Zeit als Hirtin der Tempelschafe wußte sie, daß ein Löwe in einer Nacht heimlich dicht neben der Herde laufen und in der nächsten schon zwei Tagesmärsche weiter sein konnte.

»Das alles will ich tun, wenn man mich mitnehmen läßt, was ich brauche, und ich reisen kann, wie es einer Priesterin geziemt.«
Der En runzelte die Stirn. »Gewiß kannst du alles nehmen, was du benötigst; aber der Fallensteller muß als Wächter für dich ausreichen. Er scheint mir ein Mann, der sich in der Wildnis zurechtfindet, und als du damals deine Herden weidetest, waren dir Bogen und Hirtenstab auch Sicherheit genug.«
Das stimmte. Die Schamhatu hatte viele Nächte, eng in einen Wollmantel gewickelt, bei ihren Schafen verbracht, auf das Husten eines Löwen gelauscht oder nach den im Mondlicht dunkel dahingleitenden Schatten von Wölfen Ausschau gehalten. Es war ihr kaum faßbar, wie wenig Gilgamesch in Wirklichkeit vom Leben des Tempels wußte, obwohl er damit fast ebenso vertraut hätte sein müssen wie sie; deshalb hatte sie sich auch so verzweifelt anstrengen müssen, ihm nicht ins Gesicht zu lachen, als er Akalla ermahnte, gut für sie zu sorgen, weil sie zu verwöhnt sei, mit einem Dasein außerhalb der Grenzen der Tempelstadt fertigzuwerden. Trotzdem war die Reise, die sie nun antreten sollte, etwas Ungewöhnliches, und mehr Gefahren als nur wilde Tiere erwarteten sie auf dem Weg.
»Als ich mit den Herden hinauszog, trug ich nicht das Geschmeide Inannas, und nie entfernte ich mich weit von den Mauern von Erech. Der Fallensteller hat gesagt, der wilde Mann sei aus den Bergen gekommen; ich habe es lieber mit Löwen zu tun als mit Räubern.«
»Ich denke, du kannst dich auf Gunidus Sohn verlassen, auch wenn sein Gesicht töricht erscheinen mag; die Dummen leben nicht lange in der Wildnis, und schon gar nicht gut. Was nun die Wächter betrifft: Ich möchte diese Angelegenheit geheimhalten, bis ihre Zeit gekommen ist. Es wird in Erech heißen, du hättest dich in die Festung der Göttin zurückgezogen, um dich zu reinigen und auf die Hochzeit vorzubereiten. Nur wir drei und Gilgamesch werden die Wahrheit kennen. Darum mußt du morgen noch vor der Dämmerung mit Akalla aufbrechen, um die Augen des Tages zu vermeiden.«
Die Schamhatu öffnete den Mund, um etwas einzuwenden, schloß ihn dann aber wieder. Der En hatte recht, denn göttliche Wunder pflegten so empfindlich zu sein wie frisch entzündete Glut. Bevor

man rief, »Seht, wir haben eine Flamme!«, war es besser, sich zu vergewissern, daß sich das kleine Stückchen Kohle zu einem Feuer entwickelt hatte, das der Wind nur noch anfachen, aber nicht mehr ausblasen konnte. Dies um so mehr, als die Sache so eng mit Gilgameschs Herrschaft und der Macht des Tempels verknüpft war: Wenn der Löwenmann Erech retten sollte, ohne es vorher zu zerstören, durften wilde Gerüchte über ihn gar nicht erst aufkommen.
»So soll es sein«, bestätigte sie. »Dann haben wir jetzt viel zu tun, denn je eher ich gehe, desto besser. Wir wollen die Priester und Priesterinnen wecken und die Zeichen der Leber deuten lassen, um diejenige auszuwählen, die Inanna auf meinem Platz sehen will, solange ich fort bin, und die meine Stelle einnehmen soll, falls ich nicht zurückkehre.«
Nachdem sie ihre Anweisungen erteilt hatte, begab sich die Schamhatu unverzüglich in ihren Baderaum. In einem etwas weiter vom Hauptgebäude entfernten Haus würden sich schon die anderen Priesterinnen und Priester versammeln, vielleicht lachend, vielleicht in stummer Ungewißheit, was so wichtig sein konnte, daß man sie aufforderte, sich zu dieser Nachtstunde einer Reinigung zu unterziehen und sich auf ein Ritual vorzubereiten, das niemand geplant oder erwartet hatte.
Die Schamhatu verfügte über einen eigenen Brunnen. Ihre Wanne bestand aus hellem Tamarisken- und rötlichem Zedernholz, und in ein Ecke des Baderaums brannte ein großes Feuer, auf dem der schlanke, junge Eunuch Atab – ein *Gala*-Priester und einer der besten Solosänger des Tempels – schon Eimer auf Eimer mit Wasser zum Kochen brachte, um sie in das kalte Bad zu gießen, bis es beinahe Körperwärme hatte.
Mit größter Freude streifte die Schamhatu ihr Leinenkleid ab. Das von kaltem Schweiß durchtränkte Gewebe klebte an ihrem Rücken wie eine Umarmung der Nachthexe´Lilitu. Atab bückte sich geschmeidig, um ihre Sandalen zu lösen. Die geflochtene Binsenmatte unter ihren nackten Füßen fühlte sich angenehm rauh an. Die Schamhatu streckte sich und stand einen Augenblick auf Zehenspitzen da, den Rücken zurückgebogen, die Brüste vorgestreckt, bevor

sie über den Wannenrand stieg und in das Wasser glitt, das sie willkommen hieß. Atab reichte ihr eine Handvoll frischer Tamarisken, um sich damit zu scheuern, und goß dann langsam einen neuen Eimer heißes Wasser hinzu. Der süße, scharfe Geruch der Blätter stieg mit dem Dampf in die Höhe und mischte sich angenehm mit den schwereren Düften von Weihrauch und Kalmus. Während die Schamhatu die Worte der Reinigung sprach, sang Atab, und die überirdische Reinheit seiner Stimme begleitete ihr Gebet.
»Ich bade im reinen Strom des Wassers, das aus dem klaren Brunnen fließt. Wenn meine Füße auf Unreinheit getreten sind, so reinige ich sie davon; wenn meine Hände Unreinheit berührt haben, so reinige ich sie davon; wenn Unreinheit auf mein Haupt gekommen ist«, hier schöpfte die Schamhatu mit beiden, überlaufenden, hohlen Händen Wasser, goß es sich über die Haare, beugte den Nacken und legte den Kopf zurück, bis sie die Wärme des Bades auf ihrer Stirn fühlte, »so reinige ich mich davon. Oh, Inanna«, fuhr sie fort und rieb sich die Brüste mit den Tamariskenblättern, bis ihre pflaumendunklen Warzen sich kräuselten und hart wurden, »läutere mein Herz mit Heiligkeit und mache mich rein vor deinem Angesicht.«
Als sie sich aus der Wanne erhob, stand Atab mit einem Handtuch aus grobem Leinen bereit und trocknete die tropfend auf der Schilfmatte Stehende ab. Seine Berührung war sanft, fast wie eine Liebkosung an Brust und Schenkeln, aber sie konnte in seinem feinknochigen Gesicht keinerlei Regung erkennen, außer vielleicht jenen tief in den Augen verborgenen Schatten von Traurigkeit, den sie schon bei anderen Eunuchen bemerkt hatte. Und doch hatte er sich selbst für dieses Leben entschieden, denn er hatte als Knabe die schönste Stimme besessen, die man seit Jahren in Erech vernommen hatte, und wußte, daß er, wenn ihm nicht ein Unfall oder ein schreckliches Mißgeschick zustieß, eines Tages der Erste der *Gala*-Priester sein würde. Obwohl in Inannas Tempel viele Eunuchen dienten, wurden sie nur selten gegen ihren Willen verschnitten; es gab immer Menschen, denen Macht, Schönheit oder die Liebe der Götter mehr wert waren als Nachkommenschaft.
»Mich selbst eingeschlossen«, dachte die Schamhatu. Aber sie mußte

sich jetzt mit anderen Dingen beschäftigen. Sie wickelte sich in einen trockenen Filzschal, ergriff ihre Sandalen bei den Riemen und ließ sie locker herunterbaumeln, während sie barfuß in ihre eigene Kammer zurückging. Die Lampen dort waren frisch gefüllt und angezündet, und es roch stark nach ihrem Öl. Auf dem Bett lagen schon ein neues, weißes Lendentuch und Inannas hellblaues Leinengewand für sie bereit, und der schimmernde Widerschein von Gold, Karneolen und Lapislazuli an Diadem und Schmuck, die das steinerne Standbild der Göttin in seiner Ecke zierten, schien ihr zu winken. Stück für Stück nahm sie das Geschmeide von der Figur und legte es sich selbst an. Dabei fühlte sie, wie die Macht Inannas in sie hineinströmte wie klares Wasser in eine frisch gesäuberte Zisterne; die Flammen der Öllampen schienen heller zu brennen, ein Regenbogen nur halb sichtbarer Farben umflackerte die Ränder ihres reinen, gelben Lichtes, und die Schamhatu glaubte, draußen in der Nacht jedes Flüstern zu hören.
Zuletzt nahm sie ehrfurchtsvoll die große Krone vom steinernen Haupt der Göttin; trotz ihres Gewichts hielt sie sie einen Augenblick in die Höhe, um sie zu bewundern. Vorn glänzte ein großer Stern aus massivem Gold; der Hals der Schamhatu kannte seine Last nur zu gut. Darunter hingen überall goldene Tamariskenblätter, die hin- und herschwankten, wenn die Schamhatu sich bewegte, und mit den Spitzen ihre Stirn streiften, gerade über den Augen. Der Reif zwischen Stern und Blättern bestand aus geschnittenen Lapisperlen in Form von Dattelfruchtständen, Tamariskenzweigen und den Köpfen von Schafen und Ochsen, die sich mit kleinen, schimmernden Goldperlen abwechselten. Es war die Krone der Himmelskönigin mit ihrem Stern, dem hellsten von allen, und dem Reichtum, mit dem sie die Erde überschüttete.
Langsam ließ die Schamhatu die Krone auf ihren Kopf niedersinken. Zuerst schien sie, wie immer, erdrückend schwer, als wollte die Schamhatu damit wirklich das Gewicht des ganzen Himmelsgewölbes tragen. Dann aber prickelte eine mächtige Kraft durch ihre Nerven, hob ihre Stirn und steifte ihr Rückgrat, bis sie die Krone nicht mehr spürte als ihren eigenen Schädel. Jetzt war Inanna wirklich in

ihr; es war die Kraft der Göttin, die ihre Hand hob, um die Tür zu öffnen, es waren die Augen der Göttin, die durch die Fenster ihres Kopfes blickten, und es war die Göttin Inanna, an deren nackten Beinen das fransige blaue Leinen rauschte, als sie das Haus verließ und den Pfad zum Heiligtum, oben auf seinem Hügel, hinaufschritt.

Die Priester und Priesterinnen waren bereits im Tempel versammelt und säumten die Wände des langen Mittelganges, der von der Tür zum Standbild der Göttin führte. *Guda* und *Gala;* die *Ischib*-Priester, die die Trankopfer darbrachten; *Nindingir* und *Lumah* und *Mah*, alle mit ihren eigenen Pflichten, Seherinnen und Opferpriester, Traum- und Zeichendeuter; solche, die hinausgingen unter das Volk von Erech und Häuser von Tod und Krankheit reinigten oder Segen spendeten, wo man ihn brauchte, und solche, die die Tempelstadt niemals verließen. Die ganze Halle war voll von ihnen, aber alle wichen zur Seite, als Inanna vorüberschritt, damit niemand den Saum des Gewandes der Göttin mit dem Lehm seiner Berührung befleckte.

Inanna trat vor die Statue – ihr eigenes Bild, in Stein gespiegelt wie ein menschliches Gesicht in Wasser – und drehte sich um. Ihr Mund öffnete sich; die Stimme, die daraus ertönte, hallte durch das Heiligtum wie ein bronzener Gong.

»Höre mich, mein Volk! Die Schamhatu dieses Tempels wird fortgerufen; sie muß sich aus Erech zurückziehen, um sich auf die Hochzeit vorzubereiten. Bringt mir ein Mutterschaf ohne Fehl, denn eine andere muß ihre Stelle einnehmen, eine andere bei den Festen des Neuen Mondes und zu den heiligen Zeiten für mich sprechen, eine andere meinem Volk den Segen spenden.«

Der En, jetzt im schlichten Wollrock des Hirten, aber noch immer mit dem edelsteinbesetzten Silbergoldschild seiner Würde, das hell auf den eingefallenen Rippen glänzte, erschien aus einem der Nebenräume. Er führte ein ungeschorenes, weißes Mutterschaf, dessen flauschige Wolle vom Waschen und Kämmen schimmerte wie Schnee. An seiner Seite schritt der Opferpriester Urgigir, der oberste Deuter der heiligen Lebern. Er überragte den kleinen Greis wie eine Dattelpalme den Gerstenhalm. Als sie vor Inanna stehenblieben, ver-

ließ sie ihren Platz, wanderte langsam durch das Heiligtum und bezeichnete mit dem Finger die erwählten Jungfrauen.
Die einundzwanzig Mädchen drängten sich hinter dem En und Urgigir zusammen, wo sie tuschelten und murmelten, während der Opferpriester ihre Namen in seine Tontafel ritzte und so anordnete, daß sie mit der Einteilung der prophetischen Leber übereinstimmten. Inanna sah sie nun nicht mehr als menschliche Gestalten, sondern als Ansammlung von Schatten, umhüllt vom wolkigen Dunst ihres Fleisches, in dem eine mehr oder weniger starke Flamme brannte. Eine davon leuchtete heller als die übrigen und loderte auf, als Inannas Blick auf sie fiel. Als sie das sah, trat die Göttin vor und legte die Hand auf die Flanke des Schafes. Einen Moment lang rollte das Tier angstvoll die großen, braunen Augen, dann senkten sich die Lider, und schon lullte ein Traum von grünen Weiden und kühlem Wasser das Schaf ein.
Inanna kehrte auf ihren Platz zurück. Einer der *Ischib* näherte sich mit einer Schale aus Lapislazuli. Ein zweiter Opferpriester kam, um Urgigir zu helfen. Er stellte sich rittlings über das Schaf und drückte es sanft zu Boden. Urgigir duckte sich; golden blitzte die Schneide seines Messers, um dann rot wie Karneol zu leuchten.
Kurz darauf lag die Leber frei und ruhte in den großen Händen des Opferpriesters. Nicht ein Atemzug war im Tempel zu hören, als Urgigir zu dem Lehmziegeltisch zwischen der Göttin und ihrem steinernen Abbild schritt, die Leber darauf legte und mit einem sauberen, weißen Filztuch das Blut abwischte, um sie dann genau zu betrachten.
»Die Göttin hat ihre Wahl getroffen«, verkündete er laut, und seine gewaltige Baßstimmte dröhnte durch das Heiligtum. »Seht, wir sind gesegnet, die Leber ist glänzend, glatt und rein. Die Gunst der Göttin ist mit uns, sie gestattet der Schamhatu, sich zurückzuziehen. Geme-Tirasch, tritt vor!«
Jetzt sah Inanna die junge Frau, die an den Tisch kam: helle Haut, braungrüne Augen, eine Wolke dunklen, lockigen Haares über runden, festen Schultern. Der En tauchte den Finger in die Trankopferschale und zeichnete ihre Stirn; ihre Lippen bewegten sich, aber

Inanna konnte die Worte nicht mehr hören. Schwankend wich sie zur Seite, damit die neue Tempelpriesterin ihren Platz vor der steinernen Göttin einnehmen konnte. Da die Schamhatu ihre Stellung nicht endgültig aufgab, legte sie auch nichts von ihrem Staat ab, sondern schritt nur langsam den Mittelgang hinunter, hinaus aus dem Heiligtum und in die reine, kühle Nachtluft.

Sie erinnerte sich später nicht daran, wie sie in ihre Gemächer gelangt war und sich entkleidet hatte; aber als sie zu sich kam, lag sie nackt auf ihrem Bett ausgestreckt, und Inannas Standbild trug wieder allen Schmuck. Die Schamhatu war erschöpft und so schweißüberströmt, als hätte sie an diesem Tag gar kein Bad genommen; sie fühlte sich wie eine bis zum Umfallen gerittene Eselin. Trotzdem zwang sie sich, sich aufzusetzen und ein paar Datteln aus der Schale auf ihrem Nachttisch zu essen. Als sie langsam das klebrig-süße Fleisch kaute, spürte sie, wie ein wenig Kraft in sie zurückkehrte. Sie wußte, daß sie diese Kraft brauchen würde: Es gab noch viel zu tun, wenn sie sich vor Tagesanbruch auf den Weg machen wollte.

## 7

Der Wagen, der unter dem hellen Licht von Inannas Stern aus Erech hinausrollte, erregte bei den Torwächtern kaum Aufmerksamkeit. Er war stabil gebaut und bis oben hin mit Waren beladen, über denen eine Wolldecke lag, aber von einfacher Art – der Wagen eines Händlers aus dem Oberland vielleicht, der Melonen oder Weizen von den Bauernhöfen in die Stadt gebracht hatte, feine Leder- oder Holzarbeiten, und nun wieder zu entfernteren Gegenden unterwegs war, eines Händlers, der heute morgen noch eine ziemliche Strecke vor sich hatte und so weit wie möglich kommen wollte, bevor die Tageshitze seine Esel langsam werden ließ und ihm selbst den Schädel versengte. Der Mann ging neben dem Wagen her, den Nasenring des Leitesels in der Hand; seine Frau saß oben und führte die Zügel. Sie hatten sich beide in ihre Mäntel gewickelt und versteckten ihre Gesichter vor der Kälte der frühen Morgenluft. Die Frau lehnte sich vor, um dem Torwächter den Wegzoll zu reichen, einen schmalen Silberring, das Zehntel eines Schekels. Der Wächter wog ihn in den Fingern, nickte und winkte sie mit seiner Fackel durch.

Sobald sie in sicherer Entfernung von den Torwächtern waren, streifte die Schamhatu die Mantelfalte zurück, die ihr Gesicht verhüllt hatte, und Akalla tat das gleiche. Ihr Herz klopfte so heftig, als wäre es ein Verbrechen gewesen, unerkannt das Tor zu passieren, und nicht die Folge eines Beschlusses, den sie selbst, der En und Rimsat-Ninsun gefaßt hatten, die drei höchsten Priester der Stadt, deren Worte allein Gilgamesch in Frage stellen durfte. »Wir haben es geschafft«, sagte sie leise.

»Es war leichter als das Hineinkommen.« Akalla hielt inne, und die Schamhatu sah, daß sich sein Mund bewegte, als kaue er auf einer harten Melonenschale herum, bevor er weitersprach. »Wohin fahren wir nun, göttliche Herrin? Das Boot, das mich hierherbrachte, ist zu klein für den Wagen, und die Anlegestelle der Fähre liegt schon weit hinter uns.«

»Ein Stück stromaufwärts gibt es eine Furt, an der die Tempelhirten ihre Tiere durch den Fluß treiben. Wenn wir uns beeilen, sind wir lange fort, bevor noch das erste Schaf seine Nase aus der Stadt herausstreckt.«

An diesem Tag kamen sie gut voran, von den Palmenhainen und sumpfigen Weingärten an den Ufern des Buranun bis zu den langen, ebenen Stoppelfeldern, kreuz und quer von Kanälen durchzogen, von denen man Weizen und Gerste schon abgeerntet hatte. Als die Sonne ein Stück über dem höchsten Punkt stand und die Fliegen ihren Schweiß immer gieriger zu umschwirren begannen, stellte Akalla das Zelt der Schamhatu auf, während er selbst sich im Schatten vor dem Eingang zusammenrollte. Am späten Nachmittag – eine leichte Brise milderte bereits die Hitze – standen sie wieder auf, tranken ein paar Schlucke aus ihren Wasserschläuchen und setzten den Weg fort.

Wie Akalla versprochen hatte, erreichten sie die Wasserstelle, bevor das letzte rötliche Glühen des Sonnenuntergangs vom westlichen

Himmel verschwunden und Inannas heller Stern als einziger sichtbar war. Die Schamhatu murmelte ihre Abendgebete an die Göttin und half gleichzeitig dem Fallensteller, die Wasserschläuche zu füllen, bevor die Tiere den Teichschlamm aufwühlen konnten, und dann die brüllenden Esel auszuspannen und zu tränken. Danach baute Akalla ihr Zelt wieder auf. Die Schamhatu tauchte ein viereckiges Stück Leinen in das Wasserloch und versuchte, so gut sie konnte, den Straßenstaub von Gesicht und Händen zu wischen. Einigermaßen gesäubert, ließ die Priesterin dann ein wenig Bier aus einem der Ziegenfellschläuche in den winzigen Lapisbecher fließen, den sie als Opfergefäß mitführte, und goß es für Inanna auf die trockene Erde. Ein zweites Opfer, diesmal Wasser, brachte sie dem Bruder der Göttin dar, dem Sonnengott Utu.

Im Tempel würden jetzt Lieder erklingen; Atab oder einer der anderen Priester hätte ihr Bad bereitet, und Essen würde auf sie warten ... vielleicht Schwanzstreifen von einem Fettschwanzschaf, aus dessen knuspriger, brauner Haut, halb aufgeplatzt von der Hitze, üppiges Fett auf das Brot darunter tropfte; oder Fisch, gefüllt mit Knoblauch, bestrichen mit Butter und Bier; vielleicht auch Schweinefleisch, mit Dattelsirup oder Honig beträufelt, gebraten oder in Dattelwein gedünstet. Und sie saß hier, mit hartem Brot und Dörrfleisch, immer noch schmierig und stinkend, das weiße, lange Leinenhemd fleckig von Staub und Schweiß, ohne die Möglichkeit, umzukehren oder ein Bad zu nehmen, bevor sie das Dorf erreichte. »Und in diesem Zustand soll ich dem wilden Mann beibringen, was *Me* sind, wo ich mich doch selbst kaum als kultiviert bezeichnen kann?« fragte sie sich verwundert.

Akalla hockte am Rand der Wasserstelle und starrte auf eine langgestreckte Spur, die auf der dunklen Erde kaum als Schatten erkennbar war. »Wenn du erlaubst, göttliche Herrin, werde ich gehen und Kaninchenfallen aufstellen, damit wir morgen früh frisches Fleisch haben. Du brauchst dich nicht ... du brauchst dich nicht vor Räubern zu fürchten; seit Tagen sind hier keine Menschen vorbeigekommen. Aber zuerst werde ich ein Feuer anzünden.«

»Stell du nur deine Fallen auf«, erwiderte die Schamhatu. »Ich kann

selbst Feuer machen.« Sie hatte in einem Gefäß aus dickem Ton sorgfältig abgedeckte Kohlen mitgebracht; es dauerte nur wenige Augenblicke, um zerkleinerte, dürre Palmblätter daraufzulegen, bis die Flammen auflodertren, und dann Tamariskenzweige und Stöcke nachzuschieben. Als das Feuer kräftig brannte, schenkte sie sich einen Krug Bier ein, und das willkommene Getränk glitt geschmeidig durch den silbernen Trinkhalm in ihre ausgedörrte Kehle. Wenn das hier härter und schmutziger war als das Leben im Tempel, dachte sie und streckte sich auf dem Teppich aus, den Akalla vor die Zeltklappe gelegt hatte, so war es doch bei weitem besser als Schafe zu hüten, ständig umgeben vom Gestank und Geblök der Herde, immer gezwungen, wachsam zu sein und auf wilde Tiere zu horchen. So weit von der Stadt entfernt schienen die Sterne ihr sehr hell, die Sternbilder glitzerten am lapisblauen Himmel, und der breite, milchige Strom des himmlischen Buranun floß schimmernd zwischen seinen dunklen Ufern dahin. Am schönsten leuchtete Inannas Stern, unweit von Engischgalanna, dem größten der Wandelsterne, und beide nahe dem Fixstern, den man Lugal nannte; das war ein gutes Zeichen. Allerdings stieg auch der Skorpion empor, und die Schamhatu runzelte die Stirn, denn dieses Sternbild verhieß nie Gutes, und sie wußte nicht, was es bedeutete, daß das dunkle Untier so schnell am Himmel sichtbar wurde und seinen nachtschwarzen Panzer über die Skelette der Sterne legte, die schwach aus seinem Inneren glommen.
Die Vorratshäuser des Tempels hatten die Schamhatu nicht im Stich gelassen. Es gab guten Räucherfisch und Räucherfleisch, Schweineschwarten, im eigenen Fett kroß und trocken geröstet, dazu Käse, Brot und mehrere Krüge im eigenen Honig eingelegter Datteln. Akalla aß langsam und bedächtig und sah vor jedem Bissen die Schamhatu an, als wolle er sich vergewissern, daß sie ihm nicht Einhalt gebieten würde. Sie ihrerseits achtete darauf, ihn nicht anzustarren oder ihn zu zwingen, ihrem Blick zu begegnen; seine Ehrfurcht stand ihr zu, aber es gehörte sich nicht, ihn zu ängstigen oder in Verlegenheit zu bringen. Erst als er den zweiten Bierkrug geleert hatte und ein wenig entspannter wirkte, sprach die Schamhatu ihn wieder an.

»Dein Vater wohnt weit entfernt von Erech für einen Mann, der in der Stadt des Tempels ein gutes Leben gehabt haben könnte.«
Selbst im hellen Licht der Sterne konnte sie nicht erkennen, ob Akalla errötete, aber er schaute nach unten in sein Bier, und seine Stimme klang stockend. »Er hat sich für den Ort, an dem wir wohnen, entschieden, göttliche Herrin. Ich habe noch nie eine so weite Reise gemacht.«
»Weißt du, warum er damals fortgegangen ist?« Die Frage war heraus, bevor sie sie zurückhalten konnte, und in der kühlen Nachtluft spürte sie, wie ihr heiße Röte ins Gesicht stieg. Sie hatte vorsichtig an die Sache herangehen wollen, um Akalla nicht zu verschrecken, aber obwohl sie es sich in ihrem Amt als Schamhatu weitgehend abgewöhnt hatte, immer gleich zu sagen, was sie dachte, war sie doch auch jetzt nicht frei davon.
»Nein, göttliche Herrin.« Akallas Stimme kam noch zögernder. »Nur daß meine Mutter starb; mein Vater hat mir immer erzählt, daß meine Mutter kurz nach meiner Geburt starb, wie es Frauen oft geschieht, und daß er danach nie wieder nach Erech zurückgekehrt ist. Der Göttin ist er nach wie vor treu«, fügte er rasch hinzu. »Wir haben ein Heiligtum im Dorf, nur einen kleinen Schrein, doch ausreichend für uns, und mein Vater bringt dort die Opfer für das Dorf und leitet bei Neumond den Segen. Er ist der Göttin nach wie vor treu«, wiederholte er.
Die Schamhatu nickte nachdenklich. Wenn Gunidu damals außer sich vor Kummer gewesen war, würde das erklären, weshalb er Tempel und Stadt verlassen hatte. Doch die Ländereien des Tempels erstreckten sich über große Gebiete, und ein treuer Diener der Göttin durfte damit rechnen, daß er ein gutes Stück Land bekam, das er beackern und aus dem er Gewinn ziehen konnte, vor allem wenn er vorher einen so wichtigen Posten innegehabt hatte. Gunidu hätte nicht so weit in die Einöde gehen müssen, um seine Erinnerungen hinter sich zu lassen. Es mußte hart für ihn gewesen sein, mit einer toten Frau und einem Säugling, den er versorgen mußte – warum machte er dann freiwillig sein Leben noch härter, indem er am äußersten Rand von Erechs Herrschaftsgebiet hauste, wo nur hungrige

Bauern, Hirten oder Halbwilde wie dieser Fallensteller notdürftig ihr Dasein fristeten?
Aber sie würde jetzt nicht mehr viel aus Akalla herausbekommen. Offenbar konnte er nur eine gewisse Zeit über ein und dasselbe Thema sprechen, bevor seine Gedanken in eine ausgetretene Spur gerieten, er verwirrt wurde und sich wiederholte. Um ihn abzulenken, erkundigte sie sich freundlich: »Akalla, bist du verheiratet?«
Akalla zuckte vor Schreck zusammen, daß sein Bierkrug überfloß und den Wollrock durchnäßte, den er zwischen den Beinen hochgegürtet hatte. »Ja, göttliche Herrin! Ich bin verheiratet. Meine Frau ... meine, meine, meine Frau Inaschagga wartet auf mich. Ich werde tun, was die Göttin befiehlt, aber ...«
Die dunklen Augen des Fallenstellers glänzten groß im Licht der Sterne, als er sie anstarrte, reglos wie ein Vogel unter dem Blick der Schlange.
Die Schamhatu merkte, wie in ihrem Inneren ein Gelächter aufstieg, und zwang es mit einer Willenskraft nieder, die nur die harte Ausbildung, der Inannas Hohepriesterin sich unterwerfen mußte, ihr hatte verleihen können. Der arme Mann glaubte, sie befehle ihn in ihr Bett, und fürchtete sich davor, während sie ihm doch nur die Befangenheit ein wenig nehmen wollte!
Und doch hatte der Gedanke nichts Komisches; die Zahl von Inannas Liebhabern war groß, und die Göttin wies den Arbeiter nicht zurück, um den König anzunehmen. Dumuzi selbst war Hirte und Herrscher zugleich gewesen; Inanna hatte Ischullanu, den Anbauer von Datteln, und viele andere Männer, hoch und niedrig, zu sich gerufen, und sie alle waren Kette und Schuß im Gewebe der Stadt Erech. Selbst Ensi oder Lugal durften es nicht verschmähen, den ersten Korb Erde auf die eigene Schulter zu heben, wenn ein neuer Tempel gebaut wurde. Die Schamhatu hatte auf einmal das Gefühl, den Fallensteller mit Inannas Augen zu sehen – nicht den Einfältigen, der stolpernd und stotternd den Weg durch Erech gefunden hatte, sondern einen Mann, so schlicht und weise wie die Tiere, die er jagte, und jetzt in seinem eigenen Land, wo man wenig Sprache, aber viel

Verständnis brauchte. Der Sternenschein glättete seine groben Gesichtszüge und unterstrich die Bewegung der muskulösen Brust und der Schultern, die sehnigen Unterarme, als er unbehaglich mit den Teppichfransen spielte.
Doch das warme Prickeln in den Lenden der Schamhatu war nicht das Aufflammen wilder Begierde, nicht die verschlingende Lust Inannas für ihre Auserwählten. Es war ein vertrauteres Gefühl, die Liebe der Priesterin zu ihrem Volk, der Segen und die Hilfe der Göttin für alle, die ihre Geschenke brauchten.
»Hast du Kinder?« fragte sie.
Akalla schüttelte den Kopf, die großen Augen noch immer auf sie geheftet. »Wir sind erst ein Jahr verheiratet, göttliche Herrin. Meine Frau wartet auf mich, sie ist noch jung, meine Frau Inaschagga.«
Langsam streckte die Schamhatu den Arm aus, so vorsichtig, als wolle sie den alten Löwen streicheln, der in Inannas Schrein gewohnt hatte, als sie noch ein Kind war. Ohne Akallas Blick loszulassen, griff sie zwischen seine Beine. Seine Hoden waren warm unter den zottigen Wollfalten; fast kam es ihr vor, als liebkose sie die Hoden eines Tieres in ihrem pelzigen Sack. Sie merkte, wie Hitze durch ihren Körper floß, über Arm und Hand strömte, fühlte, wie sein Penis unter ihrem sanften Griff steif wurde. Nun würde die Göttin tun, was sie wollte. Die Schamhatu wartete auf Inannas Worte, die aus ihrem Mund kommen würden.
»Hüte deinen Samen gut, denn er ist gesegnet«, sagte die tiefe, vertraute Stimme. »Vergieße ihn nicht, ehe du zu deiner Frau zurückkehrst. Es sind Söhne darin, starke Söhne, die dir bei der Arbeit helfen, solange du selbst stark bist, und in der Schwäche deines Alters für dich sorgen werden. Auch wenn dein Vater floh, liegt kein Fluch auf ihm; ich sage dir, dein Samen ist rein.«
Die Schamhatu fühlte, wie ihre Hand von Akallas Lenden und Inannas Berührung von ihren Geist wich. Akallas Augen standen voll Tränen; als er für eine Sekunde die Lider schloß, sprühte ein Schauer von hellen Tropfen auf den Teppich und verlor sich in den dunklen Mustern.
»Danke, göttliche Herrin«, flüsterte er. »Danke.«

Die Schamhatu wußte nicht gleich, was sie sagen sollte. Obwohl sie schon vielen Männern den Segen der Göttin gespendet hatte, war das stets im Tempel geschehen, und diese Männer hatten die gebührenden Opfer und Geschenke in Form von Silber und kostbaren Steinen dargebracht und sehr wohl gewußt, wie Inanna ihr Leid stillen würde.
»Du dienst Inanna, indem du für mich sorgst«, erklärte sie schließlich. »Du tust das Werk der Götter, indem du mich zu dem wilden Mann führst. Den Ochsen, die da dreschen, wird das Maul nicht verbunden; so sind auch die Götter freundlich zu ihren irdischen Dienern. Doch nun bin ich müde«, fügte sie hinzu, »und möchte schlafen. Weck mich um Mitternacht, damit ich die nächste Wache übernehme; du wirst uns morgen wenig nutzen, wenn du vor Schläfrigkeit den Weg nicht findest.«
»Ich bin daran gewöhnt, nachts wach zu sein, göttliche Herrin«, protestierte Akalla. Die Schamhatu schüttelte den Kopf.
»Du weckst mich um Mitternacht. Ich befehle es.«
Der Fallensteller beugte den dunklen Kopf. »Göttliche Herrin, es soll geschehen.«

8

Noch zwei Tage reisten die Priesterin und der Fallensteller. Um sie herum wurde das Land stetig brauner und trockener. Nur selten kamen sie an einer Schaf- oder Ziegenherde vorbei, die das karge Gras abweidete, oder sahen in der Ferne ein Rudel Gazellen oder Steinböcke. Mit den Speisen und Getränken, die die Schamhatu mitgebracht hatte, und den kleinen Tieren und Vögeln, die Akalla abends und am frühen Morgen fing, hatten sie reichlich zu essen, aber die Schamhatu sehnte sich allmählich verzweifelt nach einem Bad. Ihre Haut fühlte sich an wie ein klebriges Wollkleid, das eng am Körper lag und vor Schmutz juckte, und ihr Haar war verfilzt und stumpf vom Staub.
Sie erreichten Akallas Dorf kurz vor Sonnenuntergang, eine ver-

streute kleine Ansammlung von Lehmhütten rund um einen Brunnen im Schatten einiger Palmbäume. Auf den staubigen Pfaden zwischen den Häusern lag getrockneter Dung. Ein räudiger Hund kam um eine Hausecke geschlichen, bellte sie einmal wütend an und trollte sich dann wieder, den spärlich behaarten Schwanz zwischen die Beine geklemmt. Als der Wagen ins Dorf rollte, sah die Schamhatu, wie sich die Türen einen Spalt breit öffneten und Augen und Zähne dahinter funkelten. Während sie vorbeifuhren, steigerte sich das Stimmengewirr zu einem lauteren Summen.
»Du hast gesagt, hier gebe es ein Heiligtum der Inanna«, murmelte die Schamhatu.
»Ja, göttliche Herrin, einen kleinen Schrein mit nur wenigen schönen Dingen, aber wohlgepflegt; wir geben der Göttin, was wir können.«
»Kannst du mich dorthin bringen? Ich würde gern baden, bevor ich irgend jemanden begrüße.«
Akalla betrachtete sie verständnislos. »Im Heiligtum, göttliche Herrin?«
»Gibt es denn dort kein Bad?«
»O nein. Aber wir waschen uns immer gründlich Gesicht und Hände, bevor wir eintreten«, versicherte er hastig. »Wir würden nicht schmutzig vor der Göttin erscheinen.«
»Dann führe mich in das öffentliche Bad, wenn du so gut sein willst. Ich bin nicht so töricht, daß ich die Geheimnisse meines Körpers über die Reinlichkeit stelle.«
Akalla seufzte. »Göttliche Herrin, hier gibt es kein öffentliches Bad. Wir haben nur das Wasser aus dem Brunnen. Erlaube, daß ich dich in mein Haus geleite, und meine Familie und ich werden dir genügend Wasser bringen, Wasser, soviel wir können, damit du dich reinigen kannst.« Er sah zu ihr auf, und seine Augen waren dunkel und traurig wie die eines Ochsen, den man grundlos geschlagen hat. Die Schamhatu rieb sich die Schläfen. Sie war müde, schmutzig, erhitzt und hatte nicht mehr viel Höflichkeit übrig, aber diesen Rest mußte sie einsetzen, wenn sie die Gastfreundschaft ihres Wirtes nicht beleidigen wollte.

»Das ist ausgezeichnet«, sagte sie. »Du bist sehr liebenswürdig.«
Akallas Haus war eine Hütte aus Lehmziegeln, kleiner als die meisten, doch in gutem Zustand und nur an den Ecken, wo Sturm und Wind genagt hatten, ein wenig bröckelnd. Davor saß im rötlichen Sonnenlicht ein alter Mann, den Filzschal eng um die Schultern gezogen, deren Muskeln wie Peitschenschnüre hervortraten. Als die Schamhatu vom Wagen heruntersteig, stand der alte Mann auf und näherte sich ihr, um sie geziemend zu begrüßen. Ein Knie auf dem Boden, berührte er mit der Stirn leicht die Erde und erhob sich dann wieder.
»Sei gegrüßt, göttliche Herrin, Mund der Himmelskönigin«, sagte er. Seine Stimme klang voll und stark und nur manchmal ein wenig brüchig.
»Sei auch du gegrüßt, Gunidu, einstmals oberster Hirte dieser Königin.«
»Hat mein Sohn auf der Reise durch die Wüste für dich gesorgt, wie es sich gehört, göttliche Herrin? Wäre es mir möglich gewesen, hätte ich dir würdige Männer zur Begleitung geschickt, auf daß dich das Volk an deinem Weg erkenne und preise; gewiß gebührt Inannas Priesterin ein besseres Gefolge als nur ein schlichter Fallensteller.«
»Dein Sohn ist ein starker Mann und ein äußerst geschickter Fallensteller, verdienstvoll in allem, was er tut. Wahrlich, die Göttin hat dich gesegnet, daß du dich im Alter auf einen solchen Stab stützen kannst.«
Gunidus Lippen verzogen sich zu einem sonderbaren, halben Lächeln. »Ja, in der Tat bin ich gesegnet mit ihm. Doch nun komm, göttliche Herrin, du bist weit gereist und möchtest gewiß gern den Straßenstaub abwaschen. Obwohl wir hier nicht genug Wasser haben, um selbst viel zu baden, werden wir dir ein Bad bereiten, und es gibt frische Ziegenmilch, um deine rauhe Kehle wieder geschmeidig zu machen, während mein Sohn und ich deine Tiere versorgen.«
»Ein freundliches Angebot, für das ich dir danke«, erwiderte die Schamhatu.
Gunidu öffnete die Tür, und die Priesterin trat über die Schwelle. Sie blinzelte, bis ihre Augen sich an das trübe Licht gewöhnt hatten. Hier

brannten keine Öllampen, auch wenn eine plumpe, häßlich geformte Lampe auf dem Tisch stand; das Licht kam von einem flackernden, prasselnden Feuer aus getrocknetem Mist, das in der Mitte des Fußbodens brannte. An der Wand stand ein langer Trog – eine Eselstränke, die jetzt als Badewanne dienen sollte, wie die Schamhatu mit einiger Bestürzung erkannte. Obwohl man den Trog nach Kräften sauber geschrubbt hatte, roch er immer noch nach Esel, ein Geruch, der sich mit dem Gestank des Dungfeuers und dem hartnäckigen Aroma ungewaschener Körper vermischte.
Gunidu folgte der Schamhatu ins Haus und goß ihr aus einem schiefen Krug, der ebenfalls auf dem Tisch stand, einen Becher Milch ein. Die Schamhatu hockte sich auf eine gewebte Schilfmatte, trank dankbar und bemühte sich, ihre Fassung zurückzugewinnen. Nie war sie so weit weg von Erech gewesen, nie hatte sie auf dem Land, das zur Stadt gehörte, ein derart armseliges Dorf gesehen. Der alte Mann setzte sich hin und musterte sie mit kühlem, fragendem Blick, aber der Schamhatu fiel nichts mehr ein, das sie ihm hätte sagen können.
Eine kleine, rundliche Frau kam herein. Sie trug einen Wasserkrug. Ihr folgten zwei größere Frauen, die die Schamhatu unverhüllt anstarrten. Alle leerten ihre Krüge in den Trog. An der Tür blieben sie einen Augenblick stehen; offensichtlich warteten sie auf etwas. Die Schamhatu zerbrach sich fieberhaft den Kopf – was wollten sie von ihr? Sollte sie vielleicht das Wasser bezahlen? Dann begriff sie, daß sie vermutlich die erste Inanna-Priesterin war, die die Frauen je gesehen hatten, und daß sie gern von ihr gesegnet werden wollten. Obwohl sie sich noch nie im Leben so sehr wie eine erschöpfte Arbeiterin und so wenig wie eine Priesterin gefühlt hatte, streckte sie die Hand aus und murmelte ein paar Worte. Die Frauen lächelten und zeigten ihre abgebrochenen Zähne und das klaffende Zahnfleisch. Ihre rechten Schultern wirkten merkwürdig mißgebildet, als hätte das jahrelange, unablässige Drehen der Mühlsteine die Körper verformt wie die Hände des Töpfers den Ton. Sie schienen noch bleiben zu wollen, aber die kleine Frau sagte: »Schnell zurück zum Brunnen; wir haben später noch Zeit, und die göttliche Herrin braucht ihr Bad. Sorge dich nicht, göttliche Herrin, es kommt noch mehr Wasser,

denn das halbe Dorf hat sich am Brunnen versammelt und wetteifert um die Ehre, dir zu helfen.« Noch immer fröhlich schwatzend, zog sie die anderen beiden mit.
»Inaschagga, die Frau meines Sohnes«, erklärte Gunidu mild. »Eine gute Frau, auch wenn sie noch nicht schwanger geworden ist; aber sie ist noch sehr jung. Ich will nun gehen und meinem Sohn helfen, deine Tiere zu versorgen und den Wagen zu entladen. Wenn du einen Wunsch hast, so sprich ihn nur aus, und wir werden unser Bestes tun, ihn zu erfüllen.«
»Ich möchte ein warmes Bad in einer richtigen Wanne und kein kaltes Untertauchen in einem Eselstrog«, dachte die Schamhatu. Aber das laut zu sagen, wäre unhöflich und undankbar gewesen und gänzlich unmöglich; also lächelte sie nur und antwortete: »Ich danke dir sehr für all deine Fürsorge. Wahrlich, besser ist es, Gast in einer kleinen Hütte zu sein, in der die Gastfreundschaft von Herzen kommt, als bei den Mächtigsten im Land zu wohnen, wenn es daran mangelt.«
Die Frauengrüppchen folgten einander jetzt schneller. Jede Frau goß einen Wasserkrug in den Trog und wartete dann auf den Segen der Priesterin. Wenn sie wieder hinausgingen, konnte die Schamhatu sie vor der Hüttentür murmeln hören, erstaunte und ehrfürchtige Laute, untermischt mit bohrender Neugier. Warum war die Hohepriesterin von Erech zu ihnen gekommen? Wollte der Tempel etwas von Gunidu? War die Priesterin hier, um ihn zurückzuholen? Hatte der närrische Akalla jemanden beleidigt? Waren die Götter zornig? Vielleicht ging ja die Priesterin selbst in die Verbannung; man munkelte, daß es zwischen ihr und dem Ensi Gilgamesch häufig Meinungsverschiedenheiten gab ... Die Schamhatu wußte, daß man auch in Erech so tuscheln würde, wenn die Priesterin, die das nächste Neumondfest leitete, eine andere Frau war, obwohl man die Klagegesänge nicht angestimmt hatte, die den Tod einer Hohepriesterin verkündeten. Aber man lernte, wann man auf solche Stimmen achten und wann man sie überhören mußte, und jetzt war das letztere der Fall; beim Neujahrsfest würde, wenn alles gut ging, die richtige Ordnung wiederhergestellt sein.

Selbst als der Trog schon fast überlief, kamen immer noch Frauen mit Krügen und liefen in dem kleinen Haus umher, als suchten sie eine weitere Stelle, an der sie ihr Wasser ausgießen könnten. Dabei starrten sie voller Staunen auf die Dinge, die Akalla vom Wagen hereintrug – die vergoldete Lyra, Tontafeln, bunte Teppiche, um sie über die einfachen, viereckigen, gewebten Schilfmatten des Bodens zu legen, große, versiegelte Krüge mit Bier und kleinere mit Feigen in Honig und Datteln, Beutel mit getrockneten Pflaumen und Birnen, und Beutel, die vom schweren Klang des Goldes klapperten und klirrten. Obwohl sich die Schamhatu immer heftiger nach dem kalten, nach Eseln riechenden Wasser in ihrer notdürftigen Badewanne sehnte, ließen sie sie nicht in Ruhe, und sie wußte, daß sie kein Recht hatte, im Haus ihres Gastgebers die Tür zu verschließen oder sie einfach fortzuschicken, wenn sie sie so bedrängten.

Endlich kam Gunidu zurück. Der alte Hirte musterte die Frauen, von denen sein Haus voll war, und klatschte dann scharf in die Hände.

»Gute Frauen, habt Dank für eure Hilfe, aber die Priesterin hat einen langen Weg hinter sich und ist müde. Laßt euch jetzt von ihr segnen und zieht euch dann zurück, damit sie sich erfrischen kann.«

Wieder streckte die Schamhatu die ermattete Hand aus und sprach mit einer vor Erschöpfung schon brüchigen Stimme den Segen. Die Frauen murmelten schüchtern ihren Dank und flatterten dann wie ein Schwarm Turteltauben zur Tür hinaus. In dem kleinen Haus wurde es endlich still.

»Möchtest du allein baden, oder soll ich Inaschagga rufen, damit sie dir hilft?«

»Ich möchte allein baden«, erwiderte die Schamhatu mit fester Stimme.

Sobald alle gegangen waren, streifte sie das lange Hemd ab; obwohl Leinen fast so schwer zu verschmutzen wie zu färben war, würden viele Wäschen nötig sein, bevor man dieses Gewand wieder anziehen konnte. Erschauernd senkte sie ihren nackten Körper in den Eselstrog. Das kalte Wasser lief in kleinen Bächen über den Rand. Sie fing an, sich aus Leibeskräften zu schrubben. Gern hätte sie eine Handvoll Tamariskenzweige oder reinigende Kräuter gehabt, aber sie nahm an,

daß es so etwas hier nicht gab, weil Gunidu es ihr sonst sicherlich angeboten hätte.
Als sie ihr Bad beendet hatte, war die Schamhatu völlig durchfroren und roch leicht nach Eselstrog, aber sie hatte allen Schmutz von sich abgewaschen. Sie zog ein frisches Kleid an und genoß die angenehme Wärme der weichen, sauberen Wolle auf ihrer Haut. Dann holte sie aus einem der Beutel einen Elfenbeinkamm und setzte sich ans Feuer, um mit den Zinken die dichte Masse ihres verfilzten Haares zu glätten. Erst nach einer ganzen Weile besann sie sich darauf, daß Gunidu und seine Familie immer noch draußen standen und darauf warteten, daß sie fertig wurde; schuldbewußt lief sie zur Tür und öffnete.
Das Essen, das Inaschagga auf den Tisch brachte, war so einfach wie das Haus selbst: Hirsebrei, durch Flocken aus getrocknetem Fleisch etwas kräftiger gemacht. Ohne Gewürze schmeckte alles fade und langweilig, aber die Schamhatu war hungrig. Trotzdem achtete sie sorgfältig darauf, daß alle ihren Anteil bekommen hatten, bevor sie um eine zweite Portion bat, denn sie wußte, daß Gunidus Familie hungern würde, um sie zu sättigen.
Inaschagga lächelte sie schüchtern an und wandte selbst dann ihren Blick ab, als die Schamhatu ihn aufzufangen suchte. »Du sorgst gut für eine müde Wandererin«, murmelte die Priesterin. »Gesegnet sei dein Haus.«
»Deine Anwesenheit bringt meinem Hause Segen, göttliche Herrin«, antwortete die kleinere Frau und zupfte aufgeregt an einer Strähne der schwarzen Flechte, die sie um den Kopf gewunden trug. »Ich weiß, daß du sehr viel Besseres gewöhnt bist und bitte dich um Vergebung für unsere Armseligkeit.«
»Nach dieser Reise, darauf gebe ich dir mein Wort, ist hier der allerschönste Ruheplatz.« Die Schamhatu sah sich um. Nun, da ihr Wagen entladen war, hatte sich das Haus aus einer elenden Absteige bereits in einen recht angenehmen Aufenthaltsort verwandelt: ihre Teppiche auf dem Boden, die glänzende Lyra auf einem Stuhl, Krüge mit Speise und Trank an den Wänden ...
Inaschagga nickte. »Es muß wirklich eine Qual für dich gewesen sein. Ich war nie in Erech, bin in diesem Dorf geboren und aufgewachsen,

aber ich habe von den schimmernden Mauern und den mit Gold gepflasterten Tempeln gehört. Willst du mir von der Stadt erzählen? Und von dem Ensi Gilgamesch? Sie sagen, die Köpfe anderer Männer reichen ihm nur bis zur Schulter, und er ist stärker und schöner als alle anderen, zwei Drittel Gott und ein Drittel Mensch.«
»All das ist wahr«, entgegnete die Schamhatu ernsthaft, als Inaschagga innehielt, um Atem zu schöpfen. »Und ich will dir gern so viel von Erech erzählen, wie du wissen möchtest, nur später, denn jetzt bin ich müde, und ich nehme an, daß wir früh aufstehen müssen, wenn wir der Fährte des wilden Mannes folgen wollen.«
»Das stimmt«, bestätigte Akalla. »Niemand weiß, wie weit er sich inzwischen entfernt hat. Aber ich kann auch erst allein gehen und versuchen, ihn aufzuspüren, damit du dich nicht so anstrengen mußt.«
»Nein. Ich werde mit dir kommen. Ich fühle in meinem Herzen, daß ich ihm bald begegnen werde. Nun aber sollst du mich zu eurem Heiligtum führen, damit ich vor der Göttin meine Abendgebete verrichten kann.«
Die plumpe kleine Tonlampe in Akallas Hand, bei deren Schein er die Schamhatu durch das Dorf geleitete, verströmte den schweren Geruch mit Ziegenfett vermischten Sesamöls. Ab und zu wehte ihr der fettige, schwarze Rauch ins Gesicht. Es war etwas ganz anderes als das feine, aus fernen Ländern eingeführte Olivenöl des Tempels, das nach kostbaren Harzen duftete, aber sie begriff bereits, daß selbst so eine Lampe für den Fallensteller Luxus bedeutete.
Wie die übrigen Häuser im Dorf bestand auch Inannas Heiligtum aus gebrannten Lehmziegeln und war mit Palmwedeln gedeckt, die im leichten Abendwind vor sich hin wisperten. Innen war alles dunkel. Als sie eintraten, hörte die Schamhatu ein leises Huschen auf dem gestampften Erdboden und war froh, daß man nichts sehen konnte.
Am Ende des Schreins erhob sich Inannas Statue, vor der, wie in Erech, ein Tisch aus aufgeschichteten Lehmziegeln stand. Hier allerdings waren die Schalen auf dem Tisch aus einfachem Ton statt aus gehöhltem Stein oder eingelegtem Holz. Keine Farbe schmückte die

Steinmetzarbeit oder die rauchgeschwärzten Wände, und die einzigen Düfte stammten von verkohltem Schafdung, verbranntem Fett und einem Hauch so billigen Parfüms, daß sich die niedrigste Schankdirne in Erech geschämt hätte, es zu benutzen. Das Standbild selbst war so roh geformt wie die Opferschalen: ein hoher Block aus unpoliertem Kalkstein, mit angedeuteten großen Hängebrüsten und ausladendem Gesäß, Augen und Mund kaum mehr als Kerben in der grauen Leere des Antlitzes. Die Halskette bestand aus bemaltem Ton, die Krone war ein grobes Tondiadem, das mit glatten, stumpfschwarzen, grünen und blaugrauen Kieseln besetzt war. Nur mit der Stirn hatte der Bildhauer sich mehr Mühe gegeben. Dort zeigte sich ein deutlich eingegrabenes Zeichen, ein doppelter Spitzbogen, der Schamhatu sonderbar vertraut, obwohl sie ihm keinen Namen geben konnte.
Verwirrt platzte sie heraus: »Was ist das für ein Zeichen auf der Stirn der Göttin?« Doch noch während sie es sagte, wurde ihr bewußt, daß sie genausogut einen Ochsen oder Esel danach hätte fragen können wie Akalla.
»Es ist ... göttliche Herrin, mein Vater sagt ... die Leute nennen es die Tore von Tod und Leben, niemand weiß, warum.«
»Die Tore von Tod und Leben«, wiederholte die Schamhatu nachdenklich. Aber es war doch die Herrin der Unterwelt, Ereschkigal, die über die Tore des Todes herrschte und ihren Torwächter dort hingestellt hatte, damit er die Gesetze wahrte; Inannas Reich war das Leben. »Laß mich allein, wenn du den Rückweg ohne Lampe findest. Ich möchte von Angesicht zu Angesicht mit der Göttin sprechen und weiß nicht, wie lange es dauern wird.«
»Wie du wünschst, göttliche Herrin. Aber ich werde draußen auf dich warten.«
Als Akalla gegangen war, näherte sich die Schamhatu dem Standbild, strich mit den Händen über die Rundungen von Brust und Hüften der Göttin und preßte sich trotz der Kälte an sie, bis ihre eigene Wärme in den Stein eingedrungen war. Der Stein war nicht so rauh, wie sie gedacht hatte; viele Jahre und viele Berührungen hatten seine Kanten geglättet, so wie im selben Lauf der Zeit Inannas Gesicht zu

leerem Stein verwittert war. Und doch war das Zeichen auf ihrer Stirn frisch eingeschnitten – nein: die suchenden Finger der Schamhatu, die über den Stein wanderten, als wollten sie eine Haarlocke aus dem Gesicht eines Geliebten streichen, fanden alte Kanten, Reste älterer Markierungen. Man mußte das Zeichen immer wieder aufs neue eingekerbt haben, und es hatte sich jedesmal tiefer in den Stein gegraben, während gleichzeitig seine Bedeutung immer verschwommener wurde und aus dem Gedächtnis der Menschen entschwand.
»Kurz sind die Tage der Menschen auf dieser Erde«, murmelte die Schamhatu. »Jedem geben die Götter seine Zeit und jedem sein Ende ... Inanna, reinige mich mit dem Wasser deines Segens, denn ich gehe, dein Werk zu tun ...«
So müde sie auch war, in dieser Nacht lag die Schamhatu wach, starrte im Dunkeln an die Decke und und lauschte auf das Rascheln der Insekten und kleinen Reptilien in den Palmwedelbündeln, mit denen das Haus gedeckt war. Ihr Bett, hoch aufgeschichtet aus ihren eigenen Teppichen und Decken, war sauber und bequem genug, aber der ungewohnte Gestank des Hauses, vor allem nach den drei Nächten, die sie im Zelt unter freiem Himmel geschlafen hatte, lastete schwer auf ihr. Außerdem ...
Ja, sich selbst konnte sie es eingestehen: Sie empfand Furcht. Furcht und eine gewisse Erregung; es würde etwas Neues sein, bei dem goldpelzigen Löwen von einem Mann zu liegen, den Akalla ihr beschrieben hatte – allein schon mit einem Mann zu schlafen, der nicht in Scheu und Ehrfurcht vor der Göttin zu ihr kam, sondern sich aus reiner Begierde auf sie warf, hatte etwas Faszinierendes. Manchmal, wenn die Schamhatu allein in ihren Tempelgemächern lag, hatte sie gehofft, Gilgameschs Ehrfurcht vor der Heiligen Hochzeit würde nicht so weit reichen, daß er sie nicht an sich preßte und sie alle seine Kraft und Wildheit spüren ließ, wenn er sie nahm. Der wilde Mann würde so sein – ein Sturm über der Wüste, wie die Flüsse Buranun und Idiglat, bei Hochwasser zu einem Strom vereint. Sie bewegte sich ein wenig hin und her und spürte, wie ihre Lenden angenehm zu prickeln anfingen.
Und doch konnten Sturm und Flut ein Land auch töten, erinnerte sie

sich selbst, und ein einst fruchtbares Feld in den unfruchtbaren Schlick eines Salzsumpfes verwandeln, wo nichts mehr wuchs – und ein wilder Mann, der so groß und stark wie Gilgamesch war, konnte sie, wenn er das wollte, in Stücke reißen. Er lebte unter den Löwen, seine Nahrung mußte die ihre sein, und wer konnte sagen, ob er sie nicht eher als zartes Schaf denn als Löwin ansehen würde? Mehr noch: Die Götter hatten ihm das goldene Fell eines Löwen und die großen Männchen als Gefährten gegeben – hatte er nicht vielleicht auch die Klauen und Zähne eines Löwen, um sie sogar bei der Paarung zu zerfetzen? Selbst dem zahmsten Löwen, in den Mauern von Erech von Hand aufgezogen, mußte man Zähne und Klauen ziehen oder stumpf feilen, damit nicht noch das sanfteste Kneten der liebevollen Tatze das Fleisch der Menschen zerriß, die das Tier betreuten; und dieser wilde Mann war einem zahmen Löwen ebensowenig vergleichbar wie der grimmigste von Gilgameschs handverlesenen Kriegern einem Tempeleunuchen.

Aber sie konnte den Ratschluß der Götter nicht ändern und auch nicht mehr umkehren, nachdem sie so weit gekommen war. »Der Morgen bringt, was er bringen wird«, flüsterte sie. »Inannas Füße ruhen auf dem Rücken des Löwen, und ein Stern krönt ihre Stirn.«

9

Sie erwachten früh, wie die Schamhatu geplant hatte. Das Wasser im Eselstrog war nicht sauberer als am Abend zuvor, aber sie brauchte jetzt nur Gesicht und Hände zu waschen, bevor sie sich langsam ankleidete. Im vollen Putz der Göttin trat sie ins Freie, um zu Inannas hellem Stern aufzuschauen, der im klaren, blauen Licht der Morgendämmerung am Himmel leuchtete.

»Inanna, die du in deinem Himmelsboot dahinsegelst«, murmelte sie, »beladen mit den *Me*, jenen heiligen Gaben an die Menschheit, die Enki dir schenkte, frohgestimmt vom gesegneten Bier. Inanna, die du um des Volkes von Erech willen mit den Ungeheuern des Wassers kämpftest, als du die *Me* in deine Stadt brachtest. Inanna, ich kam von Erech mit einem voll beladenen Wagen, so wie du voll beladen aus Eridu kamst. Ich bringe die *Me* in die Wildnis und zu dem wilden Mann, so wie du sie nach Erech brachtest, und in meinem Schoß soll er lernen, was es bedeutet, ein Mensch unter Menschen zu sein.«

Sie hörte nicht, daß Akalla hinter ihr aus der Tür trat, und bemerkte ihn erst, als er sich vor sie stellte und sich entschuldigend räusperte. »Ah ... göttliche Herrin«, stammelte er. »Ich glaube ... ich glaube nicht ...« Er unterbrach sich mit einem prustenden kleinen Pfeifen, leckte sich die Lippen und versuchte es nochmals. »Göttliche Herrin, wollen wir heute ausziehen und den wilden Mann suchen?«

»Ja.«

»Göttliche Herrin, es wird ein langer Weg auf holprigen Pfaden sein, meistens in der Hitze der Sonne; vielleicht müssen wir hinauf in die Berge, wo die Pfade voller Steine sind und man nur mühsam vorankommt. Willst du ... willst du wirklich ... in dieser Kleidung ...?«

Das Herz der Schamhatu krampfte sich in eisigem Erschrecken zusammen, als sei eine verfaulte Melone in ihrer Brust geplatzt. Natürlich konnte sie nicht den Staat der Göttin tragen, wenn sie den wilden Mann suchte; die Krone würde ihr Haupt niederdrücken, die Reifen würden ihre Hand- und Fußgelenke fesseln, und wenn sie ihn fanden und er sich auf sie stürzte, sei es, um sie zu lieben, sei es, um sie zu töten, würde er auf jeden Fall Gürtel und Kleid zerreißen.

»Natürlich nicht«, erwiderte sie langsam. »Ich habe sie nur angelegt, um die Gunst der Göttin zu erbitten. Gib mir nur ein wenig Zeit, und ich bin bereit zum Aufbruch.«

Sie stolperte so benommen ins Haus zurück, als hätte sie ein schwerer Balken am Kopf getroffen. Ausgerechnet jetzt Inannas Gewand abzulegen, wenn sie die Gegenwart der Göttin in sich am nötigsten brauchte, sich freiwillig aller Werkzeuge ihrer priesterlichen Macht zu berauben, wenn sie sonst nichts hatte, um dem wilden Mann gegenüberzutreten ... es war Wahnsinn, Torheit. Und doch begriff selbst Akalla, daß es noch törichter von ihr gewesen wäre, so angetan, als wolle sie gerade die Riten in Erech anführen, in der Wildnis umherzustreifen.

Langsam, mit tauben Fingern, setzte die Schamhatu die Sternenkrone ab und löste ihr Haar. Halb in Trance hörte sie sich die Worte von Inannas Abstieg wispern: der Weg der Göttin durch sieben Tore, hinab in das trostlose Reich Ereschkigals – der Weg in die Unterwelt, das Land ohne Wiederkehr.
Die Krone der Herrschaft und die Ohrringe des Stolzes; die Ketten der Stärke und der Brautschmuck der Fülle; der Gürtel des Willens und die Armreifen der Kunstfertigkeit; zuletzt das Lendentuch, das die Schamhaftigkeit und alle körperlichen Dinge behütete. Alle diese Dinge hatte Inanna, eines nach dem anderen, hergegeben, um durch die Tore des Todes zu schreiten, bis sie schließlich nackt vor dem grausigen Angesicht Ereschkigals stand, der Gebieterin der Unterwelt, um als Leiche an einem Pfahl zu hängen. Auch die Schamhatu stand jetzt entblößt da; ihr war, als sähe sie wie in weiter Ferne das Antlitz Ereschkigals, gelblich und bleich wie eine gefällte Tamariske, die Lippen so schwarz wie ein geknicktes Schilfrohr, und sie schauderte.
Doch weder Inanna noch Ereschkigal hielten die Sonne zurück. In der kleinen Hütte war es schon heller geworden. Die Schamhatu schlüpfte in ein einfaches, langes Gewand aus grauer Wolle und warf einen weißwollenen Fransenschal über, der sie warmhalten sollte, bis die Sonne heraufstieg, und ihren Kopf schützte, wenn Utu seine Höhe erreicht hatte.
»Ich bin bereit«, sagte sie zu Akalla. Sie ergriff mit fester Hand den ringköpfigen Stab, der ihr als einziges Wahrzeichen der Göttin und als Wanderstock dienen sollte, und verließ das Haus. »Gehen wir.«
Sie gingen zu Fuß. Die Schamhatu hatte zunächst erwogen, den Wagen mitzunehmen und ihr Zelt aufzubauen, aber Akalla hatte sie gebeten, es sich noch einmal zu überlegen – man jagte keine Löwen vom Wagen aus. Wenn sie den wilden Mann fanden und ihn nicht gleich mit zurück ins Dorf schaffen konnten, würde Akalla mit Wagen und Zelt wiederkommen, sobald die Schamhatu sicher war, daß der Wilde nicht fortliefe.
Die aufgehende Sonne zog lange Spuren rosigen Lichtes über den kalten Himmel und erhellte langsam die weiten Strecken von strup-

pigem Gras und Felsboden. Die Schamhatu hörte das Trappeln kleiner Tiere. Einmal scheuchten sie einen Schwarm Wachteln auf, der mit leisem Schwirren vor ihnen in die Luft stieg und dann auseinanderstob. Obwohl der frühe Morgen kühl und Akallas Schritt nicht schnell war, wurde der Schamhatu vom Laufen und von der Last ihrer Schlafdecken auf den Rücken bald so warm, daß sie den Schal ablegen konnte. Die kühlen Winde spielten mit ihrem Haar und streichelten die entblößte rechte Schulter.

Die Pfade waren hier rauher als im lieblichgrünen Land zwischen den Zwillingsströmen Buranun und Idiglat, der Boden lag trocken und hart wie ein Knochen, der in der Wüste verwittert, seit vielen Jahren von keiner freundlichen Flut überschwemmt, mehr Jahren, als die Schamhatu zählen konnte – vielleicht seit Utnapischtims Sintflut, als die Himmelsgötter das Wasser schickten, das die Menschheit ausrotten sollte. Obwohl die gehärteten Sohlen ihrer Sandalen auf der trockenen Erde hallten, als wandere sie auf massivem Fels, achtete sie kaum darauf, sondern sah hinauf zu dem weiten, kahlen Bogen der steinigen Berge und hinunter auf die winzige Zerbrechlichkeit der Blumen, die sich weißblühend durch den hartgebrannten Lehmboden kämpften. Die graugrünen Kanten der vereinzelten Grasbüschel standen unnatürlich scharf umrissen in der klaren, kalten Morgenluft; beim Gehen summte das Blut in ihren Gliedern, und hin und wieder schienen in ihren Augenwinkeln Lichtschimmer aufzublitzen. Sie fragte sich, ob Gilgamesch auch dieses Gefühl hatte, wenn er auf seinem von Wildeseln gezogenen Streitwagen in die Schlacht zog – ob sein Blick dann auch schärfer war, der Geruch von Wind und trockenem Gras durchdringender in seinen Nüstern und die Berührung seiner Kleidung rauher auf der Haut, so als strebe sein ganzes Sein danach, diese letzten Sekunden des Lebens in einem Fries aus geschnitztem Stein und glitzernden Einlegearbeiten zu verewigen, und dränge doch zugleich vorwärts nach dem Augenblick, der nun kommen mußte, schneidend wie ein Schwert.

Hoch über der Ebene schraubte sich ein einzelner schwarzer Fleck in trägen Kreisen am heller werdenden Himmel empor. Die Schamhatu konnte nicht sehen, ob es ein Adler war, der heißes Blut, oder ein

Geier, der kaltes Aas suchte. Ihre kleinen Nackenhaare sträubten sich und kribbelten bei dem Vorzeichen: entweder der edelste oder der übelste der Vögel, entweder der erhabene, stolze Adler Enlils oder Ereschkigals leichenfressender Dämon. Sie wußte, daß sie Akalla fragen konnte, der alles über die Wildnis wußte; aber es würde keinen Unterschied bedeuten. Sie konnte nicht mehr umkehren, ob die Götter sie nun segnen und erhöhen oder sie von dem Tiermenschen aus der Einöde in Stücke reißen lassen wollten.
Obwohl die Schamhatu vom täglichen Üben der Tempeltänze kräftig und geschmeidig war, ging ihr Atem doch ein wenig schneller, als die beiden endlich unter der Bergkuppe standen. Akalla sah auf den Boden und schüttelte den Kopf.
»Sie haben diesen Pfad noch nicht wieder gekreuzt«, erklärte er. »Hier habe ich zum ersten Mal seine Spur zwischen den Fährten der Löwen gefunden. Du kannst die Reste noch erkennen, obwohl der Wind daran genagt hat.«
Die Schamhatu bückte sich gehorsam und folgte mit dem Blick seinem Zeigefinger, sah jedoch nur ein paar verwischte Eindrücke in der trockenen Erde – Ballen und Zehen eines großen Männerfußes oder die stumpfen Tatzenspuren eines Löwen. Sie konnte nicht erkennen, was es war und hätte den Abdruck im Staub ohne Akallas Hilfe gar nicht bemerkt.
Der Fallensteller richtete sich auf und stieß einen zischenden Seufzer aus, der wie Wind in den Felsen klang. Seine wulstigen Brauen und hängenden Lippen verbargen nicht, was er dachte; die Schamhatu hatte die gleiche erleichterte Enttäuschung auf den Gesichtern vieler Männer gesehen, wenn sie im Tempel erfuhren, daß sie nicht auserwählt waren, sich mit Inanna in all ihrer Herrlichkeit zu vereinen, sondern ihren Segen auf eine stillere Art innerhalb des Heiligtums erhalten würden. Der wilde Mann, dachte sie wieder, würde ohne Furcht sein, und sie würde nicht die Nacht damit zubringen müssen, all ihre Kunst einzusetzen und darauf zu hoffen, daß sein Mut genügend wuchs, um das Geschenk der Göttin entgegenzunehmen ...
Sie fuhr erschrocken zusammen, als Akalla sie plötzlich am Handgelenk packte und geschickt von der niedrigen Geröllhalde fortsteuerte,

die sie gerade überqueren wollte. Sie löste sich hastig aus seinem Griff und wollte schon in scharfem Ton zu ihm sprechen, als sein Murmeln ihr das Wort abschnitt.
»Göttliche Herrin, hier ist ein Schlangennest – siehst du die Löcher unter den Felsen und überall im Staub die Spuren ihrer Windungen? Vielleicht sind sie jetzt noch träge, aber es wird schnell wärmer, und du solltest kein Wagnis eingehen.«
»Ich danke dir«, antwortete sie, und das Blut stieg ihr heiß ins Gesicht. Danach ging sie vorsichtiger, achtete auf Skorpione und Schlangen und trat vorsichtig auf, um keine Steine umzudrehen.
Etwas später mußte die Schamhatu ihren weißen Schal wieder um die nackte Schulter und den Kopf legen. Die Sonne brannte jetzt unbarmherzig vom Himmel, und ihr dunkler Scheitel fing die Hitze auf und hielt sie fest, als trüge sie eine kupferne Brennschale als Mütze. Auf der blassen Olivenhaut der Schulter zeigte sich bereits ein rosiger Schimmer. Der Schweiß rann ihr zwischen den Schulterblättern hinab, das Wollkleid juckte, und der ferne Horizont flimmerte vor Hitze. Akalla, der doch viel schwerere Lasten trug, schritt vor ihr her, als pralle das Feuer der Sonne einfach an der tiefen Bronze von Schultern und Brust ab, obwohl ein leichter Tau aus Schweißtropfen seine Muskeln wie poliert aufglänzen ließ. Hätte sie ihm nicht vorher versichert, er brauche keine besondere Rücksicht auf sie zu nehmen, hätte die Schamhatu den Fallensteller jetzt gebeten, ein wenig langsamer zu gehen; so aber packte sie ihren ringköpfigen Stab fester und beeilte sich, ihn einzuholen.
Die Sonne hatte ihren höchsten Punkt erreicht, als Akalla endlich an einem Wasserloch Halt machte. Obwohl es weder groß noch tief war – wäre die Schamhatu hineingewatet, wäre sie selbst an der tiefsten Stelle oberhalb des Gürtel trocken geblieben –, enthielt es klares Wasser. Ein paar magere Schilfstengel und ein grüner Saum aus weichem Gras wuchsen vom Rand hinauf in die trockene Erde. Das Gras war an einigen Stellen zertrampelt und schlammig, und selbst die Schamhatu erkannte deutlich die Spuren unterschiedlicher Tiere: kleinere und größere Hufabdrücke, die kleinen Pfotenpolster von Wölfen und die größeren, breit wie eine Männerhand, von Löwen...

und mitten darin zwei deutliche Abdrücke eines Menschen, so groß, daß die Schamhatu beide Füße in einen davon hätte setzen können.
Sie starrte sie an. Ihre Knie begannen zu zittern, und ihre Hand am Stab bebte. »Ist er hier?« flüsterte sie.
»Diese Spuren sind über einen Tag alt«, erwiderte Akalla. »Aber es ist ein gutes Zeichen; er war hier, und zwar mehr als einmal. Nun brauchen wir nur noch zu warten.«
»Wie lange?«
Der Fallensteller zuckte die Achseln. »Vielleicht bis heute abend, vielleicht ein paar Tage. Wenn er in vier Tagen nicht hier war, müssen wir ihm folgen.«
Die Schamhatu verbarg ihre Bestürzung, und nach einer kurzen Pause fuhr Akalla fort: »Wir wollen das Zelt ein kleines Stück von der Tränke entfernt aufstellen, dort hinter den Felsen. Dann können wir warten, ohne daß die Sonne uns schadet, und werden auch den wilden Mann nicht gleich erschrecken, wenn er auftaucht.«
»Wir ihn erschrecken? Was sollte ein Mann fürchten, der unter den Löwen und wilden Tieren lebt?«
»Er ist selbst ein Tier, und sogar ein Löwe nimmt sich in acht, wenn er die Schritte eines Menschen hört oder Menschengeruch wittert.«
Die Schamhatu erhob keine weiteren Einwände, sondern half dem Fallensteller, das kleine Zelt zu errichten. Nachdem sie gegessen und aus dem Wasserloch getrunken hatten, schlug ihr Akalla vor, sich in das Zelt zu legen, weil es am besten sei, den heißesten Teil des Tages zu verschlafen; er werde Wache halten. »Und, und ... die Löwen werden jetzt nicht kommen. Tiere sind klug, sie schlafen, wenn Utus Kraft über der Ebene liegt.«
Obwohl die Schamhatu sich vorgenommen hatte, wach zu bleiben, lullte die Hitze, die in ihre müden Muskeln drang, sie schnell ein; sie fing an zu dösen, dann schlief sie. Sie schlug erst dann wieder die Augen auf, als ein leichter kühler Windhauch ihr Gesicht streifte. Als sie aus dem Zelt schaute, sah sie, daß der Himmel im Westen schon in orangeroten Streifen glühte, als scheine Lampenlicht durch einen

prachtvollen Karneol, und daß sich die hellblaue Schale im Osten zur Farbe des Lapis verdunkelt hatte. Akalla hockte neben der Zeltklappe, den Finger auf den Lippen, schüttelte jedoch als Antwort auf den begierigen Blick der Schamhatu nur den Kopf.
Vorsichtig schlichen die beiden im Schutz der Felsen näher, um die Wasserstelle zu beobachten. Zum Entzücken der Schamhatu drängte sich dort eine Gazellenherde, deren zierlichen Hufe tief im schlammigen Boden versanken. Sie rollten die sanften, dunklen Augen gegeneinander, stießen sich mit den Köpfen um einen Platz an der Tränke oder rupften an den Gräsern. Sie hatte die kleinen Körper oft tot an den Stangen der Tempeljäger gesehen, war aber nie weit genug in die Ebene hinausgekommen, um eine lebendige Herde zu beobachten. Jetzt erst merkte sie, wie biegsam sie waren, wie schön und graziös.
»Der Wind steht günstig«, murmelte Akalla ihr fast lautlos ins Ohr. »Wenn die Götter wollen, werden wir heute abend gut speisen.« Er ließ sich wieder herunterfallen, kroch behutsam zur Felskante und legte einen Pfeil auf die Sehne seines Bogens. Geduckt spannte er die Waffe; die Muskeln an Arm und Schulter traten scharf hervor. Dann hörte die Schamhatu ein zischendes Singen in der Luft und einen dumpfen Aufprall. Die Gazellenherde wirbelte herum und rannte so schnell davon, daß sie im schon dämmrigen Licht verschwunden war, noch ehe die Schamhatu blinzeln konnte; aber sie hatte ein Tier gesehen, das zurückblieb und stürzte, fast schon außer Sichtweite.
Akalla stand auf. »Ein weiter Schuß, aber gut«, meinte er zufrieden. »Kannst du Feuer machen, göttliche Herrin, während ich ihr folge?«
Die Schamhatu begann den Feuerbohrer zu drehen. Als der erste Rauch vom Holz aufstieg, war Akalla zurück. Er hatte den kleinen Körper über die Schulter geworfen, und der Kopf hing ihm über den Rücken. Den Pfeil hatte er bereits herausgezogen, aber sie sah den dunklen Fleck, der sich langsam hinter der Schulter der Gazelle ausbreitete.
»Eingeweide und Knochen ... wenn Wölfe und Hyänen sie nicht fressen, locken sie vielleicht die Löwen an«, erklärte Akalla, während

er den ersten Schnitt durch den sahnefarbenen Bauch der Gazelle zog. Einen Augenblick schmerzte es die Schamhatu, daran zu denken, wie sich das Tier eben noch am Wasserloch gedrängt hatte, durstig und ohne eine Ahnung von seiner Schönheit. Aber sie war hungrig und konnte den Braten schon beinahe schmecken.
»Nicht zu viele Würmer«, bemerkte Akalla. »Ein paar in den Eingeweiden, ein paar kleine Verletzungen der Haut, einige Fliegeneier kurz vor dem Schlüpfen, aber Leber und Herz unversehrt. Sie wird ... sie wird eine gute Mahlzeit abgeben.«

10

In der Nacht hörte die Schamhatu die Wölfe heulen und das rauhe, bellende Gelächter der Hyänen. Sie und Akalla standen vor Tagesanbruch auf und nahmen ihren Platz hinter den Felsen ein, um zu sehen, wer am frühen Morgen zur Tränke kommen würde. Doch der Teich lag glatt und still unter der aufgehenden Sonne und glänzte noch immer ungetrübt, als es Mittag war. Ab und zu warf die Schamhatu einen verstohlenen Blick auf Akalla, um zu sehen, ob sein klobiges Gesicht etwas von Enttäuschung oder sinkender Hoffnung verriet, aber er saß ungerührt unter den sengenden Nachmittagsstrahlen und schien zufrieden abzuwarten.
Die Sonne sank bereits wieder, als Akalla plötzlich erstarrte. Dann klopfte er die Schamhatu leicht auf die Schulter. »Sie kommen«, flüsterte er. »Mach dich bereit.«
Die Schamhatu spähte in die Richtung, die er ihr zeigte, weit hinaus in die Ebene. Zuerst erkannte sie nur eine Art Wellenbewegung im dürren Gras; dann nahmen die geschmeidigen, lohbraunen Formen Gestalt an wie Bilder, die dem inneren Auge überraschend im brodelnden Flußnebel erscheinen. Tief aufatmend kroch sie zurück zum Zelt und versuchte sich zu fassen. Wie sie es im Tempel gelernt hatte, lüftete sie ihr Kleid, löste das Lendentuch und ließ sich draußen nieder, um ihre Blase zu leeren. Anstatt jedoch, als sie danach sicher im

Inneren des Zeltes stand, das Lendentuch wieder anzulegen, warf sie es beiseite, hockte sich von neuem hin und griff zwischen ihre Beine. Obwohl ein leichter Tau vorweggenommener Erregung sie bereits feucht machte, war sie doch eng vor Angst, und es war kaum wahrscheinlich, daß der wilde Mann sich die Zeit nehmen würde, mit Schmeicheleien ihre Tore zu öffnen und ihren Brunnen fließen zu lassen. »Er ist da, Schamhatu«, flüsterte sie, während sie ihr Inneres mit duftendem Öl salbte und sanft die Finger kreisen ließ, um die verkrampften Muskeln zu lockern. »Sei bereit, ihn zu umarmen; öffne deine Beine, zeig ihm deine Schönheit. Halte dich nicht zurück, raube ihm den Atem. Wenn er dich sieht, wird er zu dir kommen; nimm dein Gewand ab und breite es aus, er wird dich besteigen; zeige diesem Löwenmann, was eine Frau ist! Die Tiere, die mit ihm in der Wildnis aufwuchsen, werden ihm fremd werden, und er wird stöhnen und seufzen vor Begierde nach dir.«

Als sie hinaustrat, hockte Akalla vor dem Zelt.

»Jetzt trinken sie«, murmelte er. »Jetzt, göttliche Herrin ...«

Die Worte schienen ihm in der Kehle steckenzubleiben wie ein quer verschluckter Dattelkern. Die Schamhatu bückte sich und küßte ihn auf die Stirn. Dann richtete sie sich auf und schritt zwischen den Felsen hervor.

Vor ihr stand, bis zur Wade im Wasser, der wilde Mann. Er hob den Kopf und blickte sie an. Wie ein Tier hatte er getrunken, den Mund im Teich; Wasser strömte ihm aus den langen, goldenen Haaren und dem Bart, rann in kleinen Bächen über die breite Fläche der goldpelzigen Brust und perlte in das rauhe Fell der eingeschrumpften Gazellenhaut, die er um seine Mitte gebunden hatte. Bei seinem Anblick stockte der Schamhatu der Atem. Sie fühlte die feuchte Schlüpfrigkeit der Öle zwischen ihren Beinen, und wenn sie atmete, scheuerte die Wolle ihres Kleides an ihren Brustwarzen. Dann traf sie der Schreck wie ein kalter Dolch, denn einer der Löwen, ein riesiges, dunkelmähniges Tier mit einer Schattenmarkierung auf der Stirn, hob mit seltsam klagendem Grollen den Kopf. Seine großen Augen mit den geschlitzten Pupillen starrten sie an.

Der wilde Mann drehte sich um, hob die Arme, so daß er die Löwen

hinter ihm turmhoch überragte, und stieß ein tiefes Heulen aus, das von der dunklen Schale des Himmels widerzuhallen schien. Das Herz der Schamhatu flatterte in ihrer Brust. Sie erkannte die abblätternden Blutstreifen auf seinem Rücken und den Armen. Die Löwen konnten ihn zerreißen ... ihn und sie ... aber er knurrte nur, trat vor, als wolle er mit dem dunkelmähnigen Tier ringen, und die großen Männchen wandten sich ab und verschwanden in der Wildnis wie Geister.
Nun wandte der wilde Mann sich wieder der Schamhatu zu. Sein grünbrauner Blick senkte sich in ihre Augen. Sie befeuchtete ihre Lippen und griff nach ihrem Gürtel, hakte ihn auf und ließ ihn fallen. Langsam streifte sie das Kleid ab und legte es auf die harte Erde. Sie stand nackt vor ihm, hob mit jeder Hand eine Brust und bot sie ihm dar. Ihre Hüften wanden sich in sinnlichem Tempeltanz. Mit geweiteten Nüstern schritt der wilde Mann langsam auf sie zu, bis er kaum noch eine Armlänge entfernt war – eher weniger für *seinen* Arm. Seine schiere Masse ließ sie so winzig erscheinen, als stünde sie im Schatten von Inannas großem Heiligtum auf seinem Sockel. Sie warf den Kopf in den Nacken, um ihm in die Augen zu sehen, atmete tief und spreizte ein wenig die Beine.
Die riesigen Hände des wilden Mannes schlossen sich um ihre Gelenke und hielten sie fest. Er bückte sich. Mit gesenktem Kopf rieb er sich an ihrem Hals und ihrer Brust. Sein nasser Bart kitzelte ihre Brustwarzen. Dann kniete er nieder und stieß grob den Kopf zwischen ihre Beine. Ein sanftes, leises Grollen kam aus seiner Kehle, als er ihren Duft einatmete. Unvermittelt drehte er sie um und zwang sie roh auf die Knie, drückte die Stirn an ihren Hals, bis ihre Schultern herabfielen. Sie dachte wild an die Paarung von Tieren, an diesen Löwenmann ... *heilige Inanna, männliche Löwen haben stachlige* ... Als er seine Zähne in ihren Nacken grub, schrie sie vor Pein laut auf. Aber sie vergaß nicht, was man sie gelehrt hatte. Die schmerzhaften Stöße seines harten Stabes gegen ihr Gesäß wurden immer drängender. Da krümmte sie den Rücken, schob sich hin und her, bis sie die Spitze dort fühlte, wo sie sein sollte, und warf sich gegen ihn, bevor er einen neuen, zum Scheitern verdammten Versuch unternehmen

konnte. Hartnäckig umklammerte sie ihn mit ihrem Schoß, als er sich bewegte, obwohl jeder Schub seiner gewaltigen Schenkel sie vorwärts auf ihr Gesicht zu schleudern drohte. Es dauerte nicht lange, bis seine Hüften hart gegen ihr Gesäß zuckten und sie den heißen Strom seines Samens fühlte, der sich in sie ergoß.

Der wilde Mann ließ sie los und rollte von ihr herunter. Sie lag am Boden und rieb sich keuchend den Nacken. Wenigstens hatte er die Haut nicht verletzt, obwohl sie nun wochenlang blaue Flecken haben würde. Er beugte sich zu ihr, um sich von neuem an ihren Brüsten zu reiben, und stieß sie mit dem Kopf in die Seite. Nachdem ihre erste Furcht sich gelegt hatte, konnte die Schamhatu ihn genauer betrachten. Sein Körper war prachtvoll, herrlich gebaut und voll gewaltiger Muskeln. Tatsächlich war er Gilgamesch sehr ähnlich, wenn auch haarig und rauh, wo der Ensi glattrasiert, gepflegt und geölt war. Zudem stank er nach lange ungewaschenem Mann und altem Blut. Zum Glück war wenigstens die halbverfaulte Gazellenhaut heruntergefallen, als er sich auf die Schamhatu stürzte, und er versuchte nicht, sie wieder anzulegen. Aus dieser Nähe erkannte die Priesterin auch, daß das lange, goldene Haar und der Bart von Schmutz starrten und voller Knoten und Kletten waren wie die Wolle eines Bergschafes. Die Spuren der Löwenklauen auf seiner Haut reichten von leichten Kratzern bis zu ein paar tiefen Rissen in den dicken Rückenmuskeln, die gewaschen und verbunden werden mußten, wenn sie nicht brandig werden sollten.

»Kannst du sprechen?« fragte die Schamhatu.

Die Augen des wilden Mannes – ein braunes, seltsam grünlich gesprenkeltes Gold, wie Patinaflecke auf Kupfer – richteten sich auf sie, aber sie konnte keinen Gedanken darin finden. Es war der Ton, nicht die Worte, der ihn aufhorchen ließ. Trotzdem sprach sie weiter, so besänftigend sie nur konnte.

»Ich bin die Schamhatu der Inanna, die Priesterin ihres Tempels. Der Ensi Gilgamesch schickt mich zu dir, denn er hat von dir erzählen gehört – von deiner wunderbaren Stärke, deiner erstaunlichen Wildheit, davon, wie du behende mit den Gazellen läufst und in deiner Wildheit bei den Löwen stehst ...«

Sie hatte nicht lange geredet, bevor der wilde Mann sie von neuem packte, aufhob und umdrehte. Diesmal wußte sie, was kommen würde; sie achtete nicht darauf, daß er seine Zähne in ihre Nackenhaut schlug, sondern schaffte es, zwischen ihre Beine zu greifen und ihn in den Hafen zu steuern.

11

Die ganze Nacht und den folgenden Tag blieb der wilde Mann bei der Schamhatu und behielt sie dabei immer in Reichweite. Obwohl die Vereinigung mit ihr jedesmal nur kurz war, hatte sie noch nie gehört, daß ein Mann seinen Samen so oft vergießen und so schnell wieder zu Kräften kommen konnte; er rollte von ihr herunter, schnarchte ein paar Minuten und griff dann gleich wieder nach ihr. Es war zuerst schwierig gewesen, ihn in das kleine Zelt zu locken, und es gelang ihr nur, indem sie sich darin duckte und ihm lüstern das Hinterteil entgegenstreckte. Dagegen war es zu ihrem Erstaunen einfach gewesen, ihm beizubringen, sich nur im Freien zu erleichtern, und er hatte die Angewohnheit von Katzen, seinen Unrat mit Erde zuzuscharren.
Es war am späten Nachmittag des zweiten Tages. Die Schatten auf der rauhen Erde wurden im rötlichen Licht der untergehenden Sonne schon länger, als der wilde Mann bei einem Geräusch, das die Schamhatu nicht hören konnte, leichtfüßig aufsprang und aus dem Zelt lief. Halb neugierig, halb besorgt kam die Schamhatu hinterher. Aus der Ferne drang das schwache Gebrüll eines Esels an ihr Ohr, und sie begriff, daß Akalla mit dem Wagen zurückkam. Sie seufzte erleichtert auf; nun würde sie Kulturgegenstände haben, um den wilden Mann die *Me* zu lehren, und etwas anderes zu essen als die letzten Reste der halb rohen, halb verbrannten Gazelle, die sein unersättlicher Hunger ihr übriggelassen hatte.
Holpernd kam der Wagen auf der Kuppe eines der östlichen Hügel in Sicht, blieb einen Moment stehen, als erwäge Akalla die sicherste Abfahrt, und setzte sich dann wieder in Bewegung. Mit zierlichen,

vorsichtigen Schritten suchten die Esel sich ihren Weg durch die Felsen. Die Schamhatu sah ihnen zu und merkte nicht, daß sich die Lippen des wilden Mannes zurückzogen und er die Zähne fletschte; erst, als ein dumpfes Grollen aus seiner Kehle drang, fuhr sie herum. Es war zu spät.
Flüchtig wie eine Gazelle rannte der wilde Mann über die Ebene. Er bewegte sich mit einer so geschmeidigen Schönheit, daß es der Schamhatu das Herz gebrochen hätte, wäre sie nicht so voller Angst um den Fallensteller gewesen. Die Esel brüllten und versuchten, in verschiedene Richtungen zu entkommen; eines der Wagenräder kam an einem großen Stein knirschend zum Halt. Als der wilde Mann auf den Wagen sprang, war Akalla mit einem Satz herunter, machte kehrt und rannte davon, ohne sich auch nur einmal umzusehen; die Schamhatu sah das helle Aufleuchten seines Rocks, als er hinter dem Hügelkamm verschwand. Der wilde Mann, der ihn verfolgt hatte, blieb dort stehen. Einen Augenblick hob er sich klar vom dämmrigen östlichen Himmel ab und sah Akalla nach; dann ging er wieder zu den Eseln und griff durch das Geschirr, das sich verwirrt hatte, nach dem Hals des rechten Tieres. Die Schamhatu hob verblüfft die Brauen: Hatte er mit Tieren gearbeitet, bevor er verwilderte? Doch dann erkannte sie, wie seine Hände sich schlossen und zudrückten, hörte das verzweifelte Brüllen des anderen Esels und sah, wie unter dem Griff des Wilden die Hufe um sich traten und der Rücken zu bocken anfing. Sie rannte zu ihnen, aber für den Esel, den der wilde Mann zuerst gepackt hatte, war es zu spät. Die gewaltigen Hände hatten ihm die Kehle zerquetscht, so gnadenlos wie die Kiefer eines Löwen.
Schon griff der Wilde nach dem anderen. »Nein! Nicht!« schrie die Schamhatu. Sie wußte, daß die Worte ihm nichts bedeuteten, aber der scharfe Ton ihrer Stimme traf ihn, ließ ihn herumfahren und sie anstarren. Sie warf die nach vorn gekehrten Hände in die Höhe und schüttelte streng den Kopf; auch er hob die Hände, betrübt wie ein kleiner Junge, der von seinem älteren Schulkameraden Hiebe mit dem Rohrstock erwartet. Jetzt war die Schamhatu bei ihm. Sie streckte den Arm nach dem entsetzten zweiten Esel aus, der wütend

gegen sein Joch kämpfte. Nach einer Weile beruhigte sich das Tier, ließ sich das grobe Nackenhaar kraulen und sich hinter den zuckenden Ohren streicheln. Der wilde Mann sah zu, wie sie den Esel ausspannte und freiließ, damit er zur Tränke laufen konnte; dann kauerte er sich neben den Kadaver des toten Esels, packte ein Bein und drehte und zog daran, bis die Schamhatu Knochen und Knorpel knacken hörte. Schließlich bückte er sich und durchbiß die Haut, um das Bein herauszureißen.
»Genieße dein Mahl«, sagte die Schamhatu. »Sehr bald wirst du nützliche Arbeit verrichten müssen. Du kannst mir helfen, das hier nach unten zu ziehen und dann das Zelt aufzubauen.«
Er würde lernen müssen, ihr zu helfen; sie und der verbleibende Esel konnten den Wagen nicht allein den Berg hinunterziehen, und auch wenn die Schamhatu glaubte, das Zelt notfalls allein aufstellen zu können, würde die Kraft des wilden Mannes eine große Hilfe sein.
Er sah zu ihr auf und grinste. Sein Mund war blutverschmiert, und rote Streifen durchzogen das schmutzige Gold des verfilzten Bartes. Heute nacht würde er auch den Atem eines Raubtiers haben, dachte die Schamhatu mit einem Seufzer; aber Mundgeruch war eines der geringeren Übel, die die Priesterinnen der Inanna zu übersehen lernten, wenn sie den Segen der Göttin spendeten. Sie schüttelte den Kopf und stemmte sich gegen den Stein, der das Rad blockierte, bis er sich zur Seite bewegte. Dann legte sie sich das leere Joch auf die rechte Schulter und tat, als ziehe sie, sank aber sofort zusammen, als die Last tatsächlich ihre Kraft bei weitem überstieg.
Der wilde Mann beobachtete aufmerksam, was sie tat, aber auch jetzt konnte sie nicht sagen, ob mehr in seinen grünbraunen Augen lag als die Neugier einer Katze, die einen Mungo beobachtet. Plötzlich sprang er geschmeidig auf und ergriff die andere Seite des Jochs. Die Wagenräder begannen zu rollen. Die Schamhatu wich aus, ging neben dem wilden Mann her und lobte ihn, als er ihren Wagen langsam den Berg hinunter und nach dem kleinen Zelt zog.
»Sehr gut«, ermutigte sie ihn. »Ja, sehr klug von dir ... sehr gut.«
Auch wenn er die Worte nicht verstand, war sie doch überzeugt, daß der Ton ihm etwas sagte, wie bei einem Jagdhund oder Lastesel. »Was

du brauchst, ist ein Name«, fiel ihr plötzlich ein. »Ich werde dich Enkidu nennen. Gefällt dir das? Enkidu?«
Enkidu griff nach ihr, aber die Schamhatu entschlüpfte ihm und rannte leichtfüßig in ihr Zelt. Er lernte, wenn auch langsam, daß man sich ebensowenig unter freiem Himmel paarte, wie man sich im Inneren des Zeltes erleichterte. Als er zu ihr kam, lag sie bereits mit angezogenen Knien auf dem Rücken, salbte sich mit der linken Hand mit Öl und schützte mit der rechten ihre Kehle. Obwohl ihre Handfläche geschwollen war und von Blutergüssen schmerzte, fiel es ihr leichter, ihn dort hineinbeißen zu lassen, als daß er an ihrem Hals herumknabberte.
Als sie fertig waren, ließ die Schamhatu ihn den Körper des toten Esels holen, während sie mit einiger Mühe selbst das große Zelt aufbaute. Danach war Enkidus Bauch dick von der riesigen Fleischmenge, die er verschlungen hatte, und seine langen, goldenen Wimpern sanken schläfrig herab. Bis die Schamhatu das übrige Fleisch zerlegt hatte, war es vollständig dunkel. Sie hängte es an einer Stange über ihr qualmendes kleines Dungfeuer und hoffte, es würde trocknen und nicht verfaulen. Wenn Akalla ihr nichts zu essen bringen konnte, weil Enkidu es nicht zuließ, würden sie vielleicht jeden Bissen brauchen. Der andere Esel schnupperte unbehaglich um das behelfsmäßige Lager herum, sichtlich voller Angst vor Enkidu, aber trotzdem unwillig, das frische grüne Gras am Rande des Wasserlochs zu verlassen.
»Ruhig, mein Kleiner, fürchte dich nicht«, flüsterte die Schamhatu ihm zu und röstete dabei ein Stück seines früheren Gefährten an dem langen, verkohlten Stock, der ihr als Bratspieß diente. Ein Fettropfen fiel ins Feuer und zischte als fettige, schwarze Rauchfahne in die Höhe.
Nachdem sie gegessen hatte, stieg die Schamhatu in den Wagen, wühlte im Finsteren darin herum und zählte den Inhalt. Drei Krüge Bier – die konnten stehenbleiben; das letzte, was sie wollte, war, daß Enkidu nicht nur wild, sondern auch noch betrunken war. Speisen und Spielbretter, der Rest ihrer Öle, Schmuckstücke ...
Saiten rührten sich leise unter ihren Fingern. Vorsichtig tastete sie

sich an den straffen Därmen zum Rahmen ihrer Lyra vor und nahm sie in die Hand. Das Instrument war verstimmt, aber der Ton noch gut. Behutsam trug die Schamhatu sie zum Zelt, setzte sich draußen hin und drehte an den kleinen Wirbeln, bis die Oktave und ihre Intervalle wieder klar und rein klangen und jede Note an der richtigen Stelle saß. Dann betrachtete sie Enkidu, der zusammengerollt dalag und leise schnarchte, begann zu spielen und dazu ein Schlaflied zu singen.

12

Enkidu aß getrockneten Fisch und Fleisch, und manchmal bemerkte die Schamhatu auch, daß er am Rand des Wasserlochs Gras ausriß und verschlang. Brot und Käse jedoch verschmähte er, so oft er auch die Schamhatu davon essen sah. Sie redete ständig mit ihm, und er liebte es, sie singen zu hören. Dann lag er auf der Erde, den großen, haarigen Kopf in ihrem Schoß, während sie die Saiten ihrer Lyra zupfte, gab ab und zu ein Brummen von sich, das beinahe wie ein Schnurren klang, und knetete dabei mit seinen großen Händen ihre Schenkel. Im Lauf der Zeit – obwohl ihre rechte Hand inzwischen so geschwollen und schmerzhaft war, daß sie kaum noch eine Melodie damit klimpern konnte – war es ihr gelungen, Enkidu beizubringen, sie nicht zu beißen, wenn er sich mit ihr paarte, und das wilde Stoßen seiner Hüften zu zügeln, so daß er ihr mehr als nur ein paar Sekunden Lust bereitete.

Trotzdem fand sie nicht mehr Ausdruck in seinen Augen als bei einem dressierten Tier, und immer häufiger in dieser Woche, in der der Halbmond sich allmählich zum Vollmond rundete, fragte sie sich, ob er je wirklich ein Mensch werden würde.

Jeden Tag zeigte sich in der Ferne Akalla, eine kleine Gestalt auf einem fernen Hügel. Er wagte nicht näherzukommen, weil Enkidu dann knurrte, brüllte und ihn verjagte; aber er ließ immer frische Nahrung für sie zurück, meistens gerade gefangene Vögel und Milch. Wenn sie nach diesen Dingen griff, bevor er selbst seine

Mahlzeit beendet hatte, schlug Enkidu ihre Hand fort, und die Schamhatu gab nach, denn sein erster Schlag hatte ihr fast das Handgelenk gebrochen.

Jetzt lag der wilde Mann faul in der Sonne. Er hatte die von Akalla gebrachten kleinen Vögel gefressen, sich danach auf die Schamhatu geworfen, und ruhte nun, fast schon schlafend, im Gras, das Haupt auf die Flut der goldenen Haare gebettet, die ihn umwallten. Die Schamhatu holte die Lyra aus dem Zelt und fing an, darauf herumzuklimpern, keine richtige Melodie, sondern nur eine wahllose Tonfolge, schimmernd wie ein aufsteigender Lerchenschwarm in der warmen Luft.

Enkidu hob den Kopf aus dem Gras und sah sie an. Zum ersten Mal, seitdem er an der Wasserstelle über sie hergefallen war, ließ der Ausdruck seiner Augen sie erschauern – es war der gleiche starre, auf ein einziges Ziel gerichtete Blick wie der, den er auf Akallas Vögel heftete, bevor er ihnen die Flügel ausriß und das Fleisch von ihren Knochen nagte. Sie spielte langsamer und hörte dann ganz auf; vielleicht hatte ihn ihre Musik irgendwie gereizt.

Mit einem einzigen Sprung war Enkidu bei ihr, packte mit einer Hand ihre beiden Hände, daß es weh tat, und drückte sie mit leisem Grollen auf die Lyra. Die Schamhatu fing wieder an zu klimpern und beobachtete ihn aus dem Augenwinkel. Er wirkte nicht zornig, aber ihre Musik schien ihn auch nicht zu beruhigen.

Bald darauf griff Enkidu erneut nach ihr. Mit seinen dicken, schwarzen Fingernägeln fuhr er ihr über Mund und Hals und knurrte und brummte dabei. Die Schamhatu kannte inzwischen die kleinen Geräusche, die er von sich gab, so gut, daß es eine Weile dauerte, bis sein kehliges Stöhnen in ihren Ohren eine bestimmte Form annahm.

»Sss ... Singen«, fauchte Enkidu. »Singen!«

Die Schamhatu setzte die Lyra so unvermittelt auf den Boden, daß sie schwankte und nur eine rasche Bewegung ihr Umfallen verhinderte.

Sie schlang die Arme um den starken Hals des Löwenmannes und küßte ihn hart auf den Mund. »Enkidu!«

»En-ki-du?« wiederholte er und strengte sich an, die Töne herauszubringen. »Enkidu?«
»Das bist du.« Sie legte die Hand auf seine Brust und streichelte die dicken, goldenen Haarlocken. »Enkidu. Enkidu.«
Auch er berührte seine Brust. »Enkidu«, sagte er und nickte. »Ich bin ... ich bin ...«
»Du bist ein Mensch«, sagte die Schamhatu sanft, und während sie sprach, hörte sie Inannas Stimme, die in ihr widerhallte. »Du bist ein Mensch, der weiß, was Leben und Tod und die Götter sind; du bist ein Mensch, Erbe der *Me*, die Inanna aus Eridu nach Erech brachte, auf daß ihr Volk Kultur besitze. Enkidu.«
»Enkidu«, wiederholte er leise. Und nun, ebenfalls zum ersten Mal, bemerkte die Schamhatu einen menschlichen Ausdruck in seinen Augen, als er aufstand und sich umblickte – und es war ein schrecklicher Ausdruck, voller Verzweiflung und Furcht. »Enkidu!« schrie er und floh von der Wasserstelle. Seine Füße stürmten über die Wüste dahin, bis die Schamhatu ihn nicht mehr sehen konnte.
Sie starrte ihm nach, bis ihre Augen feucht wurden und von bittern Tränen brannten, wie fruchtbare Felder, überschwemmt von Salzwasser. »Was habe ich getan?« fragte sie. »Inanna, was habe ich getan?«
Schließlich setzte sie sich wieder hin, nahm die Lyra und klimperte müßig darauf herum. Die Sonne stieg am Himmel empor, verharrte auf ihrem höchsten Punkt und begann den langen Abstieg. Es war schon Nachmittag, als Enkidu mit hängenden Schultern zum Wasserloch zurückkam.
Voller Freude rannte die Schamhatu ihm entgegen, ohne auf die üblen Gerüche zu achten, die ihn einhüllten wie eine Decke. Er schloß sie in seine gewaltige Umarmung, wobei er sie sanfter hielt als früher, und obwohl sie erwartet hatte, daß er sie sogleich hinwerfen und nehmen würde, ließ er sie nach ein paar Augenblicken los. Dann fiel er zu ihrer Überraschung vor ihr auf die Knie und preßte den Kopf an ihren Bauch.
»Als sie mich sahen«, seufzte er, und Tränen strömten ihm aus den Augen, »rannten die Gazellen davon und stoben auseinander. Die

Tiere der Wildnis flohen vor mir. Ich wollte mich erheben, aber mein Körper zog mich zurück, meine Knie erstarrten; alle Tiere haben sich von mir abgewandt. Schwach bin ich geworden, und ich kann nicht mehr laufen wie vorher.«

»Aber du sprichst«, erwiderte die Schamhatu. So seltsam es auch schien, sie wunderte sich nicht, daß ihm die Worte auf einmal so leicht vom Munde flossen. Sie wußte, daß die Götter ihn mit einem Verstand geschaffen hatten, der wie ein leeres Tongefäß war – zunächst ohne Inhalt, nun ganz plötzlich gefüllt mit dem fließenden Strom der Sprache. Es war ein zweites, kleineres Wunder nach dem großen Wunder seiner Schöpfung. »Wenn du die Gaben der Tiere verloren hast, so hast du dafür die der Menschen gewonnen, und die Götter haben dir das Beste davon geschenkt.« Sie bückte sich und zog ihn wieder auf die Füße, schob seinen wirren Bart zur Seite und küßte ihn auf die Halsgrube. »Enkidu, du bist schön, wie ein Gott bist du geworden. Warum solltest du mit den wilden Tieren durch die Wildnis streifen? Komm mit mir; wenn die Zeit reif ist, werde ich dich nach Erech-der-Schafhürde bringen, in den heiligen Tempel, wo An und Inanna wohnen, den Ort, an dem Gilgamesch lebt, der vollkommen an Weisheit ist, aber so stolz auf seine Macht über die Menschen, daß er alles zerstampft wie ein wilder Stier.«

Enkidu bewegte langsam den Kopf. Die Schamhatu konnte die Gedanken hinter seinen Augen knirschen hören wie die großen Mühlsteine der Tempelkornspeicher. Stumm wartete sie auf seine Antwort.

»Ich werde gehen«, erklärte er endlich. »Du hast mich zum Menschen gemacht; ich muß dir in den heiligen Tempel folgen, dorthin, wo An und Inanna wohnen, und wo Gilgamesch lebt, vollkommen an Weisheit, aber hochmütig in seiner Macht wie ein wilder Stier. Ich werde ihn rufen, ich werde ihn rufen, so laut ich kann.« Seine Kiefermuskeln spannten sich, seine Schultern strafften sich, und mit einer Stimme, die der Schamhatu in den Ohren dröhnte, fuhr er fort: »Laß es mich hinausschreien in Erech: ›Ich bin der Mächtige!‹ Führe mich hin, und ich werde den Lauf der Dinge ändern: Denn der besitzt die größte Stärke, der in der Wildnis geboren ist.«

Obwohl ihre Eingeweide bei diesen Worten zitterten, erwiderte die Schamhatu ruhig: »Dann komm, laß uns gehen, damit er bald dein Gesicht sieht. Ich werde dich zu Gilgamesch führen; ich weiß, wo er sein wird. Du sollst dich umschauen, Enkidu, in Erech-der-Schafhürde, wo das Volk stolz mit breiten Gürteln prunkt und jeder Tag ein Festtag ist, wo Lyra und Trommel ohne Pause ertönen und die Frauen vor Tempeln und Schenken stehen und hübsch sind, die Macht ihrer Schönheit atmen und davon erglühen, wo alles lacht und man die Laken über das Lager der Nacht breitet.«
Sie war in einen singenden Ton verfallen und schwankte hin und her. Enkidus Züge schienen sich zu entspannen, seine Lider sich zu senken wie bei einem Kind. »Enkidu, du Geschöpf voller Lebenskraft, ich werde dir Gilgamesch zeigen, den Mann, der Freude bringt und Leid. Du sollst ihn betrachten und sein Gesicht sehen: Er ist schön und mit Männlichkeit wohlbegabt, und sein Körper leuchtet von der Kraft seiner Schönheit. Er ist stärker als du, selbst wenn er Tag und Nacht nicht schläft; du mußt dir Gedanken aus dem Kopf schlagen, die falsch sind. Denn der Gott Utu liebt Gilgamesch; An von den Himmeln, Enlil von den Stürmen und Enki von den Worten haben seinen Geist groß gemacht – noch ehe du aus den Bergen kamst, sah dich im Herzen Erechs Gilgamesch in seinen Träumen.«
Die Schamhatu nahm den weißen Wollschal ab, der ihren Kopf und die Schultern vor der Sonne schützte und schlang ihn Enkidu um den Leib, wo sie ihn so festband, daß er dem Rock eines Mannes ähnelte. »Wenn du unter Menschen gehst, mußt du bekleidet sein; ein Tier kann nackt herumlaufen, nicht aber ein Mann. Nun wollen wir essen und heute nacht wieder miteinander schlafen, und wenn Akalla morgen früh kommt, sollst du ihn begrüßen und ihn auffordern, zu uns zu kommen und uns mit dem Wagen zu helfen; denn nachdem einer der Esel tot ist, müssen wir alle mit anfassen, um den Wagen wieder in Akallas Dorf zu bringen.«
Enkidu sah auf den übriggebliebenen Esel, der friedlich auf einem Maulvoll Schilf vom Rand des Wasserlochs herumkaute, dann auf den unordentlichen Knochenhaufen am Rand des Lagers. »Ich ... er

war Beute«, erklärte er plötzlich. »Ich habe ihn getötet, so wie ich es tat, als ich mit den Löwen lief.«
»Ja, du hast ihn erwürgt, Enkidu. Aber du bist kein Löwe unter Löwen mehr und wirst ohne triftigen Grund nicht wieder töten. Die Esel gehören Inannas Tempel; ich werde von den Bewohnern von Akallas Dorf ein anderes Tier kaufen müssen, und wahrscheinlich wird Gilgamesch dem Tempel das Geld zurückzahlen.«
»Zurückzahlen?« Enkidus Augen trübten sich und glänzten dann von Tränen. »Habe ich Unrecht getan?«
»Kein Unrecht für einen Löwen, aber Unrecht für einen Menschen, ja. Wenn man anderen Schaden zufügt, muß man immer dafür bezahlen, sonst gäbe es keine Ordnung auf der Welt.«
Enkidu bückte sich und hob einen der langen Beinknochen des Esels auf. Er hatte ihn zerbrochen, um an das Mark zu gelangen, ihn abgenagt und den köstlichen Inhalt herausgeleckt; jetzt war der zersplitterte Knochen sauber und trocken, und nur ein paar kleine Insekten krabbelten darin herum. »Kann ich es zurückzahlen?«
»Gilgamesch hat mich geschickt; er wird den Tempel entschädigen. Doch auch du wirst zurückzahlen, denn ein Esel allein kann den Wagen nicht ziehen; du wirst anstelle des Tieres, das du getötet hast, das Joch auf die Schultern nehmen müssen.«
Enkidu nickte. »Das ist recht«, antwortete er, und die Schamhatu glaubte einen warmen Unterton von Befriedigung in seiner Stimme zu hören. »Willst du nun für mich spielen und singen?«
Die Schamhatu griff wieder nach ihrer Lyra, und Enkidu ließ sich neben ihr nieder, streckte sich aus und bettete den Kopf auf ihren Schenkel, wie er es getan hatte, bevor er sprechen konnte. Zu ihrer Überraschung fühlte sie Tränen unter ihren Lidern brennen, als sie anfing, die Saiten zu zupfen; sie hatte nicht geglaubt, daß sie das wilde Tier vermissen würde, aber das schlichte Vertrauen und die Liebe, die dieser große Löwe von einem Mann ihr entgegengebracht hatte, war etwas Besonderes, etwas, von dem sie wußte, daß sie es nicht wieder bekommen würde. Denn Enkidu würde nicht vergessen, daß sie einen Menschen aus ihm gemacht hatte. Er würde sich an das erinnern, was er verloren hatte.

Aber kein Kind auf dieser Welt kann dem Erwachsenwerden entgehen, dachte die Schamhatu, und viele Erwachsene würden alle ihre Weisheit dafür hingeben, wieder Kinder zu sein. Enkidu wird nicht in die Wildnis fliehen, sondern nach Erech-der-Schafhürde, mitkommen. Sie schlug einen kräftigen Akkord auf der Lyra an, zog den Atem tief in die Bauchhöhle und öffnete den Mund, um die Worte zu singen, die sie Enkidu immer wieder vorgesungen hatte, und die er jetzt verstehen würde.

»Königin aller *Me*, glänzendes Licht,
Lebensspenderin, geliebt von An und Urasch,
Meine Königin, du bist die Hüterin all der großen *Me*.
Du hast die *Me* aufgehoben, hast sie an deine Hände gebunden,
Sie gesammelt und an deine Brüste gedrückt ...«

## 13

Die Morgensonne schien warm durch Enkidus Augenlider und rief ihn aus seinen wirren Träumen. Er bewegte sich, drehte sich um, so daß das Licht nicht länger sein Gesicht traf; doch noch während die verschwommenen Bilder seiner Gedanken sich in seinem Kopf zu Worten formten – dieses plötzliche Wunder, das ihn vom Tier zum Menschen gemacht hatte –, merkte er, daß er aufwachte. Er streckte, wälzte und drehte sich, und eine schwache Erinnerung überkam ihn: der Schlaf unter den Löwen, sicher umgeben vom Moschusgeruch des Junggesellenrudels und den großen, warmen Körpern, die sich in der Nachtkälte an ihn schmiegten ...
Allerdings waren die Gerüche im Zelt lieblicher, eine Mischung aus den Ölen, mit denen die Schamhatu sich einrieb, und dem köstlichen Duft ihres Geschlechtes, überdeckt von seiner eigenen Paarungsausdünstung – dem Geruch des Rudelführers, der er nun war. Enkidu stand auf. Sein Glied wurde schon wieder hart vor neuer Begierde nach seiner Löwin.
Die Schamhatu war draußen. Sie kniete an der Wasserstelle und

schöpfte Hände voll Wasser über ihre langen Haare und den nackten Rücken, um dann die Haut mit einem Tuch abzureiben. Lautlos schlich Enkidu sich hinter sie und bückte sich, um sie hochzuheben.

Sie wehrte sich nicht in seinen Armen, aber ihr Blick war scharf und fest. »Laß mich los, Enkidu. Wir können uns jetzt nicht lieben; wir müssen auf Akalla warten und ihm zeigen, daß es sicher für ihn ist, zu uns zu kommen und uns zurück ins Dorf zu führen.«

Stirnrunzelnd setzte Enkidu die Schamhatu ab. Es kam ihm vor, als sprächen in seinem Kopf zwei Stimmen gleichzeitig. Die eine gehörte der Schamhatu, die nichts anderes als die Wahrheit sagte – ohne Enkidus Begrüßung würde Akalla zweifellos seine Gaben hinwerfen und fliehen. Die andere, tiefere Stimme schien ihn grollend daran zu erinnern, daß es hier Nahrung genug gab und das Weibchen paarungsbereit war – warum also sollte er fortgehen oder dieses schöne Leben mit einem anderen Männchen teilen? Enkidu war hin- und hergerissen. Ein leises Grollen drang aus seiner Kehle, und er fühlte, wie das heiße Blut aus seinem Glied in den Körper zurückkehrte, seine Verwirrung das Summen seiner Begierde übertönte.

Die Schamhatu warf den schweren, dunklen Vorhang ihrer Haare zurück. Schimmernde Tropfen flogen auf wie ein Schwarm winziger Libellen. Mit den Fingerspitzen strich sie sanft über die Vorderseite von Enkidus behelfsmäßigem Rock. Er stand still und wartete, was sie tun würde.

»Mein Geliebter, du wirst sehen, daß eine Feige am süßesten schmeckt, wenn man lange auf ihr Reifen gewartet hat. Heute abend wirst du baden und die Speisen der Menschen essen, und dann werden wir zusammen in einem richtigen Bett unter einem Palmstrohdach schlafen, und ich werde dir mehr davon zeigen, wie die Menschen einander lieben – mit einer Lust, die langsamer und ausdauernder ist als die schnellen Ergüsse eines Löwen; mit der Kunst des Liebkosens und Küssens, und mit dem Eingehen auf das, was der andere sich wünscht. Vorher jedoch gibt es noch viel zu tun, und auch das gehört dazu, ein Mensch zu sein.«

Enkidu seufzte und sah von den dunklen Augen der Schamhatu zu

den felsigen Hügeln hinüber, die sich vor ihm in den blauen Himmel erhoben. Ein kleiner Vogel flatterte auf und flog ängstlich fort. Ein zweiter folgte ihm, und sie schrillten ihre Alarmrufe. »Akalla kommt«, sagte Enkidu. »Gehen wir ihm entgegen.«
Sie gingen auf den Hügel zu, und die Schamhatu hielt Enkidus Hand. Sobald der dunkle Kopf des Fallenstellers über den Felsen erschien, rief Enkidu: »Komm herunter, Akalla! Es wird dir nichts geschehen; ich werde nicht versuchen, dich von meinem Wasserloch oder meiner Löwin zu vertreiben.«
Einen Augenblick blieb Akalla mit erschrocken aufgerissenen Augen stehen. Dann wurden seine Schultern und Brust sichtbar. Über seinen Rücken hing ein Netz mit den Kadavern einiger kleiner Vögel und eines Felskaninchens. Der Fallensteller näherte sich Enkidu langsam, und dieser roch den scharfen Gestank der Furcht an ihm. Das war auch richtig, dachte Enkidu; schließlich reichte ihm der Kopf des anderen nur bis zum Kinn, und obwohl Akalla für seine Größe breite Schultern besaß, wirkten sie nur halb so breit wie Enkidus Schultern. Enkidu fühlte, wie ein Brüllen in seiner Brust aufstieg und in seiner Kehle bebte – ein Aufschrei des Stolzes und der Macht, um den kleinen Mann vor ihm einzuschüchtern. Aber die Schamhatu hatte gesprochen, und er mußte ihr vertrauen, denn sie verfügte über die Weisheit, ein Tier in einen Menschen zu verwandeln. Darum tat er, was sie ihn gelehrt hatte: Er ergriff Akallas Unterarm zur Begrüßung, obwohl er dem anderen ebenso leicht die Knochen hätte brechen können.
»Wir wollen heute, sobald der Wagen gepackt ist, ins Dorf zurückkehren«, erklärte die Schamhatu. Akallas Blick wanderte von den Knochen und faulenden Fellresten, die einmal ein Esel gewesen waren, hinüber zu dem lebendigen Tier, das am Rand des Wasserloches Gras rupfte. »Enkidu«, fügte die Schamhatu energisch hinzu, »wird uns beim Ziehen helfen.«
Den Wagen zu ziehen fiel Enkidu nicht schwer, obwohl er ab und zu traurig den Kopf hob und hinaus ins Land starrte. Über den struppigen Grasflecken flimmerte die Hitze. Eine Eidechse, braun und trocken wie ein verdorrtes Blatt, huschte über eine Felsplatte. Die dunkle

Gestalt eines Vogels stieg hoch in den blauen Himmel. Jetzt war es besser, sich im Schatten zusammenzurollen und zu schlafen. Aber auch wenn er nicht müde war und allein wanderte, hätte er den Pfad schon hundertmal verlassen, um sich auf irgendein kleines Tier zu stürzen oder einfach dazusitzen und ins Weite zu schauen, den staubig-bläulichen Dunst des fernen Horizontes in sich aufzunehmen und den kleinen Geräuschen des raschelnden Grases und der umherhuschenden Insekten zu lauschen. Aber die Schamhatu und Akalla hatten gesagt, wenn sie stetig weitergingen und nur, wenn die Tageshitze am größten war, kurze Rast hielten, würden sie bei Sonnenuntergang das Dorf erreichen; und da sie das offenbar beide wünschten, konnte Enkidu nichts dagegen einwenden.
Als der niedrige Kamm der Berge im Westen die Sonne schon halb verdeckte, lag das Dorf, ein niedriger, dunkler Klumpen aus viereckigen Häusern, vor den drei Wanderern. Es war von mehreren eingezäunten Weiden umgeben, in die die Schäfer gerade ihre Herden trieben, wobei sie den Schafen hin und wieder etwas zuriefen oder einem vom Wege abweichenden Lamm einen leichten Schlag mit dem Krummstab versetzten. Die Haare in Enkidus Nacken sträubten sich bei dem Anblick. Obwohl Schafe vorzügliche Beute waren, reich an gutem Fett und Blut, hatte das Rudel Orte wie diesen stets vermieden und war den schweren, muffigen Gerüchen der hochgewachsenen Geschöpfe dort, mit ihrem Geschrei und den seltsamen Waffen, am liebsten aus dem Weg gegangen. Jetzt aber hörte er, wie glücklich die Stimme der Schamhatu klang, als sie ausrief: »Hier ist es, Enkidu! Bist du bereit, als Mensch unter Menschen zu treten?«
»Ich bin bereit!« antwortete er und beschleunigte den Schritt, um nicht hinter dem Esel zurückzubleiben, der neben ihm im Joch ging.
Als der Wagen über das letzte Stück Straße rollte, strömten die Dorfbewohner aus ihren Häusern, um die Ankömmlinge mit großen Augen anzustarren. Sie kamen Enkidu sehr klein vor; nur wenige waren größer als Akalla, keiner erreichte Enkidus Höhe. Aber die Gerüche, die sich als dunkler Rauch aus den Häusern kräuselten, ließen ihm den Mund wäßrig werden: Fleisch, vom Feuer versengt, wie

die Schamhatu es aß, vermischt mit schärferen und stechenderen Gerüchen wie denen der würzigen Gräser, die manchmal an den Wasserstellen wuchsen. Er wäre gern in eines der Häuser gegangen, hätte sich seinen Anteil am Essen genommen und sich ans Feuer gesetzt, wo die Schamhatu ihm vorsingen konnte; aber als er sie fragend anblickte, schüttelte sie den Kopf.
»Weiter, Enkidu. Akallas Haus ist nicht mehr fern.«
»Aber jetzt sind wir doch hier«, dachte Enkidu, »und kein Haus sieht besser aus als das andere.« Vor einigen Häusern waren Ziegen angebunden, die ziellos auf den dürren Grasstoppeln herumkauten, und es gab auch ein paar Esel, doch nicht solche wie den, der neben ihm ging, sondern kleinere, graubraune Tiere, die böse die Augen nach ihm rollten, als der Wagen vorbeifuhr. Endlich forderte die Schamhatu ihn auf anzuhalten. Enkidu ließ das Joch von den Schultern fallen und betrachtete die Hütte, die sie ausgesucht hatte.
»Hier, Enkidu«, sagte sie, »hier werden wir bleiben.« Sie sprang behende vom Wagen, nahm seine Hand und führte ihn zur Tür. Eine kleine Fledermaus flog, in der aufkommenden Dunkelheit kaum sichtbar, in einem ungeschickten, zirpenden Bogen dicht über das Dach. Die Tür ging auf, und eine kleine Frau schaute heraus, die Enkidu verwundert anstarrte. Sie war kleiner und rundlicher als die Schamhatu, und ihr Haar wallte nicht frei herunter, sondern war als Flechte um ihren Kopf gelegt. Sie trug eine Kette aus bemalten Tonperlen statt der bunten Steine, die die Schamhatu manchmal um ihren Hals schlang. Witternd atmete Enkidu ihren Duft ein, die üppige Süße eines Weibchens, überdeckt von einem dünnen Schleier aus Rauch, geronnener Milch und würzigen Gräsern. Er warf einen Blick auf Akalla, aber der kleinere Mann machte keine Anstalten, ihn herauszufordern; entweder war das hier nicht die Gefährtin des Fallenstellers, oder er wollte nicht um sie kämpfen.
Enkidu griff nach der kleinen Frau. Eine Hand schloß sich um ihre weiche, feste Brust, die andere um die Rundung ihres Gesäßes. Er lächelte sie an, fühlte bereits die angenehme Schwellung und den pochenden Schmerz seiner Lenden und wußte, daß er bereit sein würde, sie zu nehmen, sobald sie sich im Inneren des Hauses befan-

den. Die Augen der Frau wurden groß, und sie schnappte nach Luft; aus dem berauschenden Duftgemisch, das sie umgab, stieg der jähe, beißende Gestank der Furcht.

»Enkidu!« fuhr die Schamhatu ihn an. »Laß sie los! Das ist Akallas Frau, und selbst wenn sie es nicht wäre, darfst du nie eine Frau so anfassen, wenn sie es dir nicht vorher erlaubt.«

Betrübt ließ Enkidu das verlockende Fleisch unter seinen Händen los, und die Frau huschte rückwärts ins Haus und aus seiner Reichweite. Ihr Mund bewegte sich stumm. Akallas Lippen waren zu einem dünnen, blassen Strich zusammengepreßt, seine Hände umklammerten den Bogenschaft. Enkidu hätte den Kampf mit ihm aufgenommen, aber die Schamhatu runzelte die Stirn und schüttelte den Kopf. Ein seltsamer Schmerz durchzuckte Enkidu und trieb ihm heiße, salzige Tropfen in die Augen, die ihm die Lider verbrannten.

»Habe ich Unrecht getan?« fragte er traurig. »Muß ich zurückzahlen?«

Der Blick der Schamhatu wurde milder. Sie streichelte seinen Unterarm. »Du hast kein Unrecht getan. Aber du mußt dich bei Inaschagga entschuldigen und ihr versprechen, sie nicht wieder so zu berühren.«

Enkidu betrachtete die kleine Frau. Ihr Blick flackerte unruhig zu ihm auf, dunkel und ängstlich wie die Augen einer Gazelle an der Tränke. »Es tut mir leid«, sagte er, wie er es von der Schamhatu gelernt hatte. »Ich werde dich nicht ... nicht wieder ohne deine Erlaubnis anfassen.«

Hinter sich hörte er Akalla leise und erleichtert aufatmen. Inaschagga kam ein wenig näher, hielt jedoch weiterhin mehr als eine Armlänge Abstand. »Dann sei willkommen in unserem Haus, Mann aus der Wildnis.« Ihre Nasenflügel bebten, als Enkidu sich bückte, um durch die Tür zu treten, und die Spitzen der getrockneten Palmwedel ihm über die Schultern strichen wie hundert lange Fingernägel. »Göttliche Herrin«, fragte sie die Schamhatu, »soll ich die Frauen des Dorfes rufen, damit sie euch Badewasser bringen?«

»Das wäre in der Tat ein gutes Werk«, erwiderte die Schamhatu ernsthaft. »Aber wir wollen essen, während das Bad bereitet wird,

denn wir haben heute einen langen Weg zurückgelegt und kaum gerastet.«
Enkidu betrachtete neugierig das Innere des Hauses. Es glich nicht, wie er angenommen hatte, dem Zelt der Schamhatu. Das Feuer wohnte mit im Inneren und hatte ein eigenes, kleines Tonhaus, von dem der Rauch aufstieg, sich unter dem Dach sammelte und dann durch die Bündel getrockneter Palmwedel abzog. Vor dem Feuer kauerte ein kleiner, alter Mann, dessen dunkle Augen trotz der verqualmten Luft der Hütte leuchteten. Hinter ihm stand ein großer Tontrog, so geräumig, daß Enkidu darin bequem hätte sitzen können, allerdings nicht zu voller Länge ausgestreckt. Auf dem Boden waren merkwürdige Gebilde aus Ton aufgereiht, auf denen flache, runde Gegenstände aus einem Material lagen, das Enkidu nicht benennen konnte, das aber ein wenig nach Grassamen in der Sonne roch.
Die Schamhatu hockte sich dem alten Mann gegenüber ans Feuer. Akalla kam mit einem großen Tonkrug herein und setzte sich neben sie. Enkidu zögerte einen Augenblick und folgte dann ihrem Beispiel.
»So sitzen kultivierte Menschen«, erklärte die Schamhatu, »wenn sie essen wollen. Vergiß nicht, daß du zum Essen nur die rechte Hand gebrauchen darfst; die linke ist unrein.«
Enkidu schaute auf seine Hände. Die linke schien ihm nicht schlechter als die rechte, obwohl er einen schwachen, angenehm stechenden Duft an ihr riechen konnte. Die Löwen hätten das scharfe Aroma begeistert beschnüffelt, aber die Schamhatu hatte ihm erklärt, daß Urin und Kot schmutzig und unsauber waren und er darauf achten mußte, niemanden zu beleidigen, indem er ihm die Hand bot, mit der er sich reinigte, oder dadurch Anstoß zu erregen, daß er sie bei den Mahlzeiten benutzte.
Akallas Frau schob den Krug, den ihr Mann gebracht hatte, in die Mitte der Runde und reichte jedem einen Strohhalm. Enkidu sah den Halm verwundert an und fragte sich, was er wohl damit anfangen sollte; zum Essen schien ihm das Stroh zu trocken. Dann aber beugte sich zuerst die Schamhatu vor, danach der alte Mann und Akalla. Sie

tauchten das eine Ende des Halms in den Krug und saugten an dem anderen.

»Komm, Enkidu«, forderte die Schamhatu ihn lebhaft auf. »Wenn du ein Mensch sein willst, mußt du lernen, Brot zu essen und Bier zu trinken – du mußt die Speisen essen, damit du am Leben bleibst, und das Bier trinken, weil es Landesbrauch ist.«

Enkidu schnüffelte an dem Krug. Die Flüssigkeit darin roch wie das Gras an einem stehenden Wasserloch, blasig von Fäulnis. Aber er hatte Schlimmeres getrunken, wenn er durstig war, und so senkte er seinen Trinkhalm in den Tonkrug wie die anderen und saugte an dem trockenen Halm wie an der Zitze eines Wildrindes.

Das Bier schmeckte nicht so widerlich, wie Enkidu geglaubt hatte; es lag nicht allein Bitterkeit, sondern auch Süße darin, und es glitt ihm leicht über die Zunge und hinterließ ein warmes Glühen im Magen. Er fing an, stärker zu saugen, bis er ein paar Tropfen des Getränkes einatmete und husten und spucken mußte. Die Schamhatu klopfte ihm lachend den Rücken.

»Vielen Jünglingen ist es beim ersten Biertrinken schlechter ergangen«, tröstete sie. »Aber nun solltest du etwas von dem Brot essen, damit du nicht zu schnell betrunken wirst.« Sie hielt ihm einen der runden, weißen Fladen hin.

Enkidu musterte ihn kurz aus schmalen Augen, nahm ihn dann, biß hinein und kaute. Er schmeckte fade, weder salzig wie Blut, noch frisch und süß wie Gras, und bildete merkwürdige Klumpen in seinem Mund, aber es gelang ihm, den Brei mit einem weiteren Schluck Bier hinunterzuspülen.

Als sie ihr Mahl beendet hatten, fühlte Enkidu sich angenehm wohl, so gelockert und entspannt an allen Gliedern, als nehme er an einem klaren Wasserloch ein Sonnenbad. Er hatte Käse gegessen, der aus Milch gemacht war, gerösteten, auf die runden Brote gestrichenen Knoblauch, und danach hatte die Schamhatu noch Datteln und Feigen in süßem Sirup hervorgeholt. Er wußte nicht, wieviel Bier er getrunken hatte, aber es waren mehrere leere Krüge hinausgetragen worden, und er hatte mehrfach das Haus verlassen müssen, um einen dunklen Fleck auf die trockene Lehmziegelmauer zu setzen. Die

Schamhatu tätschelte und lobte ihn; die Frauen, die hereinkamen, um aus Krügen Wasser in den großen Tontrog zu gießen, bewunderten ihn; und selbst Inaschagga starrte ihn nicht mehr so ängstlich an.
Enkidu streckte die Hand aus und kratzte sanft an der Wollfalte, die die linke Schulter der Schamhatu bedeckte. »Können wir uns jetzt paaren?«
Die Schamhatu schob seine Finger zur Seite und kicherte. Auch sie war übermütig und hatte ihm fröhlich erklärt, daß das die Wirkung des Biers sei. »Zuerst, mein Liebster, werden wir ein Bad nehmen und dir die Wildnis aus deinem Goldpelz waschen.« Sie stand auf. »Ihr guten Leute ... dürften wir eine Weile allein bleiben?«
Als Akalla und seine Familie das Haus verlassen hatten, half die Schamhatu Enkidu, den Schal zu lösen, den sie ihm um die Mitte gebunden hatte, und streifte dann auch ihr Kleid ab, wobei sie seinen ungeschickten Händen mit Leichtigkeit auswich. »Noch nicht, mein Herz.« Sie deutete auf den Trog. »Hinein mit dir.«
Enkidu stieg in den Trog und setzte sich hin. Das Wasser war behaglich kühl und besänftigte die hundert kleinen Stiche und juckenden Stellen auf seiner Haut. Die Schamhatu folgte ihm mit einem Tuch und einem Kamm. Sie tauchte das Tuch ins Wasser, spritzte ihn naß und fing an, ihn abzureiben wie eine Löwin ihr Junges. Ab und zu zerrte sie an einer verfilzten oder verklumpten Stelle, an der sich die Haare verklebt hatten, worauf Enkidu leise fauchte; davon abgesehen, empfand er das Bad als angenehm.
Schließlich stand sie auf, zitternd vor Kälte, strich sich das Wasser von der Haut und griff nach einem trockenen Leintuch, um sich abzureiben. Beim Anblick der dunklen Streifen, die auf dem Tuch zurückblieben, verzog sie das Gesicht. »Dieses schmutzige Wasser! Ich wünschte, wir könnten uns noch einmal mit sauberem Wasser waschen, aber wir können die Frauen nicht bitten, den Trog zweimal am Abend zu füllen. Komm, Enkidu.«
Enkidu erhob sich gehorsam und ließ sich abtrocknen. Sie beroch ihn aufmerksam. »Schon besser ... aber du riechst immer noch ein wenig wild. Setz dich hin und trink noch ein paar Schluck Bier, während ich ein Salböl für dich mische.«

Die Schamhatu kramte in ihren Tonkrügen herum, goß aus, verrührte. Enkidu lächelte bei den vertrauten Düften, die für ihn zuerst nur ihr Zelt und ihre offenen Schenkel bedeutet hatten, denn er hatte geglaubt, sie gehörten zu ihrem eigenen Körper; jetzt begriff er, daß sie von den goldenen Ölen stammten, mit denen sie ihre Haut glättete. Als sie eine Mischung hergestellt hatte, die ihr gefiel, kam sie und stellte sich hinter ihn. Ihre Brüste preßten sich gegen seine Schulterblätter.
»Bleib sitzen, Enkidu ... bewege dich nicht«, befahl sie mit leiser, tiefer Stimme. Ihre duftenden Hände strichen über seine Schultern und seinen Nacken und verteilten das Öl, wobei sie seine Muskeln mit festen Griffen knetete und weich machte. Enkidu schloß halb die Augen, lehnte sich zurück und genoß, wie ihre Finger an ihm herabglitten, um das Öl auch im golden glänzenden Haarwald seiner Brust zu verreiben. Er war wieder erregt, wenn auch nicht mit der hämmernden Dringlichkeit, die er zuvor empfunden hatte; ihre sanfte, lustvolle Berührung schien seinen ganzen Körper zu streicheln und ihr entgegenzuheben. Nach kurzer Zeit führte die Schamhatu ihn zum Bett, um dort auch seinen Bauch und seine Schenkel zu ölen. Dabei kreisten ihre Hände immer wieder über seine pochenden Lenden, allerdings ohne länger als nur einen Augenblick dort zu verweilen.
Endlich befahl Enkidu: »Jetzt wollen wir uns lieben!«
Die Schamhatu erhob keine Einwände, sondern lächelte nur. »Ja, das wollen wir. Nein, bleib liegen ...!«
Sie richtete ihren biegsamen Körper auf, stützte die Hände auf Enkidus Brust und ließ sich auf ihn herabsinken. Er hielt sie fest und begann kraftvoll die Hüften zu regen. So tief er konnte, stieß er in den feuchten, samtigen Hafen, der sein Schiff barg.
»Langsamer, Enkidu«, flüsterte die Schamhatu, »wenn du dich zu schnell ergießt, verschaffst du mir keinen Genuß. So ... ist das nicht schöner?« Sie schob sich langsam auf und nieder, und ihre warme Umklammerung liebkoste ihn mit prickelnder, sehnsüchtiger Lust. »Du darfst auch meine Brüste streicheln ... Frauen lieben es, wenn man das tut ... wenn es die richtige Zeit und der richtige Mann sind ...«

Enkidu griff nach oben, um die weichen, kleinen Kugeln zu liebkosen, und fühlte die harten Brustwarzen an seinen Händen. Am liebsten hätte er die Schamhatu gepackt und wieder härter zugestoßen, aber er begriff jetzt, daß das schöne Gefühl dann zu Ende sein würde, dieses langsame Anschwellen der Verzückung in seinem Blut, das sich in Stöhnen und kleinen Schreien aus ihren beiden Mündern entlud, als sie ihn behutsam den feurigen Gipfel zum Himmel hinaufführte.
Endlich warf die Priesterin den Kopf zurück, reckte die Brüste zur Decke und peitschte mit den langen Haarspitzen Enkidus Schenkel. Er fühlte, wie sie ihn enger umschloß, eine feste, unerträglich vibrierende Umklammerung, die dann plötzlich nachgab. Mit einem Aufschrei gab er seinem Verlangen nach, stieß mit den Hüften vor, bis hinter seinen Augen Feuer aufflammte und der heiße Samen aus seinem Körper schoß.
Die Schamhatu, die ihn noch immer in sich hielt, sank auf seine Brust. Ihr dunkles Haar mischte sich mit seinem Haar und dem Bart. Ihr Atem ging keuchend, ihre Pupillen waren geweitet, aber ihre Lippen kräuselten sich in schläfriger Befriedigung. Sacht küßte sie seinen Mund.
»Du lernst schnell, mein Liebster. Solange du nicht vergißt, daß du Frauen nicht ohne ihre Erlaubnis anfassen darfst, glaube ich nicht, daß du einsam sein wirst in Erech.«
Seufzend drückte er sie an sich. Ihre Wärme tat gut, wie der kleine, an ihn geschmiegte Leib einer Gazelle, und bald war er eingeschlafen.

## 14

Enkidu erwachte im Dunkeln, halb erstickt vom Rauch und von den menschlichen Gerüchen, die ihm die Brust zuschnürten. Sekundenlang bäumte er sich in jäher Angst auf, bis ihn das ruhige Atmen der Schamhatu an seiner Seite und das sanfte, wispernde Schnarchen Inaschaggas, das zwischen Akallas tieferem Atem und den pfeifenden

Lungen des alten Mannes zu hören war, daran erinnerte, daß er ein Mensch unter Menschen und kein wildes Tier mehr war. Aber er hatte die Gewohnheiten der Löwen noch nicht völlig abgelegt; nach einem kurzen, aber festen Schlaf waren seine Glieder wieder stark, und er war wach. Er stand auf und streckte sich. Dann fiel ihm ein, daß Menschen Kleider trugen, und so griff er nach dem weichen Wollgewand der Schamhatu und band es sich um die Mitte, bevor er hinausging.

Vor einem der Häuser bellte ein Hund und wollte sich auf ihn stürzen. Enkidu tat nichts, aber als der magere Köter seinem Blick begegnete, blieb er sofort stehen und entfernte sich dann mit eingezogenem Schwanz. Enkidu kam es vor, als ob alle anderen im Dorf schliefen oder tot waren, die Ziegen zu Wollklumpen geballt, ihre Besitzer stumm und leblos in ihren Lehmziegelmauern. Aber irgend etwas trieb ihn vorwärts ... nicht ganz ein Geruch, nicht ganz ein Geräusch ... etwas wie ein Summen unter seinen Fußsohlen, als er auf die Mitte des Dorfs zusteuerte, wo ein paar vereinzelte Palmen schwarz und dornig im schwachen Schimmer des Mondlichts schwankten.

Ohne zu wissen, warum, bog Enkidu ab, bevor er den Brunnen und den Ring der Palmen, die ihn umgaben, erreicht hatte. Vor der aus Gras gewobenen Tür einer der größten Hütten blieb er stehen und schob sie zur Seite.

Die Schwärze im Inneren kam ihm dunkler vor als eine Höhle bei Nacht. Er blieb auf der Schwelle stehen und stellte sich auf die Fußballen, bereit zur Flucht und gleichzeitig zum Kampf. Aber nichts geschah, und so trat er vorsichtig ein. Einen Schritt, zwei Schritte ... hier wohnte niemand. Der einzige Geruch, der in seine Nüstern drang, war der von ranzigem Schafsfett, überdeckt vom Duft frisch gebrochenen Schilfs und dem matten Gestank faulender Blumen ... und von diesem anderen, dieser Fährte, der er gefolgt war. Obwohl die Schamhatu ihm eingeschärft hatte, daß Menschen immer aufrecht gingen, ließ Enkidu sich auf alle viere nieder, witterte und suchte.

Als er durch das raschelnde Schilf kroch, dauerte es nicht lange, bis seine Stirn gegen eine steinerne Rundung stieß. Er erhob sich auf die

Knie. Seine Hände glitten an der Gestalt hinauf und streichelten die schwellenden Formen. Es war ein Frauenkörper, der sich unter seinen Fingern erwärmte. Kalt blieb nur die Kette um den Hals, deren Tonperlen zu poliertem Stein zu gefrieren schienen, als er sie berührte. Die Figur schien einen leisen Seufzer auszustoßen. Dann sah er aus dem Augenwinkel das erste Licht angehen, die winzige Flamme einer Öllampe, hell und klar in der Finsternis. Ihr Glanz spiegelte sich in dem Gold, das über den Brauen der Frau leuchtete – einem großen, achtzackigen, goldenen Stern über einem Reif von auf Golddraht gezogenen Lapisperlen. Immer mehr Lichter entzündeten sich, langsam wie Sterne, die am Abendhimmel aufglühen; er roch das ranzige Schafsfett und die faulenden Blumen nicht mehr, sondern nur noch liebliche Öle und Moschus. Die Wandbehänge schimmerten seidig und glitzerten von Fäden aus Silber und Gold, und die Decke hing hoch über Enkidus Kopf, gestützt von großen Säulen mit darin eingelegtem Lapis und perlmuttfarbenen Muscheln.

»Enkidu«, hauchte die Frau. Staunend sah er zu ihr auf. Sie erinnerte ihn an die Schamhatu, doch in einer Kleidung, wie er sie nie an ihr gesehen hatte, über und über strahlend vom hellen Glanz des Goldes und dem dunklen Schimmer des Lapis unter dem großen Sterndiadem auf ihrem Haupt. Gedrehtes Gold zeichnete unter dem Gewand aus hellblauem Leinen ihre Brüste nach, und um ihre Hüften schlang sich ein Gürtel aus glimmenden Achaten, dessen kunstvoll gearbeitete Schnalle auf das dunkle Dreieck herabhing, das matt durch den dünnen Stoff schimmerte. Ihre Augen waren groß und schwarz, unergründliche Teiche, in denen sich glitzernd die Sterne des Lampenlichts spiegelten. Sie streckte ihre schlanke Hand aus und legte sie auf seinen Kopf, und die Berührung ging ihm durch Mark und Bein.

»Enkidu, mein Löwe«, sagte sie leise, »stark bist du wie ein wilder Stier. Aruru schuf dich in der Einöde; aus Schweigen bist du geboren; Ninurta verlieh dir Kraft. Eines nach dem anderen, wie einst nach Erech, brachte ich dir die *Me*. Was wahr ist, kommt wieder; auch wenn die Priester wechseln, werden die Riten vollzogen wie immer, und die Stärke der Welt ist neu geboren.«

»Warum?« flüsterte Enkidu. »Große Wunder hast du mir gezeigt – doch ich weiß wenig, und du forderst viel ...« Er senkte den Kopf, denn er konnte ihrem Blick, dunkel wie der Himmel, nicht länger standhalten.

»Alles, was du lernen mußt, wird zu dir kommen, mein Löwe. Für jetzt genügt, daß du dieses eine weißt: Ich habe dich gerufen, damit du mein Krieger sein und mein Brautbett bewachen sollst. Der Hirte von Erech treibt seine Schafe, bis sie umfallen; der gewaltige Stier zerstampft die, die ihm Futter bringen, und zertritt das wachsende Korn. Und weil sie den Aufschrei der Geplagten hörten, formten die Götter in der Wildnis dich, Enkidu, aus dem Staub der Wüste und den Gebeinen von Löwe und Mensch.

So wie wir alles Lebendige schufen zu Anbeginn der Zeiten, so schufen wir dich, einen fertigen und ausgewachsenen Mann, als Antwort auf die Gebete von Erech, und meine Priesterin bereitete mir den Weg, damit ich deinen wartenden Verstand mit Sprache und Wissen füllen konnte. Ich habe dich dazu bestimmt, ein Stachel zu sein für den Hirten und ein Joch für den Stier; du sollst die Nachtwachen des Hirten teilen und an der Seite des Stiers kämpfen, damit er sein eigenes Herz erkennt und Sorge für seine Herde trägt, und damit er den Wert des Getreides begreift, das ihn so stark gemacht hat. Auch wenn du das jetzt noch nicht verstehst, mein Löwe – meine Füße werden auf deinem Rücken ruhen und mein Stern wird dich leiten; du sollst mein Krieger sein und mein Brautbett bewachen.«

Enkidu fühlte Inannas Hand über seine Augen streichen, sacht wie das Flattern von Falterfügeln im Schatten einer Öllampe. Er war auf einmal müde, endlos erschöpft. Vor ihren Füßen glitt er zu Boden, und gegen seinen Willen fielen ihm die Augen zu. Er versank in den warmen Wolken aufgehäufter Teppiche und schlief ein.

15

Als Enkidu erwachte, traf ein grelles Licht schmerzhaft seine Lider. Er hörte die rauhen Stimmen von Männern, die einander etwas zuriefen, und roch den schweren Gestank von Knoblauch und Käse, der aus den Poren sämtlicher Dorfbewohner zu sickern schien.
»Seht! Hier ist er ... hier im Heiligtum.«
»Schlafend zu Füßen der Göttin!«
»Wie ist er hierhergekommen? Wissen selbst die wilden Tiere, was Anbetung heißt?« flüsterte ein Mann, und eine ältere, trockene Stimme antwortete: »Jedenfalls braucht die Schamhatu wohl keine Angst mehr zu haben, daß er vor ihr fliehen will. Nur du, Ilschu, solltest vielleicht um deine Stellung als Tempelhüter fürchten, wenn du nicht beweist, daß beim Ringen Geschicklichkeit mehr zählt als Kraft und Größe.«
Enkidu schlug die Augen auf und blinzelte in die grelle Morgensonne und die Schatten am Eingang. Der alte Gunidu stand dort, auf seinen krummen Hirtenstab gelehnt, und bei ihm drei jüngere Männer. Die meisten Dorfbewohner sahen für Enkidu immer noch gleich aus, aber einer der jungen Männer war größer als die übrigen und auch größer als alle, denen Enkidu hier bisher begegnet war, wenn auch kleiner als er selbst. Er hatte eine eher gerade als gebogene Nase, und sein schwarzer Bart war am Kinn kurz geschoren. Jetzt rieb er sich mit der Hand den braunen, rasierten Schädel und kam auf Enkidu zu.
»He, du«, sagte er. Seine Stimme klang ruhig, aber Enkidu erkannte den schwachen, säuerlichen Unterton der Furcht. »Was tust du da zu Füßen Inannas? Willst du der Hüter ihres Schreins werden?«
Enkidu stand auf und reckte sich. Ilschus braune Augen schätzten ihn so sorgfältig ab, wie ein Löwe eine Steinbockherde beobachtet, um festzustellen, welches Tier hinkt oder zurückbleibt, welches vielleicht langsamer läuft oder leichter zu Fall gebracht werden kann. In Enkidus Kopf war die Nacht bereits verblaßt, wie zu jener Zeit, als er noch keine Worte gehabt hatte, um Gesehenes, Gehörtes und Erlebtes in seinem Verstand zu verankern; doch als er Ilschus Frage hörte, stieg

in seinem Hirn ganz langsam eine Gedächtnisblase auf, platzte und gab die Erinnerung an die Worte frei, die er gehört hatte.

»Ich soll ihr Krieger sein«, erklärte er zögernd, und die Worte auf seiner Zunge schmeckten fremdartig und süß wie Bier, »und ihr Brautbett bewachen.«

Einer der anderen jungen Männer pfiff durch die Zähne. Gunidu lächelte ein schiefes, kleines Lächeln. Aber Enkidu sah, wie das Blut unter Ilschus sonnengebräunter Haut plötzlich schneller floß und die dunkle, gezackte Ader an seiner Schläfe zu pochen anfing.

»Wenn du das willst, mußt du darum kämpfen«, knirschte Ilschu mit zusammengebissenen Zähnen. »Kennst du die Regeln für das Ringen an diesem heiligen Ort?«

Enkidu schüttelte den Kopf.

»Dann paß auf.« Ilschu wendete sich zu einem seiner Begleiter, einem kleinen, leicht gebauten Mann. »Jeder ergreift mit den Händen den Gürtel des anderen ... so. Wer losläßt, gilt als Verlierer. Wenn der Priester oder die Priesterin das Zeichen gibt, versucht jeder, den anderen zu Boden zu werfen, entweder durch Kraft oder durch Geschicklichkeit. Gib acht!«

Ilschus Griff wurde fester, und seine Schultermuskeln wölbten sich, als wolle er den anderen vom Boden hochheben. Aber der kleine Mann drängte sich an ihn und hakte ihm ein Bein in die Kniekehle. Ilschu knickte ein; sein Körper vollzog eine rasche seitliche Drehung, die seinen Gegner in die Luft schleuderte. Der Kleinere landete flach auf dem Rücken, und Ilschu kniete triumphierend über ihm.

»Siehst du?« fragte Ilschu, der kaum schneller atmete, mit einem Grinsen. »Ich bin der beste Ringer in drei Dörfern und halte seit fünf Jahren die Meisterschaft in diesem Heiligtum – länger als Gilgamesch die Herrschaft im Tempel von Erech –, und nie habe ich mich meiner Pflicht entzogen.«

Gunidus Stock schoß hervor und traf schmerzhaft Ilschus Rücken. »Sprich nicht solche Worte! Vor allem nicht in Inannas Heiligtum: Ob wahr oder nicht, die Göttin wird nicht freundlich auf die Menschen blicken, die über ihren jungen Freier in Erech-der-Schafhürde Schlechtes reden.«

Wieder verdunkelten sich Ilschus Züge, aber er gab Gunidu keine Antwort, sondern ließ den besiegten Gegner los und stand auf.
»Nun, Enkidu? Bist du bereit, mit mir zu ringen, wenn dir jemand einen Gürtel leiht?«
»Warte«, sagte Gunidu. »Ich kenne das Kleidungsstück, das er um die Mitte trägt; die göttliche Herrin wird nicht erfreut sein, wenn man ihr Hemd zerreißt. Ich werde Kleider für ihn holen und die Schamhatu mitbringen, auf daß der Anblick der jungen Stiere, die vor Inanna ringen, die Augen ihrer Priesterin ergötze. Und du, Ilschu, richte deinen Blick auf die Göttin, damit du aus Liebe zu ihr kämpfst und nicht aus Zorn und verletztem Stolz, die beide keine geeigneten Opfer für ihren Schrein sind. Inanna besitzt selbst genug Stolz, und wenn man ihren Grimm weckt, auch genug Wut.«
»Ich höre deinen Rat, Hirte«, erwiderte Ilschu mit etwas gedämpfterer Stimme. Er trat vor das Standbild am hinteren Ende des Heiligtums, fiel auf die Knie und warf sich dann flach zu Boden.
Bei Tageslicht waren Inannas Perlen wieder aus bemaltem Ton, und ihr steinernes Antlitz war leer bis auf den in die Stirn geschnittenen Doppelbogen. Mit gefurchten Brauen blickte Enkidu auf das Zeichen. Er hatte diese Markierung schon früher gesehen, zwei scharfe Bögen mit einem einzigen, gemeinsamen Pfeiler, aber er konnte sich nicht erinnern, wo und wann. Da war nur das verschwommene Bild von dunklen Abzeichen auf goldenem Grund, von Wärme in kalter Wüstennacht ... Während sich vor dem Haus allmählich eine murmelnde Menge einfand, starrte Enkidu auf Inannas Stirn, bis sich sein Blick trübte. Dann fiel die Tür zu. Dämmriges Zwielicht erfüllte den Raum, und er hörte die Stimme der Schamhatu.
»Komm, Enkidu, ich will dich geziemend bekleiden, damit du für Inanna in den Kampf treten kannst.«
Enkidu ging zu ihr und wartete, bis sie ihr Hemd von seinen Hüften gelöst und durch einen Fransenrock und Gürtel ersetzt hatte, wie ihn die anderen Männer trugen. Er hatte sie in der letzten Nacht gesehen und doch nicht gesehen; denn in der Nacht hatte ihre Krone bis an den Himmel gereicht und die Stärke der Göttin ihn überwältigt, jetzt aber dünkte sie ihn wieder klein und zart, und er war es, der auf sie

herabblickte. Doch ob Göttin oder Frau, sie war lieblich anzuschauen mit ihrem rötlich glänzenden, langen, dunklen Haar, den großen Augen und der hellen Haut dort, wo ihr Gewand die rechte Schulter freiließ. Enkidus Nüstern weiteten sich, als er ihren Duft einatmete; er wußte, daß sie aufs neue zur Liebe bereit war ... und der Sieger im Ringkampf würde sie nehmen dürfen.

»So läßt Inanna ihre Männer gegeneinander antreten, um zu prüfen, welcher der stärkste ist«, murmelte die Schamhatu. »Auf in den Kampf, mein Löwe.« Sie ließ ihn los und trat neben die Statue der Göttin.

Ilschu erhob sich aus seiner liegenden Stellung, klopfte sich die Schilfstückchen aus dem kurzen Bart und zog seinen Rock gerade. »Bist du bereit, wilder Mann?« fragte er.

»Ich bin bereit«, erwiderte Enkidu.

Die beiden entfernten sich sieben große Schritte von Standbild und Priesterin und nahmen dann einander gegenüber Aufstellung. Jeder ergriff den Gürtel des anderen.

»Fangt an«, befahl die Schamhatu.

Zuerst schien Ilschu sich kaum zu bewegen; ein sachtes Schieben und Ziehen, als wolle er Enkidus Stärke und Standfestigkeit versuchen, nicht mehr. Plötzlich jedoch fuhr er zur Seite, streckte ein Bein hinter Enkidu, duckte sich, stieß die Hüfte nach vorn und drehte sich. Enkidu war so überrascht, daß es ihm nur knapp gelang, sich loszureißen, bevor der andere ihn umwerfen konnte.

Die Hand der Schamhatu flog zum Mund, und die Priesterin schnappte nach Luft. Enkidu warf den Kopf zurück und brüllte. Ilschus Körper schien ihm nicht schwerer als der eines Felskaninchens, als er den anderen hochhob. Verzweifelt umklammerte Ilschu mit den Beinen Enkidus Knie und versuchte, den größeren Mann mit sich nach unten zu ziehen. Aber Enkidu brachte sein rechtes Knie hart nach oben, brach den Griff auf und rammte mit dem Knie Ilschus Schenkel. Der Aufprall war so hart, daß der schwarzbärtige Ringer aufschrie. Enkidu schleuderte ihn krachend zu Boden. Langsam lösten sich Ilschus Finger von Enkidus Gürtel, und seine Arme sanken herab.

Enkidu hörte das leise Murmeln der Menge vor der Tür. »Habt ihr gesehen? Ilschu liegt am Boden.« Und dann, mitten in seinem eigenen triumphierenden Brüllen, die ernüchternden Worte: »Ist er tot?«
Sekundenlang schwankte Enkidu auf seinen Füßen, und die Aufwallung heißer, roher Lust beim Anblick des gefallenen Feindes kämpfte mit der dunklen Kälte der Scham – jener Scham, die er zuerst empfunden hatte, als die Schamhatu ihn belehrte: »Wenn man anderen Schaden zufügt, muß man immer dafür bezahlen«
»Ich habe ihn getötet«, dachte er, »ich habe Unrecht getan im Heiligtum der Göttin; ich bin nicht würdig, ihr zu dienen oder unter Menschen zu leben.«
Am liebsten wäre er weggerannt oder hätte sich wenigstens zusammengerollt und sein Gesicht vor den Menschen dort draußen verborgen. Aber er zwang sich, sich über Ilschu zu beugen und vorsichtig zu lauschen.
Der Ringer atmete noch, ein leises, zischendes Rasseln der Lungen. Enkidu fühlte, wie eine Last von seinen Schultern fiel, schwer wie das Wagenjoch. Aber Ilschu regte sich nicht und sprach kein Wort. Würde er doch noch sterben?
»Steh auf und laß mich zu ihm«, gebot die Schamhatu. Enkidu wich zur Seite und sah zu, wie sie neben dem Gefallenen niederkniete, seine Lider hob, um ihm scharf in die Augen zu blicken, und seinen ganzen Körper betastete und beklopfte. Ilschus Hand zuckte, dann sein Fuß. Enkidu hörte ihn leise stöhnen, und schließlich flatterten seine Augen auf.
Die Schamhatu stand auf und wischte die Hände an ihrem Kleid ab. »Sein Kopf wird in ein paar Tagen genesen sein, aber er darf auf keinen Fall Bier trinken«, erklärte sie den beiden jungen Männern, die Ilschu begleitet hatten. »Außerdem sind zwei Rippen gebrochen; wenn ihr mir Stoff bringt, werde ich sie ihm verbinden. Schafft ihn dann nach Hause und legt ihn dort hin; gebt ihm viel Milch und Käse, um die Heilung zu fördern, und achtet darauf, daß er sich eine Woche lang ausruht.«
»Aber was ist mit unseren Herden, göttliche Herrin?« fragte der grö-

ßere der beiden. »Ilschu war nicht nur der Hüter des Heiligtums, sondern auch der unserer Schafe, denn keiner bewachte sie nachts so gut wie er und verscheuchte die Löwen und Wölfe grimmiger.«
Diesmal sprach Enkidu, bevor die Schamhatu antworten konnte. Erleichterung beflügelte seine Worte. »Ich werde an Ilschus Stelle Wache halten, um den Schaden gutzumachen, den ich ihm zugefügt habe; ich wollte ihn nur besiegen, nicht aber ihm die Knochen brechen. Ich werde seinen Platz einnehmen, solange es nötig ist.«
Stöhnend versuchte Ilschu sich aufzurichten. Enkidu streckte ihm die Hand hin, und der Ringer nahm sie und zog sich daran hoch, bis er saß. »Ich danke dir«, murmelte er. »Aber du brauchst mir das nicht anzubieten; ich habe beim heiligen Ringkampf anderen Männern schlimmere Verletzungen zugefügt.«
»Und doch scheint es mir richtig«, entgegnete Enkidu.
Ilschus Freunde halfen ihm auf und stützten ihn auf beiden Seiten. Gunidu folgte ihnen beim Hinausgehen, hielt einen Augenblick inne, drehte sich um und lächelte. Dann schloß er die Tür und ließ Enkidu mit der Schamhatu allein.
Die Priesterin sah zu Enkidu auf und breitete die Arme aus. »Du bist ein Löwe, der ein Hirte, und ein Tier, das ein kluger Mensch geworden ist«, meinte sie liebevoll. »Komm nun, mein Krieger: Nimm das Diadem von meinem Haupt und die Kette von meinem Hals. Löse den Gürtel von meinen Hüften und streife das Kleid von meinem Körper, denn ich gehöre dir, und du gehörst Inanna.«

16

Bei Sonnenuntergang gab die Schamhatu Enkidu einen Kuß zum Abschied, und Gunidu zeigte ihm, wo die Herden friedlich unter dem dunkler werdenden Himmel grasten und der Hirte, der die Tagwache gehalten hatte, auf seine Ablösung wartete, damit er in seine Hütte heimkehren konnte. Die Priesterin sah ihm nach, als er aufbrach. In seiner langen, goldlockigen Mähne glänzte das Licht der scheidenden

Sonne rot wie auf poliertem Kupfer. Dann drehte sie sich um und ging zu Gunidus Haus zurück.

Obwohl Inaschagga nie gewagt hätte, sie darum zu bitten, half die Schamhatu bereitwillig, das Essen zuzubereiten, den Ofen zu heizen und die flachen Brotfladen auf dem gewölbten Deckel des heißen Bienenkorbs aus Ton zu wenden, während Akallas Frau die Ziege melken ging. Akalla hatte am Morgen gute Beute gemacht, ein ganzes Netz voller Drosseln. Einige verkaufte er, aber einen Teil behielt er zurück für die Familie, so daß sie an diesem Abend gut aßen. Knirschend gruben sich ihre Zähne in die winzigen Vogelknochen. Auch wenn es nicht die Sorte Nahrung war, an die sich die Schamhatu als Hohepriesterin gewöhnt hatte, schmeckte es ihr doch besser als das, was sie als Kind und junge Dienerin im Tempel bekommen hatte, und es machte ihr nicht das geringste aus, nach Beendigung des Mahls neben Inaschagga zu stehen und die Schüsseln zu scheuern. Danach saßen sie zusammen und tranken das letzte Bier der Schamhatu. Sie sang und spielte die Lyra, und Gunidu erzählte Geschichten, bis Akalla und Inaschagga allmählich die Augen zufielen und sie um Erlaubnis baten, sich hinlegen zu dürfen.

Die Schamhatu und Gunidu blieben noch eine Weile still sitzen, bis sie hörten, wie sich Akallas tiefe und Inaschaggas leisere Atemzüge in das sanfte, rhythmische Schnarchen des ersten Nachtschlafs verwandelten. Dann begann die Schamhatu behutsam: »Gunidu, dein Name wird im Hause Inannas noch immer mit Ehren genannt. Wenn du wieder nach Erech kommen wolltest, würde dich dort mehr erwarten als zwei Ziegen und eine Hütte in dieser Einöde.«

»Ich hatte einen guten Grund fortzugehen und habe einen ebensoguten, nicht zurückzukehren. Außerdem besitze ich mehr als zwei Ziegen und eine Hütte: Ich habe meinen Sohn, und zukünftige Monde werden mir Enkelkinder schenken.«

»Das Leben eines Jägers so weit vom Fluß entfernt ist hart. Unten am Buranun gibt es Wildvögel in großen Schwärmen, fett und zart vom üppigen Gras; im Sumpfland hausen wilde Eber, und der Fluß ist voller Fische. Ein geschickter Fallensteller wird in Inannas Tempel stets gebraucht, denn die Göttin hat viele Schalen zu füllen.«

Gunidu wandte sich ab, und der scharfe Umriß seines Profils stand wie ein Schatten vor der heruntergebrannten Glut. Die Schamhatu konnte den Ausdruck seiner Augen nicht erkennen. »Mag sein, daß mein Sohn ein hartes Leben hat, aber zumindest hat er ein Leben.«
»Erzähl mir mehr.«
Der alte Hirte saß schweigend da.
Die Schamhatu wischte sich stumm die feuchten Hände an ihrem Wollhemd ab. Als sie eine Haarsträhne aus dem Gesicht strich, merkte sie, daß ihre Finger zitterten. Trotzdem gab sie nicht nach; als Priesterin hatte sie gelernt, daß das Verborgene oft das wirklich Wissenswerte war. »Es gibt noch Menschen, die sich erinnern«, murmelte sie. »Der alte En ist noch am Leben, und Rimsat-Ninsun, die Alte Frau der Stadt, weiß von deiner Flucht. Sie erkannten dein Siegel und erinnerten sich. Ich könnte auch von ihnen etwas erfahren.«
Noch immer gab Gunidu keine Antwort. Seine runzligen Lider senkten sich langsam über die dunkel glänzenden Augen; es war, als blinzele eine Schildkröte. Die Schamhatu hätte fast meinen können, er sei eingeschlafen, hätte sie nicht selbst in der trüben Beleuchtung bemerkt, wie sich die Muskelstränge unter seiner ausgedörrten Haut spannten. Endlich überlief ihn ein Schauer, und er entspannte sich, als breite ein Schlaftrunk sich in seinem Körper aus.
»Die Schafe starben«, begann er, und seine Stimme nahm den singenden Tonfall der Geschichtenerzähler des Tempels an. »Es war zur Zeit des Pflügens nach dem Buranun-Hochwasser, als eine große Seuche unter den Herden ausbrach. Sie befiel vor allem die Mutterschafe und Lämmer, und wir waren in großer Sorge. Weder die Herden des Tempels noch die des Ensi, noch die der Armen wurden verschont, und Erech-die-Schafhürde war zu Erech-dem-Schafsfriedhof geworden. Weil der Segen der Göttin uns verlassen hatte, beteten wir und verbrannten kostbare Öle; wir opferten Öl und Weihrauch, Honig und gute Butter. Schließlich opferten wir eines der wenigen Schafe, die noch gesund geblieben war, einen starken Widder mit glänzendem Vlies, von gutartigem Wesen, eines meiner Lieblingstiere; ich weinte, als ich ihn sterben sah. Aber sein Tod brachte uns

eine Antwort: Obwohl Lugalbanda erst zu Neujahr, vor ganz kurzer Zeit, Inannas Bett geteilt hatte, wünschte die Göttin einen neuen Gatten. Und weil ich der oberste Schafhirt ihres Tempels war, nahm ich diesen Platz ein, voller Furcht, Stolz und Hoffnung – denn wenn es für meine Herden keine Rettung gab, würden auch Lugalbandas Tiere ihnen hinab in Ereschkigals staubiges Land folgen.«
Gunidu seufzte und saugte geräuschvoll das letzte Bier vom Boden seines Kruges. »Und so kam sie zu mir, Inanna, sternengekrönt und in all ihrer Herrlichkeit, die Königin des Himmels. Sie gab mir ihren Segen; ich ergoß meinen Samen in sie, und sie füllte mich mit ihrer Macht. Am Morgen darauf ging ich zu den Mutterschafen, die flach auf der Seite lagen, und zu den Lämmern, aus deren Nüstern blasiger, gelber Schleim quoll. Ich legte meine Hände auf sie, und nach und nach genasen sie, und es gab keine neuen Erkrankungen. Doch sie, die damals Schamhatu war ... sie begann morgens zu erbrechen, was sie gegessen hatte, und ihre Mitte wurde so dick, daß sie den Gürtel aus Geburtssteinen ganz oben zwischen Brüsten und Bauch tragen mußte. Niemand weiß, ob sie vergessen hatte, den Trank zu nehmen, ob er nicht stark genug oder ob die Macht der Göttin so groß war, daß er nicht wirkte; auf jeden Fall trug sie ein Kind, und ich zweifelte nicht daran, daß es meines sein mußte. Obwohl das Kind der Göttin keine Mutter hat, kann es doch das Erbe seines Vaters antreten, so wie Gilgamesch nach Lugalbanda Ensi und Lugal geworden ist, und ich war voller Freude, daß ein Sohn von mir eines Tages Inannas Schafe hüten oder eine Tochter in feingewebtem Leinen durch den Tempel schreiten würde.«
»Aber es kam anders«, murmelte die Schamhatu.
»Es kam anders. Das Kind wurde in einer Sturmnacht geboren, als die Palmen den Himmel peitschten wie ein Aufseher, der einen Sklaven zu Tode prügelt, und die Stimmen der *Lilitu*, die verlorenen Seelen der *Gidim* und alle Dämonen der Luft schrien über den Dächern. Das Kind kam in Rimsat-Ninsuns Tempel zur Welt, denn die Schamhatu hatte es in den letzten Tagen nicht leicht getragen. Ich durfte nicht hinein, aber ich saß an der Hintertür in dieser unheimlichen Nacht, hielt meinen Mantel fest, damit ihn mir der Wind nicht weg-

riß, und wartete, während Kälte und Furcht meine Gebeine erfüllten.
Es war kurz vor Tagesanbruch, als die Tür aufging. Ich sprang erschrocken auf, denn ich war fast eingeschlafen. Im Türrahmen stand die alte Bau. Sie hielt ein verhülltes Bündel in den Armen und warnte mich: ›Sei still! Man hat mir befohlen, das Kind zu beseitigen, weil es angeblich mit dem Fluch behaftet ist, der auf den Schafen lag. Aber ich habe Flüche gesehen und auch schlimmere Geburten, und ich sage dir, daß dieses Neugeborene rein ist.‹
Ich schob das Tuch beiseite, und obwohl sie mir befohlen hatte, still zu sein, konnte ich einen Schrei kaum unterdrücken. Der Säugling war mit dunklem Haar bedeckt wie ein Affe, Nase und Kinn standen vor wie eine Schnauze, und die Stirn war flach und fliehend. Er war noch runzliger und häßlicher, als Neugeborene es gewöhnlich sind, und einen Augenblick war auch ich der Meinung, die alte Bau sollte ihn töten. Aber sie schüttelte den Kopf. ›Ich habe schon öfter behaarte Neugeborene gesehen; diese Haare werden in wenigen Tagen ausfallen. Das Gesicht ist eingedrückt, weil der Geburtsweg der Schamhatu besonders schmal ist, aber auch das wird sich mit der Zeit bessern. Ich gebe dir deinen Sohn, Gunidu, und überlasse dir die Entscheidung. Trag ihn zum Ufer des Buranun und leg ihn ins Schilf, wo Krokodile und Flußpferde ihn fressen werden, oder bring ihn weit fort von hier an einen Ort, wo niemand deinen Namen kennt.‹
Und so traf ich meine Wahl. Ich nahm meine Habe und stahl mich aus der Stadt. Mit einer Handelskarawane gelangte ich in dieses Dorf, wo niemand meinen Namen kannte und das Volk selten daran dachte, das Schilf auf dem Fußboden von Inannas Heiligtum zu wechseln; und hier bin ich geblieben.«
Wieder machte Gunidu eine Pause. Er hielt den leeren Bierkrug schräg, als hoffe er, noch einen letzten Tropfen darin zu finden, und stellte ihn dann mit der Sorgfalt eines alten Mannes hin, der mehr getrunken hat, als er gewöhnt ist. »Aber trotzdem«, meinte er, »war die Geburt meines Sohnes ein schlechtes Vorzeichen ... für die Schamhatu, diese schöne und freundliche Frau. Im nächsten Jahr bei

der Heiligen Hochzeit zu Neujahr kam Lugalbanda wiederum in ihr Bett, und auch dieses Mal verhinderte der Trank nicht, daß sie schwanger wurde. Aber Lugalbanda war ein größerer Mann als ich, ein Riese an Größe und Kraft; und Gilgamesch sprengte den Gang, der Akalla um ein Haar erdrückt hätte.«

Die Schamhatu legte dem alten Mann die Hand auf die Schulter. Die Muskeln unter ihren Fingern zuckten wie die Flanke eines erschrokkenen Esels und entspannten sich dann wieder. »Baus Rat war gut«, erklärte sie sanft. »Wahrlich, niemand kann den Willen der Götter ergründen; denn ohne Akallas scharfes Auge hätten wir Enkidu nicht gefunden, und ich glaube, daß er ein Werkzeug ist, mit dem die Mächte des Himmels noch viel vorhaben.«

»Mit beiden von ihnen«, dachte sie, denn schon stieg ein schwarzer Gedanke in ihr auf: Wenn ein anderer Mann, der ebenfalls Inannas Sohn war, an Gilgameschs Stelle träte, könnte dann nicht auch durch ihn die düstere Prophezeiung abgewendet werden, die Geme-Tirasch bei Gilgameschs Thronbesteigung ausgesprochen hatte?

»Du hast recht«, stimmte Gunidu zu. Er stand auf, schürzte seinen Rock und ging steifbeinig zur Tür. »Es ist spät, und mein Körper wird mit dem Alter schwächer. Ich möchte vorläufig nicht nach Erech zurückkehren – aber ich werde darüber nachdenken.«

Als sie gleich darauf im Bett lag, wollte die Schamhatu eigentlich weiter über Gunidus Geschichte nachdenken. Aber statt dessen fiel ihr Enkidu ein, der in Wolle gehüllt, Menschenwaffen in der Hand, die Schafe vor denen beschützte, die seine Verwandten gewesen waren.

17

Enkidu saß allein unter dem fernen, kalten Glanz der Sterne, eine Falte seines wollenen Mantels über den Kopf gezogen, und hielt im Licht des Mondes scharf Ausschau nach schleichenden grauen Schatten. Er lauschte auf das Blöken eines von Wölfen umzingelten Schafs oder die blasigen letzten Atemzüge eines Beutetieres, dem die Kiefer eines Löwen die Kehle zerquetschen. Obwohl er – ebenfalls wie ein Löwe – ab und zu einnickte, fuhr er doch jedesmal ruckartig wieder hoch und erinnerte sich, daß er nun ein Mensch war. Dann stiegen ihm Tränen in die Augen, und er wußte nicht, ob er um das Umherstreifen in den Bergen weinte oder deshalb, weil er sich nach den warmen Hütten des Dorfes sehnte, wo jeder sich jetzt an den schmiegte, den er am meisten liebte. Und doch floß saubere Nachtluft ohne den Beigeschmack brennenden Dungs in seine Lungen, und es war ein gutes Gefühl, das glatte Holz von Speer und Bogenschaft in den Händen zu halten und zu wissen, daß er damit zugleich die Bürde menschlichen Vertrauens trug, warm wie der Mantel auf seinen Schultern.

In dieser Nacht sah und hörte Enkidu nichts außer dem weißen Mondlicht auf dem Rücken der Schafe und die Schatten der Felsen, schwarz wie Wasser. In der rötlichen Morgenhelle ging er nach Hause und weckte seinen Nachfolger, bevor er schläfrig wie noch nie ins Bett fiel.

Als Ilschu soweit wiederhergestellt war, daß er zu den Schafen zurückkehren konnte, übernahm Enkidu trotzdem weiter die Nachtwachen. Niemand verstand es so gut wie er, die Wölfe zu vertreiben und die Hyänen zu verscheuchen, und er hatte bereits mit mehreren Löwen gekämpft. Zwei waren davongelaufen, das Fell des dritten zierte das Zelt der Schamhatu, und der vierte diente Enkidu als Mantel, der besser war als alle Schafwolle. Die Hirten baten ihn zu bleiben, und als er einwilligte, hoben ihn vier Männer auf die Schultern und gossen ihm Bier in den Mund, bis er schnarchend auf einer Bank lag. Die Schamhatu blieb im Dorf und wartete geduldig. Sie war es, die ihm zuerst geraten hatte, dazubleiben, wenn man es ihm anbot, denn so konnte er sich an das einfache Leben der Menschen gewöhnen, bevor er und sie nach Erech gingen. Sie selbst half den Frauen beim Getreidemahlen und Brotbacken und verbrachte viel Zeit mit Zuschneiden und Nähen, denn ihre Hände waren feiner als die der Dorfbewohnerinnen und ihre Finger geschickter.

So geschah es, daß Enkidu, als die Winterwache vorbei und ihr Wagen durch die Wüste gerumpelt war, bis die Mauern von Erech-der-

Schafhürde hoch vor ihnen aus der Ebene aufragten, einen Rock trug, den die Schamhatu eigenhändig gefertigt hatte: er war aus ihrem besten Leinen geschnitten, nicht einfach unten ausgefranst wie die Röcke der Männer im Dorf, sondern aus zahllosen Binden genäht, die vom Rockbund zum Boden herabfielen, den einander überlappenden Blättern einer Palme gleich. Jetzt band ihm die Schamhatu den Rock mit behutsamen Fingern um, setzte ihm das getrocknete Löwenhaupt auf, das Enkidus Kopf vor der Sonne schützte, und zupfte die goldenen Locken seiner Mähne so zurecht, daß sie sich mit der goldenen Mähne des gewaltigen Tieres mischte. Die Luft hier am Fluß war feucht, und aus der Erde sproß so weiches, grünes Gras, daß Enkidu am liebsten vom Wagen gesprungen wäre und es abgeweidet hätte, wie er es einst bei den Gazellen getan hatte. Aber als er mit offenem Mund sehnsüchtig hinübersah, steckte ihm die Schamhatu eine süße Dattel hinein.
»Du mußt nun stark sein, mein Held, und nicht vergessen, daß du ein Mensch bist«, flüsterte sie ihm zu. »Die Stadt wird von Menschen wimmeln, denn man versammelt sich in den Straßen zum Neujahrsfest. Sie werden die Arme zu dir hinaufstrecken, an den untersten Binden deines Rocks zupfen und an dem Löwenschwanz auf deinem Rücken ziehen, denn jede Berührung, die dich streift, bringt Glück. Fürchte dich nicht und greife vor allem niemanden an.«
»Das werde ich nicht«, versprach Enkidu und starrte zu den hohen, steilen Klippen der Lehmziegelmauer hinauf. »Schamhatu – ist das wirklich aus der gleichen Erde gemacht wie Schüsseln und Häuser? Wie kann es sein eigenes Gewicht aushalten? Brennt man es wie ein Gefäß?«
»Es hält, weil es stark ist«, antwortete die Schamhatu. »Aber wenn du wirklich mehr darüber wissen möchtest, werde ich nach dem Neujahrsfest einen der Tempelmaurer bitten, es dir zu erklären.«
Zu beiden Seiten des großen Tores standen je zwei Männer mit Speeren. Als jedoch die Schamhatu ihr Haupt mit der Krone über den Rand des Wagens hob, sprangen sie beiseite und riefen: »Groß ist die Königin des Himmels, Inanna von der Schafhürde!«
Andere auf der Straße nahmen den Ruf auf und wiederholten ihn, bis

es Enkidu vorkam, als sei sein Schädel im singenden Bauch der Lyra gefangen, auf der die Schamhatu spielte, voller Gedröhn und Hall. Ihm schwindelte vom Geruch so vieler Menschen, von Dattelhonig, Bier, Knoblauch, Sesamöl und den frischen Blumen, die man in die Luft warf, um den Wagen damit zu überschütten und sie dann duftend von den Eseln zertreten zu lassen. Wie von der Schamhatu gewünscht, stand er aufrecht vorn im Wagen und zuckte nicht vor den Händen zurück, die die unteren Binden seines Rocks streiften, ihm über die Waden strichen und an der dunkelgoldenen Quaste des Schwanzes zogen, der hinter ihm hing.
»Du hast mir schon früher von Gilgamesch erzählt«, sagte Enkidu zu der Schamhatu und fühlte, wie ihm das Blut ins Gesicht stieg. »Nun gehe ich zu ihm.«
Die Schamhatu lächelte und wartete darauf, daß Enkidu vom Wagen sprang. Schließlich streckte sie die Hand aus. Enkidu wußte nicht, worauf sie wartete, bis ein junger Mann in vornehmem Rock eine unmißverständliche Bewegung machte. Daraufhin ergriff Enkidu, obwohl er schon mehrfach gesehen hatte, wie die Schamhatu mühelos heruntergeklettert war, ihren Arm und stützte sie. Durch die Menge, die zurückgewichen war, um dem Paar Raum zu geben, ging ein Aufstöhnen.
»Etwas kleiner als Gilgamesch ... aber breitknochiger; ein Mann, der Macht hat ... bestimmt mit der Milch wilder Kühe gesäugt ... es wird Waffengeklirr geben in Erech, kein Zweifel ...«
Enkidu achtete nicht auf das Gemurmel der Menge, das ihm wie Schilfgeraschel in den Ohren klang; denn neben ihm stand die Schamhatu, die jetzt seinen Arm nahm und ihre Hüfte an seinen Schenkel drückte. Sie sah zu ihm auf. Selbst als das Volk vor ihm niederfiel und die Menge so nahe kam, daß sie stehenbleiben mußten, selbst als weiche, feuchte Lippen seine sandalenbeschuhten Füße küßten, bedeutete ihm das wenig; er hatte seine Löwin und würde sie gegen jeden Gegner verteidigen.

# 18

Gilgamesch saß allein in seinem Haus und wartete ungeduldig darauf, daß die letzte Glut des Sonnenuntergangs erlosch. Er hatte vor Tagesanbruch die Tempelbäder aufgesucht, um sich reinigen zu lassen, war durch mit Weihrauch besprenkelte Feuer geschritten, bis sein Rock golden vom Rauch war und süßlich nach Weihrauch, Myrrhe und Kalmuswurzel roch. Als dann der Morgen graute, hatte man ihn hier eingesperrt, allein mit Enatarzi, der – weder Mann noch Frau – sich als einziger um ihn kümmern durfte. In dieser Nacht, in der ganz Erech-die-Schafhürde jubelte, Ehemänner bei ihren Frauen lagen und Unverheiratete bei ihren Geliebten oder bei Schankmädchen und geringeren Priesterinnen, würde allein Gilgamesch sein Bett nur mit den glatten Leintüchern teilen – denn er war der Bräutigam, der Junge Mann von Erech.

Das alles mußte er ertragen, weil die Schamhatu es so wollte, und so schwer es ihm auch fiel, es war ihr Preis für das, was sein Krieg ihr abgefordert hatte. Es ging ihm wie Dumuzi, der in der Schafhürde gefesselten Gazelle, wie Lugalbanda, wahnsinnig geworden in der Wildnis: Zwar war es der Junge Mann von Erech, der die Gesetze verkündete und die Streitmacht anführte, aber den Preis für diese Macht mußte er der Jungfrau von Erech bezahlen. Gilgamesch dachte an die Prophezeiung bei seiner Thronbesteigung – sein Tod nach dem Willen der Götter – und knirschte mit den Zähnen. Er griff nach dem goldenen Trinkhalm, der mit seiner Krümmung über den Rand des Bechers hing, und fühlte dabei, wie sich die Schlinge um ihn zusammenzog wie die Schnüre einer Vogelfalle. Es kam ihn hart an, daß er niemandem sein Herz ausschütten durfte, nicht einmal dem alten En, obwohl der heilige Mann ihm vielleicht einiges zu der bevorstehenden Nacht hätte sagen können. »Welchen Rat sollte ich noch brauchen? Ich, Gilgamesch, zwei Drittel Gott und ein Drittel Mensch?«

Der Gedanke war ihm kein Trost. Obwohl das Bier süffig und alt war, mit der Süße von Dattelhonig unter dem vollen Malz, spülte es den bittern Geschmack im Rachen nicht fort. Er hörte die Harmonien

der *Tigi*-Gesänge anschwellen und über sich im Heiligtum den Widerhall von Stimmen und Lautenmusik. Dort oben stand jetzt die Schamhatu, von allen als Inanna begrüßt und zweifellos jeden einzelnen Augenblick genießend, während irgendein kräftiger Bauernbursche oder gut ausgebildeter Tempelringkämpfer, den sie als Gegner für ihn ausgesucht hatte, damit beschäftigt war, sich zu dehnen und zu strecken und seine Muskeln für morgen früh zu ölen. Enatarzi hatte ihm mitgeteilt, daß sie heil und gesund und mit einem Krieger an ihrer Seite zurückgekehrt hatte, jedoch nicht mehr, und Gilgameschs Hoffnungen auf den wilden Mann waren in den langen Monaten ohne jede Nachricht aus der Einöde lange verflogen.
»Und doch«, sagte er zu sich selbst, »und doch ...«
Zwar war der Junge Mann von Erech mit der Jungfrau verlobt, überlegte er, aber Gilgamesch der Ensi hatte das Recht, jede Jungfrau am Vorabend ihrer Hochzeit auszuprobieren, und er nutzte dieses Recht.
»Das werde ich tun«, murmelte er. »Um mich gegen den Stolz der Priesterin zu behaupten, werde ich es tun. Ich bin keine Gazelle, die man in die Schafhürde treibt, kein Löwe, den man in die Grube lockt, kein hinkender Singvogel mit gebrochenem Flügel.«
Er lehnte sich zurück. Die Wärme seines Entschlusses war stärker als die des Bieres. Er brauchte nur sitzenzubleiben und abzuwarten ... nur kurze Zeit, solange, bis er das Klappern der Sandalen hörte, die die Stufen der Tempelplattform herunterstiegen, ein Geräusch wie das Flügelschlagen eines fliehenden Taubenschwarms ... dann noch eine Weile, bis die Frauen den Schweiß des Rituals von den Flanken der Schamhatu gewaschen, sie gesalbt und ihr die ersten Brautbetthymnen vorgesungen hatten ... danach konnte er gehen.
Also wartete er, bis das dumpfe Echo der letzten Schritte auf dem Lehm verhallt war und in den Fenstern der heiligen Stadt kein blaßgelber Öllampenschein mehr leuchtete, ausgenommen das schwache Glühen im Fenster des En. Dort hob sich eine der schlanken, glattpelzigen Katzen des alten Priesters schwarz vor dem Licht ab, um dann herunterzuspringen, einer Maus oder einem Käfer nach. Geduckt schlich Gilgamesch unter dem Fenster vorbei und stieg so lautlos die

Stufen hinauf, als suche er im feuchten Flußschilf nach einem verwundeten Eber. Vorsichtig überquerte er die viereckige Plattform vor dem Heiligtum, den Marktplatz des Tempels, der jetzt leer und still unter dem schwarzen Himmel lag. Tagsüber drängten sich dort die Händler mit ihren Schafen und Tauben, mit Öl, Weihrauch und Milch, um denen, die Inanna ein Opfer bringen wollten, ihre Waren zu verkaufen.

Als Gilgamesch sich der Tür näherte, flog sie plötzlich auf. Ein tiefer Baß, rauh und ländlich, knurrte: »Du kannst nicht hereinkommen. Hier steht das Hochzeitsbett Inannas, in dem sie ihren Bräutigam erwartet.« Der Schatten vor dem trübe flackernden Licht der einzigen Lampe am Ende des Schreins ragte riesig und vierschrötig vor ihm auf und war in der Dunkelheit fast so groß wie Gilgameschs eigener Schatten.

Irgend etwas an der Stimme erregte Gilgameschs Zorn, darum antwortete er scharf: »Und wer sagt, daß ich es nicht kann? Ich bin Gilgamesch, der Ensi, und Jungfrau oder Matrone, die Frau, die auf ihren Bräutigam wartet, muß zuerst zu mir kommen, denn niemand kann meinem Zorn widerstehen.«

»Glaubst du?« murmelte der Schatten. »Dann sollst du erfahren, daß du dich irrst. Denn ich bin Inannas Krieger, der Wächter ihrer Schlafkammer, und du bist es, gegen den ich sie verteidigen soll, du Hirte, der seine eigene Herde frißt.«

Gilgamesch brüllte auf vor Wut und griff nach seinem Schwert. Doch vor der Scheide saß eine gewaltige, haarige Hand, und eine zweite hielt die andere Seite seines Gürtels fest. Wie er es von Jugend auf gelernt hatte, griff er ohne nachzudenken nach dem Gürtel des anderen, und die kühle Stimme der Schamhatu sprach aus der Dunkelheit.

»Fangt an.«

Gilgamesch wollte den Gegner vom Boden heben, der aber war wie ein Felsblock, den man nicht bewegen kann. Der Ensi schnappte nach Luft, als die großen Hände seinen Gürtel ruckartig bis unter die Rippen rissen und ihn ihrerseits mit roher Gewalt hochheben wollten. Das hatte noch niemand gewagt. Völlig überrascht merkte er, wie

sein linker Fuß sich hob und wußte, daß er geschlagen war; aber im gleichen Augenblick spürte er das ganz leichte Zögern des anderen, warf sich voller Wucht mit dem rechten Bein nach vorn und rammte den anderen hart mit der Schulter. Er hörte das verblüffte Grunzen und verstärkte seinen Griff. Dabei duckte er sich, wie man es ihm beigebracht hatte, als er noch jünger war und Männern gegenüberstand, die nicht kleiner waren als er.
Der Schatten vor ihm hielt stand, warf sich seinerseits mit aller Kraft vorwärts und drängte Gilgamesch wie ein Stier im Laufschritt rücklings gegen die Tür. Der Ensi merkte, wie die Lehmziegel unter ihm bröckelten, als die Wand erbebte und die Türpfosten unter dem Anprall nachgaben. Sein Feind brüllte wie ein Löwe; Gilgamesch brüllte zurück, stemmte sich breitbeinig gegen den Boden und hob. Jetzt, da der erste Schreck nachließ, bewegte er sich geschmeidiger, prüfte mit plötzlichen, vorsichtigen Ausfällen Kraft und Standfestigkeit des anderen und zog ihn dann in eine enge Umklammerung, bei denen die dicken Brustlocken des Gegners seine rasierte Haut kitzelten und er den starken Moschusgeruch des anderen einatmete.
Nur ein aufflackernder Schatten warnte ihn, als sein Gegner mit der Stirn nach oben stieß, ein Schlag, der Gilgamesch Nase und Mund zerschmettert hätte, wenn er sich nicht zur Seite geworfen, geduckt und gleichzeitig den Körper des anderen von sich weggedrückt hätte. Ein Dorfburschentrick, dessen Kenntnis Gilgamesch allein dem Hauptmann seiner Wache verdankte. Jetzt wußte er auch, wie er kämpfen mußte. Er wich zurück und lockerte seinen Griff, soweit er dies ohne loszulassen konnte. Dann gab er ein leises Stöhnen von sich und keuchte, als sei er völlig erschöpft.
Wie erwartet, drang der haarige Mann von neuem mit voller Kraft auf ihn ein. Gilgamesch, der noch immer seinen Gürtel festhielt, trat einen Schritt zur Seite, ließ sich auf ein Knie fallen und zog den Kopf ein, damit keine durch die Luft sausenden Gliedmaßen sein Gesicht trafen.
Der große Mann schlug einen Purzelbaum über das ausgestreckte andere Bein des Ensi, landete hart am Boden und ließ dabei Gilgameschs Gürtel los. Leise atmend lag er wie betäubt da, und aller Zorn

floß aus Gilgamesch heraus wie Wasser aus einem zerbrochenen Krug.
Dann richtete sich der Feind mühsam auf einen Ellenbogen auf. Das flackernde Lampenlicht kam näher, und in dem reinen Schein sah Gilgamesch seine Augen, grünbraun wie das üppige Land am Fluß, wenn es nach einer Überschwemmung keimte, die langen, goldenen Locken von Haar und Bart, die in den von Öl glänzenden Pelz übergingen, der den muskulösen Körper bedeckte. Mit angehaltenem Atem starrte der Ensi auf den Fremden, der sich die blutigen Lippen leckte und unter Schmerzen hervorstieß: »Ninsun, die wilde Kuh der Rinderweiden, deine Mutter – einen unvergleichlichen Mann gebar sie. Dein Haupt überragt die Köpfe anderer Männer; Enlil Sturmgott hat dich zum König über das Volk gesetzt.«
Gilgamesch fühlte, wie ihm heiße Tränen in die Augen schossen. Er streckte den Arm aus und streichelte die Schulter des anderen. »Wer bist du? Woher kommst du?«
»Ich bin Enkidu, in der Wildnis geboren. Eure Priesterin, die Schamhatu, fand mich und machte mich zum Menschen. Sie brachte mich nach Erech, damit ich sie beschützte; aber ich versage vor deiner Stärke.«
»Enkidu«, hauchte Gilgamesch. »Du bist es, der unvergleichlich ist, mächtig wie Ans fallender Stern. Ich träumte von dir; du hattest niemanden, der dir das zottige Haar schnitt, geboren warst du in der Einöde, und niemand konnte es mit dir aufnehmen.«
Noch immer lag seine Hand auf Enkidus Schulter, auf der warmen Haut mit den weichen Locken. Er fühlte, wie der andere bebte. So blieben sie einen Augenblick sitzen, dann richtete Enkidu sich auf und umschlang Gilgamesch so fest, daß ihre Herzen aneinanderschlugen. Gilgamesch erwiderte die Umarmung, hingerissen von der Kraft, die ihn berührte, von den starken, harten Muskeln und dem männlichen Geruch nach Schweiß, von Enkidus Körper an seinem eigenen.
»Laß uns Freunde sein«, bat er. »Es gibt keinen im Land, der so gewaltig ist wie wir, keinen, der uns gleichkommt, außer wir beide einander.«

Er wollte noch mehr sagen, aber Enkidu preßte den Mund auf seine Lippen, weich und warm unter den Barthaaren. Gilgamesch pochte das Blut in den Schläfen, und unter seinem Rock schwoll sein Stab und drückte gegen Enkidus Schenkel.

»Ja, seid Freunde«, murmelte sanft die Stimme der Schamhatu. Die beiden sahen auf und erschraken vor dem Licht wie ertappte Kinder, die im Dunkeln aus dem Vorrat ihrer Mutter Datteln stibitzt haben. Aber die Schamhatu lächelte nur unter dem funkelnden Gold ihrer Krone, stellte die Lampe auf die Erde und gab jedem von ihnen eine Hand. Sie wäre kaum stark genug gewesen, nur Gilgameschs Arm zu heben, aber ihm schien, als schwebe er in ihrem Griff wie Daunen nach oben, und er und Enkidu folgten ihr willig.

Das Brautgemach hinter der Wand strahlte im blendenden Licht zahlloser Öllampen, deren Flammen im Luftzug aufflackerten, als die drei vorübergingen. Auf dem Nachttisch aus eingelegtem Ebenholz standen Öl, Bier und Brot; die Bettücher waren zurückgeschlagen und mit Blütenblättern bestreut.

»Gilgamesch, du kamst zu einer Braut und fandest einen Freund«, sagte die Schamhatu. »Enkidu, du wolltest deine Löwin verteidigen, und auch du gewannst einen Freund. Umarmt euch und freut euch aneinander, denn Inanna lächelt euch, und euer Glück heute nacht soll Erech-der-Schafhürde neues Leben bringen.«

Eine nach der anderen blies sie die Lampen aus. Ihr gemessener Schritt durch den Raum klang wie ein Echo von Gilgameschs Herz, das im Takt mit Enkidus schlug. Gilgamesch schmiegte sich an Enkidus Bart wie ein Lamm an die Wolle seiner Mutter, auf der Suche nach der Süße unter den warmen Locken. Hungrig küßte er seine Lippen, bis Enkidus Atem weich und rasch seine Wangen berührte und seine starken Arme sich fest um Gilgamesch schlangen.

Die Schamhatu überließ die beiden ihrer Umarmung und stieg allein die Stufen des Heiligtums hinunter. Das Hochgefühl, das sie gespürt hatte, als sie die beiden ringen sah, wich bereits aus ihrem Herzen und ließ sie ausgelaugt und leer zurück.

»Ein Freund und Gefährte für Gilgamesch«, flüsterte sie. »Aber was ist mit mir?« Wieder umgeben von den vertrauten Bildern und Gerüchen, inmitten einer Nacht, die erfüllt war von Liedern und Lachen auf den Straßen vor der Eanna, fühlte sie sich einsamer denn je, und ihr Körper schmerzte von ungestilltem Verlangen. Bevor Enkidu kam, hatte sie nie eine ganze Nacht mit einem Mann verbracht oder mehr als einmal mit demselben geschlafen; nie hatte sie mit einem Geliebten zusammen essen oder bei ihm sitzen und ihm vorsingen dürfen, während das Feuer langsam herunterbrannte. Und sie wußte – eine Erkenntnis, so bitter wie Galle und schmerzhaft wie der Stich eines Skorpions –, daß es, sofern die Götter ihr kein zweites Wunder bescherten, auch nie wieder so sein würde, denn nur Gilgamesch konnte der Geliebte der Frau sein, die Inanna erwählt hatte.

Es hatte sie nicht überrascht, daß Gilgamesch und Enkidu so schnell zueinander fanden, denn von der Sekunde an, als einer die Hand an den Gürtel des anderen legte, hatte sie gespürt, daß sie miteinander verschmelzen mußten wie zwei glühende Metallstücke. Doch was ihr die Tränen in die Augen trieb, war die Einsicht, daß sie, auch wenn Enkidu sie weiterhin begehrte, niemals in seine Arme zurückkehren konnte. Denn sie war die Schamhatu, die niemanden lieben durfte, und so, wie die Pflicht sie zu Enkidu geführt hatte, errichtete dieselbe Pflicht nun eine unüberwindliche Wand zwischen ihnen. Es war grausam und ungerecht, daß sie es war, die die lange Reise durch die Wüste und das Warten in der Einöde auf sich genommen hatte, und daß nun Gilgamesch den Lohn davontrug. Sie fühlte sich wie eine Sklavin, die in sengender Sommerhitze einen Palmenhain gehegt und gepflegt und dann, erschöpft und zerschlagen, die Früchte gepflückt hat, nur um sie, ohne davon kosten zu dürfen, einem achtlosen Gebieter auszuhändigen.

So in ihre Gedanken versunken, achtete die Schamhatu nicht auf den Weg, bis sie mit einer anderen Frau zusammenstieß. Weiches Fleisch unter einem halbverrutschten Leinenkleid, ein Hauch kostbarer Düfte ... die Schamhatu, die rasch zurückgetreten war, um nicht auszugleiten, erkannte, daß sie gegen Schubad gelaufen war. Im hellen Mondschein waren die großen dunklen Augen der Sängerin weit geöffnet, und die Schamhatu sah, daß sie rasch den zornigen Ausdruck

ihres Gesichts veränderte, als sie merkte, wen sie gerade beschimpfen wollte.
»Wie geht es Gilgamesch?« fragte Schubad statt dessen nur. Obwohl sie leise sprach, klang ihre hohe Sopranstimme wunderbar melodisch und so rein wie Sonnenlicht, das auf Gold glitzert. »Du hast dich nicht lange im Heiligtum aufgehalten.«
»Gilgamesch ...« Die Schamhatu hüstelte die Tränen aus ihrer Stimme und setzte noch einmal an. »Gilgamesch befindet sich noch dort. Die Götter haben uns ein Wunder geschenkt, wenn auch nicht das, was wir erwartet hatten.«
»Hat er dich wieder zurückgewiesen, sogar im Heiligtum?«
Die Schamhatu musterte die andere genauer. Obgleich Schubads dunkle Augenschminke verwischt und das matte Rot der Leidenschaft noch nicht von ihren Wangen verschwunden war, gelang es der *Gala*-Priesterin, so unschuldig zu wirken, als sei sie frisch dem Reinigungsbad entstiegen.
»Er kam nicht, um mich zurückzuweisen.«
»Aber er hat es trotzdem getan ... Oh, Schamhatu, jeder weiß, daß er dich meidet, und ganz Erech sorgt sich deshalb.«
»Und was geht dich das an?« erkundigte die Schamhatu sich grob.
»Du singst die Rolle der Inanna, der sich Dumuzi niemals verweigert, und wirst von allen Sängerinnen im Tempel und vielen Eunuchen beneidet. Warum mischst du dich in fremde Angelegenheiten?«
»Ja, ich singe die Rolle der Inanna«, antwortete Schubad, »und gerade darum ist mir etwas eingefallen. Ein Stier, der eine bestimmte Kuh nicht besteigen will, kann durchaus Gefallen an einer anderen finden. Wenn Gilgamesch der Göttin in Gestalt der einen Priesterin nicht als Gatte dienen will, warum versucht man es dann nicht mit einer anderen? Es ist«, und sie lächelte träge, als erinnere sie sich an einen Augenblick der Lust, »schließlich nicht besonders schwierig, ihn ins Bett zu locken.«
Die kräftige Ohrfeige der Schamhatu ließ den Kopf der *Gala*-Priesterin jäh zur Seite zucken. Schubad taumelte zurück und verbarg mit der Hand den roten Abdruck auf ihrer Wange. In ihren Augen glänzten Tränen.

»Du wagst es!« zischte die Sängerin und unterdrückte zum zweiten Mal eine heftige Erwiderung, als sie daran dachte, wer vor ihr stand.
»Ich wollte nur meine Hilfe anbieten, um deinet- und um Erechs willen.«
»Deine Hilfe wird nicht benötigt«, entgegnete die Schamhatu, und die Worte waren wie kalte Kiesel in ihrem Mund. »Geh zurück zu deinem Liebhaber, wenn du noch weißt, wer es war, und kümmere dich nicht um Dinge, die dich nichts angehen.«
»Ich bin nicht die einzige und nicht die erste, die so denkt. Überleg lieber du, was du tust, sonst könntest du eines Tages selbst darunter leiden.«
Schubad drehte sich um und rauschte davon, bevor die Schamhatu noch etwas sagen konnte. Die Priesterin starrte ihr nach, bis sie im Schatten des Gipar verschwunden war. Die zornige Aufwallung hatte ihr gutgetan und für eine kleine Weile den Kummer zurückgedrängt, doch der Zorn verrauchte bereits, und das Leid kehrte zurück. Wenn aus Schubad mehr als verletzter Stolz und Gekränktheit sprachen – war dann alles wertlos gewesen, galt ihre Mühe, den Anforderungen ihres Amtes gerecht zu werden, gar nichts? War es sinnlos, daß sie alten und häßlichen Männern ebenso wie schönen Jünglingen Inannas Geschenk gebracht hatte, obwohl sie alle nur die Göttin, niemals die Frau in ihr lieben konnten? Bedeutete es nichts, daß sie auf Enkidu verzichten mußte, jetzt, nachdem sie wußte, was sie vorher nicht geahnt hatte – was es hieß, zu lieben und geliebt zu werden, einen Mann zu haben, der sie um ihrer selbst willen schätzte und gernhatte?
Die Schamhatu sah zu der dunklen Tür des Heiligtums hinauf. Innen würden Gilgamesch und Enkidu einander noch immer umarmen. Was würde geschehen, wenn sie zurückging, ihr Kleid abstreifte und sich warm und nackt zwischen die beiden legte? Würde die Ehe endlich vollzogen werden und würden die Arme ihres geliebten Löwen sie dabei ebenso umschließen wie Gilgameschs Arme?
Doch obwohl ihre Schenkel sich bei der Vorstellung spannten und ihr Atem schneller ging, wußte die Schamhatu, daß es unmöglich war. Sie hatte das Hochzeitsgemach verlassen, und auch wenn ihr Ver-

stand noch damit kämpfte, diese Tat zu rechtfertigen, wußte sie doch, daß ihre Pflicht gegenüber Enkidu nun erfüllt war. Ihr blieb nur zu hoffen und zu beten, daß ihr Opfer einen Sinn gehabt hatte und es dem Löwenmann gelingen würde, was weder sie, noch der En, noch sonst jemand geschafft hatte, nämlich Gilgamesch dazu zu bringen, endlich Inannas Bett mit ihr zu teilen.

# Der Jäger

*1*

Der Abend brach schon an, und es wurde kühl, als Inaschagga im dämmrigen Schatten einer Palme am Brunnen stand und darauf wartete, ihren Krug eintauchen und das Wasser für ihre Familie schöpfen zu können. Das Neujahrsfest war tags zuvor zu Ende gegangen. Nun zog Akalla wieder auf die Jagd, die anderen Männer pflügten die staubige Erde oder hüteten ihre Herden, und die Frauen backten das Brot wie gewöhnlich, ohne gehackte Datteln oder Honig unter die runden Teigfladen zu mischen. Inaschagga überlegte müßig, wie es wohl in Erech weitergegangen war, was sich ereignet hatte, als die Schamhatu Enkidu zum Stadttor hereinführte wie einen zahmen Löwen an der Leine, und welche Wunder geschehen waren, als der Ensi Gilgamesch endlich Inannas Bett bestiegen hatte. Hier im Dorf begann jetzt die Zeit des Pflügens, und es konnte einige Zeit dauern, bis sie Nachrichten aus der Stadt erhielten.
Ein Ellenbogen stieß sie grob zur Seite, als sie zum Brunnen trat. »He du! Bleib stehen!«
Es war Ninbanda, und ihre sonst so sanfte Stimme klang säuerlich wie verdorbene Milch. Überrascht drehte Inaschagga sich zu ihrer Freundin um. Das sonnengebräunte Gesicht der anderen war hart und verbissen, und sie fuhr sich mit der freien Hand über das Haar, als wolle sie die krausen Löckchen, die sich aus ihrer um den Kopf gelegten Flechte hervorgestohlen hatten, fest andrücken.
»Stimmt etwas nicht?« fragte Inaschagga.
»Die Schamhatu wohnt nicht mehr in deinem Haus, also brauchst du

dich auch nicht mehr am Brunnen vorzudrängen. Sie und ihr tägliches Bad sind nach Erech zurückgekehrt, und es gibt für sie und ihren wilden Mann keine Festspeisen mehr zu kochen.«

Die anderen Frauen hatten mit dem Schöpfen aufgehört und sich zu Ninbanda und Inaschagga umgedreht. Obwohl die Wärme des Nachmittags noch auf ihr lag, merkte Inaschagga, wie ihr auf Stirn und Rücken kalter Schweiß ausbrach, eine Kälte, gegen die sie weder das letzte rote Sonnenlicht noch ihr wollener Fransenschal schützen konnten.

»Es war nur Zufall, daß der Segen ihres Aufenthalts meinem und keinem anderen Haus zuteil wurde«, versuchte sie einzuwenden, »und wurde nicht allen dieser Segen zuteil? Sind nicht unsere Lämmer in diesem Jahr gesünder, haben wir nicht viel weniger Tiere durch Krankheiten, Wölfe oder Löwen verloren, und fließt nicht das Wasser des Brunnens stärker?«

»O ja, Inanna sei Dank«, versetzte Ninbanda rasch. »Und niemand würde die Vorrechte der Schamhatu bestreiten; es war uns allen eine Ehre, ihr zu dienen. Aber du bist nicht sie und hast kein Recht, uns wegzustoßen, wenn du Wasser für dich selbst holst.«

»Wir anderen haben auch Durst«, fiel Athalia ein, eine alte Frau, die unter den runzligen Falten ihrer hängenden Lider Inaschagga mit stechendem Blick musterte. »Warte, bis du an der Reihe bist, und laß die anderen vor. Dann wirst du bekommen, was dir zusteht, jetzt, wo es hier keine Schamhatu mehr gibt, die du bedienen darfst – und wenn du dir hundertmal beim Neujahrsfest eine Schnur aus Gold- und Lapisperlen umhängst.«

»Aber es ist für Gunidu ...« widersprach Inaschagga schüchtern.

»Von ihm reden wir nicht.« Athalia schloß schmatzend den zahnlosen Mund. »Nur von dir.«

Die übrigen Frauen rückten zusammen und schlossen wortlos die Reihen vor Inaschagga. Am liebsten hätte die junge Frau geweint; sie wußte nicht, womit sie eine solche Behandlung verdient hatte, vor allem von denselben Frauen, die in der Abenddämmerung bei ihr gesessen, gesponnen und jeden Vorwand benutzt hatten, um über ihre Schwelle zu treten, den goldenen Schmuck der Schamhatu oder Enkidus schöne, kraftvolle Gestalt anzustarren, die kleinen Kuchen zu verspeisen, die sie aus dem von der Schamhatu aus Erech mitgebrachtem feinem Emmermehl und dem Dattelhonig gebacken hatte, und das gute, alte Bier der Priesterin zu trinken. Um ein Haar hätte sie kehrtgemacht und wäre nach Hause gegangen, aber trotz der bösen Worte dieser Frauen, die sie für ihre Freundinnen gehalten hatte, und der Reihen von Rücken, die ihr entgegenstachen wie eine Dornhecke, brauchten Akalla und Gunidu Wasser. Darum wartete Inaschagga stumm und regungslos, bis die letzte Frau ihre Krüge gefüllt hatte und gegangen war.

Das Wasser war etwas schlammig, aber nicht so schlimm, wie die letzte Frau am Brunnen es häufig vorfand; wahrlich, wie sie selbst gesagt hatte, war das Dorf von Inanna gesegnet, weil es gut für ihre Schamhatu gesorgt hatte. Inaschagga hob das schwere Tongefäß auf die Schulter. Es wäre undankbar gewesen, wenn sie nicht auch sich selbst als gesegnet betrachtet hätte; war es nicht eine Freude gewesen, diese strahlende Frau unter ihrem Dach zu beherbergen, sie an ihrem Tisch essen zu sehen und dem Spiel ihrer schimmernden Lyra lauschen zu dürfen? Vor dem Hintergrund des leisen Stöhnens der Schamhatu und ihres Löwenmannes hatten sie und Akalla sich geliebt; sie hatte gespürt, wie sich der warme Strom in ihren Leib ergoß wie Regen auf durstigen Staub, und im tiefsten Herzen gewußt, daß sie diesmal ein Kind empfangen hatte, ein Kind, das vielleicht jetzt schon in ihrem Schoß heranwuchs, auch wenn sie erst in zwei Wochen sicher sein konnte. Diese Zeit mit den beiden Fremden war wie die Berührung mit einem Traum gewesen, so als hätte sie für eine kleine Weile in den sonnenglänzenden Zedernwäldern von Dilmun geweilt, dem Land der Lebenden. Nachts holte sie manchmal die kleine Kette aus Gold- und Lapisperlen, die ihr die Schamhatu geschenkt hatte, aus dem Versteck zwischen dem hölzernen Bettrahmen und den Schaffellen, die ihn polsterten, streichelte sie mit den Fingern und genoß die kühle, helle Glätte, die ihr bewies, daß es die Tage wirklich gegeben hatte, daß etwas Schönes und Wunderbares durch ihr Haus gegangen war und ihr diese kostbare Kette zurückgelassen hatte, wie ein Vogel im Flug eine Feder verliert.

»Und deshalb«, sagte Inaschagga zu sich, und das Herz tat ihr weh, »deshalb beneiden sie mich. Deshalb werde ich schlammiges Wasser trinken müssen, wie eine wilde Stute, und wie eine Schlange vor ihnen im Staub kriechen, bis sie finden, daß ich genug gedemütigt bin.«

Der Krug schien ihr auf einmal unerträglich schwer. Sie setzte ihn ab und sah über die palmstrohgedeckten Hütten hinüber zu der niedrigen Bergkette, die schwarz am roten, westlichen Horizont stand. Die Hausschwalben waren schon ausgeschwärmt, schossen hoch und tauchten durch die sich abkühlende Luft. In der Ferne hörte Inaschagga das schrille Rufen eines Hirtenvogels.

»O ihr Götter«, flüsterte sie. »Vater Enlil, Schöpfer der Menschheit, ich hebe mein Gesicht auf zu dir wie ein unschuldiges Mutterschaf. Hab Mitleid, höre mein Klagen. Inanna von der Schafhürde, willst du mich verlassen, mich deines Schutzes berauben, ein Schaf ohne Hirte – wer soll mich lenken? Mein Herz ist voller Tränen und Klagen, Qual und Pein, und Leid erfüllt meine Seele, so daß ich nur noch weinen kann ...«

Es schnürte ihr die Kehle zu, und sie blieb wortlos stehen. Aus dem Inneren einer Hütte ertönte plötzlich leises Gelächter, das schrille Kichern von Kindern über der tieferen Heiterkeit von Mann und Frau. Ilschu wohnte hier, der nach Enkidus Weggang seine Pflichten als Hüter des Dorfheiligtums wieder aufgenommen hatte; einen bitteren Augenblick fragte sie sich, ob er so lachte, weil seine Frau ihm den Vorfall am Brunnen erzählt hatte. Früher hätte Inaschagga vielleicht an ihre Türpflöcke geklopft, um einen kleinen Krug Bier zu borgen oder einzutauschen, aber dazu war sie jetzt nicht imstande. Sie wuchtete den Wasserkrug wieder auf die Schulter und setzte den Weg nach Hause fort.

Akalla war schon von der Jagd zurückgekehrt. Drei frische Felskaninchenfelle hingen zum Trocknen neben der Tür. Seiner Gewohnheit nach hatte er die Eingeweide weit weg vom Haus beseitigt, um keine Geier oder wilden Hunde zu seiner Schwelle zu locken. Der Anblick der Häute erleichterte Inaschagga ein wenig, denn sie wußte, daß sie nun zum Abendessen nur ein paar Zwiebeln und ihre letzte Rübe unter das frische Fleisch hacken und es dann zum Schmoren aufzusetzen brauchte, während sie die Ziege melken ging. Ein Eintopf aus drei Kaninchen würde die Familie eine ganze Weile ernähren ... oder sie konnte eines davon eintauschen ...

»... gegen schlammiges Wasser und einen Tritt ans Bein«, dachte sie und merkte, wie ihr Gesicht sich verzerrte und ihr heiße Tränen über die Wangen strömten. Ein tiefes, qualvolles Schluchzen entrang sich ihrer Kehle. Vorsichtig stellte sie den Wasserkrug hin, damit er nicht zerbrach; ein guter Tonkrug in dieser Größe war nicht billig. Dann fing sie ernstlich an zu weinen. Dieses Dorf, aus dem sie stammte, die warme Hürde, von der sie stets geglaubt hatte, dort für sich und eines Tages auch ihre Lämmer – möge es Inanna gefallen, dachte sie und kreuzte instinktiv die Hände vor dem Leib – Schutz zu finden, hatte sie hinaus in den kalten Wind gestoßen. Sie war eine Fremde am Ort ihrer Geburt, schlechter gestellt als einer der Wanderer mit geschminkten Augen, die durch die Wüste aus dem Schwarzen Land kamen, oder ein Schwarzhäutiger aus Meluhha; diese Leute waren fern von zu Hause, und doch empfing man sie freundlich und mit Staunen und Neugier.

Blind vor Tränen, sah Inaschagga den Mann nicht, der auf sie zukam, bis seine starken Arme sie umschlangen und an sich drückten. »Mein kleines Mädchen, meine Turteltaube«, murmelte Akallas tiefe, zögernde Stimme, »warum weinst du, wenn doch die Jagd gut war?«

Aber Inaschagga drehte nur den Kopf zur Seite und weinte in die Wärme seiner nackten Brust, während er ihre Haarflechten streichelte, bis das Schluchzen nachließ und in einem Schluckauf endete.

»Was ist geschehen?« fragte Akalla. Er nahm mühelos den Wasserkrug auf und trug ihn ins Haus. »Hat dir jemand etwas Böses getan?«

»Die Frauen am Brunnen ... ach, ich weiß nicht, wie ich es sagen soll ...«

»Aber ich kann es mir denken«, unterbrach Gunidu sanft. Der alte Mann saß am Tisch. Hin und wieder blitzte sein Kupfermesser auf, mit dem er das letzte Kaninchen zerlegte; die bleichen Stücke der beiden anderen Tiere lagen schon in Inaschaggas guter Kochschüssel,

aufgeschichtet auf einem Bett aus feingehackten Zwiebeln. »Ein Sklave, der Aufseher wird, kann Glück oder Pech haben; aber wenn man ihn wieder mit seinen alten Kameraden Lattich jäten läßt, muß er in Schwierigkeiten geraten. Ist es nicht so?«
Inaschagga, der die Stimme versagte, nickte nur.
»Glaub mir«, fuhr Gunidu fort, und seine tiefe Stimme war voller Güte, »ich weiß sehr gut, was geschehen kann, wenn man für eine kurze Zeit über andere erhöht wird, sei es durch eigenen Ehrgeiz, sei es durch einen Zufall; es war keine Seltenheit in Inannas Tempel. Wer einen Freund im Unglück hat, der ist glücklich; doch dreifach glücklich ist der, dem sein Freund in schlechten *und in guten* Tagen die Treue hält. Die Frauen am Brunnen sprachen unfreundlich zu dir, und unser Eintopf wird ein wenig nach Schlamm schmecken, weil uns die Schamhatu feines Emmermehl geschenkt hat und du zum Neujahrsfest Perlen trugst, wie sie die Frau eines Handwerkers in Erech tragen könnte. Habe ich nicht recht?«
Inaschagga nickte wieder.
»Selbst ich habe den kalten Wind gespürt«, sagte Gunidu nachdenklich. »Alles ging gut, solange ich nur der Mann aus der großen Stadt war, denn ich kam unauffällig und forderte wenig; es war in Ordnung, daß ich die Riten anführte, ja, das Dorf war sogar stolz darauf. Und wäre die Schamhatu nur zwei Nächte hiergeblieben, hätten sich ebenfalls alle gefreut. Als aber das tägliche Wasserholen für ihr Bad vom neuen Segen zur alten Bürde wurde, als die Frauen sahen, wie sauber und schnell Hände, die nicht von Arbeit rauh waren, nähen konnten, und merkten, wie leicht ihr Schal aus feiner, weißer Wolle auf ihren geraden Schultern saß, während ihre eigenen braunen Kleider schief auf vom langen Drehen der Mühlsteine ungleich gewordenen Schultern hängen ... Sie konnten nichts gegen sie vorbringen, aber alles, was ihnen damals durch den Kopf ging, ist jetzt deine Schuld. Sie steht so hoch über ihnen, daß sie kein Vorwurf treffen kann, aber du hast jeden Abend ihren Liedern gelauscht und dabei Kuchen aus staubfeinem Mehl und Dattelhonig gegessen – und nun kaust du wieder Brot aus grobgeschroteter Gerste und trinkst Ziegenmilch und Brunnenwasser. Stimmt es nicht?«

»Du bist weise, Vater«, antwortete Inaschagga mit bebender Stimme. »Aber sag mir – wie können die Götter wollen, daß sich ein Segen in einen Fluch verwandelt?«

Gunidu legte das Messer hin und schob das halbzerteilte Felskaninchen zur Seite. »Die Weisen sagen – eine gerechte und ehrliche Feststellung –, daß noch nie eine Mutter ein fehlerloses Kind geboren und zu keiner Zeit ein Arbeiter ohne Sünde gelebt hat. Vor dem Angesicht der Götter sind wir alle unwürdig. Wir sind zum Sterben verurteilt, wir Geschöpfe, die Nammu aus dem Lehm jenseits des Abgrundes formte; auch wenn die Göttin Ninhursag von oben über ihm wachte und die Mächtigen des Himmels bei der Erschaffung halfen, damit wir ihnen keine Schande bereiten, muß doch am Ende Lehm wieder zu Lehm werden, und nie werden wir den Göttern an Glanz und Weisheit gleichen, denn das ist uns nicht bestimmt. Und doch bin ich nicht davon überzeugt, daß der Segen, den die Schamhatu unserer Familie brachte, sich wirklich in einen Fluch verwandelt hat, oder glaubst du das, liebe Tochter?«

»Ich ... ja, ich glaube es«, erwiderte Inaschagga. Gunidus dunkle Augen waren auf einmal wie glühende Kohlen. Sie konnte den Blick nicht von ihnen abwenden. Ein bläulich knisterndes Feuer schien den alten Mann zu umgeben, und er hob ihr die leere Hand entgegen.

»Aber ich glaube es nicht«, sagte er, und die Kraft seiner Stimme schwemmte ihre Altersbrüchigkeit fort wie klares Wasser den Staub von frischen Datteln. »Denn ich will dir nun sagen, daß ich schon über diese Dinge nachgedacht habe, als die Schamhatu noch unter uns weilte. Viele Jahre fürchtete ich mich davor, nach Erech zurückzugehen – du brauchst nicht zu wissen, warum –, aber jetzt ist es dort sicher und gut für uns. Der Tempel Inannas wird mir ein Ruhegeld zahlen und mir ein kleines Haus auf seinem Land geben; du mußt nicht mehr den Mühlstein drehen, bis ein Arm tiefer hängt als der andere, und unsere Familie wird glücklich leben in Erech-der-Schafhürde. Ein kleines Haus dort«, fügte er hinzu, »ist besser als die größte Hütte hier; wir werden mehrere Räume und einen kleinen Hof haben, vielleicht sogar mit einem eigenen Fischteich und ein paar Palmen.«

Bei diesen Worten krampfte sich Inaschaggas Herz schmerzhaft zusammen. Alles verlassen, was sie kannte, nie mehr mit ihren Freundinnen am Brunnen stehen ... Aber dann fiel ihr wieder ein, was heute vorgefallen war, und sie konnte nur mühsam das Schluchzen unterdrücken.
»Aber ... Vater ... Vater, du bist weise«, stammelte Akalla. »Aber ich ... ich bin ein Jäger, ein Fallensteller. Und das in der Stadt!«
Gunidu griff über den Tisch und tätschelte mit dünnen Fingern das starke Handgelenk seines Sohnes. »Mein Sohn, ich war ein Hirte, aber ich war der Oberste der Schafhirten und saß bei den Priestern, wenn sie über die Löhne und die Anzahl der Menschen sprachen, die für den Tempel arbeiteten. Glaub mir, die Fallensteller und Jäger bekamen immer ihren Anteil, und jemand, der so geschickt ist wie du, kann sicher sein, einen Platz unter ihnen und gutes Geld zu finden. Unten am Buranun gibt es Enten, Gänse und Wildschweine; Löwen und Wölfe bedrohen Erechs Herden genauso wie die unsrigen, und die Priester dort essen genauso gern wie wir einen leckeren Gazellenbraten, das verspreche ich dir.«
»Ein Haus mit Zimmern darin und einen eigenen Fischteich«, wiederholte Inaschagga sinnend. Ein Ort, an dem sie die Kette, die ihr die Schamhatu geschenkt hat, jeden Tag auf der Straße tragen könnte, ohne daß sie jemand deshalb böse ansieht ... Auch sie dachte an das endlose Drehen der Mühlsteine und die stechenden Schmerzen in den Schultersehnen am Ende jedes langen Mahltages.
»Aber ... könnten wir unsere Ziege mitnehmen? Sie ist so eine gute Milchgeberin.«
Sie dachte an das Kind in ihrem Schoß. Wenn sie zuwenig Milch hatte oder sie zu spät einschießt, wie es vielen Frauen beim ersten Kind geht, wollte sie nicht betteln oder borgen müssen, um ihm Nahrung zu kaufen.
»Natürlich können wir die Ziege mitnehmen«, sagte Gunidu, »es sei denn ...« Seine vom Alter aschgrau gewordene Brauen senkten sich ein wenig. »Es sei denn, wir müßten sie verkaufen, um Karren und Esel damit zu bezahlen. Denn so gering unsere Habe auch ist, auf dem Rücken können wir sie nicht nach Erech tragen, und wir

brauchen auch Essen und Wasser, damit wir lebendig dort ankommen.«
Inaschagga sah auf ihren Wasserkrug, dessen Rand ein Stückchen höher stand als ihr Knie, auf ihren guten Kochtopf und auf die hölzernen Bettgestelle mit ihren Schaffellen und Decken. Nichts davon war leicht erworben. Der Wasserkrug war sowohl Hochzeitsgeschenk als auch Erbe ihrer Mutter, die ein paar Tage vor dem Hochzeitsfest an einem jähen Fieber gestorben war; um den Kochtopf zu kaufen, hatten sie eine Woche auf Käse und Fleisch verzichtet; und was die Bettstellen anging – nun, jeder wußte, was, abgesehen vom brüchigen Markholz der Palmen, gutes Holz wert war: Zehn Milchziegen hätten nicht ausgereicht, sie zu bezahlen. Inaschagga wußte nur, daß das Bett aus Zypressenholz früher Gunidu selbst gehört hatte und er das andere, aus Buchenholz, mit dem letzten Rest des Geldes gekauft hatte, das er aus Erech mitgebracht hatte, um es in all den Jahren, in denen sein Sohn heranwuchs, sorgsam für ihn zu hüten.
»Wenn wir sie verkaufen müssen, dann geht es eben nicht anders«, erklärte sie traurig. Tatsächlich hatte sie die meiste Zeit ihres Ehelebens damit verbracht, das Tier aus den Zwiebeln zu scheuchen, aber sie liebte die seidenhaarige Ziege, deren Milch so regelmäßig floß wie das Wasser im Dorfbrunnen und ihnen oft zu Dingen verholfen hatte, die sie nicht selbst herstellen oder anbauen konnten. Aber jeder kennt sie hier als gute Milchziege, tröstete sie sich, und der neue Besitzer wird sie nicht ihres Fleisches wegen kaufen, wenn er es irgend vermeiden kann. »Ja, du hast recht, Vater: Wir sollten nach Erech gehen.«
Gunidu saß da, das Kinn auf die Faust gestützt, und betrachtete seinen Sohn. Akalla schlug die Augen nieder und senkte den schweren Kopf. Schließlich murmelte er: »Ich werde mit euch nach Erech gehen.«
»Dann ist es beschlossen, meine Kinder.« Inaschagga kam es vor, als klängen seine Worte ein wenig rascher, ein wenig leichter als sonst, wie die Hufe eines Esels, der seinen Stall wittert und weiß, daß man ihm bald seine Last abnehmen wird. »Wir werden aufbrechen.«
Inaschagga wußte, daß auch sie von dieser Entscheidung hätte er-

leichtert sein sollen, doch statt dessen lag sie nachts wach neben Akallas ungerührt schnarchendem großem Körper und wälzte sich hin und her, während über ihr die Palmblätter raschelten. Anstatt sie einzulullen, nagte das leise Knistern der Eidechsen und Insekten, die durch die trockenen Wedel huschten, an ihren Nerven, verspannte ihre Muskeln und stemmte sich gegen den gleichmäßigen Fluß ihrer Gedanken, bis aus kleinen Wellen wilde Strudel wurden.

»Und wenn ich ein Kind erwarte, wie wollen wir auskommen? ... Andererseits, wenn Gunidu von Inannas großem Tempel wirklich ein Ruhegeld erhält, was soll uns fehlen? ... Aber er ist lange fort gewesen; er ist weise, doch selbst die Weisen wissen nicht alles. Wie, wenn der Tempel keine Ruhegelder mehr gewährt, oder wenn sie niedriger sind, als er annimmt?«

Wieder legte sie die Hände auf den Bauch, fühlte aber nur die eigene warme Rundung. Der Mondgott Nanna würde noch drei- oder viermal in Ereschkigals dunkles Reich hinabsteigen und wieder emportauchen, bevor ihr Kind, wenn es eines gab, so weit in ihr heranwuchs, daß es sich regte.

»O Inanna«, betete sie, »wenn du mir die Geburt eines Kindes schenkst, dann segne auch sein Leben. Bitte laß mich jetzt nicht hoffen, wenn ich später sehen muß, wie mein Neugeborenes stirbt, weil ich keine Milch habe und die Ziege verkauft ist! Obwohl Gunidu – und er ist wirklich weise und weiß mehr von den Göttern als ich –, obwohl Gunidu sagt, niemand sei ohne Schuld, hoffe ich doch, daß ich eine so harte Strafe nicht verdient habe. Bitte, liebe Göttin, die du Mutterschafe und Ziegen fruchtbar machst und in diesem Jahr so viele Lämmer und Zicklein verschont hast, segne mich wie sie. Ich will gern auf kargem Boden grasen, wenn es sein muß, solange nur das Kind in meinem Schoß lebt und gesund bleibt.«

Und plötzlich wußte Inaschagga, was sie tun mußte. Akalla schlief ruhig weiter, als sie zwischen die weichen Schaffelle ihres Bettes griff und nach der gewebten Schilfmatte tastete, die zwischen den Holzpfosten hing. Endlich fanden ihre Finger die glatten Perlen der Halskette, das Geschenk der Schamhatu. Gold und Lapis aus Harabi, das würde sicher genügen, einen guten Eselskarren zu kaufen, der sie

und ihre Familie mit allen Habseligkeiten nach Erech beförderte. Eine warme Träne fiel auf die kalten, polierten Perlen, aber Inaschagga hatte heute abend schon genug geweint, und das Geschenk der Götter – ohnehin zu gut für eine einfache Dorffrau – würde sie sicher nach Erech bringen.
So geschah es, daß Inaschagga aufstand und zum Haus des Dorfvorstehers Puzur-Ili ging. Um ihren Hals lag die Kette der Schamhatu, die im Licht der aufgehenden Sonne dunkel und hell zugleich schimmerte. Frierend stand Inaschagga in der Morgenkälte und wartete darauf, daß Puzur-Ili die Matte aus gewebter Palmfaser, die seine Hütte verschloß, beiseite schob; dabei war sie immer darauf gefaßt, sich sofort zurückzuziehen, falls es seine Frau sein sollte, die als erste herauskam, um am Brunnen Wasser zu holen.
Es war dann doch Puzur-Ili, der erschien. Seine stämmigen Schultern streiften die Matte, als er sich mit dem rasierten Schädel darunter durchdrängte. Inaschagga trat vorsichtig näher.
»Bitte, Mächtiger ...«
Puzur-Ili schüttelte schwerfällig den Kopf, als wolle er Fliegengesumm vertreiben, achtete aber nicht auf sie.
»Puzur-Ili! Ich möchte mit dir sprechen!«
Jetzt drehte er er sich langsam nach ihr um und griff nach den dunklen Locken seines Bartes. »Was hast du mir zu sagen, Frau?«
»Ich möchte deinen Eselskarren kaufen«, platzte Inaschagga heraus. Ihr Herz hämmerte gegen die Rippen, und am liebsten hätte sie auf dem Absatz kehrtgemacht und wäre davongerannt. Aber obwohl es viel zu früh dafür war, schien ihr, als spüre sie die Bewegung des Kindes in ihrem Bauch, und so mußte sie stehenbleiben. Sie zog die Perlenschnur über den Kopf, und der Glanz des Goldes spiegelte sich in den dunkelbraunen Teichen von Puzur-Ilis Augen. »Für mein Kind und Akalla würde ich noch weit mehr geben«, ermahnte sie sich.
»Ach ja?« meinte der Dorfvorsteher spöttisch. »Und was soll er wert sein, dieser Karren, der unsere Felle und das Fleisch zum Markt führt?«
»Was er wert sein soll?«

»Das Leben und die Gesundheit unseres Dorfes ... wie kann man darauf einen Preis setzen?«

Inaschagga hob die Perlen ein wenig höher, obwohl es ihr vorkam, als zupfe sie dabei an den großen Adern ihres Herzens.

»Einen Preis? Ich habe einen guten Preis zu bieten, und ich weiß, was das hier wert ist.«

Puzur-Ili machte einen Schritt nach vorn und hob den dicken, braunen Arm. Seine Finger krallten sich um die Perlenschnur und hielten sie so fest, daß Inaschagga sich vorkam wie eine Hündin an der Leine.

»Tatsächlich? Und wie lange wird es dauern, bis wir damit kaufen können, was wir brauchen?«

»Nicht lange«, erwiderte Inaschagga mit erstickter Stimme. »Denn die Zeit der Überschwemmungen ist vorbei, und schon bald werden die Händler aus Erech kommen, um durch die Wüste ins Schwarze Land zu reisen; und ich habe gesehen, daß sie jedes Jahr Esel von edlem Blut und auch einfache Tiere, die unser niedriges Gras abfressen, vor sich hertreiben.«

»Aber die Esel, der Karren oder das gute Holz, um ihn zu bauen – du hast ja keine Ahnung, was so etwas wert ist! Du mußt noch froh sein, daß du eine Ziege besitzt, so wenig bringt die Jägerei deinem Mann ein. Und auch die Gunst der Schamhatu nützt dir hier wenig, so fern von Erech; es haben sich schon viele bei mir über dein Benehmen während der Zeit, als sie dein Gast war, beschwert, und sie wird dich nicht schützen.«

»Mächtiger«, beharrte Inaschagga fast weinend, »ich biete dir das Beste, das man, seit ich mich erinnern kann, jemals in diesem Dorf gesehen hat. Ich habe die Perlen beim Neujahrsfest nicht aus Eitelkeit getragen, sondern weil sie mir als Segen geschenkt wurden und weil ich weiß, daß Inanna alles Schöne liebt. Aber ich weiß auch, daß sie ausreichen, um einen Eselskarren zu bezahlen, und einen besseren Handel für dich kann es nicht geben. Mächtiger, ich weiß auch, daß der Segen der Göttin Unfrieden in unser Dorf gebracht hat und du das unter den Schafen in deiner Hürde nicht gern siehst.«

»Nun ja, das stimmt«, antwortete Puzur-Ili mit etwas milderer Stimme. »Und darum, auch wenn ich bei diesem Handel den kürze-

ren ziehe, bin ich bereit, dir meinen Eselskarren zu verkaufen. Um Inannas willen sollst du ihn für den Tand bekommen, den du da trägst.« Er spuckte in die Hand und streckte sie ihr hin, damit sie ihren Speichel mit seinem vermengte und so den Handel besiegelte. Inaschagga räusperte sich zweimal und versuchte, das Wasser im Mund zu sammeln.
»Wofür willst du etwas verkaufen?« ertönte Gunidus ruhige Stimme hinter ihr.
Inaschagga fuhr herum, wobei ihr nicht entging, daß Puzur-Ili zischend durch die Zähne einatmete.
»Fort, Alter«, sagte der Dorfvorsteher. »Diese Frau und ich haben einen Handel geschlossen.« Er hielt die Handfläche hoch, auf der der schaumige Speichel in der Morgensonne glitzerte.
»Ich habe dich spucken sehen. Sie hat es nicht getan.«
Unter der Bräune vieler Sonnentage färbte Puzur-Ilis Gesicht sich dunkel, und seine dicken Schultern schwollen. »Und was geht dich das an? Was einer Frau gehört, ist ihr Eigentum, und sie kann darüber verfügen, wie ihr beliebt.«
»Ich war der oberste der Schafhirten in Inannas Tempel«, sagte Gunidu freundlich, »und werde bald mit meinem Sohn und seiner Frau dorthin zurückkehren. Kein Hirte sieht ruhig zu, wenn ein gutes, trächtiges Mutterschaf bedroht wird, gleich ob von einem Löwen oder von einem Narren, der ihm das Vlies scheren will, wenn die Winterwinde schon wehen. Was also, behauptest du, soll dein Eselskarren wert sein?«
Puzur-Ili fletschte die Zähne und ballte die Fäuste vor der kräftigen braunen Wölbung seiner Brustmuskeln. »Um Akallas Frau, deretwegen es im Dorf bereits böses Blut gibt, einen Gefallen zu tun, war ich bereit, ihn für das Glitzerding an ihrem Hals herzugeben, auch wenn es viel weniger wert ist. Wenn du dich aber einmischst, werde ich auch noch mein Recht auf deine nach Mist stinkende kleine Hütte und deine trockeneutrige alte Ziege geltend machen, oder ihr könnt hier bleiben und verhungern.«
»Du bist ein Lügner und Betrüger und dürftest nicht einmal dieses kleine Dorf regieren«, erklärte Gunidu mit noch ruhiger Stimme.

»Du weißt ganz genau, daß zwei von den Perlen an Inaschaggas Hals genügen würden, um deinen Eselskarren und das halbe Dorf zu bezahlen. Seit damals, als ich aus Erech kam, habe ich hier weder Lapis noch Gold gesehen außer dem, das die Schamhatu mitbrachte. Wir haben es nicht eilig aufzubrechen, denn das Fleisch, das mein Sohn erbeutet, ernährt viele im Dorf, vor allem jetzt, wo erst wenige Pflanzen sprießen und die des vergangenen Jahres verzehrt sind. Versuch uns auszuhungern, Narr, und es wird nicht meine Familie sein, die Mangel leidet.«

»Außerdem«, fügte er hinzu, und obwohl seine Stimme noch immer gelassen klang, hörte Inaschagga sie schärfer werden, wie eine Kupferklinge unter einer Feile, »außerdem hat Inanna euch bisher ihren Segen geschenkt. Aber ich, der ich Hirte in ihrem Tempel war, kann euch sagen, was geschehen wird, wenn du versuchst, beim Handel um ein Geschenk der Schamhatu zu betrügen.« Und nun hob der alte Mann die Fäuste, aus denen der Daumen ragte, und für Inaschagga sah es aus, als wüchse er vor der aufgehenden Sonne, bis er größer war als Enkidu und sein morgendlicher Schatten Puzur-Ili ganz bedeckte. »Wie ein Räuber, der eine Stadt plündert, wirst du durch das, was du tust, dieses Dorf vernichten. Deine Worte schmieden große Äxte der Zerstörung, und sie werden diese Hütten in Stücke hacken wie einen Mann, der im Kampf getötet wird. Nichts und niemand wird dem Arm deiner Torheit entgehen; die Äcker werden kein Korn tragen, die Mutterschafe keine Lämmer, die Ziegen keine Zicklein, die Palmen keine Datteln. Du pißt in euren einzigen Brunnen, und das Wasser darin wird versiegen. Wer auf dem Dach schläft, wird auf dem Dach sterben, und wer im Haus schläft, nicht begraben werden. Die Menschen werden hilflos sein und sabbern vor Hunger, zu schwach, ihre Herden zu hüten, zu ernten oder zu jagen, und die Gerste wird im Staub zu Stein verdorren. Enlil wird euch vom Licht des Tages abschneiden und Inanna vom hellen Schein ihres Sterns.«

Puzur-Ili öffnete den Mund und klappte ihn wieder zu. Dann richtete er sich auf, zog den Bauch ein und begann: »Gunidu, du irrst dich in mir. Mir geht es allein um ...«

»... um deinen Gewinn«, sagte Gunidu und trat auf ihn zu. Sein Zeigefinger schoß so schnell nach vorn, daß ihm das Auge nicht folgen konnte, und Puzur-Ili krümmte sich und rang nach Luft. »Ich weiß, wie du so fett geworden bist, und ich weiß auch, was mit der Halskette meiner Tochter geschehen würde, wenn sie sie dir gäbe, wozu sie in ihrer Gutherzigkeit bereit war. Aber du hast es hier nicht mit einer allzu nachgiebigen Dorffrau oder einem stotternden Jäger zu tun, sondern mit dem Mann, der Inannas oberster Hirte war und in den schlammigen Sümpfen des Buranun wilderen Ebern als dir entgegengetreten ist. Und darum sage ich dir: Du sollst eine Lapisperle und eine Goldperle aus der Halskette erhalten, das ist die Bezahlung für deinen Eselskarren und genügend Proviant für unsere Reise nach Erech; und hätte ich das Dorf und die Gegend hier nicht liebgewonnen, würde ich eine einzige Perle mit dem Hammer zerschlagen und dir die Hälfte der Splitter geben – und es wäre immer noch genug. Dennoch wollen wir dir diese beiden Perlen überlassen, aber die Hälfte des Wertes soll dem Heiligtum zugutekommen, und glaube mir, in einem halben Jahr werde ich Männer des Tempels zu dir schicken, die prüfen werden, in welchem Zustand es ist.«
Puzur-Ili stützte sich mit dem Rücken an das Holz seines Türrahmens. »Mit Inannas Segen«, knirschte er. »Diese zwei Perlen und alles, was ihr zurückläßt, und der Eselskarren gehört euch.«
Gunidu packte seine fleischige Hand, drehte sie um, spuckte in die Handfläche und schloß seine eigene mit den dünnen Knöcheln darum.
»So haben wir es beschworen vor den Göttern!« rief er, und in Inaschaggas Ohren hallte seine Stimme wider wie ein Echo von den fernen Bergen. »Nun, meine Tochter, löse die Schnur und gib diesem Mann, was ihm zusteht, denn je schneller wir mit dem Aufladen anfangen, desto eher können wir die Köpfe der Esel gen Erech wenden.«
Inaschagga ließ sich auf der harten Erde nieder und breitete ihren Rock aus, denn ihre Hände zitterten so, daß sie den Knoten, den die feinen Finger der Priesterin geknüpft hatten, nicht im Stehen zu öff-

nen wagte. Tatsächlich sprangen, als sie endlich den enggesponnenen Leinenfaden gelöst hatte, die dunklen und hellen Perlen von der Schnur und fielen in ihren Schoß. Aber nur ein einziges Stückchen polierter Lapis prallte vom Wollgewebe ihres Rocks ab, und sie fing es ein, bevor es aufgehört hatte, sich im Staub zu drehen.
»Hier ist dein Preis«, sagte sie mit unsicherer Stimme zu Puzur-Ili und hielt eine Lapis- und eine Goldperle hoch. »Und möge Inanna dir dafür geben, was recht ist ... und nicht mehr.«
Puzur-Ili schnappte nach den Perlen wie eine Ziege, die einen einzigen Grashalm aus der dürren Erde reißt. »So soll es sein. Und nun sieh zu, daß du fortkommst, denn du hast genug Schaden gestiftet – ein Dornbusch, wo wir auf guten Lattich hofften, eine unfruchtbare Ziege, die wir für ein gutes Mutterschaf hielten.«
Inaschagga antwortete nicht, denn sie war viel zu sehr damit beschäftigt, die kleinen Perlen von ihrem graubraunen Rock abzulesen und zu zählen, so, wie sie es viele Male heimlich in der Stille der Nacht getan hatte. Aber wiederum sprach Gunidu für sie.
»Wir werden gehen, so schnell wir können, und mit uns verläßt euch der Segen, den die Schamhatu euch gebracht hat, denn nun sieht man, wie wenig ihr sie achtet, wenn ihr die, die ihr mit reinem Herzen dienten, so schlecht behandelt.«
Inaschagga hatte alle noch übrigen Perlen gefunden und hielt sie in der geballten Faust. Sie nickte und stand auf, um hinter Gunidu zu warten, bis Puzur-Ili seinen geschorenen Kopf einzog und er und sein Knecht die beiden grauen Esel mit ihrem Karren herausführten.

2

Die Schamhatu saß in einer der ruhigen Seitennischen des Tempels und dachte nach. Schließlich klatschte sie in die Hände. Sofort verließ einer der Knaben, die das Heiligtum reinigten, seine Arbeit, reichte einem seiner Gefährten den langstieligen Besen und eilte zu ihr, um sich nach ihren Wünschen zu erkundigen.

»Hol mir Geme-Tirasch«, befahl die Hohepriesterin. Der Knabe verbeugte sich tief und lief davon.
Als die Seherin erschien, wartete die Schamhatu nicht ab, bis sie niedergekniet war und den üblichen Gruß gemurmelt hatte. »Komm näher«, sagte sie. »Ich muß mit dir sprechen.«
»Was wünschst du, göttliche Herrin?« fragte Geme-Tirasch.
Die Schamhatu musterte sie kurz und scharf. Nach dem Neujahrsfest war die Seherin wieder ruhig an ihre alte Arbeit zurückgekehrt und hatte in keiner Weise erkennen lassen, daß sie es bedauerte, die Stellung der Schamhatu wieder aufgeben zu müssen, oder wünschte, die Dinge hätten sich anders entwickelt. Ebensowenig schien sie – und die Schamhatu hatte sie sehr genau beobachtet – zu denen zu gehören, die mit Schubad herumtuschelten und die Worte weitertrugen, die die Sängerin in jener Nacht der Heiligen Hochzeit geäußert hatte. Wenn überhaupt, war Geme-Tirasch noch zurückhaltender geworden, noch unwilliger, sich selbst und ihre Visionen bei der Schamhatu in den Vordergrund zu spielen; es war, als fürchte sie, daß der leiseste Versuch sich vorzudrängen andere auf den Gedanken bringen könne, sie strebe danach, auf dem Thron zu Inannas Füßen zu sitzen. Doch jetzt ...
»Ich habe heute bei den Morgendämmerungsgesängen an Inanna dein Gesicht gesehen«, sagte die Schamhatu. »Du schienst verzückt, wie immer, wenn du in Trance fällst, aber dann hast du gezittert, und deine Züge waren voller Furcht. Was hast du gesehen? War es mehr als das Hochgefühl der Hymnen und die Kälte des Morgens?«
»Ja, das war es«, gab Geme-Tirasch mit weicher Stimme zu. »Ich habe dich nicht aufgesucht, weil ...«
»Weil du vor meinem Mißtrauen und meinem Zorn Angst hattest«, vollendete die Schamhatu innerlich den Satz. Inzwischen wußten alle im Tempel, daß sie Schubad geohrfeigt hatte. Der En und Urgigir sowie Schubtum und Elulu hatten sie bereits getadelt; sie hatte gemerkt, daß manche vom geringeren Tempelvolk ihr schiefe Blicke zuwarfen; aber nichts davon tat so weh wie Geme-Tiraschs nur halb ausgesprochener Vorwurf.
»Du mußt mich nicht fürchten«, erklärte sie und gab sich Mühe, ihre

Stimme freundlich klingen zu lassen. »Du bist dem Tempel und allen, die Inanna dienen, immer treu gewesen; ich will dir wohl. Berichte mir nun, was du gesehen hast.«
Geme-Tirasch wandte die Augen ab und starrte in die Flammen der Öllampe, die in einem kleinen Wandfach brannte. Sie fing an, vor und zurück zu schaukeln, und ihre Stimme sank zum tiefen Singsang der Trance hinab. Die Schamhatu lauschte mit wachsendem Unbehagen. Schließlich schnitt sie der anderen mit einer raschen Handbewegung das Wort ab.
»Geh zu Gilgamesch«, gebot sie, »bevor das Gesicht von dir weicht. Geh sofort in die Halle des Gerichts und wiederhole deine Worte dort, wo alle sie hören und bezeugen können. Wenn jemand dich fragt, so sage, es geschehe auf meinen Befehl. Du hast das Richtige getan.«

3

Gilgamesch saß an seinem Platz zu Häupten des Gerichtshofs und drehte müßig das polierte Holz seines Amtsstabes in den Händen. Der nächste Kläger und Beklagte waren gerade aufgestanden und schworen vor dem Angesicht der kleinen, vergoldeten Innanafigur, die auf dem eingelegten Ebenholztisch vor dem Ensi stand, ihren Eid. Neben Gilgamesch saß Enkidu, und seine große Hand ruhte warm auf der seines Freundes.
Der Tag war schon jetzt heiß. Im warmen Wind, der durch die offene Tür hereinwehte, glänzten die nackten Schultern und Oberkörper der Richter vor Schweiß, und ein paar der jüngeren Männer, die am Boden hockten, begannen unruhig zu werden. Es war erstaunlich, dachte Gilgamesch und sah Enkidu liebevoll an, wie geduldig der wilde Mann die endlose Langweile von Klage und Klageerwiderung ertrug. Enkidus grüne Augen weiteten und verengten sich, während er den einzelnen Fällen lauschte, als folge er aufmerksam der Spur einer Gazellenherde.
Mühsam riß Gilgamesch sich aus seinen Gedanken und kehrte zu der

Angelegenheit zurück, die gerade verhandelt wurde. Ein gewisser Urbargara hatte den Esel eines gewissen Ludingirra gemietet. In einem Augenblick größten Unglücks oder durch grobe Fahrlässigkeit – je nachdem, ob Urbargara oder Ludingirra den Sachverhalt schilderten – hatte das Tier seinen Strick zerrissen und war fortgerannt. Bei diesem kurzen Ausflug in die Freiheit war es jedoch gestürzt und hatte beide Vorderbeine gebrochen, so daß man es anschließend schlachten mußte. Urbargara behauptete lediglich, daß er sich so gut wie nur irgend möglich um den Esel gekümmert hätte und darum für seinen Tod nicht verantwortlich zu machen sei, vor allem, weil der gerissene Strick Ludingirra gehört habe. Ludingirra dagegen verlangte den vollen Preis des Tieres, den wiederum Urbargara nur bezahlen konnte, wenn er sich selbst als Sklave verkaufte.

Beide Männer redeten gleichzeitig, und Gilgamesch hob den Stab, um sie zum Schweigen zu bringen. »Der Ensi hat euren Fall gehört. Das Gesetz ist eindeutig: Wer das Tier eines anderen mietet und nicht verhindert, daß ihm etwas zustößt, haftet für den Schaden. Der Preis eines Esels in Erech ist ...« Er ließ seine Augen über die Richter schweifen, bis er Naram-Sins Blick begegnete.

»Fünfundzwanzig Schekel Silber«, erklärte der Ältere. »Ein ungelernter Arbeiter kostet zwanzig.«

»Hast du Familie?« fragte Gilgamesch Urbargara. Der Mann schüttelte stumm den Kopf und starrte Gilgamesch aus großen Augen hilfeflehend an. Hätte er Kinder gehabt, hätte er zwei davon verkaufen und so die Schuld tilgen können, aber so ... »Es ist beschlossen. Urbargara wird in die Sklaverei verkauft. Der Erlös oder, wenn gewünscht, der Sklave selbst geht als Schadenersatz an Ludingirra.«

Der Ensi hob den Amtsstab und wollte ihn gerade herunterfallen lassen, um das Urteil zu besiegeln, als er merkte, daß Enkidus Hand sich fester um die seine schloß.

»Warum ist das Leben eines Menschen weniger wert als das eines Esels?« fragte der wilde Mann, und seine tiefe Stimme klang fast kindlich klar.

Gilgamesch blinzelte, aber es war Naram-Sin, der die Antwort gab.

»Weil, o edler Günstling der Götter, das der Preis ist, den man auf dem Markt für Mensch und Esel fordert.«
»Könnte dieser Mann nicht im Lauf seines Lebens soviel Geld verdienen, daß er seine Schuld damit begleichen kann?«
»Das wäre zweifellos in ein oder zwei Jahren möglich, aber so ist es nicht Gesetz in Erech.« Naram-Sin lächelte in seinen Bart und fuhr sich mit der Hand über das glänzende Rund des geschorenen Schädels.
»Warum kann er dann nicht so lange für Ludingirra arbeiten, anstatt die Arbeitskraft eines ganzen Lebens für den Preis zweier Jahre zu opfern?«
Naram-Sin starrte Enkidu mit offenem Mund an. Gilgamesch hatte den alten Mann noch nie so verblüfft gesehen. Ein brüllendes Gelächter stieg in seinem Bauch auf, und er lachte so laut, daß der ganze Gerichtshof davon widerhallte. Über Urbargaras stopplige Wangen rannen Tränen; Ludingirra runzelte nur schweigend die Stirn.
»Das ist gerecht«, sagte Gilgamesch, immer noch lachend. »So spricht mein Löwe aus der Wildnis, dessen gesunder Verstand und offenes Herz die weisen Männer von Erech bestürzt machen; klug genug wäre er, an meiner Seite ein zweiter Ensi zu sein. Es soll sein, wie du gesagt hast, Enkidu: Urbargara soll als Leibeigener arbeiten, bis seine Schuld bezahlt ist, und sich damit die Freiheit zurückkaufen, und dieses bessere Gesetz soll von nun an das schlechtere ersetzen. Urbargara und Ludingirra, entfernt euch!«
Er ließ den Stab niedersausen, belohnt von Enkidus strahlendem Lächeln, das aus den goldenen Locken des Bartes leuchtete. Sein Blick ließ die grünen Augen seines Geliebten nicht los, als er schon eintönig die Worte rief, die den nächsten Fall eröffneten. »Mögen nun ein neuer Kläger und Beklagter vor das Angesicht Inannas, Königin des Himmels und Hüterin von Erech-der-Schafhürde, treten ...«
Doch noch bevor das nächste Paar in der Reihe sich vor dem kleinen, vergoldeten Abbild aufstellen konnte, entstand an der Tür im Hintergrund der Halle Unruhe. Gilgamesch sah, wie die dort Stehenden vor einer hereinkommenden Frau zurückwichen. Es war nicht, wie er mit einem unterdrückten, aber tiefempfundenen Seufzer der Erleich-

terung erkannte, die Schamhatu, sondern eine der Seherinnen des Tempels, Geme-Tirasch, die junge Frau, die den Platz der Schamhatu eingenommen hatte, solange die Hohepriesterin in der Einöde weilte. Geme-Tirasch trug ein schlichtes, langes Hemdgewand aus weißem, mit blaugefärbter Wolle besetztem Leinen, und ihr dunkles, lockiges Haar wallte frei herunter; um ihren Hals jedoch lag eine siebenfache Goldkette, und eine weitere glitzernde Schnur schlang sich um ihre rundliche Mitte.

Als sie näherkam, sah Gilgamesch, daß ihre Augen so weit aufgerissen waren, daß die Dunkelheit darin die braungrüne Iris fast verdeckte. Eine jähe Ahnung von Gefahr ließ ihn erschauern. Es konnte nichts Gutes bedeuten, wenn eine Seherin plötzlich und unangekündigt den Gerichtssaal betrat; sie mußte Nachrichten aus dem Tempel bringen, die so wichtig waren, daß der Ensi sofort davon hören mußte.

Geme-Tirasch öffnete den Mund und gab einen seltsamen Laut von sich, eine Art Vogelschrei, bei dem sich Gilgameschs Haare sträubten. Enkidu neben ihm schien sich in seinem Stuhl zu ducken, die dicken Schultermuskeln gestrafft, als wolle er jeden Augenblick aufspringen und sich auf die Priesterin stürzen.

»Gilgamesch, Ensi und Lugal von Erech, Beschützer von Inannas Volk, Beherrscher der Schwarzköpfigen!« rief Geme-Tirasch laut. »Siehe, im Morgengrauen stand ich auf den Stufen des Schreins, und ein Gesicht kam zu mir. Ich sah einen Skorpion unter dem Stein lauern, den die Sandale des Ensi fortstößt; ich sah eine zusammengerollte Schlange im Schatten des Pfades, den der Ensi geht; und die Schamhatu schickte mich, es dir zu berichten. Verrat droht an deiner Seite, Verrat umgibt dich; ob du gleich in der Sonne wandelst, fällt sein Schatten auf deinen Weg, und ich fürchte, er sucht deinen Tod. Der Eber von Kisch brüllt wider dich, aber es ist nicht die Gefahr, die ihren Namen spricht, vor der du dich hüten mußt; es ist die Schlange, die wilde Ziegen ebenso aufspürt und verschlingt wie wilde Stiere. Gilgamesch, der du den Krieg vorbereitest, Gilgamesch, Ensi und Lugal, Gilgamesch, zwei Drittel Gott und ein Drittel Mensch: Hüte dich!«

Enkidu sprang mit einem Satz auf. Er ballte die Fäuste und schrie: »Was ist das für eine Gefahr, die Gilgamesch bedroht? Nenne sie mir, und ich werde sie ausrotten!«
Aber Geme-Tirasch sank nur in sich zusammen und antwortete nicht. Ihre Lider fielen herab, und als sie die Augen wieder öffnete, waren die vergrößerten Pupillen auf normale Weite geschrumpft. Trotz der Hitze zitterte sie am ganzen Körper, und Gilgamesch legte schnell den Stab zur Seite, stand auf und legte ihr seinen Mantel um die Schultern.
»Ich weiß es nicht«, flüsterte sie schließlich. »Nur daß es Verrat ist... Gilgamesch, jemand, dem du vertraust, dem du mit gutem Grund vertraust, versucht dich zu vernichten.«
Die Schamhatu? überlegte Gilgamesch. Aber so wahnsinnig konnte sie doch nicht sein... allerdings, wenn er tot wäre, würden das Haus der Ältesten und das Haus der Männer Erech regieren; sie würden einen gemeinsamen Rat bilden wie in der Zeit, als Gilgamesch noch ein Kind war, und die Schamhatu würde ihre wichtigste Sprecherin sein.
Doch nein, die Schamhatu mußte Geme-Tirasch erlaubt haben, ihn zu warnen – ja, sie hatte die Priesterin sogar selbst zu ihm geschickt. Wer war es dann?
»Ich werde ihn verteidigen, Herrin«, erklärte Enkidu jetzt und legte Gilgamesch den Arm um die Schultern. Unter der Wärme seiner Umarmung spürte der Ensi, wie der Körper seines Freundes erschauerte, als reagiere Enkidu auf die Kälte, die Gilgamesch frösteln ließ. Diese Feststellung gab ihm neue Kraft und frischen Mut; was konnte ihm Böses geschehen, wenn Enkidu bei ihm war?
»Bleib immer bei ihm«, murmelte Geme-Tirasch. »Und sei wachsam.« Sie richtete sich wieder auf, ließ den geliehenen Mantel von den Schultern gleiten und reichte ihn Gilgamesch. Am Ausgang der Halle warteten zwei ältere Frauen, Dienerinnen des Tempels. Sobald Geme-Tirasch durch die geschnitzten Türflügel geschritten war, traten sie zu ihr, stützten sie und führten sie fort.
Enkidu hielt Gilgamesch ganz fest. Sein kräftiger Moschusduft stieg warm in Gilgameschs Nase. Ihre Blicke trafen sich, und das Licht in

Enkidus Augen, das Leuchten seiner löwengelben Locken und des Bartes schienen seinem Freund so kostbar, daß er kaum zu atmen wagte, um den Augenblick nicht zu zerstören.
Von Naram-Sin kam ein trockenes Hüsteln. »Deine Treue macht dir Ehre, Enkidu. Ich bin sicher, daß wir alle hier das gleiche empfinden. Trotzdem, mein Ensi, scheint mir die Warnung höchst angebracht.« Tatsächlich war Naram-Sins Gesicht genauso blaß wie das seines Ensi, und Gilgamesch sah, wie der silberne Wasserbecher in seiner Hand zitterte. Offensichtlich hatte die furchtbare Warnung der Priesterin nicht nur ihn und Enkidu tief getroffen.
»Agga«, fuhr Naram-Sin fort, »ist nicht nur seiner Stärke auf dem Schlachtfeld, sondern auch seiner Weisheit wegen bekannt – und wegen seiner Hinterlist, wenn er es mit starken Gegnern zu tun hat. Ich würde es darum für klug und vernünftig halten, wenn du ab sofort nicht mehr ohne eine Leibwache handverlesener Männer ausgehen würdest, ganz gleich, ob du nun deine Krieger drillst, den Bau der Belagerungsmauern beaufsichtigst oder die vielen anderen Dinge tust, aus denen dein Leben besteht. Schließlich gibt es ohne dich keinen Krieg gegen Agga: Gilgamesch ist Streitwagen und davorgespannter edler Eselhengst zugleich. Ist es nicht so?«
Er zupfte an den Locken seines Bartes, und Gilgamesch begriff, daß Naram-Sin nicht zu ihm, sondern zu den anderen Richtern sprach.
»Es ist so ... ja ... es ist wahr ...«, ertönte das zustimmende Murmeln im Saal.
»Eine Leibwache«, fuhr Naram-Sin betörend fort, »die aus einer Gruppe deiner besten jungen Männer bestehen könnte, o Ensi ... sagen wir, aus den Anführern deiner Sechzigschaften. Damit könntest du aus über zweihundert Kriegern wählen, die dich dann Tag und Nacht beschützen würden. Du deinerseits hättest sie besser im Auge und könntest leichter feststellen, wer eine Beförderung verdient und wer für seine Stellung ungeeignet ist. Ich weiß, daß Ischbi-Erra sich sofort freiwillig melden würde, und das gleiche gilt für jeden anderen in deinem Heer: Sie alle kennen deinen Wert.«
Gilgamesch wollte eigentlich erklären, daß er keinen Leibwächter außer Enkidu brauche, aber die Richter nickten bereits und stimmten

Naram-Sins Worten zu. Enkidu hatte die breite Stirn gefurcht und die goldenen Brauen zusammengezogen, als denke er intensiv über alles nach.

»Enkidu, mein Freund«, sagte Gilgamesch, »was hältst du davon? Sollen wir an eine Leibwache gefesselt und sicher sein, oder frei umherschweifen wie bisher und die Gefahren nehmen, wie sie kommen?«

Enkidu gab ein leises, kehliges Grollen von sich, und seine Finger krümmten sich wie große Krallen.

»Ich weiß es nicht«, erwiderte er endlich. »Die Priesterin schien mir weise und ihre Rede wahr. Und wenn dir etwas widerfahren sollte, mein Geliebter ...«

Als fiele ihm erst jetzt ein, daß es da war, umklammerte er den Griff des neuen Schwertes, das an seinem Gürtel hing. »Selbst die Starken werden besiegt, wenn man sie überrascht oder die Zahl der Feinde zu groß ist. Ich glaube nicht, daß eine Wache uns hindern wird, zu tun, was uns gefällt – und ich kenne mich in Erech noch nicht gut genug aus, um dich vor allen Gefahren zu schützen.«

»Vor Gift in meinem Becher?« dachte Gilgamesch. »Vor einem heimlich abgeschossenen Pfeil, hinter einer Tür hervor oder von einem Dach in der Nähe des Tempels?«

Meuchelmorde kamen in Erech gelegentlich vor; manchmal wurde der Täter gefangen, vielleicht sogar gezwungen, den Namen des Mannes preiszugeben, der ihn gemietet hatte, und manchmal entkam er; in jedem Fall aber kam das Urteil für den Ermordeten zu spät.

»Der Plan an sich ist nicht schlecht«, gab Gilgamesch widerwillig zu. »Und vielleicht geht es ja nicht anders. Enatarzi!«

Der rundliche Leibsklave stand schon vor ihm. »Ensi?«

»Schick einen Läufer zu Ur-Lamma. Berichte ihm von dieser Entscheidung und laß ihn aus den Anführern der Sechzigschaften zwölf als Leibwache für mich auswählen. Ischbi-Erra soll einer von ihnen sein; wir wollen sehen, ob er das Vertrauen seines Schwiegervaters rechtfertigt. Und dann bring Bier für Enkidu und mich, denn der Tag wird immer wärmer, und wir haben noch mehrere Urteile vor uns.«

»Wie du befiehlst, o Ensi, von den Göttern Erhöhter.«
Das Bier und die Leibwächter trafen fast gleichzeitig ein. Gilgamesch betrachtete die Gesichter der ausgesuchten Zwölf und versuchte sich an ihre Namen zu erinnern, eine Anstrengung, die beinahe genügte, ihn davon abzulenken, daß seine Hand an der kühlen, gekehlten Wand des goldenen Bechers zitterte und der mit Lapis besetzte Trinkhalm am Rand klirrte, als läuteten Glöckchen zu einer *Tigi*-Hymne. Auch Enkidu musterte die Wachen aufmerksam, und seine Nüstern blähten sich, als wollte er den Geruch jedes einzelnen Mannes in sich aufnehmen und auswendiglernen. Das süße Bier rann kalt durch Gilgameschs trockene Kehle, wusch den Staub weg, der sich dort angesammelt hatte und gab ihm die Stimme zurück. »Man hat euch eure Pflicht und den Grund dafür erklärt?«
Einer nach dem anderen sah dem Ensi in die Augen und nickte. »Gut. Sprecht zu niemandem sonst darüber. Je weniger außerhalb dieses Raums davon bekannt wird, desto besser für alle – für Erech und auch für euch. Hat mich jeder hier verstanden?« Er stand auf und sprach so laut, daß seine Stimme durch den Saal fuhr wie ein Blitz, der über den Himmel zuckt.
Ein murmelnder Chor folgte seinen Worten, und sein durch den Saal schweifender Blick fiel auf Reihen respektvoll gesenkter Häupter.
»So sei es denn. Laßt die nächsten Parteien vortreten.«
Aber Gilgamesch merkte, daß die Worte, die jetzt gesprochen wurden, ihn umflossen und umstrudelten wie die Wellen eines Flusses, die sich an einem fest im Grund stehenden Felsen teilen. Es kam ihm vor, als hätte Geme-Tiraschs Warnung eine hohe Mauer um sein Gehirn errichtet, die alles, was außerhalb seines eigenen Kopfes vorging, von ihm abhielt, so daß seine Gedanken sich nur entweder untereinander verbünden oder gegeneinander antreten konnten wie die Bewohner einer lange belagerten Stadt. Er nickte oder schüttelte den Kopf, wie es die Gesichter vor ihm zu verlangen schienen, antwortete, wenn man ihn fragte, und erklärte »So soll es sein«, wenn ein Urteil gefällt wurde. Aber bei all dem kreiste sein Verstand nur um die vielen hinterlistigen Wege, auf denen der Tod ihn ereilen konnte – ein vergifteter Becher, ein Pfeil in den Rücken, ein Ziegelstein von

seiner wachsenden Stadtmauer – und darum, wie man jedem einzelnen davon begegnen konnte und was er und seine Wächter tun mußten, damit der Krieg kein vorzeitiges Ende fand und Kisch über Erech triumphierte, bevor überhaupt Schwert auf Schwert traf.
Endlich wurde das Licht, das durch die Saaltür fiel, dämmrig und der warme Wind kühler. Damit war es glücklicherweise Zeit für Gilgamesch, seinen Amtsstab siebenmal niederfallen zu lassen und das Ende der Gerichtssitzung zu verkünden. Die von dem Teppich zu seinen Füßen gedämpften Schläge waren kaum mehr als ein dumpfes Pochen, aber sie genügten. Bittsteller und Zuschauer entfernten sich einer nach dem anderen, Richter und Älteste standen auf, warfen gegen die Abendkühle leichte Mäntel um die nackten Schultern, knieten kurz vor dem vergoldeten Abbild Inannas nieder und verließen den Saal.
Enkidu sah Gilgamesch an, nahm ihm den Stab aus goldumspanntem Zedernholz ab und reichte ihn Enatarzi. »Du bist müde, geliebter Freund«, grollte er, »und wir haben seit heute vormittag nichts gegessen. Laß uns unser Gemach aufsuchen, wo wir etwas zu uns nehmen und ruhen können.«
»Das ist gut«, stimmte Gilgamesch zu. »Enatarzi, sorge dafür, daß man uns Speisen hinstellt.« Er ergriff Enkidus Hand und freute sich über ihre Wärme und Stärke. Er fühlte die alten Schwielen vom Leben in der Wildnis und die neuen vom Schwertschwingen und Mauerbauen, die harten, weißen Streifen, wo die spitzen Krallen der Löwen beim Spiel sein Fleisch zerrissen hatten, tiefe Spuren, die jeden anderen zum Krüppel gemacht hätten, nur den einen nicht, den die Götter als Gefährten der Löwen erschufen. Gilgamesch lächelte und war wieder so glücklich, daß er, als er mit Enkidu der Saaltür zustrebte, für einen Augenblick die Warnung der Priesterin vollständig vergaß.
Dann aber eilte die Leibwache herbei, drei Männer, die vor ihnen, je drei, die zu beiden Seiten und drei, die hinter ihnen gingen, wie Jagdhunde, die einen Streitwagen umspielen, und Gilgamesch erstickte zähneknirschend einen Fluch. »Meine Wächter, allerdings«, dachte er bitter, »so wie die *Galla* Inanna bewachen!« Heute nacht würden

Enkidu und er keinen Streifzug durch die Schenken der Stadt unternehmen. Er wußte nicht einmal, ob man ihm erlauben würde, eine oder mehrere seiner Weihegemahlinnen in ihr Bett rufen zu lassen, falls Enkidu und ihm der Sinn danach stand. Außerdem – welcher davon konnte man wirklich vertrauen, wenn man sich erst in ihren Lenden verloren hatte? Konnten Enmebaragesi und Peschtur nicht versucht sein, sich von ihm zu befreien, nachdem er jetzt nicht mehr so häufig zu ihnen kam? Er wußte, daß sie andere Liebhaber hatten, obwohl sie sich dabei so diskret verhielten, daß niemand gezwungen war, es zur Kenntnis zu nehmen; aber dennoch ... Hatte Kubaba es nicht satt, die Opfergaben für ihn entgegenzunehmen und Buch darüber zu führen? Wollte sie nicht vielleicht lieber in den Tempel zurückkehren oder sehnte sich nach dem Leben der Priesterin-Witwe eines Ensi, verbunden mit einem reichen Ruhegeld? Voller Bitterkeit begriff Gilgamesch, daß er es nie mit Sicherheit wissen würde. Was immer seinen Weihegemahlinnen an ihm mißfallen mochte, sie hatten nie ein Sterbenswörtchen geäußert oder ihm und Enkidu etwas anderes als ein warmes Willkommen bereitet. Und doch waren sie Menschen: Wie konnten sie wirklich glücklich sein?
Als sie in seinem Gemach angekommen waren, zitterte Gilgamesch von neuem am ganzen Körper und wußte nicht, ob Zorn oder Furcht der Grund dafür waren – Furcht vor Verrat, Zorn darüber, daß er etwas Derartiges fürchten mußte und andere Wache stehen sollten, damit ihm nichts zustieß, obwohl er doch wußte, daß allein Enkidu ihm als Gegner gleichkam. Immerhin gelang es ihm, mit ruhiger Stimme zu erklären: »Die Wache bleibt vor der Tür. Im Inneren des Zimmers bin ich sicher, und Enkidu wird nicht von meiner Seite weichen.«
»Was ist mit deinen Dienern?« fragte Ischbi-Erra. »Wen können wir unbedenklich mit dir alleinlassen?«
»Enatarzi betreut mich seit meiner frühesten Jugend; ihm könnt ihr selbst dann trauen, wenn Enkidu und ich beide schlafen sollten. Was die übrigen angeht – solange einer von uns wach ist, brauche ich keinen Feind zu fürchten.«
Ischbi-Erra verbeugte sich und ging zur Tür, wobei er den anderen

winkte, ihm zu folgen. Aber die Männer blieben so lange stehen, bis ihnen Gilgamesch selbst ein Zeichen gab.

Sobald die Tür auf ihren Pflöcken zuschwang, umarmten Gilgamesch und Enkidu einander so heftig, als führten sie einen Ringkampf, nur daß jeder versuchte, den anderen zu halten und aufzurichten, anstatt ihn umzuwerfen. Gilgamesch fühlte, wie der Druck in seiner Brust nachließ, ein Druck, den er erst jetzt richtig spürte, als hätte er ahnungslos Froschlaich verschluckt und ohne zu wissen, was in ihm wuchs, abgewartet, bis er den erwachsenen Frosch herauswürgte. Im klaren, milden Flackerlicht der Öllampen schimmerten Enkidus grüne Augen wie polierte Achate, und die weichen Locken seines goldenen Bartes streiften Gilgameschs Lippen.

»Dir wird nichts Übles geschehen«, hauchte Enkidu, ein heiseres Flüstern zwischen Schnurren und Grollen. »Nicht, solange ich lebe.«

Sie hielten einander umschlungen, bis es an der Tür klopfte und Enatarzi mit zwei großen, dampfenden Tellern eintrat. Scheiben von Gänsebraten, mit Dattelhonig glasiert und wie Blütenblätter auf einem Berg feiner Emmergrütze angeordnet, mit einem kleinen Dattelkränzchen in der Mitte ... Gilgamesch lief das Wasser im Mund zusammen, als Enatarzi alles hinstellte. Sein Magen bäumte sich plötzlich auf, so hungrig war er.

»O Ensi, o mein Gebieter Enkidu, ich selbst habe die Zubereitung dieser Speisen überwacht und sie auf meinen Händen hierhergetragen. Mit eurer Erlaubnis will ich sie nun als erster kosten, um sicherzugehen, daß sie unverdorben sind.«

»Nein, das werde ich tun«, widersprach Enkidu. »Auf dreißig Schritte kann ich verunreinigtes Wasser oder faulendes Fleisch riechen; soll ich da nicht verdorbene Speisen wittern können? Auch ist es besser, daß der Starke sich einer Gefahr aussetzt, als der Schwächere.«

»Und wer bin ich dann?« dachte Gilgamesch, und plötzlicher Zorn erhitzte seine Stirn. Aber er schwieg, denn er wußte, daß die beiden nur aus Liebe zu ihm und aus Furcht vor der Prophezeiung der Priesterin so redeten.

»Aber wenn die Speisen Gift enthalten«, sagte Enatarzi geschmeidig,

»wird es mich schneller niederwerfen als dich und somit Gilgamesch besser warnen; ist es jedoch ein langsames Gift, wird man den Ensi um so eher retten können, je rascher ich ihm erliege. Außerdem bin ich nur ein alter Eunuch und kein großer Verlust für Erech, während ihr beide der Stolz der Stadt seid. Man bindet nicht seinen besten Widder im Feld an, um den Löwen auf Speerwurfweite heranzulokken; dazu nimmt man das älteste und räudigste Schaf in der Herde.«

Die geschminkten Augen des Eunuchen schlossen und öffneten sich, ein ganz langsames Blinzeln tiefer, reptilienhafter Befriedigung, wie bei einer Eidechse, die sich im Halbschlaf auf einer Mauer sonnt.

Gilgamesch hatte den Eindruck, daß Enkidu noch etwas einwenden wollte, dann aber nickte sein Geliebter Enatarzi zu, und seine Lider verdeckten für eine Sekunde den grünen Glanz seines Blicks.

»Du hast recht«, murmelte der Löwenmann. »Koste.«

Enatarzi nahm von jedem Teller ein Stückchen Gänsefleisch, kaute langsam darauf herum und schluckte. Dann verzehrte er jeweils eine Dattel, holte, anstatt die Karneollöffel mit den Silbergriffen zu benutzen, den eigenen Kupferlöffel aus der Gürteltasche und versuchte zwei kleine Happen Emmergrütze.

»Der Geschmack scheint unverfälscht«, erklärte er. »Aber um sicherzugehen, müssen wir eine Weile warten.«

»Und wie lange?« fragte Gilgamesch ungeduldig. »Ich habe gehört, daß manche Gifte Tage brauchen, bis sie ihre Zähne zeigen – bis wir sicher sein können, daß das Essen in Ordnung ist, wird es nicht nur kalt, sondern halb verdorben sein und den Hunden auf der Straße vorgeworfen werden müssen. Soll ich, um mich vor Gift zu schützen, lieber verhungern? Ich möchte mein Abendessen jetzt und nicht erst um Mitternacht.«

»Geduld, Ensi«, besänftigte Enkidu. »Nur noch eine kleine Weile, dann wissen wir zumindest, daß kein schnellwirkendes Gift verwendet wurde.«

Das Gesicht des Eunuchen wurde nicht bleich, und er griff sich auch nicht plötzlich an den Leib. Vielmehr meinte er schließlich: »Wenigstens vor einem schnellen Gift seid ihr wohl sicher und könnt essen.

Sollte ich heute nacht erkranken, erhaltet ihr sogleich Nachricht. Jetzt werde ich gehen und euch etwas zu trinken holen, zu dieser Speise am besten einen guten Wein. Verlaßt euch darauf, daß ich ihn dort prüfe, wo er herkommt.«

»Davon bin ich überzeugt.« Gilgamesch konnte seinem Sklaven endlich wieder zugrinsen. »Koste, soviel du willst, aber komm schnell wieder, denn das Essen wird kalt, und wir haben Durst.«

Doch obwohl seine Köche sich ersichtlich große Mühe gegeben hatten, aß Gilgamesch kaum etwas von dem nahrhaften Fleisch. Selbst wenn er sie mit dem süßen, geharzten Wein hinunterspülte, blieb ihm die saftige Gans im Halse stecken. Die dünne Honigglasur schien klebrig und pappig, und die weiche, gebutterte Emmergrütze schmeckte wie ein Sandhaufen. Enkidu aß sorgfältig wie immer. Nach jedem Bissen leckte er sich die Lippen und wischte sich die Hände ab, als fürchte er, es könne ihm ein Tropfen Fett vom Kinn fallen oder seine Finger könnten irgendwo einen Fleck hinterlassen. Aber so langsam er auch die Speisen zum Munde führte, war er doch fertig, bevor Gilgamesch nur den halben Teller leergegessen hatte.

»Dein Appetit ist gut, mein Freund«, sagte Gilgamesch und hatte den dunklen, bitteren Geschmack von Neid im Mund, aber Enkidu zuckte nur die Achseln und schien nichts Ungewöhnliches zu bemerken.

»Und warum nicht? Das Essen ist gut und reichlich, und wir hatten kaum etwas zu uns genommen.« Er legte leicht die Hand auf Gilgameschs Schulter. »Aber dein Körper ist ganz verspannt und dein Magen sicher auch. Ist es immer so bei den Menschen, daß sie das Flüstern eines Feindes fürchten, dem sie ohne Zittern Auge in Auge gegenübertreten würden?«

»Der Schatten scheint stets bedrohlicher als der, der ihn wirft«, gab Gilgamesch ein wenig beschämt zu. »Agga den Lugal fürchte ich nicht, denn ich kenne ihn; ich kenne seine Stärke, und die Macht seines Heeres läßt sich abschätzen, so daß man ihr begegnen kann. Aber es ist etwas anderes, wenn man keinem Becher Wasser und keinem Teller Essen mehr trauen darf und wenn man den Mann, der einem das Haar schneidet, anschaut und sich fragt, an welcher Stelle er sein scharfes Bronzemesser als nächstes ansetzen wird. Und wenn ich auch einen Spion entdecke, woher weiß ich, daß nicht drei weitere hinter ihm lauern? Was mich lähmt, ist, daß ich nicht weiß, wie und wogegen ich kämpfen soll, die Furcht vor dem, was vielleicht sein kann, und vor dem, das ich nicht ahne. Ich glaube, so geht es allen Menschen. Vielleicht«, fügte er hinzu und wußte plötzlich, daß er zuviel von dem Wein getrunken hatte, denn der scharfe Geschmack des Terebinthenharzes brannte noch immer in seinem Mund und die Worte stürzten hervor wie Wasser aus einem geborstenen Kanal, »hat die Schamhatu dir keinen Gefallen getan, als sie dich aus der Welt der Löwen in die Welt der Menschen führte.«

Enkidu stand auf, trat hinter Gilgamesch und fing an, seine Schultern zu kneten. Der Mann aus der Wildnis hatte jetzt immer kurze, stumpfgefeilte Nägel, aber trotzdem drückten sie sich mit einem angenehmen kleinen Schmerz in Gilgameschs Haut und lenkten ihn von dem Knoten im Bauch ab, während die Hände seines Geliebten die verhärteten Muskeln lockerten und beruhigten.

»Ich könnte mir nichts Besseres wünschen, als hier zu sein«, murmelte Enkidu, »immer bei dir, bereit, dir zur Seite zu stehen. Und doch ...« Seine Stimme erstickte jäh, und Gilgamesch konnte nur vermuten, welche Gedanken und Bilder jetzt hinter seinen grünen Augen auftauchten ... der rasche Sprung des Löwen hinter dem Felsen am Wasserloch hervor und die schmalen roten Knochen der Gazelle nach seinem Mahl, vielleicht aber auch die schwarzen Schwingen der Geier, die kreisten und sich immer tiefer schraubten, dorthin, wo der lange, goldene Körper lag, die Zähne unter der mähnenumwallten Totenmaske gefletscht, das letzte Blut aus der Speerwunde in der Seite braun geronnen.

Enkidus Berührung wurde sanfter, bis sie kaum mehr als eine Liebkosung war, stumpfe Nägel, die sacht über Gilgameschs Rücken strichen wie die rauhe Zunge einer großen Katze. Gilgamesch seufzte und reckte sich ihm entgegen, stand dann auf und ergriff Enkidus Hände, die er fest drückte, damit sein Geliebter nicht bemerkte, wie sehr er zitterte.

»Ja, du bist immer bei mir«, stöhnte er. »Und nur mit dir ...«
Enkidu glitt leicht in Gilgameschs Umarmung. Dankbar schloß Gil-

gamesch die Arme um seinen Geliebten und vergrub das Gesicht in Enkidus üppiger Lockenmähne, während dieser sich an seine Schulter schmiegte und ein leises, kehliges Grollen ausstieß. Gilgameschs Sehnsucht nach ihm war nun stärker als jeder Gedanke an Agga und schwemmte das kränkliche, verräterische Beben in seiner Magengrube fort wie starker, heißer Dattelwein das nächtliche Schlottern im bitterkalten Winter.
Später lagen die beiden zusammen im Bett, Arme und Beine lose ineinandergeschlungen. Kleine Schweißtropfen, die unterwegs kühler wurden, rollten Gilgamesch langsam über Brust und Rücken, als berührten zarte Fingerspitzen seine Haut. Sein rechtes Schlüsselbein tat ein wenig weh; er berührte es, und ein scharfer Schmerz durchzuckte ihn. »Du hast mich gebissen«, sagte er halb scherzend, halb scheltend.
Selbst im unsicheren Licht der Öllampen sah er, wie Enkidus helle Haut unter dem Bart errötete und fühlte, daß eine plötzliche Hitzewelle von ihm ausging.
»Ich habe es nicht mit Absicht getan«, antwortete sein Geliebter betrübt. »Die Schamhatu hat mich gelehrt, daß ich nicht ... aber ich ... ich ...«
Gilgamesch merkte, daß Enkidu etwas sagen wollte, für das ihm die Worte fehlten oder das er noch nie in Gedanken gefaßt hatte. Er schämte sich, daß er überhaupt etwas erwähnt hatte, aber er konnte dem anderen nicht helfen und hielt ihn nur noch fester, bis Enkidu schließlich fortfuhr: »Ich habe es vergessen.«
»Du hast mir nichts getan«, versicherte Gilgamesch, »wir haben einander beim Ringen schon härter angefaßt.«
Aber auch das war nicht die Wahrheit, denn Gilgameschs Muskeln und Sehnen taten ihm so weh wie nach ihrem ersten Kampf, als sie so heftig miteinander gerungen hatten, daß sie einander buchstäblich in Stücke gerissen hätten, wäre einer nur ein wenig schwächer gewesen als der andere. Allmählich begann trotz der Schmerzen und dem schärferen Schmerz von dem Biß ins Schlüsselbein eine köstliche Müdigkeit seinen Körper zu erfüllen. Er wußte, daß sie laut genug aufgeschrien hatten, um mit ihren Stimmen die Lehmziegelwände

zu durchdringen wie mit dem Ton eines Widderhorns von der Spitze des Heiligtums, und daß seine Leibwachen sicher jedes Stöhnen gehört hatten, aber das war ihm gleichgültig. Ihm genügte das Glitzern in Enkidus Augen, die schwere Wärme seines Schenkels über dem eigenen, der Geruch ihrer Paarung, der sich mit dem würzigen Duft kostbarer Öle und der nachhaltigen, den Mund wäßrig machenden Üppigkeit der honigglasierten Gans mischten. Bald würde Enatarzi leise mit hohen Bechern gekühlten Biers eintreten, um ihren Durst zu löschen, denn obwohl er ein Eunuch war, wußte er ganz genau, was Gilgamesch brauchte, wenn er in der schwellenden Hitze des Sommers jemanden geliebt hatte, und auch das war etwas Gutes. Für den Augenblick aber hatte Gilgamesch alles, was er brauchte.
Er beugte sich vor, um Enkidu wieder zu küssen; zärtlich begegneten sich ihre Lippen. »Seltsam«, dachte er, »was Liebende einander alles sein können... vom liebestollen Tier in wilder Paarung bis zum Blütenblatt auf sanftem Blütenblatt... und doch, was könnte man sich besseres wünschen als solch einen Freund?«

4

Das leise Klopfen an der Tür zerfetzte die letzten Reste von Aggas Halbschlafträumen und rüttelte ihn jäh wach. Der Ensi von Kisch holte tief Atem, wälzte seinen fülligen Körper aus dem Bett und tappte lautlos, barfuß und nackt, durch den dunklen Raum zur Tür. Die hölzernen Pflöcke quietschten sacht in ihren Löchern, als er öffnete.
Vor ihm stand der Oberste seiner Geheimboten, der Nachrichten für ihn nach Erech brachte und Botschaften von dort übermittelte. Die hohen Wangenknochen seines schmalen Gesichts ähnelten im Licht der Lampe in seiner Hand den Schwingen eines herabstürzenden Geiers. Die Menschen in Erech und fast ganz Kisch kannten ihn nur als Gimil, den Hausierer. Sein kurzes Silberhaar und der kleine Silberbart hatten ihn vor dem Frondienst an Gilgameschs Mauer be-

wahrt, und die vielen Male, die er mit Perlen, Jaspis und anderen kostbaren Dingen im Gepäck nach Erech hinein- und dann mit schönem Kunsthandwerk und den besten Webereien der dortigen Frauen wieder hinausgeritten war, hatten ihn bei den dortigen Wachtposten so bekannt gemacht, daß sie ihn ohne zu fragen passieren ließen. Darum war er einer von nur drei Männern, die während der neuesten Kriegsvorbereitungen in Erech dort noch für Agga tätig sein konnten, und inzwischen auch der wertvollste, denn durch ihn konnte Agga die Verbindung mit einem anderen, ganz besonderen Geheimbeauftragten in der Stadt aufrechterhalten.
Agga nickte ihm zu und trat auf den Gang. Hinter sich schloß er die Tür. Seine Königin schlief, und das war gut so, denn er gehörte zu den Männern, die es vorziehen, wenn ihre Frauen nicht alles über sie wissen. Ihr stummer Glaube an ihn und die Götter von Kisch genügte – er sollte nicht dadurch erschüttert werden, daß sie die vielen Gerüste sah, die nötig waren, um Aggas Erfolge zu stützen.
Flüsternd strich der Nachtwind über die Mauern des Innenhofs, tief im Herzen des Palastes, und berührte kühl Aggas nackten Körper. Die beiden Männer umgingen den großen Fischteich, in dessen kleinen Wellen sich das Licht von Gimils Lampe und der blasse Schein des Mondes brachen. Die sanft gebeugten Palmen und die Wedel der Tamarisken standen schwarz am Nachthimmel. Hier unter Ninurtas Stern, dem hellen Stern des Kriegsgottes, der als Licht an der heiligen Waffe Schar-ur glänzte, mit der Ninurta in grauer Vorzeit den Dämon Asag erschlagen hatte, wußte Agga, daß er klare Gedanken fassen konnte. Enlils mächtiger Sohn hatte ihn in vielen Schlachten gesegnet und Agga es ihm mit Opfergaben gedankt; auch morgen würde er wieder opfern, denn obwohl er wußte, daß seine Streitmacht die bei weitem größere war, saß ihm doch ständig jene beunruhigende Weissagung – oder Drohung – im Nacken ...
»Wie steht es mit deinem Steinhandel?« begann er ohne Einleitung. Selbst hier draußen lohnte es sich, vorsichtig zu sein, denn niemand wußte, ob nicht doch ein Feind im Dunkeln lauerte oder den Göttern der Sinn danach stand, ein kleines Stolpern in einen schweren Sturz zu verwandeln.

»Ich habe einige gefunden, aber die meisten sind weder rein noch von makelloser Farbe.«
Agga ließ sich auf einer der glatten Dioritbänke nieder, die im Hof standen. Der Stein war angenehm kühl an seinem stattlichen Gesäß und den dicken Schenkeln. Er winkte Gimil, ebenfalls Platz zu nehmen, und der Geheimbote stellte die Lampe zwischen seine Füße und gehorchte.
»Unser Stein sitzt in der Fassung«, fuhr Gimil fort.
»Gut. Warum konntest du keine reineren Steine einkaufen?«
»Weil dort, woher ich komme, die Jagd sehr mühsam ist. Du wirst gehört haben, daß der junge Löwe des Marschlands einen Zwilling gefunden hat, der Tag und Nacht um ihn ist.«
»Alle wissen das. Was gibt es sonst noch?«
»Die Herrin des Abendsterns hat bisher nicht beschlossen, den Löwen zu vernichten. Statt dessen hat sie ihn gewarnt, bevor der Jäger zum Schuß kommen konnte, und nun umgeben zwölf Bullenbeißer den jungen Löwen und bewachen ihn sorgfältig, damit ihm kein Übel geschieht.«
»Zwölf Bullenbeißer!« Agga rieb sich das rasierte Kinn und fühlte die stachligen Stoppeln unter der dünnen Schicht duftenden Öls. Also hatte Inannas Tempel etwas herausgefunden, sei es durch Spione, sei es durch Zauberei, und hatte Gilgamesch besorgt gemacht. Die große Wächterschar machte die Angelegenheit nicht einfacher.
»Ja. Der grimmigste von ihnen heißt Ischbi-Erra, und ich habe gehört, daß er voller Ehrgeiz ist, sich seinem Gebieter zu beweisen und dadurch seine Stellung und die seiner Familie zu stärken. Ich glaube nicht, daß man diesen Hund von seinem Ziel abbringen kann, was immer auch geschieht.«
Agga nickte langsam. »Es ist gut, wenn man das Wesen eines Hundes kennt. *Falls* er am Leben bleibt«, und hier wurde seine Stimme schärfer, nur ganz geringfügig, aber unmißverständlich, »wird sein Herr ihn sicher gut belohnen.«
Gimil stand von seiner Bank auf und verbeugte sich so tief vor Agga, daß seine Stirn die Lehmziegel des Pfades berührte. »Mehr habe ich

nicht zu berichten, o Ensi, außer, daß die Mauer des Hauses immer noch schnell in die Höhe wächst und die Leute, die auf Esel wetten, immer noch vom Verhältnis fünf zu drei oder etwas darüber ausgehen.«

»Aha.« Auch Agga erhob sich. »Leuchte mir zurück in meine Kammer und suche dann den Verwalter auf; er wird dir für deine Waren den gehörigen Preis auszahlen.«

Als sich Gimil entfernt hatte, legte sich Agga auf die Leinendecke des Bettes neben seine ruhig atmende Königin. Ihr Profil hob sich schwarz vom Dämmerlicht der Kammer ab wie eine ferne Gebirgskette im matten Sternenschein: die scharfe Nase über einem Gewirr von Locken, das spitze Kinn, das in den weichen Hals überging, die hohe Rundung des Busens, der sich so gleichmäßig hob und senkte wie eine sanfte Meeresdünung. Langsam drehte Agga den schweren Ring aus Silber und Karneol hin und her, der an seinem rechten Zeigefinger saß, und dachte über Gimils Botschaft nach. In seiner Jugend hätte er nicht so viel Zeit mit dem Versuch vergeudet, den Krieg zu beenden, ehe er noch begonnen hatte; vor zehn Jahren oder sogar noch vor fünf hätte er Erechs Belagerungsmauer niedergerissen, bevor sie hoch genug war, die Pfeile eines Kindes abzuhalten, und Gilgameschs Heer in Grund und Boden gestampft, bevor der Emporkömmling drei Männer gegen seine eigenen fünf zusammengebracht hätte.

Aber das war gewesen, bevor der Trance-Priester aus Inannas Tempel in Kisch zu ihm gekommen war. In Inannas Tempel besaß die Königin des Himmels die Oberhoheit über die anderen Mächtigen, so wie Kisch die Oberhoheit über alle Stadtstaaten von Sumer innehatte, denn so hatten die Götter es bestimmt. Der Trance-Priester hatte langes Haar gehabt, geflochten und aufgebunden wie bei einer Frau, und eine kleine Krone aus Goldblättern und Lapisperlen getragen. Seine Fingernägel waren lang und glänzend gewesen, und seine Hüften unter dem Fransensaum des Schals hatten sich beim Gehen sinnlich hin und her bewegt. Es war jetzt drei Jahre her, daß er Agga aufgesucht hatte, als der Ensi gerade dampfend dem Reinigungsbad am Vorabend des Neumondfestes entstieg und ganz allein im Raum war.

Die flüsternde Stimme aus dem Mund des Trance-Priesters war hoch und kindlich und hatte Agga kalte Schauer über den Rücken gejagt, und obwohl sein Atem süß nach Minze und Kardamom duftete, war es Agga vorgekommen, als rieche er den Staub und die Verwesung des Grabes darunter.

»Agga von Kisch, wehe deiner Stadt«, hatte der Trance-Priester gemurmelt, »wehe deiner Stadt und wehe deinem Haus. Denn Kisch soll verworfen und Erech erhöht werden; Gold und Silber, Zinn und Lapis, Diorit aus dem Schwarzen Land und Karneol aus Meluhha sollen von Norden nach Süden fließen; die mächtigen Zedern von Dilmun sollst du vom Gebirge herunterschaffen, nur damit sie die Tore und Tempel von Erech schmücken. Dein Geschlecht soll wie Esel im Joch fronen, während die wilden Stiere von Erech frei herumspringen. Wer einst diente, soll herrschen, wer einst herrschte, dienen. Hüte dich vor der Drehung des Rades, Agga von Kisch! Denn ein Zweig von Dumuzis Stamm soll Kischs Macht brechen und alle Herrlichkeit nach Erech bringen.«

Mit diesen Worten hatte der Trance-Priester sich umgedreht und war gegangen. Agga, triefend naß und wie betäubt, hatte nur hinter ihm herstarren können. Der Ensi von Kisch hatte den Mann nie wiedergesehen und trotz aller Nachforschungen in den Tempeln auch seinen Namen nicht herausfinden können. In einem anderen Fall hätte er vielleicht die Priester und Priesterinnen zu sich gerufen und sie aufgefordert, den Sprecher zu suchen, um ihn dann den magischen Prüfungen zu unterziehen, die seine Vision bestätigten oder für falsch erklärten. Aber das Risiko, daß die unheilvollen Worte des Sehers über die engen Grenzen von Aggas eigenen Ohren hinaus bekannt wurden, war ihm zu groß. Also blieb ihm nichts übrig, als weiter darüber nachzugrübeln, und daran lag es auch, daß der Ensi von Kisch, der doch für drei von Gilgameschs Männern fünf Krieger aufbieten konnte und dreimal so reich war, um sie auszurüsten und zu ernähren, sich solche Mühe gab, Dumuzis Erben zu vernichten, ehe der Krieg überhaupt begonnen hatte: Er wollte verhindern, daß die Götter einen Anlaß zu grimmigem Scherz sahen. Denn das stand fest: Erließ man Gilgamesch den Tribut, würde er Kischs Blut wit-

tern, und Agga wußte selbst, daß ein Heer, dessen Gegner bereits Furcht gezeigt hatte, anschwoll wie Hefebrot an einem warmen Tag.
»Aber der Stein ist in der Fassung«, erinnerte er sich selbst. Sein Mann war an Ort und Stelle; trotz all seiner Wächter, sogar des wilden Löwenmanns, trennte nur ein einziger Schritt das Messer des Mörders von der Kehle des jungen Kriegers.
Von den Worten seines Geheimbeauftragten weniger getröstet, als er erhofft hatte, aber doch nicht mehr ganz so von Sorgen geschüttelt, schloß Agga die Augen. Er hatte längst die Kunst gelernt, zu schlafen, wenn er es brauchte. Jetzt zwang er sich, langsam und ganz tief ein- und auszuatmen, bis sein Körper von selbst erschlaffte und er mit leisem Gähnen in eine weiche Dunkelheit sank.

5

Inaschagga starrte voller Staunen auf die Mauern von Erech, die am Horizont aufragten wie ein Gebirge. Der äußere Wall war war noch nicht vollendet; sie konnte sehen, wie Männer, klein und schwarz wie Ameisen, über die halbfertigen Türme und Zinnen krabbelten, die langsam an der Mauer hinauf- und hinabwandernden Körbe füllten und leerten oder in gebückter Stellung Ziegel auf Ziegel schichteten. Gunidu, der neben seiner Schwiegertochter saß, pfiff stumm durch die Zähne.
»Das ist in der Tat eine gewaltige Festung«, meinte er. »Alles, was wir über Gilgamesch gehört haben, muß stimmen; selbst ein noch junger und stürmischer Ensi errichtet nicht aus einer Laune heraus einen solchen Schutzwall. Ich stelle mir vor, daß das Leben in Erech letztes Jahr nicht einfach war, wenn Gilgamesch so viele Männer zur Arbeit an die Mauer geholt hat und sie immer noch dort festhält, sogar jetzt, wenn die Flüsse bald steigen und die Felder überschwemmen werden.«
»Die Mauer ist schnell gewachsen«, sagte Akalla und drehte sich zu

den beiden auf dem Karren Sitzenden um, während er die Esel weiterführte. »Als ich in die Stadt kam, sah ich eine Außenmauer aus bemalten Ziegeln. Jetzt wird sie von der anderen verdeckt.«

»Nun, so viele Arbeiter müssen jedenfalls essen, und das macht die Aussichten für dich und deine Jagd nur besser«, bemerkte Gunidu vergnügt. Inaschagga kam es vor, als fülle der Anblick der Stadt die vertrockneten Adern des alten Mannes mit neuem Leben, pumpe frisches Blut in die herabhängenden Falten der braunen Wangen und verleihe den dunklen Augen neuen Glanz. »Außerdem müssen die Vorratshäuser des Tempels gut gefüllt sein, wenn man nach der Ernte, da man doch den Boden aufreißen muß, damit die Sonne ihn nicht zu einem einzigen großen Lehmziegel bäckt, so viele Männer von den Feldern abzieht.«

Je näher sie der Stadt kamen, desto erschreckender erschien Inaschagga ihre Größe. Die Mauern waren höher als Palmen und fast eine Armlänge dick; sie konnte sich die Kraft nicht vorstellen, die imstande wäre, sie niederzureißen. »Wahrlich macht Gilgamesch Erech zur sicheren Schafhürde«, dachte sie und legte schützend die Hände über den Bauch. »Mein Kleines, ich werde gern in diesen Mauern leben, in denen wir beide sicher sind.« Und doch mußte sie sich nach jedem Atemzug die Stirn wischen; die Luft schien voller Wasser zu sein, und die Tropfen perlten aus der Luft auf ihre Haut.

Die Flußüberquerung war mühsam. Der Buranun fing schon an, Hochwasser zu führen, und das Boot aus mit Häuten bespanntem Schilf mußte die Fahrt viermal machen – einmal mit dem Karren, dann mit je einem Esel und schließlich mit den Menschen. Es schaukelte fürchterlich und drehte sich um sich selbst, nur gehalten von der schwachen Hand des alten Fährmanns an seinem Staken. Der dürre Graubart lachte zahnlos, als er Inaschaggas Angst sah.

»Denkst wohl, ich wär zu alt, das Ding da zu steuern?« keckerte er. »Jawohl, ich fahr Boot auf dem Buranun seit Dumuzis Zeiten ... bin fast alt genug, um auf Utnapischtims Arche durch die große Flut gesegelt zu sein!« Er nahm die Stange einen Augenblick in nur eine Hand und tätschelte leicht Inaschaggas Schulter. »Nun mach dir mal keine Sorgen. Stimmt schon, die meiste Zeit fährt mir mein Sohn die

schwere Fracht. Aber der arbeitet jetzt den halben Tag an Gilgameschs Mauer, und die andere Hälfte lernt er, wie man ein Krieger wird, so wie alle starken jungen Männer in Erech.« Er sah zu Akalla hinüber. »Kommst du deshalb hierher? Um dein Glück im Heer zu machen?«
Akalla schüttelte den Kopf und streckte die Hände aus. »Ich bin ... ein Jäger. Jage nur Tiere, keine ... Schießen, Fallen stellen, Tiere zum Essen ...«
Inaschagga konnte fast fühlen, wie seine Zunge dick wurde, wie immer, wenn seine Gedanken zu groß waren, um auf einmal aus seinem Mund zu kommen, aber sie konnte den Satz für ihn beenden.
»Er tötet Tiere, keine Menschen.«
Der alte Mann keckerte wieder. »Überleg dir das lieber, mein Junge. Wenn du wirklich nicht zum Heer willst, mußt du jagen können, wie noch kein Mensch gejagt hat. Mein Sohn ... also, der hätte nie gedacht, daß er mal was Gefährlicheres als einen Staken oder einen Netzgriff halten muß, und nun hat er einen Bogen, einen Speer und einen neuen Rock vom Lugal, und ihr solltet verdammt noch mal sehen, wie er herumstolziert!«
Das Boot stieß ans Ufer. Der Fährmann stieg aus und watete durch das Schilf, um es einzuholen und zu vertäuen. »So, da seid ihr, und da sind auch eure Esel und der Karren – hab euch ja gesagt, daß die keiner stiehlt. Inanna segne euch, und viel Glück in der Stadt.«
Akalla schirrte die Esel wieder an, Inaschagga und Gunidu kletterten auf den Karren, und der Jäger ergriff die Zügel und lenkte die Tiere auf den Pfad, der zum Haupttor von Erech führte.
Zwei hochgewachsene Männer standen zu beiden Seiten des Eingangs. Inaschagga gab sich Mühe, sie nicht anzustarren, aber die funkelnden Bronzehelme und Armschienen der Wächter blendeten ihre Augen so stark, daß sie kaum an ihnen vorbei auf das Menschengewühl im Inneren schauen konnte.
»Namen und Geschäft«, sagte einer von ihnen zu Akalla. Seine Stimme klang gelangweilt und eintönig, aber es lag eine Härte darin, bei der sich Inaschaggas Magen zusammenzog.
Akalla schluckte ein paarmal krampfhaft. »Ich, ich bin Akalla ...

Akalla der Jäger. Das hier ... das hier sind ... meine Frau Inaschagga und mein Vater Gunidu. Wir sind hier ... wir sind gekommen ... wir wollen in der Stadt wohnen«, brachte er endlich erleichtert hervor.
Der Wächter nickte. »Nun, ihr seid zur rechten Zeit gekommen. Erech braucht Männer, also hast du schon Arbeit. Folge Entemena hier, er zeigt dir die Unterkünfte und weist dich ein. Halbe Tage an der Mauer, die andere Hälfte Ausbildung am Speer, so ist es Brauch in Gilgameschs Heer.«
»Aber ... aber ...« Akallas Worte schwollen an wie Hefeteig, klebten an seinem Gaumen und verstopften ihm den Mund. Inaschagga war so atemlos über den Befehl des Kriegers, daß sie ebenfalls keinen Ton herausbrachte. Dafür trat Gunidu vor und zog den kleinen Achatzylinder aus seiner Gürteltasche.
»Wir stehen unter dem Schutz von Inannas Tempel«, erklärte er, und seine alte Stimme klang tiefer als sonst. »Erkennst du dieses Siegel?«
Der Krieger betrachtete es genau und nickte dann. »Ja, ich erkenne es. Aber niemand will dich zum Dienst verpflichten, guter Tempelmann. Du kannst gehen, wohin du willst. Er allerdings«, er wies mit dem Daumen auf Akalla, »verfügt über keinerlei Freistellungsnachweis, wohl aber über einen guten, kräftigen Rücken. Wenn du behauptest, daß es so ist, tragen wir ihn als Mitglied der Hilfstruppen aus dem Tempel ein, die ohnehin noch nicht vollzählig sind. Du kannst auch die Frau mitnehmen, wenn sie lieber eine Zeitlang von ihrem Mann getrennt leben und nicht bei den übrigen Frauen und Kindern wohnen will.«
»Das kommt gar nicht in Frage!« rief Inaschagga leidenschaftlich aus. Sie konnte von ihrem Platz auf dem Karren aus ihren Mann nicht berühren, doch sie streckte die Hand nach ihm aus und erklärte: »Wo Akalla hingeht, gehe ich auch hin. Weshalb wollt ihr ihn überhaupt für solche Arbeiten einsetzen, wenn er doch ein geschickter Jäger ist?«
»Mauer und Speer, das ist jetzt die Aufgabe der jungen, starken Männer in Erech«, erwiderte der Wächter ungerührt. »Ein Quartier

bei den anderen Arbeitern und ihren Familien, Hirsebrei aus Inannas Tempel, zweimal pro Woche abends Eintopf mit Fisch oder Fleisch, ein neuer Kriegerrock, und der Lohn eines ungelernten Arbeiters: Das bekommen sie dafür. Es gibt keine Ausnahmen; selbst Gilgamesch und Enkidu setzen ab und zu Ziegel.«
Gunidu sah auf Inaschagga, dann auf seinen Sohn. Inaschagga merkte, wie angespannt er war, eine Schnur, an der von beiden Seiten gezogen wird. Sicher dachte er an die eigene Wohnung, vielleicht das kleine, als Teil des Ruhegeldes versprochene Haus. Aber getrennt von Akalla und Inaschagga, von denen er wußte, daß sie ohne seine Führung in dieser Stadt hilflos waren?
»Ich gehe auf alle Fälle mit ihnen«, sagte Gunidu. »Zeig uns, wo die Arbeiter untergebracht sind.«
Als Inaschagga sah, wo sie hausen sollten, mußte sie sich die Tränen verbeißen. Die Arbeiterunterkünfte waren weiter nichts als ein Haufen hastig errichteter Schilfhütten vor der Stadtmauer, von denen einige bereits gefährlich schief hingen. Davor exerzierte eine große Schar von Männern, sicher hundert an der Zahl, mit ihren Speeren, marschierte vorwärts, stach auf Kommando zu. In einer der Hütten weinte ein Kleinkind, und Inaschagga hörte die rauhe Stimme einer Frau, deren Worte sie nicht verstand. Unter der Schilfmatte vor einer anderen Tür huschte ein Mungo hervor, dessen langgestreckter Körper braun und wellenförmig im Gras verschwand wie eine Schlange.
»Drei Familien pro Hütte – in der dort drüben ist noch Platz für euch«, erklärte der Torwächter, der sie begleitet hatte. »Die Männer werden umsonst verpflegt, sind jedoch dafür verantwortlich, ihre Familien zu ernähren. Sold gibt es wöchentlich, und wenn euch der Sinn nach Fisch steht, habt ihr den Fluß. Ihr könnt auch Fallen stellen, aber es gibt hier viele hungrige Leute, darum kann ich euch nicht versprechen, daß ihr euren Fang auch zu essen bekommt. Wenn ihr euch eingerichtet habt, meldest du dich beim Anführer deiner Sechzigschaft – er heißt Enannatum und drillt da drüben gerade seine Männer –, damit er aufschreibt, wann du bei ihm angefangen hast, und dir deine Anweisungen gibt. Vergiß nicht, daß jeder andere hier

dein Vorgesetzter ist, außer natürlich den anderen Frischlingen, darum sei respektvoll und gehorsam. Verstanden?«
»Ich verstehe dich«, antwortete Akalla.
Der Wächter zeigte mit dem Daumen. »Hier entlang, Mann. Der Dienst beginnt mit der Ankunft hier; deine Frau soll sich um den Rest kümmern.«
Stumm sah Inaschagga zu, wie der Wächter Akalla forttrieb, die breiten Schultern des Jägers gesenkt unter dem Schatten des Speers. »O mein Mann, mein Mann«, schrie ihr Herz. »Was wirst du ohne mich anfangen an diesem fremden Ort?«
Sie wischte sich den Schweiß von der Stirn. Ihre aufgeschürzten Ärmel waren schon fleckig vom Abwischen, aber der schwere Tau des Flusses schien ihr ohne Pause weiter von der Stirn zu rinnen. Sie band die Esel an den entrindeten Pfosten vor der Schilfhütte.
»Ich habe schon Schlimmeres gesehen«, murmelte Gunidu. »Gehen wir hinein.«
Als sie aus dem hellen Sonnenschein in das Dämmerlicht unter dem Palmstrohdach traten, erkannte Inaschagga zwei Frauen. Die eine hockte schwer auf ihrem geflochtenen Schilfrohrsitz, und ihr Gesäß hing über den Rand; die andere saß lauernd, dünn und angespannt wie ein Mungo, der sich gerade auf eine Schlange stürzen will, vor der Feuerstelle.
Keine der beiden erhob sich. Die Augen der dicken Frau wurden schmal, die der dünnen groß, als entdeckten sie ein unerfreuliches Geheimnis.
»Wer seid ihr?« schnurrte die Dicke. »Woher kommt ihr, und was wollt ihr hier?«
Inaschagga kam sich vor, als stünde sie nackt vor dem scharfen Blick der anderen – ohne den Schleier auf ihrem Kopf, die Tonperlen in den Ohren, die Gold-Lapis-Kette um den Hals, die Steinperlen auf der Brust, den Gürtelstrick um die Hüften und das Schamtuch an den Lenden. Trotzdem antwortete sie, so gut sie konnte. »Ich bin Inaschagga, die Frau des Jägers Akalla, und ich bin meines Mannes wegen hier, den ich nicht verlassen will, solange ich lebe.«
Die dicke Frau lächelte und streckte ihr eine Hand entgegen, die trotz

des dick geschwollenen Arms, an dem sie saß, zierlich war und glattgescheuerte, saubere Nägel hatte. »Dann sei willkommen hier, Inaschagga«, sagte sie, und ihre Berührung war so zart und liebkosend, als hätte nur ein winziger Windhauch Inaschaggas Unterarm gestreift. »Denn wir alle sind unserer Männer wegen hier, obwohl gescheitere Frauen vielleicht abends, wenn es kühl ist, in den Schenken Bier austragen, die Nacht mit kräftigen, jungen Burschen verbringen und dann die Hitze des Tages verschlafen ...«
»Hure!« unterbrach die dünne Frau.
Die Dicke fuhr sich mit der Hand durch die dunkel-hennagefärbten Löckchen und grinste. »Nein, du verspottest mich, denn Huren sind Frauen, die aus ihren Fähigkeiten ein Geschäft machen, während ich nur hier sitze und auf den einen Mann warte, der meinen Preis bezahlt hat. Und glaube mir, für den, der später wechseln will, ist Miete besser als Pacht und Pacht besser als Kauf; aber ich bin eine gute Geschäftsfrau und habe sehr genau darauf geachtet, daß mein Mann fürs Leben gekauft hat! Hier jedoch ist es der Ensi, der uns das Dach über dem Kopf gibt, und darum muß ich jetzt der neuen jungen Frau und dem alten Kerl ihren Platz zeigen. Und du mußt deine Sachen dort wegnehmen, denn als wir hier einzogen, hat man uns gleich gesagt, daß noch eine dritte Familie kommen würde.«
»Mein Gatte ist ein hervorragender Handwerker!« schrie die dünne Frau zornig. Erst jetzt bemerkte Inaschagga, daß ihr Kleid aus allerfeinster, tief flammendrot gefärbter Wolle genäht war; vor einer Frau wie dieser hätte sie sich bis zum Boden verneigt, wäre sie je durch ihr Dorf gekommen. »Ich ertrage es mit Fassung«, fuhr die Dünne fort, »daß du, eine Bäckersfrau, den Raum mit mir teilst; aber was ist mit dieser Wildeselin, deren stumpfes Haar von Wüstenstaub klebt, und dem alten Palmwedel, der hinter ihr herraschelt? Haben wir noch nicht genug für Erech gelitten, daß mein Mann sich den ganzen Tag plagen muß und man die, die uns bedienen sollten, an unserer Seite arbeiten läßt?«
Die dicke Frau hob sich von ihrem Sitz und legte die rundlichen, sauberen Hände auf das Durcheinander von Metall neben ihr. »O ja, es mag sein, daß du gelitten hast«, erwiderte sie, »aber andere haben

mehr gelitten. Ich habe unter den Metallrädern der Mächtigen Söhne sterben sehen und werde trotzdem nicht zurückweisen, was mir vom Anteil meines Bruders in den Gießgruben, wo die geschmolzene Bronze seine Knochen verbrannte, zukommt, denn ich habe immer noch Kinder, die essen müssen, und ich weiß, was er mir sagen würde, wenn er noch lebte. Darum hör auf mit deinem Quäken, du Sumpfhuhn, und schaff deine Habe auf die andere Seite der Hütte. Und du, Neue, sag mir, woher du kommst und warum im Namen aller großen Götter du so dumm warst, ausgerechnet jetzt nach Erech zu kommen.«

Zum ersten Male flohen Inaschagga die Worte zurück in den Hals, und sie fühlte selbst den Staub, der immer dann, wenn er sprechen wollte, Akallas Stimme erstickte; denn wie konnte sie dieser Frau von der Schamhatu oder von Enkidu erzählen? Wie würde sie lachen, wenn eine Wildeselin aus der Wüste behauptete, daß die Großen von Erech mit ihr gesprochen hätten! Darum antwortete sie nur: »Wir haben unser Dorf verlassen, weil das Land trocken war und mein Mann, der Jäger, hier besseres Wild zu finden glaubte.«

»Wieder solche Narren!« lachte die Dicke, und ihr Bauch schlug Wellen wie Weizenbrei auf dem Feuer. »Ich merke schon, daß ich dich unter meine Fittiche nehmen und dir alles erklären muß. Kümmere dich nicht um diese räudige Hündin«, sie warf der dünnen Frau, die dasaß und die Kohlen unter dem grauen Aschenschleier zu heller Flamme anblies, einen raschen, kalten Blick zu, »sie hält sich für etwas Besseres mit ihrem feinen Kleid, wie du es vielleicht auch tust, weil etwas Teures an deinem Hals hängt; aber hier im Lager der Männer, die Gilgameschs Mauer bauen, ist diejenige Königin, die zu essen hat, und die anderen können an ihrem Putz nagen, bis sie verhungern!«

Inaschagga fuhr instinktiv mit der Hand an den Hals, und die kleinen Gold- und Lapisperlen glitten geschmeidig durch ihre Finger. Sie warf einen Blick auf Gunidu und wartete, daß er etwas sagen würde, aber der alte Mann saß schweigend da, die Beine unter der grauen Wolles seines Rocks gekreuzt, die Augen leer wie Obsidian aus fernen Landen, ein dunkler Spiegel, der darauf wartet, daß auf dem schwarzglänzenden Teich seiner Oberfläche ein Bild aufblitzt.

»Aber Gilgamesch hat gesagt, daß er uns hier braucht«, erklärte Inaschagga tapfer. »Ich sehe, daß seine Männer uns hier alle den gleichen Platz und den gleichen Wert zugemessen haben. Und ich bin sicher, daß man sich daran halten wird, wann immer seine Wächter gerufen werden.«

Die dicke Frau spuckte in das Kochfeuer, daß es zischte. Die Dünne starrte nur finster vor sich hin, und Inaschagga bemerkte den goldenen Käfer in ihrer Halsgrube, ein Schmuckstück, wie es die Händler aus dem Schwarzen Land zu tragen pflegten, wenn auch aus billigem, blauglasiertem Ton und nicht, wie dieses hier, aus rötlichem Gold.

»Um unseres Ensi willen, dessen Wille die Weisheit der Götter offenbart«, sagte die dicke Frau endlich, »betrachtet euch als willkommen, du und das kleine Stück getrocknete Scheiße, das du da mitschleppst.«

Inaschagga war von friedlichem Gemüt und nur schwer zu reizen; jetzt aber sah sie sich mit den Nägeln der anderen die Augen auskratzen, bis nur noch die leeren Höhlen blieben. Sie wußte, daß Akalla sich vor keiner Frau zu fürchten brauchte, aber daß eine Frauenzunge solchen Schmutz auf den guten Gunidu werfen konnte, den einstigen Hirten Inannas, das schnitt wie eine Peitsche aus Nesseln und stach wie ein Bett aus Disteln.

»Um deinetwillen, geliebte Inanna«, flüsterte sie, »mach diesem Spiel ein Ende!« Sie war so müde, daß sie kaum die Tränen zurückhalten konnte, die heiß in ihren Augen brannten; in der nächsten Sekunde würde sie entweder weinen oder laut schreien.

»Wenn dein Mann seinen Lohn erhält«, fuhr die dicke Frau fort, »dann gib ihm genug für einen Krug Bier und heb den Rest sorgfältig an einer Stelle auf, wo er ihn nicht findet, sonst wird er alles ausgeben. Der Lohn eines Bauarbeiters ist genug für einen Mann und ein gottverdammtes Stück besser, als mein nutzloser Bastard nach Hause brachte, bevor Gilgameschs Männer ihn zum Heer preßten. Und nun, du faules, dürres Maultier«, forderte sie die Frau des Handwerkers auf, »mach Platz; wir wußten, daß wir Glück hatten, hier nur zu zweit zu sein, und du hast kein Recht, über eine Dritte zu jammern.«

Sie drehte sich wieder zu Inaschagga um. »Und wenn du die ganze Nacht schnarchst, dumme Dorfeselin, dann ersteche ich dich höchstpersönlich, bevor die Spitzel des Ensi überhaupt hier sein können, ganz zu schweigen von den Geiern. Jetzt aber schaff deinen und den dürren Hintern dieses morschen Unkrauts hinter dir in meine Hütte, und du kannst dich darauf verlassen, daß alles hier drin in Sicherheit ist. Denn so helfe mir Enlil, ich werde jedem Bastard von Hurensohn die Knochen brechen, der meiner Hütte zu nahe kommt oder sich auf fünfzig Schritte an die Stricke meiner Esel heranwagt, und mögen die hohen Götter mich rösten, wenn ich lüge, auch wenn ich nur eine elende Hündin bin!«

Inaschagga schluckte mühsam, und ihre Ohren brannten. Nie zuvor hatte sie eine Frau so reden hören; Frauen drückten sich anders aus. Sie wußte nicht, ob die andere ihr freundlich oder feindlich gesinnt war, aber jedes grobe Wort war ein kalter Nadelstich in ihren Bauch ... in dem doch, wenn die Göttin gütig und das Schweigen ihres Schoßes beim letzten Neumond ein Zeichen war, ein Kind heranwuchs ...

Aber schon hatte die dicke Frau den Arm schützend um ihre Schultern gelegt, und es umgab sie ein warmer Schleier herunterhängenden Fettes und der süßliche Geruch einer säugenden Mutter. Sekundenlang sehnte sich Inaschagga danach, in ihrer einladenden Dunkelheit zu versinken, während die Frau mit tiefer Stimme schnurrte:

»Ach, hab keine Angst vor mir, ich bin nur ein altes Schaf mit einem lauten Blöken. Was du jetzt brauchst, ist ein Happen zu essen, ein bißchen Milch und viel Schlaf, und das sollst du haben.«

Dann war da der harte Rand des Tonbechers, der schräg gehalten wurde und die warme, sahnige Milch in ihren Mund kippte; die Süße von Brot, dessen grobe Körner zwischen ihren Zähnen knirschten. Inaschagga kaute eifrig, obwohl ihr schon die Augen zuzufallen drohten und die Farben hinter ihren Lidern bunt über die graugelben Schilfwände der elenden Behausung strömten.

»Zu mir warst du nicht so freundlich«, bemerkte eine scharfe Stimme, und die andere, weichere, tiefere murmelte: »Du bist ja auch nur von Erech hierhergelaufen, und wen schert das schon? Aber schweig nun, sie schläft, das arme Lamm aus den Bergen. Laß sie in Ruhe.«

6

Die Sonne brannte heiß auf Gilgameschs Kopf, als er an seiner wachsenden Mauer entlangging, den Korb mit Lehmziegeln mühelos auf der rechten Schulter. Obwohl der Korb ihn ein wenig nach rechts zog, hatte sein Gewicht etwas Tröstliches, das Gewicht und die Bäche von Schweiß, die Gilgamesch den Rücken herunterliefen und in seinem einfachen Arbeitsrock versickerten. Wenn er einen vorsichtigen Blick zur Seite warf, konnte er Enkidu sehen, ebenso beladen und genauso schlicht gekleidet, und sich einbilden, sie beide wären die einzigen Arbeiter an der Mauer. Aber vor ihnen marschierten sechs Krieger mit geschulterten Bogen, und eine zweite, ebenso große Schar folgte mit erhobenen Speeren, als könnten ihre glitzernden Bronzespitzen die Gefahr abhalten, vor der die Priesterin gewarnt hatte, wenn sie wie eine Sturmwolke von den hohen Bergen über sie hereinbrach. Umringt von seinen Wächtern, streng beaufsichtigt wie ein Gefangener, fand Gilgamesch Trost darin, den schweren Ziegelkorb zu schleppen, und selbst darin, daß er von der ungleichmäßigen Last allmählich Schmerzen in Rücken und Nacken bekam.

Aber es war auch eine Erleichterung, das Ende der Mauer zu erreichen und dort sorgfältig den Korb abzusetzen, damit die Maurer ihn leeren konnten. »Der Preis dafür, der Stärkste zu sein«, dachte Gilgamesch, »besteht darin, daß man es ständig beweisen muß.« Kein anderer in Erech hätte so schwere, volle Körbe tragen können wie er und sein Freund. Neben ihm grinste Enkidu und stellte ebenfalls seine Last ab. Die dicken Bauchmuskeln unter dem goldhaarigen Pelz traten scharf hervor, als er sich dehnte und streckte. Seine helle Haut war von Hitze und Anstrengung gerötet. »Nur noch ein paar Hundert Körbe, bis die Mauer steht«, stellte er fest.

Gilgamesch lachte und zog ihn leicht am dicken, löwengelben Zopf. »Kein Zweifel, wir könnten sie ganz allein bauen, hätten wir genug Zeit dazu. Nur gut, daß es nicht nötig ist, denn wann sollten wir sonst in die Schenken gehen und Bier trinken?«
Enkidu sah an der Mauer hinauf. Männer am Boden reichten anderen, die auf Leitern standen, Lehmziegel. Die auf den Leitern Stehenden verteilten mit Kellen den Mörtel und setzten die Ziegel sorgfältig hinein, einen neben den anderen. »Ein schönes Handwerk haben diese Bauleute«, meinte er. »Sie formen die Erde und schichten sie auf, bis sie ein Wall wird, hinter dem man sich verstecken, oder eine Höhle, in der man wohnen kann. Ich helfe ihnen gern.«
Gilgamesch blinzelte. Lehmziegel waren Lehmziegel; wenige Menschen konnten es sich leisten oder machten sich die Mühe, in Stein zu bauen. Außerdem waren die kleinen Quadern aus gebranntem Ton außerordentlich nützlich, und man verwendete sie für den Bau des schlichten Hauses eines Maurers bis hin zu Inannas großem Tempel. Trotzdem hatte Enkidu recht, es war alles Erde, wenn auch von Menschenhand geformt.
»Und wir freuen uns über deine Hilfe«, sagte Gilgamesch und sah zum gelbweiß gleißenden Sonnenball empor. »Bald werden wir das Widderhorn hören, das zum Essen und zur Mittagspause ruft. Wer heute morgen hier an der Mauer gearbeitet hat, wird heute nachmittag wieder Waffenübungen brauchen... Wollen wir nicht irgendwohin gehen, wo es kühl ist?«
»Das wäre gut.« Enkidu nickte.
Arm in Arm umrundeten sie die Mauer und machten sich auf den Weg zum Haupttor der Stadt. Plötzlich jedoch verharrte Enkidu, hob den Kopf und blähte die Nüstern.
»Was ist?« fragte Gilgamesch. Die Krieger vor ihnen hielten schon die Bogen gespannt, während die hinter ihnen gehenden die Speere gesenkt hatten und einen Halbkreis um Gilgamesch und Enkidu bildeten.
»Es besteht keine Gefahr«, erklärte Enkidu mit seltsam scharfem Unterton. »Die Männer können sich wieder zurückziehen.«
»Er hat sie genauso satt wie ich«, dachte Gilgamesch. »Es war un-

recht von mir, auch ihn in diese Fesseln zu legen, wo er doch ein Leben in freier Wildnis gewohnt war; vielleicht ...«
»Siehst du den Mann dort?« fuhr Enkidu fort und deutete auf den Rücken eines der Korbträger, eines kräftigen Mannes, dessen breite Schultern so tief gebräunt waren, als hätte er viele Jahren im Freien gearbeitet. »Das ist Akalla, der Jäger, der die Schamhatu zu mir und dadurch mich zu dir brachte und uns in seinem Haus wohnen ließ, während ich lernte, ein Mensch zu sein. Ich würde gern mit ihm sprechen und hören, wie es seiner Familie geht, die mich so freundlich aufgenommen hat.«
Gilgamesch erinnerte sich an den Mann, der mit der Nachricht von dem Wilden, der mit den Löwen umherwanderte, zu ihm gekommen war – ein Mann mit stockender Zunge, dumpf wie ein Ochse. Warum wollte Enkidu mit ihm reden? Andererseits hörte sich sein Freund auch geduldig Gilgameschs endlose Gerichtssitzungen und seine Auseinandersetzungen mit Ratgebern an, die bei aller Glattzüngigkeit oft nur wenig klüger zu sein schienen als dieser schwachköpfige Jäger. Konnte Gilgamesch nicht das gleiche für Enkidu tun?
»Also schön«, sagte er. »Vielleicht möchte er mit uns essen. Ihr beide«, er deutete auf zwei der Bogenschützen, »geht und bringt diesen Mann zu mir.«
Die beiden jungen Anführer nahmen die Pfeile von der Sehne, steckten sie aber nicht zurück in den Köcher. Leichtfüßig trabten sie zu dem Korbträger hinüber, nahmen zu beiden Seiten von ihm Aufstellung, und Gilgamesch hörte Ischbi-Erras scharfe Stimme: »Stell das hin, Mann; der Ensi befiehlt deine Anwesenheit.«
Akalla riß den Korb so hastig von der Schulter, daß er fast umkippte. Ein Ziegel fiel heraus und zerbrach. Bevor weitere abstürzen konnten, fing Akalla sich wieder, aber Gilgamesch sah das derbe Gesicht des Jägers unter der tiefen Bräune blaß werden, als er von rechts nach links blickte und die Bogen in den Händen der Leibwächter sah.
»Hab keine Furcht!« rief der Ensi so laut, daß Akalla es hören konnte. »Wir wollen dir nichts Böses tun, sondern dir Ehre erweisen, weil du Enkidu so freundlich empfangen hast, als er als Fremdling in dein Haus kam.«

Akalla verneigte sich so tief, daß seine Stirn fast den Staub berührte. »Großer Ensi«, stammelte er, »edler Herr, erhöht von ... erhöht von den Göttern ...« Seine Zunge wollte ihm den Dienst versagen; er rollte wild mit den Augen und scheuerte die Handfläche am vom Schweiß stachligen, kurzgeschorenen Schwarzhaar. Schuldbewußt blickte er sich dorthin um, wo ein anderer Mann schon dabei war, seinen Korb aufzunehmen. »Ensi, verzeih mir ... der zerbrochene Ziegel ...«

»Es gibt viele Ziegel«, erwiderte Gilgamesch, so beruhigend er konnte, »aber nur einen Enkidu, und er hat dich in guter Erinnerung. Noch einmal, um der Güte willen, die du ihm in deinem Haus erwiesen hast, willst du kommen und mit uns essen?«

Akalla nickte ein paarmal. »Ich, ich, du bist zu ... Wenn es, wenn es dein Wunsch ist, Erhabener.«

Enkidu klopfte ihm auf die Schulter. »Du brauchst nicht so umständlich zu reden«, sagte er. Sofort gab Ischbi-Erra ein mißbilligendes Zischen von sich. Enkidu blinzelte und sah Gilgamesch an. »Muß er wirklich?«

Gilgamesch lächelte. Er hatte nie versucht, Enkidu eine formelle Anrede anzugewöhnen, denn es erfreute das Herz des Ensi, einen Freund zu haben, aus dessen Mund niemals eine alles verschleiernde Wolke von schmeichlerischen oder frommen Reden quoll. »Er braucht mich nur Ensi oder Lugal zu nennen, wie alle meine anderen Krieger und Arbeiter es auch tun. Wenn alle Männer im Heer«, fügte er etwas lauter hinzu und spürte an der starren Schulterhaltung seiner Leibwächter und den finsteren Seitenblicken, die sie wechselten, ihren Unwillen, »zu mir sprächen wie Bauern vor dem Gerichtshof des Ensi, so hätte Agga Erech schon geplündert, ehe mir die Nachricht, sein Heer sei im Anzug, in aller Form übermittelt worden wäre.«

Mehrere der jungen Sechzigschaften-Anführer, die abwechselnd Gilgameschs Leibwache bildeten, hingen mehr an Titel und Rang, als ihnen gut tat. Vielleicht half eine kleine Prise Vernunft, ihren Stolz ein wenig zu dämpfen – ganz zu schweigen vom Anblick ihres Ensi und Enkidus, die mit einem Mann aßen, der nichts Besseres als ein einfältiger Arbeiter zu sein schien; aber die Niedrigen gehörten so gut zum Heer wie die Hochgeborenen, und ein Anführer, der das vergaß, war nicht geeignet, anderen Befehle zu erteilen.

»Wir wollen«, fuhr Gilgamesch fort, »in die Schenke am Tor gehen, die ›Zum Widderhorn‹ heißt, denn ich weiß, daß der Käse dort frisch, das Bier stark und die Tochter des Wirtes ein erfreulicher Anblick ist.«

»Aber, o Ensi ...« begann einer der Wächter. Gilgamesch fuhr einmal senkrecht mit der Handkante durch die Luft und brachte ihn zum Schweigen. Dann winkte er Enkidu und Akalla mit weiter Armbewegung zu. »Gehen wir.«

Er entfernte sich im Laufschritt. Enkidu trabte mühelos an seiner rechten Seite, und Akalla, der einen Augenblick dagestanden hatte wie ein Tempelwidder, der gerade den tödlichen Schlag zwischen die Hörner erhalten hat, faßte sich, holte die beiden ein und hielt an Gilgameschs linker Seite ebenso leicht mit ihm Schritt. Hinter sich hörte Gilgamesch die Wächter keuchen; um ihretwillen lief er etwas langsamer, damit die beiden vordersten ihn in einigem Abstand überholen und so sicher sein konnten, ihre Pflicht zu erfüllen. Aber er ballte die Fäuste dabei: Mußte er wirklich bei jedem Schritt daran erinnert werden, was vor ihm lauern konnte?

Vor dem niedrigen Lehmziegelbau mit dem schneckenförmigen Widderhorn an der Schilfmattentür blieb er stehen. Zwischen den beiden Wächtern, die bereits hineingegangen waren und jetzt zu beiden Seiten der Tür Aufstellung genommen hatten, damit kein Überfall aus dem plötzlichen Schatten die noch vom Licht geblendeten Augen ihres Ensi überraschen konnte, traten sie ein.

Gilgamesch ließ sich auf einen freien Platz am Boden nieder. Die Lehmziegel unter seinen Knien waren kühl und rauh. Enkidu hockte sich neben ihn. Akalla blieb stehen und drehte den Saum seines aufgeschürzten Rocks zwischen den Fingern, bis Gilgamesch ihm winkte, sich ebenfalls zu setzen. Schon war auch die Wirtstochter zur Stelle. Sie kniete, und die Fransen ihres rötlichen Stirnhaars fegten den staubigen Boden.

»Edelster Fürst, von den Göttern Erhöhter, gesegnet von Inanna und

Beschützer von Erech-der-Schafhürde«, begann sie, »womit darf ich dich erfreuen?«

»Bring uns Bier, Käse und Brot«, erwiderte Gilgamesch und griff nach ihrer kleinen Hand, die trotz der täglichen harten Arbeit so weich und glatt war, als bade das Mädchen sie jeden Abend in Buttermilch. Einen Augenblick schaute er ihr in die dunklen Augen. Weil sie nicht über die feingemahlene Schminkpaste höhergestellter Damen verfügte, hatte sie ihre Augenlider leicht mit Ofenruß beschmiert, der vom Schweiß streifig geworden war. Gilgamesch lächelte. »Was sonst könnte ein Mann wollen?«

Obwohl Sonne und Arbeit ihre Haut dunkel gefärbt hatten, sah er, wie ihr das scharlachrote Blut in die Wangen schoß. Sie schlug die Augen nieder, aber ihre Hand schloß sich um seine Finger. »Was immer der Ensi«, ihr Blick huschte zu Enkidu hinüber, »und sein geliebter Gefährte wünschen, werden wir nach besten Kräften erfüllen, auch wenn das ›Widderhorn‹ nur eine einfache Schenke und des Besuchs der Großen wenig würdig ist.«

Gilgamesch ließ ihre Hand los und streichelte kurz ihre Wange. »Trotzdem gehört ihr zu Erech-der-Schafhürde«, sagte er milde, »und wo sonst sollte der Hirte sich aufhalten? Doch nun lauf, Mädchen, und hol uns zu essen und zu trinken, damit wir von der Sonne und der harten Arbeit nicht noch ohnmächtig werden.«

Die Tochter des Wirtes – wie hieß sie doch gleich? – eilte davon. Enkidu drehte den Kopf und folgte ihr mit den Blicken. Gilgamesch lachte.

»Habe ich dir nicht gesagt, daß sie ein erfreulicher Anblick ist?«

»Ja«, knurrte Enkidu, »und ihr Geruch stimmt auch.« Er lächelte und warf den dicken, blonden Zopf in den Nacken. »Wenn wir uns heute nacht mit ihr paaren ...« Er hielt plötzlich inne, wie er es oft tat, und seine Augen wurden dunkel und schimmerten undurchsichtig wie grüner Achat. Gilgamesch hatte ihn schon früher so gesehen und nahm an, daß Enkidu in solchen Augenblicken versuchte, die Gedanken des Löwen in menschliche Worte zu fassen. Er wartete geduldig, bis der Blick seines Geliebten wieder klar wurde und Enkidu lächelnd sagte: »Wenn wir uns heute nacht mit ihr paaren, wird sie Junge be-

kommen, und sie ist selber jung, hübsch und kräftig. Ist das nicht gut? Denn du ...« Wieder machte er eine Pause. »Denn du bist der Anführer des Rudels, und ich bin dein enger Freund, aber unsere erste Löwin hat uns noch immer keine Kinder geschenkt, so daß es nun sicherlich andere Weibchen geben muß.«
Gilgamesch schluckte und schwieg ebenfalls ein paar Atemzüge lang. »Schamhatu«, dachte er, »was hast du noch vergessen, ihn zu lehren?« Vor ihm erstreckte sich die gewaltige Wüste von Sitten und Bräuchen, ragte der hohe Berg von Innanas Sockelheiligtum auf, der ihn von den Ehen gewöhnlicher Menschen trennte und ihm zugleich die Freiheit gab, zu lieben, wo er wollte – ein grünes Tal, aber eng, und welcher Schlächter erwartet den Widder dort, wo es endet? Enkidu konnte das Mädchen heiraten, aber sollte er sich an eine Schankmaid binden, nur weil er sie geschwängert hatte? Wie konnte er Enkidu den tiefen Abgrund erklären, der zwischen einfachem Volk und Adel klaffte, vor allem, wenn es doch die Pflicht des Ensi war, diese Schlucht zu überbrücken oder zumindest so zu tun?
»Ja, es wird andere Löwinnen geben ... später«, sagte er. »Aber ...«
Enkidu sah ihm in die Augen, und Gilgamesch konnte nicht weitersprechen. Wie erklärte man einem Löwen, daß er sich nicht mit jedem willigen Weibchen paaren sollte – wie viele von den Frauen, die sie freudig miteinander geteilt hatten, trug vielleicht schon Enkidus Samen oder seinen eigenen in ihrem Schoß?
Er schlang den Arm um Enkidus Schulter, preßte das Gesicht in die blonden Locken und flüsterte ihm ins Ohr: »Wenn du sie haben willst, kannst du sie haben. Ich meinerseits muß aufpassen, denn ...«
Er beendete den Gedanken nicht.
»Ich will dich nicht verlassen, mein Freund«, antwortete Enkidu. »Wir werden auch später noch Zeit haben, Löwinnen zu finden und Junge großzuziehen, sobald wir erst Sicherheit für unsere Stadt gewonnen haben.«
Gilgamesch nickte und schloß die Augen, um seine Tränen zu verbergen. »Wer außer einem Löwen kann mein Freund sein?« dachte er. »Für Enkidu werde ich nie etwas anderes bedeuten als ein Rudelführer, und er wird immer nur mein Freund sein. Die Schamhatu ist eine

Löwin, die wir miteinander teilen können, und Agga der Anführer eines feindlichen Rudels.« Sekundenlang gab es ihm einen Stich, Sehnsucht oder Neid, er wußte es nicht, aber noch immer lag Enkidus Hand auf seiner Schulter, und er konnte nur dankbar das Haupt vor den Göttern neigen, die seinen Freund erschaffen und aus der Freiheit der Wildnis in den wimmelnden Bau der Menschen geführt hatten, damit Gilgamesch einen Ausweg daraus fand.
Aber als er die Augen wieder öffnete, sah er nicht Enkidu vor sich, sondern das klobige Gesicht des Jägers Akalla, der immer noch stumm wie ein kastrierter Esel dasaß, und ihm fiel ein, weshalb sie zusammen hierhergekommen waren. Erneut war es Enkidu, der ihn rettete und sprach, bevor Gilgamesch mit dem Schilfrohr seiner Zunge die Worte formen konnte.
»Ich freue mich, dich hier getroffen zu haben, mein Freund Akalla«, sagte er. »Ich war glücklich in deinem Haus und hätte nicht gewagt, auf ein Wiedersehen zu hoffen.«
Akalla blinzelte rasch, und wo Gilgamesch zuvor in den dunklen, feuchten Tiefen seiner braunen Augen nur Stumpfheit wahrgenommen hatte, erkannte er jetzt, wie der Jäger darum kämpfte, den nassen Ton seines Gehirns zu Worten zu formen, und begriff, daß Akallas Schädel kein leerer Brunnen war, sondern nur einer, in dem das Wasser sehr tief lag.
»Wir mußten, wir mußten unser Dorf verlassen«, stammelte Akalla. »Als ihr fortgingt, war nicht alles ... es war nicht ... es war nicht mehr dasselbe.«
Enkidu griff über den Tisch und legte seine Pranke auf Akallas Hand. Ein Sonnenstrahl, der durch die offene Tür drang, glänzte hell auf den kleinen, goldenen Haaren seines Arms. Dann bewegte sich einer der Wächter, und sein Schatten durchtrennte das Licht. »Ist euch etwas Übles geschehen?« murmelte der Löwenmann. »Hat man euch wehgetan?«
»Nein, nicht mir, niemand ... nur daß weniger Leute ... Wild wollten, und meine Frau, sie ...«
»Aber jetzt bist du hier«, unterbrach Gilgamesch ihn schnell. »Und wo ist deine Frau?«

»Ensi, sie ist in den Schilfhütten vor den Stadtmauern, bei den anderen Frauen der Bauarbeiter, wohin das Gesetz sie zwingt ...« Akalla stockte, schlug die Hand vor den Mund und riß die Augen so weit auf, daß Gilgamesch den weißen Rand um die dunkle Iris erkennen konnte; es sah aus wie das Fett an einer Schafleber. »Ensi, ich wollte nicht ...«
»Du kannst ruhig offen sprechen«, versicherte Gilgamesch. »Ich bin nicht beleidigt. Ich weiß, warum ich tat, was nötig war, und daß es vielen nicht recht sein würde.«
»Und Gunidu?« erkundigte Enkidu sich weiter. »Ist er bei Inaschagga oder oben bei Inanna?«
»Die Wächter am Tor, sie sagten, er könnte wählen, und er, er ... bei Inaschagga, in der Hütte«, brachte Akalla endlich heraus.
»Ich werde dafür sorgen, daß sie dort wegkommen«, erklärte Gilgamesch sanft. »Es ziemt sich nicht, daß der oberste Jäger des Ensi und sein Vater in den Schilfhütten der Bauleute wohnen.«
Er wartete einen Augenblick, bis der andere seine Worte verstanden hätte, aber Akalla starrte ihn nur mit der ausdauernden Geduld des Mannes an, der daran gewöhnt ist, stundenlang darauf zu warten, daß sich im raschelnden Schilf am Wasserloch endlich eine Hirschschulter zeigt.
»Von jetzt an«, fuhr Gilgamesch schließlich fort, »sollst du der erste meiner Jäger sein, denn du hast das seltenste und kostbarste Wild gefangen, das es auf der Welt gibt, den wilden Löwen von Erech, der meine Kammer mit mir teilt und mich bewacht, wenn ich schlafe. Möchtest du noch etwas dazu sagen?«
Aber Akalla hockte nur da, riß den Mund auf und klappte ihn wieder zu. Gilgameschs Worte schienen ihn getroffen zu haben wie ein Donnerschlag, der die Menschen betäubt und ihnen die Stimme raubt. Nur gut, daß sich in diesem Augenblick die Tochter der Wirtes bückte, um ihnen die Becher hinzustellen. So konnte er die Hand ausstrecken, Akallas Finger um das kühle Tongefäß legen und es ihm an den Mund heben.
»Trink, Mann! Mir scheint, du hast es nötig.«
Akalla trank in krampfhaften Schlucken. Gilgamesch und Enkidu

folgten ihm Zug um Zug. Das Bier war süß und schmeckte stark nach Datteln. Gilgamesch war schon öfter im ›Widderhorn‹ eingekehrt und wußte, daß man sich dort Mühe gab, ihm das Beste vorzusetzen. Dem Jäger freilich würde es rasch zu Kopf steigen und ihm dann, das wußte Gilgamesch, die Zunge entweder lösen oder so verknoten, daß er gar nichts mehr sagen konnte.
Aber als das kühle, süße Naß auch ihm durch die Kehle rann, stellte Gilgamesch fest, daß es seine eigene Zunge war, die sich, vom Staub der Tagesarbeit befreit, lockerte. »Solange der Buranun Hochwasser führt«, begann er, »wird kein Kampf stattfinden, und die Mauern wachsen auch ohne meine Hilfe schnell genug. Akalla, ich möchte ein paar Tage auf die Jagd gehen, bevor das Wasser fällt und Aggas Streitmacht vor der Tür steht. Enkidu und ich – und meine Leibwächter«, fügte er hinzu, und die Bitterkeit stieg wieder seinen Rachen hinauf, »mit dir als Führer. Wir könnten an einen Ort fahren, den du uns aussuchst, und von dort an deinem Spürsinn vertrauen.«
Enkidu schloß die Augen, und in seinem goldenen Bart wurden die weißen Zähne sichtbar; und obwohl Gilgamesch ihn nicht berührte, konnte er die frohe Erleichterung fühlen, die den Körper seines Geliebten erfüllte, ein Spiegelbild seiner eigenen. »Ja, so ist es richtig«, dachte er, »oder die Götter verrieten mich, als sie mir Enkidu schickten, und dann wäre es wohl wirklich Zeit für mich zu sterben.«
»Ich ... ich ... ich würde mich freuen, Ensi«, stammelte Akalla. »Wenn nur, wenn nur ...« Sein Mund bewegte sich lautlos, als sei die Zunge so dick geschwollen, daß sie ihm den Schlund verstopfte.
Gilgamesch konnte ihn nur anschauen und sofort den Blick abwenden, damit er die Verstörtheit des anderen nicht noch vergrößerte. Aus dem Augenwinkel sah er, wie Enkidu den Arm um die dunkelbraunen Schultern des Jägers legte, und hörte sein leises, wortloses Grollen. Sekundenlang durchzuckte ihn ein scharfer Schmerz, dessen Grund er nicht nennen konnte. Dann sprach Enkidu.
»Er fürchtet um seine Löwin und das Junge in ihrem Schoß. Wir müssen uns zuerst um sie kümmern, dann wird er gut jagen.«
»Woher weißt du das?« dachte Gilgamesch. Er sprach es nicht aus, aber als Enkidu ihn dann berührte und mit den rauhen Händen zart

über seinen schweißfeuchten Rücken strich, wußte der Ensi, daß es dieselbe Gabe war, durch die Enkidu auch alle seine Gedanken lesen konnte. Es war eine Mischung aus Witterung, Scharfblick und Gefühl, so wie ein Löwe eine schwache Gazelle von einer starken unterscheiden kann, obwohl ein Mensch keinerlei Unterschied bemerken würde.
»Dann soll es so sein. Ischbi-Erra!«
Der junge Mann stand im selben Atemzug vor ihm. Gilgamesch musterte ihn einen Augenblick. Vielleicht hatte er sich in ihm geirrt ... Sululi hatte einen liebevolleren Gatten verdient, einen Mann, der sie nicht nur wegen der Reichtümer ihres Vaters begehrte, und von dem man sich nicht überall erzählte, daß er nachts aus dem Haus schlich, um sich heimlich mit Frauen aus Inannas Tempel zu vergnügen. Andererseits hatte er gehört, daß ihr Ischbi-Erra neun Monate nach der Hochzeit einen starken Sohn geschenkt hatte, und wenn die junge Frau ausging, war sie stets in feinstes Leinen gehüllt und mit Gold- und Karneolschmuck herausgeputzt, dessen Wert nach dem, was die Leute sagten, eigentlich Ischbi-Erras Vermögensverhältnisse überstieg. Und so viele Ehen, die wegen Reichtum und Rang geschlossen werden, enden damit, daß Mann und Frau sich lieben ... was konnte man dem armen Ding Besseres wünschen?
»Lugal?« fragte Ischbi-Erra atemlos. »Wie kann ich dem von den Göttern Erhöhten, dem Verteidiger Erechs, zu Diensten sein?«
»Geh zu den Schilfhütten der Bauarbeiter und suche ...« Gilgamesch sah auf Enkidu.
»Inaschagga und Gunidu.«
»Die Verwandten des Jägers Akalla. Führe sie in die Tempelstadt und erkläre dem Verwalter dort, daß er ihnen ein eigenes Haus geben soll, das schönste, das er finden kann, denn sie sind Vater und Gattin des obersten Jägers seines Ensi.«
Ischbi-Erra machte kehrt und bellte einem anderen Wächter Befehle zu. Gilgamesch wartete, bis er fertig war, und fuhr dann fort: »Und kümmere dich darum, daß mein Streitwagen vorbereitet wird, zusammen mit Jagdausrüstung für drei Männer. Akalla, Enkidu und ich wollen morgen Hirsche jagen.«

»Und was ist mit deiner Leibwache?« stotterte Ischbi-Erra. »Wir müssen dich begleiten, denn es gibt viele Gefahren in der Wildnis.«
Gilgamesch runzelte die Stirn. »Weniger als in Erech-der-Schafhürde, würde ich denken; wenn nicht die Götter meinen Feinden Nachricht geben, können sie nicht wissen, wohin wir gehen. Aber wenn es sein muß, dann laß auch Streitwagen für euch bereitstellen, damit ihr mir folgen könnt, falls sich ein Unglück ereignen sollte.«
»Wie du befiehlst, o Lugal, von Inanna Gesegneter und von Enlil Erhöhter«, antwortete Ischbi-Erra.
Gilgamesch holte tief Atem und zwang sich zur Entspannung. Er trank noch einen Schluck von dem süßen Bier. Seine Glieder waren so verkrampft, daß sie zitterten wie bei einem unerfahrenen Jüngling, der allen Mut zusammengenommen hat, um gegen einen stärkeren und gewandteren Gegner anzutreten. »Und doch bin ich kampferprobt wie wenige und gewöhnt, mich mit Menschen auseinanderzusetzen, die mir vorschreiben wollen, was der Ensi tun darf und was nicht – warum fallen mir ein paar kurze Anweisungen an einen jungen Wächter so schwer?« Er sah, wie Enkidus grüne Augen heller leuchteten und die kleine Sorgenfalte zwischen den dichten goldenen Brauen verschwand. Sie hatten in Gilgameschs Haus genug Zeit mit Rechtsgelehrten, Priestern und politischen Beratern verbracht; gehörte es sich nicht, daß sie jetzt eine Weile bei Enkidu wohnten, mit keinen anderen Gefährten als Löwen, Wölfen und wilden Hunden? Die Erleichterung, die Gilgamesch bei dieser Vorstellung empfand, war so groß, daß er sie nicht unterdrücken konnte; er wußte, daß der Druck des Wartens, des ständigen Spähens nach Booten und Staubwolken aus dem Norden, noch vergrößert durch die neue Gefahr aus dem Dunkel und die ununterbrochene Nähe der Leibwächter, ihn langsam, aber sicher verrückt zu machen begann.
Jetzt aber würde er sein Gefängnis verlassen, sei es auch nur für ein paar Tage, um sich danach neugestärkt mit Enkidu in den Kampf zu stürzen.
Das Schankmädchen war gekommen und wieder gegangen und hatte, während er sprach, das Essen hingestellt. Gilgamesch biß in

den Ziegenkäse, genoß den Nußgeschmack und die knusprige Rinde und ließ einen Bissen Fladenbrot folgen.
»Ich bin sehr froh«, bemerkte Enkidu leise, und das genügte.
Ischbi-Erra beugte sich über ihn. »Ensi, von den Göttern Erhöhter – da ist noch etwas, das ich dir sagen möchte; aber es muß unter vier Augen geschehen.«
Gilgamesch betrachtete ihn mißtrauisch, aber der junge Mann hielt seinen Blick tapfer aus. Obwohl er keine besondere Lust hatte, mit jemand anderem als Enkidu allein zu sein, konnte er in Ischbi-Erras schmalen Zügen nur offene Besorgtheit entdecken. »Und wenn er mir etwas antun will, ist es sein Körper gegen meinen«, dachte er.
»Nun gut. Enkidu, Akalla, verlaßt uns einen Augenblick.«
Enkidus Brauen zogen sich zusammen, aber er widersprach nicht, sondern stand auf und trat mit dem Jäger in die andere Ecke des Schankraums.
»Jetzt kannst du sprechen, Ischbi-Erra. Was hast du mir zu sagen?«
»Ensi, ich habe eine gewisse Ahnung, aus welcher Richtung dir Gefahr droht, auch wenn ich noch nicht weiß, in welcher Form es geschehen wird.«
Gilgamesch packte ihn bei der Schulter und ließ erst los, als er fühlte, wie sich die Knochen unter seiner Hand bewegten und Ischbi-Erras Gesicht blaß wurde. »Berichte!«
»Ensi, obwohl du jeden Tag Hand in Hand mit dem Volk des Tempels arbeitest, wie es sich für die Großen der Stadt geziemt, heißt es doch mit Recht, daß der Tempel nur den Göttern dient, nicht dem Ensi.«
Gilgamesch biß die Zähne zusammen. Er kannte diese Worte. Als Kind, wenn man ihm erklärt hatte, daß er dies oder das im Heiligtum nicht tun dürfte, hatte er kühn geantwortet, das werde sich ändern, wenn *er* einmal Ensi sei. Da hatte das Gesicht der damaligen Schamhatu auf einmal ganz kummervoll ausgesehen, und sie hatte ihn auf den Schoß genommen, ihn sanft gewiegt und gemurmelt: »Mein Sohn, mein Sohn, denke nie so etwas, sprich nie wieder solche Worte, denn sonst wird deine Zeit kurz sein in diesem Land. Der Tempel dient den Göttern und nicht dem Ensi, und wenn sich die Götter von dir abwenden, wird auch das Volk der Eanna dich im Stich lassen.«

»Was meinst du damit, Ischbi-Erra? Hast du etwas gehört, von dem ich nichts weiß?«

»Mein Ensi ...« Ischbi-Erra schluckte hart. »Es gibt eine Frau im Tempel, mit der ich sehr gut bekannt bin. Sie hat mir erzählt, daß die Schamhatu dir übel will, weil du nicht zu ihr gekommen bist. Seit deiner Thronbesteigung ist es ihr nicht gelungen, dich in Inannas Bett zu bringen, und das heißt, daß ihre eigene Stellung nicht sicher ist. Das weiß sie und sieht darum in dir einen Stolperstein auf ihrem Weg zur Macht. Wenn statt deiner ein anderer den Platz des Ensi einnähme ...«

»Dann würde er bei ihr liegen, und sie wäre für immer in ihrem Amt bestätigt«, vollendete Gilgamesch den Satz. »Aber es war die Schamhatu, die die Seherin mit ihrer Warnung zu mir schickte. Warum sollte sie das tun, wenn sie selbst die Quelle der Gefahr wäre? Würde sie nicht einfach heimlich zuschlagen?«

»Und wer sollte sie jetzt noch verdächtigen?« versetzte Ischbi-Erra. »Diejenige, die sich die größten Sorgen um deine Sicherheit zu machen scheint – wer käme auf den Gedanken, daß sie deinen Becher vergiften könnte?«

»Hast du Beweise dafür? Kannst du mir den Namen deiner Gewährsfrau nennen?« Es mußte seine Geliebte sein, aber die beiden waren so vorsichtig gewesen, daß kein Gerücht ihren Namen nannte.

Ischbi-Erra schlug die Augen nieder. »Ohne sicheren Beweis würde ich sie nur in Gefahr bringen, wenn ich ihren Namen angäbe.«

»Und einen solchen Beweis hast du nicht.«

»Noch nicht, nein. Aber ich mußte es dir trotzdem mitteilen, damit du auf der Hut bist.«

Gilgamesch nickte. Die Worte des Leibwächters beunruhigten ihn fast ebenso wie die Prophezeiung selbst. Die Schamhatu mochte mit dem, was er sagte und tat, nicht einverstanden sein, sich vielleicht die größte Mühe geben, seine Pläne zu vereiteln, wenn sie ihren eigenen in die Quere kamen ... aber Verrat? Mord? Bis zum heutigen Tag hätte er geschworen, daß sie nicht im Traun an solche Dinge dachte. Aber Ischbi-Erra hatte gesprochen, und Gilgamesch wußte, daß er von dem Verdacht gegen sie nie wieder freikommen würde.

»Dann ist es um so besser«, meinte er, »daß wir die Stadt für eine Weile verlassen wollen.« Ein Feind weniger, vor dem man sich fürchten mußte, wenigstens für ein paar Tage – die kurze Freiheit von einer Last, von der er bis eben noch nicht einmal etwas geahnt hatte.

### 7

Die Schamhatu saß auf dem Bett und trank in kleinen Schlucken ihre Ziegenmilch. Obwohl sie dazu einen silbernen Trinkhalm benutzte und ihr Becher aus in Silber gefaßten, dünnen Lapisscheiben bestand, konnte sie, wenn sie sich unbeobachtet fühlte, immer noch den kleinen Finger eintauchen und damit um den Rand fahren, um die kleinen Sahneflöckchen, die dort hingen, abzustreifen und abzulecken wie ein elfjähriges Kind. Es war eine ihrer wenigen kindlichen Vergnügungen in der kurzen Zeit, die sie für sich selber hatte, wenn oben im Heiligtum auf dem Sockel die Tageshitze erstickend wurde und fast alle Priesterinnen und Priester sich in kühlere Räume zurückzogen. Zum Glück gehörte ihr Zimmer zu den am günstigsten gelegenen der Tempelstadt. Ein Fenster stand der kühlen Flußbrise, nicht aber dem grellen Sonnenlicht offen, und der kunstvoll geschnitzte Schirm aus dünnem Zedernholz davor ließ Licht und Luft ein und hinderte zugleich alle Fliegen außer den ganz kleinen am Eindringen.
Sie drehte den achteckigen Kegel aus Silber und Lapis in den Fingern und sah zu, wie die weißen Sahnestreifen in der geringfügig dunkleren Milch strudelten. Die Milch und ein paar Datteln genügten ihr für den Rest des Nachmittags, bis mit der Abendkühle auch ihr Appetit zurückkehren würde. Gedankenverloren nahm sie eine der klebrigen Früchte, zerkaute sie und spülte den süßen Geschmack mit einem weiteren Schluck Milch hinunter. Die Zufallsmuster der Sahne formten sich zu Wolken, wurden vor ihren Augen zu Bildern ... ein Rad, das vom Wagen springt, eine Art Eselskopf, dessen Hals sich nach unten dreht und abfällt ...

Die Schamhatu zog die Stirn in Falten und sah genauer hin, aber die Bilder waren verschwunden und hinterließen nur einen unangenehmen Geschmack in ihrem Mund, als hätte sie Milch getrunken, die eben im Begriff stand, sauer zu werden. Aber die Milch in ihrem Becher war in Ordnung – sie wischte sich mit der Handfläche über die Stirn und nahm noch einen Schluck, um sich zu überzeugen.
Dann stellte sie den Becher hin, zog die Beine hoch und kreuzte sie unter sich. Sie drehte sich um und betrachtete Inannas schmuckbehangenes Standbild in der Ecke. Selbst in der Hitze des Tages kam es ihr vor, als sei die Göttin in ihren himmlischen Schal des Abends gehüllt: Ihr Golddiadem und die gedrehten Brustdrähte funkelten nicht, sondern glänzten ruhig zu ihr herüber, und die dunklen Farben ihres Achatgürtels versprachen ein stärkeres Feuer unter den Steinen.
Die Schamhatu sah auf den achtzackigen Stern von Inannas Krone, dessen Strahlen ihren Blick in seine Mitte lenkten.
»Preis sei der Göttin, der größten der Göttinnen«, sang sie in leisem Flüsterton. Die rituellen Worte füllten ihren Kopf wie die *Tigi*-Hymnen das Heiligtum der Göttin und übertönten ihre eigenen Gedanken.

>»Ehret die Herrin der Völker, die Ehrfurchtgebietendste der
>Himmelsgötter.
>Preis sei Inanna, der Göttinnen größter.
>Ehret die Königin der Frauen, die Ehrfurchtgebietendste der
>Himmelsgötter.
>Denn sie ist in Lust und Liebe gekleidet,
>Voller Lebenskraft, Wollüstigkeit und Reize.
>Das Schicksal der Schöpfung hält sie in ihrer Hand.
>Wer kann ihr an Größe gleichkommen?
>Stark, erhaben und herrlich ist, was sie bestimmt ... «

Aber noch während sie sang, stiegen andere, unwillkommene Worte in ihr auf, und ihre Blicke huschten von Inannas hellglänzendem Stern in die Dunkelheit hinter dem Steinbild der Göttin.
»Ich sah einen Skorpion unter dem Stein lauern, den die Sandale des

Ensi fortstößt; ich sah eine zusammengerollte Schlange im Schatten des Pfades, den der Ensi geht«, flüsterte Geme-Tiraschs Stimme in den finstern Winkeln ihres Schädels, und obwohl die Priesterin die Hymne an Inanna seit frühester Kindheit kannte, flohen die Worte vor ihr wie Flußnebel vor dem Sturm. Sie merkte, daß sie sich selbst umarmte und dabei schlotterte, während ihr gleichzeitig der Nachmittagsschweiß über den Rücken lief.

»Was ist das für eine Drohung, Inanna«, flüsterte sie, »daß sie meine Sinne abwendet von deiner Größe und mein Vertrauen in deine Stärke erzittern läßt? Was ist das für ein Unheil, vor dem ich mich fürchte?«

Sie holte tief Luft, dann noch einmal und wieder, bis ihr Herz langsamer schlug. Aber als sie auf die Statue der Göttin blickte, fiel ihr wider Willen eine andere Litanei ein, genauso alt und wohlbekannt, aber kein Preislied, sondern ein Trauergesang: *Krone, Ohrgehänge, Halsketten, Brustschmuck, Geburtssteingürtel, Arm- und Knöchelreifen, Lendentuch ... Tritt ein, o Herrin, denn so lauten die Regeln der Gebieterin der Unterwelt ...*

»Ich fürchte Gilgameschs Tod«, antwortete sie sich selbst. Da war es, das Grauen, das sie gepackt hielt: der Gedanke an seine kräftige Stimme, für immer verstummt, an den stolzen Kopf, auf ewig gesenkt. Denn obwohl er zu zwei Dritteln Gott und nur zu einem Drittel Mensch war, konnte er sterben, würde er sterben, *mußte* er irgendwann sterben. *Denn jedem Menschen ist sein Todestag bestimmt, sei er nun hoch oder niedrig geboren, gut oder böse, freudig oder traurig. Niemand kann dem Ratschluß der Götter entkommen, fliehe er auch auf die Gipfel der Berge oder zum Rand der Wüste: Ereschkigal bereitet einem jeden seinen Platz, und ihr Torhüter kennt die Stunde der Ankunft, ehe noch das lebendige Herz zu schlagen aufhört ...*

»Und was würde aus Erech«, murmelte die Schamhatu, »wenn das Geschlecht Dumuzis, Inannas Geliebten, dort ausstürbe, ohne daß die Hochzeit des Neuen Jahres vollzogen wäre? Bestimmt würde es nicht lange dauern, bis die Göttin auch der Stadt ihre Gunst entzöge, die *Gala*-Priester in ihrem Heiligtum keine Hymnen mehr sängen,

die Auguren nicht länger die Lebern der Opferschafe deuteten und die Schafhürde selbst dem Wind preisgegeben stünde ... durch die Hand«, fügte sie unwillig hinzu, »Aggas von Kisch.«
Aber wenn Gilgamesch tot war, würde kein Krieg stattfinden. Erech brauchte sich nur zu ergeben und wieder seinen Tribut an Kisch zu entrichten, und alles wäre beim alten. Ein neuer Ensi konnte gewählt werden, Schusuen vielleicht, denn er stammte aus dem heiligen Geschlecht des En und wußte als oberster Schreiber bereits alles, was Erechs Herrscher zu tun hatten.
Oder – ihr kam ein noch seltsamerer Einfall – ein anderer, der ebenfalls ein Kind Inannas und ihres Hirten war: Man konnte Akalla die Krone des Ensi aufs Haupt setzen und ihm das Medaillon des En um den Hals hängen. Und wenn er vom Herrschen nichts verstand und es auch nicht lernen konnte ... nun, die Stadtältesten und die Eanna hatten gut für das Kind Gilgamesch regiert und konnten das gleiche für Akalla tun, während er für Erech vollbrachte, was die Götter verlangten.
Dann allerdings dachte sie an den Jäger, so vertraut mit der Wildnis, so verloren im Gipar. Konnte er sich daran gewöhnen, auf dem Thron zu sitzen und aus einem goldenem Becher zu trinken, während ihn ganz Erech hinter dem Rücken auslachte, weil der Ensi nicht lesen und nicht ohne Stottern sprechen konnte? Inanna würde ihn vielleicht mit Liebe empfangen, aber wer sonst würde Akalla anders als nur ins Gesicht hinein loben, um ihn zu verspotten, sobald er außer Hörweite war? Und die kleine Inaschagga? Vielleicht wäre sie entzückt von den schönen Kleidern und dem kostbaren Schmuck, die man ihr geben würde, aber was würde sie sagen, wenn man Akalla seine Weihegemahlinnen brächte? Schusuen war entschieden die bessere Wahl, aber trotzdem ... bei all seiner Vermessenheit, was war Erech ohne Gilgamesch?
Die Schamhatu stand vom Bett auf und kniete nieder. Vor Inannas steinernen Füßen preßte sie die Stirn an den Boden. »O meine Göttin«, betete sie, »Hirtin von Erech-der-Schafhürde, die du die Stadt liebst, wie jeder Gott den, der ihn anbetet, Mutter aller Kinder von Erech, Braut der Mächtigen unserer Stadt ... laß uns jetzt nicht im

Stich! Denn den Krieg, der uns bevorsteht, kann nur Gilgamesch gewinnen, und nur, wenn du an seiner Seite kämpfst und seinem Heer Stärke verleihst. Königin des Himmels, Herrin der Schlachten, die du unseren Ensi gewarnt und ihm Enkidu geschickt hast, damit er ihm Flanke und Rücken deckt – schütze ihn jetzt, um unser aller willen!«
Heiße Tränen tropften auf den Boden und färbten das feine Gewebe des himmelblauen Teppichs dunkel, auf dem sie kniete.
So verharrte sie vor der Göttin, den Rücken gebeugt, als drücke eine große, unsichtbare Last sie nieder, bis sie von oben aus dem Heiligtum das leise Klirren der Bronzezimbeln vernahm. Da mußte sie aufstehen, ihr Leinenkleid glattziehen und den Gürtel aus Gold und Lapis um die Hüften legen. Sie blickte in ihren kleinen, silbernen Handspiegel, tauchte die Finger in das Wassertöpfchen am Bett und tupfte die schwärzlichen Streifen von Schminke verfärbter Tränenspuren fort, bis ihr Gesicht wieder die stille Maske gelassener Heiterkeit trug, die zu ihrem Amt gehörte.
»Sie hält das Schicksal der Schöpfung in ihrer Hand«, sagte sie mit fester Stimme. »Wer kann ihr an Größe gleichkommen?«
Nicht getröstet, aber bereit, ihre Arbeit wieder aufzunehmen, verließ sie das Zimmer und lenkte ihre Schritte die Stufen hinauf zum Heiligtum.

## 8

Vor Anbruch der Dämmerung standen Gilgamesch und Enkidu auf und traten in die kühle Luft hinaus. Über ihnen glitzerte Inannas Stern. Auch ein paar andere Menschen bewegten sich schon in den Straßen der Tempelstadt: ein junger Hirte, der seine Schafe zum Tor trieb, eine Bäckerin mit ihrem hochgetürmten Fladenbrotkorb auf dem Kopf. In der Tür des Heiligtums auf seinem Sockel schimmerte ein mattes Licht; entweder die Schamhatu oder der En war dort und erwies Inannas Licht die frühmorgendlichen Ehren.
Gilgameschs Streitwagen stand schon vor den Stallungen. Die vier angeschirrten Wildesel spielten mit den Ohren und stampften unru-

hig mit den Hufen. Daneben wartete Akalla und betastete unbehaglich den silberbeschlagenen Köcherriemen, der ihm quer über der Brust hing. Wie Gilgamesch befohlen hatte, war für alle drei die Ausrüstung eines Ensi bereitgelegt worden. Einige der Wachen standen schon fertig bei ihren eigenen Wagen, andere waren noch damit beschäftigt, zahme Esel aus Gilgameschs Ställen anzuspannen.
Enkidu sprang leichtfüßig auf den Wagen des Ensi und ergriff die Zügel der Wildesel. Die störrischen Tiere warfen die Köpfe in den Nakken und stemmten sich gegen den Zug, senkten sie dann aber wieder. Selbst halbwild, wenn auch schon als Fohlen von Menschen erzogen und ausgebildet, hatten sie schnell gelernt, daß es wenig nützte, sich dem Mann aus der Wildnis zu widersetzen, und Enkidu ließ sich durch nichts von seinem Wunsch abbringen, Gilgameschs Streitwagen zu lenken, während sein Freund kämpfte. Der Ensi folgte ihm hinauf und stemmte das Bein gegen die Wagenwand, während er ebenfalls die Jagdausrüstung anlegte.
»Willst du nicht aufsteigen, Akalla?« fragte er. »Es ist bequemer zu fahren, als zu laufen.«
Aber der Jäger schüttelte den Kopf. »Ich bin noch nie gefahren ... in einem Streitwagen, meine ich, o Ensi.« Stumm deutete er auf die dünnen Bretter, auf denen die beiden standen, auf die offene Rückseite des Wagens und auf die unruhigen Wildesel davor. »Ich fürchte, ich würde ... ich würde ...«
Herausfallen, ergänzte Gilgamesch stumm und schüttelte den Kopf.
»Nun, wie du willst. Wenn wir ins freie Feld kommen, wirst du ohnehin genug damit zu tun haben, das Wild für uns aufzuscheuchen. Sind wir fertig?«
Enkidu lächelte. »Mehr als das. Das Wild steht um diese Zeit an den Wasserlöchern. Wenn wir uns beeilen, können wir vielleicht dort sein, ehe es wieder fortläuft.«
Gilgamesch musterte ihn erstaunt – Enkidu mußte doch wissen, wie weit der Weg war, bis sie das beste Jagdgelände erreichten. Aber dann lachte der Löwenmann, und Gilgamesch begriff, daß sein Freund sich einen Scherz erlaubt hatte. Darum lachte auch er, und schon klirrten

die Zügel an ihrem Silberring, die vier Wildesel setzten sich in Galopp, und ihre Hufe wirbelten auf der trockenen Straße eine Wolke kühlen Staubs auf. Hinter ihnen schrien die Wächter einander an.
»Schnell!«
»Los!«
»Schützt ihn!«
Enkidu riß den Wagen zur Seite, knapp an einem kleinen Kind vorbei, das auf die Straße gelaufen war. Er schaukelte gefährlich, und zwei der großen, flachen Räder hoben sich vom Boden, aber Enkidu verlagerte sein Gewicht, und seine Kraft schleuderte das Gefährt zurück, so daß es mit neuem Schwung Furchen in die Straße grub, während sie zum Stadttor brausten.
Gilgamesch sah das kurze, kalte Aufblitzen von Bronze, das von einem Helm oder einer Speerspitze kommen konnte, bevor sie unter dem dunklen, eiskalten Schatten seiner Mauer hindurchtauchten. Dann waren sie draußen und donnerten die Landstraße hinunter. Die Wildesel senkten die Köpfe und preschten vorwärts, als wollten sie ein feindliches Heer in Grund und Boden stampfen.
Gilgamesch warf den Kopf zurück, sein Haar flog im Fahrtwind hinter ihm her, und er stieß einen unartikulierten Schlachtruf aus, in den Enkidu brüllend einfiel. Gilgamesch zog sein Schwert und schwang es in der kühlen Morgenluft, und so mähte er endlich alle Gespenster und verborgenen Teufel nieder, die in den dunklen Winkeln der Nacht auf ihn gelauert und in der drückenden Hitze des Tages hinter seinem Rücken gewispert hatten.
Als die keuchenden Wildesel dann doch langsamer wurden und in Schritt fielen, rannen ihm heiße, salzige Schweißperlen über Gesicht und Körper. Er steckte sein Schwert wieder in die Scheide und grinste Enkidu ein wenig beschämt an.
»Eine gute Übung für den Angriff gegen Agga«, sagte er.
Enkidu legte ihm die warme Hand auf die nackte Schulter. »Es ist gut, zu laufen und frei zu sein.«
Hinter ihnen zeichneten sich im dämmernden Morgenlicht dunkel die Mauern von Erech ab, und im selben blauen Licht konnte Gilga-

mesch auch die Umrisse der anderen Wagen auf der Straße erkennen. Selbst gute zahme Rennesel waren nicht so schnell wie Wildesel, aber dafür unermüdlich. Die Wächter würden ihn bald eingeholt haben. Sekundenlang mußte er gegen den quälenden Drang ankämpfen, Enkidu zuzurufen, er möge einfach losfahren, querfeldein, fort vom vorbestimmten Pfad, nur um zu sehen, ob sie entkommen konnten. Aber er wußte, daß das Torheit war; sein eigener Verstand hätte sich gegen ihn gewendet, wie eine Schlange, die man am Schwanz, oder ein Skorpion, den man am Kopf packt.
»Ja, das ist es«, seufzte er. »Aber trotzdem sollten wir anhalten und eine Weile warten, damit wir unsere Begleiter nicht zurücklassen.«
Enkidu brachte die Wildesel zum Stehen, und sie warteten, bis der erste Wagen mit den zahmen Eseln, neben dem Akalla hertrabte, sie fast erreicht hatte. Dann ließ Enkidu seine Tiere im Schritt weitergehen, so daß es aussah, als führte Gilgamesch eine stattliche Prozession an.
Den ganzen Morgen fuhren sie durch die trockenen Felder. Nur das steigende Wasser, das schnell durch Bewässerungskanäle strömte, die noch vor weniger als einem halben Monat flach und braun dagelegen hatten, zeigte an, daß die Überschwemmung des Buranun kurz bevorstand. Es konnte nicht mehr lange dauern, bis das Wasser alles überflutet und sich anschließend wieder zurückgezogen haben würde, bis im trocknenden Schlamm die grünen Schößlinge von Gerste, Bohnen und Kohl auftauchten – und die Heere sich in Marsch setzten. Aber die Flut bedeutete auch für eine kleine Weile Sicherheit und einen Aufschub der Kampfhandlungen, einen vom Wasser umschlossenen Augenblick des Friedens für Gilgamesch. Hoch über ihm kreiste ein Habicht, träge wie eine Feder im sanften Wind.
Als die Sonne höher stieg, brannte der Himmel heller, eine blankpolierte Zinnschale, die Utus wachsende Hitze auf die Erde zurückwarf. Um Mittag befahl Gilgamesch Rast, und die Männer ruhten und aßen im rauschenden Schatten eines Palmenhains. Ihre Mahlzeit war einfach: mit Schafskäse bestrichenes, hartgebackenes Brot, das sie mit noch unreifem jungem Bier hinunterspülten. Danach streckte Gilgamesch sich auf dem struppigen, dürren Gras unter den Palmen

aus und legte den Kopf in Enkidus Schoß. Die Wächter losten, wer in der Mittagshitze schlafen durfte und wer Wache halten mußte.
Abends hielt die Jagdgesellschaft bei einer Herberge am Straßenrand an. Es war ein einfacher Lehmziegelbau, vor dessen Tür ein Strauß Datteln und eine getrocknete Gerstengarbe hingen, die darauf hinwiesen, daß man hier essen und trinken konnte. Gilgamesch hatte schon früher dort übernachtet, wenn er zu seinen Jagdgründen unterwegs war; er wußte, daß es ausreichend Wasser und Ställe für seine Tiere gab, daß das Bier schmeckte und für alle genügend Schlafraum vorhanden war, sogar eine eigene Kammer für Enkidu und ihn, in die keiner der Wächter sich mit hineindrängen konnte, um ihnen Vorschriften zu machen.
»Warum seufzt du?« erkundigte Enkidu sich neugierig. »Stimmt etwas mit dieser Herberge nicht?«
»Ich bin schon oft hier gewesen, umgeben von jungen Männern von hoher Geburt, die in ihren Streitwagen standen und mit gespannten Bogen auf das Wild warteten«, antwortete Gilgamesch leise. »Und nie zuvor war ihre Gegenwart mir lästig.«
Enkidu legte ihm nur den Arm um die Schulter, als wüßte er, daß Gilgamesch die Antwort auf seine eigene Klage bereits kannte. »Es wird uns Freude machen, Akalla zuzuhören, wenn er von der morgigen Jagd spricht«, meinte er. »Hast du bemerkt, wie er sich immer wieder umschaute, um uns herumlief und schon nach Fußspuren suchte? Wahrlich, er ist ein großer Jäger.«
Gilgamesch lächelte, und etwas von seiner echten Jagdlust kehrte zurück, wie die ersten Tropfen Frühlingswasser, die durch die Kanaladern der trockenen Erde strömen. »Und was hast du gesehen, mein Freund? Oder gewittert? Ich habe Akalla nicht beobachtet, aber mir schien, daß dir der Wind mehr als eine Botschaft gebracht hat.«
»Es gibt Rotwild, nicht weit von hier, das habe ich mehrmals deutlich gewittert. Und Löwen – die Hirten müssen gut auf ihre Schafe achten.« Er hielt inne, und sein Blick trübte sich, als schaue er nach innen auf eine ganz eigene Erinnerung. Wiederholte er sich das, was er an diesem Nachmittag erfahren hatte, in der Sprache, die er gekannt hatte, bevor die Schamhatu zu ihm gekommen war, der Sprache von

Witterung und Spur? Gilgamesch wußte es nicht; er war nur froh, als Enkidu schließlich die breiten Schultern zuckte und mit den Worten schloß: »Sonst nichts ... nichts, was unsere Jagd betrifft oder einen Kampf.«

»Nun, wenn es hier Rotwild gibt, werden wir ja leicht finden, was wir gesucht haben.« Gilgamesch duckte sich, um nicht an die Datteln und die Garbe zu stoßen, und stieß die Herbergstür auf.

Wie immer war es drinnen dunkler als draußen. Die kleinen Öllampen auf den niedrigen Tischen, die in Reihen vor den Bänken standen, flackerten und verbreiteten trübes Licht. Der Schankraum war fast leer, nur ein alter Mann und eine alte Frau schoben klappernde Tonkacheln über eine Tischplatte. Als der alte Mann Gilgamesch erkannte, stand er auf und sank dann langsam und mit gewichtiger Würde in die Knie.

»Sei uns willkommen wie stets, Ensi von Erech, von Anu zum Himmel Erhobener, von Inanna Geliebter und Geschätzter, Hirte von Erech-der-Schafhürde«, grüßte er.

Gilgamesch nickte und winkte ihm, sich zu erheben. »Es freut mich, dein Haus zu betreten; möge der Segen der Götter immer auf ihm ruhen. Nun aber bring Bier für mich und meine Begleiter, und zwar schnell, denn wir haben einen langen Weg hinter uns und großen Durst.«

Sofort eilten der Wirt und seine Frau aus dem Schankraum. Gilgamesch und Enkidu ließen sich auf einer der Bänke nieder, Akalla nahm ihnen gegenüber Platz. Die Wächter verteilten sich im Raum. Schon bald kam eine junge Frau zu ihnen, die auf der runden Hüfte einen großen Krug schleppte, aus dem zwei hölzerne Trinkröhrchen herausragten. Während das alte Paar Akalla und die Wachen versorgte, stellte sie ihren Krug vor Gilgamesch und Enkidu hin und sagte feierlich: »Mit dem Segen Ninkasis, der Göttin, die mit stolzer Schaufel die sprießende Gerste bäckt und das duftende Malz in die Trinkgefäße gießt! Auch wenn dies hier nur grobes Hülsenbier ist, so ist es doch das beste, das wir haben; möge es eure Herzen erfreuen und eure Stimmen zum Singen bringen.«

»Gepriesen sei Ninkasi, die großzügige Herrin, sie, die unsere Mün-

der füllt«, erwiderte Gilgamesch, »und Dank der Spenderin ihres heiligen Getränks.« Er lächelte die Frau an, deren Olivenhaut daraufhin noch dunkler wurde. Sie war nicht mehr ganz jung; obwohl das Öllicht die Fältchen um ihre Augen glättete und die hennaroten Strähnen im dunklen Haar weniger grell aussehen ließ, schätzte Gilgamesch sie auf zehn bis fünfzehn Jahre älter als er selbst; aber die Rundung der breiten Hüften und das Wogen des Busens unter dem Schal hatten etwas durchaus Anziehendes. Vielleicht würde sie zu ihm ins Bett kommen, oder zu Enkidu ...
»Um Vergebung, von den Göttern Erhöhter«, unterbrach Ischbi-Erra seine Gedanken, »aber jemand muß dieses Bier vorkosten. Selbst hier ...«
Enkidu warf dem jungen Mann einen frostigen Blick zu und führte eines der Trinkröhrchen zum Mund. Gilgamesch zählte drei lange Atemzüge, bevor sein Freund einhielt und tief Luft schöpfte. Enkidu hatte den Krug mit einem einzigen Zug zur Hälfte geleert.
»Das einzig Schädliche an diesem Bier«, bemerkte er träge, »ist, daß man morgen vielleicht einen dicken Kopf hat. Du kannst mich beim Wort nehmen.«
Die Frau aus der Schenke war bei Ischbi-Erras Bemerkung erschrocken zurückgewichen und hatte die Finger an den Mund gehoben. Jetzt hörte Gilgamesch sie erleichtert aufatmen. Zugleich verneigte Ischbi-Erra sich tief und sagte: »Nochmals um Vergebung, Löwe von Erech. Ich versuche nur sicherzustellen, daß dem Ensi nichts geschieht.«
»Und ich hätte lieber einen Feind an meiner Seite, als so einen Freund«, dachte Gilgamesch. Aber solche Worte konnte er nicht laut sagen; man mußte sehr vorsichtig sein, wenn man einen Krieger wegen Übereifer tadeln wollte. Also erklärte er: »Ich bin überzeugt, daß Speisen und Getränke in dieser Herberge einwandfrei sind. Aber damit sich heute nacht niemand einschleicht, Ischbi-Erra, nimm zwei andere Männer mit und prüfe alle Räume. Finde heraus, welcher der sicherste ist, und in welchem deine Leute sich aufhalten und ihre Wachen einteilen können.«
Ischbi-Erra salutierte und entfernte sich. Gilgamesch wandte sich

wieder an die Schankfrau. »Bring uns allen etwas zu essen, was immer du hast und für geeignet hältst.«
»O edelster der Herrscher«, antwortete sie, und ihre Hände umflatterten das Gesicht, »es ist noch kaum etwas fertig. Wir können dir ein Gericht aus gebratenen, mit Datteln gefüllten Wachteln bereiten, aber das wird eine Weile dauern, und um deine Männer zu verpflegen, haben wir nur einen gewöhnlichen Linseneintopf mit Fisch und Zwiebeln.«
»Wenn ihr Brot dazu habt, ist das völlig ausreichend. Und bring uns mehr Bier.«
Der Raum, den Ischbi-Erra für sie ausgewählt hatte, verfügte über nur eine Tür, die ein einzelner Mann leicht bewachen konnte. Allerdings führte ein großes Fenster in den Innenhof der Herberge, aber als Gilgamesch und Enkidu zu Bett gingen, standen dort schon drei Wächter. Die beiden Freunde schliefen durchaus bequem auf den bereitgestellten Liegen und wachten erfrischt auf, als Akalla hereinkam, um ihnen zuzuflüstern, daß es bald dämmern würde.
Der Morgen war frisch und kühl. Leichter Tau lag auf Gras und Sträuchern. Ihr Weg führte sie in eine schroffere, gebirgigere Gegend, ein Land voller großer Felsblöcke, hinter denen sich sowohl wilde Schafe als auch Löwen verstecken konnten, mit Büschen und niedrigen Bäumen, zwischen denen vielleicht Rothirsche oder Damwild standen. Die Wagenspur war holprig, und Steine prallten hart gegen die großen, flachen Streitwagenräder. Gilgamesch achtete kaum darauf. Seine Wildesel waren trittsicher und kamen auf den unbefestigten Pfaden schneller voran als die zahmen Esel der anderen. Es dauerte nicht lange, bis Gilgameschs Wagen, der Akallas raschem, geschmeidigem Schritt folgte, jedesmal, wenn er um eine Wegbiegung fuhr oder ein Gehölz passierte, aus den Augen seiner Wächter verschwand.
Der Jäger lief mit gesenktem Kopf und sicherte dabei nach allen Seiten, als suche er das Wild nicht nur mit den Augen, sondern nehme die Spur auch mit der Nase auf. Ab und zu schaute er auf und nickte; dann sah Gilgamesch im Staub deutlich und wie vom Schilfrohr eines Schreibers frisch eingeritzt die scharf markierten Hufabdrücke

eines Hirsches. Ein andermal schüttelte Akalla leicht den Kopf; dann waren es vielleicht die kleinen, runden Pfoten eines Fuchses oder, einmal, das wilde Gescharre eines ganzen Schakalrudels, die die Fährte gekreuzt hatten. Enkidu dagegen prüfte den Wind beim Fahren und drehte den großen goldenen Kopf immer wieder hierhin und dorthin. Manchmal blähte er plötzlich die Nüstern, und die grünen Augen wurden schmal oder weit, aber Gilgamesch hatte nicht die geringste Ahnung, was er roch.

Lange vor den anderen erreichten sie eine Art flacher Lichtung, als Akalla jäh innehielt und sich bückte. Er hob etwas auf und zeigte ihnen eine kleine Hirschdungkugel, glatt wie eine Achatperle auf der Handfläche eines Händlers. »Warm«, zischte er. »Stehenbleiben. Bereithalten.«

Gilgamesch legte einen Pfeil auf die Sehne. Enkidu verharrte regungslos, die Zügel locker in den Händen wie Peitschenschnüre, jeden Augenblick bereit einzugreifen. Wie ein Geist verschwand Akalla in den Bäumen. Enkidu drehte ganz leicht den Kopf, und Gilgamesch merkte, wie er jetzt alleine mit Hilfe seiner Ohren den Weg von Jäger und Hirsch verfolgte.

Dann hörte er die Zweige knacken wie in Brand geratene, trockene Palmblätter. Der Lärm kam näher. Akalla trieb ihnen mit unartikulierten Schreien den Hirsch zu. Gilgamesch spannte den Bogen, dessen Kraft in seinen Armen summte wie das Aufeinanderklirren zweier Schwerter, und hielt ihn fest, während er darauf wartete, daß das Wild aus den Bäumen hervorbrechen würde.

Sekundenlang sah er den gewaltigen Hirsch deutlich vor sich – die geschmeidigen Muskeln unter dem dunkelkupferbraunen Fell, das samtige Geweih, das hoch über dem Rücken auseinanderstrebte wie Fackelflammen im Wind, den Glanz des dunklen, rollenden Auges. Dann, als fühle das Tier den schweren Schwung seiner Pfeilspitze, machte es kehrt, sprang zurück und rannte zwischen die Bäume – nur um ein Stück weiter oben auf dem Weg wieder aufzutauchen. Der weiße Wedel blitzte.

»Halt dich seitlich von ihm!« schrie Gilgamesch Akalla zu, und die Wildesel stoben davon, den gewundenen Pfad hinauf. Der Wagen

schwankte beängstigend und hüpfte von einer Seite zur anderen; nur Enkidus Stärke und Gilgameschs lebenslange Übung darin, vom fahrenden Wagen aus zu kämpfen, verhinderten ein Umkippen. Sie rasten jetzt über einen Berghang, ein kleines Stück oberhalb der Bäume. Gilgameschs Arme begannen zu schmerzen, aber noch immer hielt er den Bogen zu drei Vierteln gespannt, denn er wußte, daß ihm für den Schuß nur die Zeit eines Herzschlags bleiben würde.
Plötzlich war der Hirsch wieder da, vor ihnen, am Rand des Gehölzes. Gilgamesch beugte sich vor, um zu schießen – und das Schwirren des Bogens verwandelte sich in ein furchtbares, ohrenzerreißendes Krachen unter seinen Füßen. Er flog ruckartig zur Seite, dann kam die Wand des Wagens ihm entgegen und schleuderte ihn in die Gegenrichtung. Mit beiden Füßen stieß er sich ab, so hart er konnte, um den Sturz in einen Sprung zu verwandeln. Schmerzhaft landete er auf felsigem Grund, rollte ein Stück weiter und prallte endlich gegen Enkidu, der wie betäubt dasaß und auf die Trümmer des Wagens starrte.
Die Vorderachse war gebrochen, das rechte Rad abgesprungen. Die Jagdwaffen lagen überall verstreut, einige waren sogar heil geblieben. Aus Gilgameschs doppelspundigem Bierschlauch aus weißem Ziegenfell rann der letzte Rest des Inhalts auf die trockene Erde; einer der Münder hatte unter der Wucht des Aufpralls seinen Pfropfen ausgespien. Zwei Wildesel lagen am Boden, schlugen um sich und stöhnten, das schreckliche Stöhnen von Eseln mit gebrochenen Beinen; die anderen beiden waren tot, die Köpfe von den Zügeln halb nach hinten verdreht. Gilgamesch begriff sofort, daß der Wagen ohne Enkidus gewaltige Kraft, die ihn zum Umkippen gezwungen hatte, kopfüber den Berg hinabgestürzt wäre und dabei seine Insassen überrollt hätte.
Für die Tiere ließ sich nichts mehr tun, als ihnen die Kehle durchzuschneiden. Unter Gilgameschs Messer starben sie einen schnellen Tod.
Enkidu hatte sich aufgerappelt und hockte nun vor den Trümmern des Wagens. Er hielt den silbernen Zügelring in der Hand. Der kleine Wildesel aus Gold, der den Ring geschmückt hatte, war verbogen, ein

langes Ohr abgebrochen. Aber es war etwas anderes, auf das Enkidu starrte: die beiden Holzstücke, die einmal die Vorderachse gewesen waren.

»Gilgamesch«, sagte Enkidu ruhig, »das war kein Unfall. Jemand hat den Achsnagel dünner gemacht und die Nabe gelockert. Sie sollten brechen.«

Gilgamesch hätte am liebsten nicht hingeschaut, aber das Entsetzen zog seinen Blick an wie die Fetzen eines von Hyänen zerfressenen Leichnams am Straßenrand und zwang ihn, die Stelle anzusehen, wo die Achse gebrochen war. Jemand hatte das Holz ein Stück abgefeilt und dann wieder dunkel gefärbt, damit man den Unterschied nicht bemerkte. Die tief ausgesägte, dünne Kerbe war mit Asphalt gefüllt. Gilgamesch spuckte einen Mundvoll dicken, klebrigen Speichel aus und holte dann tief Luft, um nach Akalla zu rufen.

Aber schon rannte der Jäger aus dem Wald auf sie zu, dunkelrot im Gesicht und so außer Atem, daß es aussah, als würde er wie ein zu hart getriebener Esel gleich zusammenbrechen. »Ensi«, keuchte er, als er nahe genug war. »Ensi, dein Pfeil ... verfehlte den Hirsch ... traf den Leoparden, der auf ihn lauerte. Das Umfallen des Wagens verscheuchte ihn ... sonst ... sprang mir fast vor die Füße ... ich hätte ...«

Gilgamesch war mit einem Satz auf den Beinen. »Wie schwer war die Wunde? Wohin ist er gelaufen?«

»Ein tiefer Kratzer an der Schulter ... weiter in den Wald ... diese Richtung.« Akalla deutete mit dem Arm.

Sie hatten Löwenspeere mitgebracht. Gilgamesch suchte am Boden, bis er drei nicht zerbrochene unter den Trümmern fand. Er gab jedem seiner Gefährten einen und schulterte selbst den dritten. »Wir müssen dem Leoparden nach. Ein verwundetes Tier ist eine Gefahr für alle, und dieses hier ist weit davon entfernt, sich hinzulegen und zu sterben, wenn wir es zufrieden lassen. Komm, Akalla, zeig uns den Weg. Ich werde mich seinem Angriff stellen; haltet ihr euch bereit, mir notfalls zu helfen.«

Akalla war schon wieder zu Atem gekommen – ganz und gar kein Schwächling, dachte Gilgamesch – und lief nun in langsamem Trab

bergab, Gilgamesch und Enkidu hinterher. Während sie der rundlichen Pfotenspur und den Blutstropfen folgten, die hier und da die keimenden Blätter befleckten, kreisten in Gilgameschs Kopf die Gedanken. Leoparden, die wildesten, wenn auch nicht die mächtigsten Großkatzen, die selbst im Gebirge nicht häufig anzutreffen waren, fand man hierzulande nur sehr selten. Was war es für ein Zeichen der Götter, daß ein Leopard gerade dort lauerte, wo er und Enkidu um ein Haar durch Verrat umgekommen waren? Andererseits hatte eine Gefahr die andere vertrieben; hätte der Leopard sie beim Aufbrechen des Hirsches überrascht oder Akalla beim Treiben überfallen, hätte ganz bestimmt mindestens einer von ihnen den Tod gefunden.
Gilgameschs Hand umklammerte den Speer, als er halb sah, halb fühlte, wie sich Enkidus gewaltige Schultermuskeln spannten.
»Er ist nah«, flüsterte Akalla, »sehr nah.« Er betastete mit dem Finger den trockenen Boden und hob dann die Hand. Über die Fingerkuppe zog sich ein Streifen feuchtes Blut. »Vielleicht kommt er zu uns. Er ist zornig.«
Die drei blieben regungslos stehen, die Speere wurfbereit. Gilgameschs Augen huschten nach allen Seiten. Das Sonnenlicht warf ein geflecktes Muster durch die Äste der Bäume, geflecke Blättchen raschelten geschmeidige Bewegungen in den Büschen, gefleckte Schatten malten huschende Bilder auf den Boden ... Sein Atem ging rauh, so sehr er sich auch Mühe gab, ihn lautlos zu halten. Er konnte das Blut in seinen Ohren pochen hören, und sein Herz schlug wie eine nächtliche Kriegstrommel vor den Zelten eines Belagerungsheers. Sein Speer schien gewichtlos wie eine Weidengerte, belebt von der eigenen tödlichen Kraft, bereit, in die Brust der Beute zu springen. Er umspannte die harte Glätte des hölzernen Schaftes mit lockerem Griff und wartete – zwei, dann drei endlose Atemzüge.
Plötzlich weiteten sich Enkidus Augen. Er wirbelte herum. Im selben Augenblick riß Gilgamesch den Speer nach vorn, stemmte das Ende auf die Erde, um den Aufprall abzufangen, und duckte sich. Jäh blitzten Sonnenlicht und Schatten – der Leopard sprang. Sein Fauchen zerriß die Luft. Der Körper traf den Speer mit solcher Wucht, daß Gilgamesch fast gestürzt wäre. Die Vorderklauen peitschten keine

Elle von seinem Gesicht entfernt vorbei; die aufgerissenen Augen glühten gelb, und unter schwarzen Lippen fletschten sich weiße Fänge, wobei das rosafarbene Maul heißen Gestank nach Aas und Blut atmete.

»Zurück!« brüllte Enkidu und durchbohrte den um Gilgameschs Speer gekrümmten Körper mit seiner eigenen Waffe. Ohne nachzudenken folgte der Ensi dem Befehl. Die sichelscharfen Krallen der Hinterfüße sausten so knapp an ihm vorüber, daß der Luftzug seine Brust streifte. Er rollte sich außer Reichweite des tödlichen Hiebs und sprang sofort wieder auf. Akalla warf. Nun kreuzten sich drei Speere in der Brust des Leoparden. Wieder schlug er mit den Pranken aus, aber es war nur noch ein mattes Aufbäumen. Ein letztes Mal hob er den Kopf und zeigte seinen Mördern die Zähne. Dann trat blutiger Schaum zwischen die weißen Fänge. Die Stirn sank herab, die großen gefleckten Pfoten zuckten noch ein wenig, dann lag der Leopard still.

Gilgamesch bückte sich und streichelte seinen Kopf. Die Wunde an der Schulter war lang, aber nicht tief. Sie hatten Glück gehabt, daß sie so lange geblutet und ihnen dadurch eine so deutliche Fährte hinterlassen hatte. Schon befielen die Fliegen das Fell des Leoparden und gaben ihm neue schwarze Flecken; sie sammelten sich auf den Wunden und umsummten das Blut, als wäre es das süßeste der Öle, die man im Tempel brannte. Gilgamesch seufzte, und eine tiefe, friedliche Müdigkeit legte sich auf ihn wie ein schwerer Mantel. Das Bier war verloren und kein Wasser in Sicht, so daß die Trankopfer warten mußten, und es war auch keiner der Musikanten bei ihnen, die sonst die großen Jagdzüge begleiteten, um über dem Kadaver der Beute Glöckchen zu läuten und Flöten zu blasen. Aber auch wenn seine Kehle rauh und trocken war, konnte Gilgamesch doch wenigstens das Preislied des Jägers an Schakkan für den toten Leoparden singen. Als er es anstimmte, fiel Akallas vor Durst heisere Stimme ein, und Enkidus tiefer Baß summte ohne Worte mit.

»Schakkan, Hirte der wilden Tiere,
Gepriesen seist du und dein heiliger Name.

Die Gazellen scharen sich um dich, geschwind im Grasland,
Die Bären brüllen deinen Namen, mächtig im Gebirge,
Die Löwen beten dich an, und die Hirsche singen dein Lob.
Dank sei dir, Hüter der Wildnis,
Wer kommt dir gleich, Hirte der Gejagten?
Wilder Stier und Elefant erweisen dir Ehre.
Gelobt seist du, Schakkan, Hirte der Tiere,
Gepriesen seist du, Schakkan, und dein heiliger Name ...«

In Enkidus tiefem Summen verstummte das feierliche Lied. Einen Augenblick starrten die drei Männer wortlos auf ihre Beute, den mächtigen Leib aus Gold, besetzt mit Onyx und mit Perlen aus dunklem Karneol. Die Flecken und Tupfen ähnelten einer Schrift, die unlesbare Geheimnisse kündet. Ein edles Tier, würdige Beute eines von Göttern geborenen Herrschers ... aber auch Gilgamesch selbst hätte dort liegen können, die Kopfhaut zerfetzt von Klauen und Zähnen, die Eingeweide herausgerissen vom wütenden Tritt der gekrümmten Hinterbeine, wären da nicht die beiden Männer an seiner Seite gewesen und das Schicksal, das ihm gnädig war.
»Das Schicksal ist wie ein Tuch, das über mir hängt«, flüsterte er und bückte sich dann, um seinen Speer aus dem Körper zu ziehen.
»Wir haben gut gejagt«, meinte Enkidu. »Wollen wir jetzt nicht zum Wasser gehen? Ich habe Durst.«
Gilgamesch überlegte, ob sie umkehren sollten. Er dachte daran, was die Wachen beim Anblick des geborstenen Streitwagens sagen würden und was er sich anhören müßte, wenn sie zurückkamen. Fast konnte er schon ihre Rufe vernehmen, krächzend wie ferne Raben beim Anblick der Toten. »Sollen sie doch ein wenig länger krächzen«, dachte er. »Bei all ihrer Fürsorglichkeit haben sie mich nicht schützen können. Wenn ich schon Leibwächter haben muß, soll ihnen das eine Lehre sein: Es sind heimliche Anschläge, auf die sie achten müssen, nicht die Art Angriff, die jeder gewöhnliche Kriegertrupp abwehren kann.«
»Wenn du weißt, wo es Wasser gibt, würde ich gern dorthin gehen«, antwortete er. »Dort können wir nicht nur trinken, sondern auch den Leoparden abhäuten und uns waschen.«

Enkidu lächelte. »Es ist nicht weit. Ich kann es riechen. Hier entlang, es ist nur eine kurze Strecke.«
Auch die anderen beiden zogen ihre Speere aus dem Leoparden und verwandelten einen der Schäfte in eine behelfsmäßige Tragstange. Gilgamesch und Akalla trugen sie zu zweit, denn der Leopard war so schwer wie ein ausgewachsener großer Mann, und Enkidu ging voraus, um ihnen den Weg zu zeigen. Bald hatten sie die Bäume wieder hinter sich gelassen und kamen auf eine sanftgewellte, mit Gras und kleinen Sträuchern bewachsene Ebene. Dort lag, wie Enkidu gesagt hatte, das Wasserloch, umringt von grünem Gebüsch.
Das Wasser war klar und süß, ein kühler Trunk, der in Gilgameschs Kehle floß, so schnell er ihn mit beiden hohlen Händen schöpfen konnte. Enkidu legte sich flach hin und trank direkt aus dem Teich. Das Abhäuten des Leoparden war nicht weiter schwierig, denn sie nahmen ihm nur Fell, Zähne und Klauen und zerlegten ihn nicht, um ihn zu essen. Es stimmte Gilgamesch ein wenig traurig, das prachtvolle, goldenschwarze Fell so im Gras liegen zu sehen, während der lange Körper, den es bekleidet hatte, nackt und jämmerlich, ohne seine grimmigen Tatzen und Fänge, danebenlag, ein hilfloses Opfer der Schakale und Hyänen, die ihn nun nach Lust zerreißen konnten. »Wie schnell kam dein Ende über dich, o Mächtiger«, flüsterte er. »Doch die Götter senden uns alle Leben und Tod nach ihrem Willen; ich danke Schakkan, daß du es warst und nicht ich, der heute sterben mußte.«
Er fuhr zusammen, als Enkidu ihm die Hand auf die Schulter legte. »Komm, wir wollen uns waschen. Die Schamhatu sagte mir, daß ich mich vor und nach großen Taten immer waschen sollte, denn mit dem Körper reinigt man die Seele.«
»Die Schamhatu ...«, begann Gilgamesch und schwieg dann. Aber Enkidu hatte recht, es geziemte sich, daß er sich reinigte, ganz so, als wäre er in Begleitung seiner Priester, seines Gefolges und der Musikanten im vollen Staat des Ensi auf die Jagd geritten. Während Akalla sich sorgfältig abrieb, legten Gilgamesch und Enkidu Schwertgurte und Röcke ab, knieten sich an den Rand des Wasserlochs und überschütteten sich gegenseitig mit Wasser. Kalt und angenehm rann es

über den Körper und brach sich in kleinen Bächen und Rinnsalen Bahn durch Schweiß und Schmutz, bis ihre Haut vor Sauberkeit und Frische prickelte.

Gilgamesch legte den Arm um Enkidus Schulter, und sie ließen sich gemeinsam zurücksinken und von Utus Hitze langsam die Wasserperlen auf Brust, Bauch und Schenkeln trocknen. Es tat gut, so dazuliegen; Gilgamesch hatte das Gefühl, der Sonnengott selbst lasse sein Licht über ihnen leuchten, Utus warme Kraft lindere allmählich die Schmerzen des Tages und gebe ihnen ihre eigene Stärke zurück.

»Ensi«, sagte Akalla nach einer Weile zögernd, »Ensi, ich ... der Leopard ... der Geruch von Blut und Fleisch ... wird er nicht ... ich meine, Löwen kommen an diesen Ort, die Spuren sind nicht so alt.«

Gilgamesch spürte Enkidus leises, seufzendes Erschauern, und das Herz in seiner Brust schwirrte wie eine verstimmte Lyra-Saite. Wenn nun wirklich Löwen kamen und ihn zurück in die Wildnis holten? Aber er konnte nur fragen: »Was meinst du dazu, Enkidu? Sollen wir zurückgehen, oder können wir uns hier ausruhen?«

Enkidu hob ein Stück den Kopf, die grünen Augen schmal vor der Sonne. »Noch sind keine Löwen in der Nähe, obwohl ein einzelnes Tier erst vor kurzem hier gewesen ist und wahrscheinlich die Spur bald aufnehmen wird. Aber sind nicht auch wir ein starkes Rudel? Was haben wir zu fürchten, wenn wir auf ihn warten?« Und als hätte er Gilgameschs Gedanken gelesen, drehte er sich um und küßte ihn leicht auf den Mund. Damit brachte er alle die kleinen, kalten, zitternden Zweifel in Gilgameschs Eingeweiden zum Schweigen; der Ensi war froh, sich wieder entspannen zu können, und schlief ein.

Er erwachte davon, daß Enkidu ihm ins Ohr zischte: »Der Löwe kommt. Laß mich ihn begrüßen.« Obgleich es ihn mit allen Fasern danach drängte einzugreifen, blieb Gilgamesch still liegen. Langsam öffnete er die Augen und suchte den lohfarbenen Körper, der über die Ebene schlich. Aber es war nichts zu sehen, darum richtete er sich vorsichtig auf und griff nach seinem Speer. Enkidu stand bereits in geduckter Haltung, trug aber keine Waffe in der Hand. Unter seinem goldenen Rückenpelz traten die Muskeln scharf hervor, ebenso die

vielen weißen Narben, die ihm die Löwenkrallen im Spiel beigebracht hatten.
Als er die helle Wellenbewegung im Gras sah, zog Gilgamesch zischend den Atem ein. Er glaubte jetzt zu wissen, was sein Geliebter vorhatte, und es gab etwas viel Schlimmeres als einen Enkidu, der in die Wildnis zurücklief, nämlich einen Enkidu, den ein Tier zerriß, dessen Art einmal zu seinen Brüdern gehört hatte. Er straffte sich, jeden Augenblick bereit, aufzuspringen und zuzustoßen. Aus dem Augenwinkel sah er, daß Akalla das gleiche tat.
Fast kriechend kam der Löwe näher und verschwand hinter einem Busch. Dann stand er plötzlich fast vor ihnen, nur wenige Ruten entfernt. Gewaltig sträubte sich die Mähne um die geduckten Schultern. Aus dem Fauchen, das als leises Grollen begonnen hatte, wurde ein lautes Gebrüll. Gilgamesch stemmte den Speer in den Boden und wartete.
Enkidu erhob sich, schüttelte die Masse seiner löwengelben Haare, daß sie ihm um die Schultern flog, und schlug Tatzenhiebe in die Luft. Sein tiefes Brüllen ähnelte dem des Löwen, aber Gilgamesch sah den Beginn eines Lächelns in seinem Gesicht.
Der Löwe peitschte mit seiner Schwanzquaste, senkte den Kopf und sprang Enkidu plötzlich seitlich an. Der Mann wich aus, griff seinerseits an und stieß den Löwen mit der Schulter unten in die Flanke. Der Löwe rollte sich herum und versuchte, ihn mit den Klauen zu packen, wobei er furchterregend knurrte. Helles Blut strömte über Enkidus Rücken, als die beiden sich wild auf der Erde wälzten. Gilgamesch wartete einen furchtbaren Augenblick lang mit stoßbereitem Speer. Auch wenn der Löwe Enkidu tötete, konnte der Ensi nicht sicher sein, daß sein Stoß nicht den Falschen durchbohrte, und der Gedanke, seinen Geliebten umgebracht zu haben, war unerträglich. Sein entsetzter Blick huschte zu Akalla hinüber, der kreideweiß mit erhobenem Speer dastand. Die Waffe in seiner Hand zitterte.
Dann hörte Gilgamesch im Knurren des Löwen andere Laute. Aber Enkidu schrie nicht vor Schmerz, sondern er lachte. Erst jetzt fiel Gilgamesch auf, daß die Krallen des Löwen fast ganz eingezogen und Enkidus Wunden nicht die klaffenden, knochentiefen Risse waren,

für die er sie gehalten hatte, sondern nur ein paar lange Kratzer. Seine Knie gaben nach; nur der Speerschaft hielt ihn noch aufrecht. Ehrfürchtig sah er zu, wie sein Geliebter mit dem Löwen rang und das gewaltige Tier schließlich zu Boden drückte, um mit einem Griff, der ihm das Genick brechen konnte, den Arm um den Hals des Tiers zu legen. Dann ließen sie einander los, Löwe und Mann, und der Löwe schüttelte die zottige Mähne und rieb seine Wange so stürmisch an Enkidu, daß er ihn fast umgeworfen hätte. Enkidu griff nach unten und kraulte ihn zwischen und hinter den Ohren. Gilgamesch bemerkte, daß das Tier eine merkwürdige Zeichnung trug, zwei dunkle, miteinander verbundene Bögen auf der Stirn, so wie die Kurzhaarkatzen des alten En aus dem Schwarzen Land sie aufwiesen.
Enkidus Gesicht strahlte wie poliertes Gold und glänzte vor Schweiß und Seligkeit, als er zu Gilgamesch aufblickte. »Einer meiner Freunde hat mich nicht vergessen. Obwohl das Rudel vor mir floh, ist er zurückgekommen!« rief er glücklich. »Wir wollen ihm das Fleisch des Leoparden geben; er ist hungrig, und wir haben keine Verwendung dafür.«
Gilgamesch und Akalla traten zur Seite, als sich der Löwe grollend auf den Kadaver des Leoparden stürzte, ihn aufriß und sein Maul in den Eingeweiden vergrub. Auch Enkidu zog sich zurück, um dem Löwen Freiraum zum Fressen zu geben. Gilgamesch nahm seinen Mantel und trat vorsichtig neben seinen Geliebten, um ihm das Blut vom Rücken zu tupfen. Es würde neue Narben zwischen den alten geben.
»Löwen sind rauhe Spielgefährten«, murmelte er. Der Löwe riß jetzt große Fleischstücke aus dem Kadaver und verschlang sie mit der Gier eines Verhungernden.
»Wir manchmal auch«, erinnerte Enkidu. »Ach, Gilgamesch, was könnte ich mir Besseres wünschen, als mit dir und meinen wilden Verwandten zusammenzuleben? Gesegnet seien Inanna und Schakkan, die es so gefügt haben.«
Seine Freude war so ansteckend, daß auch auf Gilgameschs Gesicht ein Lächeln trat. »Gesegnet seien sie«, bestätigte er.
Als der Löwe endlich seine Mahlzeit beendet hatte und nun mit vol-

lem Bauch dalag und träge an einem Knochen herumleckte, stand die Sonne schon tief am westlichen Horizont. Inzwischen hatte Enkidu das Fell des Leoparden zusammengerollt – wobei er den Löwen anknurrte und die Hand hob, um ihm zu zeigen, daß dies hier *sein* Anteil war –, und die drei Männer hatten sich angekleidet. Aber als sie gehen wollten, weigerte sich der Löwe mitzukommen, obgleich Enkidu ihn rief und sich an seinem Fell rieb. Schließlich seufzte Enkidu und meinte: »Er soll kommen oder bleiben, wie er will. Es war schön, ihn wenigstens einmal wiedergesehen zu haben.« Er drehte sich um und schlug den Rückweg zur Herberge ein.
Sie hatten bereits die Stelle erreicht, an der sie den Leoparden getötet hatten, als sie ein Rascheln im Gebüsch vernahmen und den großen Kopf mit der gewaltigen Mähne sahen, der nach ihnen Ausschau hielt. »Er wird uns folgen«, murmelte Enkidu. »Vielleicht bis zu den Mauern von Erech.«
Gilgamesch dachte einen Augenblick an die vor den Toren von Erech angeketteten Löwen. Aber dieses Tier war kein Sklave, sondern ein Freund, und er wußte, daß Enkidu lieber selbst Ketten um den Hals getragen hätte, als seinen Gefährten gefesselt zu sehen. Aber wo konnte ein Löwe bleiben, so nahe an der Stadt? Auch wenn die Löwenjagd offiziell das Vorrecht des Ensi war, wußte er sehr gut, daß jeder Hirte ein Tier töten würde, das seiner Herde zu nahe kam; und wenn er befahl, diesen Löwen unbehelligt zu lassen oder die Rache des Ensi zu fürchten, was war dann mit den Schafen, die er fraß? Andererseits ... Gilgamesch stellte sich vor, wie der Löwe frei durch Erech dahinschritt, sogar in Inannas Tempel trat; wie die *Gala*-Priester aufkreischten und die Röcke zur Flucht rafften, wie die Opferpriester vor lauter Hast über die Opferschalen stolperten, und wie sogar die Schamhatu wie eine auf dem Marktplatz erschreckte Jungfrau aufquiekte und wegrannte. Er unterdrückte ein Lachen.
Als sie an den Unfallort kamen, waren die Wagentrümmer schon weggeräumt. Ein einsamer Krieger stand da, Bogen und Pfeil schußbereit, und bewachte die Stelle. Gilgamesch sah ihn, bevor sie aus den Bäumen traten, und rief ihn an. »Freue dich! Der Wagen ist zerbrochen, aber wir sind unversehrt – und hatten eine gute Jagd!«

Der Wächter – es war Ischbi-Erra – erschrak so, daß ihm der Pfeil aus der Hand fiel. Sein schmales Gesicht verzerrte sich vor Entsetzen, nahm dann aber sofort einen Ausdruck der Freude an.
»Preis sei den Göttern!« rief er ihnen entgegen.
Gilgamesch, Enkidu und Akalla eilten zu ihm. »Wo sind die anderen?« fragte der Ensi.
»Einige sind mit den Wertgegenständen aus dem Wagen zur Herberge gegangen, der Rest sucht euch. Ich wollte hier nicht weggehen, denn ich hoffte immer noch auf eure Rückkehr.«
»Das war wohlgetan«, antwortete Gilgamesch, aber Ischbi-Erra sah ihm nicht in die Augen, sondern starrte hinter ihn und hatte den Mund vor Angst – oder Ehrfurcht – weit aufgesperrt. Auch dem Ensi sträubten sich die Nackenhaare, als er das leise, grollende Knurren des Löwen vernahm. »Fürchte dich nicht«, murmelte er. »Dieser Löwe ist ein Freund von Enkidu, und er hat sich heute schon sattgefressen. Wenn du keine Angst vor ihm zeigst, wird er dir nichts tun. Jetzt aber rufe die anderen Wachen herbei und laß uns heimkehren, denn die Jäger sind hungrig.«
Ischbi-Erra nahm die Knochenpfeife, die er an einer Kette um den Hals trug, und ließ drei schrille Pfiffe ertönen. Andere antworteten, zwei, drei, vier, singend aus der Tiefe des Waldes wie schrille Vogelstimmen.
Als sie in die Herberge zurückkamen, war es vollständig dunkel geworden. Aus der offenen Tür leuchtete das fröhliche Licht der Öllampen, aber Gilgamesch sah die Schatten seiner Leibwächter, die zusammengesunken und niedergeschlagen in der warmen Helligkeit saßen. Keine Hand rührte sich, um Brot zu brechen, kein Becher wurde zum Mund geführt. Vor den anderen trat Gilgamesch ein, damit alle ihn gut sehen konnten. Einen Augenblick erstarrten die Männer, dann begrüßten sie ihn begeistert.
»Es geht mir gut; wir sind alle unverletzt«, versicherte der Ensi, als die Freudenrufe sich allmählich legten. »Wenn ein von einem Feigling angesägter Achsnagel Aggas schlimmste Drohung ist, brauchen wir uns nicht vor ihm zu fürchten.«
»Wir hätten dich nicht so weit vorausfahren lassen dürfen«, erklärte

Birhurturre, der älteste der jungen Leibwächter, und zupfte reumütig an den schwarzen Locken seines Bartes. Sein Blick war gesenkt, als wagte er nicht, Gilgamesch in die Augen zu sehen. »Wir sind hier, um dich vor Schaden zu bewahren, nicht um dich Gefahren auszusetzen.«

Gilgamesch klopfte ihm auf die Schulter. »Du hättest auch dann nichts tun können, wenn du neben mir gestanden hättest, als der Achsnagel brach. Der Meuchelmörder muß gewußt haben, daß ich gut bewacht sein würde, und hat seine Mittel entsprechend gewählt. Nun ...«

Er unterbrach sich, als er merkte, wie seine Männer die Augen aufrissen. Obwohl er wußte, was er sehen würde, drehte er sich um und folgte ihren Blicken. Im Schatten der Tür stand Enkidu und neben ihm sein Löwe. Die große Katze hob witternd den Kopf und peitschte mit der Schwanzquaste. Wieder durchzuckte Gilgamesch jähe Furcht: Was war, wenn der Löwe an der Schwelle kehrtmachte und Enkidu mit ihm davonlief?

Eine Pfote hob sich, senkte sich lautlos, dann eine zweite. Plötzlich wanderte der Löwe durch den Schankraum und schritt durch die Reihen der Männer, die im Lampenlicht starr wie Statuen in einem lange verlassenen Tempel dasaßen.

Eine erstickte Stimme brach das Schweigen, die brüchige Stimme des Herbergswirtes. »Dieses Tier – was tut dieses Untier in meiner Herberge?«

»Friede«, grollte Enkidu. »Er fühlt sich unbehaglich unter einem Dach, das ist alles.« Er folgte dem Löwen ins Innere und murmelte dabei etwas so Leises, daß Gilgamesch es nicht hören konnte. Doch selbst im flackernden Schein der Öllampen erkannte der Ensi, wie totenbleich das Gesicht des Wirtes war und daß sich auch die Züge der Wächter schneeweiß verfärbt hatten. Er mußte eingreifen.

»Kommt, Freunde«, sagte er zu Enkidu und dem Löwen. »Weiter drinnen gibt es einen Hof, und die Nacht ist warm. Wir wollen uns dort hinsetzen und essen, wo niemand gestört wird.«

Enkidu nickte und folgte Gilgamesch hinaus in den Hof. Der Löwe trottete hinter ihm her. Die beiden Männer setzten sich hin, den

Rücken an der Wand des Fensters, das in den Raum führte, in dem sie letzte Nacht geschlafen hatten. Der Löwe lief eine kleine Weile im Hof herum und ließ sich dann, den Kopf auf den Pfoten, zu Enkidus Füßen nieder, einige Armlängen von Gilgamesch entfernt.
Gilgamesch wollte den Arm um Enkidus Schultern legen, aber der Löwe hob den Kopf und knurrte.
»Er kennt dich noch nicht«, sagte Enkidu entschuldigend. »Er muß erst überzeugt sein, daß du zum Rudel gehörst, bevor er dich an mich heranläßt. Es wird nicht lange dauern.« Gilgamesch hörte den leise bittenden Unterton in seiner Stimme. »Er muß nur begreifen...«
»Ich hoffe, du hast recht«, sagte Gilgamesch, konnte aber die Bitterkeit auf seiner Zunge nicht verbergen. Konnte die Laune eines Tiers sie voneinander trennen? Enkidu sah verletzt aus; einen Augenblick zuckte sein Mund unter den bleichen Locken des Bartes wie eine Schlange.
Darum fügte Gilgamesch eilig hinzu: »Nein, ich bin sicher, daß du recht hast. Ist er dir nicht freiwillig gefolgt, und bleibt er nicht freiwillig hier draußen unter den Sternen bei uns?«
Ischbi-Erra kam vorsichtig zu ihnen hinaus, in den Händen trug er Teller mit Käse und Brot. Gleich darauf erschien er nochmals und brachte zwei gefüllte Trinkbecher. »Ich habe für euch gekostet und darauf geachtet, daß auch der Wirt von allem versucht hat«, erklärte er. »Ihr könnt unbesorgt essen und trinken.«
So durstig er auch war, hätte sich Gilgamesch doch beim ersten Zug, den er nahm, fast verschluckt, denn es war starker Dattelwein anstatt Bier, und die süße Wärme brannte in seinem leeren Magen. Dafür stillte der Wein das Zittern seiner Hände, das er erst jetzt bemerkte, vielleicht eine späte Folge des Schreckens, ähnlich den Nachwirkungen einer Schlacht, die er auch immer erst dann zu spüren pflegte, wenn die Leichen auf dem Schlachtfeld bereits erkalteten und das Siegesbier in seinen goldenen Becher floß.
Wieder nahm er einen tiefen Zug, machte sich dann über den salzigen Käse her und aß dazu große Stücke vom Weizenbrot.
So saßen die beiden Freunde in der warmen Nacht behaglich und in leisem Gespräch beieinander. Aber jedesmal, wenn Gilgamesch die

Hand nach Enkidu ausstreckte, grollte der Löwe, und trotz der beruhigenden Worte seines Geliebten und der immer dickeren Decke, die der Dattelwein auf seine Sinne legte, machte das Gilgameschs Herz schwer.

Endlich merkte er, daß ihm die Augen zufielen, und er fragte: »Wollen wir jetzt schlafen gehen?«

Der Mond war untergegangen und Enkidus Gesicht nur ein undeutlicher heller Fleck im Sternenlicht, so daß Gilgamesch seine Miene nicht erkennen konnte.

»Ich glaube«, murmelte Enkidu, »ich sollte lieber hier draußen bei dem Löwen bleiben, denn solange er sich nicht an die Häuser der Menschen gewöhnt hat, wird er sich fremd und allein fühlen. Vielleicht geht er fort, woran ich ihn nicht hindern werde, aber ich fürchte vor allem, daß er vergißt, warum er hier ist und vielleicht irgendein Unheil anrichtet.«

Obwohl Gilgamesch so stark schwankte, daß er sich an der Wand festhalten mußte, sah er ein, daß Enkidu recht hatte. Dennoch kam es ihm vor, als würde ein einziges weiteres Wort Tränen aus seinen Augen strömen lassen wie Bier, das über den Becherrand schäumt; und als Enkidu nach unten griff und die Mähne des Löwen zärtlich zerzauste, schien er an einer Saite in Gilgameschs Brust zu zupfen, die sich dehnte und schließlich zerriß wie ein zu stark angespannter Muskel.

»Wir werden beide über dich wachen«, versprach Enkidu und deutete auf das niedrige Fenster. »Schlaf, geliebter Freund; solange ich bei dir bin, brauchst du nichts zu fürchten.«

Gilgamesch wollte sich vorbeugen und ihn küssen, aber wieder warnte ihn das Knurren. Er stützte sich mit einer Hand gegen die Wand und schwankte zurück ins Haus, vorbei an der Wache vor seiner Tür. Stolpernd fiel er ins Bett. Seine Augen schlossen sich; kurz darauf war er eingeschlafen.

Enkidu saß noch lange wach, lauschte dem leisen Schnarchen hinter Gilgameschs Fenster und blickte hinauf zu den Sternen. Er kannte ihren Lauf recht gut, viel besser als ihre Namen; es gab noch so viel für ihn zu lernen, so viel Menschenweisheit, so viele Worte, die sich in seinem Kopf hin und her drehten, um dann ganz plötzlich Gestalt anzunehmen und wieder ein Geheimnis zu enthüllen. Hier draußen, mit seinem Rudelbruder, der schweigend neben ihm lag, dem warmen Wind, der sein Gesicht liebkoste, und den brennenden Kratzwunden, die die Löwenklauen in seinen Rücken geritzt hatten, konnte er fast glauben, nichts habe sich verändert, und er streife noch immer ohne zu sprechen und zu denken in der Wildnis umher. Aber was sich inzwischen in seinem Kopf festgesetzt hatte, wollte nicht weichen, und die Stelle, wo Gilgamesch an der Wand gelehnt hatte, war leer, entsetzlich leer. Enkidu hatte nur einen Schluck von dem Wein getrunken, denn Wein war Menschenwerk, und der Löwe würde den Geruch nicht erkennen; aber die seltsame Schwermut, die ihn jetzt befiel, erinnerte ihn sehr an das, was er einige Male empfunden hatte, als er spätabends mit Gilgamesch in den Schenken von Erech gesessen und getrunken und dabei an die saubere Luft der Wildnis und den Geschmack des Grases an den Wasserlöchern gedacht hatte.

»Ach, lieber Freund«, sagte er leise zu dem Löwen, »wir haben einen langen Weg hinter uns, du und ich, auf den Pfaden der Menschen, auf weiten Fährten. Hat man dich vertrieben oder bist du freiwillig fortgegangen?« Er streckte die Beine aus, und der warme Körper des Tieres drückte sich an ihn. »Ich habe den gefunden, den ich liebe, den großen Leitlöwen, meinen Gilgamesch. Ich gehöre zu seinem Rudel; ganz Erech gehört dazu. Die Handwerker mit ihrer Arbeit, die Schreiber, die Zeichen in ihre Tontafeln ritzen, die Priesterinnen und Priester, die Lieder für die Gottheiten singen, sie alle gehören dazu.«

Seine Stimme war fast unmerklich in das sanfte Schnurren übergegangen, das er von sich gegeben hatte, als er unter den Löwen schlief,

wenn das Junggesellenrudel in der warmen Sonne lag oder sich in den kühlen Nächten aneinanderschmiegte. Doch die Worte flossen ihm so leicht von der Zunge, wie es in der Gegenwart von Menschen fast nie der Fall war, weil er dann immer fürchtete, etwas Falsches zu sagen oder zum unrechten Zeitpunkt zu sprechen. »Ich weiß nicht, ob man mich gezähmt oder befreit hat, ob die Dinge der Menschen Werkzeuge in meiner Hand sind, so wie es mir scheint, wenn ich etwas Neues lerne, oder Ketten, die mich fesseln, wie es mir vorkommt, wenn ich mit ihnen nicht umgehen kann. Eines aber weiß ich: Wenn Gilgamesch bedroht wird, würde ich sterben, um ihn zu beschützen; wenn er mich verläßt, bin ich verlassen; und wenn er mich berührt, ist das alles, was ich begehre. Ach, lieber Freund, willst du mit mir in die hohen Mauern von Erech kommen, um ihn zu begleiten? Um seinetwillen, auch wenn ich es nicht wußte, verließ ich die Steppe; um seinetwillen suche ich die Wunder seines Volkes, denn sie erfreuen mich, wenn ich sie mit seinen Augen sehe, und ich möchte ihm die gleiche Freude bringen ...«
Er konnte nicht weitersprechen, aber er sah die gelben Augen des Löwen im Dunkeln glühen, der große Kopf rieb sich an seinem Bein, und einen kurzen Augenblick lang fühlte er sich ganz und gar friedlich und geborgen.
Plötzlich jedoch spitzte der Löwe die Ohren, und die Haltung seines langgestreckten Körpers veränderte sich von gelassener Ruhe zu sprungbereiter Spannung. Gleichzeitig hörte Enkidu innen im Haus die Tür scharren, ein leises Geräusch, das ihm trotzdem durch alle Glieder fuhr. Lautlos rollte er sich zur Seite, duckte sich und hob dann vorsichtig den Kopf, um in das dunkle Zimmer zu spähen.
Der matte Strahl des Sternenlichts, der durchs Fenster fiel, spiegelte sich in etwas Bronzefarbenem und Blankem, scharf wie der jähe Geruch von Furcht, der Enkidu in die Nase drang. Er sprang, aber der Löwe war schneller. Sein furchtbares Aufbrüllen endete mit dem Schrei eines Mannes, der immer schriller wurde. Man hörte, wie ein Körper gegen Wände und Fußboden krachte. Enkidu merkte, daß auch er brüllte und nach den Wachen schrie. Mit gezogenem Schwert stand er vor dem Bett, auf dem Gilgamesch lag und schlief.

Die Tür wurde aufgerissen. Fackellicht strömte herein und fiel auf das Blut, das aus dem noch zuckenden Körper quoll und auf den glänzenden Bronzedolch am Boden vor dem Bett. Draußen standen die Wachen und starrten von Grauen erfüllt auf das Schauspiel. Hinter ihnen wartete Akalla, den Bogen gespannt, den Pfeil auf der Sehne. Er zielte auf den Löwen.
»Nicht schießen!« schrie Enkidu den Jäger an. »Er beschützt Gilgamesch!«
»Der Ensi!« rief Birhurturre. »Ist er verletzt?«
Enkidu stieß das Schwert in die Scheide, bückte sich und tastete Gilgameschs Körper ab. Er war warm, atmete tief, und das Herz schlug gleichmäßig. Kein Anzeichen einer Wunde. Aber trotz des Lärms, und selbst, als Enkidu ihn leicht an der Schulter rüttelte, wollte er nicht aufwachen. In plötzlichem Mißtrauen beugte sich Enkidu über ihn und roch an seinem Atem. Er war schwer von der Süße des Dattelweins, aber darunter lag noch etwas anderes, moschusartig, ein wenig beißend, ein Geruch, den Enkidu nicht kannte; und der erste Weinbecher hatte ihn nicht gehabt. Erst als er selbst nicht mehr weitergetrunken hatte ... und das konnte außer Ischbi-Erra niemand gewußt haben, denn er war es gewesen, der immer mehr von dem salzigen Essen herausgebracht und Gilgameschs Becher nachgefüllt hatte.
»Ich glaube, man hat ihn betäubt«, sagte Enkidu unsicher. »Damit er schlief.« Er hob den Dolch des Meuchelmörders auf. »Um ihn zu töten.«
Birhurturre hielt die Fackel höher. Ihr Licht fiel auf Ischbi-Erras verzerrtes Gesicht. Die Lippen des Leibwächters bewegten sich noch ein wenig und ein schwacher Puls ließ seine Brust atmen, aber der Löwe hatte ihm den rechten Arm halb abgerissen und den Bauch aufgeschlitzt. Auch jetzt, trotz der Fackelflammen, ließ das Tier nicht los, sondern grub die Zähne nur noch tiefer zwischen Ischbi-Erras Schulter und Hals. Der Körper bäumte sich noch einmal auf und sackte dann zusammen. Grollend hockte der Löwe auf seiner Beute.
Birhurturres Züge wurden hart, und die Hitze der Wut färbte seine hochknochigen Wangen dunkel. »Ischbi-Erra, so voller Fürsorge für den Ensi, daß er uns alle beschäme«, fauchte er mit leiser, tödlicher

Stimme. »Ischbi-Erra, der Getreue, der allein auf Gilgameschs Rückkehr wartete, während die anderen nach Verletzten und Wagentrümmern suchten! Und wen hätte er beschuldigt, beim Wachen versagt zu haben, wenn nicht dich, Enkidu, der du immer noch ein Fremder im Land bist, mit einem so merkwürdigen Tier an deiner Seite? Es war nur der zweitbeste Weg und ziemlich töricht, aber nachdem der Anschlag auf den Wagen fehlging, hätte es vielleicht trotzdem Erfolg gehabt, denn die Verwirrung über den Tod des Ensi wäre groß gewesen, und tatsächlich schickt ja Agga seine Boten bis ins tiefste Herz von Erech. Mächtig sind die Wege Inannas«, fügte er hinzu, und seine Stimme wurde milder und voller Ehrfurcht, als er auf den Löwen starrte, »sie kennt das innerste Wesen der Menschen, fällt Urteile und straft, wo Menschen blind danebenstehen. Ein gerechtes Ende für einen Verräter. Aber ich glaube nicht, daß er allein gehandelt hat. Ich kannte Ischbi-Erra und bin sicher, daß er diese Pläne nicht ohne Unterstützung Dritter auszuführen versucht hat.«
»Aber wer ...?« begann Enkidu.
»Das soll der Ensi entscheiden, wenn er wieder wach ist«, erwiderte Birhurturre trübe. »Ich mache mir meine Gedanken, aber er verfügt über die Macht des Gesetzes. Ist es sicher, ihn hier liegenzulassen, solange dein Löwe noch frißt?«
»Sicherer als irgendwo sonst auf der Welt«, erklärte Enkidu, der daran nicht den geringsten Zweifel hegte. »Aber er soll nicht mit dem Anblick des Todes erwachen. Es ist noch genügend Zeit, ihm alles zu berichten, wenn er das Gift abgeschüttelt hat.«
»Ja ... das ist vernünftig.«
Enkidu bückte sich und hob Gilgamesch mit seinem ganzen Bettzeug auf. Selbst für seine Kräfte wog der andere schwer. Die starken Arme des Ensi baumelten schlaff von Enkidus Schultern, als er seinen Freund zur Tür hinaustrug, und er konnte sich eines Schauders nicht erwehren; zu sehr kam es ihm vor, als hebe er den Körper eines frischgetöteten Tieres auf, dessen Fleisch noch warm war, obwohl sämtliche Sehnen schon erschlafft waren. Doch Gilgamesch atmete, sein Herz schlug, und einmal schien er leise etwas vor sich hin zu murmeln.

»Ich wünschte, wir hätten jemanden aus der Eanna bei uns«, überlegte Birhurturre. »Sie kennen sich mit Giften und Betäubungsmitteln besser aus, als wir Krieger es je tun werden. Allerdings glaube ich, daß Ischbi-Erra den Ensi erdolchen wollte und darum nichts in sein Essen oder seinen Wein tat, was ihm hätte ernstlich schaden können. Sicher dachte er, wenn er sich als Vorkoster und Mundschenk so hervortat, könnte er das Mittel unbemerkt in den Wein schmuggeln; aber ein Gift würde auffallen. Und damit hatte er auch recht.« Wieder verzog er zornig das Gesicht.
»Ischbi-Erra ist tot«, sagte Enkidu, »und Gilgamesch nicht.«
»Aber wenn du nicht gewesen wärst ...« Birhurturre erschauerte.
»Wir alle sind seine Wächter. Beobachte du nun die Tür, ich werde innen bei ihm sitzen. Wenn der Löwe kommt, laß ihn eintreten, denn er meint es gut mit Gilgamesch.«
Als Enkidu an Akalla vorüberging, senkte dieser langsam den Bogen und furchte die schweren Brauen. »Kann ich, kann ich ...?«
Birhurturre berührte seine Schulter. »Nur Wache halten und warten, bis der Ensi aufwacht. Mehr können wir alle nicht tun.«

10

Beim Aufwachen war Gilgamesch zumute, als schwimme er langsam durch ein schlammiges Wasser nach oben, und je näher er dem Licht kam, desto lauter hämmerte es in seinem Kopf. Er hörte Stimmen, nein, nur eine Stimme, ein sanftes Flüstern. »Gilgamesch, bist du wach? Kannst du mich hören?« Eine kühle Hand legte sich auf seine Stirn, ein feuchtes Tuch wischte ihm den Schweiß vom Gesicht. Stöhnend versuchte er sich herumzuwälzen, aber starke Arme hielten ihn fest. »Gilgamesch, wach auf. Trink das.«
Gilgamesch öffnete den Mund für den Trinkhalm und sog heftig. Kühles Wasser rann durch die ausgedörrte Kehle und verteilte sich in seinem Körper wie Regen auf einem Feld mit in der Sonne geplatztem Lehm. »Enkidu?«

»Es ist alles in Ordnung, Gilgamesch. Ich bin hier.«
»Was ... was ist geschehen?« Gilgamesch zwang sich, die Augen einen Spalt weit zu öffnen. Eine Welle von Übelkeit erfaßte ihn, als er sich aufzurichten versuchte, und er mußte sich wieder zurücksinken lassen. »Ich erinnere mich ...« Ans Trinken, nun ja, er war betrunken gewesen, aber das war früher schon vorgekommen, und am anderen Morgen hatte er immer nur leichte Kopfschmerzen und großen Durst gehabt. Außerdem hatte er das unbestimmte Gefühl, Geschrei gehört zu haben, verzweifelte Laute im dichten Nebel seines Schlafes, wenn auch zu weit entfernt, ihn wirklich zu wecken.
»Man hat dich betäubt. Ischbi-Erra wollte dich umbringen. Der Löwe hat ihn getötet.«
Gilgamesch achtete nicht mehr auf das schwindelerregende Summen hinter seinen Augen und den bohrenden Schädelschmerz. Mühsam setzte er sich auf. »Er wollte mich umbringen?«
»Er hat dir ein Schlafmittel in den Wein gemischt. Er hatte vor, dich zu erdolchen. O mein geliebter Freund, du hast zwei Nächte und einen Tag lang geschlafen und dich fast nicht gerührt. Wir wagten nicht, dich in die Stadt zurückzuschaffen, bevor du aufwachtest.«
»Hilf mir auf.« Von Enkidus Arm gestützt, kam Gilgamesch auf die Füße. Sein ganzer Körper tat ihm weh, und sein Magen wollte sich umdrehen. Er hatte Angst, das kostbare Wasser wieder von sich geben zu müssen. Aber sein Verstand arbeitete bereits mit voller Kraft, und das Herz in seiner Brust begann schmerzhaft zu hämmern. »Ischbi-Erra hat sich das nicht allein ausgedacht. Ich sehe den Plan: Es war alles Naram-Sins Idee. Er hat den Skorpion in die Falten meines Gewandes gesetzt. Wir müssen sofort nach Erech zurück und schon morgen Gericht halten – schnell, bevor sich Gerüchte verbreiten und meine Stadt ihren Kampfesmut verliert.«
Enkidu schüttelte den Kopf. »Du bist der Anführer des Rudels. Warte noch einen Tag und ruh dich aus, damit niemand Schwäche an dir wittert.«
Gilgamesch wollte widersprechen, aber seine Beine sackten unter ihm zusammen. Enkidu fing ihn auf, hob ihn hoch und trug ihn zum Bett zurück.

»Dann schick einen meiner Wächter mit einer Botschaft in die Stadt. Er soll der Schamhatu alles berichten.«
»Kein Wunder, daß Ischbi-Erra sie bei mir angeschwärzt hat«, dachte Gilgamesch. »Wie hätte er seinen eigenen Verrat besser tarnen können als mit einer solchen Anschuldigung?« Mit einem kalten Schauder erinnerte er sich an Ischbi-Erras Worte: »Diejenige, die am meisten um deine Sicherheit besorgt scheint – wer würde sie verdächtigen, dir Gift in den Becher gemischt zu haben?« Damit hatte ihm Ischbi-Erra seine eigene Strategie verraten, in vollem und, zu Gilgameschs Scham und Zorn, berechtigtem Vertrauen auf seinen Betrug. Die Schamhatu hatte Feinde im eigenen Tempel, aber er war nicht klug genug gewesen, auf einer Antwort zu bestehen und Namen zu erfahren. Vielleicht bei der Verhandlung ...
»Laßt Naram-Sin und wer immer noch zu seiner Familie gehört verhaften. Sobald ich zurückkomme, werden wir Gericht halten.«

11

Gilgamesch schlief auch an diesem Tag noch die meiste Zeit und wachte nur auf, um das saubere Wasser zu trinken, das Enkidu ihm brachte, und ein paar Stückchen Brot zu knabbern. Am nächsten Morgen war sein Kopf wieder klar. Er war bereit, aufzustehen und die Heimreise anzutreten, mit nur einigen Pausen unterwegs. Die Lichter von Erech brannten schon hell in der Abenddämmerung, als er mit seiner kleinen Schar durch das Stadttor ritt. Der Löwe trottete hinter ihnen her. Gilgamesch konnte es nicht lassen, sich ab und zu nach ihm umzusehen, aber die große Katze verhielt sich ganz unauffällig, ein lohfarbener Schatten im wachsenden Dunkel der Straßen, und ließ sich auch nicht ablenken, als sie an einer Marktbude vorüberkamen, vor der eine dicke Landfrau ihre Käfige mit quäkenden Enten auf einen Wagen lud, obwohl ihre Esel unruhig hin und her trappelten und ängstlich brüllten, als der Löwe vorbeiging.
Die Tür des Gerichtshofs stand offen. Sobald Gilgamesch die Mauern

von Erech vor sich auftauchen sah, hatte er Birhurturre vorausgeschickt, um die Richter zusammenzurufen und Naram-Sin vorführen zu lassen. Weil seine Beine immer noch schwach waren, duldete er, daß Enkidu ihn vom Wagen hob, wies dann aber den hilfreichen Arm des Freundes zurück und zwang sich, durch pure Willenskraft aufrecht und mit langen Schritten vorwärts zu gehen.
An der Tür wartete Enatarzi mit Gilgameschs Amtsstab. Die Finger des Ensi schlossen sich um das polierte Holz und hoben es hoch, während er zu seinem Sitz hinter dem Abbild Inannas schritt.
»Enlil, dessen Befehl in weite Fernen reicht, dessen Wort heilig ist...«
Die Worte, die er in seiner Jugend gelernt hatte, flossen ihm leicht von der Zunge, und obwohl ihm vor Erschöpfung und aufgrund der letzten Reste des Giftes in seinem Körper allmählich schwindlig wurde, gelang es ihm, die Anrufung mit kräftiger Stimme zu beenden. »Leihe uns deinen mächtigen Rat, auf daß dein Wille geschehe auf Erden!« Siebenmal klopfte sein Stab leicht auf den Boden. Durch die Versammelten ging ein leises Raunen. Gilgamesch sank dankbar auf seinen Platz. Jetzt erst sah er auf die Gefangenen, die an der linken Seite des Saales standen. Auf Naram-Sins geschorenem Schädel starrten kleine Borsten. Sein langer Bart war zerzaust und verfilzt, und statt eines vornehmen Bindenrocks trug er einen einfachen Wollrock. Seine Hände waren nicht gefesselt, aber das grimmige Gesicht des Bewachers hinter ihm, dessen Speerspitze auf sein Herz zielte, schien zu genügen, jeden Gefangenen festzuhalten.
Plötzlich zog Gilgamesch scharf die Luft ein. Denn anstatt der Söhne oder männlichen Verwandten, die er an Naram-Sins Seite erwartet hatte, stand dort nur eine einzige Person: die junge Frau Sululi. Sie trug einen Säugling auf dem Arm. Die Mutterschaft hatte ihren eckigen Körper gerundet, so daß sie das einfache Kleid, das man ihr gegeben hatte, angenehm ausfüllte. Selbst ohne die Möglichkeit, sich zu waschen oder einzuölen, glänzte ihr Gesicht im Lampenschein wie Gold. Anstatt Gilgamesch anzublicken, murmelte sie dem Kind etwas zu und versuchte, sein verdrießliches Greinen zu beruhigen. Gilgamesch erinnerte sich daran, daß er befohlen hatte, Naram-Sin und

seine Familie zu verhaften, und begriff, daß er in seinem Zorn und der durch das Gift bedingten Benommenheit gar nicht daran gedacht hatte, daß die nächste Verwandte sowohl dessen, der ihn ermorden wollte, als auch dessen, der den Mörder bei ihm eingeschleust hatte, Sululi war. Er warf einen Blick auf die Schamhatu, die zur Rechten von Inannas Abbild auf ihrem eigenen Stuhl saß, eine kleine doppelköpfige Axt im Schoß; aber ihre Augen waren wie dunkle Obsidiansplitter über die Gefangenen hinweg auf Enkidu und seinen Löwen gerichtet, die an der Tür warteten. Zornig wandte sich Gilgamesch ab und schlug erneut mit dem Stab des Gerichts auf den Boden.
»Laßt Naram-Sin vortreten!« rief er. »Und auch du tritt vor, Birhurturre. Möge die Geschichte erzählt, der Fall gehört werden.«
Der Wächter stieß Naram-Sin nach vorn. Das Gesicht des älteren Mannes war verschlossen und hart, und er biß die Zähne zusammen. Aber seine Stimme war klar, als er begann: »O von den Göttern geliebter Ensi, ich weiß nicht, warum du mich so hierherschaffen ließest, obwohl ich doch, Inanna weiß es, stets nur nach Erechs Wohl getrachtet habe. Was ist geschehen, daß ein Edler als Sklave und der Getreue wie ein Verräter behandelt wird?«
»Ich will dir sagen, was geschehen ist«, platzte Birhurturre heraus, ehe Gilgamesch etwas sagen konnte. »Zweimal versuchte dein Schwiegersohn Ischbi-Erra, den Ensi zu ermorden, und nur Inannas Wille rettete sein Leben. Nun ist Ischbi-Erra tot, auf frischer Tat erschlagen; er ißt Lehm und trinkt Staub, auf ewig ein Sklave in Ereschkigals finsterem Reich, wie er es verdient hat.«
»Halt ein, Birhurturre«, unterbrach ihn Gilgamesch, so ruhig er konnte; aber heimlich zitterte er vor Wut und weil ihm plötzlich noch einmal klar wurde, wie knapp er dem Tod entgangen war, nicht einmal, sondern mindestens zwei-, vielleicht sogar dreimal. »Schwört zuerst eure Eide vor Inanna und der Schamhatu, damit alles nach Recht und Gesetz geschieht.«
Naram-Sin ging zu dem kleinen Tischchen vor Inannas Abbild und legte die Hand darauf. Die Worte des Eides kamen geläufig aus seinem Mund, denn schließlich hatte er lange genug selbst als Richter in Gilgameschs Gerichtshof gesessen.

»Inanna, ehrwürdige Ratgeberin, Königin des Himmels, Ans Freude! Grausam ist dein Urteil über den Missetäter, du vernichtest den Schurken. Freundlich schaust du auf den Ehrlichen und schenkst ihm deinen Segen. Höre die Wahrheit meiner Worte; ich schwöre, daß sie ohne Lüge sind.«

Er trat zurück, und Birhurturre nahm seine Stelle ein. Der Leibwächter stockte ein paarmal, als er den Schwur sprach, aber sein grimmiger Blick ließ das Gold der kleinen Statue nicht los.

»Nun erzähle uns deine Geschichte, Birhurturre«, forderte Gilgamesch ihn auf. »Berichte nur, was geschehen ist und was du gesehen hast.«

Birhurturre wiederholte seine Schilderung. Als er erzählte, wie der Löwe sich auf Ischbi-Erra gestürzt hatte, erhob sich aus den Reihen der Männer, die zu beiden Seiten der Halle hockten, ein leises Murmeln. Gilgamesch dachte, daß man Birhurturre wohl kaum glauben würde, hätte nicht Enkidu dort gestanden, die Arme über der mächtigen Brust gekreuzt, und an seiner Seite der Löwe, die Augen halbgeschlossen, die Mähne auf Enkidus nackte Füße gebreitet.

»Und jeder, der dabei war, wird euch das gleiche berichten«, schloß Birhurturre. »Fragt Enkidu oder Singaschid oder jeden anderen Leibwächter des Ensi: Wir haben es alle gesehen.« Er sank vor Gilgamesch auf die Knie und neigte den Kopf, als wollte er ihn zum Beweis der Wahrheit seiner Worte unter die Axt legen. Der Ensi winkte ihm, aufzustehen und sich zurückzuziehen.

»Und selbst wenn das alles stimmt«, erklärte nun Naram-Sin mit so lauter Stimme, daß der ganze Saal es hören konnte, »warum hat man dann *mir* so übel mitgespielt? Ich habe meinen Schwiegersohn nicht ständig beobachtet. Zwar wohnte er in meinem Haus, weil er sich, solange er sich zwangsweise in Gilgameschs Heer plagen mußte, kein eigenes Heim leisten konnte, aber seine Geschäfte besorgte er selbst. Seit der Hochzeit war er es, der mit den Händlern über die Webarbeiten meiner Tochter sprach; er verwaltete seinen Haushalt allein, und ich kümmerte mich um meine eigenen Angelegenheiten.«

»Das ist nicht wahr«, bemerkte die Schamhatu entschieden. Gilgamesch hörte die Funken in ihrer Stimme, blitzend wie helles Feuer

auf Gold, und wußte, daß sie empört war. »Vielleicht verhielt es sich dem Namen nach so, aber nicht in Wirklichkeit. Sululi, das weißt du selbst, ist eine der besten Weberinnen der Stadt, und du hast Jahr für Jahr deine Abgaben an den Tempel mit ihrer Arbeit bezahlt, auch letztes Jahr, als sie schon verheiratet war. Ja, du hast dich um deine eigenen Angelegenheiten gekümmert, so wie du gesagt hast, aber nur deshalb, weil deine Tochter und dein Schwiegersohn zu deinem Haushalt gehörten, so daß ihre Geschäfte die deinen waren. Du hast nie aufgehört, Sululis Kunstwerke zu verkaufen oder in andere Länder zu schicken, sogar nach Kisch, von wo aus man dich reich dafür bezahlt hat.«
»Es ist bisher nicht verboten, mit Kisch und den anderen Städten, die zwischen Kisch und uns liegen, Handel zu treiben«, entgegnete Naram-Sin. »Ja, auch seit Sululis Heirat wurde dazu mein Name benutzt, einfach deshalb, weil die Händler ihn kannten und daran gewöhnt waren, ihrer Arbeiten wegen in mein Haus zu kommen. Die Geschäfte selbst aber haben sie und ihr Mann abgewickelt, und was die beiden dabei sonst noch getan haben, weiß ich nicht. Ich habe immer nur so gehandelt, wie es für meine Familie und für Erech am besten war.«
Die Schamhatu beugte sich vor. Die mit Lapisperlen besetzten Fransen ihres Schals klirrten, und sie umklammerte das Heft ihrer kleinen Axt. Licht schimmerte auf der straffen Haut ihrer zarten Wangenknochen, und ihre Stimme schwirrte wie ein Ankertau, an dem die Flut zerrt, als sie fortfuhr: »In einem der Privatgemächer deines Hauses wurde eine zerbrochene Tontafel gefunden. Der größte Teil davon war zu Staub zertreten, aber ein Teil des Siegelabdrucks ist erhalten geblieben; er trägt das Zeichen Aggas von Kisch. Leugne es, wenn du willst, aber deine Sklaven haben uns bereits die Namen der Männer genannt, die bei Tag oder bei Nacht an deine Tür klopften, und wir wissen auch, wo sie sich befinden. Was Menschen verborgen bleibt, liegt offen vor den allsehenden Augen von An, Enlil und Inanna, die von den Höhen der Eanna auf Erech herniederblicken. Und ich denke, daß auch Sululi uns Auskunft geben wird, so gut sie kann. Was nun freilich am besten für Erech ist ...«

»Ich vertraue darauf, daß Sululi dem Rat ihres Vaters und ihres Gatten folgen wird, wie sie es stets getan hat«, unterbrach Naram-Sin sie in gelassenem Ton. Plötzlich, bevor jemand ihn aufhalten oder auch nur einen Schrei ausstoßen konnte, fuhr er herum und packte den Speer seines Bewachers, nicht um ihn dem jüngeren Mann zu entreißen, sondern um den Stoß, der ihn bereits durchbohrte, an die richtige Stelle zu lenken. Tief drängte er die Bronzespitze in seine Brust. Er taumelte zurück; schon strömte Blut von seinen Lippen und färbte die silbergrauen Strähnen seines Bartes rot. Im Fallen spie er einen Schwall Blut vor Gilgameschs Füße. Dann verzogen sich seine Wangen zu einem Lächeln oder einer Grimasse des Todes – man würde es nie erfahren –, und er lag schlaff am Boden. Naram-Sin würde keine Fragen mehr beantworten und niemals preisgeben, wer es war, mit dem sich Ischbi-Erra in der Eanna getroffen hatte.
»Ich habe Männer in der Schlacht mit durchbohrtem Herzen sterben sehen«, murmelte Gilgamesch. »Selten gingen sie so leicht von uns.«
»Er wollte sterben«, antwortete die Schamhatu ebenso leise. Dann aber wurde ihre Stimme hart wie Bronzeklirren. »In der Unterwelt wird er es weniger leicht haben.«
»Das war es also«, sagte Gilgamesch und spürte die Müdigkeit in seinen Gliedern, die ihn schwächte, wie es ein Tag im Kampf oder auf der Jagd nie getan hatten. »Der Mörder und sein Helfershelfer haben ihr Ende gefunden. Jetzt müssen wir nur noch mit Agga fertigwerden.«
»Nein.« Die Worte kamen von Girbubu, einem der älteren Richter. Silberhaarig und von ruhigem Wesen, erhob er selten seine Stimme im Rat, aber jetzt war er aufgestanden. Ein goldener Ring funkelte am Finger der Hand, mit der er auf Sululi deutete. »Ensi, höchst Gesegneter und Erhabener, wir müssen uns noch mit dieser Frau befassen. Nach dem, was wir gehört haben, muß ich bezweifeln, daß sie völlig unschuldig ist, und wir dürfen diesen Gerichtssaal nicht verlassen, bevor allen Beteiligten Gerechtigkeit widerfahren ist. Einer der Schuldigen wurde getötet, ein anderer hat sich selbst gerichtet; der Fall ist noch nicht beendet.«

Gilgamesch atmete tief und rang um Fassung. Er winkte Sululi vorzutreten, und sie kam und kniete, das Kind noch immer auf den Armen, ungeschickt vor ihm nieder. Mit großen, angstvollen Augen, trübe und dunkel wie Schlammpfützen im Mondlicht, starrte sie ihn unverwandt an. Fast flehend hielt sie ihm einen Augenblick lang ihr Kind entgegen und drückte es dann wieder an sich. Der Säugling stieß einen erschrockenen kleinen Schrei aus, als quietsche ein Rad unter einer schweren Last, beruhigte sich aber, als sie den dunklen Flaum auf seinem Kopf streichelte und ein paar sanfte Töne murmelte.
»Leiste den Eid«, forderte die Schamhatu sie freundlich auf.
Noch immer kniend, streckte Sululi den Arm aus. Ihre Hand auf dem eingelegten Holz zitterte, als sie die gleichen Worte flüsterte, die ihr Vater und Birhurturre gesprochen hatten.
»Ist es nicht üblich«, begann nun Girbubu, der in die Mitte der Halle getreten war und zu ihr hinunterblickte, »daß geschickte Weberinnen das Werk ihrer Hände selbst verkaufen und auch selbst mit den Händlern feilschen, die ihnen ihre Arbeiten abnehmen und ihnen andererseits die Stränge von Leinengarn und Wolle verkaufen, die sie brauchen? Ist es nicht Sitte in unserer Stadt, daß eine Frau eigenen Besitz hat und selbst darüber verfügt?«
»Doch«, räumte Sululi leise ein.
»Und hast du danach gehandelt?«
»Ich selbst wählte Garn und Wolle aus, denn das konnte nur ich. Mein Vater beaufsichtige den Verkauf meiner Arbeiten, weil er fand, ich könne nicht gut genug handeln, und er bezahlte auch die, von denen ich kaufte.«
»Von wem hast du gekauft und an wen verkauft?«
»Ich kenne nur die, bei denen ich eingekauft habe. Ich kann dir ihre Namen geben; sie lauten ...« Sie nannte eine Reihe von Namen, und Gilgamesch sah seinen Schreiber die Stirn runzeln und so hastig auf seine Tontafel einhacken, als fürchte er, sie würde unter seinem Schilfrohr austrocknen.
»Hast du allein mit diesen Männern gesprochen?«
»Nein, nur in Gegenwart meines Vaters, meines Gatten oder meiner Dienerinnen; es hätte sich nicht geziemt.«

»Und dein Vater und dein Gatte sind tot und können dir nicht wiedersprechen.«
Sululi schüttelte stumm den Kopf. Sie schaute nicht auf den Leichnam, aber Gilgamesch sah, wie ihre Schultern zuckten.
»Was für feine Webereien hast du nach deiner Hochzeit ausgeführt und was für gutes Material dafür gekauft?« fragte jetzt die Schamhatu.
»Kaum etwas«, räumte Sululi ein. »Meine Dienerinnen, die die gefärbte Wolle spinnen und meine Webstühle anscheren, waren alle damit beschäftigt, die für die Eanna als Kriegsbeitrag festgesetzte Anzahl von Kriegerröcken zu weben. Außerdem sagte man mir, wir hätten weniger Geld, weil ...«
»Weil Ischbi-Erra nur über den Heersold des Anführers einer Sechzigschaft verfügte«, ergänzte die Schamhatu. »Es ist nicht schwer zu sehen, was es war, das ihn und auch deinen Vater antrieb.«
Sululis Atem bebte in ihren Lungen. Mit leisem Keuchen schüttelte sie den Kopf, und ihre goldenen Blattohrringe – Ohrringe, die er ihr geschickt hatte, bemerkte Gilgamesch – klirrten sacht. Dabei erinnerte er sich daran, daß Ischbi-Erra sie stets aufs feinste gekleidet hatte, und das weiße Leinen und der rote Karneol erschienen ihm auf einmal in einem ganz anderen Licht, dem bitteren Glanz der Eifersucht des jungen Mannes – *auf einen Rivalen, der nie geahnt hatte, daß Ischbi-Erra ihn übertrumpfen wollte.* Ein Schauder überlief ihn – wie leicht konnte sich ein Schatten, von der Sonne vergrößert, in ein Ungeheuer verwandeln.
»Aber du«, beharrte Girbubu. »Was ist mit dir?«
»Ich hätte niemals ... ich hätte niemals etwas getan, um dem Ensi zu schaden. Ich wußte von alledem nichts. Hätte ich geahnt ...«
»Was?«
»Daß sie Gilgamesch nach dem Leben trachteten. Ich hätte ...«
»Was hättest du?« fragte der alte Richter. »Wen hättest du verraten?«
»Genug damit!« rief Gilgamesch laut und stand auf, wobei er sich auf den Stab stützte. »Es gibt keinen Beweis gegen diese Frau; ihr einziges Vergehen ist die Familie, zu der sie gehörte.«

»Der einzige Beweis ihrer Unschuld«, widersprach Girbubu, ohne unter dem Blick des Ensi zurückzuzucken, »ist ihr eigenes Wort. Aber wenn es um dein Leben geht, Ensi, und von diesem Leben die Hoffnung unserer Stadt auf einen Sieg über die Heere von Kisch abhängt, dann ist das nicht genug.«
»Was verlangst du noch?« fragte Gilgamesch.
»Es gibt hier niemanden, der für Sululi bürgen kann. Nur wenige haben sie außerhalb der Mauern ihres Vaterhauses gesehen. Soviel du auch suchst, du findest keinen freigeborenen Zeugen, der bestätigt, daß sie die Wahrheit sagt.«
Einen Augenblick herrschte Stille im Saal. Nur das Kratzen des Schilfrohrs auf der Tafel des Schreibers war zu hören. Dann grollte Enkidus Stimme.
»Ich werde für sie bürgen. Ich bin bereit, ihr Zeuge zu sein und die Verantwortung für sie zu übernehmen.«
Girbubu wandte sich zur Tür und starrte Enkidu an. »Und was weißt du von ihr?« fragte er, und seine Stimme schnappte vor Verblüffung über wie die eines Jünglings. »Woher willst du wissen, was sie getan oder nicht getan hat?«
»Ich weiß es eben«, versetzte Enkidu, aber sein Schritt war plötzlich weniger entschlossen.
»Und wie willst du die Verantwortung für sie übernehmen, wenn du sie nicht als Gattin in dein Haus aufnimmst?«
»Dann werde ich das tun.« Sekundenlang suchten Enkidus Augen, klar und grün in seinem Gesicht, das sich verdunkelt hatte, quer durch den Gerichtssaal Gilgameschs Augen. Gilgameschs Herz krampfte sich zusammen: »Ach, mein Liebster, werde ich dich an sie verlieren?« Aber dann fiel ihm ein, wie Sululi unter ihm gezittert und fast ebensoviel Angst vor seiner Berührung gehabt hatte wie vermutlich jetzt, da sie vor ihm kniete und ihr Leben auf der Schneide einer Axt stand. »Enkidu und ich haben schon andere Frauen geteilt«, dachte er. Konnte er sie jetzt im Stich lassen? Zweifellos hatte Enkidu recht.
Er nickte.
»Ja, ich werde es tun«, wiederholte Enkidu.

Gilgamesch stieß den Stab auf den Boden. »So ist es beschlossen. Enkidu soll Sululi als Gattin in seinen Schutz und in sein Haus nehmen; sein Wort entlastet sie von allen Verbrechen ihrer Verwandten. Vor Inanna und Enlil und An erkläre ich diese Sitzung für beendet.« Wieder hob er den Stab und ließ ihn wieder fallen – sieben Schläge, das offizielle Ende. Aber niemand stand auf. Alle starrten zur Tür, auf deren Schwelle mit peitschendem Schweif der Löwe stand.
Gilgamesch ging zu Enkidu hinüber. »Sie fürchten sich«, flüsterte er. »Geht eine Weile hinaus, bis alle fort sind.«
Enkidu lehnte sich an ihn, streifte mit den Lippen rasch Gilgameschs Mund und entfernte sich. Erst als er und der Löwe in der Nacht verschwunden waren, erhob sich der erste Richter, um sich zu verabschieden.
»Steh auf, Sululi«, sagte die Schamhatu sanft und streckte der jungen Frau, die immer noch am Boden kniete, die Hand hin. »Du sollst mich mit deinem Kind in die Eanna begleiten, und ich werde mich um die Hochzeitsvorbereitungen kümmern. Du brauchst dich nicht mehr zu fürchten.«
»Sei bedankt«, antwortete Sululi, und Gilgamesch sah, daß ihre Zähne einen weißen Halbmond in die schmale Unterlippe gebissen hatten. »Sei auch du bedankt, Ensi. Glaub mir, ich ...«
»Ich weiß.« Gilgamesch strich ihr leicht über den Kopf. Die dicke, dunkle Flechte war weich wie frischgekämmte Wolle. »Ich weiß.«
Er wandte sich an die Schamhatu. »Die Hochzeit soll morgen stattfinden, und zwar in aller Stille, denn das ist keine Geschichte für die Ohren der Stadt so kurz vor dem Ausbruch eines Krieges – oder vielleicht überhaupt.« Er warf einen scharfen Blick auf den Schreiber Schusuen, der an seiner linken Seite stand.
Schusuen senkte die dunklen Wimpern über die blauen Augen. »Ensi, du weißt, daß du mir vertrauen kannst. Habe ich nicht alle deine Taten getreulich geschildert, seit dich die Götter für den Thron salbten?«
Gilgamesch legte dem jungen Mann leicht die Hand auf die Schulter. »Gewiß. Und wenn die Tontafel diesmal hinfallen und zerbrechen würde, wäre das kein Schaden.«

»Unfälle kommen gelegentlich vor«, gab Schusuen zu und verneigte sich.
Die Schamhatu nahm Sululi bei der Hand und führte sie hinaus. Der Schreiber folgte ihnen, und Enatarzi, der an der Tür gewartet hatte, schloß sich an.
Mit zitternden Knien stand Gilgamesch allein im Gerichtssaal und wartete im flackernden Licht der Öllampen auf den leisen Schritt, den er so gut kannte. Der Löwe war fort, er wußte nicht, wohin, verließ sich aber darauf, daß alles in Ordnung war, weil Enkidu das Tier sonst nicht unbeaufsichtigt gelassen hätte. Mit zwei Schritten war Gilgamesch bei seinem Freund und umarmte ihn leidenschaftlich. Die breite Brust seines Geliebten lag fest und warm an seinem Körper; er fühlte, wie Enkidus Herz einen Sprung tat und dann wieder ruhig schlug, und sein eigenes tat das gleiche.
»Enkidu«, begann er leise, »du brauchtest nicht ...«
»Wolltest du es nicht?«
»Doch. Aber trotzdem – warum? Eine Frau und ein Kind, nur um ihr Leben zu retten?«
»Es war kein Gestank von Schuld an ihr wie an dem Mann. Sie roch nur nach Angst und Sorge und Muttermilch. War es nicht so?«
»Es muß wohl so sein.«
»Und wußtest du nicht ... ich dachte, du wüßtest es ...« Jetzt klang Enkidus Stimme verwirrt wie so oft, wenn Gilgamesch nicht alles sah, was er sah.
»Was sollte ich wissen?«
»Der Kleine ... er ist dein Sohn. Er riecht wie du. Ein Irrtum ist nicht möglich. Und dein Kind ist auch mein Kind, ein Junges aus unserem Rudel.«
Gilgamesch schnappte nach Luft, kämpfte gegen den Krampf, der sein Herz zusammenpreßte. Ein erst vor kurzem geborenes Kind, genau neun Monate nach der Hochzeit ... er selbst war Sululis erster Mann gewesen.
»Mein Sohn, und ich wußte es nicht«, stöhnte er. »Ich hätte ihn zum Tod oder in die Sklaverei verurteilen können!«
»Nein, das konntest du nicht«, erwiderte Enkidu, und seine Stimme

war warm und tröstlich wie eine dicke Wolldecke in einer kalten Wüstennacht. »Du hättest sie nicht unschuldig sterben lassen können.«
Seine Hand streichelte sacht Gilgameschs Schenkel. »Komm, es wird spät, und der Morgen dämmert früh genug.«

# Die Belagerung

1

Enatarzi erschien früh, um Gilgamesch und Enkidu zu wecken. Mit einem langen Schilfdocht entzündete er die Öllampen in ihrem Gemach. Die feuchte Kühle des Morgens hing in der Luft und ließ Gilgamesch frösteln, als er die dünne Wolldecke zur Seite schob. Enkidu schlief noch, den Kopf auf einen Arm gebettet. Sein Mund stand ein wenig offen, und sein Atem ließ eine goldene Bartsträhne erzittern. Die sonnengebräunte Haut schimmerte in dem warmen Licht wie poliertes Zedernholz. Gilgamesch streckte die Hand aus und fuhr mit einem Finger über den kraftvollen Bogen von Enkidus Nacken. Sein Freund gähnte herzhaft, und seine Augenlider mit den hellen Wimpern öffneten sich.
»Wach auf«, sagte Gilgamesch mit einem Lächeln. »Heute ist dein Hochzeitstag und du mußt dich noch reinigen, bevor du deiner Braut begegnest.«
»Meiner ... oh!« Die Schläfrigkeit verschwand aus Enkidus Gesicht. »Was muß ich tun?«
»So begierig aufs Heiraten, und trotzdem weißt du nicht, was du tun mußt?« neckte ihn Gilgamesch sanft. Enkidu senkte den Blick. Einen Augenblick stieg dem Ensi die Schamröte in die Wangen, da er wußte, wie Enkidu darunter litt, daß er sich bei den Sitten und Gebräuchen der Menschen so wenig auskannte. »Nun, bis heute war das ja auch nicht nötig. Es ist eine ganz einfache Sache. Zuerst baden wir beide, Braut und Bräutigam tun das immer getrennt und im Kreis ihrer Freundinnen oder Freunde.«

»Werden noch andere dabei sein?«
»Wen immer du haben möchtest.«
Enkidus Augen schlossen sich einen Moment lang, als wolle er sich selbst von innen betrachten. Er kratzte sich gedankenverloren am Kinn und nickte dann.
»Ich hätte gern Akalla und seinen Vater Gunidu. Sie sind meine Freunde.«
»Ich lasse sie sofort benachrichtigen. Im Heiligtum wird währenddessen Sululi ebenfalls baden und ihre besten Gewänder und Schmuckstücke anlegen, um sich für dich bereit zu machen. Dann werden wir mit der Gesellschaft der Braut zusammentreffen. Ihr beide werdet den Ehevertrag unterzeichnen und euch für verheiratet erklären. Man wird euch die Hochzeitslieder singen, und bevor du deine Braut zu Bett bringst, werden wir zusammen ein großes Fest feiern. Und ich bin ganz sicher, daß du weißt, was danach zu tun ist, und genauso verhält es sich mit ihr, denn ich habe es sie selbst gelehrt.«
Ein Lächeln entblößte Enkidus prachtvolle Zähne. »Wirst du auch mit ins Bett kommen? Schließlich hat sie dir bereits gehört.«
Gilgamesch hielt den Atem an, eine alte Lehre fiel ihm ein. *Der Löwe bringt seinen Rivalen und dessen Nachwuchs um, damit er mit der Löwin sogleich eigene Jungen zeugen kann ...* An der Art, wie sich Enkidus lohfarbene Brauen zusammenzogen, erkannte Gilgamesch, daß sich seine Überlegung in seinem Gesicht widergespiegelt hatte, und stieß hastig Worte hervor, um den Gedanken zu verscheuchen. »Nein, besser nicht. Ihr Vater und Gatte starben, weil sie mich haßten. Wenn ich heute zu ihr ins Bett käme ...« Er brach ab, schüttelte den Kopf und fügte halbherzig hinzu. »Ich glaube, es würde ihr unnötigen Schmerz bereiten.«
Enkidus Kopf mit der goldenen Haarmähne bewegte sich langsam hin und her, als hocke er im Halbschlaf über einer Beute. Er legte einen Arm um Gilgameschs Schultern und zog ihn für einen Moment fest an sich. »So sind die Menschen nun einmal. Du bist gut zu ihr, und auch ich werde gut zu ihr sein.«
»Dessen bin ich sicher. Nun komm, laß mich Enatarzi rufen und ihm

weitere Anweisungen geben.« Er blinzelte, weil ihm etwas anderes auffiel. Erstaunt fragte er: »Enkidu, wo ist dein Löwe?«
»Er ist gestern abend in den Hof des Gipar gegangen, wo man ihm ein Schaf zu fressen gab. Wahrscheinlich ist er immer noch dort. Aber ich denke, er wird schlafen, denn er war sehr müde. Löwen legen an einem Tag keine großen Strecken zurück.«
Als die Männer auf der Terrasse des Heiligtums eintrafen, waren die Frauen schon versammelt: die Schamhatu, Sululi, eine weitere Frau, die Gilgamesch nicht kannte, sowie drei Tempeljungfrauen. Die Schamhatu war in ein einfaches Gewand aus weißem Linen gekleidet und trug eine Halskette aus mit Mustern verziertem Silbergold, ihre Begleiterin, klein und plump wie eine Taube, ein Kleid aus heller Wolle, das unter ihrem gerundeten Bauch am Boden nachschleppte, und eine Kette aus Lapislazuli um den Hals. Sululis Haar war unter einem Goldnetz aus Weinreben und Dattelfruchtständen aufgesteckt, und über ihren Brüsten schimmerte ein großer, von zwei silbernen Löwen eingerahmter Amethyst. Gilgamesch hatte ihn ihr nach ihrer gemeinsamen Nacht geschenkt. Um die Augen war sie schwarz geschminkt, was alle Rötungen oder Tränenspuren einer möglicherweise schlaflos durchweinten Nacht verbarg, und ihre Hände waren ruhig über der Gürtelschnalle gefaltet. Eine der Tempeljungfrauen trug Sululis Kind. Der Säugling schlief ruhig; ein Milchbläschen tropfte aus seinem offenen Mund. Auf der Seite, die den Männern vorbehalten war, standen drei *Gala*-Priester neben Gilgameschs Schreiber, dessen schlanke Hände eine feuchte Tontafel hielten.

2

Als Enkidu und seine Begleiter bei den anderen angelangt waren, trat die Schamhatu vor. »Ich werde für die Braut sprechen. Sie hat den Ehevertrag gelesen und ihm mit ihrem Siegel zugestimmt. Gilgamesch, lies ihn Enkidu vor.«
Es war ein recht nüchterner Beginn, aber da es keine Familien gab,

die Lobeshymnen, Höflichkeiten und festliche Ansprachen hätten austauschen können, und man auch berücksichtigen mußte, wie die Heirat zustande gekommen war, reichte er völlig aus. Gilgamesch nahm die Tontafel aus den Händen seines Schreibers und las vor. Es begann einfach genug: die Auflistung von Sululis Erbschaft, der Mitgift und die Bestätigung der Rechte an ihrem Land, desgleichen für den Besitz von Enkidu sowie der Hinweis, daß Enkidu Sululis Kind als eine Bedingung der Heirat als das seine annahm. Dann aber war hinzugefügt worden, daß Sululi ihr Vaterhaus verkaufen und in der Eanna als Tempelweberin leben sollte, bis der Tempel bereit wäre, Sululi freizugeben. Darunter befand sich, wie die Schamhatu gesagt hatte, der Abdruck eines einfachen Siegels, die Zeichen einer Frau: Spindel, Webstuhl und die beiden verschlungenen Schilfgarben Inannas.

Enkidus Miene verfinsterte sich. Seine mächtigen Brustmuskeln schwollen an, die Hände vor dem Gürtel ballten sich zu Fäusten. Sekundenlang schienen seine Augen noch goldener zu schimmern, wie Sonnenlicht, das auf einem Wasserloch aufblitzt. Gilgamesch biß die Zähne zusammen, um seine Zunge am Sprechen zu hindern, doch in Gedanken schrie er: »Enkidu, es geht nicht anders! Denk daran, was uns hierher gebracht hat und was aus ihr und meinem Kind wird, wenn uns etwas zustößt!«

Schließlich entspannten sich Enkidus Schultern. Aus dem Beutel, den er am Gürtel trug, holte er das Rollsiegel aus Lapislazuli, das Gilgamesch für ihn hatte anfertigen lassen, und rollte es über den unteren Rand der Tontafel. Zurück blieb in dem feuchten Ton der deutliche Abdruck einer Miniaturdarstellung von Löwen und Ringern, Jagdszenen und Streitwagen.

»Sululi, vor Inanna und Erech, ist Enkidu dein Gatte?«

»Enkidu ist mein Gatte«, antwortete Sululi mit leiser und klarer Stimme.

»Enkidu, vor Inanna und Erech, ist Sululi deine Gattin und ihr Kind dein Kind?«

»Sululi ist meine Gattin und ihr Kind ist mein Kind.« Enkidu streckte den Arm aus und berührte Sululi an der Schulter. Sie wandte sich zu der Tempeljungfrau, die den Säugling hielt, nahm ihn und reichte ihn Enkidu. In den mächtigen Armen geborgen, war Gilgameschs Sohn fast nicht mehr zu sehen, dann aber hörte Gilgamesch das gurgelnde Lachen des Kleinen und sah, wie ein kleiner Arm sich hochreckte und an Enkidus Bart zu ziehen versuchte. Etwas brannte in Gilgameschs Augen wie Staub, den der Wind ihm entgegentrieb, und seine Rippen zogen sich mit einem so warmen Gefühl zusammen, als wären es Enkidus starke Arme, die sie zusammendrückten. »Mein Sohn ... mein Geliebter ...«

Die Tempeljungfrauen begannen zu singen, und ihre drei Stimmen vereinten sich zu einem lieblichen Dreiklang. Es war einer der alten Hochzeitsgesänge, Gilgameschs Ohren mehr als vertraut, denn hatte er ihn nicht an jedem Neujahrsfest zusammen mit den Liedern von Inanna und Dumuzi gehört?

Plötzlich hörte man von draußen das Klatschen von Sandalen auf den Lehmziegeln, und das rauhe, schwere Keuchen eines Mannes durchbrach die Stimmen der Frauen. Eine sang noch zögernd weiter, bevor auch sie verstummte und das Gesicht dem Neuankömmling zuwandte.

Die Schamhatu fuhr herum wie eine aufgescheuchte Eidechse. Ihr Mund verzog sich zu einer zornigen Grimasse, doch Gilgamesch hob die Hand und hinderte sie am Reden, während der Läufer langsamer wurde und in das Heiligtum trat. Unsicher starrte Gilgamesch auf den dunklen Schatten in der hellen Türöffnung. Dann blinzelte er sich die Schwärze aus den Augen, und seine Eingeweide zogen sich zusammen, als er die stämmige Gestalt seines Heerführers Ur-Lamma erkannte.

Das pfeifende Keuchen des älteren Mannes war das einzige Geräusch im Heiligtum, als Ur-Lamma sich eilig der Hochzeitsgesellschaft näherte. Das Gesicht des alten Heerführers war feuerrot vom Laufen, der Haarkranz um seinen Kahlkopf dunkel von herabtropfendem Schweiß, und sein grauer Bart wehte ihm über die Schultern. Obwohl Ur-Lamma nicht mehr jung war, konnte er es an Kraft doch mit den meisten seiner Männer aufnehmen. Er mußte in großer Hast von dem am weitesten entfernten Tor hergerannt sein.

»Lugal«, keuchte er. »Beschützer von Erech-der-Schafhürde, von den Göttern Erhöhter, vergib mir mein unerlaubtes Erscheinen hier, aber meine Nachricht duldet keinen Aufschub. Soeben sind unsere Späher zurückgekehrt. Aggas Heer ist auf dem Weg und nicht mehr als zwei Tagesmärsche von unseren Mauern entfernt.«
»Wie viele Männer sind es?«
»Die Erntezeit muß ihn behindert haben. Die Streitmacht ist kleiner, als wir befürchtet hatten. Es kommen nicht mehr als drei Männer von ihm auf vier von uns, und das, obwohl er nicht nur Männer aus Kisch, sondern auch aus den anderen Städten, die unter seiner Oberhoheit stehen, zusammengerufen hat, sogar aus Nippur.«
»Und nicht alle von ihnen werden auf Kischs Vorteil bedacht sein oder von ganzem Herzen für ihn kämpfen ...«, sagte Gilgamesch nachdenklich. Wenn es eine Möglichkeit gäbe, einen Keil zwischen Kisch und seine Vasallen zu treiben ... »Aber wie auch immer: Im Kampf ist der Mann vor dir dein Feind und der neben dir dein Freund.« Er hielt inne.
»Laß die Frauen und Kinder der Bauarbeiter aus ihren Hütten holen«, befahl er, »und schick alle Männer zum Nordtor. Enkidu, die Hochzeit ist vorbei, auch wenn Gesang und Fest noch fehlen; aber die können wir zu besserer Zeit nachholen. Komm nun, mein Freund. Agga war schneller, als wir dachten. Zweifellos hofft er, uns zu überraschen. Legen wir also die Instrumente des Friedens zur Seite und stellen uns der Gewalt des Krieges. Greif wieder zu deinen Waffen, und laß sie Angst und Schrecken verbreiten. Wenn er hier eintrifft, wird ihn Furcht vor mir befallen, die seinen Verstand verwirrt und seine Urteilskraft trübt.«
»Verstand und Urteilskraft, aha«, warf die Schamhatu ein. Ihr Gesicht war bis auf zwei Flecken, die hoch über ihren Wangenknochen wie frische Brandmale glühten, völlig bleich. »Agga muß schon auf dem Vormarsch gewesen sein, als du dich nicht um den Krieg gekümmert hast und auf die Jagd gegangen bist.«
»Wirf mir das später vor, wenn wir dann noch leben!« brauste Gilgamesch auf. Seine Hände ballten sich zu Fäusten, und er dachte: »Vergiß nicht, wer jetzt der wirkliche Feind ist!«

Enkidu gab das Kind vorsichtig Sululi zurück. »Sorge gut für ihn«, sagte er und dann zu Gilgamesch: »Ich bin bereit. Gehen wir.«
Die beiden folgten Ur-Lamma nach draußen. Gilgamesch blieb einen Augenblick neben Birhurturre stehen, der an der Tür Wache hielt. »Hast du alles gehört?« Er hätte nicht zu fragen brauchen. Birhurturres drahtige Gestalt zitterte bereits vor Anspannung – ein Jagdhund, der an der Leine zerrt, gierig, sich auf die Beute zu stürzen.
»Ich habe es gehört, Lugal.«
»Von jetzt an werde ich weniger Leibwachen brauchen. Geh zu den Ställen und laß einen Streitwagen für mich bereitmachen. Schade, daß meine besten Wildesel umgekommen sind.«
»Die Götter tun, was ihnen gefällt, Lugal«, gab Birhurturre zurück. »Aber es gibt immer noch gute Zugtiere für dich, und niemand kann mit ihnen umgehen wie Enkidu.«
»Das stimmt. Geh, wir werden dich dort treffen.«
Gilgamesch und Enkidu eilten hinunter in den Raum des Gipar, in dem ihre Rüstungen und Kriegsgeräte aufbewahrt wurden. Sie halfen sich gegenseitig in die mit glitzernden Bronzeschuppen besetzten Lederkoller, hoben einander die schweren Brust- und Rückenharnische über den Kopf und banden sie fest. Gilgameschs Helm war aus vergoldeter Bronze und mit ins Metall getriebenen Haarlocken und einem Federbusch verziert. Die Zeit hatte nicht gereicht, ein dazu passendes Stück für Enkidu anzufertigen, doch sein goldenes Haar und der goldene Bart strömten prächtig unter dem einfachen, glatten Bronzehelm hervor. Enkidus Schwert und die schwere Streitkeule hingen in den Schlaufen seines Waffengürtels. Gilgamesch trug ein Schwert und Lugalbandas mächtige Streitaxt, dazu Bogen und Pfeilköcher auf dem Rücken und ein Bündel kurzer Wurfspeere, Waffen, die er vom Streitwagen aus einsetzen würde, während Enkidu das Gefährt lenkte. Für den Nahkampf lagen ein paar weitere Streitäxte im Wagen, denn obwohl Bronze härter war als Kupfer, wurden die Klingen leicht stumpf, und die härtere Waffe nützte nichts mehr, wenn die Schneide in weicherem Metall steckenblieb.
Als sie zu den Ställen gelangten, wartete dort schon Birhurturre, die Zügel des Streitwagens in den Händen. Der Wagen, nur mit einem

schlichten, silbernen Zügelring geschmückt, war weniger prächtig als der, den Gilgamesch eigentlich für die Schlacht hatte haben wollen, doch die Wildesel stampften mit den Füßen, warfen die Köpfe hin und her und brüllten in kampflustiger Erwartung. Gilgamesch und Enkidu bestiegen das Gefährt, und Birhurturre reichte Enkidu die Zügel.
»Begib dich jetzt auf deinen Posten«, wies Gilgamesch den jungen Anführer an. »Deine Leute sollten bereits am Nordtor warten. Laß sie das Flußtor sichern, damit niemand herein- oder hinauskommt. Vielleicht will Agga uns seitlich umgehen und dann dort angreifen.«
»Ich werde mich darum kümmern. Möge Inanna uns Kraft geben und Enlil uns günstig gesonnen sein, o Lugal.«
Gilgamesch und Enkidu fuhren langsam durch die Stadt. Auf ihrem Weg erstarb die laute Geschäftigkeit von Erech, das Rufen der Händler und die Unterhaltung der Menschen in den Straßen zu einem flüsternden Summen. Es gab keinen, der nicht wußte, was es hieß, wenn der Lugal die Rüstung anlegte, sein goldener Helm im gleißenden Sonnenlicht blitzte und die Streitaxt an seinem Gürtel hing. Gilgamesch kannte dieses leise Stimmengewirr von früheren Kriegszügen her, ein Geräusch, zum Zerreißen gespannt wie die Sehnen einer Hand, die sich um den Schwertgriff krampft, ein Murmeln, das um ihn herum leiser wurde und vor und hinter ihm anschwoll. Heute jedoch war es anders, nicht das weiche Summen von Bienen, sondern das härtere Surren von Fliegen, ein Schwirren schwarzer Flügel, ein rastloses Schwärmen im Wind. Denn diesmal war es Erech-die-Schafhürde selbst, die sich gegen die Angreifer verteidigen mußte, und Gilgameschs goldener Helm glänzte nicht in stolzer Hoffnung auf künftige Eroberungen, sondern als Signalfeuer, das weder schwächer werden noch verlöschen durfte, sollte Erech nicht erobert und sein Volk mit dem Schwert erschlagen oder in Ketten gelegt werden. Ein Signalfeuer, das vom Haupt eines Mannes ausging, der trotz aller Stärke und göttlicher Abstammung sehr wohl durch Pfeil, Speer oder Schwert fallen konnte.
Trotzdem hegte Gilgamesch kaum Zweifel. Schließlich verfügte er

über das bessere Gelände und die besser ausgebildeten Krieger; und wenn es zum Schlimmsten kam, würden Erechs Mauern halten. Andererseits ließ sich nicht bestreiten, daß Aggas Heer größer war, als sie bei der Versammlung der wehrfähigen Männer angenommen hatten. Damals hatte er zum ersten Mal den Krieg gefordert, und die jüngeren Männer hatten die warnenden Worte der älteren zurückgewiesen und für den Kampf gestimmt. Noch immer klangen ihre Worte im Takt der Wildeselhufe mit, die auf der festgestampften Lehmstraße klapperten: »Von denen, die stehen, denen, die sitzen, denen, die mit den Söhnen von Königen erzogen wurden, denen, die die Esel reiten, wer hat den wahren Geist? Beugt euch nicht dem Hause Kisch, sondern laßt es uns mit Waffengewalt unterwerfen. Erech, das Werk der Götter, die Eanna, das Haus, das in den Himmel reicht – es waren die großen Götter, die es errichtet haben, seine mächtigen Mauern, die die Wolken berühren, seine hochaufragenden Gebäude, von An gegründet. Du hast es gehegt, du, König und Held, Eroberer, von An geliebter Fürst. Warum solltest du dich fürchten, wenn Kisch naht? Sein Heer ist klein, die Nachhut wankt, die Männer tragen den Kopf nicht hoch.«
»Haben wir die Götter herausgefordert?« fragte sich Gilgamesch. Er schob diesen Gedanken beiseite, der wie ein ungezähmter Wildesel war, den man zu den bereits gezähmten Tieren an den Streitwagen schirrt. Traf das zu, dann war Erech schon verloren, glaubte er daran, so würde dasselbe geschehen. Nein, die Großen oben im Himmel hatten die Herzen seiner Männer mit Mut erfüllt, und wenn auch Zeit und harte Arbeit das Gold der ersten Begeisterung abgewaschen und die stumpfe Bronze von Klagen und Unzufriedenheit zum Vorschein gebracht hatten, so würde doch der bevorstehende Kampf den Männern von Erech so viel neuen Glanz verleihen, daß sie ihre Feinde blenden und verwirren mußten. Und so grinste Gilgamesch, stieß ab und zu einen Kriegsschrei aus und schleuderte einen Wurfspeer in die Luft, den er zielsicher hinter der Spitze wieder auffing, wenn Enkidu den Streitwagen ein Stück nach vorn riß, um die Flugbahn der Waffe zu kreuzen. Vor sich konnte er das Brüllen der Messingtrompeten hören, die die Anführer zum Haupttor von Erech rie-

fen. Der Klang ließ einen Schauer der Erregung über seinen Rücken laufen.
Als Gilgamesch am Tor eintraf, ging es dort zu wie in einem Taubenschlag. Die Frauen und Kinder der Bauarbeiter drängten mit ihren Bündeln von Habseligkeiten herein, die Männer bewaffneten sich eilig und sammelten sich in ihren Schlachtreihen. Ur-Lamma stand oben auf der Mauer, gestikulierte mit seinem geschnitzten Heerführerstab und schrie ab und zu einen Befehl, wobei selbst seine im Kampf erprobte Stimme häufig im Lärm unterging. Gilgamesch sah zufrieden, wie schnell die einzelnen Abteilungen antraten; der monatelange Drill und die Arbeit an der Mauer zeigten ihre Wirkung.
»Wenn ich daraus ein stehendes Heer machen könnte...«, dachte er. Aber natürlich hatte kein Lugal die Möglichkeit, mehr als eine kleine Kerntruppe in voller Kampfbereitschaft zu halten. In diesem Jahr hatte er die Rücklagen von Erech schon bis an ihre Grenzen beansprucht, als er die Pflanzzeit ausfallen und Handel und Handwerk brachliegen ließ, um die Männer als Krieger und Bauarbeiter einzusetzen. Trotzdem – wenn er seine Streiter das nächste Mal zu den Waffen rief...
Er verscheuchte den Gedanken. Ihm würde genug Zeit bleiben, sich über den nächsten Krieg den Kopf zu zerbrechen, wenn er diesen gewonnen hätte. Er stieg vom Streitwagen und wartete, bis Enkidu leichtfüßig hinter ihm heraussprang und die Zügel einem jungen Soldaten übergab, der neben dem Tor darauf wartete, daß seine Schlachtreihe aufgerufen würde. Dann stiegen die beiden rasch auf die Mauer und gesellten sich zu Ur-Lamma.
»Was nun, Lugal?« fragte der alte Heerführer mit heiserer, brüchiger Stimme.
»Sobald das Heer angetreten ist, werden wir die Anführer der Sechshundertschaften in die Halle des Gerichts rufen. Ich möchte zu ihnen sprechen.« Letzte Vorbereitungen mußten getroffen, die Einheiten zum Ausschwärmen ausgewählt, die Signale noch einmal abgesprochen werden. Trotzdem kam es Gilgamesch immer noch seltsam vor, daß ein so alter und verschlagener Fuchs wie Agga, selbst wenn er davon ausging, daß Gilgamesch ermordet sei und in Erech Chaos herr-

sche, mit einer Streitmacht anrückte, die kleiner war, als er sie nach Gilgameschs Kenntnis aufbieten konnte. Dafür hatte er nicht die große Festungsmauer bauen lassen, dafür nicht seine Männer zu dem anstrengenden Dienst gezwungen. »Hat man die Späher schon ausgeschickt? Ich brauche Nachricht von jeder Bewegung Aggas, vielleicht plant er irgendeine List.«
»Ich habe sie fortgeschickt, sobald ich von seiner Ankunft erfuhr«, antwortete Ur-Lamma.
»Was ist mit Akalla?« fragte Enkidu. »Wäre der Jäger nicht der beste Bote in diesem schwierigen Gelände? Er ist daran gewöhnt, weit zu laufen und sich zu verbergen, und er wird dabei mindestens so schnell sein wie unsere anderen Späher.«
Ur-Lamma schaute ihn an und strich mit dem Finger nachdenklich über seine kantige Nase. »Ja, das stimmt«, meinte der alte Heerführer nachdenklich. »Ein guter Vorschlag.«
Gilgamesch lächelte. »Die Weisheit eines Löwen«, dachte er und betrachtete stolz die golden schillernde Gestalt seines Geliebten. Er wollte gerade in das Lob einstimmen, als er ein entferntes Brüllen vernahm, das aus dem Getöse unter ihnen deutlich herauszuhören war.
Enkidu hob den Kopf, lauschte, holte tief Luft und öffnete seinen Mund. Das Antwortbrüllen aus seiner breiten Brust war so erschreckend laut, daß es noch einige Sekunden danach in Gilgameschs Ohren dröhnte.
»Was war das?« fragte Ur-Lamma atemlos.
»Mein Rudelbruder ist aufgewacht und wundert sich, wo ich bin. Vielleicht verwirrt ihn die Stadt. Es ist möglich, daß er herkommt.«
Gilgamesch sah auf die Menschenmenge unter ihnen, die polierten Helme und unbedeckten schwarzen Köpfe. Selbst wenn der Löwe nur Enkidu finden wollte, würde er die Frauen und Kinder am Tor in eine panische Flucht treiben.
»Wir sollten lieber zum Gipar gehen, bevor das geschieht. Er wird später noch genug Zeit haben, auf den Mauern von Erech entlangzulaufen.« Und was für ein Zeichen für den Kampf das wäre, welchen

Mut es Gilgameschs Kriegern einflößen und Aggas Männern rauben würde! Inannas wildes Tier, der lebende Beweis für die Gunst der Göttin, auf ihren Festungswällen!

3

Das gute Wetter hielt nicht an. Als die ersten Späher zwei Tage später im Morgengrauen außer Atem eintrafen und die Nachricht brachten, daß Aggas Heer gegen Mittag in Sichtweite kommen würde, fiel ein leichter Nieselregen aus dem stumpfgrauen Himmel und verwandelte die Ebene um Erech in ein Schlammfeld. Gilgamesch und Enkidu standen schon mit einer kleinen Schar von Anführern auf der Mauer, als sie die Nachricht erhielten. Sofort setzte Gilgamesch die bronzene Trompete, die an seinem Hals hing, an den Mund und blies das Signal zur Aufstellung in Schlachtreihen. Es blieb keine Zeit für lange Ansprachen, bevor die Männer abrückten, aber Ur-Lamma hatte ihm schon oft erklärt, daß ein paar kurze Sätze vor der Schlacht besser wären als eine lange Rede, und Gilgamesch hatte herausgefunden, daß das stimmte.
»Männer von Erech!« rief er, als die Truppen angetreten waren. »Die Zeit ist kurz, und der Feind naht. Auf nun zur Schlacht, um unsere Freiheit von Kisch zu erringen! Wir haben die Übermacht, wir werden nicht verlieren. Denkt daran, daß man sich der Namen derer, die tapfer kämpfend fallen, erinnnern und für ihre Familien sorgen wird und daß die, die überleben, großen Ruhm ernten werden. Vorwärts – für Inanna und Erech!«
»Für Inanna und Erech!« erscholl es und setzte sich brausend durch die Reihen fort, da die vorderen Männer Gilgameschs Worte an die hinter ihnen Stehenden weitergaben. Die Banner mit dem achtzackigen Stern der Göttin wurden erhoben, Signalhörner schmetterten durch die feuchte Luft, und die Schlachtreihen setzten sich in Bewegung. Schnell bestiegen Gilgamesch und Enkidu ihren Streitwagen. Enkidu trieb die Wildesel an, damit sie ihren Platz an der Spitze der

Schar von ausgewählten Kriegern des Lugal einnehmen konnten, unmittelbar hinter den Bogenschützen und den Männern mit Steinschleudern. Ur-Lamma blieb auf der Festungsmauer, von wo er den Kampfverlauf beobachten und Boten zu Gilgamesch schicken konnte. Unter ihm warteten die Reihen der Ersatzkrieger, bereit, notfalls an die Stelle der Gefallenen zu treten oder einen kämpfenden Rückzug zu decken.

»Bist du kampfbereit?« fragte Gilgamesch Enkidu, als sie hinausfuhren.

Enkidu grinste. »Wie sollte ich es nicht sein? Die Wartezeit erschien mir sehr lang, denn ich brenne darauf, Agga Auge in Auge gegenüberzustehen.«

Einen Augenblick glaubte Gilgamesch hinter Enkidus dichtem, goldenen Bart die Fangzähne eines Löwen zu sehen. Es geschah nicht oft, daß Enkidu noch die Wildheit des Tiers zeigte, doch jetzt konnte Gilgamesch fast den Geruch wahrnehmen, den durchdringenden Moschusgeruch eines Löwen, der sein Rudel verteidigt. Es war ein beruhigender Geruch, denn obwohl Gilgamesch wußte, daß hinter seinem Streitwagen die besten Kämpfer Erechs marschierten, gab es doch keinen mächtigeren Beschützer für ihn als Enkidu, seinen Gefährten.

Obwohl sich die Sonne hinter einer Wolkendecke vor ihren Blicken verbarg, schätzte Gilgamesch, daß es fast Mittag war, als sie den schwachen Ton eines fremden Signalhorns vernahmen, gefolgt von einem ihrer Hörner, das das Herannahen von Aggas Armee meldete. Die Männer mit den Schleudern gingen nach vorne und stellten ihre Körbe mit den schweren Kugeln aus gebranntem Ton ab, die Bogenschützen nahmen die Bogen von den Schultern und zogen aus geölten Ledertaschen die Sehnen. Wenngleich seine Einheit soweit zurücklag, daß sie sich gerade noch in Bogenschußweite befand, sah Gilgamesch von der erhöhten Position seines Streitwagens aus als einer der ersten die Reihen der Feinde am Horizont auftauchen. Er hielt sich bereit, das Signal zum Angriff zu geben, sobald der Feind nah genug war. Ganz hinten glaubte er Aggas Streitwagen zu erkennen, kenntlich an dem darüber flatternden Banner und dem stumpfen Glanz vergoldeter Bronze unter einem Büschel weißer Straußenfedern. Natürlich würde der ältere Heerführer seine Befehle aus dem Hintergrund erteilen, nicht nur weil es der sicherste Platz war, sondern auch weil er von dort den besten Überblick über die Bewegungen seiner Truppen hatte; genauso handelte Ur-Lamma für Erech. Dennoch war es enttäuschend, so weit von dem Mann entfernt zu sein, der versucht hatte, ihn zu ermorden. Gilgameschs Magen zog sich vor Zorn zusammen, Hitzewellen durchfluteten seinen Körper, unaufhaltsam und mächtig wie der Buranun bei Hochwasser. Neben sich vernahm Gilgamesch Enkidus leises Grollen und sah das Glitzern in den Augen der Männer um ihn herum, die jetzt die Pfeile auf die Sehnen legten oder ihre Wurfspeere hoben.

»Ich werde meinen Bogen spannen und Pfeile verschießen wie eine wütende Schlange ihr Gift«, murmelte Gilgamesch vor sich hin. »Die Widerhaken meiner Pfeile werden funkeln wie Blitze, wie Fledermäuse werden sie ins Herz der Schlacht stoßen. Wurfgeschosse werden auf meine Feinde herabregnen, der gebrannte Lehm wird auf sie herabprasseln wie harter Fels. Mit meinen Wurfspeeren werde ich sie töten, mit meinem Schild zerquetschen wie Heuschrecken.«

Die Reihen des Heeres von Kisch öffneten sich und ließen einen einzelnen Mann durch, einen großen, schlanken, jungen Mann, soweit Gilgamesch dies auf die Entfernung erkennen konnte, gerüstet wie er selbst, doch ohne Helm. Sein langes Haar fiel in glänzendschwarzen Locken auf den bronzenen Schulterpanzer. Er trug das Kriegsbanner von Kisch mit dem Zeichen von Ninurtas Waffe Schar-Ur, dem Symbol der Kriegsmacht von Kisch, und seine hohe Stimme klang klar über das Schlachtfeld. Gilgamesch vermutete, daß er zum Tempel Ninurtas gehörte.

»Gilgamesch von Erech!« rief er. »Agga von Kisch wünscht zu wissen, warum du hier mit einer Streitmacht aufmarschierst, nachdem du dich geweigert hast, Kisch den rechtmäßigen Tribut zu zahlen, wie es seit Generationen üblich ist.«

»Diese Streitmacht soll Agga zeigen, daß Erech frei ist und niemandem Tribut zahlt«, antwortete Gilgamesch mit lauter Stimme. »Wenn Agga etwas will, dann muß er es sich holen, sofern er den

Mut besitzt, sich uns hier auf dem Schlachtfeld zu stellen, nachdem der Meuchelmörder, der mich in seinem Auftrag heimlich vergiften sollte, versagt hat.«

»Willst du verhandeln?« fragte der junge Mann. »Oder willst du Ninurtas Zorn auf dich und deine Stadt herabbeschwören? Er, der mit der Waffe, deren Abbild ich hier trage, den mächtigen Dämon erschlagen hat, wird keine Gnade kennen, wenn du sein Urteil herausforderst. Er, der wie Irra zum Held der Helden wurde, der Drache mit Löwenpranken und Adlerkrallen, Enlils großer Herr, besitzt die Macht; er erobert die Häuser der Unbotmäßigen. Wenn sein Herz vom Zorn erfüllt ist, speit er Gift wie eine Schlange. Er ist die gezahnte Axt, die das üble Land umpflügt, und der Pfeil, der die Aufständischen vernichtet.«

»Inanna, Königin des Himmels, Herrscherin der Löwen, wird für ihre Stadt kämpfen, und ihre Waffen sind nicht verächtlich«, gab Gilgamesch zurück. »Ihr entsetzlicher Schrei, der vom Himmel gellt, verschlingt seine Opfer, ihre bebende Hand läßt die Hitze des Tages über der See flimmern und ihr nächtliches Wandern am Himmel das Land unter schwarzen Stürmen frieren. Alles fällt vor ihr in der Vorhut der Schlacht, alles verschlingt ihre Macht, niemand kann vor ihrem furchtbaren Angesicht bestehen und nichts ihr wütendes Herz besänftigen. Weicht Agga nicht, so werden er, du und alle, die an seiner Seite kämpfen, das erfahren. Darum sage Agga, daß es kein Unterhandeln geben wird, nicht mit einem Feigling, der Verräter bezahlt, zu tun, was er selbst nicht wagt. Flieht oder kämpft, das ist die einzige Antwort, die ihr von Erech bekommt.«

In den Begeisterungsstürmen der Männer um Gilgamesch gingen die nächsten Worte des jungen Priesters unter, doch Gilgamesch sah, wie er die Faust ballte und eine Bewegung machte, als schleudere er einen unsichtbaren Speer. Einen Augenblick überlief es ihn kalt wie bei einem plötzlichen eisigen Regenguß. Hätte er die Schamhatu um ihren Segen bitten sollen, bevor er in den Kampf zog? Aber er war Gilgamesch, zwei Drittel Gott und ein Drittel Mensch, und darum sicher, daß der Fluch des Ninurta-Priesters ihm nichts anhaben konnte, und außerdem war es jetzt ohnehin zu spät.

Der Priester blieb noch einen Augenblick stehen und beobachtete sie, dann drehte er sich um und verschwand in den Reihen von Aggas Heer. Gilgamesch wartete ab. Das war immer der schwerste Teil des Kampfes für ihn, diese qualvollen Minuten, wenn seine Muskeln der Schlacht entgegenfieberten, die Wildesel nach vorn drängten und der Kriegsbogen in seiner Hand summte, er sich aber dennoch beherrschen und warten mußte, bis der Feind seinerseits angriff. Doch endlich erklang hinter Aggas Heer das Signalhorn, und Kischs Streitmacht setzte sich in Bewegung.

Aggas erste Salve war zu kurz gezielt. Die Wurfgeschosse und Pfeile landeten vor Gilgameschs erster Schlachtreihe wirkungslos im Schlamm. Gilgamesch gab das Zeichen, nicht zurückzuschießen, bevor der Feind nicht näher gekommen war. Die Männer aus Kisch rückten langsam vor. Als Gilgamesch sie nah genug glaubte, schoß er selbst den ersten Pfeil ab. Der mit Widerhaken versehene Schaft schwirrte über die Köpfe seiner eigenen Bogenschützen und fuhr einem Soldaten auf der gegnerischen Seite mitten durch die Kehle. Wie ein schwarzer Bienenschwarm, der einem einzigen Kundschafter nachfliegt, stiegen die Pfeile von Erech in die Luft, und ein paar Sekunden später folgten mit einem tieferen Brummen die Wurfgeschosse. Aggas Männer erwiderten das Feuer. Vor sich hörte Gilgamesch den dumpfen Aufprall von Pfeilen und Wurfgeschossen. Die ersten Schreie brachen hervor, und der Schlachtfeldgestank nach Blut und Tod erfüllte den feuchten Wind.

Salve folgte auf Salve, Pfeilspitzen zerfetzten Körper, Wurfgeschosse brachen Knochen. Die Soldaten mit den Schleudern, meist einfache Männer mit der geringsten Kampfausbildung, erlitten die größten Verluste. Sie waren für das Heer am unwichtigsten und hatten auch die schlechtesten Rüstungen. Den Bogenschützen erging es wesentlich besser, denn viele wurden durch Schildträger und zusätzlich noch von den ungeordneten Reihen der vor ihnen kämpfenden Schleuderer gedeckt. Von seinem Streitwagen aus konnte Gilgamesch sehen, daß Erech im Vorteil war, und er feuerte mit lauten Rufen seine Männer an.

Als ihm allerdings ein heftiger Regenschauer ins Gesicht schlug, war

Gilgamesch klar, daß die Bogensehnen nicht mehr lange ihre Spannkraft behalten würden. Schon begannen seine eigenen Pfeile ihr Ziel nicht mehr zu erreichen, und anderen Schützen erging es ähnlich. Gleichzeitig war es sein Glück, denn ein Pfeil, der unter anderen Umständen sehr gut seinen Körper hätte treffen können, sank unmittelbar vor seinem Streitwagen zu Boden. Es war Zeit für den Nahkampf.
Gilgamesch erhob sein Horn und gab den Bogenschützen und Schleuderern das Signal, sich zurückzuziehen und dabei so viele Verwundete wie möglich mitzunehmen, während seine Krieger unter dem verbleibenden Deckungsfeuer vorwärtsmarschierten. Kaum hörbar antwortete von der anderen Seite des Schlachtfeldes Aggas Horn. »Er darf nicht zu viele Männer verlieren, wenn er eine Belagerung plant«, überlegte Gilgamesch. Seine Streitmacht rückte bereits vor, ein Wurfspeer flog aus seiner Hand und bohrte sich durch die schwere Lederrüstung eines Feindes tief in dessen Bauch. Gilgamesch zog die Streitaxt aus dem Gürtel und schwang sie hoch in die Luft, während er mit der anderen Hand einen neuen Speer schleuderte und seinen Stoßtrupp anfeuerte. Enkidu ließ die Wildesel galoppieren; er wollte mit dem Streitwagen in Aggas Linien einbrechen, mitten in die Reihen der Krieger, um dort hart und schnell zuzuschlagen und Agga zu zeigen, daß Gilgamesch auf dem Weg zu ihm war.
Der Streitwagen fuhr gegen etwas, das mit dumpfem Schlag unter seine Räder fiel. Gilgamesch hörte den Schrei, ohne ihn wirklich wahrzunehmen. Von wilder Kampflust gepackt, führte er seine Axt gegen die Männer am Boden, während Enkidu die Wildesel geschickt nach links und rechts lenkte. Ein Hieb spaltete glatt die breite Schulter eines Mannes, und sekundenlang sah Gilgamesch, bevor ihm der Blutstrom ins Gesicht spritzte, wie der andere den bärtigen Mund aufriß und die Augen unter den buschigen Brauen sich erschrocken weiteten. Er spuckte den scharfen, salzigen Geschmack aus und blinzelte heftig, um wieder klar zu sehen. Ein weiterer Mann stürmte mit der Streitaxt auf ihn zu, und Enkidu riß den Wagen herum, lehnte sich hinaus und zertrümmerte ihm mit seiner Keule den Schädel.

Einige der geordneten Schlachtreihen waren zusammengebrochen, Männer flohen über das Feld, doch andere hielten stand, zu viele, wie Gilgamesch in einem kurzen, klaren Augenblick, bevor drei weitere Feinde den Streitwagen angriffen, erkannte. Danach war er zu sehr mit Kämpfen beschäftigt, um noch zu denken. Eine Keule streifte ihn am Knie und ließ ihn straucheln, die Schneide einer kupfernen Streitaxt zischte über seine Rippen und schabte mit einem scharfen Geräusch, das ihm im Kopf dröhnte, über den Bronzeharnisch. Er stieß einen unartikulierten Schrei aus und wirbelte seine eigene Waffe durch die Luft, um das Ellenbogengelenk des ersten Mannes zu spalten und mit dem Rückschwung dem anderen den Nacken zu durchtrennen. Keuchend wischte er sich das Blut aus dem Gesicht und schaute sich eilig um.
»Sie kämpfen, um uns hinzuhalten«, stellte er fest. »Warum?«
Wieder klirrte Waffe gegen Waffe. Das kurze Kupferschwert bog sich, und die Bronzeschneide von Gilgameschs Axt biß tief hinein. Der Ensi riß dem Gegner die Waffe aus der Hand, drehte die Axt, in deren Schneide immer noch das Schwert steckte, herum, und schlug mit ihrer Rückseite dem Feind den Schädel ein. Dann warf er die Waffe weg. Er hatte keine Zeit, den kupfernen Halbkreis aus der Axt zu ziehen, und außerdem war die scharfe Bronzeschneide schon stumpf geworden. Er riß eine neue Axt vom Wagen. Etwas stimmte nicht. Hatte Ur-Lamma es schon bemerkt?
Was er dann vernahm, ließ sein Herz gefrieren: ein Trompetenstoß, der über das Schlachtfeld brauste wie ein schimmernder Speer. Von den Mauern von Erech herab ertönte das Signal zum Rückzug.
»Agga hat uns überlistet«, drang es ihm schwach ins Bewußtsein, als sich seine Männer eng um ihn scharten und sie anfingen, sich den Rückweg freizukämpfen. Die Schlachtreihen von Erech zogen sich, wie sie es so oft geübt hatten, dicht zusammen. Langsam bahnte sich das Heer den Weg zurück zu den Stadtmauern, wo die noch übrigen Ersatzeinheiten bereitstanden, um ihnen Deckung zu geben.
Gilgamesch und seine Auserwählten sicherten die Nachhut, bis sie die beiden Flügel der Reservetruppen erreicht hatten, die sich schützend um sie schlossen. Ur-Lamma stand immer noch auf der Mauer,

und Gilgamesch gab Enkidu ein Zeichen, die erschöpften Wildesel noch einmal anzutreiben. Als sie das Tor passiert hatten, sprang er vom Streitwagen – und knickte mit einem Aufstöhnen ein. Der Streifschlag mit der Keule hatte ihn doch schwerer verletzt, als er in der Hitze des Gefechts bemerkt hatte. Hinkend eilte er die Stufen zur Mauerkrone hinauf zu seinem Heerführer.
»Was gibt es?« rief er außer Atem. »Was hat Agga getan?«
Jetzt bemerkte er den Jäger Akalla, der hinter Ur-Lamma stand. Schweiß strömte ihm über das gebräunte Gesicht wie Tränenbäche. Ur-Lamma forderte ihn mit einer Handbewegung zum Reden auf. Akallas Mund öffnete und seine stockende Zunge bewegte sich, aber kein Wort kam heraus.
»Er ist gerade mit der Nachricht eingetroffen. Nur die Götter wissen, wie er es überhaupt geschafft hat«, erklärte Ur-Lamma, und seine Stimme war rauh. »Der Angriff war nur ein Ablenkungsmanöver. Agga hat den größten Teil seines Heeres flußabwärts geschickt. Akalla hat sie beobachtet, als sie gerade dabei waren, sich auszuschiffen. Schau, dort am Horizont.«
Gilgamesch kniff die Augen zusammen und versuchte den grauen Schleier des Nieselregens zu durchdringen. Plötzlich, als löste sich das hypnotische Muster der Mosaike an den Tempelwänden vor dem verwirrten Auge in Hunderte in den Lehm eingelassener Tonstückchen auf, sah er den dunklen Schatten ganz am Rande des Gesichtsfeldes in Bewegungen und einzelne Umrisse zerfallen. »Wenn sie uns nur kurze Zeit länger aufgehalten hätten ...«
»... hätte Agga uns in Stücke gerissen«, ergänzte Ur-Lamma. Der Heerführer schaute auf und und sah seinem Lugal einen Augenblick gerade in die Augen. Sein eigener Blick war tief umschattet, dunkle Ringe lagen um seine eingesunkenen Augen, und unter den Furchen, die Schweiß und Schmutz hinterlassen hatten, war sein Gesicht aschfahl. »Ich ...«
Urplötzlich brach er mit einem Röcheln ab, krümmte sich über die Brustwehr und taumelte. Gilgamesch sprang vor, um ihn zu packen, bevor er von der Mauer fallen konnte. Ur-Lamma schrie in seinen Armen auf, ein herzzerreißendes Brüllen der Todesqual, das sich in

Gilgameschs Ohren bohrte wie die Widerhaken eines Jagdspießes. Dann erstickte ein jäher Schwall von hellem Blut Ur-Lammas Schrei, und Gilgamesch erkannte entsetzt, daß das Stechen an seinem Handgelenk, mit dem er Ur-Lamma festhielt, vom Schaft eines Kriegspfeils kam, den er mit seinem Griff noch tiefer in den Körper des Heerführers trieb. So sanft wie möglich lehnte er den älteren Mann an die Mauer und nahm ihm den Helm ab.
»Bleib liegen. Ruhig, Ur-Lamma, wir bringen dich sicher zum Tempel. Dort werden sie dich heilen.« Er wußte, daß er log. Der Pfeil war etwas unterhalb von Ur-Lammas Brustbein eingedrungen, ein Zufallstreffer, der genau zwischen den Bronzeplatten seiner Rüstung hindurchgegangen war. Er würde sterben, wenn er Glück hatte, schnell, und er wußte es ebensogut wie Gilgamesch.
Ur-Lamma hob sich auf seinen Ellenbogen. Sein Gesicht verzerrte sich, als die Widerhaken der Pfeilspitze sich in seinem Körper drehten. Unter dem blutüberströmten Bart bewegten sich seine Lippen. Er versuchte zu sprechen und spuckte Blut.
»Ich ... ich habe versagt.«
Sein Arm brach unter seinem Gewicht zusammen, als wäre dieses Bekenntnis zu schwer für ihn gewesen. Gilgamesch bettete den Kopf des Heerführers in seinen Schoß.
»Du hast nicht versagt, Ur-Lamma«, erwiderte er sanft. »Du hast getan, was du konntest. Ein Mann kann nur nach dem handeln, was er weiß. Und ...« *Ich glaube, der Pfeil galt eigentlich mir*, wollte Gilgamesch noch sagen, doch die Zunge schien ihm im Mund zu schwellen, als sei er gehemmt wie Akalla.
Blut rann von Ur-Lammas Lippen. Eine einzelne blutige Blase war alles, was er noch von sich geben konnte. Dann fühlte Gilgamesch wie der ältere Mann zusammensank, sah die dunklen Augen glasig werden und wußte, daß Ur-Lamma tot war.
Mühsam und unter Schmerzen kroch Gilgamesch die Mauer entlang, immer darauf bedacht, seinen Kopf unter der Brustwehr zu halten. Seine Sinne schienen ihm auf einmal fast übernatürlich scharf: bei allem Geschrei und Tumult unten am Fuß der Mauer hörte er das Scharren von Akallas Händen und Füßen, als dieser auf den gebrann-

ten Tonziegeln hinter ihm herkroch. Sie hatten kaum die Treppe erreicht, da schmetterte ein Horn. Es klang tiefer als die Kriegshörner, und der Ton brachte das Geschrei und Schwertgeklirr für einen Augenblick zum Verstummen. Die Tore von Erech hatten sich geschlossen.
Gilgamesch hielt einen Moment inne und schaute sich nach dem Jäger um. Er spürte, wie sein geschwollenes Knie schmerzhaft gegen die Riemen seiner Beinschiene drückte, doch er wußte, daß er jetzt gleich die Stufen hinabsteigen und sich unverwundet und heil seinen Männern zeigen mußte, um denen, die überlebt hatten, soviel Mut wie möglich einzuflößen, und die aufzusuchen, die es trotz ihrer Verletzungen aus eigener Kraft geschafft hatten, das Schlachtfeld zu verlassen, oder von anderen weggetragen worden waren. Er holte tief Luft, nahm alle Kraft zusammen und fuhr sich mit dem Handrücken über das Gesicht.
»Was ... nun, Ensi?« stammelte Akalla. »Ich wollte kein ... wollte kein Unglück bringen.«
Gilgamesch griff nach hinten, legte dem Jäger die Hand auf die bloße Schulter und fühlte, wie die harten Muskeln unter der von der Kälte rauhen Haut bebten und zuckten.
»Du hast kein Unglück gebracht. Du hast die Männer von Erech gerettet. Ohne deine Botschaft und ohne deinen Mut, dich quer durch das ganze Schlachtfeld zu kämpfen«, fügte er schnell hinzu, da er im selben Augenblick die vielen Wunden und Prellungen, die den Oberkörper des Jägers entstellten, und das im Regen herunterrinnende Blut bemerkte, »wären wir alle ganz und gar verloren gewesen. So wie es jetzt aussieht, warten wir ab. Und nun komm«, fuhr er fort und versuchte seine Stimme mit Zuversicht zu füllen. »Es gibt viel zu tun, denn der Krieg ist noch nicht vorbei. Geh du zum Tempel und berichte der Schamhatu, was vorgefallen ist und daß ich gesagt habe, alle, die noch am Leben seien, verdankten es dir. Sie wird sich um deine Wunden kümmern und dafür sorgen, daß du die Belohnung bekommst, die dir zusteht.«
Akalla beugte sich vor und berührte mit der Stirn die Lehmziegel. »Mein Ensi, du bist ... du bist zu gut zu mir. Ich verdiene keine ...«

»O doch. Jetzt geh.«
Akalla schob sich hastig an Gilgamesch vorbei, schaute aber noch einmal zurück, als ob er sich vergewissern wollte, daß alles, was gerade geschehen war, nicht nur ein Traum gewesen war, glitzernd und vergänglich wie Wasser im trockenen Sand. Dann rannte er die Stufen hinab. Er hatte eine tiefe Wunde unter dem linken Schulterblatt, die immer noch blutete. »Einer der Götter muß ihn lieben, sonst hätte er es nicht lebend überstanden«, dachte Gilgamesch. »Einer der Götter...«
Er schob den Gedanken beiseite. Später, während der Belagerung, würde genug Zeit sein, sich um die Götter zu kümmern. Dann hätten auch die Priester und Priesterinnen genug Zeit für ihre Gesänge und dazu, den Rauch der Opfer vom hochstufigen Tempelberg in den Himmel aufsteigen zu lassen. Jetzt war er Lugal, und als erstes mußte er für seine Männer sorgen – das war Arbeit genug.


4


Der Regen und die Belagerung dauerten an. Gilgamesch kam es schon vor wie ein Jahr, obwohl er wußte, daß es gerade elf Tage waren. Nachdem er seine Runde gemacht hatte, wobei ihm die halbwahren Versicherungen wie die schmelzende Süße des Johannisbrots über die Lippen gingen, hatte er sich schließlich doch entschlossen, wegen seines Knies den alten En aufzusuchen. Die Finger des alten Mannes, dünn und sanft wie die biegsamen, grünen Zweige frischgeschnittener Tamarisken, hatten sein Knie nach allen Seiten gebeugt, und Gilgamesch hatte ein schmerzhaftes Aufstöhnen unterdrücken müssen. Dann hatte der En sich aufgerichtet. Drei seiner Kurzhaarkatzen strichen um seine Beine und warfen fleckige Schatten auf seine schmalen Knöchel.
»Du wirst von dem Schlag genesen«, erklärte er. »Im Schwarzen Land habe ich gelernt, eine Salbe dafür herzustellen. Doch ich muß dich warnen.«

»Wovor? Wovor mußt du mich warnen?« hatte Gilgamesch mit scharfer Stimme gefragt, aus der wachsender Schmerz im Bein und zunehmende Besorgnis sprachen.
»Vielleicht wird es nie wieder so kräftig wie vorher. Von jetzt an mußt du vorsichtig sein. Es wird dich immer etwas behindern und wehtun, wenn du älter wirst. Eigentlich solltest du es zwei Wochen nicht belasten, doch ich weiß, daß das jetzt unmöglich ist.«
»Das stimmt. Es geht nicht. Und es wird mich nicht behindern. Tu dein Bestes.«
Der alte En hatte nur geseufzt und sich daran gemacht, eine übelriechende Salbe zu mischen. Eine Katze sprang auf Gilgameschs Schoß, während der Priester seine Arbeit tat. Er wollte sie gerade wegschieben, als er dem Blick der mandelförmigen grünen Augen begegnete und das tiefe, vibrierende Schnurren vernahm, das wie Enkidus klang. Also hatte er sie gestreichelt und dabei gedacht: »Kleiner Löwe, kleiner Löwe, wie kannst du nur so ruhig sein, wenn der Feind schon vor den Toren deiner Stadt steht?« Und in diesem kurzen Moment hatte er die Katze beneidet.
Doch als der En ihm einen Trank anbot, um den Schmerz in seinem Bein zu lindern, schob er die Schale so heftig weg, daß ein paar Tropfen der kostbaren Flüssigkeit zu Boden fielen und wie schwarze Tränen das weiße Gewebe des Teppichs befleckten. »Ich brauche das nicht. Außerdem muß ich einen klaren Kopf behalten, denn nur die Götter und Agga wissen, wann die Streitmacht von Kisch vorhat, die Stadt zu stürmen.«
»Schmerz und Erschöpfung werden dein Urteilsvermögen genauso beeinträchtigen wie eine betäubende Arznei«, hatte der En gelassen erwidert. »Ruhe dich soviel wie möglich aus und laß mich meine Pflichten erfüllen wie du die deinen.«

# 5

So lag Gilgamesch jetzt im Dunkeln wach, und sein pochendes Knie sandte schmerzhafte Trommelbotschaften über den Schenkel hinauf zur Hüfte. Hätte er sich Ruhe gönnen können, wäre es jetzt vielleicht schon geheilt gewesen, doch die täglichen Runden durch die Stadt, hinauf auf die Mauern und wieder herunter, strengten es immer wieder an, so daß es jetzt nicht viel besser war als am Morgen nach der Schlacht. Enkidu schnarchte leise neben ihm. Sein breiter Rücken war der einzige Schutz gegen die Kältewellen, die immer wieder Gilgameschs Körper überfluteten, wenn die Erinnerung an zwei Dinge seinen Geist quälte: Das leise Murmeln des En – *Es wird dich immer behindern* - und Ur-Lammas rauhes Krächzen – *Ich ... ich habe versagt.* Vor der Stadt dröhnten Aggas Trommeln, ein stetiger Herzschlag in der Nacht, ein Puls, als strömte Erechs Blut aus einer großen Schlagader. Das mußte in Aggas Absicht liegen, denn auch seine Männer würden dabei kaum Schlaf finden.

»Es kann nicht«, murmelte Gilgamesch vor sich hin, »es kann nicht unser Schicksal sein, immer zu verlieren. Es muß etwas in uns geben, das stark genug ist, Widerstand zu leisten.«

Etwas rührte sich leise neben dem Bett. Enkidus Löwe stand auf und fing an umherzuwandern. Das Tier war schon die ganze Nacht ruhelos gewesen, war immer wieder draußen im Gang umhergepirscht oder hatte sich mit einem leisen kratzenden Geräusch an der Bettkante gerieben. Jetzt aber konnte Gilgamesch sehen, wie angespannt die lange, helle Gestalt in der Dunkelheit lauerte, und ihr tiefes Grollen hören. Auf einmal setzte sich Enkidu neben ihm auf, drehte seinen Kopf nach allen Seiten und schien auf etwas zu lauschen, das Gilgameschs Ohren nicht wahrnehmen konnten.

»Was ...«, setzte Gilgamesch an, aber Enkidu brachte ihn mit einer kurzen Handbewegung zum Schweigen. Gilgamesch war so überrascht, als hätte man ihm mit der flachen Seite einer kalten Bronzeklinge ins Gesicht geschlagen. Er schwieg mit offenem Mund.

»Etwas stimmt nicht«, flüsterte Enkidu. »Warte ...«

Das Brüllen des Löwen in dem kleinen Raum war so ohrenbetäubend,

als steckten sie im Schalltrichter einer schmetternden Trompete. Zuerst ließ der Lärm in Gilgameschs dröhnenden Ohren ein wenig nach, schien dann wieder lauter zu werden und kein Ende zu nehmen. Er rieb sich die Schläfen, um das seltsame Echo zu verscheuchen, als der Löwe erneut aufbrüllte und dann rasch hinauslief.
»Was ist?« keuchte Gilgamesch erneut.
»Die Löwen«, gab Enkidu zurück. »Kannst du sie nicht hören?«
Jetzt hörte sie auch Gilgamesch. Das unablässige Brüllen wurde immer lauter, so als ob eine einzige, riesige Katze einen endlosen, erderschütternden Ton erzeugen würde. Gegen seinen Willen sträubten sich alle Haare seines Körpers, eine Reaktion auf die äußerste Beunruhigung, die er jenseits allen logischen Denkens und aller Selbstbeherrschung tief in den Eingeweiden spürte. Obwohl er der Ensi und sicher innerhalb der Mauern von Erech war, konnte er nicht umhin, unruhig in die Dunkelheit zu spähen und die Hände zu Fäusten ballen, damit sie nicht zitterten.
»Warum?« fragte Gilgamesch, und obgleich sie sich im Haus der Eanna befanden, das mitten im Herzen der Stadt lag, mußte er seine Stimme erheben, um sich selbst zu hören.
Der Schatten von Enkidus goldenem Haupt senkte sich in der Dunkelheit. »Einst ... einst hätte ich es gewußt. Jetzt weiß ich nur, daß sie für die Menschen brüllen, damit man sie hört, weil irgend etwas geschehen ist. Ich muß gehen«, sagte er plötzlich und eilte hinter seinem Löwen her.
Gilgamesch blieb verblüfft im Bett sitzen und wußte nicht, ob er ihm folgen oder dableiben sollte. Aber Enkidu hätte ihn auch nicht verlassen, also sprang er auf und achtete nicht auf die stechenden Schmerzen, die ihm jeder Schritt durch das verletzte Bein jagte.
Draußen war es, als trete man mitten in ein mächtiges Gewitter. Der Lärm überschwemmte ihn wie eine riesige Flutwelle. Mit zusammengekniffenen Augen versuchte Gilgamesch, die Dunkelheit zu durchdringen, doch in dem unsichtbaren Sprühregen, der ihm eiskalt über den nackten Körper lief, war nichts zu erkennen und außer dem betäubenden, endlosen Gebrüll der Löwen auch nichts zu hören. Er zitterte jetzt heftig, sein Atem ging schnell und keuchend, als ob er

gekämpft hätte, und seine Eingeweide bebten und krampften sich zusammen.

»Und doch bin ich innerhalb der Mauern«, sagte er grimmig, und seine Stimme erklang für seine tauben Ohren nur in seinem Kopf. »Und der Löwe ist der Wächter von Erech!«

Er malte sich aus, was Aggas Männer, die auf der offenen Ebene lagerten, bei dem Löwengebrüll ringsum, das die Erde erzittern ließ, fühlen mußten. Der Gedanke wärmte sein Herz wie eines der bitteren Stärkungsmittel des En, und er fletschte die Zähne zu einem Lächeln.

»Die Löwen brüllen für Erech«, fügte er hinzu. Obgleich das Zittern seiner Glieder kaum nachgelassen hatte, fühlte er, wie die furchtbaren Laute ihm neue Kräfte einflößten; und auch wenn tief in ihm noch immer etwas schlotternd aufschrie und vor der brüllenden Finsternis fliehen wollte, wußte er doch, daß er, solange das Löwengebrüll anhielt, nicht zurück ins Haus gehen würde.

Wenig später begann sein Knie nachzugeben. Um sich zu stützen, lehnte er sich an die nasse, rauhe Lehmziegelmauer.

Die Nacht schien endlos, der Lauf der Sterne war hinter dem vom Regen gesäumten Mantel der schwarzen Wolken verborgen und jeder Gedanke und jedes Zeitgefühl fortgerissen von dem endlosen Brüllen, das sich immer noch über Erech erhob. Doch schließlich zeigte sich das erste Grau im Osten. Das Gebrüll wurde leiser und brach da und dort ab, bis nur noch zwei oder drei Löwen einander über die Ebene hinweg antworteten. Gilgamesch rieb sich den körnigen Schlaf aus den Augen und wußte, daß er dringend Ruhe brauchte. Trotzdem wartete er, bis er die beiden Gestalten sah – einen breitschultrigen Mann und eine riesige Katze mit zottiger Mähne, die in dem aufkommenden Licht die Straße herunterkamen.

»Enkidu«, sagte Gilgamesch mit einer Stimme, die zu müde war, um alle Freude und Erleichterung, die sein Herz erfüllten, auszudrücken. »Ist alles gut? Was ist mit den Löwen?«

Enkidu eilte zu ihm und schloß ihn in seine regennassen Arme. Der hellhäutige Mann war naß bis auf die Knochen, sein goldenes Haar vom Wasser dunkel gefärbt; von jeder Lockenspitze perlten winzige

Tropfen. Seine Haut war kalt, aber Gilgamesch konnte die Wärme darunter spüren, und den kräftigen Herzschlag.
»Ich weiß nur so viel«, krächzte Enkidu, und seine Stimme war nur noch ein Flüstern, »daß auf irgendeine Weise die Gesetze der Löwen und der Menschen gebrochen worden sind. Ich weiß nicht, wie, denn mein Rudel wanderte weit vor Erechs Mauern, und jeder Ort hat seine eigenen, ungeschriebenen Gesetze, ob die Menschen das wissen oder nicht.«
»Die Gesetze von Menschen und Löwen...«, sagte Gilgamesch nachdenklich. Er wußte nur von einem solchen Gesetz hier in Erech, nämlich daß die Löwenjagd das alleinige Vorrecht des Ensi war. Aber das würde er Enkidu nicht sagen.
Enkidu legte den Arm um Gilgameschs Schulter. »Komm, Geliebter, laß uns schlafen gehen, solange wir können.«

6

Als bei Sonnenaufgang die Lobgesänge für Inanna ertönten, erschien der En nicht im Heiligtum. Statt dessen kam eines der Tempelkinder nach der Zeremonie zu der Schamhatu und teilte ihr mit, daß er sie in seinem Gemach zu sehen wünsche. Als sie dort ankam, hockte der alte Mann vor seiner Feuerstelle, die drei Katzen lagen schnurrend neben ihm. In den Händen hielt er eine Tontafel und ein dünn zusammengerolltes Blatt. Er sah zu ihr hoch und lächelte ein grimmiges kleines Lächeln.
»Wir haben zwei Botschaften erhalten. Diese hier kommt von Agga«, er hob die Tontafel, »und diese von dem En des Ninurta in Kisch, überbracht von einer der Tempeltauben.«
Die Schamhatu hielt den Atem an. Das Geheimnis, wie die großen Tempel untereinander Nachrichten austauschten, war nur den höchsten Priestern und Priesterinnen bekannt, dem En der jeweiligen Stadt und einem oder zwei Vertrauten. Die Brieftauben wurden nicht leichtfertig oder häufig benutzt, und in ihrer ganzen Zeit als Scham-

hatu hatte sie nur dreimal solche kleinen Papierrollen an eines ihrer Schwesterheiligtümer gesandt. Üblicherweise schickte man Boten oder Priester, um wichtige Dinge zu erörtern. Sie griff nach der schmalen Papierrolle, strich sie vorsichtig glatt und las die dort geschriebenen Worte. Es gab keinen Gruß, kein Gebet; nur die kürzesten Mitteilungen konnten so, an das Bein einer Taube gebunden, verschickt werden, damit der Vogel nicht im Flug behindert wurde und Falken oder anderen Gefahren zum Opfer fiel.

*Agga hat es übertrieben. Wir brauchen eine gute Ernte. Ninurta steht nicht mehr hinter ihm.*

Die Schamhatu las die Nachricht dreimal, obwohl ihr Sinn eindeutig war. Sie merkte, wie sich ein Lächeln auf ihrem Gesicht ausbreitete, wenn auch noch nicht das triumphierende Lächeln des Sieges, denn Agga würde sich wohl kaum freiwillig zurückziehen. Sein Heer stellte immer noch eine Macht dar, mit der man rechnen mußte.

»Und nun, bevor du dir darüber Gedanken machst, lies das«, sagte der En und reichte ihr die Tontafel. Die Schamhatu überflog sie und zischte ungläubig.

»Agga hat es wirklich übertrieben«, flüsterte sie. »Wie konnte er so etwas tun? Kein Wunder, daß letzte Nacht die Löwen gebrüllt haben! Wirklich kein Wunder.« Als das Gebrüll begann, hatte sie, getrieben von dem gnadenlosen, markerschütternden Lärm, Inannas vollen Staat angelegt. Stumm war sie durch die Straßen und über die Mauern von Erech gewandert, ohne auf die Gefahr von Pfeilen und Wurfgeschossen zu achten. Sie wußte, daß nicht sie es war, die da ging, sondern die Göttin selbst schritt in ihrem Körper und führte sie, wohin sie wollte.

»Die Zeit des Handelns ist gekommen«, erklärte sie bestimmt. »Wenn Inanna uns beisteht und Ninurta nicht länger auf Aggas Seite ist, dann müssen wir jetzt zuschlagen, bevor die Belagerung uns noch weiter schwächt. Laß uns Gilgamesch rufen, damit wir zusammen einen Angriffsplan entwickeln können.«

Die faltigen Lider des En schlossen sich einen Augenblick, als sei er tief in Gedanken versunken. »Wir sollten Gilgamesch rufen, ja. Vorher aber sollten wir uns einen Vorschlag überlegen, den wir ihm unterbreiten können. Mit oder ohne die Hilfe der Götter wird es uns wenig nützen, wenn wir mit unseren restlichen Kriegern einfach über Aggas Streitmacht herfallen. Der Stärkere darf allein auf seine Stärke vertrauen, doch der Schwächere muß zur List greifen, und daran fehlt es Gilgamesch. Es ist deine und meine Aufgabe, ihn zu beraten.«

## 7

Gilgamesch und Enkidu schliefen fast bis zum Mittag, standen dann auf, aßen hastig und machten ihre Runde auf der Stadtmauer, um den Männern von Erech Mut einzuflößen und festzustellen, in welcher Verfassung sich Aggas Truppen nach dieser Nacht befanden. Das Trommeln hatte aufgehört, aber die Reihen der Krieger und Zelte standen unverändert. Die Langboote lagen am Flußufer vertäut, und in der wiedereingetretenen Stille konnte Gilgamesch das Hämmern hören, mit dem Aggas Baumeister die Belagerungsmaschinen zusammensetzten. Aus größerer Nähe freilich vernahm er das Flüstern seiner Soldaten, das hin und herwogte, ein Flüstern der Ehrfurcht und Angst. »Das Brüllen der Löwen ... nicht mehr seit Dumuzis Zeiten ... kam gerade von der Wache, aber ich habe es gehört ... Inanna schritt durch die Straßen ...«
Gilgamesch konnte nicht übersehen, wie die Männer, Krieger, mit denen er exerziert, Maurer, mit denen er Ziegel geschleppt hatte, seinen und Enkidus Blicken auswichen. Er kannte dieses Gefühl, allein und erhaben auf schwindelnder Höhe zu stehen und mit dem weiten, klaren Blick eines Falken auf die anderen Menschen herabzuschauen, während er in Wirklichkeit neben ihnen über die hartgebrannten Lehmziegel lief. Von seinem Höhenflug getragen, war ihm, als hätte sich das Kriegsglück zu Erechs Gunsten gewendet. Er müßte so schnell wie möglich etwas unternehmen.
Aber was? Er konnte Aggas Zelt weit hinter dessen Truppen erkennen. Das purpurne Banner flatterte im regennassen Wind und leuchtete hell vor dem dunklen Schlamm und den Wolken. Nichts wies

darauf hin, daß der Herrscher von Kisch eingeschüchtert war. Sein Heer war immer noch zu zahlreich, und die Belagerten waren am sichersten hinter ihren Mauern aufgehoben. Wenn er nur an Agga herankäme, ihm Auge in Auge gegenübertreten könnte ...
Ein stechender Schmerz in seinem Knie erinnerte Gilgamesch daran, daß er zu lange gestanden hatte, doch er konnte sich jetzt nicht erlauben, Schwäche zu zeigen. Statt dessen legte er den Arm um Enkidus Schultern, und der Freund trat ein Stück näher heran, um ihn zu stützen.
Gilgamesch hörte die Schritte hinter sich nicht, doch die plötzliche Stille verriet ihm, daß jemand von Bedeutung kam. Langsam und vorsichtig drehte er sich um. Es war einer der Tempeldiener, ein junger Mann, von dessen glänzendschwarzen Locken der Regen abperlte wie von poliertem Stein.
Der Jüngling verbeugte sich anmutig, wobei er seinen geschmeidigen Körper so weit nach vorne beugte, daß er mit der Stirn die feuchten Lehmziegel der Mauerkrone berührte. »Edelster Ensi, von den Göttern Erhöhter«, begann er mit melodischer Stimme. »Der En schickt mich, dich zu ihm zu bitten, denn er hat wichtige Neuigkeiten. Du findest ihn zusammen mit der Schamhatu im Haus, wo die Frauen der Eanna weben.«
Gilgamesch hob eine Augenbraue. »Ein merkwürdiger Ort, an den er mich bestellt, aber ich werde kommen. Melde dem En, er möge mich erwarten.«
Der En und die Schamhatu befanden sich nicht allein im Webhaus: Sululi war bei ihnen. Sie zog mit einem kleinen Bronzehaken dicke Büschel goldfarbener Wolle durch die Fäden ihres Webstuhls. Neben ihr hockte die Frau, die an ihrer Hochzeit teilgenommen hatte, und sah aufmerksam zu. Ganz in der Nähe saß Akalla, dessen Wunden inzwischen verbunden waren, und neckte mit den Stoffstreifen seines neuen Rocks Sululis Sohn, der fröhlich gurgelnd auf dem Boden herumkroch.
Gilgamesch ließ sich, dankbar dafür, daß er sein Bein schonen konnte, auf den dicken Teppich vor dem En und der Schamhatu sinken. Das ovale Gesicht der Schamhatu war sehr bleich, als hätte sie

nicht besser geschlafen als er. Ihr Haar war zu einem einfachen Knoten gebunden, und ihre geschwollenen Augen waren ungeschminkt.
»Was gibt es?« fragte Gilgamesch brüsk. »Warum habt ihr mich herbestellt? Und wenn es Neuigkeiten gibt, geht das nicht nur uns drei etwas an?«
»Sululi webt für Enkidu«, antwortete die Schamhatu. »Mit dem Segen Inannas webt sie einen Mantel, der ihn im Kampfgetümmel schützen wird. Es ist ihre Dankesgabe dafür, daß ihr das Leben geschenkt wurde, und ein Hochzeitsgeschenk für ihren neuen Gemahl. Mißgönne ihr nicht das Recht, die Gefahren zu vernehmen, denen er ausgesetzt sein wird; es wird sie in ihrer Arbeit nur bestärken.«
Gilgamesch blickte zu der jungen Frau hinüber, die über den Webstuhl gebeugt saß, und sah die lange Nase, das kräftige Kinn, den flachen Bogen der breiten Wangenknochen. Sululi schaute nicht auf, sondern zupfte unbeirrt weiter an den zottigen Wollbüscheln, und ihre Lippen formten Worte, die Gilgamesch nicht hören konnte. Der Ensi hatte das Gefühl, als ziehe der Bronzehaken an seinem eigenen Herzen, vor allem, als er bemerkte, wie Enkidus warmer Blick sich auf das Kind zu Akallas Füßen richtete. »Mein Sohn«, dachte Gilgamesch, »wahrlich, ich darf auf keinen von beiden eifersüchtig sein, nicht auf Sululi, die meinen Sohn geboren hat, noch auf Enkidu, der Tag und Nacht kaum von meiner Seite weicht, und doch liegt etwas in diesem Bild, das mir einen Stich ins Herz versetzt.«
Der En winkte mit der schmalen Hand. »Bleib ruhig«, sagte er. »Das ist wichtig, denn jetzt ist nicht die Zeit, überstürzt zu handeln.« Sein gefurchtes Gesicht war starr und ausdruckslos. Gilgamesch konnte die Gedanken hinter seinen Augen nicht erkennen, aber seine Arm- und Rückenhaare sträubten sich bereits.
»Was gibt es?« fragte Gilgamesch wieder.
Der En nahm die Tontafel auf, die neben ihm lag. »Diese Botschaft haben wir von Agga erhalten. ›Agga, Ensi von Kisch, grüßt Gilgamesch, Ensi von Erech. Deine Stadt wird belagert, deine Truppen sind in der Minderzahl, und du kannst nicht mehr lange Widerstand lei-

sten. Wie es mein Recht ist, fordere ich dich nochmals auf, die althergebrachte Oberhoheit von Kisch anzuerkennen, die meinen Vorvätern einst von den Mächtigen des Himmels verliehen wurde und nach dem Willen der ewigen, allmächtigen Götter Bestand hatte. Zum Zeichen dieser Oberhoheit habe ich meine Männer ausgeschickt, die Löwen von Erech zu töten, die du bisher als deine alleinige Jagdbeute betrachtet hast, Symbol deines Herrschertums, solange es Inannas Wille war. Hiermit nehme ich dir dieses Symbol: Drei Felle mit Mähnen und fünf ohne hängen schon neben meinem Zelt, vernimm es mit Beschämung! Bei Ninurtas Macht, unter dem Banner von Schar-Ur, so steht es geschrieben.‹ Agga hat es mit seinem persönlichen Siegel unterzeichnet.«
Bevor der En noch fertig gelesen hatte, war Gilgamesch schon auf den Beinen, die Streitaxt fest in der Hand. Der Schmerz in seinem Knie war wie ein brennender Stachel in seinem Fleisch, der ihn antrieb, sich aufzubäumen und den Beleidiger zu vernichten. Enkidus grüne Augen weiteten sich in plötzlichem Verstehen, und Gilgamesch hörte, wie sein Geliebter leise grollend Atem holte. Das Kind zu Akallas Füßen begann zu weinen, Sululi legte den Haken weg, eilte hinüber zu ihrem Sohn und legte ihn an ihre milchschweren Brüste.
Der En streckte seine untergeschlagenen, dünnen Beine aus und nahm eine bequemere, kniende Haltung an. »Bleib ruhig, habe ich gesagt. Ich habe noch eine andere Botschaft erhalten. Ich weiß, was gestern nacht geschehen ist, denn ich war wach und habe die Lampen im Heiligtum versorgt. Ich habe alles gehört und gesehen. Heute erhielt ich eine Botschaft, daß Ninurta wegen dieser Untaten nicht länger an Aggas Seite steht. Städte mögen in den Krieg ziehen, doch im Rat der Götter sieht manches anders aus. Herrscher, die das vergessen«, ein leichtes Lächeln kräuselte die welken Lippen des En, »sind verloren. Setz dich hin.«
Widerwillig nahm Gilgamesch wieder Platz. Er fühlte die Spitze, die sich in den frommen Worten des alten Priesters verbarg, konnte jedoch nichts dagegen vorbringen, weil er dadurch unwiderleglich zugegeben hätte, daß er sich getroffen fühlte. Enkidu nahm Gilga-

meschs Hand in die seine, und Gilgamesch hielt sie fest, bemüht, das lodernde Feuer seiner Wut in die langsameren, stetig glühenden Kohlen des Zorns zu verwandeln, der seinem Arm und seinem Herzen Kraft zum Kampf gegen die Feinde geben würde.
»Ein direkter Angriff würde uns nicht helfen«, überlegte er. Der Gedanke, der ihm schon früher durch den Kopf gegangen war, tauchte wieder auf und surrte wie eine Fliege in seinem Schädel herum. »Doch wenn ich irgendwie an Agga herankäme ...«
»Aggas Männer sind bereits stark verunsichert, und ich zweifle nicht daran, daß es ihm ebenso geht«, meinte die Schamhatu. Ihre Stimme klang seltsam sanft, so als ob die sahnige Milch, die sie durch ihren silbernen Trinkhalm zu sich nahm, ihre Kehle geschmeidig gemacht hätte und die übliche Schärfe ihrer Worte milderte. »Wenn man sie lange genug ablenken könnte, ablenken und einschüchtern, um ihren Mut zu schwächen und ihre Sinne zu verwirren ...«
»Ist das nicht Aufgabe des Tempels?« knurrte Gilgamesch bissig.
Die Brauen des En zogen sich zusammen, und seine Lider senkten sich für einen Augenblick, doch dann erwiderte er nur: »So ist es tatsächlich. Darum haben wir uns auch einen Plan ausgedacht, bei dem sich allerdings Gilgamesch auf dem Festungswall zeigen müßte, während die anderen gegen den Feind ziehen.«
»Das werde ich nicht tun«, gab Gilgamesch zurück. »Soll es geschrieben stehen, daß ich, Ensi und Lugal, nicht in der vordersten Reihe kämpfte?«
»Fürchtest du um deinen Ruf?« fragte die Schamhatu mit immer noch sanfter Stimme. »Oder willst du nur Agga Auge in Auge gegenüberstehen, um persönlich Rache zu nehmen?«
Überrascht schwieg Gilgamesch einen Augenblick. »Beides trifft zu«, meinte er schließlich. »Aber wie sollen meine Männer mir auch vertrauen, wenn ich in einer solchen Situation andere meine Stelle einnehmen lasse? Wenn ich nicht bereit bin, den größten Gefahren selbst gegenüberzutreten, wer soll es dann tun?«
»Ich«, antwortete Enkidu sogleich. »Du bist der Ensi. Was ist Erech ohne dich?«
Gilgamesch klopfte ihm liebevoll auf die Schulter. »Du wirst dich auf

keinen Fall in Gefahr begeben, solange ich zurückbleibe. Wir werden beide gehen, oder es geht keiner.«

»Willst du dir nicht erst einmal meinen Plan anhören und dann deine Entscheidung treffen?« fragte der En.

Gilgamesch nickte. »Ich will ihn hören.«

»Zunächst einmal geht es darum, Agga und sein Heer abzulenken. Du schickst also einen Mann deines Vertrauens zu ihm, einen starken Mann, von dem du weißt, daß er ertragen kann, was Agga ihm vielleicht antut. Dann gehst du in der Abenddämmerung auf der Befestigungsmauer entlang, so daß Aggas gesamtes Heer dich sehen kann. Während sie nun glauben, daß dein Bote mit Agga unterhandelt, du selbst aber dich in Erech aufhältst, werden sie nicht mit einem Angriff rechnen. Inzwischen schlüpft eine Schar deiner besten Krieger aus einem der kleineren Tore, schleicht sich in Zweiergruppen in Aggas Lager und überfällt ihn in seinem Zelt. Sobald er gefangen ist, kannst du deine Krieger angreifen lassen, denn seine Männer werden vollständig verwirrt sein.«

Gilgamesch runzelte die Stirn und rieb sich die pochenden Schläfen. »Es ist ein guter Plan, und doch gefällt er mir nicht, denn ich sollte es sein, der Agga in seinem Zelt beim Bart packt. Wenn es nur jemanden gäbe, der meine Rolle auf der Mauer übernehmen könnte!«

»Aber wer sollte das sein?« fragte der En sachlich. »Selbst wenn Agga dich nie gesehen hat, hat er doch zumindest von deinem Ruhm gehört. In Erech gibt es keinen Mann, der dir ähnelt, und wenn die Götter mit uns sind, wird dein bloßer Anblick Agga und seine Männer in Furcht versetzen.«

Die Schamhatu beugte sich vor. Ihre mandelförmigen Augen huschten durch den Raum. »Ich glaube, es gibt doch jemanden, der Gilgameschs Platz auf der Mauer einnehmen und rechtmäßig die Macht der Götter vor unseren Feinden verkörpern könnte.« Sie stand auf, ging zu Akalla hinüber und strich mit der Hand über sein kurzgeschnittenes Haar. »Laßt uns Akalla mit einer Perücke und einem Bart verkleiden, ihn den Goldhelm und die Bronzerüstung des Lugal tragen, dazu Gilgameschs mächtige Streitaxt in der einen und die Keule in der anderen Hand. Ich selbst will Inanna bitten, daß sie ihm für

eine gewisse Zeit Gilgameschs ehrfurchtgebietende Ausstrahlung verleiht, und ich will ihn mit Honig und Öl salben und ihm die Opfer von Honig und Butter zu essen geben, die dem Ensi täglich dargebracht werden.«
Die Augen des En verengten und seine faltigen Lippen strafften sich. »Erbe der Schafhürde von Erech«, murmelte er. »Ja, es wäre möglich.«
Akallas Lippen bewegten sich stumm, und er blickte wild um sich wie ein Hirsch, der sich von Jägern umringt sieht. »Das, das ...«, stammelte er schließlich, »das kann ich nicht. Das ist nicht richtig.«
»Doch, du kannst«, sagte die Schamhatu und ihre Stimme schien seltsam laut und tief durch den kleinen Raum zu hallen. »Du kannst und du mußt. Du hast schon viel geleistet, aber Inanna ist noch nicht fertig mit dir, so wie sie mit deinem Vater nicht fertig war, auch wenn der Hirte der Eanna in die Wildnis floh. Stell keine Fragen, es geschieht, was geschehen muß. Du mußt mir nur vertrauen und auf der Mauer entlanglaufen. Vertraust du mir?«
»Ich ... ich ...« Akalla fuhr sich unruhig mit der Zunge über die Lippen und stieß ein kurzes, trockenes Husten aus. »Du bist, du bist die Schamhatu. Alle müssen dir vertrauen.«
Gilgamesch verbiß sich eine Bemerkung und gab nur ein kurzes Schnauben von sich. Jetzt war nicht die Zeit oder der Ort für Gezänk. Statt dessen sagte er: »Du kannst ihr wirklich vertrauen. Und höre, es ist auch mein Wille, daß du meinen Platz vor dem Feind einnimmst, damit ich selbst ihm Auge in Auge gegenübertreten kann.«
Akalla verbeugte sich tief. »Ich werde deinem Willen gehorchen, Ensi, wie es sich gebührt.«
»Gut«, meinte die Schamhatu. »Mach dich nun auf, Gilgamesch. Schick deinen Boten aus und laß deine Männer sich bereithalten. Wir müssen handeln, solange die Augen der Götter noch auf uns ruhen und Inanna auf unserer Seite steht, und bevor der Schrecken der Nacht von Agga und seinen Männern weicht. Beeile dich mit dem Weben, Sululi, denn Enkidu wird seinen Mantel noch heute abend brauchen. Akalla, du kommst mit mir, ich werde dich reinigen und auf deine Aufgabe vorbereiten. Inaschagga ...« Sie wandte sich an

die kleine, schwangere Frau, die händeringend dahockte und mit bleichem Gesicht Akalla anstarrte. »Hab keine Furcht. Deinem Mann droht keine Gefahr, wenn er auf der Mauer dahinschreitet, so viele Pfeile auch unter den runden Belagerungsschilden Aggas zu ihm hinauffliegen mögen. Gilgameschs eigene Schildträger werden vor und hinter ihm gehen und dafür sorgen, daß ihm kein Leid geschieht. Wir werden ihn heil und gesund zurückbringen, siebenfach gesegnet für das, was er für Erech getan hat.«

»Ich danke dir, Herrin«, wisperte Inaschagga. Sie sah die Schamhatu nicht an, sondern drückte die Hände flach an den Bauch, als wollte sie das Kind darin trösten.

Trotz all ihrer beschwichtigenden Worte fiel es der Schamhatu schwer, Akallas Blick zu erwidern, als sie ihn mit Tamariskenzweigen abschrubbte und mit Duftölen einrieb. In den Städten von Sumer war es nicht unbekannt, daß man, wenn die Vorzeichen den Tod eines Ensi ankündigten, für kurze Zeit einen anderen erhob und vor den Göttern zum Herrscher ausrief, um ihn dann zu töten, damit die Prophezeiung erfüllt und das Leben des echten Ensi gerettet war. Wenn sie nicht monatelang bei Akalla und Inaschagga gewohnt hätte, wäre diese Entscheidung ihr sogar leicht gefallen. Akalla hatte keine Bedeutung für Erech, außer der, eine Ablenkung für die Feinde zu sein. Sie hätte seine Erhöhung und seinen Tod an Stelle von Lugalbandas Sohn genauso leicht befehlen können, wie sie die Opferung von Schafen und Rindern befahl, um dann für seine Frau sorgen zu lassen, wie die Eanna für ihre Lämmer und Kälber sorgte. Doch diesen braven Mann, der ihr so viel Gutes erwiesen hatte, auf ihr Geheiß sterben zu lassen und die kleine Inaschagga zur Witwe zu machen ...

Und doch erinnerte sie sich an *Königin Schaf*, das sanfte Mutterschaf, das gestorben war, damit sie Hohepriesterin von Erech wurde. Schafe wuchsen auf für Menschen, Menschen für Götter, und damit mußte man sich abfinden, so wertvoll oder geliebt ein Tier – oder ein Mensch – auch war. Mit äußerster Sorgfalt legte die Schamhatu den langen Bindenrock um Akallas Mitte und befestigte ihn.

»Kubaba, Gilgameschs Weihegemahlin, wird bald erscheinen«, er-

klärte sie. »Sie bringt die Opfergaben für den Ensi, Butter, Honig und Öl. Wenn du davon ißt, wirst du werden wie Gilgamesch und eine Zeitlang auch Ensi von Erech sein, verstehst du das?«
Doch Akallas tiefliegende Augen wurden nicht heller, sein Gesicht mit den breiten Kiefern zeigte kein Verständnis. »Ich, ich weiß nicht, göttliche Herrin. Du hast gesagt, ich muß nur auf der Mauer entlanggehen.«
»Es ist gut, daß du so unschuldig bist«, dachte die Schamhatu traurig. »Du wirst ohne Furcht sein, und wenn die Götter dich zu sich nehmen, um die Prophezeiung zu erfüllen, dann wird es schnell gehen. Jäger, nun bist du die Beute, aber weder du noch ich wissen, ob nicht eine größere Jägerin im Verborgenen wartet, bis du heil nach Hause kommst – oder ihren Pfeil in dein Herz schießt.«
»Mehr brauchst du nicht zu tun. Die Götter werden sich um das übrige kümmern.«

8

Die Sonne war kaum hinter den westlichen Mauern von Erech verschwunden, als sich Gilgamesch, Enkidu und diejenigen Krieger aus der Schlachtreihe des Ensi, die den ersten Ansturm kampffähig überlebt hatten – dreiunddreißig der sechzig, die ausgezogen waren –, an dem verborgenen Tor in der Ostmauer versammelten. Die Abendschatten legten sich lang und blau über sie, und obwohl sie Mäntel trugen, um das Glänzen der hellen Metallpanzer zu verbergen, kroch die Kälte durch die Bronze. Gilgamesch sah, daß einige Männer ein Frösteln zu verbergen suchten.
Es war Birhurturre, der sich freiwillig dazu gemeldet hatte, vor Agga zu treten. Gilgamesch hatte nicht viel sagen müssen: »Meine Helden mit den bedrückten Gesichtern, wer von euch den Mut hat, der möge vortreten. Ich will, daß er zu Agga geht.« Der junge Mann war sofort aufgesprungen und hatte geantwortet: »Ich werde zu Agga gehen, um seinen Verstand zu verwirren und seinen Ratschluß zu vereiteln.« Und so war er wie geplant ausgezogen, und Gilgamesch hatte

gesehen, wie sich das feindliche Heer um ihn und die Wachen, die ihn in Gewahrsam genommen hatten, geteilt und einen Weg zu Aggas Zelt hin freigemacht hatte. Danach nichts mehr. »Ein tapferer Mann«, dachte Gilgamesch. »Tapfer, und immer noch von dem Gedanken besessen, für Ischbi-Erra zu büßen, als ob er ein besseres Gespür hätte haben müssen als Enkidu oder ich. Dabei habe ich ihm doch so oft erklärt, daß er nicht versagt hat.« Jetzt war Birhurturre ganz und gar der Gnade eines Feindes ausgeliefert, der bisher nur Böses getan hatte; und trotzdem hatte er sich sofort gemeldet, bereit, sein Geschick in Aggas Hände zu legen, um seinem Ensi zu helfen.
»Nicht für lange, Birhurturre.« Gilgamesch formte die Worte stumm mit seinen Lippen, als könnte er sie dem jungen Mann im Lager des Feindes zurufen. »Halte durch!«
»Er wird es schaffen«, sagte Enkidu. »Ich weiß es.«
Enkidus goldenes Haupt- und Barthaar wurde von den Falten des weiten Fransenmantels verdeckt, den Sululi für ihn gewebt hatte. Gilgamesch schien sein Geliebter in dem zottigen, goldfarbenen Kleidungsstück mehr denn je einem Löwen zu ähneln.
»Es ist fast Zeit zum Aufbruch«, sagte Gilgamesch.
Die Wärme ihres Abschiedskusses lag noch auf seinen Lippen, als er sich umdrehte und seine Männer antreten ließ. Jetzt sollte Akalla die Mauer im Norden besteigen. Es war Zeit zu gehen und im Schatten von Erech-der-Schafhürde aus der Stadt zu schleichen. Der En hatte seine Gebete und Zaubersprüche über sie gemurmelt, um sie vor den Augen von Aggas Kriegern zu verbergen; nun konnten sie nur noch der eigenen Geschicklichkeit und Stärke vertrauen. *Und dem Willen der Götter*, summte die trockene Stimme des En in Gilgameschs Kopf, wie er sie in seiner Schulzeit im Tempel so oft vernommen hatte. Er schüttelte den Kopf, als wolle er eine lästige Fliege loswerden, und gab das Zeichen zum Abmarsch.
Paarweise und lautlos traten die Männer durch das kleine Tor. Es führte auf der anderen Seite in ein dichtes Dornengestrüpp, das nur auf einem wenigen Menschen bekannten Pfad durchquert werden konnte. Gilgamesch und Enkidu gingen als letzte, manchmal ge-

bückt, manchmal auf allen Vieren kriechend. Alle paar Schritte blieben sie stehen und lauschten, ob jemand einen Warnruf ausstieß. Doch es gab keine Warnung, und schließlich standen sie am Rande des freien Feldes und mußten versuchen, sich durch Aggas Heer zu schmuggeln.
Kühn schritten sie aus, denn jede Unsicherheit hätte sie als Fremde entlarvt. Nachdem sich die erste Furcht gelegt hatte, fiel es Gilgamesch nicht einmal schwer, entspannt durch Aggas Lager zu gehen. Es war fast zu einfach. Der Geruch des Eintopfs aus Schweinefleisch und Gerste auf den Kochfeuern, das Geräusch von Bier, das durch Strohhalme getrunken wurde, das Rülpsen und die Gesprächsfetzen: »Was im Namen Nergals machen diese Schweinekerle da?... Wenn das hier vorbei ist und ich nach Hause komme, dann... Und du hättest dieses Schankmädchen sehen sollen, mit dem ich es in Nippur getrieben habe! Brüste wie Melonen, einen Arsch wie...« Gilgamesch kannte das alles schon von seinen eigenen Eroberungszügen. Nur der rauhere, nördliche Dialekt der Krieger und die gelegentlichen schmerzhaften Stiche im Knie erinnerten ihn daran, daß die letzten Tage mehr gewesen waren als die verblassende Erinnerung an einen schlimmen Traum und daß er sich nicht zwischen seinen eigenen Männern bewegte, um mit ihnen Feuer und Essen zu teilen, sondern mit halbverhülltem Gesicht durch das Lager von Kisch zu Aggas Zelt lief und Gefangenschaft und Tod nur von einer winzigen Laune des Schicksals – *oder dem Willen der Götter* – abhingen. Und obgleich die rauhen Kriegslieder die gleichen waren, gab es auch andere; die Gruppe rechts von ihm hatte nicht Inannas Schlachtgesang angestimmt, sondern die Hymne Ninurtas.
Bei der Erinnerung an die Behaglichkeit vieler anderer, ähnlicher Nächte lockerte sich Gilgameschs Verkrampfung, er konnte sich ganz natürlich bewegen und den Männern, die ihm zunickten, ein Antwortnicken schenken. »Wie gut, daß Agga auch Kämpfer aus anderen Städten in seinem Heer hat«, dachte Gilgamesch. Kleine Abweichungen im Verhalten oder in der Kleidung der Männer von Erech wurden so leichter übersehen. Doch bemerkte er auch die dunklen Ränder unter den Augen vieler Krieger und wie sie sich unruhig um-

sahen, selbst wenn sie lachten und laut miteinander sprachen. Die Botschaft der Löwen war angekommen, ob Aggas Männer sie nun verstanden oder nicht. »Ihr Selbstvertrauen ist dahin«, stellte Gilgamesch fest und lächelte.
Als sie den Norden des Lagers erreichten, wurden die Unterhaltungen um sie herum spärlicher und verstreuter, vielfach nur noch ein leises Murmeln, so daß sie schwach den Gesang eines vielstimmigen Chores von Erech her hörten:

»Man erkennt Inanna an ihrer Größe, sie gleicht dem Himmel,
Man erkennt sie an ihrem Atem, er gleicht der Erde.
Man erkennt sie, weil sie die Länder der Aufständischen verwüstet,
Ihre Völker niedermetzelt, ihre Toten verschlingt wie ein Hund.
Man erkennt sie an ihrem finsteren Gesicht,
An ihren blitzenden Augen,
Man erkennt sie an ihren vielen Siegen.«

Doch erst als Gilgamesch das leise Raunen vernahm und merkte, wie sich die Köpfe drehten, sah er zurück nach den Mauern von Erech. Einen Moment lang stand auch er von Ehrfurcht gebannt da. Die Gestalt auf der Mauer war in Feuer getaucht. Die letzten Strahlen der untergehenden Sonne glänzten golden auf ihrem Haupt. Unter dem glänzenden Rand des Helms ringelten sich lange blauschwarze Lokken, und der blauschwarze Bart schimmerte wie polierter Lapislazuli. Die mächtige Brust glühte bronzen über dem Rand der Brustwehr, die scharfe Schneide der Streitaxt in der linken Hand leuchtete blutrot im scharlachroten Licht, während die Keule in der rechten Hand sich dunkel und tödlich erhob wie der Kopf einer Schlange. Gilgameschs Knie wankten, als ob seine eigene Kraft ihn verlassen hätte, um diesen strahlenden Schatten seiner selbst auf Erechs Mauern zu werfen.
»Gilgamesch«, stöhnte er, und die anderen um ihn herum nahmen das Wort auf, bis sein Name zum zischenden Murmeln des Windes im Schilf wurde.
Enkidu nahm seine Hand und hielt sie fest. »Gilgamesch«, flüsterte er, kein ehrfürchtiger Seufzer wie bei den anderen, sondern eine Be-

stätigung. Dadurch gelang es Gilgamesch, seinen Kopf von dem Mann abzuwenden, der an seiner Stelle auf Erechs Mauer wandelte.

Aggas Krieger, die zu ihm hinaufstarrten, hätten ebensogut mit Blind- und Taubheit geschlagen sein können, denn Gilgamesch und Enkidu schlenderten zwischen ihnen hindurch wie durch einen Palmenhain. Sie gingen geradewegs zum Mittelpunkt des Lagers und zu Aggas Zelt, um das herum die Trockenrahmen mit den Löwenhäuten standen. Die Wachen vor dem Zelt waren tief verhüllt, ihre Gesichter nicht zu erkennen, und Gilgamesch lächelte erneut in sich hinein. Er hatte vermutet, daß die Wachen bei Sonnenuntergang wechselten und es seinen Leuten leichtfallen würde, sie zu überrumpeln und ihren Platz einzunehmen.

Die Zeltklappe bewegte und öffnete sich. Gilgamesch und Enkidu traten zur Seite ins Dunkel. Zwei Wachen kamen heraus, jede hielt einen Arm Birhurturres. Selbst in dem nachlassenden Licht konnte Gilgamesch die dunklen Blutfäden sehen, die aus dem geschwollenen Mund des jungen Mannes rannen, und erkennen, wie seine Augen durch die sich ausdehnenden Blutergüsse zu Schlitzen wurden. Er unterdrückte einen Aufschrei der Wut. Eine tiefe Stimme aus dem Zelt fragte: »Nun, Sklave, ist dieser Mann dein Ensi?«

Birhurturre hustete und spuckte einen Mundvoll Blut aus, doch obwohl seine Stimme schwach war, konnte Gilgamesch den glasklaren Klang des Triumphes in seinen Worten vernehmen. »Ja, dieser Mann ist mein Ensi.«

Gilgamesch nickte Enkidu zu und gab seinen Männern ein Handzeichen. Jeweils zwei seiner Krieger drangen von rückwärts auf Birhurturres Bewacher ein. Einer stach zu, während der andere den Sterbenden am Schreien hinderte und den zusammenbrechenden Körper auffing.

»Gebt das Signal«, flüsterte Gilgamesch seinen Leuten zu, als er und Enkidu in Aggas Zelt traten.

Agga saß mit untergeschlagenen Beinen auf einem prachtvollen, blutroten Teppich mit schwarzem Muster, vor sich eine Schale mit dünn geschnittenem Fleisch, gewürzt mit süß duftenden Kräutern.

Um ihn herum brannten Öllampen, ganz so, als weilte er in seinen Gemächern in Kisch. Sein Kopf und das Gesicht waren rasiert, und die silbernen Stoppeln schimmerten im flackernden Licht der Lampen. Agga war größer, als Gilgamesch erwartet hatte, mit mächtigen Schultern und einer breiten Brust, die in einen schweren Bauch überging, der sich über den Bund seines Bindenrocks wölbte. Über seinem Rücken hing ein Umhang aus Leopardenfell, und sein Gürtel war mit Platten aus Silbergold und Gold verziert. Die Goldringe an seinen Händen klirrten, als er nach der Streitaxt greifen wollte, die neben ihm auf dem Boden lag. Sofort setzte Gilgamesch seinen Fuß auf die Axt und stieß sie aus Aggas Reichweite.

Schneller als der junge Lugal es von einem Mann dieser Körperfülle erwartet hätte, sprang Agga auf und führte mit seinem goldverzierten Dolch einen nach oben gerichteten, bösartigen Stoß, der Gilgamesch aufgeschlitzt hätte, wenn dieser nicht schnell nach hinten ausgewichen wäre. Sein Knie gab nach, und der Stoß, der seine Kehle hatte treffen sollen, zerriß den Wollstoff, der seinen Kopf verhüllte. Kreischend fuhr die Bronzeklinge des Messers über seinen Helm. Gilgamesch packte Aggas Hand am Gelenk, riß sie nach unten, drehte sich, um mit dem Schenkel das Knie des anderen zu blockieren, und stieß Agga den Ellenbogen in den Bauch. Dann warf er sich herum und versetzte seinem Gegner einen Faustschlag gegen den Kiefer. Das Messer entglitt Aggas Hand, blitzte im Licht der Öllampen auf und verschwand in der Dunkelheit des Zeltbodens.

Schon war Enkidu hinter dem Ensi von Kisch, fesselte ihm die Hände mit einem ausgefransten Streifen, den er aus Aggas kostbarem Teppich geschnitten hatte, und preßte ihm die Hand auf den Mund, damit er nicht schreien konnte. Gilgamesch hörte den schrillen Ton von Trompeten. Es war sein eigenes Signal, das von den großen Toren von Erech herüberklang, vermischt mit Rufen, Waffengeklirr und einer Stimme vor dem Zelt, die brüllte: »Haltet ein! Euer Ensi ist unser Gefangener!« Gilgameschs Stoßtrupp hatte das Zelt umstellt, um es gegen jeden zu verteidigen, der Agga zu Hilfe kommen wollte. Gilgameschs Herz war auf einmal leicht und voller Freude, denn nun wußte er, daß der Krieg gewonnen war.

Er beugte sich hinunter und starrte in Aggas Augen, während der andere Herrscher keuchend darum kämpfte, durch die Nase zu atmen.
»Wem haben die Götter denn jetzt die Oberhoheit gegeben?« fragte Gilgamesch. »Du wolltest mich in meiner eigenen Festung meuchlings ermorden lassen, sieh nun, ich habe dich in deinem Lager gefangen gesetzt. Enkidu, laß ihn reden.«
Enkidu nahm die Hand von Aggas Mund und trat dem schweren Mann von hinten gegen das Knie, so daß dieser rückwärts auf die gefesselten Hände fiel. Aggas mächtiges Hinterteil prallte auf den zerfetzten Teppich, und der Sturz trieb ihm wieder die Luft aus den Lungen. Sein Gesicht war rot vor Hitze und Wut, Schweiß stand in den tiefen Furchen seiner Stirn und tropfte von seinen buschigen, silbernen Augenbrauen. Der Leopardenumhang hatte sich um seine linke Schulter gewickelt, die goldene Nadel sich in seinen feisten Nacken gebohrt.
Nachdem er sich einigermaßen erholt hatte, fuhr er Gilgamesch an: »Wie kannst du es wagen, den Ensi von Kisch so zu behandeln? Du und dein Günstling, ihr schleicht euch bei Nacht hier ein und legt Hand an mich. Aber ich nehme an, von einem Emporkömmling wie dir, der keine Ahnung von den Pflichten und der Würde eines Ensi hat, kann man nichts anderes erwarten.«
Gilgamesch bemühte sich, ruhig zu bleiben, doch sein Körper zitterte immer noch vor Erregung und Wut. Bei Aggas letzten Worten hatten sich seine Hände zu Fäusten geballt. Er zwang sich, sie wieder zu öffnen und sich zu erinnern, daß sein Feind bereits geschlagen war.
»Wenn es um das Anschleichen bei Nacht geht, dann kennst du dich darin besser aus als ich, Zahlmeister gedungener Mörder. Pflichten und Würde eines Ensi hast du mit Füßen getreten, als du deine Männer ausschicktest, meine Löwen zu schlachten und damit die Götter herausfordertest. Dein Verstand ist verwirrt, dein Heer in Auflösung begriffen; meine Männer sind bereits dabei, deine Krieger in Stücke zu zerhauen. Eine kopflose Schlange findet sich besser zurecht als dein Heer. Alles, was dir noch bleibt, ist, dich mir zu ergeben.«
»Und was dann? Willst du nun Kisch erobern und dein Geschlecht an Stelle des meinen als Herrscher über das ganze Land setzen?«

Einen Augenblick lang reizte Gilgamesch der Gedanke. Wenn er jetzt, mit Agga in seiner Gewalt, nach Norden marschieren würde ... Doch es war so sicher wie der stechende Schmerz in seinem Knie, daß Erechs Macht vorläufig nur ausreiche, die eigene Freiheit zu bewahren. Er hatte seine Stadt bis an die Grenzen des Möglichen beansprucht.

»Auch wenn mein Haar noch nicht silbern ist, bin ich weiser als du«, antwortete er. »Ich will nur, was mein ist, in Frieden und Freiheit bewahren. Ich bin kein gefräßiger Hund, der mehr verschlingt, als sein Magen verträgt, nur um es dann wieder herauszuwürgen. Laß darum deinen Priester und einen Schreiber kommen, denn ich will, daß diese Worte niedergeschrieben und beschworen werden: Erech schuldet Kisch weder Tribut noch Unterwerfung, dem Herrscher von Erech gehört die Oberhoheit über die südlichen Landesteile, und du bist mein Untertan, solange du dich in meinem Herrschaftsbereich befindest. Das soll niedergeschrieben, beschworen und mit deinem persönlichen Siegel bestätigt werden.«

»Ich weigere mich.«

»Bedenke«, forderte Gilgamesch ihn in mildem Ton auf, »wie deine Leute meinen Boten Birhurturre behandelt haben, der unter dem Banner des Unterhändlers zu dir kam. Oder besser noch, denk an die Löwenfelle, die dort draußen aufgespannt sind. Auch in Erech gibt es Löwen, einige sind zahm, andere ... weniger. Und wenn das alles nichts nützt, dann überlege dir, daß du mit einer großen Übermacht hierher kamst, deinen Angriff geschickt geplant und uns hinter die Mauern von Erech zurückgetrieben hast. Doch dann brüllten die Löwen, und deine Soldaten verzagten, ihr Geist verwirrte sich, und der Mut floh aus ihren Herzen. Nun stehen wir hier unbehelligt in deinem Zelt, während du gefesselt und unserer Gnade ausgeliefert bist.«

Ohne auf den stechenden Schmerz in seinem Knie zu achten, hockte sich Gilgamesch hin, grub seine Finger tief in die schwabblige, geölte Fettschicht, die über den starken Muskeln von Aggas Schultern lag, und zwang den anderen Ensi, ihm in die Augen zu blicken. »Du wirst schwören und unterzeichnen, denn dein Schicksal hat dich ereilt. Die

Götter haben dich in meine Hand gegeben, und du wirst leben, sterben oder leiden, ganz wie es mir gefällt. Wofür entscheidest du dich?«
Agga schloß für einen Augenblick die Augen. Die Luft strömte langsam aus seinen Lungen, und er schien in sich zusammenzusinken wie ein Weinschlauch, dessen Inhalt ausgelaufen ist.
»Ich werde unterzeichnen.«
»Ein weiser Entschluß. Jetzt laß den Priester und den Schreiber kommen.«
»Und wie soll ich das tun? Willst du mich losbinden?« fragte Agga sarkastisch. »Der Priester des Ninurta, der auch die Arbeit des Schreibers übernehmen kann, folgt mir nicht auf Schritt und Tritt.«
»Ich werde ihn holen«, erklärte Enkidu. »Wo ist er?«
Agga machte mit dem Kopf eine Bewegung zur Rückwand des Zeltes. »Sein Zelt befindet sich hinter meinem. Wenn er nicht geflohen ist, dann ist er dort und schickt seine Gebete zum Himmel, wofür immer das jetzt noch gut sein mag.«
Enkidu schlüpfte nach draußen, ein heller, verschwommener Schatten in der Dunkelheit. Es schien nur einen Augenblick zu dauern, bis er mit dem jungen Mann zurückkam, der vor der ersten Schlacht zu Gilgamesch gesprochen hatte. Der Priester hielt Tontafel und Schilfrohr in der Hand. Sein zartknochiges Gesicht wirkte sehr beherrscht. Die großen dunklen Augen glänzten feucht im Licht der Öllampen.
»Ninurta hat in der Versammlung der Götter gesprochen«, sagte er zu Agga, »und die Versammlung der Götter hat ihre Entscheidung getroffen. Der Sieg gehört nicht uns. Finde dich damit ab, denn welcher Mensch kann sich gegen die Mächte des Himmels stellen oder ihre Weisheit anzweifeln?«
Aggas Gesicht verfinsterte sich wieder, doch er sagte nur: »Schreibe nieder, was man dir sagt.«
»Löse die Fesseln meines Ensi«, forderte der junge Priester Gilgamesch auf. »Er soll sein Siegel holen.«
»Wer bist du, mir Befehle zu erteilen?«

»Ich bin der Priester Ninurtas, und diese Angelegenheit ist nun dem Bereich der Sterblichen entzogen.«

Gilgamesch zog seinen Dolch und durchschnitt Aggas Fesseln. Der Ensi von Kisch würdigte ihn keines Blickes, sondern ging zu der Truhe aus poliertem hellen Holz, die neben seinem Nachtlager aus feingewebten Decken stand, und wühlte darin herum. Enkidu stand mit erhobener Streitaxt neben ihm, bereit, Agga beim kleinsten Versuch, nach einer Waffe zu greifen, zu erschlagen. Doch das einzige, was Agga aus der Truhe nahm, war ein Rollsiegel aus glänzend grünem Stein.

»Nun leiste deinen Eid«, wies der Priester seinen Ensi an. »Vor Ninurta und Inanna und allen Mächtigen im Himmel. Sei gewiß, daß sie dich vernehmen, und dich weit schlimmer strafen, als sie es heute getan haben, sofern du gegen deinen Schwur verstößt.«

»Auf welcher Seite stehst du?« fragte Agga bitter.

»Ich bin die Stimme der Götter, die über alle herrschen, Kisch und Erech ohne Unterschied. Sprich deinen Eid.« Der Priester setzte das Schilfrohr auf den feuchten Ton und wartete darauf, daß Agga begann.

»Ich schwöre«, murmelte der Ensi von Kisch, »vor Ninurta und Inanna und allen mächtigen Göttern, daß von heute an Erech Kisch nicht mehr tributpflichtig ist und dem Herrscher von Erech die südlichen Landesteile allein untertan sind.« Er verstummte und starrte den Priester wütend an.

»Und?« fiel Gilgamesch sofort ein.

»Und«, murrte Agga widerwillig, »daß ich Gilgameschs Untertan bin, solange ich mich in seinem Herrschaftsbereich aufhalte.«

Der Priester hielt ihm die Tafel hin. Obwohl Aggas Griff so fest war, daß sich seine Fingerkuppen in den feuchten Ton preßten, rollte er doch sein Siegel über die Tafel. Dann hielt der Priester sie Gilgamesch hin.

Gilgamesch lächelte. »Agga, mein Unterführer, mein Hauptmann, Agga, Befehlshaber meines Heeres. Agga, du hast den fliehenden Vogel mit Korn genährt. Agga, du gabst mir Atem, du gabst mir Leben. Agga, du hast den Flüchtling auf deinen Schoß gesetzt.«

Der Priester nickte und strich sich eine verirrte, glänzende Locke aus der Stirn. »Siehe!« rief er in singendem Tonfall. »Erech, das Werk der Götter, dessen mächtige Mauern den Himmel berühren, die stolze Stätte, von An errichtet. Du hast sie gehegt, Ensi und Held, Eroberer und Herrscher, geliebt von An. Agga gab dir die Freiheit um Kischs willen. Vor Utus Angesicht hat er dir die Gunst früherer Zeiten zurückgewährt. Gilgamesch, Herr von Erech, groß ist dein Lob.«

»Es ist vollbracht«, erklärte Gilgamesch. »Nimm dein Horn, Agga, geh nach draußen und gib deinen Männern das Zeichen, sich zu ergeben. Es sollen nicht noch mehr Menschen sterben. Der Krieg ist vorbei.«

# Der Zedernwald

*1*

Als das Ende des Krieges etwa zwei Wochen zurücklag, erweckte Erech fast den Eindruck, als wäre seit dem Tag, an dem Gilgamesch die jungen Männer zum erstenmal von ihren gewohnten Tätigkeiten zur Arbeit an der Mauer beordert hatte, nichts geschehen. Der Tag war klar und heiß, auf dem Marktplatz herrschte das übliche Gedränge, und über dem allgemeinen Stimmengewirr erhoben sich die heiseren Rufe der Verkäufer.
»Melonen! Kauft meine Melonen!«
»Frischer Knoblauch! Der beste in der ganzen Stadt!«
»Frühjahrslämmer! Jung und zart!«
Doch als Gilgamesch und Enkidu über den Markt schlenderten, bemerkte Gilgamesch, daß die Stände der Obsthändler bei weitem nicht so gut gefüllt waren, wie sie eigentlich sein sollten, und das Brot, als Folge der halbverlorenen Ernte, fast zum Doppelten des üblichen Preises verkauft wurde. Obwohl die Eanna große Mengen von Korn aus ihren riesigen Speichern ausgegeben hatte, würden Brot und Bier in der Stadt bis zur nächsten Ernte nicht billig sein. Trotzdem bemerkte er auf den lächelnden, sonnengebräunten Gesichtern der Händler noch immer den Abglanz der Freude über Erechs Sieg, ebenso wie in den Stimmen der Käufer, selbst wenn sie über Preise und Qualität der Waren schimpften. Enkidu blieb an einem der Stände stehen, kaufte eine kleine Melone, hackte sie mit seinem Messer in zwei Teile und gab Gilgamesch eine Hälfte. Sie aßen sie im Weitergehen.

Am gegenüberliegenden Ende des Marktplatzes waren zwei Steinmetze damit beschäftigt, einen großen Kalksteinblock zu bearbeiten, in den sie Szenen von Erechs Sieg über Kisch einmeißelten. Es sollte ein Denkmal werden, an dem die Familien der Gefallenen ihre Opfer für die Toten bringen konnten. Die gelockten Bärte der Steinmetze waren weiß vom Kalkstaub, und der Schweiß rann ihnen über die angespannten Muskeln von Schultern und Rücken, doch ihre Meißel und Hämmer fielen ohne Pause auf den Stein, der unter der präzisen Arbeit ihrer Werkzeuge lebendige Gestalt annahm.
»Es ist ein wundervolles Handwerk«, lobte Enkidu. »Was für eine großartige Gabe von Enki und Inanna, daß Menschen in der Lage sind, solche Bilder zu schaffen, damit man sich an ihre Taten erinnert, solange Stein steht.«
»Solange Stein steht«, wiederholte Gilgamesch. »Und was auf Erden kann so haltbar sein wie Stein?« dachte er.
»Und wie lange steht Stein?« kicherte eine brüchige Stimme hinter ihnen. Gilgamesch fuhr herum, und die Melonenschale fiel in den Staub, als er nach seiner Streitaxt griff. Enkidu war keine Sekunde langsamer.
Vor ihnen stand ein alter Mann, dessen verfilztes graues Haupt- und Barthaar mit den schmierigen Lumpen verschmolz, in die er gehüllt war. Er duckte sich, knickte die Beine ein wie eine Heuschrecke und sah mit Augen zu Gilgamesch auf, die so unruhig hin- und herhuschten, daß es Gilgamesch bei dem Versuch, seinem Blick zu begegnen, ganz schwindlig wurde.
»Wie lange steht Stein?« wiederholte der alte Mann. »Ewig, vielleicht aber auch nur, bis der Wind ihn abgetragen hat oder ein Feind ihn umwirft. Es dauert lange, ihn zu behauen, aber nur einen Augenblick, ihn zu zerstören.« Mit einer merkwürdigen Seitwärtsbewegung sprang er auf und verdrehte dabei Körper und Kopf, bis er Gilgamesch wieder in die Augen starrte.
»Wie lange überdauert eine Tontafel?« fragte er den Ensi. »Ewig, wenn sie hart gebrannt ist – sofern keine unvorsichtige Hand sie zerbricht. Dann ist alles, was auf ihr stand, verloren, wie die Gedanken in einem Schädel, den man mit einer Axt spaltet.«

Wieder sprang er hoch und drehte sich dabei so in der Luft, daß er beim Landen den beiden den Rücken zukehrte. Er beugte sich nach vorne und schaute, den Kopf zwischen den Beinen, Gilgamesch von unten her an. Sein Haar hing im Staub, und das graue Bartgestrüpp streifte den Saum seines schmutzigen Kleiderbündels. »Wie lange währt ein Lied? Ewig – wenn es nicht vergessen wird. Doch Dumuzi war Lugalbandas Vater und Lugalbanda der deine und doch, wessen Gesicht und Name kennst du besser, Ensi?«
Noch einmal wirbelte er herum und sprang, um dann aufrecht vor Gilgamesch zu stehen. Der Ensi sah, daß der alte Mann etwas größer als Enkidu war, so groß wie er selbst.
»Wie lange wird dein Name währen, Ensi von Erech? Ewig, sofern man ihn nicht vergißt. Doch viele Herrscher gewinnen viele Schlachten, und der Wind schleift jeden Stein mit der Zeit zu Staub. Warum sollte man sich deiner erinnern?«
Der alte Mann lachte. Es war ein rauher, schriller, unheimlicher Ton, wie der Ruf eines Vogel nachts in der Wüste. Plötzlich machte er ein paar Überschläge nach hinten und verschwand in einem schnellen Wirbel seltsamer Verrenkungen in der Menge, bevor Gilgamesch sich bewegen oder auch nur etwas sagen konnte.
Gilgamesch griff nach Enkidus Arm, sowohl, um sich zu beruhigen, als auch, um sicher zu sein, daß er diese abgerissene Gestalt und die Worte, die immer noch in seinen Ohren klangen, nicht nur geträumt hatte. Doch er konnte in den starken Muskeln von Enkidus Unterarm ein leichtes Zittern spüren, und die Haut seines Freundes war kalt.
»Er hat dich erschreckt«, sagte Gilgamesch leise.
»Er wollte uns erschrecken«, gab Enkidu ebenso leise zurück. »Ich weiß nicht, warum er so gesprochen hat, doch seine Worte waren nicht dazu gedacht, dem Herzen Frieden zu geben. Dennoch weiß ich nicht, ob sie gut oder schlecht gemeint waren. War das ein Priester, Gilgamesch?« Enkidus grüne Augen blickten groß und fragend zu seinem Freund auf.
»Keiner, den ich jemals in dieser Stadt gesehen hätte. Auch ist es nicht die Art der Priester, sich wie Bettler zu kleiden, wenn doch der

größte Teil des Reichtums von Erech zu ihrer Verfügung steht. Nein, das war ein umherziehender Irrer, oder eher wohl ein Akrobat. Seltsam nur, daß er keine Gabe verlangt hat.«
»So wird es sein«, stimmte Enkidu zu, aber seine Stimme klang hohl und von weither, wie ein schwaches Rufen vom Grunde einer Höhle. Gilgamesch drückte ein weiteres Mal seinen Arm, diesmal, um ihn zu trösten.
»Komm, wir haben heute noch nicht viel gegessen, und vielleicht bringen eine ordentliche Mahlzeit und ein Krug Bier unsere gute Laune zurück. Es gibt keinen Grund, betrübt zu sein.«
Als sie zur Schenke gingen, brachte er jedoch die merkwürdigen Fragen und Antworten des alten Mannes, die sich sonderbar mit seinen Erinnerungen an die Schlacht vermischten, nicht aus dem Sinn. Das Gefühl des Pfeils, den er tiefer in den Körper Ur-Lammas getrieben hatte, als er den alten Heerführer auffing, das Stöhnen der Verwundeten, als er zwischen ihnen umherging und mühsam versuchte, sein geschwollenes Knie daran zu hindern, unter seinem Körpergewicht nachzugeben, und später dann, in der Morgendämmerung nach Aggas Gefangennahme, als er von der Mauer hinab auf den Fluß blickte, in dem die Leichen wie eine Ansammlung vollgesogener Baumstämme trieben und sich langsam um sich selbst drehten ... »Wie lange wird diese Erinnerung andauern?« fragte er sich. »Wie lange, bis die Enkel oder Urenkel derer, die in der Schlacht gefallen sind, vergessen haben, Opfer zu bringen und die Namen von Männern zu nennen, die sie nie gekannt haben?« Denn die Gesichter würden allmählich selbst aus dem Gedächtnis der noch Lebenden verschwinden, die alltäglichen Kleinigkeiten, ob jemand zu jedem Essen Knoblauch nahm oder den Geschmack nicht ausstehen konnte, ob ein Mann seinen Hund tätschelte oder ihn schlug, die Art, wie er über das Haar seiner Frau strich, wenn sie in einer warmen Sommernacht beieinanderlagen ... Das alles war verloren, wenn die, die sie kannten, hinabgefahren waren in die dunklen und staubigen Hallen Ereschkigals, und in ein paar Generationen würde es keinen Unterschied machen, an wen man sich mit Liebe und an wen man sich mit Haß erinnert hatte.

»Aber ich habe Erech von der Herrschaft Kischs befreit«, sagte sich Gilgamesch. »Mich wird man nicht vergessen.« Doch auch dieser Gedanke hatte nichts Tröstliches.
Die beiden Männer verharrten einen Moment vor dem Eingang der Schenke, als brächte keiner von ihnen die Kraft auf, den Vorhang aus geflochtenen Palmblättern zur Seite zu schieben. Drinnen hörte man einige Leute singen. Gilgamesch vernahm seinen Namen, lächelte und trat zur Seite, damit er zuhören konnte, ohne gesehen zu werden. Es war eine bekannte Melodie, ein Preislied, das Schusuen am Tag nach der Schlacht geschrieben hatte:

»Horcht auf, ich will euch singen von Gilgameschs Ruhm!
Mächtig ist seine Lanze, sie fällt die Feinde in der Schlacht.
Doch mächtiger ist noch die Lanze, die er zu Hause führt.
Im Krieg warf er Aggas Männer nieder, sie fielen vor ihm.
Im Frieden, da wirft er die Schankmädchen von Erech nieder,
Sie fallen vor ihm, er trommelt an ihre Tore.
Sein Rammbock sprengt jede Festung.«

Enkidu unterdrückte ein Lachen. »Diese Melodie scheint neue Worte gefunden zu haben«, meinte Gilgamesch trocken und war sich nicht sicher, ob er lachen oder entrüstet sein sollte.

»Horcht auf, ich will euch singen von Gilgameschs Ruhm!
Die jungen Männer von Agga warf er im Felde nieder.
Die jungen Männer von Erech wirft er zu Hause nieder,
Die zarten Tempelknaben, die starken jungen Krieger,
Sie fallen vor ihm nieder, er trommelt an ihre Tore,
Sein Rammbock sprengt jede Festung.

Horcht auf, ich will euch singen von Gilgameschs Ruhm!
Mächtig ist seine Lanze, sie trifft, wo immer er will.
Es heißt, daß er keiner Mutter ihre Tochter läßt,
Keinen Sohn seinem Vater, kein Schaf dem Schäfer ...«

Gilgamesch schlug den Türvorhang zurück und trat ein. Ohne eine Sekunde aus dem Takt zu kommen, wechselte der Sänger zu den besser bekannten Worten des Preisliedes, wie der Ensi sie kannte:

»Siehe, seine Pfeile mit den Widerhaken flogen wie Fledermäuse
bei Sonnenuntergang,
Verwirrt war Agga, sein ganzes Heer geschlagen ...«

Gilgamesch schüttelte unwillig den Kopf und schob sich auf einen freien Platz an der Mauer. Das Schankmädchen kam sofort, stellte einen Krug Bier mit zwei Trinkhalmen zwischen ihn und Enkidu und zählte mit atemlosem Flüstern die Speisen auf, die sofort zu haben waren, und die, die erst noch zubereitet werden mußten.
»Das gebratene Lamm mit Brot genügt, wenn du es nur schnell bringst«, entschied Gilgamesch.
»Auf der Stelle, Ensi.« Das Mädchen eilte zu dem Lamm, das sich langsam an einem Spieß über dem Feuer drehte, schnitt zwei große Stücke aus der zarten Keule und wickelte sie in zwei warme Brotfladen, die sie aus der Mitte des Stapels nahm, der sorgsam gehäuft auf der Wölbung ihres Backofens lag. Das mit Koriander und Minze gewürzte Fleisch war ausgezeichnet, und sein Saft hatte schon bald das schmackhafte Brot durchweicht, so daß die rötlichen Tropfen in Enkidus Bart rannen und Gilgamesch sich immer wieder die Finger ableckte. Die drei Männer und zwei Frauen, die singend in einer Ecke standen, hatten das erste Preislied beendet und begannen mit einem weiteren Gesang zu Ehren Gilgameschs. Jetzt mußte der Ensi wirklich über die unruhigen Blicke lächeln, die sie zu ihm hinüberschickten, wenn sie glaubten, er sähe sie nicht an.
»Es wäre eine schöne Sache«, sagte er nachdenklich, »wenn wir beide auszögen und zusammen eine große Tat vollbrächten, etwas, das kein anderer uns jemals gleichtun könnte.«
»Wollen wir wieder zusammen auf die Jagd gehen?« Enkidu nahm einen großen Schluck von dem Bier, wobei er geräuschvoll an seinem Strohhalm sog. »Es war ein großartiges Abenteuer, und jetzt wäre es noch schöner, weil wir keine Leibwächter mehr brauchen.«

»Es gibt viele wilde Tiere, die man jagen kann, Bären, die Panther der Ebene, den wilden Eber und Elefanten«, antwortete Gilgamesch zögernd. »Es wäre auch schön, wieder mit dir durch die Wildnis zu streifen. Und doch ...«
Es gab nur wenige Rollsiegel bedeutender Männer, die weder Jagdszenen noch Miniaturdarstellungen von siegreichen Schlachten zeigten, und an alle diese Dinge würde sich später kaum jemand erinnern.
»Und doch?« fragte Enkidu nach.
»Und doch möchte ich etwas tun, was uns größere Ehre einbringt. Denn wer hat jemals gelebt, der so war wie wir? Du bist der einzige, der mir ebenbürtig ist, so wie ich dir; und wenn wir zusammen sind, gibt es niemanden, der es mit uns aufnehmen kann. Wir sollten ...«
Gilgamesch verstummte erneut, unsicher, was er noch sagen sollte. Unfertige Pläne, nur halb durchdacht, zuckten durch seinen Kopf wie lautlose Blitze in dunklen Gewitterwolken, die weder Form noch Richtung erkennen lassen. »Was habe ich vollbracht, damit man sich an mich erinnern wird?«
In den Tagen nach dem Krieg hatte Gilgamesch oft darüber nachgedacht, was er als nächstes in Angriff nehmen sollte. Schlachtplan auf Schlachtplan hatte er auf Tontafeln gezeichnet. Er hatte Schusuen zu sich gerufen, und zusammen hatten sie, wie kleine Jungen mit ihren Spielsteinen, Feldzüge in den Norden oder Expeditionen ins östliche Gebirge geplant ... immer auf der Grundlage von Schusuens Berechnungen über Vorräte und Männer, die sich in Erech, während die Stadt sich erholte, in einem Zeitraum von sieben Jahren des Friedens und guter Ernten ansammeln ließen. Dabei war Schusuen verantwortungsvoll genug, Gilgamesch deutlich darauf hinzuweisen, daß, sofern es eine starke Macht in Marschentfernung von Erech gäbe und diese sich jetzt zum Angriff entschlösse, die Stadt nicht einmal in der Lage wäre, sich zu verteidigen, und weitere Kriegszüge in den nächsten Jahren undenkbar wären. Vielleicht könnte Gilgamesch eines Tages, auf der Suche nach neuen Siegen, um sie seinen schon errungenen beizugesellen, wieder seinen Streitwagen besteigen und ganz

Sumer erobern, falls er lange genug lebte und sein Heer ihn nicht im Stich ließ. Jetzt war dies aber auf keinen Fall möglich.

Wenn nicht Krieg, was dann? Herrscher waren Baumeister so gut wie Eroberer, und der Name eines Ensi lebte auch in den großen Heiligtümern und Hallen weiter, deren Bau er befohlen hatte. Aber der Krieg hatte Erechs Schatztruhen geleert, und mit der Herstellung von Lehmziegeln und dem Decken von Dächern ließ sich nur wenig Ruhm ernten. Wenn Gilgamesch bauen wollte, dann mußte es etwas Gewaltiges sein, etwas wirklich Unvergleichliches.

Wie ein Sonnenstrahl, der unerwartet durch die Wolken bricht, strahlte plötzlich ein blendendes Licht in Gilgameschs Geist. Es gab tatsächlich etwas, das bis in Ewigkeit bestehen würde, wenn er sich nämlich selbst ein Denkmal errichtete, ein Werk, das er nur mit Hilfe von Enkidu und einigen vertrauten Männern vollenden konnte, wenn es überhaupt möglich war.

»Ich habe Erech eine Mauer für den Krieg gebaut, die viele Jahre überdauern wird.« Gilgamesch hob den Bierkrug und ließ den süß schmeckenden Trinkhalm in seinem Mund hin und her wandern, bevor er einen Schluck von der kalten, malzigen Flüssigkeit nahm. »Doch nun ist der Krieg vorüber, zumindest für eine Zeitlang. Sollte ich nicht ein Tor für den Frieden errichten, um die Kaufleute zu begrüßen und die Herzen von Erech zu erfreuen, auf daß die Götter sehen, was wir geschaffen haben?«

»Eine guter Gedanke«, stimmte Enkidu zu. »Aber ist das ein großes Werk?«

Gilgamesch lächelte. »Das Tor soll aus Zedernholz erbaut werden. Wir werden zum großen Zedernwald gehen und dort die Bäume schlagen, die wir brauchen.«

»Der Zedernwald ist bewacht.«

»Von dem schrecklichen Huwawa, der dort lebt. Wir werden ihm mutig entgegentreten, und wenn er uns angreift, töten wir ihn.«

Selbst im schwachen Licht der Schenke konnte Gilgamesch sehen, wie Enkidu blaß wurde und die goldenen Augenbrauen zusammenzog.

»Selbst als ich noch mit den wilden Tieren in den Bergen lebte, habe

ich von ihm gehört«, erklärte Enkidu mit leiser Stimme. »Um den Zedernwald zu beschützen, erschuf Enlil Huwawa zum Schrecken aller Sterblichen. Huwawas Brüllen ist wie eine Flut, sein Maul speit Feuer, und sein Atem bringt den Tod. Auf hundert Meilen Entfernung hört er das leiseste Rascheln in seinem Wald. Wer hätte den Mut, ihm entgegenzutreten? Enlil hat ihn zum Schrecken der Sterblichen geschaffen, und wer immer in den Wald geht, erstarrt vor Angst. Er schläft nie, und Enlil gab ihm ein siebenfaches Grauen, um die Zedern zu beschützen. Warum willst du so etwas tun?«
Gilgamesch seufzte und beugte sich vor, um Enkidu die Hand auf die Brust zu legen. Er fühlte, wie Enkidu heftig atmete und das starke Herz hart gegen die mächtigen Rippen pochte. »Wer, mein Geliebter, kann hinauf in den Himmel steigen? Nur die Götter leben ewig in Utus Licht, aber die Tage der Menschen sind gezählt, und was wir erringen, verweht der Wind. Mir scheint, daß du auf einmal den Tod fürchtest wie nie zuvor. Was ist aus deiner Kühnheit und Stärke geworden? Ich werde vor dir hergehen, und dein Mund soll mir zurufen ›Geh weiter, hab keine Angst!‹ Wenn ich dann falle, so ist doch mein Ruhm unsterblich. Bis in alle Ewigkeit wird man erzählen, daß es Gilgamesch war, der den Kampf mit dem schrecklichen Huwawa aufnahm, und man wird sich an das Kind erinnern, das in meinem Haus geboren wurde. Du, mein Freund, wurdest in der Wildnis geboren. Die Löwen sprangen an dir hoch, und du nahmst es furchtlos hin. Doch was ich heute gehört habe, macht mein Herz schwer. Und deshalb werde ich meine Hand erheben und die Zedern fällen. Ich werde meinen Namen unvergänglich machen. Und nun komm, wir wollen hingehen, bei den Waffenschmieden die Waffen für dieses Unternehmen in Auftrag geben und ihre Herstellung überwachen, denn wir brauchen die stärksten Waffen.«
»Die brauchen wir allerdings«, sagte Enkidu bedrückt, »wenn wir gegen Huwawa in den Kampf ziehen.«

## 2

Doch Gilgamesch ging nicht zuerst zu den Waffenschmieden. Statt dessen, die Worte des fremden Alten noch immer im Kopf, begab er sich allein in das Gemach seines Hofschreibers Schusuen. Der junge Mann saß mit untergeschlagenen Beinen auf dem Boden, das knielange Gewand verrutscht, den Kopf über eine feuchte Tontafel gebeugt, auf die er mit einem Schilfrohr Zeichen einritzte. Neben ihm saß eine der kurzhaarigen Katzen des En, die von Zeit zu Zeit eine Pfote ausstreckte und nach dem tanzenden Schilfrohrgriffel schlug.
Der Schreiber sah auf, erhob sich und verbeugte sich tief. »Was wünscht du von mir, Ensi?«
Gilgamesch setzte sich auf den Boden und bedeutete Schusuen, es ihm gleichzutun. »Du hast schon viele meiner Taten aufgezeichnet«, begann er.
»Wie du nur zu gut weißt, mein Ensi.«
»Aber du hast es hier getan, in den Mauern der Stadt, nach dem, was dir andere über die Schlachten berichtet und erzählt haben. Nun will ich zu einem größeren Abenteuer ausziehen, und der Bericht über das, was noch kein Mensch erlebt hat, sollte von einem Augenzeugen stammen.«
Schusuens Augen weiteten sich. Er beugte sich vor und stützte das spitze Kinn auf seine Faust. »Wovon sprichst du, Ensi?«
»Ich will ausziehen und mit Huwawa kämpfen, dem Wächter des heiligen Zedernwaldes. Obwohl du kein Krieger bist, möchte ich, daß du mitkommst, damit du danach eine Geschichte erzählen kannst, die auch dann noch weiterlebt, wenn die Mauern von Erech längst gefallen sind. Allerdings«, fügte Gilgamesch nachdenklich hinzu, »will ich dich weder zum Mitkommen zwingen noch darum bitten, daß du dein Leben gegen deinen Willen oder ohne eine entsprechende Belohnung aufs Spiel setzt.«
Während er das sagte, war das Gesicht des jungen Schreibers immer bleicher geworden, und es dauerte eine Weile, bis er antwortete. »Ich muß erst mit dem obersten Ratgeber sprechen«, erklärte Schusuen.

»Denk daran: Ein Mungo ist bekannt für das, was er tut, eine Katze für das, was sie denkt.« Er nahm den Kater hoch und strich ihm über den gefleckten Rücken. Der Kater schnurrte und schaute zu ihm auf. »Was ist deine Meinung, Basthotep«, fragte er so ernsthaft, als rede er mit seinem Urgroßvater. »Was hältst du von diesem Vorhaben?«
Er neigte den Kopf, als würde er dem Kater zuhören. Eine dicke braune Locke fiel ihm in die Stirn. »Hmm. Basthotep sagt, daß es wirklich ein gefährliches Unterfangen ist und kein vernünftiger Mann sich darauf einlassen würde. Er meint, gegen Huwawa zu ziehen, bedeute fast, die Götter selbst herauszufordern; er ist ein sehr frommer Kater. Aber er meint auch, wenn du unbedingt gehen willst ... und unter deinem Schutz ... und gegen eine angemessene Belohnung ... Nicht für mich natürlich, denn ich habe keinen anderen Wunsch, als dir zu dienen, aber Basthotep muß eine ordentliche Bezahlung erhalten.«
Gilgamesch lachte. »Und was versteht dein Kater unter einer angemessenen Belohnung? Ein Leben lang Milch und Mäuse vielleicht? Seinen Anteil an der Butter, die dem Tempel geopfert wird?«
»O nein, das ist nicht annähernd genug für einen so edlen Kater, der in direkter Linie von den Tempelkatzen des Schwarzen Landes abstammt. Basthotep möchte ... ja, meine kleine, königliche Katze?« Wieder beugte Schusuen sich zu dem Kater hinab, schaute dann Gilgamesch aus hellen, blauen Augen an und kräuselte die fein geschnittenen Lippen zu einem kleinen Lächeln. »Er verlangt einen eigenen Streitwagen, gezogen von milchweißen Eseln, mit einem Sonnenschutz darüber, damit die Sonne während der Reise nicht sein wertvolles Fell versengt. Der Wagen selbst soll mit Gold und Silber verziert sein. Und er will einen goldenen Becher für seine Milch und einen Silberteller für sein Fleisch haben, denn sein einfaches Tongeschirr könnte auf der Reise zerbrechen. Es ist ein hartes Leben, so sagt er, die Katze eines einfachen Schreibers zu sein. Dabei ist meine Urgroßmutter als Katzenpflegerin für den jungen En mit ihm aus dem Schwarzen Land gekommen, und wir leben hier im Herzen der Eanna.«

»Eine außergewöhnliche und unverschämte Bitte, hätte sie ein Schreiber geäußert«, erklärte Gilgamesch, »aber ich weiß, was die Katzen deines Urgroßvaters für eine Meinung von sich haben. Sag dem Kater, daß seine Forderungen erfüllt werden.«
Schusuen blinzelte überrascht und hob den Kater so hoch, daß er ihm gerade ins Gesicht sehen konnte. »Hast du das gehört, Basthotep? Der Ensi hat deinen wahren Wert erkannt. Er ist ein sehr weiser und großzügiger Herrscher, wert, daß man sich viele Lebensalter an ihn erinnert, habe ich recht? Gewiß werden noch viele großartige Lieder über ihn gesungen werden.«
Gilgamesch war schon aufgestanden und fast an der Tür, aber etwas an den Worten des Schreibers ließ ihn stocken. »Wenn wir schon von Liedern sprechen ... Ich habe heute ein sehr interessantes Lied gehört, eines, das ganz nach dir klang, obwohl man es nie in meinem Beisein gesungen hat.«
»Ensi!« protestierte Schusuen, die Hände zum Zeichen verletzter Unschuld weit von sich gestreckt. »Du weißt, daß ich als dein Schreiber nur die Wahrheit schreibe, und auch davon nur soviel als schicklich ist.«
»So ist es«, bestätigte Gilgamesch und bemühte sich krampfhaft, ein Grinsen zu unterdrücken. »Nun ja, es wird genügend Stoff geben, deinen allzu lebhaften Verstand für eine Weile zu beschäftigen. Nun aber begleite mich, denn Enkidu und ich müssen eine Versammlung der Stadtältesten einberufen, ihnen unsere Pläne mitteilen und vielleicht ihre Ratschläge anhören.«

3

Vor der Tür zur Halle des Gerichts brach schon die Nacht herein, als endlich alle Mitglieder des Ältestenrats von Erech ihre Plätze eingenommen hatten. Die Tempeljungfrauen und Knaben trugen Öllampen durch die Halle, deren flackerndes Licht die steilen Furchen im Gesicht der alten Männer noch tiefer erscheinen ließ.

Der En saß auf seinem Sitz neben Gilgamesch und machte ein so tiefernstes Gesicht, als kenne er den Plan des Ensi schon und hätte Zeit gehabt, seine Zweifel zu formulieren.
Als er sicher war, daß alle versammelt waren, stand Gilgamesch auf und stieß seinen Amtsstab auf den Boden. »Älteste von Erech«, rief er, »die Götter haben mir einen neuen Plan eingegeben. Nach diesem Krieg soll unsere Stadt eine Zeit des Friedens genießen.« Von weit hinten konnte er befreites Aufatmen hören; die Männer, die näher bei ihm saßen, unterdrückten ihre erleichterten Seufzer, doch er konnte sehen, wie sich die alten Gesichter entspannten. »Ich habe der Stadt Festungsmauern erbaut, nun will ich sie mit einem großen Tor schmücken, das allen heilig sein soll. Und das Tor soll errichtet werden aus großen Zedern aus Huwawas Wald. Ich werde mich mit einer Gruppe ausgewählter Krieger dorthin begeben, und wenn der Wächter des Waldes sich uns entgegenstellt, werden wir ihn besiegen.«
Das Stimmengemurmel im Saal schwoll zur Flutwelle an. »Warum willst du das tun? ... Du bist noch jung, Gilgamesch, dein Herz reißt dich fort ... Huwawa ist schrecklich anzusehen ... Der Wald erstreckt sich über zehntausend Meilen ... Huwawas Brüllen ist wie eine Sintflut, sein Maul speit Feuer, sein Atem bringt den Tod ... Du hast etwas vor, von dem du dir keinerlei Vorstellung machst ... Ein ungleicher Kampf, wenn du versuchst ... Wer würde mit dir gehen?«
»Ruhe!« gebot Gilgamesch, und sein Ruf übertönte die Stimmen der anderen wie ein Befehl auf dem Schlachtfeld. Wieder stieß er mit seinem Stab auf den Boden, und langsam verstummten die Ältesten. »Ich wurde vor den Gefahren gewarnt. Trotzdem habe ich meinen Entschluß gefaßt. Enkidu und ich gehen zusammen mit meinen Männern. Ich habe euch um euren Rat und Segen gebeten, nicht darum, mich einzuschüchtern.«
Jetzt erhob sich der En. Die glitzernde Silbergoldscheibe auf seiner Brust streute helle Lichtfunken durch den dämmrigen Raum. Er hustete ein paarmal, bevor er sprach, und seine Stimme schien schwächer als sonst, klang aber trotzdem klar und verständlich durch die Halle.

»Wenn du gehen mußt, dann höre auf die Worte der Weisheit: Vertraue nicht allein auf deine große Kraft, Gilgamesch, sondern halte deine Augen offen und laß deine Hand sicher sein. *Der vorangeht, rettet den Gefährten, der den Weg kennt, schützt den Freund.* Laß Enkidu auf eurem Marsch vorausgehen. Er kennt den Weg zum Zedernwald, er hat in der Schlacht seinen Mann gestanden und versteht das Kriegshandwerk.« Der En breitete die mageren Hände in einer Geste aus, die alle die alten Männer einschloß, die dort saßen und lauschten. »Enkidu wird seinen Freund beschützen, ihm den Weg sichern und ihn über alle Fallgruben tragen. Enkidu«, die Finger des En strichen leicht über Enkidus mächtige Schultern, »wir, die wir hier versammelt sind, vertrauen dir den Ensi an, und du sollst ihn uns sicher zurückbringen.«
»Möge dein Gott dich beschützen«, murmelte die Stimme eines anderen alten Mannes in die Stille, als der En sich setzte, und weitere Stimmen fielen ein: »Möge er dich sicher auf deinem Weg führen. Möge er dich zurückführen zum Landeplatz der Boote in Erech.«
»Ich danke euch für euren Segen«, sagte Gilgamesch ernst. »Ich werde zurückkommen. Nun, Enkidu, laß uns zu dem großen Tempel Egalmah gehen und vor das Angesicht Ninsuns treten, der mächtigen Herrscherin, Ninsuns der Weisen, der nichts verborgen ist. Sie wird unseren Füßen den rechten Weg weisen.«
Enkidu drückte Gilgameschs Hand mit warmem Griff, und die beiden Freunde gingen unter den schwarzglänzenden Blicken der alten Männer in die kalte Abendluft hinaus. Der Geruch von Knoblauch und Zwiebeln, Fleischeintopf und frisch gebackenem Brot lag in der Luft, und man hörte die schrillen Stimmen spielender Kinder. »Als ob der Krieg schon ein Lebensalter lang vorbei wäre«, dachte Gilgamesch und wußte nicht, ob er darüber glücklich oder traurig sein sollte.

## 4

Rimsat-Ninsun hockte in ihrem kleinen Raum hinter dem Heiligtum der Göttin auf einem Stapel von Schaffellen und trank mit einem silbernen Strohhalm Bier aus einem kleinen Becher. Sie war sehr müde, und ihre Knochen schmerzten vom Alter. Seit der Krieg begonnen hatte, war ihr Heiligtum erfüllt vom Weihrauch, der zur Göttin aufstieg, während die Frauen von Erech für ihre Männer beteten. Zuerst für ihre Sicherheit, dann, als die Verwundeten eintrafen und die Namen der Gefallenen bekanntgegeben wurden, für ihre Heilung oder um Fürbitte in Ereschkigals Hallen. Die Altäre des Heiligtums waren voll von kleinen Figuren aus Ton, Gold, Bronze oder Silber, ganz wie die Frauen es sich leisten konnten: Füße, Hände, Augen und alle anderen im Krieg verwundeten Körperteile. In Rimsat-Ninsuns Ohren schien immer noch der nicht enden wollende Lärm der klagenden Gebete zu dröhnen, ihre Füße schmerzten vom endlosen Stehen bei der Erfüllung ihrer Pflichten, und ihre Stimme war durch das ständige Vorsingen der Lieder im Tempel der Alten Frau zu einem Flüstern herabgesunken. Ihre Hände waren voller Blasen vom Zerkleinern und Anrühren der Heilkräuter für die, deren Wunden eiterten. Jetzt eben konnte sie sich ein wenig ausruhen, aber schon bald mußte sie wieder aufstehen, denn obwohl sie nicht mehr die Schamhatu war, dauerten die Tage für eine Priesterin in ihrem Heiligtum länger als für jeden Arbeiter. Tatsächlich, wieder vernahm sie das Quietschen der Türangeln. Sie setzte ihren Becher hin und erhob sich seufzend, um nachzusehen, wer gekommen war.
Obwohl die beiden Männer im ersten Augenblick nur als unförmige Schatten erschienen, die hoch vor der Dunkelheit der Tür auftragten, erkannte Rimsat-Ninsun sie sofort. »Mein Sohn und Enkidu«, sagte sie. »Seid willkommen im Heiligtum der Alten Frau. Was führt euch heute abend zu mir?«
»Mutter«, antwortete Gilgamesch, »meine Stärke führt mich hierher, denn ich muß eine lange Reise antreten, dorthin, wo Huwawa lebt. Ich werde mich einem Kampf stellen, von dem ich nichts weiß, ich werde einen Weg gehen, den ich nicht kennen kann, bevor ich ihn

gegangen und zurückgekehrt bin, bis ich den Zedernwald erreicht, den schrecklichen Huwawa vernichtet und das Land von allem befreit habe, was verderblich und Utu verhaßt ist.«
Er legte den Gürtel ab. Sein Rock fiel in einer wallenden Bewegung aus weißem Leinen zu Boden, so daß er nackt im Heiligtum stand. Sein muskulöser Körper schimmerte im Licht der Lampen. »Siehe, ich lege meine Kleidung vor dir ab. Ich bitte dich, Utu für mich anzurufen. Ich habe mit den Ältesten über alles gesprochen, und der En hat mir Rat erteilt.«
Rimsat-Ninsun schloß ihre Augen, die von den dichten Weihrauchschwaden im Raum zu brennen anfingen. Im ersten Augenblick prallten Gilgameschs Worte an ihr ab wie heftiger Regen von der ausgetrockneten Erde. Langsam erst drangen sie in ihr Bewußtsein. Dann wich die letzte Kraft aus ihren Beinen, so daß sie sich an die Mauer des Heiligtums lehnen mußte und ihren Sohn und seinen Gefährten anstarrte.
»Er ist fest entschlossen«, dachte sie. »Was kann ich nur tun, um ihn zu bekehren? Nichts, denn ich kenne seine Gedanken. Wenn er sich einmal entschieden hat, kann ihn nichts mehr davon abbringen, weder zu seinem eigenen Besten noch zu dem anderer. Gilgamesch hört nur auf Enkidu. Ihr Götter, die ihr die beiden füreinander geschaffen habt, gebt, daß Enkidu ihn beschützt und ihm guten Rat gibt.«
»Ich werde Utu für dich anrufen«, erklärte Rimsat-Ninsun. »Da ich weiß, daß man deine Entscheidung nicht ändern kann, sollst du zumindest nicht ohne Segen gehen.«
Sie drehte sich um, denn sie konnte Gilgameschs Anblick nicht länger ertragen. So vollkommen und gewaltig seine Kraft auch war, so deutlich die Muskeln sich unter seiner Haut abzeichneten, so hatte sie doch in der letzten Zeit zu viele junge, starke Männer gesehen, deren Beine oder Arme zerschmettert und zerrissen waren, die stöhnend mit herausquellenden Gedärmen dalagen oder sich bleich und zitternd im Wundfieber wälzten. »So teuer ist er mir, so schön in seiner Stärke, mächtiger als sein Vater Lugalbanda. Gilgamesch ist der größte Heerführer, den Erech je gekannt hat. Und doch rennt er von einer Gefahr zur nächsten, größeren, wie ein wilder Stier, der einer

Kuh nachjagt. Immer ist er auf der Suche nach dem, was eines Tages sein Untergang sein wird ...« Aber das waren Gedanken, die sie von ihrem Sohn fernhalten mußte. Ihre Hände beschrieben unbewußt eine Geste des Schutzes, damit keine Götter oder Dämonen zuhörten und sich versucht fühlten, ihre Ängste wahr zu machen.
Rimsat-Ninsun ging zurück in ihre Kammer und schlug die Zimbel. Bau erschien. »Bring mir Wasser zum Trankopfer, Weihrauch und Kohlen«, befahl Rimsat-Ninsun. »Dann laß Gilgameschs Weihegemahlinnen holen und richte diesen Raum wie ein Brautgemach her.«
Rimsat-Ninsuns Kniegelenke knackten, als sie die Stufen zum Dach des Heiligtums hinaufstieg, und das Wasser in der Karneolschale schwappte hin und her. Oben angekommen hielt sie einen Moment inne, um Atem zu holen, dann wandte sie ihr Gesicht gen Osten, kniete nieder und streute etwas von dem Weihrauch auf die Glut in ihrer kleinen Kohlenpfanne. Der leichte Wind fuhr in die kleinen, grauen Rauchschwaden und trieb sie in die Nacht, während Rimsat-Ninsun zu beten begann.
»Utu«, rief sie aus und erhob ihre Hände zum dunklen Horizont, wo der Gott sich bei Tagesanbruch erheben würde, »warum hast du meinen Sohn Gilgamesch so werden lassen, wie er ist? Warum hast du ihn mit einen so rastlosen Geist gestraft?« Sie mußte eine Pause machen, denn die Tränen strömten ihr übers Gesicht und fielen in die Schüssel mit Wasser. Eine Zeitlang brachte sie kein Wort heraus.
»Nun hast du ihm eingegeben«, fuhr sie schließlich fort, »die lange Reise zu Huwawa zu wagen, sich einer Gefahr zu stellen, die er nicht einschätzen kann, einen Weg zu nehmen, den er bis zu dem Tag, an dem er ihn gegangen ist und wieder zurückkehrt, nicht kennen kann. An dem Tag aber, der ihm als Grenze gesetzt ist, und wenn er Furcht hat, möge Aia, deine Braut, dich an ihn erinnern und bei den Wächtern der Nacht für ihn sprechen. Steh ihm bei im mächtigen Zedernwald, Utu, Beschützer der Menschen. Laß dein Licht leuchten auf ihn und seinen Gefährten Enkidu. Kämpfe an ihrer Seite, großer Gott, bis Huwawa überwunden ist und sie das Land von allem befreit haben, was deinen Augen ein Ärgernis ist, bis sie Licht in den Zedern-

wald gebracht haben. So wie ich dich hier in der Dunkelheit anrufe, so stehe du ihnen bei in der Nacht und beschütze sie, auf daß nichts, was bei Tag oder Nacht wandelt, ihnen ein Leid antun kann.«
Vorsichtig hob Rimsat-Ninsun die Karneolschale und schüttete das Wasser aus. Die Lehmziegel auf dem flachen Dach des Heiligtums färbten sich dunkel unter der Feuchtigkeit. Ihr war, als spüre sie ein warmes Glühen in ihrer Brust, so wie ein weit entferntes Lagerfeuer das Herz eines Wanderers in der Wüste wärmt, und sie hoffte, daß Utu ihr Gebet vernommen hatte und es erhören würde. Demütig beugte sie den Kopf vor dem Gott und wartete, aber es gab kein weiteres Zeichen. Der Himmel war dunkel, über ihr schimmerten matt die Sterne, und Utu würde auf seiner nächtlichen Reise nicht umkehren.
Als Rimsat-Ninsun die Stufen wieder hinuntergestiegen war, stellte sie fest, daß die Frauen den Raum schon nach ihrem Befehl hergerichtet hatten. Der Boden war mit frischen Schwertlilien und Tamariskenzweigen bestreut, die Bettdecke zurückgeschlagen, die Lampen waren mit kostbarem Öl gefüllt. Kubaba, Enmebaragesi und Peschtur standen neben dem Bett, alle drei in Brautgewänder aus hauchdünnem Leinen gehüllt, auf den Köpfen aus grünen Palmblättern geflochtene Kronen.
»Sehr gut«, sagte Rimsat-Ninsun. »Nun werde ich Enkidu zu euch bringen, denn auch er ist Ensi, und ihr müßt ihm euren ganzen Segen geben, damit er Gilgamesch sicher auf dem langwierigen und mühseligen Weg geleiten kann, auf den Utu seine Füße geführt hat.«

5

Enkidu sah nur Gilgamesch, der nackt im Heiligtum neben ihm stand. Er war halb berauscht vom Duft des Weihrauchs und der Schwertlilien und dem warmen Moschusgeruch, der vom Körper seines Geliebten ausging, und bemerkte kaum, daß sich die Tür wieder geöffnet hatte und Rimsat-Ninsun in einem dunkelblauen Gewand,

einen goldenen Anhänger in der Hand, eintrat. Die heisere Stimme der Priesterin war sanft, doch jedes ihrer Worte schnitt klar durch die von süßem Rauch geschwängerte Luft.
»Mächtiger Enkidu, du bist nicht das Kind meines Schoßes, doch jetzt nehme ich dich zusammen mit den Weihepriesterinnen des Gilgamesch, seinen Geliebten und Schwestern, als meinen Sohn an.«
Sie trat einen Schritt vor, streckte die Arme aus, und Enkidu beugte seinen Kopf, damit sie ihm die Kette mit dem Anhänger um den Hals legen konnte. »Mögen die Götter meine Zeugen sein: So führe ich Gilgamesch zu Enkidu und Enkidu zu Gilgamesch. Bis er gegangen und zurückgekehrt ist, bis er den Zedernwald erreicht hat, bis er den schrecklichen Huwawa getötet hat, sei es ein Monat oder ein Jahr, sollen sie zusammen sein.«
Sie nahm Enkidus Hand, legte sie in die von Gilgamesch und umschloß mit ihren eigenen, schlanken Fingern den festen Griff. »Komm in das Brautgemach, das ich für dich hergerichtet habe, mein Sohn. Kommt beide, denn ihr seid ein Fleisch, ein Geist, ein einziger Mann. Gebt euch den Frauen hin, laßt euch groß machen von den Töchtern der Götter.«
Rimsat-Ninsun zog sie nach vorn, vorbei an der hölzernen Statue der Göttin, die auf sie herabblickte, und in den Raum hinter dem Heiligtum, wo Gilgameschs Weihegemahlinnen warteten. Obwohl sich Enkidu schon oft mit ihnen vergnügt hatte, erschienen sie ihm im schwachen Licht der Lampe jetzt merkwürdig fremd, als sähe er sie zum erstenmal. Sie waren nicht mehr allein Gilgameschs Priesterinnen, sondern auch die seinen. Seine Männlichkeit begann unter dem Rock schon hart zu werden, als Enmebaragesi und Peschtur vortraten und ihm mit einer Hand den goldenen Pelz an Brust und Schultern streichelten, während sie mit der anderen Gilgameschs glatte Haut liebkosten. Der Phallus des Ensi stand bereits und ragte aus den dunklen Locken zwischen seinen Beinen hervor wie ein knorriger Ast aus poliertem Zedernholz. Enkidu strich mit seinen Fingern sanft darüber, als Peschtur seinen Rock löste, darauf niederkniete und sich vorbeugte, um seine eigene Rute tief in die weiche Feuchtigkeit ihres Mundes aufzunehmen. Kubaba saß auf dem Bett und

beobachtete mit einem leichten Lächeln, wie Enmebaragesi Gilgamesch an sich zog. Enkidu betrachtete seinen Geliebten, und sein Herz floß vor Freude über. Ein leises, beglücktes Stöhnen kam über seine Lippen. Zusammen, niemals getrennt. Er wußte, daß er nicht mehr vom Leben erbitten konnte, denn alle seine Wünsche waren jetzt erfüllt.

6

Am Tag des Aufbruchs erhoben sich Gilgamesch und Enkidu vor Morgengrauen. Sie zogen sich gegenseitig langsam an, ordneten sorgfältig die Binden ihrer Röcke und befestigten vorsichtig die Mäntel auf den Schultern.
Danach halfen sie einander beim Anlegen der Rüstung und setzten zuletzt jeder dem anderen den Helm auf. Gilgamesch spürte das leise, ahnungsvolle Zittern im Körper seines Geliebten, und auch er erschauerte. Und obwohl er die Herstellung ihrer mächtigen Waffen selbst überwacht und hundert andere Reisevorbereitungen getroffen hatte, kam ihm erst jetzt die Ungeheuerlichkeit ihres Vorhabens ganz zu Bewußtsein.
»Wir werden zu Utus Tempel gehen«, erklärte Gilgamesch, »und unsere Opfer bringen, während er sich über den Horizont erhebt, denn auch Utu ist ein Reisender und Krieger.«
»Das ist gut«, sagte Enkidu, »denn wir werden mit Sicherheit seine Hilfe brauchen.«
Schusuen wartete draußen schon auf sie. Das dichte Haar des Schreibers war mit einem Band aus weißem Leinen nach hinten gebunden, er trug einen einfachen Rock und einen Mantel ohne Stickereien oder Schmuckstücke. Seine Augenlider waren leicht geschwollen, als laste noch immer Schlaf auf ihnen, doch seine blauen Augen glänzten hell, und sein lebhaftes Gesicht verriet die Aufregung. Zu seinen Füßen lag ein lederner Reisesack, auf dem sein Kater saß.
»Sind wir reisefertig?« fragte er. »Basthoteps Streitwagen, für den er dir ganz herzlich dankt, gütiger Ensi, steht draußen, und die Esel sind

schon eingespannt. Die anderen sind dabei, sich dort zu versammeln.«

»Wir wollen zuerst Utu unser Opfer bringen,« gab Gilgamesch zurück. »Wenn du willst, kannst du mitkommen, um unsere Worte zu hören und zu sehen, welche Zeichen uns der Gott gibt.«

Utus Heiligtum lag im östlichen Teil der Stadt und war hoch gebaut, um die ersten Strahlen der aufgehenden Sonne einzufangen. Gilgamesch und Enkidu, hinter denen Schusuen hertrottete, gingen nicht hinein, sondern stiegen die Treppen an der Seite des Tempels zum flachen Dach hinauf. Ein Priester befand sich schon dort, ein dicker Mann in mittleren Jahren, mit kahlrasiertem Kopf und langem, schwarzem Bart. Vor ihm auf einem kleinen Tisch standen Schalen mit Weihrauch und Wasser neben einer kleinen Kohlenpfanne. In der Hand hielt er einen Fächer aus getrockneten Zedernzweigen, deren scharfe Spitzen sich deutlich vom verblassenden Himmel abhoben.

»Sei gegrüßt und willkommen in Utus Namen, Ensi«, empfing sie der Priester und machte eine tiefe Verbeugung. »Seid ihr zum Morgenopfer gekommen?«

»Ja, und um für unsere Reise zu beten«, gab Gilgamesch zurück.

Der Priester nickte, und ein kleines Lächeln der Befriedigung zeigte sich unter den dichten Locken seines Bartes. »So soll es sein.« Er reichte Gilgamesch den Fächer und trat zurück.

Gilgamesch legte den Helm zur Seite, streute eine Prise des duftenden Harzes über die Glut und fächelte dann, bis der süßliche, graue Rauch sich nach oben kräuselte. Den Blick ostwärts über die grünen Felder jenseits der Mauern von Erech gerichtet, verstummte er für einen Augenblick. Unter ihm erwachte die Stadt im leisen, wortlosen Gemurmel vieler Stimmen. Weit im Osten sah er die bleichen Umrisse einer Schafherde, die den Hügeln zustrebte, und die dunklere Gestalt des Schäfers in ihrer Mitte. Ein grauer Hund rannte hinter ihnen her und hielt die Nachzügler zusammen. Der Himmel war jetzt ganz hell, das Gold des Sonnenaufgangs verblaßte zu einem Blau, über das ein paar rosenfarbene Wolkenfäden gestreut waren. Gilgamesch verharrte ein paar Atemzüge lang, sank dann auf die Knie und streckte seine Hände zum Himmel.

»Utu«, murmelte er leise, »Ich gehe fort, die Hände betend erhoben. Möge es meiner Seele wohlergehen. Führe mich sicher zurück in den Hafen von Erech und gewähre mir deinen Schutz.« Während er sprach, war Enkidu neben ihm niedergekniet; er sagte nichts und sah nur zum Himmel auf. Der klare Blick aus seinen grünen Augen war auf den hellen Horizont gerichtet, die lange goldene Mähne fiel nach hinten und vermischte sich mit dem zottigen Fell seines Mantels. Zu seiner eigenen Überraschung spürte Gilgamesch heiße Tränen in seinen Augen, und wie von selbst strömten die Worte aus seinem Mund. »Ich begebe mich auf eine Straße, die ich noch nie beschritten habe, um einen Kampf zu bestehen, von dem ich nichts weiß, und dennoch hüpft mein Herz vor Freude. Denn Enkidu, mein Freund und Gefährte, ist bei mir, und wenn wir zusammenstehen und Utus Licht über uns leuchtet, gibt es keinen, der stark genug wäre, uns zu besiegen.« Er stand auf, nahm eine Schüssel mit Wasser und schüttete es in einem glitzernden Strom langsam auf das Dach des Heiligtums, so daß die aufspringenden Tropfen auf seine Füße spritzten. Nach einem Augenblick tat Enkidu das gleiche.
»Sei mit uns, Utu«, bat Gilgamesch, »wenn wir fortgehen, wenn wir kämpfen und wenn wir nach Erech zurückkehren. Erleuchte unseren Weg und steh uns bei, bis wir sicher wieder zu Hause sind.«

## 7

Wie Schusuen gesagt hatte, waren die Streitwagen schon vor dem Gelände der Eanna versammelt. Gilgamesch hatte sich nach dem Vorbild dessen, den er bei dem Mordversuch verloren hatte, einen neuen Wagen bauen lassen. Der des Schreibers, der ja eigentlich Eigentum des Katers war, trug auf Anweisung Gilgameschs an jeder Ecke eine silberne Katze, und ähnlich dem seinen, der an den Seiten mit Darstellungen des Ensi beim Sieg über seine Feinde verziert war, waren auf Basthoteps Streitwagen Bilder der Katze beim Fangen von Mäusen, Ratten und Vögeln zu sehen. Hinter den Streitwagen der

Krieger befanden sich zwei große Wagen, jeder gezogen von acht Ochsen. Sie sollten, wenn alles gut ablief, die mächtigen Zedernstämme für Gilgameschs Tor befördern.
»Heil dir, Ensi!« rief Birhurturre von seinem Platz an der Spitze von Gilgameschs Männern. »Können wir aufbrechen?« Der junge Krieger hatte sich von den Schlägen, die ihm Aggas Männer zugefügt hatten, schnell erholt, und nur ein paar verblassende Blutergüsse schimmerten noch gelb in seinem Gesicht. Seine Bewegungen waren so gewandt und schnell wie immer. Gilgamesch hatte sich davon überzeugt, bevor er ihn aufgefordert hatte, an seiner Fahrt teilzunehmen.
»Wir sind bereit«, antwortete Gilgamesch. »Zuerst zum Stadttor. Dort werde ich vor den Augen der Bewohner von Erech meine Waffen in Empfang nehmen, und die Stadtältesten werden uns verabschieden.«
Enkidu sprang auf den Streitwagen, nahm die Zügel, und Gilgamesch folgte ihm. Schusuen, Basthotep auf dem Arm, stieg etwas vorsichtiger auf seinen Streitwagen und ließ sich unter dem Sonnendach nieder. Die helle Haut des Schreibers würde auf der Reise kaum mehr von der Sonne verbrannt werden, als wenn er unter dem Dach von Gilgameschs Gerichtssaal säße. Einige der Krieger hatten deshalb gemurrt und ins Feld geführt, daß Schusuen zu empfindlich für die lange Reise wäre, auf der es sicherlich Kämpfe gäbe, und daß er sie nur behindern würde. Aber damit waren sie bei Gilgamesch auf taube Ohren gestoßen. Er wollte den Schreiber an seiner Seite haben, um alles aufzuzeichnen, was geschah, wenn er gegen Huwawa antrat. Und wenn es zum Schlimmsten kam, würden Schusuens Tafeln vielleicht die Gebeine der Krieger überdauern.
Ein Trompetenstoß, und die Wildesel zogen an. Wie eine Flutwelle, die sich teilt, leerten sich vor ihnen die Straßen, und hinter ihnen strömten die Menschen wieder zusammen. Sie reckten die Hälse, riefen ihnen Segenswünsche nach und warfen Blumen und Palmwedel. Gilgamesch schaute in ihre Gesichter, manche dunkelhäutig und bärtig, andere hell und glatt, und fragte sich, was sie dachten. Einige mußten darunter sein, die ihn für verrückt und leichtfertig hielten

und wohl einen Seufzer der Erleichterung ausstoßen würden, wenn er nicht zurückkäme. Andere – er vermutete, es waren die jungen Männer, die pfiffen und ihm zujubelten, bis sie heiser waren, und die jungen Frauen, die sich mit blumengeschmücktem Haar, das über ihre Schultern fiel, und Blumenkränzen in den Händen aus den Fenstern lehnten – mußten wohl eine Art Stolz fühlen, daß der Ensi ihrer Stadt etwas versuchen wollte, das noch kein anderer Mann gewagt hatte, und daß er von einem Kampf zum nächsten, größeren eilte und sein vergoldeter Helm unverändert im Glanz des Sieges erstrahlte.
»Mögest du sicher nach Erech zurückkehren!« riefen sie immer und immer wieder. »Mögen die Götter dich segnen! Mögest du Huwawa aufs Haupt schlagen!«
Der Donner ihrer Stimmen war wie das Brüllen eines Heeres in seinem Rücken, das ihn vorwärtstrug. Er lächelte, winkte ihnen zu und achtete auch darauf, ab und zu einen ihrer Blicke aufzufangen, damit sie wußten, daß ihre Worte nicht ungehört verklangen.
Am Stadttor hatten sich die Ältesten von Erech versammelt. Neben dem En stand die Schamhatu. Vier kräftige Tempeldiener trugen die mächtigen Waffen, die Gilgamesch in Auftrag gegeben hatte. Dort wartete auch Rimsat-Ninsun, und ihr Gesicht mit den feinen Runzeln erschien im Morgenlicht blaß und starr.
»Nun reicht uns unsere Waffen«, rief Gilgamesch so laut, daß man ihn durch das leiser werdende Gemurmel der Menge hören konnte. »Diese mächtigen Waffen wurden geschmiedet, um Huwawa zu vernichten, die harte Bronze wurde geschliffen, um sein Blut zu vergießen. Gesegnet wurden sie mit der Gunst Utus und aller Götter, um hinwegzufegen, was ein Ärgernis ist auf Erden.«
Eine nach der anderen reichte der En Gilgamesch und Enkidu die Waffen. Seine dünnen Arme zitterten unter ihrem Gewicht. Es waren zwei schwere Schwerter mit goldenen Knäufen, zwei große Streitäxte, die sowohl Huwawa als auch die Zedern, die er bewachte, niederstrecken konnten, dazu Köcher und Bogen. Als sie so gewappnet waren, hob Gilgamesch im Angesicht von ganz Erech seine Axt, um sie im Sonnenlicht aufblitzen zu lassen.

»Mach dich nun auf, Gilgamesch«, sagte der En, und die Worte kamen dünn und heiser aus seiner schmächtigen Brust. »Verlaß dich nicht nur auf deine Stärke. Halte die Augen stets offen, schütze dich gut, und laß Enkidu vorangehen, denn er kennt den Weg. *Der vorangeht, rettet den Gefährten.* Möge Utu dir deinen Wunsch erfüllen, mögen deine Augen sehen, was dein Mund gesagt hat. Möge Utu dir den versperrten Pfad öffnen, die Straße deinen Schritten begehbar machen, die Berge deinem Fuß erschließen. Mögen die Boten der Nacht dir wohlgesonnen sein, und möge dein Vater Lugalbanda dir zur Seite stehen, um deinen Wunsch zu erfüllen. Wenn du Huwawa getötet hast, wie es dein Begehr ist, wasche deine Füße. Wenn du des Abends rastest, grabe einen Brunnen, auf daß das Wasser in deinem Schlauch immer frisch ist. Opfere Utu kühles Wasser, und vergiß niemals deinen Vater Lugalbanda. Geh nun, und möge der Gott, der dich beschützt, immer mit dir sein.«
»Geh glücklich und komm gesund zurück«, fügte die Schamhatu hinzu. »Du hast mich nicht nach meinem Rat gefragt, aber ich wünsche dir, daß dein ruheloser Geist auf dieser Fahrt endlich Frieden findet, so daß du nach deiner Rückkehr für immer in Erech bleibst.« Zu Gilgameschs Überraschung klang ein leichtes Schluchzen aus ihrer Stimme und ihm schien, als blitzten im hellen Morgenlicht Tränen in ihren Augen. Sie wandte rasch das Gesicht ab und legte ihre Hand auf die von Enkidu. »Erinnere dich immer an das, was ich dich gelehrt habe«, murmelte sie, »aber vergiß auch nicht die Weisheit des Löwen. Du wirst sie auf dem langen Weg zu Huwawas Wald brauchen.«
Als Gilgamesch auf ihr zartes Gesicht hinabblickte, fiel ihm urplötzlich etwas ein. Naram-Sins Prozeß und gleich darauf die ungeheure Erregung und das Grauen des Krieges hatten den Gedanken aus seinem Kopf verbannt. Vielleicht schon zu lange; Gilgamesch wußte es nicht. Er wußte nur, daß er sie warnen mußte, bevor er ging, damit es, wenn er zurückkam, nicht zu spät war. Er legte seine Hand auf ihre feinknochige Schulter und umschloß sie vorsichtig. Bei der Berührung schreckte sie leicht zurück, fing sich aber sofort wieder.

»Schamhatu«, murmelte er, »bevor ich aufbreche, muß ich dir noch etwas sagen. Bis jetzt bin ich nicht dazu gekommen. Ischbi-Erra erzählte mir«, er konnte ihr die Beschuldigung des Verräters nicht ins Gesicht sagen, »daß es im Tempel eine Frau gibt, die dich haßt, die behauptet, daß über dich getuschelt wird und daß deine Stellung nicht sicher ist, weil ... weil ich dir nicht beigewohnt habe. Ich denke, wenn du seine Geliebte findest, dann hast du deine Feindin innerhalb der Eanna gefunden.«

Kaum hatte Gilgamesch geendet, blinzelte er ungläubig. War es denn nicht das, was er sich wünschte, eine andere Frau als Schamhatu? Eine Frau, die seine Pläne nicht bekämpfte, die dem Ensi mit Respekt begegnete und ihm stets den Weg ebnete? Hatte er sich mit seinen hastigen Worte nicht gerade selbst geschadet?

*Aber auch eine andere Frau wäre immer noch Inanna*, flüsterte eine dunkle, kalte Stimme in den Tiefen seines Herzens.

Die Schamhatu nickte ernst. »Ich hatte damit gerechnet. Und ich danke dir für die Warnung und die Bestätigung meines Verdachts. Doch du brauchst um mich keine Angst zu haben. Was die Götter beschlossen haben, können Sterbliche nicht vereiteln. Du bist es, Gilgamesch, der sich jetzt in Gefahr begibt. Lebe wohl und komm gesund zurück.«

»Lebe wohl und komm gesund zurück«, wiederholte Rimsat-Ninsun. Mehr sagte sie nicht, sondern stand schweigend da und blickte auf ihre beiden Söhne.

Der Augenblick dehnte sich lang und unbehaglich. Dann warf Enkidu den Kopf in den Nacken. »Auf, mein Freund! Da du ja unbedingt kämpfen mußt, wollen wir es hinter uns bringen. Verbanne die Furcht aus deinem Herzen und komm mit mir, denn ich weiß, wo Huwawa lebt und welchen Weg er geht.«

Gilgamesch hob die Hand und gab Birhurturre das Zeichen. Wieder erklang die Trompete, die Tore schwangen auf, und die Reise hatte begonnen.

# 8

Schweigend ging die Schamhatu zurück zur Eanna und grübelte über Gilgameschs Worte nach. Seit ihrer Auseinandersetzung mit Schubad am Neujahrsfest hatte sie die Gerüchte im Tempel mit mehr Aufmerksamkeit verfolgt. Dann und wann hatte sie die grausamen Witze überhört, die noch unverblümter geworden waren, seit Gilgamesch sich mit Enkidu zusammengetan hatte. Sie wußte nur zu gut, daß das gemeine Volk immer so über die Menschen redete, die die Götter über es gestellt hatten. Aber in den letzten Monaten war es ihr immer schwerer gefallen, sich taub zu stellen und sich nicht dadurch selbst zu demütigen, daß sie sich voller Wut auf ihre Beleidiger stürzte. Nur das Bewußtsein, daß man sie schon für unbeherrscht und ungerecht hielt, weil sie Schubad eine Ohrfeige gegeben hatte, veranlaßte sie, sich zu beherrschen, aber die Witzeleien ärgerten sie trotzdem.

Mehr Sorgen freilich bereiteten ihr die Gespräche, die sie nicht hörte, das Flüstern und Murmeln, das sofort abbrach, wenn ihre Schritte sich näherten, die raschen, schuldbewußten Seitenblicke, die sie trafen. Sie hatte versucht, es auf die Belastungen des Krieges zu schieben oder auf ihre eigene Unruhe, die sie Schatten an jeder Wand sehen ließ, aber das war nun nicht länger möglich, dafür hatte Gilgamesch gesorgt.

»Was soll ich tun?« fragte sich die Schamhatu. »Mit wem soll ich darüber sprechen?«

Sie überlegte, ob sie Schubad selbst zur Rede stellen und sie als Unruhestifterin und Hetzerin im Tempel anklagen sollte. Vielleicht konnte man sogar beweisen, daß sie Ischbi-Erras Geliebte gewesen war und bei dem Plan zur Ermordung Gilgameschs ihre Finger im Spiel gehabt hatte, als Mitverschwörerin. Doch sie verwarf den Gedanken schnell wieder. Wenn es auch ungewöhnlich war, es gab kein Gesetz dagegen, die Schamhatu in Frage zu stellen, und was das andere betraf, was ließ sich jetzt noch beweisen? Lediglich, daß Schubad Ischbi-Erra gut gekannt hatte. Aber selbst wenn sie Mittäterin gewesen war, so waren die beiden einzigen, die das hätten bezeugen können, tot, und schließlich hatte man selbst Ischbi-Erras Ehefrau begnadigt ...

Auch konnte die Schamhatu nicht einfach zu Schubad sagen: »Verlaß die Eanna, du gehörst nicht länger zu uns«, oder Elulus Entscheidung umstoßen, die andere Frau singen zu lassen. Dazu hätte sie sich auf eine Vision von Inanna berufen müssen, und sie wußte, daß sie das nicht fälschlich tun konnte. Wenn sie so etwas versuchte, obwohl doch alle von der heimlichen Fehde zwischen ihr und Schubad wußten, und es herauskam, würde man ihr nie wieder Vertrauen schenken.

Aus den hohen Türen des Heiligtums klang eine *Tigi*-Hymne zu ihr herüber. Die Chorprobe näherte sich ihrem Ende, und der Tempel würde wieder allen offenstehen, die ein Opfer darbringen wollten. Schon jetzt hatten sich Menschen vor den Stufen versammelt. Die Schritte der Schamhatu wurden langsamer, bis sie schließlich stehenblieb. Es gab zumindest einen Sänger, dem sie vertrauen konnte und der ihr erzählen würde, wie die Dinge um Schubad und die, mit denen sie täglich sang, aß und sprach, standen.

Das Gesicht von den wartenden Bittstellern abgewandt, verharrte die Schamhatu, bis der Gesang beendet war und die Sänger und Sängerinnen aus dem Heiligtum strömten.

»Atab«, rief sie leise. Der junge Eunuch drehte sich um und sah sie aus seinen großen dunklen Augen erstaunt an, als sie ihn zu sich winkte.

»Was wünschst du, göttliche Herrin?«

»Komm mit. Ich möchte unter vier Augen mit dir sprechen.«

Sie gingen zu den Privatgemächern der Schamhatu. Dort setzte sie sich auf die Bettkante, und er ließ sich mit untergeschlagenen Beinen auf dem Teppich zu ihren Füßen nieder.

»Atab, du weißt, daß ich dir immer mein Bad und meinen Körper anvertraut habe. Kann ich dir jetzt auch meine Gedanken anvertrauen?«

»Immer, göttliche Herrin. Was bereitet dir Sorge?«

»Ich habe gehört ...« Die Worte blieben der Schamhatu in der Kehle stecken. Sie hatte so lange ihre Gedanken unterdrückt, mit keinem

über ihre Ängste gesprochen, daß es ihr jetzt vorkam, als hätte sie sich selbst eingemauert und den Fluchtweg vergessen. Als spüre er ihre Not, begann Atab leise zu summen, eine sanfte, beruhigende Melodie.
»Laß das!« sagte die Schamhatu mit scharfer Stimme. Atab blickte zu ihr auf, und sie sah den Schmerz, der sein feingeschnittenes Gesicht verdunkelte. »Nein, es liegt nicht an dir ... aber ich habe gehört ... mir wurde gesagt ...« Sie nahm sich zusammen, und nun strömten die Worte aus ihr heraus wie eine jähe Flutwelle, die einen morschen Damm sprengt. »Ich habe gehört, daß es im Tempel Menschen gibt, die gegen mich murren, die sagen, daß ich meines Amtes nicht würdig sei, weil Gilgamesch nicht in Inannas Brautbett gekommen ist. Und ich glaube, ich weiß auch, wer so redet.«
»Diese räudige Hündin!« brach es aus Atab hervor, und seine hohe Stimme wurde zum schrillen Schrei, spitz wie der Stich einer Ahle. »Vergib meine Worte, göttliche Herrin, aber ich weiß genau, wen du meinst. Es ist Schubad, nicht wahr?«
Die Schamhatu nickte.
»Ihre Überheblichkeit ist grenzenlos«, fuhr der schlanke Eunuch fort. »Die *Gala*-Priester wissen das schon lange, denn seit sie die Lieder Inannas beherrscht, fordert sie immer mehr von den besten Solopartien für sich. Sie verlockt Elulu mit Hüftschwung und Blicken, so daß er ihr selbst Partien, die für die Stimmen von Eunuchen gedacht sind, zu singen gibt. Und in den letzten Monaten«, Atabs Stimme wurde leiser und sein Blick senkte sich auf die im Schoß verschränkten, schmalen Finger, »hat sie wirklich so gesprochen wie du es gesagt hast, und ohne große Zurückhaltung.«
»Und stimmen ihr viele zu?« wollte die Schamhatu wissen, und als er den Mund öffnete, um ihr zu antworten, fügte sie hinzu: »Atab, sag mir die Wahrheit und versuche nicht, mich zu trösten. Ich muß es wissen. Verletzen würde mich nur eine Lüge.«
»Ich glaube nicht, daß viele von den Oberen des Tempels ihrer Meinung sind«, erklärte Atab zögernd. »Ich habe einmal gehört, wie Elulu sagte, daß ihr Mund nur deshalb so schöne Töne hervorbrächte, weil ihr Kopf leer sei, und daß sie ihre Zeit mit den Stücken

verbringen sollte, die er ihr zu singen aufgegeben hätte, und nicht mit Dingen, die über ihren Verstand gingen. Doch ich muß dir auch sagen, göttliche Herrin, daß sie bei den einfältigeren Leuten nicht ohne Anhang ist.«

Die Miene der Schamhatu mußte etwas von ihren Gefühlen verraten haben, denn Atabs Hand legte sich ganz leicht auf ihr Knie. »Obgleich wir den Krieg gewonnen haben, sind viele immer noch entmutigt, und das Volk wird sich immer beschweren, wenn die Zeiten hart sind. Schubads Einflüsterungen sind wie eine kleine Glut, die im geeigneten Windstoß hoch auflodert, um sich dann schnell wieder zu verzehren und auszukühlen. Göttliche Herrin, ich bin sicher, daß du nichts zu befürchten hast; bald werden ihre Anhänger reuig vor dir stehen. Du hast alles getan, was Inanna von dir verlangt, und wenn der Ensi seine Pflicht nicht erfüllt, so wird es auf sein Haupt kommen.«

Die Schamhatu erschauerte. So als wäre der Augenblick nie vergangen, konnte sie immer noch Urgigirs tiefe, rauhe Stimme aus Geme-Tiraschs Mund hören: *Die Zeichen sind nicht gut...* Und diese anderen, dunklen Worte: *Der Ensi von Erech ist tot.* Ohne nachzudenken, so als wäre sie eine Bäuerin, die sich vor dem bösen Blick schützen wollte, formte ihre Hand mit dem kleinen und dem Zeigefinger das gehörnte Zeichen der Abwehr.

»Sprich nicht so! Nicht wenn der Ensi unterwegs zu unbekannten Gefahren ist.«

»Mögen ihn die Götter vor allem Übel bewahren«, murmelte Atab milde. Sein Tonfall erfreute die Schamhatu nicht. Wenn diejenigen im Tempel, die nichts gegen sie hatten, statt dessen Gilgamesch die Schuld an allem, was ihnen mißfiel, zuschrieben, wie sollte Erech in Einheit vor den Göttern bestehen? Aber das konnte sie Atab nicht sagen, denn sie hatte das Gefühl, als gebe der feste Boden unter ihren Füßen nach wie Flußschlamm in einer starken Strömung, und sie wollte den Eunuchen nicht verunsichern, auf dessen Treue und Beständigkeit sie angewiesen war.

»Erinnere dich nur immer daran, was du mir gesagt hast, mein Getreuer. Wenn du wieder Gerüchte hören solltest, dann tritt ihnen entgegen, und wenn sie wirklich übel sind, dann teile sie mir mit.«

»Das werde ich tun, göttliche Herrin. Ich wünschte«, fügte Atab hinzu, »daß Schusuen nicht mit Gilgamesch gegangen wäre. Es gibt keinen wie ihn, wenn es darauf ankommt, Verrat dadurch beizukommen, daß man ihn lächerlich macht, und scharfe Zungen mit einer noch schärferen Zunge zum Schweigen zu bringen. Und von den vielen, die Schubad zu verführen versucht hat, ist er einer der wenigen, die vernünftig genug waren, sie zurückzuweisen.«
»Woher weißt du das?« fragte die Schamhatu, ein Opfer ihrer eigenen Neugierde.
»Weil sie mehr als eine Woche lang keifte, stöhnte und seinen Namen verfluchte, ohne zu sagen warum. Deshalb fragte ich ihn, und er sagte mir, mit welchen Worten er sie weggeschickt hatte.«
Die Schamhatu hätte nur allzugern nach diesen Worten gefragt, aber so weit konnte sie ihre Würde nun doch nicht vergessen. Darum entgegnete sie nur: »Da Schusuen leider nicht hier ist, mußt eben du dein Bestes tun.« Aber die Nachricht, daß der junge Schreiber sie die ganze Zeit unterstützt hatte, erleichterte ihr Herz, auch wenn er trotzdem immer treu zu Gilgamesch gestanden hatte.


9

Selbst mit den schweren Wagen, die sie behinderten, kam Gilgameschs Zug gut voran. Es war noch lange nicht Mittag, als die Mauern von Erech bereits am Horizont verschwunden waren. Vergnügt und ohne weiter an seine düsteren Vorahnungen zu denken, lachte Gilgamesch während der Fahrt laut vor sich hin und summte ab und zu ein paar Takte eines Liedes. Auch Enkidu schien heiterer Stimmung, als hätte er alle seine Befürchtungen hinsichtlich Huwawa abgestreift.
»Was ist eigentlich mit Sululi?« fragte Gilgamesch, dem sie so plötzlich einfiel wie ein Vogel, der erschrocken aus dem Schilf auffliegt.
»Sie war nicht da, um uns zu verabschieden.«
»Ich habe ihr letzte Nacht Lebewohl gesagt«, gab Enkidu zurück. »Sie

sagte, sie könne es nicht ertragen, uns aufbrechen zu sehen. Ich denke, es wird lange dauern«, fügte er ein wenig traurig hinzu, »bis sie wieder mit frohem Herzen auf Männer schauen kann, die sich zum Kampf rüsten. Trotzdem scheint sie sonst glücklich zu sein. Die Schamhatu hat sie zur Vorsteherin der Weberinnen der Eanna ernannt, so daß sie immer die beste Wolle und das schönste Garn bekommt, und sie hat enge Freundschaft mit Inaschagga geschlossen, die ihr Lehrling geworden ist. Sie war zwar traurig, mich gehen zu sehen, denn ich denke, sie hat mich liebgewonnen, aber sie hat mich gesegnet und schickt dir ihre wärmsten Grüße. Was deinen Sohn betrifft, so hat er gebrüllt und seine kleinen Fäuste geschüttelt, als wolle er mit uns ziehen. Ich glaube, er hat dein mutiges Herz geerbt.«
Gilgamesch lächelte. »Er ist ebenso dein Sohn wie meiner. Eines Tages wird er unser Erbe sein, Ensi von Erech. Ich wünsche mir«, fuhr er nachdenklich fort, »daß ich letzte Nacht zu ihr gegangen wäre, aber es gab soviel zu tun.«
»Du kannst sie ausgiebig begrüßen, wenn wir zurück sind. Begrüßungen sind immer angenehmer als Abschiede.«
»Das stimmt.«
Plötzlich hörte man aus Schusuens Streitwagen ein wütendes Miauen, dem ein heftiges Zischen und Fauchen folgte. Der Kater des Schreibers stand mit gekrümmtem Rücken auf dessen Schoß und starrte in die Ferne.
»Ruhig, Basthotep, ruhig«, murmelte Schusuen und versuchte das gesträubte Rückenfell des Katers glattzustreichen. »Was ist? Was siehst du?«
Enkidu lachte und deutete in die Richtung, in die der Kater blickte. Im ersten Moment konnte Gilgamesch nichts erkennen, dann aber sah er die langgestreckten, gelbbraunen Gestalten, die sich langsam über die hitzestarrende Ebene bewegten. »Dort draußen ist mein Freund«, erklärte Enkidu, »und der Kater will ihm seinen Harem streitig machen. Er hat den Geruch wahrgenommen und glaubt, es wäre ein Kater wie er selbst, mit dem er kämpfen könnte.«
»Mein tapferer, kleiner Herrscher«, sagte Schusuen und hob den ge-

fleckten Kater hoch. »Siehst du nicht, daß der Löwe viel größer ist als du? Er würde dich mit einem einzigen Biß verschlingen und es noch nicht einmal bemerken, aber das kümmert dich nicht, oder? Du bist ein Gilgamesch unter den Katzen und würdest trotzdem gegen ihn antreten.« Schusuen zog den Kopf ein und starrte auf Gilgamesch. Mit zusammengepreßten Lippen versuchte er ein Lächeln zu verbergen, doch Gilgamesch kannte Schusuens Ausdruck schuldbewußter Erheiterung nur zu gut.
»Versuchst du mir etwas zu sagen?«
»Mein Ensi«, und nun lächelte Schusuen wirklich, »wer würde es wagen, Gilgamesch unaufgefordert einen Rat zu geben, ihm, der doch zu zwei Dritteln ein Gott und nur zu einem Drittel ein Mensch ist? Ich lobe nur den kleinen Basthotep für seinen Mut, und was für ein größeres Lob könnte es geben als den Vergleich mit dir?«
Gilgamesch machte eine abwehrende Handbewegung. Seit ihrer gemeinsamen Schulzeit in der Eanna wußte er, daß es sinnlos war, sich mit Schusuens Worten messen zu wollen; ebensogut konnte man versuchen, die zuckende Zunge einer Eidechse zu ergreifen. »Wenn du möchtest, daß dir dein prächtiger Kater erhalten bleibt, dann binde heute nacht seine Leine gut fest«, riet er ihm und wandte sich wieder Enkidu zu. »Glaubst du, daß dein Freund uns den ganzen Weg zum Zedernwald begleitet?«
»Nein, denn er ist jetzt der Rudelführer und hat Löwinnen und Land, das er bewachen muß. Aber es ist schön, ihn zu sehen, und vielleicht kommt er ja noch näher.«

10

Es dauerte fast einen Monat, bis sie endlich die Berge erblickten. Die flachen Hügel erhoben sich aus der Ebene, und weit dahinter ragten die steileren Gipfel auf, blau wie die kühlen Schatten des Abends. »Die Reise wird jetzt langsamer vorangehen«, erklärte Enkidu. »Wir sind immer noch eine gute Wegstrecke vom Zedernwald entfernt, doch es ist an der Zeit, wachsamer zu werden. Und ich denke, du soll-

test heute abend Utu ein Opfer darbringen, denn hier im Hochland sind wir näher an seiner Halle.«
Bei Enkidus Worten durchfuhr ein kalter Schauder Gilgamesch, ohne daß er recht wußte, warum. Aber er nickte nur ernst und antwortete: »Ich werde es tun.«
So geschah es, daß Gilgamesch, als die Sonne sich langsam senkte, seinen Männern befahl, einen nach Westen gerichteten Brunnen zu graben, und selbst zur Hacke griff, um ihnen dabei zu helfen. Mit einigen kräftigen Männern kamen die Arbeiten schnell voran, und zu Gilgameschs Überraschung floß klares Wasser in die Grube, ehe sie noch mannstief war. Er füllte seine doppelspundige Wasserflasche und sagte zu Birhurturre: »Ich gehe auf den Gipfel dieses Felsens. Ich möchte allein sein, doch behaltet mich gut im Auge, falls ich Hilfe brauchen sollte.«
»Ja, Ensi«, antwortete der junge Krieger. »Ich werde gut aufpassen und dich nicht enttäuschen.«
Der Ensi legte ihm die Hand auf die Schulter. »In den Händen Aggas von Kisch hast du bewiesen, daß du mein Vertrauen verdienst.« Und obgleich Birhurturre nicht antwortete, spürte Gilgamesch, wie sich die Muskeln unter seiner Hand entspannten, und wußte, daß er die richtigen Worte gefunden hatte.
Der Gebirgspfad war zwar felsig, doch ohne Schwierigkeiten begehbar. Gras und Unterholz waren fast völlig abgefressen, und Gilgamesch sah die zierlichen Abdrücke der gespaltenen Hufe von wilden Ziegen und hier und da verstreute kleine, runde, getrocknete Kotballen. Er überlegte, ob er einige der Männer auf die Jagd schicken sollte, denn das frische Fleisch würde nach den vielen Tagen, in denen sie sich von hart gebackenem Brot und krümeligem, trockenem Käse ernährt hatten, eine willkommene Abwechslung darstellen. Trotz der Sonne, die immer noch herabschien und die Bergkämme in rotes Licht tauchte, wurde es jetzt schnell kühl, und der aufkommende Abendwind ließ ihn frösteln. Über ihm zog ein großer Raubvogel seine Kreise und hob sich schwarz vom hellen Himmel ab. Von seinem Standpunkt aus konnte Gilgamesch nur die trägen Schwingenschläge ausmachen und nicht sagen, ob es ein Adler oder ein Geier

war. Einen Augenblick blieb er stehen und beobachtete den Vogel, dann kletterte er weiter, bis er den Gipfel des Berges erreicht hatte und von dort auf das Lager tief unten hinabsah, wo seine Männer mit den Feuern und dem Herrichten der Schlafstellen beschäftigt waren. Der Wind, der von den höheren Bergen herunterwehte, war hier oben kälter.

»Berg«, flüsterte Gilgamesch und verstreute etwas von dem Mehl, das er in einem kleinen Beutel mit heraufgebracht hatte, »sende mir einen Traum, eine gute Botschaft von Utu. Utu, ich opfere dir frisches Wasser aus unserem Brunnen.« Er entkorkte seine Wasserflasche und tropfte mit der Flüssigkeit einen Kreis um sich herum. »Ich opfere dir Mehl, gemahlen aus dem Getreide von Erech. Und du, mein Vater Lugalbanda, der du unter den Göttern weilst, du, der einst selbst über die Berge zog, du hast mir Kraft und Stärke gegeben. Nun stehe mir bei, denn ich gehe wie du einen schweren Weg und brauche alle die Gaben, die deine Macht in mir gezeugt hat.«

Der Vogel über Gilgamesch – ein Adler, dessen war er jetzt sicher – hatte ihn erneut umkreist und flog nun steil auf einen der höheren Gipfel zu, wo er in den Schatten einer Schlucht glitt und verschwand. Gilgamesch wartete noch eine Weile, doch die Sonne sank schnell, und er wußte, daß er sich beeilen mußte, ins Lager zurückzukommen, bevor sich Dunkelheit über den Pfad legte.

Die Feuer loderten schon, als Gilgamesch bei seinen Männern erschien und sich seinen Weg zu dem Lagerfeuer bahnte, an dem Enkidu mit untergeschlagenen Beinen saß und seine Abendration Brot kaute.

»Ich habe unser Lager schon bereitet«, sagte Enkidu, »mit einem Windschutz, denn der Nachtwind hier oben ist eisig. Wir sollten früh schlafen gehen, denn morgen haben wir einen harten Tag vor uns.«

Gilgamesch wollte noch etwas einwenden, doch da überkam ihn schon ein Gähnen. Er war plötzlich so todmüde, als hätte der kalte Wind vom Gebirge seinem Körper mit der Wärme auch alle Kraft entzogen, und er merkte, daß er zitterte. Er setzte sich dicht neben Enkidu, um die Körperwärme seines Geliebten zu spüren, und als sie ihre Abendmahlzeit beendet hatten, ließ sich Gilgamesch von dem anderen Mann bereitwillig zu ihrem aus Decken bereiteten Bett führen und war dankbar für den Windschutz, den Enkidu aus Mänteln und trockenen Ästen gebaut hatte.

11

Es war bitterkalt und dunkel, als Gilgamesch erwachte. Die einzige Wärme kam von Enkidus Körper, der sich an seinen Rücken schmiegte. Alle seine Glieder waren so steif, daß sie zitterten, und einen Augenblick lang wußte er nicht, wo er war.
»Enkidu«, rief er leise. »Enkidu?«
»Gilgamesch«, antwortete die tiefe Stimme des anderen schlaftrunken. »Gilgamesch, fehlt dir etwas?«
»Hast du mich nicht gerufen, mein Freund? Warum bin ich dann aufgewacht? Hast du mich etwa nicht wachgerüttelt? Ich wurde aus tiefem Schlaf gerissen.« Ein heftiges Frösteln packte Gilgameschs Körper und schüttelte ihn wie einen Palmwedel im Sturm. Enkidu umarmte ihn und drückte ihn fest an sich, bis der Anfall vorüber war.
»Warum zittere ich so?« fragte Gilgamesch verwundert. »Ist ein Gott vorübergegangen? Enkidu, ich habe geträumt.«
»Erzähl mir davon«, murmelte Enkidu, und sein Atem streifte sanft Gilgameschs Ohr.
»Die Träume ... sie waren beunruhigend. Ich träumte, wir wären in einer Bergschlucht, und hoch über uns ragte ein Gipfel auf. Dann kippte er um und brach zusammen, die Felsen stürzten auf uns herab, und wir waren winzig wie Käfer.«
»Ah«, seufzte Enkidu und meinte dann: »Ich weiß, was dein Traum sagen will. Es ist ein guter Traum, denke ich, und von großer Bedeutung. Mein Freund, der Berg in deinem Traum ist Huwawa. Der Traum verheißt, daß wir ihn besiegen und töten werden. Wir werden ihn niederwerfen und seinen Körper dem Ödland übergeben. Morgen früh wird uns Utu ein gutes Zeichen senden.«

»Wie willst du das wissen?«
»Ich weiß es.« Enkidu brach ab, und eine Zeitlang hörte Gilgamesch nur das leise Geräusch von Enkidus Atem in seinem Haar. »Ich weiß es, weil ich in der Wildnis geboren bin, weil ich den Weg in Huwawas Land kenne, weil ich weiß, was bei den Löwen vorgeht.«
»Aber es gibt keine Löwen auf diesen Gipfeln«, dachte Gilgamesch. »Nur Wölfe, Bären und Raubvögel.« Dennoch fühlte er sich ein wenig getröstet, und so erzählte er seinen zweiten Traum.
»Als dieser Traum vorbei war, hatte ich einen zweiten. Ich kämpfte mit einem wütenden Stier aus der Wildnis, sein Schnauben spaltete die Erde, und eine Staubwolke stieg zum Himmel. Ich sank vor ihm auf die Knie, während sein Maul meinen Arm packte. Dann erschien ein Mann, dessen Gesicht so strahlte, daß ich ihn nicht ansehen konnte. Meine Zunge hing heraus und meine Schläfen pochten, aber er zog mich fort und gab mir aus seinem Wasserschlauch zu trinken.«
»Der wütende Stier ist nicht Huwawa, zu dem wir gehen«, erklärte Enkidu. »Der wilde Stier in deinem Traum ist Utu, der uns beschützt, der unseren Arm führen wird, wenn wir in Bedrängnis sind. Der andere aber, der dir Wasser aus seinem Wasserschlauch zu trinken gab, das ist«, sagte Enkidu und seine Stimme war jetzt fest und überzeugend, »Lugalbanda, dein Vater und Gott, der dir Ehre bringt. Wir sollen uns mit ihm verbünden, um die eine Tat zu vollbringen, die noch niemand vollbracht hat und die der Tod nicht auslöschen kann.«
»Aber«, seufzte Gilgamesch, »ich hatte noch einen dritten Traum, und er hat mich zutiefst verstört. Die Himmel brüllten und die Erde erbebte. Dann«, und wieder erschauerte er, als er sich an den ungeheuren, schwarzen Abgrund erinnerte, in dem er mutterseelenallein zu stehen schien, ohne etwas zu hören oder zu sehen, das ihm Mut gemacht hätte, »dann wurde es totenstill, und es herrschte Finsternis. Ein Blitz zuckte, Feuer brach aus. Die Wolken zogen sich über mir zusammen, und es fiel ein tödlicher Regen. Dann verblaßte der weißglühende Schein, das Feuer ging aus und alles, was herabgefallen war, verwandelte sich in Asche. Komm«, fügte er plötzlich hinzu,

»wir wollen hinunter in die Ebene gehen, wo wir darüber sprechen können. Die Berge scheinen mir auf einmal zu nahe an ...«
»An Huwawa?« fragte Enkidu sanft. »Aber mir scheint dein letzter Traum der beste zu sein. Huwawas Brüllen ist wie eine Flut, sein Maul speit Feuer, und sein Atem bringt den Tod. In deinem Traum hast du gesehen, was noch nie jemand gesehen hat. Doch die Flamme ist verglüht, das Feuer erloschen, und der tödliche Regen hat sich in Asche verwandelt. Wir werden Huwawa besiegen und ihm seine sieben Mäntel des Grauens nehmen. Morgen früh wird uns Utu ein günstiges Zeichen senden.«
»Aber das war noch nicht alles«, Gilgamesch hielt inne, denn die Bilder der Nacht verblaßten bereits in seinem Kopf. »Ich hatte noch zwei weitere Träume, aber ich kann mich nicht mehr an sie erinnern. Einer von einem Mann, viele Ellen hoch, nein, sie sind fort.« Er blinzelte heftig in die Dunkelheit unter ihrem Windschutz und wünschte sich, die Sterne sehen zu können.
»Deine Träume sind gute Vorzeichen«, schnurrte Enkidu, »sie trösten mein Herz.«
»Meines auch«, bemerkte eine andere Stimme. Es war Schusuens trockener, gebildeter Bariton. »Wenn auch Enkidus Deutungen beruhigender sind, als meine es gewesen wären.«
»Schusuen!« stieß Gilgamesch hervor und setzte sich kerzengerade auf. Sofort traf die eisige Luft seine nackten Schultern und seine Brust, daß er das Gefühl hatte, in einen kalten Gebirgsbach gesprungen zu sein. Doch in seinem Ärger bemerkte er es kaum. »Wie kannst du wagen, uns zu belauschen?«
»Gemach, gemach«, gab der Schreiber zurück. Nachdem seine Augen sich an die Dunkelheit gewöhnt hatten, erkannte Gilgamesch hinter ihrem Windschutz den undeutlichen Umriß des jungen Mannes, der beschwichtigend die Hände spreizte. »Es war Basthotep, der mich getreten und miaut hat, um mir zu sagen, daß etwas Wichtiges vorgeht und ich deshalb zu dir gehen soll. Du hast mich mitgenommen, um alles aufzuschreiben, oder etwa nicht? Und was könnte wohl wichtiger sein als die Träume des Ensi vor seinem großen Kampf? Würde nicht jeder vom Volk der Eanna dasselbe sagen?«

»Wir sind hier die einzigen vom Volk der Eanna«, grollte Gilgamesch, doch der Zorn in seiner Brust legte sich bereits wieder. »Trotzdem hast du wohl recht. Jetzt aber geh schlafen und schreib alles auf, sobald es hell ist.«
»Wie du befiehlst, mein Ensi.« Schusuen erhob sich, und Gilgamesch hörte seine Schritte auf den eisigen Kieseln knirschen, als er sich entfernte.
Gilgamesch legte sich wieder hin und wickelte sich dicht in seine Wolldecken. »Glaubst du wirklich«, fragte er, »daß Schusuens Kater ihm diese Dinge mitteilt? Diese Katze ist recht nützlich für ihn.«
Enkidus weiches Lachen grollte aus seiner breiten Brust. »Die Katze ist mit den Löwen verwandt«, gab er zurück, »und Schusuen ist der Urenkel des En. Wer weiß, was sie ihm verrät? Doch schließlich warst du es, der die beiden haben wollte, und sie sind keine schlechten Gefährten.«
»Ja, das stimmt«, lenkte Gilgamesch ein. »Trotzdem ärgert es mich, wenn Schusuen so unerwartet hinter mir auftaucht. Ich denke, ich hänge ihm eine kleine Glocke um den Hals, die uns vor seiner Ankunft warnt.«
Enkidu lachte erneut. »Das kannst du tun, doch er hat geschickte Hände. Wahrscheinlich würde er sie nicht lange anbehalten. Außerdem liebt er dich wirklich. Ich glaube nicht, daß er etwas Schlechtes über dich schreiben würde.«
»Außer vielleicht Lieder, die gesungen werden, wenn ich sie nicht hören kann...«
So lagen sie noch eine Weile und unterhielten sich leise. Gilgamesch bemerkte kaum, wie der Schlaf sich wieder über ihn senkte, und es gab auch keine weiteren seltsamen Träume, die ihn gestört hätten, bis die helle Morgendämmerung durch ihren Windschutz fiel und die beiden Freunde weckte.

## 12

Ihre Fahrt durch die Berge verlief ereignislos; kaum daß sie das Brummen eines Bären oder das Heulen eines Wolfes beunruhigt hätte. Der Lärm von dreiundsechzig Männern in ihren Streitwagen genügte, um die meisten wilden Tiere einzuschüchtern, und wenn sich Räuberbanden in den Bergen versteckten, waren sie klug genug zu wissen, daß sie die Unterlegenen waren und sich außer Sichtweite von Gilgameschs Schar zu halten hatten. Jeden Abend ließ Gilgamesch einen neuen Brunnen ausheben und ging auf einen Hügelkamm, um Utu und Lugalbanda sein Opfer darzubringen. Das Wetter blieb schön und klar, der Wind von den Bergen wehte frisch bei Tage und schneidend kalt bei Nacht, und das war für die meisten Männer ein ausreichendes Zeichen für göttliche Gunst.

Am sechsten Tag jedoch, als sie sich der Hochebene näherten, auf der sie ihr Nachtlager aufschlagen wollten, erhob sich aus dem Wagen hinter Gilgamesch ein markerschütterndes Jaulen. Als Gilgamesch zurückblickte, sah er, daß Schusuens Gefährt ungefähr fünfzig Schritte weiter hinten zum Stehen gekommen war.

»Fahr zurück,« sagte Gilgamesch zu Enkidu. Die Wildesel tänzelten und bockten. Sie hoben ihre zierlichen Hufe hoch über den steinigen Gebirgspfad, und die flachen Räder des Streitwagens knirschten auf den Steinen, als Enkidu wendete.

»Was gibt es?« rief Gilgamesch Schusuen zu, als sie näher kamen. »Warum hast du angehalten?«

Der Kater des Schreibers jaulte in einem hohen und schaurigen Ton erneut auf. Er stand mit weit gespreizten Beinen und borstig gesträubtem Schwanz auf dem Schoß des Schreibers und hatte seine Krallen tief in Schusuens Oberschenkel gebohrt.

»Basthotep will nicht weiter«, erwiderte Schusuen. Gilgamesch sah die kleinen Bluttropfen, die unter den Krallen des Katers bereits das einfache Leinen befleckten. Schusuens Gesicht war sehr bleich, die schmalen Lippen hielt er fest aufeinandergepreßt. »Ich denke, wir müssen nah an Huwawas Land sein, weil Basthotep so große Angst hat.«

Gilgamesch sah auf Enkidu.

»Ja, es ist nicht mehr weit«, bestätigte Enkidu bedrückt. »Noch zwei Tage bis zum Zedernwald für uns alle, einen Tag, wenn wir die anderen zurücklassen und allein weiterziehen. Und ich denke, das müssen wir tun, denn die Wildesel werden nicht weiter gehen als dorthin, wo wir heute nacht lagern wollen. Kein Tier würde das tun, denn dort beginnt der Saum von Huwawas erstem Mantel des Grauens.«

»Du kannst nicht allein hier zurückbleiben«, erklärte Gilgamesch Schusuen. »Beruhige deinen Kater und sag ihm, daß wir nicht viel weiter ziehen. Du kannst hier ohnehin weder lagern noch umkehren, denn auf dem Pfad ist kein Platz für zwei Wagen und alle anderen sind hinter dir.«

Schusuen nickte, und während Enkidu den Streitwagen erneut wendete, hörte Gilgamesch den Schreiber beruhigend auf seinen Kater einreden. Er konnte die Worte nicht verstehen, doch es dauerte nicht lange, bis er hinter sich wieder den schwerfälligen Hufschlag der weißen Esel vernahm, und als er sich umblickte, sah er, daß sich Schusuens Wagen ins Gang gesetzt hatte.

Als sie die Hochebene erreichten, waren alle Tiere unruhig geworden, traten von einem Bein auf das andere, wurden langsamer und spähten ängstlich umher, wie Gazellen, die im wechselnden Wind eine erste Andeutung von Löwengeruch gewittert haben. Auch Gilgamesch glaubte etwas zu spüren, ein merkwürdiges Summen in seinen Knochen wie vom Ton eines Horns, zu tief, um ihn zu hören. Nachdem der Brunnen gegraben war und er sein abendliches Opfer gebracht hatte, versammelte er alle Männer an einem Feuer. Aber als er davorstand, erschienen ihm ihre Gesichter wie hinter einem Schleier aus flackernden Schatten und wehenden Rauchschwaden verborgen, der einmal jenen, dann wieder einen anderen Mann verhüllte, und ihm war, als sei nur Enkidu neben ihm wirklich und alle anderen ein Heer von Geistern.

»Meine Krieger«, begann Gilgamesch. Die hohen Berge hinter ihm und die schwindelerregenden Steilhänge auf beiden Seiten schienen seine Stimme zu verschlucken, so daß nur ein dünnes Flüstern übrigblieb. Er holte tief Luft und brüllte so laut, als wolle er einen Löwen zum Kampf herausfordern.

»Meine Krieger, ihr seid einen langen Weg mit mir gegangen. Jetzt lassen uns unsere Esel im Stich, denn wir haben den Saum von Huwawas Grauen erreicht. Vor uns liegt der Zedernwald, und nun hört mir zu: Ihr habt den Punkt erreicht, den ihr erreichen solltet. Der Kampf, der vor uns liegt, ist keine Schlacht zwischen zwei Heeren, sondern ein Kampf der Helden, und Enkidu und ich müssen ihn allein ausfechten. Wir beide sind es, die den Weg in den Zedernwald öffnen müssen. Ihr werdet hier warten, bis wir zurückkommen und die Kunde bringen, daß das Tor offen, der Wächter erschlagen und die Zedern unser sind. Ihr könnt uns nicht begleiten.«

Die Krieger bewegten sich unruhig hin und her, und Gilgamesch sah, daß alle seinem Blick auswichen. Tiefliegende Augenpaare wandten sich ab, Knochen traten plötzlich scharf unter erblassender Haut hervor. Birhurturre schlug die Augen nieder, als hätte er Schmerzen, öffnete zweimal den Mund zum Sprechen und schloß ihn wieder.

»Keiner von euch soll fürchten, er habe mich jetzt im Stich gelassen«, fuhr Gilgamesch versöhnlicher fort. »Der Kampf mit Huwawa ist meine und Enkidus Aufgabe, ihr habt euren Teil getan.«

»Alle außer mir«, erklang Schusuens Stimme hinter Gilgamesch. Der Schreiber trat vor, und das Licht des Feuers ließ die Schatten auf seinen aristokratischen Wangen und dem zarten Kinn tänzeln. »Ich werde euch bis zum Zedernwald folgen, denn du wolltest, daß ich die ganze Geschichte erzähle.«

Gilgamesch musterte ihn verblüfft. Der junge Mann zitterte leicht, wie eine Harfensaite, die man plötzlich fest angezogen hat, aber er hielt sich straff, und sein Gesicht war ernst und entschlossen.

»Du bist der letzte, der mich begleiten sollte. Du bist kein Krieger, was willst du gegen Huwawa ausrichten?«

»Meine Waffe ist das Schilfrohr und mein Schild die Tontafel, und wenn du um ein Schicksal kämpfst, das größer ist als Landbesitz oder Herrschaft, dann kannst du nicht ohne diese Dinge auskommen.«

Gilgamesch wußte keine Antwort darauf. Statt dessen sprach er leiser, so daß seine Worte von den anderen nicht verstanden werden

konnten, und lächelte, um seine Freude zu zeigen. »Und was ist mit deinem Kater? Gewiß stammt dieser Rat nicht von ihm?«
Schusuen gab das Lächeln nicht zurück, obwohl seine Stimme unbekümmert klingen sollte. »Basthotep schlug vor, daß wir zurückbleiben sollten, denn die Reise war lang, und er hat so treu zu dir gestanden, wie man es von einer Katze erwarten kann. Doch du batest mich, Augenzeuge von etwas zu sein, das noch kein Mensch gesehen hat, und ich sagte ja. Außerdem sollt ihr beide nicht allein in den Kampf ziehen, ohne daß jemand da ist, der notfalls Hilfe oder wenigstens kühles Wasser holen kann.«
»Auch ich werde mitkommen«, fiel Birhurturre ein, der ebenfalls aufgestanden war. »Ich darf dich nicht verlassen.«
»Ihr sollt beide mitkommen«, entschied Gilgamesch. »Aber nicht weiter als bis an den Rand des Waldes, von wo ihr alles beobachten könnt. Birhurturre, ich vertraue dir meinen Schreiber an. Beschütze ihn und sorge dafür, daß er, was immer geschieht, sicher nach Erech zurückkehrt, denn ihm habe ich alles anvertraut.«
»Du bist gütig, Ensi«, sagte Birhurturre. Gilgamesch sah Tränen in seine Augen treten und schickte ihn zurück auf seinen Platz.
»Nun schlaft gut und sammelt eure Kräfte, meine Krieger. Morgen werden wir den Weg öffnen, und übermorgen, wenn wir Huwawa besiegt haben, werdet ihr viel Arbeit mit dem Fällen, Zuschneiden und Verladen der Baumstämme haben. Haltet euch bereit, die mächtigen Zedernstämme zurückzubringen und das Tor von Erech zu errichten.«
Ein oder zwei Männer brachen in Hochrufe aus, ein paar andere stimmten ein, aber der Jubel verklang heiser und unvollendet in der Nacht. »Es ist gut«, überlegte Gilgamesch, »daß ich sie nicht noch weiter antreiben muß.« Obwohl – er mußte es sich selbst eingestehen, so wie er sich überraschend gezwungen sah, vor Utus Licht zuzugeben, daß er kaum eine Vorstellung hatte, wie Huwawa wirklich aussah und was ihm da im Kampf gegenüberstehen würde – er im tiefsten Inneren davon überzeugt war, daß sechzig Männer auch keine bessere Aussicht hatten, den Wächter des Waldes zu überwältigen, als er und Enkidu allein.

»Das stimmt«, sagte Enkidu, und Gilgamesch merkte überrascht, daß er laut gesprochen hatte. »Und ich denke, wir sollten heute abend schon aufbrechen. Der Pfad wird bei Nacht zwar schwer zu beschreiten sein, aber es ist das beste, wenn wir im Morgengrauen auf Huwawa treffen.«
»So soll es sein. Birhurturre, Schusuen, nehmt eure Schlafdecken und ein paar Vorräte, wir wollen gehen.«
Wie Enkidu vorausgesagt hatte, war der Marsch durch die Nacht nicht einfach. Zwar warfen Mond und Sterne ein schwaches Licht auf den Weg, doch die schwarzen Schatten der Berggipfel verschluckten einen großen Teil der Helligkeit. Enkidu schritt voran, denn seine Füße schienen den Weg am leichtesten zu finden. Gilgamesch hielt sich am Mantelsaum seines Geliebten fest, doch hinter sich konnte er immer wieder hören, wie Birhurturre und Schusuen stolperten. Der Schreiber atmete schon nach kurzer Zeit mühsam. Die dünnere Luft in den Bergen bereitete allen im Flachland geborenen Männern von Erech Schwierigkeiten, aber der an körperliche Anstrengung nicht gewöhnte Schusuen litt am meisten. Gilgamesch lauschte dem Keuchen des jungen Mannes und dachte: »Ich hätte ihn nicht mitnehmen sollen. Zumindest hätte ich ihn im Lager lassen müssen.« Doch im selben Augenblick wußte er, daß er den Schreiber an Händen und Füßen hätte fesseln müssen, um ihn im Lager zu halten, nachdem sich Schusuen einmal entschlossen hatte, ihn zu begleiten. Dann aber war es besser, wenn er zusammen mit Birhurturre mitkam und dieser sich um ihn kümmerte, damit er, wenn er nicht weiterkonnte, nicht allein in der Bergnacht zurückbleiben mußte.
So gingen sie eine Zeitlang weiter. Schließlich jedoch konnte Gilgamesch Schusuens röchelndes Atmen hinter sich nicht mehr ertragen und befahl einen Halt.
»Birhurturre, kannst du Schusuens Gepäck noch nehmen? Der Pfad wird steiler, und er braucht seine ganze Kraft.«
»Mir geht es gut«, widersprach der Schreiber. »Ich brauche keine Hilfe.«
»Der Ensi hat gesprochen«, erklärte Birhurturre ungerührt. »Ich bin hier, um für dich zu sorgen, und genau das werde ich tun.«

Gilgamesch wartete, bis das Rascheln von Stoff und das Geräusch von Riemen, die gelöst und dann wieder festgezurrt wurden, aufgehört hatte, und forderte dann Enkidu mit einem leichten Stoß zum Weitergehen auf. Mit Rücksicht auf die beiden hinter ihnen bewegten sich Gilgamesch und Enkidu jedoch langsamer als zuvor und und achteten besser auf den felsigen Untergrund.
So zogen sie weiter, bis der Mond untergegangen war, und folgten dann dem dunklen Pfad im schwachen Sternenlicht. Jetzt, unter dem klaren, glitzernden Himmel, spürte Gilgamesch allmählich, wie ein erster Anfall von Furcht mit eisiger Kälte in seine Glieder kroch. Und doch schwitzte er unter seinem Mantel, seine Lungen brannten und seine Waden schmerzten von der endlosen Anstrengung, über immer wieder neue Felsen zu klettern. Vorsichtig setzte er einen Fuß vor den anderen, um nicht über verborgene Steine oder Wurzeln zu stolpern. Über ihnen ragten schwer und unsichtbar die schwarzen Berggipfel auf und drückten mit ihrem schroffen Gewicht die Wanderer nieder wie der Schild eines ungeheuer großen Feindes, als reiche ihre steinerne, reglose Stärke aus, die ameisengleichen Gestalten, die um ihre Knie krochen, niederzuzwingen. Schaudernd begriff Gilgamesch, daß sie vollkommen allein waren. Es gab keinen Bär, keinen Wolf, nicht einmal eine Maus, die durch die Blätter huschte, keinen Nachtvogel, der über ihnen umherflatterte. Bis auf die vier Männer, die durch die Dunkelheit stapften, war der Gebirgspfad völlig ausgestorben.
Bei diesem Gedanken merkte Gilgamesch, daß er plötzlich zögerte und seine Beine vor dem nächsten Schritt versagen wollten. Enkidu, der den Ruck an seinem Mantel spürte, an dem Gilgamesch sich festgehalten hatte, drehte sich halb um. »Laß dich nicht einschüchtern«, flüsterte er. »Es ist nicht deine Schwäche, sondern die Stärke von Huwawa, die du fühlst. Damit hält er die Menschen vom Zedernwald fern. Geh weiter, kämpfe dagegen an!«
Wie Holz, das an Holz reibt, entzündeten die Worte seines Geliebten in Gilgamesch neue Kraft. »Es ist immer leichter, einem Feind ins Gesicht zu sehen ...«, dachte er und sagte laut zu den beiden Männern hinter sich: »Kommt jetzt, der Kampf hat schon begonnen, und

auch ihr müßt euch wehren. Um an Huwawa heranzukommen, müssen wir zuerst die Mauern überwinden, die er um sich herum aufgebaut hat, und das tun wir auf unserem Weg heute nacht.«
Weder Birhurturre noch Schusuen antworteten etwas, doch ihre Schritte hinter ihm klangen fester, und er wußte, daß er die richtigen Worte gefunden hatte. Obwohl das Gefühl der Bedrückung mit jedem Schritt stärker wurde und seine Lunge bei jedem Atemzug wie unter der Last schwerer Steine ächzte, kannte er die Ursache und wehrte sich dagegen. Er kämpfte wie in seiner Kindheit, als er den Ringkampf von erwachsenen Männern gelernt hatte, deren mächtige Glieder, hart und unerschütterlich wie Eichenstämme, ihm unbesiegbar wie die Pfeiler am Tor von Erech erschienen waren. Damals hatte er nie aufgegeben, sondern sich so lange gewunden und gedreht, bis er sich entweder befreit oder einen Griff gefunden hatte, der seinen Gegner niederwarf. Es war diese bronzeharte Stärke des Willens, die er lange vor seiner körperlichen Stärke entwickelt hatte, auf die er jetzt zurückgriff, denn er wußte, daß die Schwäche in seinen Gliedern nicht nur von der körperlichen Erschöpfung des Anstiegs kommen konnte, weil sonst vor allem Schusuen längst zusammengebrochen wäre, anstatt sich verbissen hinter ihm herzuschleppen. Nein, es war ein Kampf der Seele und des Willens, bei dem man nicht nur auf die Kraft der Glieder vertrauen durfte, wenn man siegen wollte. »Ich habe gut gewählt. Das hier sind die besten meiner Männer. Selbst ein ganzes Heer könnte mir nicht mehr nützen.«
Endlich erreichten sie eine kleine, mit Büschen bestandene Hochebene, und Enkidu befahl, anzuhalten. »Wir rasten hier«, erklärte er. »Bis zum Tagesanbruch können wir noch schlafen. Ruht unbesorgt, ihr habt nichts zu befürchten, denn kein Lebewesen wagt sich so nah an den Eingang zum Zedernwald, und Huwawa wird nicht herauskommen.«

## 13

Gilgamesch hatte das Gefühl, sich gerade erst hingelegt zu haben, als Enkidu ihn wachrüttelte. »Wach auf, mein Freund«, sagte er sanft, und sein goldener Bart streifte Gilgameschs Wange. »Bald graut der Morgen; es ist Zeit zum Aufbruch. Wir müssen uns beeilen, damit wir dort sind, bevor Huwawa tiefer in den Wald verschwindet oder sich im Unterholz versteckt. Um diese Zeit trägt er nicht alle von seinen sieben Mänteln des Grauens, sondern nur einen davon; die anderen sechs hat er abgelegt.«
Gilgamesch warf die Decken zurück und sprang auf die Beine. Die kleinen Quetschungen und die Steifheit vom Schlafen in voller Rüstung schienen zusammen mit den Schrecken der Nacht von ihm abzufallen wie ein bleierner Mantel. Als er den Schild auf seinen Rücken schnallte, fühlte er sich frisch und kräftig, und sein Körper gehorchte ihm wie der beste Rennstreitwagen der leichten Hand seines Lenkers. »Nun denn, gehen wir.«
Auch Birhurturre und Schusuen regten sich, setzten sich auf und schauten ihn verschlafen an. »Ihr beiden, macht euch fertig, uns zum Tor zu folgen. Von dort könnt ihr alles beobachten, was geschieht. Es sollte keinen Grund geben, daß ihr weitergeht.«
Im grauen Halblicht war es leichter, dem Pfad zu folgen. Während der Himmel heller wurde, durchschritt die kleine Schar schnell die schmale Schlucht zwischen den Bergen. Der Pfad war immer noch sehr steinig, und die meiste Zeit richtete Gilgamesch den Blick auf den Weg vor seinen Füßen.
Schließlich drehte sich Enkidu um und legte Gilgamesch die Hand auf die Schulter. Im Morgengrauen wirkten seine großen Augen sehr klar, wie grüne Kristalle, in denen kleine, gelbe Blitze flackerten. Sein Bart und sein langes Lockenhaar, das sich unter dem glänzenden Bronzehelm kräuselte, schimmerten wie Strudel aus geschmolzenem Gold, und auf seinem zottigen Fellmantel lag das Rot des Sonnenaufgangs. »Wir sind da«, sagte er leise. »Schau hinauf.«
Gilgamesch richtete seinen Blick auf den Berghang, der vor ihnen aufstieg, und das Herz stockte ihm in der Brust. Hinter den beiden

riesigen Pfeilern aus schroffem Fels neben dem Weg erhoben sich mächtige Zedern, die den Berg fast bis zum Gipfel mit einem grünen Teppich bedeckten. Zu beiden Seiten des Pfads fielen die Wände in gefährlich steile Schluchten ab, in deren Grund noch nächtliche Finsternis lag. Der Wind, der vom Wald herabwehte, duftete süß wie Rauch im Tempel, doch so frisch und wild, daß sich unter Gilgameschs Helm alle Haare aufrichteten.
»Das ist die Reise wert und den Kampf«, flüsterte Gilgamesch. Er drehte sich um und sah Schusuen und Birhurturre an. Die beiden jungen Männer starrten mit ehrfürchtig geweiteten Augen und offenen Mündern zum Zedernwald empor. »Hier ist euer Weg zu Ende, bis wir Huwawa getötet haben.«
Schusuen blinzelte und trat vor. »Utu und Lugalbanda kämpfen auf eurer Seite, mein Ensi«, sagte er. »Das dürft ihr nie vergessen.« Er streckte die Arme aus und Gilgamesch umarmte ihn für einen Augenblick. Er fühlte, wie der schlanke Körper des Schreibers in seinen Armen zitterte. »So zerbrechlich, und doch muß er die Bürde meiner Unsterblichkeit tragen«, dachte er. Immerhin hatte Schusuen die Nacht nicht schlechter überstanden als die anderen. Rasch streifte er mit den Lippen Schusuens weichen Mund, als wolle er dessen Worte besiegeln. Dann ließ er ihn los.
»Kämpft gut und kommt heil zurück«, sagte Birhurturre einfach: der Abschiedsgruß eines Kriegers. Der Schreiber und sein Beschützer traten ein paar Schritte zurück und ließen Gilgamesch und Enkidu allein vor dem Tor stehen.
»Ich werde zuerst gehen«, sagte Enkidu zu Gilgamesch. »Wir wissen nicht ...« Er beendete den Satz nicht, sondern trat entschlossen vor und legte seine Hand auf den am nächsten stehenden Felspfeiler.
Der leise Schrei, den Enkidu von sich gab, war nicht lauter als das erste Wimmern eines neugeborenen Hundes, doch Gilgamesch war sofort an der Seite seines Freundes. Enkidus Gesicht unter der sonnengebräunten Haut war totenbleich. Seine Glieder waren steif und zitterten, seine Augen rollten hin und her, daß nur noch ein Schimmer von Grün durch das Weiß zuckte, und sein Atem ging kurz und stoßweise.

Gilgamesch packte ihn und zerrte ihn von dem Pfeiler weg. »Wir müssen zusammen hineingehen«, sagte er, und seine Worte überschlugen sich fast, während er hastig versuchte, Enkidus krampfartigen Zustand zu lindern. »Einer allein kann wenig ausrichten, und auch viele, wenn sie sich fremd sind, können es nicht. Doch wenn zwei Freunde sich gegenseitig helfen, brauchen sie auch einen gefährlichen Pfad nicht zu fürchten. Drei einzelne Stränge lassen sich leicht zerschneiden, nicht aber ein dreifach geflochtenes Seil. Warum, mein Freund, sollen wir uns so ins Bockshorn jagen lassen? Wir haben zusammen alle Berge überquert, wir haben alle Gefahren bestanden, die uns auf unserem Weg zu den Zedern bedrohten. Mein Geliebter, du bist kampferprobt und weißt dich zu wehren, du brauchst den Tod nicht zu fürchten. Laß deine Stimme dröhnen wie eine Pauke, vergiß, daß deine Arme steif und deine Füße gelähmt sind. Nimm meine Hand, Geliebter, wir wollen gemeinsam gehen. Laß dein Herz für den Kampf entbrennen, denk nicht an den Tod und verlier nicht den Mut, denn ich brauche dich. Der Vorsichtige schaut von der Seite her zu, aber der voranschreitet, schützt sich selbst und rettet seinen Gefährten, und zusammen gewinnen sie Ruhm in ihrem Kampf.«
Während er so sprach, hörten Enkidus Augen auf zu rollen, und Gilgamesch spürte, wie sich die steifen Glieder in seiner Umarmung lockerten. Trotzdem schnappte Enkidu immer noch nach Luft, als tauche er aus tiefem Wasser empor; aber sein Gesicht bekam langsam wieder Farbe. »Meine Kraft kehrt zurück. Laß uns nun durch das Tor gehen, und was immer uns vorherbestimmt ist, möge geschehen.«
Zusammen, Hand in Hand, schritten sie vorwärts. Eine schreckliche Kälte erfaßte Gilgamesch, als sie durch die beiden Pfeiler gingen, doch einen Herzschlag später war sie vorbei. Dann standen sie im warmen Sonnenlicht und atmeten den Duft der Zedern.
Langsam gewöhnten sich Gilgameschs Augen an die grünen Schatten unter den hochragenden Bäumen. Die Zedern standen so dicht, daß kein Sonnenstrahl durch ihre Decke fiel. Darunter wuchs nur dichtes Unterholz aus alten, knorrigen Dornenbüschen und Buchsbaum, von denen die Hälfte schon abgestorben schien. »Utus Licht

dringt nicht bis hierher«, stellte er verwundert fest. »Es gibt keine Schößlinge.«

»Es gibt auch keine Vögel oder anderen Tiere. Huwawa schreckt sie ab.« Tatsächlich drang kein Geräusch aus dem Wald, nur das Säuseln des Windes hoch in den Zweigen und ihre eigenen Stimmen, kaum hörbar im Seufzen der Bäume.

»Es wird gut sein, wenn wir ein paar von den alten Zedern fällen, damit neue nachwachsen können.« Gilgamesch zog seine Axt und ging auf den nächsten Baum zu. Enkidu folgte ihm. Das Geräusch der Bronzeschneiden, die den Stamm trafen, hallte wie eine große Glocke durch den Wald, ähnlich den großen Zimbeln in Utus Heiligtum, die das Volk von Erech aufriefen, die Arbeit niederzulegen, wenn ein heiliges Fest begann.

Rasch schlugen sich die Äxte durch den Stamm der Zeder, und jeder Schlag setzte eine neue Wolke des schweren, würzigen Geruchs frei. Es dauerte nicht lange, und der hohe Stamm begann zu wanken, kippte um und bahnte sich im Fallen eine Schneise durch die Äste der anderen Bäume. Dann gab das dichte, grüne Netz, das ihn gehalten hatte, plötzlich nach. Die mächtige Zeder schlug krachend zu Boden, der von ihrem Aufprall erzitterte.

»Es ist vollbracht!« rief Gilgamesch jubelnd. Doch Enkidu legte ihm die Hand auf die Schulter. »Nun ziehe dein Schwert, mein Freund, und hebe deinen Schild. Huwawa kommt.«

Heftiger erbebte jetzt die Erde. Oben auf dem Berggipfel, wo keine Bäume mehr standen, sah Gilgamesch ein tiefrotes Glühen, das stetig heller wurde. Er nahm seinen Schild vom Rücken und zog das Schwert. Trotz ihres Gewichtes erschienen ihm die Waffen leicht: Er war bereit für den Kampf.

Dann erklang vom Berggipfel herab eine Donnerstimme, und ein heißer Windstoß versengte den Duft der Zedern zu brennendem, ätzendem Gestank. »Wer ist es, der den Bäumen auf meinem Berg Schaden zufügt? Wer hat die Zeder gefällt?«

»Sprich nicht mit ihm!« warnte Enkidu, und seine Stimme klang dünn und schwach im Widerhall von Huwawas Brüllen. »Hör nicht auf seine Worte!«

Das Glühen kam näher. Es strahlte immer greller und bösartiger, bis die Zedern darin schwarz und verbrannt aussahen. Rote Lichtstrahlen sprangen hervor und schossen wie brennende Hasen durch den Wald, blitzten auf und kamen immer näher auf die Gefährten zu. Gilgamesch wollte sie angreifen, doch Enkidu schrie: »Wir können sie später jagen, wenn sie im Gras herumirren wie junge Vögel, die ihre Mutter verloren haben. Zuerst Huwawa – dann, wenn es nötig ist, seine Kinder!«

Wieder erscholl Huwawas ohrenbetäubende Stimme und wurde von Bergspitzen und Schluchten zurückgeworfen. »Ein *Lillu*-Dämon und ein Narr, das paßt zusammen, doch warum bist du zu mir gekommen, Gilgamesch? Enkidu, ich habe dich gekannt, als du noch jung warst und ein Atemzug von mir dich in meinen Bauch befördert hätte. Nun aber hast du Gilgamesch zu mir geführt und stehst als Feind und Fremder vor mir. Gilgamesch, ich werde dir den Kopf abreißen und dein Fleisch an den kreischenden Geier verfüttern, den Geier und den Adler!«

Als die rötliche Glut näherkam, kniff Gilgamesch die brennenden Augen zusammen, um in ihr Inneres zu spähen. In der Mitte des Lichts ragte ein schrecklicher Schatten auf, hoch wie der höchste Tempel von Erech. Er hatte die Gestalt eines riesigen Skorpions, gekrönt mit dem Haupt eines Mannes, und aus seinem Mund strömten mit jedem Wort die furchtbaren Lichtstrahlen. Doch es war Huwawas Gesicht, das Gilgameschs Herz mit Entsetzen erfüllte, denn es schien ein riesiges Gewirr rosa schimmernder Eingeweide zu sein, die wie ein Nest voll schleimiger Würmer um Augen und Mund wimmelten, so daß Gilgameschs Blick keine festen Gesichtszüge erkennen oder einen Ansatzpunkt für einen Schwertstreich finden konnte.

»Mein Geliebter«, murmelte Gilgamesch voller Grauen, »Huwawas Gesicht verändert sich.«

»Jammere nicht vor Furcht, versteck dich nicht hinter Gewinsel«, flüsterte Enkidu drängend zurück. »Gut gehärtet im Schmiedefeuer ist das glänzende Metall deiner Klinge, wie die gewaltigsten Waffen der Welt wird es treffen. Weich nicht zurück, dreh dich nicht um! Wenn du Angst hast, schlag um so härter zu.«

Fester umklammerte Gilgamesch Schwert und Schild, und sein Wille zwang Kraft in seine Arme. »Vorwärts!« rief er, doch schon übertönte ihn Huwawas Stimme.

»Fortschleppen werde ich dich und herabschleudern vom Himmel! Aufs Haupt will ich dich schlagen und dich tief in die dunkle Erde treiben!«

Und der riesige Körper des Skorpions bäumte sich auf, erhob die Scheren und krümmte den Hinterleib hoch über das wabernde Gesicht. Gilgamesch verengte die Augen zu schmalen Schlitzen, um sich vor dem sinnverwirrend grellen Licht aus Huwawas Mund zu schützen, stürmte vorwärts und schwang dabei mit aller Macht sein Schwert. Schneller, als der Blick folgen konnte, sausten die Scheren herunter. Die eine packte den Rand seines Schildes, um ihn seiner Hand zu entreißen. Hart prallte Gilgamesch zu Boden, rollte sich ab, sprang wieder auf und warf sich zur Seite. Huwawas Stachelschwanz peitschte nach unten und verfehlte ihn um weniger als eine Manneslänge. Unter der Wucht des Aufschlags spaltete sich die Erde. Doch einen Herzschlag lang steckte der Stachel im Boden fest, und Gilgamesch und Enkidu schlugen im gleichen Augenblick zu. Schwert und Axt fuhren durch den schimmernden, schwarzen Chitinpanzer und trafen im weichen Fleisch darunter aufeinander.

Huwawas qualvoller Aufschrei zerriß die Luft, die Zweige der Zedern brachen, und Baumstämme splitterten wie grüne Zweige im heißesten Schmiedefeuer. Der Körper rollte sich zusammen, Leibesring knirschte auf Leibesring, die Scheren zuckten und schnappten zu, so krachend, als fielen die gewaltigen Tore einer Stadt ins Schloß. Gilgamesch und Enkidu sprangen behende dazwischen. Es war ein geschwinder und schrecklicher Tanz um die riesigen schwarzen Klauen herum, die im bösartigen, roten Glühen zuckten, das immer noch aus Huwawas offenen Mund loderte. Eine der Scheren schloß sich um Enkidus Axt, packte sie und schüttelte ihn daran hin und her wie ein achtloses Kind eine Lumpenpuppe.

Gilgamesch rannte zu ihm, sprang in die Höhe und stieß sein Schwert mit aller Kraft in das Gelenk unterhalb der Schere. Wieder schrie Huwawa auf, die eine Hälfte der Schere fiel herunter, und En-

kidu kam stolpernd frei, die Axt immer noch fest umklammert. Als die andere Klaue nach Gilgamesch stach, hob Enkidu seine Axt mit beiden Händen und schlug so schnell zu, daß kein Auge es sehen konnte. Krachend traf die Bronzeschneide das Chitin, rutschte mit einem kratzenden Geräusch ab und durchtrennte glatt das Gelenk zwischen zwei Leibesringen. Ein Schwall stinkender, weißer Flüssigkeit quoll hervor, und die große Schere fiel ab, säuberlich vom Arm des Ungeheuers getrennt.
Diesmal war Huwawas Schrei nur ein leises Stöhnen. Langsam sank sein Körper zu Boden, und das brennende Feuer seines Mundes wurde schwächer, bis nur noch ein matter Schein in seinem Rachen glomm.
Gilgamesch und Enkidu traten zurück und lehnten sich atemlos aneinander, während sie von der verpesteten Luft husteten und röchelten.
»Nun müssen wir ihm den Kopf abhacken«, meinte Enkidu.
Von Huwawa kam ein neues Geräusch, ein leiser, klagender Ton. Am Boden liegend, wandte er den Kopf zur Seite, um Gilgamesch anzusehen. Die Augen in den pulsierende Schlingen aus rosa Eingeweiden waren braun und groß, sonderbar sanfte Menschenaugen, in denen große Tränen standen.
»Gilgamesch«, stöhnte Huwawa, »du bist noch jung. Deine Mutter hat dich geboren, und du wurdest das Kind von Rimsat-Ninsun. O Sohn von Erechs Herzen, Gilgamesch, es war Utu, der dir den Plan zu dieser Fahrt eingab; hast du nicht erreicht, was er von dir wollte? Gilgamesch, laß mich leben und gesunden, und ich will dein Diener sein. Ich werde so viele Bäume fällen, wie du befiehlst, ich will Zedern- und Myrtenholz für dich bewachen, Holz, das edel genug ist für dein Haus.«
Wieder hustete Gilgamesch und spuckte aus, um seinen Kopf von den Dämpfen zu befreien, die er während des Kampfes eingeatmet hatte. Erst jetzt, da der Rausch der Schlacht allmählich verflog, merkte er, wie schwindlig er sich fühlte; hätten er und Enkidu noch länger kämpfen müssen, wären sie sicher Huwawas tödlichem Atem zum Opfer gefallen, auch wenn weder Scheren noch Stachel sie be-

rührt hätten. Aber sie hatten das Ungeheuer besiegt. War es nicht besser, ihn zum Diener machen, als ihn umzubringen? Waren sie mit Agga nicht auch so verfahren?

»Hör nicht auf ihn, Geliebter!« bat Enkidu, und Gilgamesch schien, als liege in der heiseren Stimme seines Geliebten ein merkwürdig drängender Ton. »Er wird gesunden, ja, und wenn das geschieht, dann mag der gefangene Vogel in sein Nest zurückkehren und der gefangene Krieger in den Schoß seiner Familie, du aber wirst die Stadt der Mutter, die dich geboren hat, nimmermehr wiedersehen.«

Huwawa drehte den Kopf und starrte Enkidu an. Und obwohl das Ungeheuer kaum in der Lage war, einen Laut von sich zu geben, der seinem früheren Gebrüll auch nur annähernd nahekam, merkte Gilgamesch, wie sich sein Schwertarm zum Streich hob, als er Huwawas Worte vernahm.

»Enkidu, du kennst die Gesetze des Waldes... halb Mensch und halb Tier weißt du von der Ordnung der Dinge, die Enlil geschaffen hat. Ich hätte dich schon am Tor, gleich am Eingang zu den Ästen meines Waldes, fortschleppen und töten sollen. Ich hätte dein Fleisch an den kreischenden Geier und den Adler verfüttern sollen. Ich habe es nicht getan. Jetzt, Enkidu, ist es an dir, Gnade zu üben. Sprich zu Gilgamesch, sag ihm, er soll mein Leben schonen.«

Enkidu hatte im Kampf seinen Helm verloren. Das goldene Bart- und Haupthaar stand um seinen Kopf wie eine schmutzige Wolke, und er blickte so wild und grimmig wie damals, als er mit den Löwen lief. Doch in seinen Augen lag das Wissen eines Menschen, und der Blick seiner grünen Augen verfinsterte sich, als er sprach: »Geliebter, wir haben Huwawa, den Wächter des Zedernwaldes besiegt. Nun hack ihn in Stücke, schlag ihn tot, zermahle seinen Leib zu Staub, bevor der erste unter den Göttern, Enlil, seine Bitten um Gnade hört und die Götter in Wut über uns geraten. Enlil ist in Nippur, Utu ist in Sippar. Erschlage ihn jetzt und errichte dann ein ewiges Denkmal, das Zeugnis gibt, wie Gilgamesch Huwawa getötet hat.«

Huwawa fauchte, ein tiefes Zischen, das die Luft versengte. Obwohl die bösartige Kraft seines Atems erloschen war, genügte das Gift sei-

nes Hasses immer noch, um Gilgamesch frösteln zu lassen. »Enkidu«, knirschte das Ungeheuer, »mögen die Götter dir keine Gnade erweisen. Wenn ich sterben muß, dann verfluche ich dich mit meinem Tod. Möge Enlil, der mich schuf, Enlil, der mich zum Wächter über die Zedern setzte, mich hören. Ihr sagt, ihr beide wäret eins, ein Strick aus zwei Strängen: Möge dieser Strick gelöst werden, möge nur ein Strang übrigbleiben! Möge Enkidu nicht länger leben als Gilgamesch, möge er nicht länger auf Erden wandeln als sein Freund Gilgamesch!«
Enkidu packte hart Gilgameschs Arm, fest umschlossen seine Finger die bronzene Unterarmschiene. »Mein Geliebter, ich habe gesprochen, aber du hast mir nicht zugehört. Du hast nur Huwawas Fluch gelauscht.«
»Nimm deine Axt«, sagte Gilgamesch. »Wir werden gemeinsam zuschlagen.«
Sie gingen um Huwawas gewaltigen Kopf herum, der schon besiegt herabgesunken war. Im Nacken verschmolz rosa Fleisch mit schwarzem Chitin, die Rückenwirbel standen wie faustgroße Steine hervor.
Gilgamesch nickte. Gleichzeitig sausten die beiden Klingen nieder und durchdrangen Panzer und Fleisch mit einem einzigen Hieb. Huwawas Rücken krümmte sich, und ein fast lautloser Schrei entwich seinem Mund. Die Skorpionbeine zuckten krampfhaft wie die einer Spinne, die man in heißes Öl wirft. Huwawa sackte zusammen und lag einen Atemzug lang ganz still. Dann, ohne Vorwarnung, schien er wieder aufzuleben, wand sich und bäumte sich auf. Gilgamesch und Enkidu sprangen zurück und flohen in den Wald, als sich der riesige Körper hin und her warf und gegen die Zedern schlug. Sie hörten, wie unter den qualvollen Zuckungen von Huwawas Todeskampf Äste brachen und Stämme splitterten. Endlich ließen die Bewegungen nach, und der Skorpionkörper regte sich nicht mehr. Die wurmartigen Schlingen des entsetzlichen Antlitzes erschlafften.
»Er ist tot«, stellte Gilgamesch fest, und seine Stimme klang leise und dumpf in den betäubten Ohren. Jähe Freude überkam ihn wie ein Fluß, der durch ein geöffnetes Fluttor rauscht. »Er ist tot, und wir le-

ben!« Er faßte Enkidu um die Mitte und schwang seinen Geliebten in ungeschicktem Tanz, bis Enkidu seine Arme fest um ihn schlang und ihn zum Halten brachte.
»Wir haben vollbracht, was kein anderer geschafft hätte«, erklärte er. »Nun müssen wir Huwawas Kopf abtrennen. Wir müssen seine Eingeweide, ja sogar seine Zunge herausreißen und seinen Leib in die Schlucht werfen, damit er nicht wieder lebendig werden kann.«
»Mein Freund, sorge dich nicht um seine Worte. Sterbende sprechen oft Verwünschungen aus. Huwawas Zeit war abgelaufen, und sein Fluch hat keine Kraft mehr.«
»Ich mache mir keine Sorgen«, gab Enkidu zurück, und sein helles Lächeln strahlte durch die Schmutz- und Schweißschicht auf seinem Gesicht. »Wenn einer von uns vor dem anderen stirbt ... Ich würde dich nicht überleben wollen. Doch laß uns nun Birhurturre und Schusuen rufen und die Sache zu Ende bringen. Wir haben noch viel Zeit zum Jubeln, denn wir haben den Zedernwald erobert und werden schon bald die großen Stämme zu den Handwerkern von Erech bringen. Und es wird ein Genuß sein, zu sehen, was für ein Werk sie daraus schaffen.«

# Der Fluch

*1*

Mehrere Wochen noch blieben Gilgamesch und seine Männer im Zedernwald, wählten die Bäume für Erechs Tor aus, fällten und beschnitten sie. Als sie schließlich so viele Stämme den Berg hinuntergebracht hatten, daß man die Wagen damit hoch beladen konnte, erklärte Gilgamesch die Arbeit für beendet.
»Wir werden die Zedernstämme hinunter zum Fluß befördern«, sagte er, »und einige davon zu einem Floß zusammenbinden, mit dem Enkidu, ich und ein paar andere, vielleicht zehn oder zwölf Männer, als Vorhut vorausfahren können.« Er blickte auf Huwawas Haupt hinab, das neben dem leeren, schimmernden Chitinpanzer des Ungeheuers lag. Es war nicht verwest, sondern eingetrocknet; die rosafarbenen Schlingen des Gesichtes waren zu einem Gewirr dunkelbrauner Spalten geschrumpft und sahen aus wie eine Maske aus Tonsträngen. Gilgamesch ging zu dem mannshohen Schädel und klopfte dagegen. Es klang dumpf wie eine ferne Holztrommel.
»Wir werden auf unserem Weg nach Erech durch Nippur kommen«, dachte er laut, »weil dort die Flüsse ineinander münden. Enlil, der Huwawa als Wächter des Waldes eingesetzt hat, wohnt in Nippur und ist der Schutzgott der Stadt.«
»Heißt das, wir sollten besser nicht dorthin gehen?« fragte Birhurturre. »Ensi, fürchtest du, daß Enlil uns zürnen wird, weil wir Huwawa erschlagen haben?« Seine Stimme zitterte ein wenig und war kurz davor, umzukippen wie die eines Knaben; aus weit aufgerissenen dunklen Augen blickte er zu Gilgamesch auf. Mit plötzlichem

Erschrecken, so wie ein unwillkürliches Gliederzucken einen Mann aus dem Halbschlaf reißt, wurde Gilgamesch klar, daß er bei diesem Unternehmen auch der Vertreter der Eanna war, der einzige Priester, zu dem seine Männer mit ihren Sorgen und Ängsten, was den Willen der Götter betraf, kommen konnten. Das hatte er nicht gewollt, aber er wußte auch, daß, hätte er einen anderen Priester oder eine Priesterin gebeten mitzukommen, der Schwall der Beschwerden und Ratschläge während der Fahrt endlos und unerträglich gewesen wäre. Das hier war sein Werk, seines und Enkidus. Auch wenn sie um Utus und Lugalbandas Segen gebetet hatten, es waren ihre Hände gewesen, die die Tat vollbracht und Huwawa erschlagen hatten und die nun vom Holzfällen mit Blasen übersät waren und duftende Spuren vom frischen Harz der Zedern trugen. Sie hatten es geschafft, und es war etwas, das man überall verkünden und auf das man stolz sein konnte, aber nichts, das man vor Enlil oder irgendeinem anderen Gott verbergen mußte.

»Mächtig und unergründlich sind die Wege der Götter und auch die Enlils, der den Himmel von der Erde getrennt hat«, sprach Gilgamesch, wie die Lehrer der Eanna es ihm beigebracht hatten. »Was Enlil gehört, werden wir ihm zurückgeben, als Zeichen unserer Heldentat; wir bringen Huwawas Kopf in Enlils Tempel nach Nippur. Und wenn es ihm gefällt, so mag der Kopf vor seinem Heiligtum hängen, um zu zeigen, welches Entsetzen er über die Erde bringen kann. Wie denkst du darüber, Schusuen?«

Der Schreiber saß mit untergeschlagenen Beinen im Schatten eines breitkronigen Baumes und neckte seinen Kater mit einem Zweig. Auf Gilgameschs Frage erwiderte er mit lebhaftem Blick: »Wenn es Enlils Absicht ist, seine Macht zu zeigen, würde ich es für taktlos halten, vor ihn zu treten und zu sagen ›Was du geschaffen hast, können wir vernichten!‹ Andererseits wäre es noch taktloser«, er wies auf Huwawas Kopf, »ihn als Trophäe zu mißbrauchen. Am schlimmsten aber wäre es, ihn hier in der Wildnis liegen zu lassen, denn vielleicht brauchen auch Ungeheuer ein feierliches Begräbnis, und wer außer Enlil und seinen Priestern könnte schon wissen, was Huwawa für Riten benötigt? Mein Rat ist, daß wir demütig nach Nippur ziehen, um

für das, was wir tun mußten, die Vergebung des Gottes zu erbitten und uns von seinen Priestern reinigen lassen, wie sie es für richtig halten. Die Götter mögen keinen Stolz«, fügte er nachdenklich hinzu. Sein feingeschnittenes Gesicht war sehr ernst und seine Stimme tonlos und kalt, als er fortfuhr: »Selbst der Mächtigste von uns ist vor ihren Augen ohne Bedeutung. Wer kann seine Kräfte mit dem Wirbelwind messen oder das Hochwasser des Flusses zurück in sein Bett zwingen? Enlil wird nicht erfreut sein, wenn er glaubt, daß du seine Macht herausgefordert hast. Ich denke, es würde übel für uns ausgehen, wenn wir nach Nippur kämen, ohne an diese Dinge zu denken.«
Gilgamesch runzelte die Stirn. In seinem Kopf dröhnten die Gedanken wie ein Gewitter über der Ebene. Es stand Schusuen nicht an, zu ihm zu sprechen, als wäre der Schreiber der En oder die Schamhatu, und wenn er auch zum Volk der Eanna gehörte, so war er doch nicht der geweihte Mund einer Gottheit. Gilgamesch kannte die heiligen Worte und Redensarten des Tempels ebensogut wie Schusuen; wie kam der Schreiber dazu, sie ihm vorzubeten, als sei er ein weiser Alter und Gilgamesch ein Kind? Jetzt, nachdem Gilgamesch etwas vollbracht hatte, das weit jenseits des Vorstellungsvermögens gewöhnlicher Sterblicher lag, wollte ihm der Schreiber die verstaubten Weisheiten früherer Zeiten vorkauen? Ein scharfzüngiger Schreiber war ärgerlich genug, ein selbstgerechter aber unerträglich, und wenn das noch kein Sprichwort war, fand Gilgamesch, dann sollte es eines werden. Aber er hatte Schusuen nach seinem Rat gefragt und konnte ihn jetzt nicht dafür tadeln.
»Wir nehmen den Kopf mit nach Nippur«, sagte er knapp, »und lassen Enlil selbst urteilen. Denn die Tat ist getan und die Zedern sind gefällt, für das Licht im Wald und zum Wohl des schwarzköpfigen Volkes von Sumer.«

## 2

Die Schamhatu betrat das Haus der Weisheit mit leisen Schritten, als wäre sie immer noch das Kind, das zum Unterricht kommt. Es war das größte Gebäude der Eanna nach dem Gipar, und es hatte viele Räume, in denen die Schreiber lasen und schrieben, die Kinder der Eanna unterrichtet wurden und die gebrannten Tontafeln auf Brettergestellen gestapelt waren wie trockene Brotlaibe in den Fächern einer lange verlassenen Bäckerei. Die Schamhatu hätte einen Schreiber schicken können, um ihr das Gewünschte zu holen, doch sie zog es vor, selbst zu gehen. Sie liebte es, den Staub des trockenen Tons und den feuchten erdigen Geruch der frischen Tafeln einzuatmen, mit angespannter Aufmerksamkeit in den harten Scheiben zu wühlen und dabei zu hoffen, daß Worte, die sie vergessen oder nie gekannt hatte, ihr in die Augen springen würden. Nach den Entbehrungen des Krieges brauchte Erech in diesem Jahr eine gute Ernte, und die Schamhatu hatte sich überlegt, daß es gut wäre, dem üblichen Segen bei der Aussaat ein paar zusätzliche Worte hinzuzufügen. Es waren nur noch drei Monate bis zur Pflanzzeit, und sie durfte keine Zeit verlieren, wenn ihre Veränderung des Segens richtig eingeführt, geübt und vorgetragen werden sollte. Außerdem gab es im Haus der Weisheit einen Raum mit Liedertexten, von denen einige vielleicht geeignet waren, sie ein wenig von den Pflichten ihres Amtes abzulenken, wenn sie die seltene Gelegenheit wahrnahm, sich friedlich in ihre Gemächer zurückzuziehen und leise zur Lyra zu singen.

Während sie so den Korridor hinunterging, vernahm die Schamhatu das Geräusch gedämpfter Stimmen, die aus dem Zimmer eines der Gelehrten drangen. Ohne weiter nachzudenken, blieb sie stehen. Das Lauschen war eine Angewohnheit der Kinder der Eanna, so selbstverständlich wie das Aufstehen, wenn das Loblied der Göttin erklang.

»Und wenn er zurückkehrt?« fragte die klare Altstimme eines Eunuchen. »Glaubst du, das würde etwas ändern? Wenn er diesen verrückten Plan erfolgreich durchgeführt hat, wird er nur um so überzeugter sein, daß er die Götter herausfordern kann.«

»*Ihm* ist bis jetzt alles gelungen, was er angefangen hat«, hielt eine heisere Tenorstimme dagegen. »*Sie* ist es, die bei ihrer einzigen Pflicht versagt hat und außerdem nicht in der Lage ist, die Eanna so zu leiten, wie es sich gehört. Warnen nicht die Schriften der Weisen vor dem Diener, der Herr wird? Eine harte Hand, launische Entscheidungen und vernachlässigte Amtspflichten: Damit hätten wir rechnen müssen, als eine Schafhirtin, deren grobe Hände besser dafür geeignet sind, kotbeschmutzte Felle zu scheren, als den Mächtigen in goldenen Bechern das Bier einzuschenken, über ihren Stand erhoben wurde.«

»Schubad hatte schon längst eine Ohrfeige verdient«, versetzte der Eunuch scharf. »Wer weiß schon, was sie wirklich zu der Schamhatu gesagt hat, um sie so zu reizen? Außerdem hat die göttliche Herrin alles getan, was von ihr verlangt wird. Es ist der Ensi, der seine Pflicht nicht erfüllt hat.«

»Wenn er seine Pflicht nicht erfüllt hat, ist es dennoch ihr Fehler, denn sie soll seine Führerin sein, nicht der Stachel in seinem Fleisch. Wenn man sie fortjagen und durch eine Frau ersetzen würde, die dem Amt besser gerecht würde, jemanden mit Abstammung, Schönheit und Talent ...«

»Sie fortjagen?« wiederholte der Eunuch ungläubig. »Mir scheint eher, sie sollte Inanna bitten, die *Galla* der Unterwelt herbeizurufen, damit sie ihn entweder in ihr Zimmer tragen, um die Hochzeit zu vollziehen, oder ihn mit hinab zu Ereschkigal nehmen, so daß Erech einen Herrscher bekommt, dem mehr an den Göttern und seinen Untertanen gelegen ist als an seinem eigenen Ruhm.«

Die Schamhatu konnte nicht weiter zuhören. Sie riß die Schilfmatte an der Tür beiseite und stürmte hinein. Die beiden jungen Männer, der Eunuch und Sänger Utuhengal und der Reinigungspriester Erra-Imitti, das eine Gesicht rund und weich, das andere schmal und bärtig, starrten sie mit aufgerissenen Mündern erstaunt an. Gerade noch rechtzeitig erinnerte sich die Schamhatu, wer sie war, und zwang sich, die Stimme zu senken, doch die Worte zischten wie schwarze Pfeile aus ihrem Mund. »Wen von euch beiden« soll ich des Verrats anklagen?« fragte sie. »Wer von euch beiden ist am meisten

schuldig, die Hand gegen die erhoben zu haben, die die Götter über euch setzten?« Utuhengals olivfarbene Haut nahm einen kränklichen Grünton an, und Erra-Imittis Wangen röteten sich unter dem spärlichen, schwarzen Bart. »Nun? Was habt ihr dazu zu sagen, daß ihr das Haus der Weisheit mit Worten beschmutzt habt, die nicht ausgesprochen werden sollten? Welche Strafe habt ihr verdient?«
Utuhengal fiel vor ihr auf die Knie. »Göttliche Herrin! Ich habe gesprochen, wie ich nicht sollte, denn ich bin kein weiser Mann; aber es geschah nur aus Sorge um Inanna und ihren Tempel, denn wir alle fürchten, was die Verstocktheit des Ensi über uns bringen kann, wenn die Götter während seiner Reise jetzt nicht sein Herz erweichen.«
»Das mag alles sein«, gab die Schamhatu streng zurück, »doch es geht allein die Götter, Gilgamesch und mich an. Du aber solltest dein Herz dem mächtigen Hirten von Erech in Ehrfurcht zuwenden und nie mehr solche törichten Worte hören lassen, wenn du nicht auf dem Richtblock für Verräter enden willst. Und was dich angeht ...«
Sie schaute Erra-Imitti zornig an und wartete, ob die Hochachtung vor ihrem Amt über seinen Stolz siegen würde. Schließlich senkte er den Blick und kniete ebenfalls vor ihr nieder, doch langsam, so langsam, so daß es schon fast an eine Beleidigung grenzte. Es war eine Geste, die er vollzog, ohne daß er Ehrfurcht dabei empfand. Fast hätte sie gesagt: »Hat Schubad dir durch deine Rute jeden Verstand aus dem Hirn gesogen?« Doch das wäre nur Wasser auf seine Mühlen und eine weitere Waffe in den Händen ihrer Feinde gewesen.
»Du sprichst abfällig über das Hüten der Schafe von Erech«, sagte sie kalt. »Hast du vergessen, daß Dumuzi ein Hirte war? Ich werde deine Reden in den Annalen des Tempels vermerken lassen, in denen stehen wird, daß Erra-Imitti, ein Reinigungspriester, für ein Jahr zum Schafehüten geschickt wurde, um seinen eigenen Geist zu läutern und wieder würdig zu werden, Inanna-von-der-Schafhürde zu dienen.«
Die Schamhatu sah, wie die Muskeln an Erra-Imittis schrägem Kinn unter dem schütteren schwarzen Bart hervortraten, doch er würgte nur die Worte heraus: »Die Götter vergrößern deine Weisheit, gött-

liche Herrin, und niemand kann deiner Stimme widersprechen.«
»So ist es. Ihr seid entlassen.«
Eine Zeitlang blieb die Schamhatu allein im Raum zurück und atmete in großen Zügen die staubige Luft ein. Sie wartete, bis sie sich so weit beruhigt hatte, daß sie die Kammer ohne ein Anzeichen von Wut im Gesicht verlassen konnte. Sie war zu erregt, um nach den Tafeln zu sehen, die sie eigentlich hatte suchen wollen. Statt dessen ging sie zurück in ihr Zimmer, nahm ihre Lyra, schlug zornige Akkorde an und sang die wildesten Kampflieder, die sie kannte, bis sich der Sturm in ihrem Herzen allmählich legte.

3

Die Fahrt den Fluß hinunter verlief ruhig, dauerte aber lang. Die Felder zu beiden Seiten waren von der erbarmungslosen Sonne ausgedörrt, staubtrockene, braune Furchen im Zickzack der grünen Streifen entlang der Bewässerungskanäle. Nach der kühlen, dünnen Luft in den Bergen erschien die Hitze noch drückender, so daß Gilgamesch bei Nacht selbst die dünnsten Decken von sich warf und trotzdem morgens in schweißgetränkten Laken aufwachte. Den einzigen Schatten gab es unter den beiden Streitwagen des Ensi und Schusuens, die zusammen mit den besten Zedernstämmen auf das Floß verladen worden waren. Schusuen und sein Kater, der zusammengerollt auf dem Schoß des Schreibers schlief, verbrachten den Tag unter dem Sonnenschutz ihres Wagens, während die müden Männer sich, wenn sie nicht gerade umschichtig das Floß stakten, im Schatten von Gilgameschs Streitwagen ausruhten. Trotzdem, so überlegte sich Gilgamesch, während er seine Stange ein ums andere Mal tief in das schlammige Wasser stieß und so dabei half, das Floß schneller flußabwärts zu befördern, war es erholsam, auf diese Weise dahinzugleiten, um nach der schweren Arbeit im Wald und vor der Rückkehr zu seinen Pflichten als Ensi ein paar ruhige Tage zu genießen. Enkidu erging es ähnlich. Wenn er nicht seinen Teil zur Arbeit an der Flößerstange beitrug, lag er, nackt bis auf einen Lendenschurz, faul auf den

Stämmen des Floßes ausgestreckt. Seine Haut war so dunkel geworden, daß sie zu dem rötlichen Zedernholz paßte, und die Sonne hatte sein Haar so ausgebleicht, daß es hell wie Silbergold schimmerte. Die kleinen Locken an seinem Körper glänzten wie die Wellen auf dem Fluß. Wenn Gilgamesch ihn so ansah, wünschte er sich, sie könnten immer so weiterfahren, frei von allen Sorgen und Pflichten, so frei, wie Enkidu sich gefühlt haben mußte, als er bei den Löwen lebte. Doch Huwawas Kopf stand eingeschrumpft und braun am Bug des Floßes, eine ständige Erinnerung daran, daß ihre Fahrt den Fluß hinunter an den Toren von Erech beendet sein würde.

## 4

Als das Floß sich Nippur näherte, wurde die Strömung schneller, denn dort vereinigten sich die Flüsse, und sie würden sich durch die zusammenfließenden Wassermassen zum Buranun durchkämpfen müssen. Mehr als einmal war Gilgamesch der Gedanke gekommen, daß es dazu nicht notwendig war, die Stadt zu betreten. Sie konnten einfach daran vorbeifahren, Nippurs Tore gar nicht erst durchschreiten und den Kopf Huwawas behalten. Vielleicht als Geschenk für die Schamhatu? Gilgamesch lächelte spöttisch. Inanna und ihre Priesterin hatten sein Unternehmen überraschend widerspruchslos hingenommen. Vielleicht, weil Reisen und Kämpfen selbst im Reich der Götter Männersache waren, vielleicht auch, weil die Schamhatu wußte, daß ihre Macht sich auf den Tempel der Inanna beschränkte, und nicht glaubte, ihn von etwas zurückhalten zu können, das er sich einmal in den Kopf gesetzt hatte. Er hatte es so gewollt: Seine Heldentat ohne ihre Mitwirkung vollbracht, und nur Enkidu und seine anderen Begleiter konnten einen Teil des Erfolges für sich beanspruchen.
Als er so an die Schamhatu dachte, fiel ihm voller Unbehagen die Warnung ein, die er ihr beim Abschied gegeben hatte. Er hatte geglaubt, Ischbi-Erras Worte seien nur die List eines Verräters gewe-

sen, der ihn von der wirklichen Gefahr ablenken wollte, und das hatte ja auch gestimmt. Aber die Antwort der Schamhatu hatte ihm gezeigt, daß sie trotzdem zutrafen. Es gab Schwierigkeiten in der Eanna. Vielleicht fürchtete die Schamhatu längst, was er auch gefürchtet hatte: das Messer im Dunkeln oder das Gift in dem Becher, den ihr jemand reichte, dessen Vertrauen sie enttäuscht hatte. Auch wenn Eifersucht, Getuschel und Gerüchte zu jedem Herrscher gehörten wie die Krone der Schamhatu oder das Zepter des Ensi, wußte er jetzt, was er früher nie verstanden hatte: wie gefährlich es war, wenn Mißtrauen und Unzufriedenheit nur den geringsten Nährboden für ihre üblen Wurzeln fanden.
»Wenn ich bei meiner Rückkehr zu ihr ginge ...«, überlegte Gilgamesch. »Selbst wenn ich nicht als En käme, sondern wie jeder andere Mann, der sein Opfer für Inannas Segen bringen will ... würde das die Gerüchte nicht zum Verstummen bringen?« Er konnte wenig dabei verlieren, aber viel gewinnen. Er wußte, daß es für jeden Finger, der heimlich anklagend auf die Schamhatu deutete, einen anderen gab, der, er mußte es bedauernd eingestehen, mit größerem Recht auf ihn wies. Bei der Vorbereitung seiner Feldzüge hatte er beobachtet, wie die Aussicht auf einen Krieg das Volk zusammenschweißte; aber er hatte auch gesehen, wie schnell dieses Band zerriß, sobald der Krieg vorbei und die Beute verteilt war. Wenn die Kluft zwischen ihm und der Schamhatu wirklich so tief durch Erech ging, dann war es an der Zeit, sie zu beseitigen, soweit dies in seiner Macht stand. Schließlich war er Huwawa gegenübergetreten und hatte ihn besiegt – was konnte an der kleinen Puabi, mit oder ohne Krone der Himmelskönigin, so schrecklich sein?
Inzwischen waren sie in Sichtweite von Nippur gelangt. Gilgamesch ging nach vorn und stellte sich neben Enkidu an die behelfsmäßige Ruderpinne des Floßes, die aus einem Zedernbalken bestand, der mit geflochtenen Wolldeckenstreifen festgezurrt war. »Wir sollten vor der Stadt anlegen«, sagte er. »Wie viele Männer brauchen wir, um Huwawas Kopf zu tragen?«
Enkidu warf einen Blick auf das Ding neben ihm. Die Tage in der Sonne hatten die schweren Falten brauner Haut hart wie Ton werden

lassen, so daß das Haupt mehr denn je einer mannshohen Maske glich. Woraus auch immer Enlil in grauer Vorzeit Huwawas Gehirn geschaffen hatte, es war getrocknet und zu Staub zerfallen; zurückgeblieben waren nur der Schädel und seine geschrumpfte Hülle.
»Ich kann ihn allein tragen«, gab Enkidu zögernd zurück. »Kein anderer soll das tun müssen.«
Gilgamesch streckte die Hand aus und legte sie sanft auf Enkidus Schulter. »Oder hätte das Recht dazu. Nun lege deinen Rock an, denn schon bald stehen wir vor Nippurs En, Enlils Gemahlin, und wir wollen nicht wie einfache Flußschiffer aussehen.«
Sie vertäuten das Floß ein kurzes Stück vor den Mauern von Nippur. Da sie die Esel zurückgelassen hatten, weil es zu schwierig gewesen wäre, sie auf der langen Fahrt flußabwärts mitzunehmen, mußten Gilgamesch, Enkidu und Schusuen zu Enlils Tor laufen anstatt zu fahren. Anders, als Gilgamesch gesagt hatte, war ihre Kleidung schlicht, denn es wäre für ihn und Enkidu nicht passend gewesen, in prunkvoller Rüstung zu erscheinen, wenn sie keine kriegerischen Absichten hatten.
Die Torwachen waren barhäuptig, und ihre Helme lagen auf dem Boden zu ihren Füßen, denn selbst im Schatten der Mauer war es viel zu heiß, als daß jemand den ganzen Tag das Gewicht einer Bronzerüstung hätte aushalten können. Einer der Wächter hob langsam den Speer, als die drei Männer sich näherten. Bevor er jedoch fragen konnte, wer sie waren und was sie in der Stadt wollten, trat Gilgamesch vor und sprach mit lauter Stimme:
»He, du da! Geh zu Enlils Tempel und fordere die Priester auf, uns eine Abordnung zu senden, die uns gebührend in Nippur willkommen heißt.«
Der Soldat riß erstaunt die schläfrigen Augen auf und spannte die Schultermuskeln, während er nach der Axt an seinem Gürtel griff. »Wer bist du, daß so zu uns sprichst? Enlils Priester lassen sich nicht von einfachen Wanderern stören, noch nehmen die Wachen von Nippur Befehle von fahrendem Volk entgegen.«
Gilgamesch starrte einen Augenblick kühl von oben auf den Mann herunter. Es war ein Veteran, das verrieten der Bau seiner Muskeln

und die kurzgeschorenen, schwarzen Haare – kurz genug, um ihm nicht in die Augen zu fallen, lang genug, um ein weiteres Polster zwischen Kopf und Helm zu bilden –, Nachweise eines Lebens im Felde.

»Ich bin Gilgamesch, Ensi von Erech, und bei mir sind mein Freund Enkidu, von dem du gewiß schon gehört hast, und mein Schreiber Schusuen. Wenn du Zweifel hast, dann öffne deine Augen und betrachte uns genau, oder schau auf das, was Enkidu trägt. Wir haben Huwawa erschlagen, den Wächter des Zedernwaldes, und sind gekommen, um seinen Kopf in Enlils Tempel zu bringen. Willst du nun gehen, oder müssen wir der En von Nippur mitteilen, daß uns der feierliche Empfang und die Höflichkeit, die unserem Rang gebühren, durch die Verbohrtheit eines gewöhnlichen Torwächters vorenthalten wurden?«

Der Wächter musterte Gilgamesch und Enkidu, dann wanderte sein Blick nach oben auf Huwawas Haupt. Das Blut wich aus seinem Gesicht, und sein Mund zuckte stumm. Er stolperte einige Schritte zurück. »Ich ... ich werde gehen«, stammelte er. »Warte hier, Ensi, wenn es dir beliebt, denn ich bin nicht würdig, dich in der Stadt zu begrüßen.« Er drehte sich um, rannte durch das Tor und war schnell in dem Gewirr der Straßen dahinter verschwunden.

Es dauerte nicht lange, bis das Klingen von kleinen Zimbeln und das Läuten von Glocken ertönte. Gleich darauf kam ein Zug von Tempeldienern in Sicht, zwölf Jungfrauen und zwölf Knaben, gekleidet in Hemden und Röcke aus hauchdünnem, weißem Leinen. Die beiden vordersten traten durch das Tor und knieten anmutig vor Gilgamesch und Enkidu nieder. Die Jungfrau hob ihnen einen mit Bier gefüllten, gekehlten Silberkrug mit zwei goldenen Trinkhalmen entgegen, der Knabe ein Tablett aus Silbergold, auf dem Brot und Salz lagen.

»Willkommen, Gilgamesch, Ensi von Erech«, begrüßte ihn die Jungfrau mit leiser, melodischer Stimme. »Da du in Frieden kommst, heißt dich Enlils Tempel in Nippur willkommen und grüßt in dir Erech und Inanna. Iß und trink, sei unser Gast, du und deine Gefährten.«

»Großzügig ist Nippur«, gab Gilgamesch zurück. Er nahm den Krug aus ihrer Hand und trank tief. Das gutgereifte Bier war weniger süß und stärker als üblich und rann ihm leicht durch die Kehle. Er hielt den Krug, damit Enkidu trinken konnte, und reichte ihn dann Schusuen. Als der Schreiber getrunken hatte, brach Gilgamesch ein kleines Stück von dem Brot ab, tauchte es in das Salz und aß es, bevor er auch Enkidu ein gesalzenes Stück gab und das Tablett dann dem Schreiber weiterreichte.

»Nun, ehrenwerte Gäste, folgt uns«, sagte der Knabe. »Ein Bad und Speisen werden euch schon bereitet, denn ihr müßt müde und hungrig von der Reise sein. Die En wartet. Sie wird euch empfangen, wenn ihr euch erfrischt habt.«

Gilgamesch, Enkidu und Schusuen durchschritten das Tor. Die Schar der Tempeldiener nahm vor und hinter ihnen Aufstellung und geleitete sie durch die Stadt. Zu dieser Stunde der größten Tageshitze befanden sich nicht viele Menschen auf den Straßen. Ein paar alte Männer wärmten ihre brüchigen Knochen in der Sonne vor einer Schenkentür, zwei Bettler lungerten im Schatten vor einem kleinen Heiligtum, und einige Kinder spielten ein Hüpfspiel um Dreiecke, die sie in den Staub der Straße gezeichnet hatten. Trotzdem sangen die Zimbeln und Glocken ihre melodische Warnung, als müßten die jungen Priester und Priesterinnen sich ihren Weg durch eine dichte Menschenmenge bahnen. Irgend jemand hatte tatsächlich veranlaßt, daß Gilgamesch und seine Gefährten mit allen Ehren empfangen wurden. Als sie den Tempelhof betraten, sah Gilgamesch, daß Enlils Heiligtum sich nicht wie das von Inanna auf einem Hügel erhob. Dennoch war es ein beeindruckendes, über zwei Geschosse hohes Gebäude aus Stein und Ziegeln. Die Außenmauern waren schneeweiß getüncht und glänzten im Sonnenlicht. Über der Tür waren Kalksteinreliefs angebracht, die Enlils Taten zeigten: der Gott, wie er Himmel und Erde trennt, der Gott, wie er Kräuter und Bäume sprießen läßt, wie er die Erde mit seiner neuen Hacke aufbricht und aus dem Staub der Furchen Menschen erschafft, der Gott, wie er die große Flut auf die Erde schickt, um alle Menschen bis auf Utnapischtim und seine Frau zu vernichten, die in ihrem Boot fliehen ... Die junge Priesterin führte die drei Besucher nicht in das Heiligtum selbst, sondern in ein

Gebäude daneben. Den größten Teil des Fußbodens darin nahm ein großes Badebecken ein, dessen Wasser sanft und einladend vor sich hin dampfte. Es duftete lieblich nach Schilfrohr und Nardenöl. Bronzene Rasiermesser und Spiegel lagen auf einem kleinen Tisch neben dem Becken, und drei gute Leinenröcke mit vielen Binden hingen an Wandhaken.
»Nun ruht euch aus, solange ihr wollt«, sagte die Jungfrau zu ihnen. »Man wird euch Speisen und Getränke bringen, damit ihr euch erfrischen könnt.« Sie verbeugte sich so tief, daß ihre Stirn fast den Boden berührte, und entfernte sich.
Enkidu stellte seine Last mit einem leisen Stöhnen an der Tür ab. Dann richtete er sich auf und streckte sich, bis Gilgamesch das Knakken in seiner Wirbelsäule vernehmen konnte.
»Huwawas Kopf ist keine geringe Bürde«, bemerkte er. »Von heute an werde ich stets die Lastesel bedauern.«
Als die drei ihr Bad beendet hatten, kamen weitere Diener des Tempels mit großen Tonflaschen und Platten mit Brot und in Honig gebratenen Enten herein. Sie aßen gierig. Die saftig süßen Wildvögel schmeckten nach den Monaten, in denen sie nur von Marschverpflegung und zähem Bergziegenfleisch gelebt hatten, mehr als köstlich. Schließlich erschien wieder die Jungfrau, die sie begrüßt hatte. Ihre vollen Lippen verzogen sich zu einem Lächeln, als sie die drei Männer in ihren sauberen Röcken und die leeren Platten sah.
»Wollt ihr mir nun zu Nippurs En folgen? Sie erwartet euch.«
»Führe uns zu ihr«, antwortete Gilgamesch. »Wir sind bereit.«
Enkidu wuchtete Huwawas Kopf wieder auf seine Schultern und mußte sich tief bücken, um durch die Tür zu kommen. Hinter der Jungfrau durchquerten die drei Männer im grellen Licht den Tempelhof und traten dann durch eine Tür in Enlils Heiligtum.
Das Abbild des Gottes erhob sich auf einem weißen Sockel hoch an der gegenüberliegenden Wand des Schreins. Er thronte dort mit der Streitaxt in der einen und den Tafeln des Schicksals, auf denen das Schicksal aller Menschen verzeichnet war, in der anderen Hand. Seine großen, starren Augen waren mit Onyx und Perlmutt eingelegt, das gelockte Haar und der Bart mit Lapislazuli. Um seine Füße

herum waren die kleineren Statuen anderer Götter aufgereiht. Gilgamesch erkannte Inanna an den beiden Schilfgarben, während Utu von einem vergoldeten Strahlenkranz umgeben war. Nanna stand auf der Mondsichel, und Enki schüttete Wasser von einem Krug in einen anderen. Die Frau, die vor Enlil stand, war so still und hatte so große, dunkle Augen im puderweißen Gesicht, daß Gilgamesch erst, als sie die Hand hob und ihre schweren Brüste durch die Bewegung auf und ab wippten, begriff, daß sie lebendig war.

»Sei gegrüßt, Gilgamesch, Ensi von Erech, und mit dir Inanna, Königin des Himmels«, sagte sie. Ihre Stimme war so tief, daß der Boden unter Gilgameschs Fußsohlen leise bebte, und obgleich sie sehr sanft gesprochen hatte, spürte Gilgamesch doch die gebändigte Kraft, die in ihren Lungen steckte.

»Sei gegrüßt, Herrin, En von Nippur, und mit dir Enlil, erster unter den Göttern«, erwiderte er. »Wir sind von den Bergen herabgestiegen, vom Zedernwald zurück ins Land der Lebenden. Wir sind gekommen, um dem Heiligtum Enlils unsere Verehrung zu erweisen und ihm zurückzubringen, was ihm gehört. Denn wir haben Huwawa, das Ungeheuer, das den Wald bewachte, erschlagen, und hier ist sein Kopf, auf daß du damit verfährst, wie es dir beliebt.«

Enkidu trat vor, nahm seine Last ab und setzte sie vorsichtig vor ihr nieder. Die Augen der En weiteten sich, bis man das Weiß sehen konnte, das ihre schwarzen Tiefen umgab. Das leise Zischen ihres Atems war das einzige Geräusch im Heiligtum.

»Wie konntest du es wagen?« stieß sie hervor. »Wie konntest du den Willen des Gottes verspotten, der Huwawa als Wächter eingesetzt hat? Wie konntest du Huwawas sieben Mäntel des Glanzes durchdringen, um ihn zu überwinden?«

Bevor Gilgamesch den Mund zu einer Antwort öffnen konnte, sprach Schusuen. Sein trockener Bariton klang im Vergleich zur mächtigen Altstimme der En dünn und brüchig. »Utu war es, der meinen Ensi zu dieser Tat drängte; er stand ihm im Kampf zur Seite. Das Sonnenlicht zeigte Gilgamesch, wo Huwawa stand, und die gemeinsame Kraft Gilgameschs und Enkidus überwand ihn. Ich, Schusuen der Schreiber, war Zeuge und habe alles niedergeschrieben.«

»Schweig!« befahl die En, und die volle Kraft ihrer Stimme traf ihn wie ein peitschender Windstoß im Gewittersturm. »Sprich, Gilgamesch! Warum hast du das getan? Wie konntest du so den Willen Enlils mißachten, dessen Wunsch es war, daß Huwawa den Zedernwald bis ans Ende aller Zeiten bewacht?«
»Wir waren stärker als Huwawa, und er fiel!« schrie Gilgamesch zurück. »Enlil hat uns nicht gehindert, noch half er seinem Diener. Doch wir ließen Licht in den Wald, damit neue Bäume wachsen können. Vögel singen jetzt in den Zedernästen, Füchse laufen durch die Dornbüsche darunter, und einige der mächtigen Baumstämme sind auf dem Weg nach Erech, um ein Tor zu werden, wie es noch kein Mensch gesehen hat. Das haben wir getan und das Land von einem Ungeheuer befreit, das Utus Blick beleidigt hat.«
Plötzlich überlief ein seltsames Prickeln sein Rückgrat, und alle Haare richteten sich auf, als kröche ein unsichtbares Ameisenheer über seinen Körper. Enkidu gab einen leisen Laut von sich, der halb Grollen, halb Winseln war. Schusuen schwieg, aber Gilgamesch sah, wie sein schlanker Körper zitterte, als müsse er sich mit jedem Muskel gegen den übermächtigen Wunsch zur Flucht wehren. Der Mund der En stand offen, und heraus drang ein Ton, der fast zu tief war, um gehört zu werden, der aber den Boden des Tempels erzittern ließ. Ihre Gestalt war nicht länger die einer schwergewichtigen Frau in mittleren Jahren, sondern ihr Schal und die Schatten ließen ihre Gestalt zu einem hohen Felsblock verschwimmen, einem ausgehöhlten Stein, und der Wind fuhr heulend durch ihren offenen Mund.
DIE HEILIGEN ZEDERN HÄTTEN EWIG GELEBT. Die gewaltige, stumme Stimme schien gleichzeitig von überall und nirgendwo zu kommen. Staub rieselte vom Dach des Tempels und sank in langsamen, glitzernden Wirbeln durch das Sonnenlicht, das zur offenen Tür hereinfiel. DAS DORNENGESTRÜPP WÄRE VERGANGEN, UND DIE ZEDERN WÄREN ALLEIN ÜBRIGGEBLIEBEN, WOHNORT DER LEBENDIGEN GÖTTER. STERBLICHES LEBEN HAST DU IN DEN WALD GEBRACHT UND STERBLICHEN TOD, ALS DU HUWAWA ERSCHLUGST. WARUM HAST DU DAS GETAN, GILGAMESCH?
Gilgamesch stand wie gelähmt, unfähig zu sprechen oder sich zu be-

wegen, doch in seinem Geist bildeten sich Worte wie Wolken an einem klaren, blauen Himmel: »Für Ruhm über den Tod hinaus. Für einen Namen, berühmter als der aller anderen Männer, einen Namen, der die Zeiten überdauern soll. Damit man meiner gedenkt, was immer auch geschieht. – Und aus Stolz und Furcht«, dachte er unwillkürlich, und die Erkenntnis würgte ihn wie ein plötzlicher Brechreiz.
UND DOCH HAST DU HAND AN HUWAWA GELEGT UND SEINEN NAMEN AUSGELÖSCHT. UND WEIL DU HAND AN IHN GELEGT HAST, WEIL DU SEINEN NAMEN AUSGELÖSCHT HAST, SOLLEN EURE GESICHTER VERSENGT WERDEN. MÖGE DIE NAHRUNG, DIE IHR ZU EUCH NEHMT, VON FEUER VERZEHRT WERDEN. MÖGE DAS WASSER, DAS IHR TRINKT, VON FEUER VERTROCKNET WERDEN.
Schusuen weinte leise, doch Enkidu stand unbeweglich wie ein Stein, die Hand am Kopf der Axt in seinem Gürtel. Gilgamesch wußte nicht, ob sie dasselbe hörten wie er, oder was der Gott ihnen verkündete, doch ihm schien, als brenne der Fluch Enlils in seinem Herzen wie ein rotglühender Bronzestab. Aber so trocken sein Mund auch war, er brachte es fertig, zu schlucken und dann zu sprechen.
»Warum verfluchst du uns jetzt, nachdem du deinem Diener nicht geholfen hast? Wir haben fast selbst unser Leben verloren, und du hättest uns ohne Mühe töten können. Aber du tatest es nicht, und darum bitte ich dich jetzt um deinen Segen, hier in deinem Heiligtum, in deiner Stadt, willkommen geheißen von denen, die dich anbeten.«
Als die Stimme des Gottes wieder durch den Tempel hallte, klang sie sanfter, ein Grollen fernen Donners. SIEBEN MÄNTEL DES GLANZES GAB ICH HUWAWA. SIEBEN GÖTTLICHE STRAHLEN WILL ICH DIR GEBEN. ICH WERDE SIE UM DEINEN KOPF LEGEN, SIE SOLLEN DEIN SCHUTZ AUF DER WANDERSCHAFT DURCH DIE WILDNIS SEIN. DOCH KEIN MENSCH KANN DEM TOD ENTKOMMEN, DENN ER LIEGT IN JEDEM DEINER ATEMZÜGE, UND ALLES, WAS GEBOREN WIRD, MUSS STERBEN. AUCH DU WIRST STERBEN, GILGAMESCH, DIESEM SCHICKSAL KANNST DU NICHT ENTGEHEN. DER FLUCH DES MENSCHEN WIRD DIR NUR MIT SCHWEIGEN ANTWORTEN. DER TAG DER DUNKELHEIT WIRD FÜR DICH KOMMEN, DER ORT, WO DER KRIEGSRUF GEGEN DIE

MENSCHHEIT ERSCHALLT, WIRD AUF DICH WARTEN. DIE WELLE DER DUNKELHEIT, GEGEN DIE DU NICHT ANKÄMPFEN KANNST, WIRD DICH ERREICHEN. DER KAMPF, DEM DU NICHT ENTFLIEHEN KANNST, WIRD KOMMEN, DER UNGLEICHE KAMPF, VOR DEM DU DICH AUCH IN DER MITTE DEINER SCHLACHTREIHE NICHT SCHÜTZEN KANNST. DEIN SCHICKSAL IST EINES ENSI WÜRDIG, DOCH ES BRINGT NICHT DAS EWIGE LEBEN.

Die Stimme verstummte und ließ in Gilgameschs Kopf nur einen Nachklang wie das Summen eines weit entfernten Bienenstocks zurück. Plötzlich wankte die En und stürzte nach vorn. Gilgamesch und Enkidu sprangen sofort vor, gerade noch rechtzeitig, um sie aufzufangen, bevor sie auf die Bodenfliesen schlug. Obwohl ihr Atem flog und ihre Augen rollten, war der Körper der Priesterin schwer wie der eines toten Kriegers in voller Rüstung, und ihre Haut fühlte sich durch die Kleidung hindurch eiskalt an. Schusuen drängte sich zwischen die beiden Männer und schob den glatten Elfenbeingriff seines Messers zwischen ihre Kiefer, um zu vermeiden, daß sie ihre Zunge verschluckte. Dann war die Schar junger Priester und Priesterinnen um sie, schob Gilgamesch und Enkidu sanft von ihrem krampfhaft zuckenden Körper weg und hob sie auf. Einer wischte Schusuens Messer sauber, bevor er es ihm zurückgab, aber ansonsten beachtete das Tempelvolk die drei Männer nicht mehr.

Bald standen Gilgamesch, Enkidu und Schusuen allein in Enlils Heiligtum. Doch jetzt schien die Luft stickig und unbeweglich, die flachen Juwelenaugen der großen Statue auf dem Thron waren ohne Glanz, und Gilgamesch wußte, daß die Gottheit nicht länger unter ihnen weilte.

»Wir sollten auch gehen«, sagte er. »Ich denke, hier können wir nichts mehr tun.«

Schweigend verließen sie das Heiligtum und ließen den Kopf Huwawas dort, wo er lag, zurück. Der Weg zum Stadttor war leicht zu finden, und der Sonnenschein vertrieb allmählich die Kälte, die ihnen in die Glieder gekrochen war.

»Was hast du gehört?« fragte Gilgamesch Enkidu, als sie zum Fluß hinuntergingen. »Hat Enlil zu dir gesprochen?«

»Ich hörte das Toben eines Sturms und das Brüllen eines wilden Stiers. Keine Worte, und doch spürte ich Angst, denn der Gott schien wütend. Was hast du gehört, Gilgamesch?«
Gilgamesch biß sich auf die Lippen, denn er hatte wenig Lust, die Worte Enlils zu wiederholen, weder den Fluch noch den zweifelhaften Segen, der ihm zuteil geworden war.
»Die Waagschale ist ausgeglichen«, sagte er schließlich. »Ich denke, wir können mit dem zufrieden sein, was wir erreicht haben.«

5

Sululi und Inaschagga saßen zusammen in Sululis Haus, tranken süßen Dattelwein und spannen. Es war ein langer Tag in der Weberei gewesen, denn da die Frauen das ganze letzte Jahr mit der Anfertigung von Kriegerröcken beschäftigt gewesen waren, hatten sie wenig Zeit dazu gehabt, die alten oder beschädigten Gewänder des Heiligtums selbst zu ersetzen. Sululi war todmüde, und ihre Rückenmuskeln schmerzten. Es war harte Arbeit, gebückt die Kettfäden der großen Webstühle anzuscheren, doch sie traute keiner anderen zu, die Fäden so genau abzuzählen und zu spannen, wie es für ihre schönen Webarbeiten erforderlich war. Zwar lernte Inaschagga erstaunlich schnell, doch sie blieb immer noch nur ein Lehrling. Händen, die grobes Garn und einfache Schußfäden gewohnt waren, fiel es nicht leicht, mit der feinen Mischung aus Leinen und Wolle umzugehen, die man für die priesterlichen Gewänder der Eanna verwendete. Doch die harte Arbeit war der beste Balsam für die Gedanken, die Sululi nachts quälten. Seit Gilgameschs und Enkidus Aufbruch von Erech waren Monate vergangen, und niemand wußte, ob sie nun mit den Zedern, die sie holen wollten, auf dem Rückweg waren oder ob ihre Knochen auf einem weit entfernten Bergrücken bleichten, als Opfer Huwawas oder einer anderen Gefahr auf ihrem Weg.
»Enkidu«, dachte Sululi, befeuchtete ihre Finger mit Wasser aus der kleinen Schale neben sich und zog die feinen Fasern des Woll-Lei-

nen-Gemischs von ihrer Spindel zu einem dünnen Faden. »Die Götter mögen dich beschützen, denn ich liebe dich so sehr.« Sie hatte Angst vor ihm gehabt, als er das erste Mal zu ihr gekommen war. Mit der noch frischen Erinnerung an den blutigen Leichnam ihres Vaters auf dem Boden des Gerichtssaals und den Berichten über den Tod ihres Gatten unter den Klauen und Fängen des Löwen, die ihr schon zu Ohren gekommen waren, war sie zu so gut wie nichts mehr fähig gewesen, als zitternd dazusitzen, nachdem sie die Halle als Enkidus Verlobte verlassen hatte und ihr Leben ganz in seinen Händen lag. Enkidus mächtiger, goldhaariger Körper, bedeckt mit alten und frischen Krallennarben, war ihr mehr wie der eines Tieres als wie der eines Menschen erschienen. Sie hatte gefürchtet, daß er sie vor Wut in Stücke reißen oder ihr im Rausch der Leidenschaft das Genick brechen würde. Doch er hatte zärtlich ihr Haar gelöst und gestreichelt, den bebenden Körper in die Arme genommen, bis seine Wärme die abgrundtiefe Kälte in ihr vertrieben hatte, und nicht einmal versucht, sie zu küssen. Dafür war sie so dankbar gewesen, daß ihre Furcht sich legte, und schließlich hatte er sie losgelassen und mit dem kleinen Ur-Lugal gespielt, den Kleinen am Bauch gekitzelt und gelacht, als Ur-Lugals kleine Fäuste an seinem hellen Bart zogen. In diesem Augenblick hatte Sululi endgültig verstanden, daß sie nichts zu befürchten hatte, denn ein Mann, der so sichtliche Freude am Kind eines anderen hatte – und zwar eines, das er damals noch für das Kind eines Feindes halten mußte –, ein solcher Mann würde ihr kein Leid antun. Deshalb war sie neben Enkidu getreten, hatte ihn umarmt und zugelassen, daß seine sanften Berührungen die schrecklichen Schatten vertrieben, die sie heimsuchten, jene lieblosen Monate der Gefangenschaft in ihrer Ehe mit Ischbi-Erra und ihren blutig-schrecklichen Höhepunkt bei der Gerichtsverhandlung vor den mitleidslosen Blicken der Ältesten von Erech. Seither hatte sie begriffen, daß Enkidu keine Falschheit kannte. Er sagte, was ihm in den Sinn kam, und alles an ihm schien offen und gut. Auch wenn noch viel Wildheit in ihm war, so zeigte sie sich nur in seiner Unschuld und dem endlosen Vergnügen, das er darin fand, die Kunstfertigkeit und Gelehrsamkeit der Menschen zu bewundern. Fasziniert vom Abspu-

len des Fadens von der Spindel, hatte er Sululi sogar gebeten, ihm das Spinnen beizubringen, und obwohl sie ihn davor gewarnt hatte, es in der Öffentlichkeit zu tun, weil man es für unmännlich halten würde, spann er, wenn sie abends zusammensaßen, und freute sich königlich, wenn das Garn unter seinen großen Fingern Gestalt annahm. Sululi wußte, daß sein Herz zuallererst Gilgamesch gehörte, doch es schien ihr besser, einen Teil von Enkidus Liebe zu besitzen als das ganze Herz eines anderen Mannes. Selbst das Bild Gilgameschs, obgleich die Erinnerung an ihre Hochzeitsnacht und die Gewißheit, daß der Ensi sie zumindest für ein paar Stunden schön und liebenswert gefunden hatte, ihr geholfen hatten, die Leere der Ehe mit Ischbi-Erra zu ertragen, verblaßte vor dem Enkidus. Gilgamesch war ein blendender Blitz, der einen kurzen, unvergeßlichen Augenblick lang in der Dunkelheit aufleuchtete, Enkidu dagegen ein warmes, stetiges Feuer, das kein Wind oder Regen löschen konnte, ganz und gar vertrauenswürdig, voll unschuldiger Güte, an der es keinen Zweifel gab. Doch obwohl er sie seit ihrer Hochzeit fast jeden Abend aufgesucht hatte, war bis jetzt sein Same in Sululis Leib nicht aufgegangen. Sie wäre glücklich gewesen, ihm einen Sohn oder eine Tochter mit goldenem Haar zu schenken, ein Löwenkind, seinem Vater ebenbürtig an wilder Sanftmut des Herzens. Doch bei jedem Vollmond schmerzte ihr Schoß, leer und bereit, krampfte sich zusammen und weinte Blut, wenn Nanna seine Helligkeit vor dem Nachthimmel verbarg. Ihr Sohn Ur-Lugal, Kind der einen süßen Nacht, die sie mit Gilgamesch verbracht hatte – das wußte sie genau –, war ihre große Freude. Sie konnte nicht anders, als zu lachen, wenn er fröhlich gurgelnd nach einem neuen Spielzeug griff oder wenn er sich herumrollte und versuchte, auf Händen und Füßen, die noch zu schwach waren, sein Gewicht zu tragen und vorwärtszukriechen. Ihr Glück wäre vollkommen gewesen, wenn sie Enkidu vor seiner Abreise hätte sagen können: »Ich trage dein Kind unter meinem Herzen«, und Sululi wußte, daß ihr Wehklagen, falls er vom Zedernwald nicht zurückkäme, sich durch ihren leeren Schoß vervielfachen würde.
»Woran denkst du?« fragte Inaschagga. »In deinen Augen stehen Tränen, Herrin.«

»Du brauchst mich nicht Herrin zu nennen«, erwiderte Sululi. »Wir sind alle Dienerinnen der Eanna, und ist dein Ehemann nicht Gilgameschs oberster Jäger?«
»Ja, gewiß, aber du ... Ganz wie du willst, aber du siehst so traurig aus. Willst du mir nicht sagen, warum, damit ich versuchen kann, dich aufzuheitern? Ich weiß, daß ich nicht viel mehr verstehe, als mich über das Wetter zu unterhalten und darüber, was die Frauen auf dem Markt schwatzen, aber es ist hart, wenn man niemanden hat, dem man seine Sorgen anvertrauen kann.«
»Es ist nur ...« Sululi griff in den Korb zu ihren Füßen, nahm einen großen, flauschigen Klumpen des Leinen-Wolle-Gemischs heraus, riß ein kleines Büschel ab und drückte es mit frisch angefeuchteten Fingern sorgfältig an das Ende des Fadens, bevor sie erneut ihre Spindel in Bewegung setzte, die Fasern sich unter ihrem Griff wieder strafften und fest wurden. »Ich muß immerzu an Enkidu denken, denn er ist auf einer langen und gefahrvollen Reise.«
»Ich denke auch oft an ihn«, räumte Inaschagga ein. »Du weißt, daß er zusammen mit der Schamhatu einige Zeit unser Gast war, bevor er nach Erech kam. Ach, seltsam war er und wild, als sie ihn zu uns brachte. Er konnte kaum sprechen, sein Pelz war filzig, und er stank wie drei Ziegen, denn er hatte sich noch nie im Leben gewaschen. Doch er war ruhig und so vorsichtig, als fürchte er, uns durch seine bloße Berührung die Knochen zu brechen, wovor auch wir zunächst Angst hatten, denn niemand im Dorf hatte je einen so starken Mann gesehen. Aber als er etwas mehr von den Sitten der Menschen gelernt hatte, war er die angenehmste Gesellschaft. Angenehmer als sie, denn obwohl sie freundlich war, erwartete sie alle Bequemlichkeiten der Stadt, erlesene Speisen und ein Bad jeden Abend; doch für ihn war unser grobes Brot die feinste Mahlzeit, und ein einfaches Halsband aus poliertem Achat erschien ihm als prachtvoller Schmuck. Es ist seltsam, Enkidu jetzt in feines Leinen gekleidet neben dem Ensi sitzen zu sehen, und trotzdem hat er sich nicht verändert. Unsere alte Hütte mit dem Dach aus getrockneten Palmwedeln war für ihn kein geringeres Wunder als aller Glanz der Eanna. Er wäre zufrieden gewesen, dort zu leben, so wie er jetzt hier zufrieden

ist.« Inaschagga schlug die dunklen Taubenaugen nieder und legte eine Hand auf die schwellende Last ihres Bauches, als wolle sie das Kind darin vor allen schlechten Gedanken schützen, die ihr vielleicht in den Sinn kommen mochten. »Gilgamesch ist ein vornehmer Mann und tapfer, aber er ist der Ensi. Enkidu ist unser Freund, und er kommt mir immer noch vor wie einer von uns, wenn ich das von deinem Gemahl sagen darf, Herrin.«

»O ja, das darfst du«, beruhigte Sululi. »Es ist ein Teil dessen, was ich an ihm liebe. Und darum ...« Die Worte fielen ihr schwer und sie spürte, wie ihr Tränen über die Wangen liefen, brennend wie flüssiges Glas, geschmolzen im heißesten aller Feuer. »Darum habe ich Angst um ihn, auch wenn wir erst so kurze Zeit verheiratet sind. Wenn Gilgamesch nicht zurückkehrt, dann ist das Grund zur Trauer, doch der Ensi ist der Bräutigam Inannas und der Stadt, zu erhaben, einem Sterblichen wirkliche Liebe zu schenken oder von ihm zu empfangen, es sei denn von jemandem wie Enkidu, den Gilgameschs Größe nicht schreckt. Doch wenn Enkidu nicht zurückkommt, weiß ich nicht, wie ich weiterleben soll.«

»So, wie die Frauen es immer getan haben, Herrin«, antwortete Inaschagga. »Aber hab keine Furcht. Enkidu wird zurückkommen. Ich spüre das, wie manche Menschen mitten in der Wüste das Süßwasser unter ihren Füßen spüren können.«

Sululi hörte auf zu spinnen und umarmte vorsichtig Inaschaggas Schultern. »Danke«, sagte sie und die Worte blieben ihr fast in der Kehle stecken. Sie räusperte sich, um ihre Stimme von den Tränen zu befreien, und wiederholte: »Danke.« Vorsichtig trank sie einen Schluck Dattelwein.

Einen Augenblick lang saßen die beiden Frauen schweigend da. Sululi wollte gerade weitersprechen, als sie das Dröhnen der großen Pauken hörte, deren dumpfer Schlag sogar durch die Mauern des Hauses drang. Inaschaggas Blick irrte nach allen Seiten, und sie zog ihren Schal fester um die Schultern.

»Was bedeutet das, Herrin?« flüsterte sie. »Warum schlagen sie die Pauken? Ist wieder Krieg?«

»Das ist unmöglich«, gab Sululi zurück und strengte sich an, das

Hämmern des Herzens gegen ihre Rippen und den harten Pulsschlag in ihrer Kehle zu dämpfen. Sie schluckte schwer und zwang sich zum Nachdenken. »Feinde hätte man bemerkt, lange bevor sie die Mauern von Erech erreichen, und man hätte uns längst gewarnt, wenn Krieg drohte. Doch heute ist auch kein Festabend oder Feiertag. Komm, gehen wir hinaus. Auf dem Gelände der Eanna sind wir sicher, und vielleicht treffen wir einen Priester oder eine Priesterin, die uns sagen kann, was vorgeht.«
Sie stand auf und reichte Inaschagga die Hand, um ihr aufzuhelfen. Die kleinere Frau, behindert durch die Rundung ihres Leibes, erhob sich unbeholfen. Im milden Licht der Öllampen erkannte Sululi, wie bleich Inaschagga war. Die Erinnerung an ihre eigene Schwangerschaft versetzte ihr tief im Bauch einen Stich. Sie wußte noch zu gut, wie ihr damals jedes ungewöhnliche Ereignis eisige Wellen der Furcht durch den Körper gejagt hatte und jedes harte Wort von Ischbi-Erra oder ihrem Vater sie vor Angst zittern ließ, daß der Faustschlag eines der Männer ihr Kind unheilbar verletzen könnte. Deshalb murmelte sie nochmals mit so sanfter Stimme, als wolle sie den kleinen Ur-Lugal in den Schlaf wiegen: »Wir sind sicher hier. Du brauchst dich vor nichts zu fürchten, meine Schwester, meine kleine Taube, meine Freundin. Komm, gehen wir und sehen nach, was es gibt.«
Inaschagga ließ zu, daß Sululi ihre Hand nahm und sie führte. Trotz der warmen Nacht lagen die Finger der Bäuerin kalt in Sululis schlanker Hand, und wieder mußte Sululi an die letzten Wochen vor ihrer Niederkunft denken, als ihre Hände und Füße ihr immer halb erfroren schienen, so als sauge das Kind alle Wärme aus ihrem Körper.
Draußen war das Geräusch der Pauken lauter geworden, und die Schläge wurden immer drängender. Oben auf dem Tempelhügel leuchtete roter Feuerschein aus der Tür zu Inannas Heiligtum, und Sululi hörte den hohen, klagenden Gesang über den tiefen Tönen der Pauken, ohne aber die Worte verstehen zu können.
»Oben,« flüsterte Inaschagga und zog an Sululis Hand. »Schau nach oben.«

Der Nachthimmel über ihnen war von eisiger Klarheit, und die Sterne glitzerten wie Kristalle in der Schwärze. Zuerst begriff Sululi nicht, was Inaschagga meinte, denn die Sternbilder waren so, wie sie sein sollten, so, wie sie es als kleines Mädchen im Hof ihres Hauses, auf den breiten Schultern ihres Vaters sitzend, von ihm gelernt hatte. Dann fiel ihr suchender Blick auf den Mond, und sie schnappte entsetzt nach Luft. Letzte Nacht hatte sie gesehen, wie sich Nannas strahlendes Antlitz der vollen Rundung näherte, und sehnsüchtig zu ihm aufgeblickt. Sie hatte sich gewünscht, daß Enkidu bei ihr wäre, denn wie alle Frauen wußten, war die beste Zeit, Kinder zu empfangen, bei Vollmond, genau in der Mitte zwischen zwei Blutungen. Doch seltsamerweise hatte der Mond abgenommen, ein Schatten kroch langsam über die leuchtende Scheibe und verdunkelte gegen jede Regel und Jahreszeit das Himmelslicht. Das konnte nur Unheil bedeuten, Unheil, an dem – Sululi hatte genug gelernt, es zu wissen – keinerlei Zweifel möglich war. Das dunkle Gegenlicht war der böse Blick der Götter und bedeutete, daß irgendwo unter dem sich verdunkelnden Mond ein Ensi zum Tode verurteilt war.
Jetzt vernahm Sululi das Getöse auf den Straßen außerhalb der Eanna, den schrillen Mißklang von Bronze, die auf Bronze traf, und das dumpfere Geräusch von Holz auf Ton: Löffel, die gegen Töpfe, Hämmer, die gegen Pfosten schlugen, was immer die Menschen fanden, um damit Lärm zu machen. Um das üble Vorzeichen abzuwenden, erzeugten sie so viel Krach wie möglich und riefen und sangen noch dazu. Sululi zog an Inaschaggas Hand und versuchte die andere ins Haus zurückzudrängen, damit auch sie sich mit Kochtöpfen und großen Löffeln bewaffnen konnten, um darauf zu schlagen und so ihre Angst zu überwinden und die Dunkelheit zu verscheuchen. Doch Inaschagga rührte sich nicht; ihre Füße waren wie angewurzelt, und das schwindende Mondlicht schien auf ihr rundes, bleiches Gesicht, das von der Verfinsterung abgewandt war.
»Im Norden«, wimmerte sie, »schau nach Norden.«
Sululis Kopf folgte ihrem Blick, und bevor sie es verhindern konnte, stieß sie einen kleinen Schrei aus. Dort, mitten unter den vertrauten

Sternen, strahlte ein neuer Stern, blauweiß und grell, und hinter ihm her strömte ein kurzer, heller Schweif, der sich in dünnen Fäden am schwarzen Himmel verlor wie der vom Wind verwehte Rest einer schimmernden Wolke.
»Was ist das?« fragte Inaschagga angstvoll. »Was hat das zu bedeuten?«
»Das ist ein Komet«, antwortete Sululi. Sie atmete schwer und umklammerte Inaschaggas Hand, um ihre eigene am Zittern zu hindern. »Und was es bedeutet ... Gehen wir hinauf ins Heiligtum, wo die Pauken dröhnen. Wenn Inanna dem Volk von Erech etwas sagen will, dann wird sie es dort tun, und wenn wir nichts weiter erfahren, dann sind wir zumindest im Tempel der Göttin und sicher vor allem Übel.«
Die Schamhatu stand neben dem Standbild der Inanna und schaute auf das Gedränge der Priester und Priesterinnen hinab, deren dunkle Münder sich in den aschfahlen Gesichtern öffneten und wieder schlossen, während sie die heiligen Gesänge gegen die Dunkelheit anstimmten, die langsam über den Mond kroch. Die Pauken dröhnten durch den Tempel wie mächtige Pulsschläge, die Sululis Körper erzittern und ihren Kopf hämmern ließen. Draußen hatte sie den Kometen gesehen, dessen Schweif ein fremdartiges Licht über Erech warf, und der Anblick hatte sie mit Furcht erfüllt. Nun zitterte sie wie Espenlaub, und es war gut, daß die Riten zur Abwehr der schlechten Vorzeichen einer Finsternis schon lange niedergeschrieben und auswendiggelernt worden waren, denn sonst wären sie ihr jetzt nicht eingefallen. Der En stand auf der anderen Seite der Göttin, und die Furchen in seinem Gesicht schienen im flackernden Feuerschein noch tiefer zu sein. Seine Miene war ausdruckslos wie eine Maske, doch die Schamhatu glaubte die Gedanken in seinem altersgrauen Schädel lesen zu können.
*Der Tod eines Ensi. Die Finsternis ist ein Zeichen des Todes, der Komet verkündet Umsturz und Vernichtung. Ist Gilgameschs Leben beendet? Liegt er tot im Zedernwald, ein Opfer seines eigenen starrsinnigen Stolzes und seiner Torheit? Er hätte es verdient.*
Eine Träne lief ihr über die Wange, doch sie wagte nicht, sie abzuwi-

schen, damit niemand sah, daß sie weinte. Hatte sie es nicht schon immer kommen sehen – die unvermeidliche Folge von Gilgameschs ewiger Unbesonnenheit, seiner ständigen Suche nach dem, das ihn bezwingen würde? Aus Angst vor dem Tod lief er ihm nur noch schneller in die Arme. Einen Augenblick lang sah sie die lachenden Gesichter von Gilgamesch und Enkidu vor sich, schwarzes Haar, das sich mit hellem vermischte wie dunkle Wolkenbänder am goldenen Morgenhimmel bei Sonnenaufgang, und noch heftiger flossen ihr die Tränen übers Gesicht. Hatte Enkidu nicht Besseres von seinem Geliebten verdient?

Der En trat näher an sie heran. Seine Worte waren im Gesang und dem hämmernden Schlag der Pauken fast nicht zu hören. »Zumindest gibt es einen Erben«, murmelte er. »Ur-Lugal ist Enkidus Adoptivsohn und damit auch Gilgameschs.« Er verstummte. Die Schamhatu wußte, daß sie beide davon ausgingen, der Ensi sei sowohl tatsächlich als auch dem Gesetz nach der Vater des Kindes.

»Wir wissen nicht, ob sich das Zeichen auf Gilgamesch bezieht«, flüsterte die Schamhatu zurück, doch sie spürte mit jeder Faser ihres Körpers, wie verlogen ihre Worte waren. »Wenn wir die Finsternis verscheucht haben, müssen wir ein Opfer bringen und in der Schafsleber lesen, um mehr zu erfahren.«

Das Warten schien endlos, und die Gesänge klangen immer schriller und mißtönender in den Ohren der Schamhatu, als selbst die geübten Stimmen der *Tigi*-Sänger ermüdeten. Sie hatte jedes Zeitgefühl verloren, als die Türwächter plötzlich aufschrien. »Die Wende ist da! Der Mond kehrt zurück!« Vor Erleichterung gaben ihre Knie nach. Sie stand steifbeinig da, um nicht umzufallen, als eine Woge neuer Gesänge anschwoll.

Schließlich erhoben sich die Stimmen zu einem letzten Lied, dem abendlichen Lob Inannas, der Königin des Himmels:

> »Meine Herrin, du Erstaunen der Welt, einsamer Stern,
> Tapfere, als erste erscheinst du am Firmament,
> Alle Lande fürchten dich.«

Die Opferpriester standen an den Kohlenbecken und warfen Weihrauch auf die Glut. Wieder stieg eine neue Wolke von süßem Rauch auf und erfüllte das Heiligtum. Die Schamhatu fiel in den Chor ein.

»Meine Herrin schaut voll süßer Verwunderung vom Himmel herab,
Die Menschen von Sumer schreiten feierlich vor der heiligen Inanna.

An den reinen Orten der Steppe, auf den hohen Dächern der Häuser,
Auf den Terrassen der Städte bringen wir ihr Opfer dar:
Hügel von Weihrauch wie duftendes Zedernholz,
Schöne Schafe, fette Schafe, langwollige Schafe,
Butter und Käse, Datteln und Früchte aller Art.

Meine Herrin schaut voll süßer Verwunderung vom Himmel herab,
Ich singe dein Loblied, heilige Inanna.
Wir reinigen die Erde für unsere Herrin, wir feiern sie in Liedern,
Wir füllen den Tisch des Landes mit den Erstlingen des Obstes.
Dunkles und helles Bier gießen wir für sie aus,
Dunkles Bier, Emmerbier, Emmerbier für unsere Herrin.

Meine Herrin schaut voll süßer Verwunderung vom Himmel herab,
Die Menschen von Sumer schreiten feierlich vor der heiligen
Inanna.

Götter und Menschen von Sumer gehen zu ihr mit Speise und
Trank,
Sie speisen Inanna am reinen Ort.

Meine Herrin schaut voll süßer Verwunderung vom Himmel herab,
Die Menschen von Sumer schreiten feierlich vor der heiligen Inanna.
Inanna, die Herrin, aufgestiegen zum Himmel, strahlt hell.
Ich singe dein Loblied, heilige Inanna.
Die Herrin, aufgestiegen zum Himmel, überstrahlt das Firmament.«

Nacheinander, wie sie hereingekommen waren, verließen Priester und Priesterinnen den Tempel. Die Schamhatu entfernte sich von ihrem Platz, folgte dem Opferpriester Urgigir und reckte sich, um seine Schulter zu berühren. Er schaute einen Augenblick auf sie herab. Seine Augen lagen tief in den Höhlen, und der Mund unter dem kurzgeschnittenen schwarzen Bart war grimmig verzogen.
»Du willst in der Leber lesen«, sagte er leise, »und du willst es nicht öffentlich tun, damit nicht weitere üble Vorzeichen in der Abwesenheit des Ensi eine Panik in der Stadt auslösen.«
»So ist es«, bestätigte die Schamhatu.
»Es gibt tatsächlich Zeichen, die man jetzt feststellen muß. Warte hier, ich komme gleich wieder.«
Die Feuer waren heruntergebrannt, als Urgigir in das Heiligtum zurückkehrte. Der En wartete bereits mit einer Schale aus Lapislazuli, um den Platz des *Ischib*-Priesters einzunehmen, während die Schamhatu die Schultern des Tieres festhalten sollte. Wirklich führte Urgigir einen Widder am Strick, dessen dickwolliger Kopf unter dem Gewicht des Gehörns tief herabhing. Aber er war nicht allein. Hinter ihm ging Schubad, gekleidet in ein fast durchsichtiges Kleid aus goldfarbenem Leinen, geschmückt mit glitzerndem Gold und Karneolen. Geme-Tirasch begleitete sie in einem einfachen, weißen Fransengewand. Die Augen der *Gala*-Priesterin glänzten rot im Licht der Glut aus den Kohlenbecken, und die Schamhatu sah sekundenlang ihre weißen Zähne aufblitzen, bevor Schubad die Lippen wieder zusammenpreßte. Doch es war Geme-Tirasch, die die Schamhatu beunruhigte, denn ihre Augen waren geweitet und voller Furcht, und von Zeit zu Zeit ging ein Schütteln durch ihre unbedeckten Schultern. Welche Schrecken hatte sie im schwarzen Licht der Mondfinsternis gesehen?
Urgigir verbeugte sich tief vor der Schamhatu und danach vor dem En. »Göttliche Herrin ... Inannas Bräutigam«, begrüßte er sie förmlich. »Nanna hat heute nacht sein bleiches Gesicht bedeckt, und ein geschweifter Stern lodert über Erech. Durch diese Zeichen geben die Götter den lebenden Menschen ihr Mißfallen kund. Wie im Himmel, so auf Erden: Es herrscht Uneinigkeit und Streit in der Eanna, was

keinem von uns verborgen geblieben ist. Wenn der Schäfer seine Herde nicht zu hüten versteht, wird sie ihm genommen, wenn nicht von seinem Herrn, dann von den Löwen und Wölfen. Deshalb sage ich euch folgendes: Wir werden die Zeichen nicht nur nach dem Schicksal des Ensi befragen, sondern auch nach dem Willen der Götter, wer das Amt der Schamhatu bekleiden soll.«
Der Schamhatu blieb das Herz stehen, und eisiges Entsetzen durchfuhr sie. Das schroffe Gesicht des Opferpriesters zeigte keine Regung, es war streng und unnachgiebig wie eine Klippe im Winterfrost. Sie warf einen Blick auf Schubad. Zwar wirkte auch die Miene der *Gala*-Priesterin nahezu ausdruckslos, aber die Schamhatu bemerkte ein unterdrücktes Zucken um ihre Mundwinkel, hinter dem sich ein triumphierendes Lächeln verbarg.
»Hat sie ihn verführt?« überlegte die Schamhatu. Obwohl jeder wußte, daß Urgigir allen Freuden Inannas zugetan war, konnte sie sich doch kaum vorstellen, daß er seine Pflichten derart vernachlässigt haben sollte. Aber vielleicht hatte er gar nicht gemerkt, daß das der Fall war, denn Schubad konnte genausogut überreden wie verführen.
»Wie ich sehe, hast du dir deine Ratgeberinnen mitgebracht«, sagte die Schamhatu. »Es ist nichts dagegen einzuwenden, daß eine Seherin dem Lesen der Zeichen beiwohnt, doch welchen Nutzen sollte eine Tempelsängerin haben?«
»Wer sonst könnte diese Pflicht erfüllen?« grollte Urgigir. »Geme-Tirasch hat die Stellung schon einmal innegehabt, und Schubad ist die Stimme Inannas bei den feierlichen Neujahrsgesängen. Wir müssen der Göttin das Werkzeug geben, das ihr am besten gefällt.«
»Und diese Wahl hat sie selbst getroffen«, gab die Schamhatu zurück. Wut stieg in ihr auf, eine warme und angenehme Welle, dazu die zornige Freude, daß sie nun endlich ihrer Feindin ins Gesicht sehen und sagen konnte, was schon lange in ihr brodelte.
»Lies nur in der Leber, Urgigir. Du bringst hier schwere Anschuldigungen vor – ich soll die Eanna schlecht geführt und die Göttin beleidigt haben, Vorwürfe, die ich dir umgehend zurückgebe. Entweder aus Torheit oder Bosheit hast du dein Ohr derjenigen geliehen, die

selbst die Hauptursache für den Zwist in den Mauern der Eanna ist, und ihren schlechten Einfluß dadurch noch verstärkt. Wenn du jetzt deinen Mund öffnest, dann spricht Schubad aus dir. Sie ist das Flüstern in der Nacht, das Zwietracht unter uns sät. Nicht zufrieden mit dem ehrenvollen Platz, den sie unter den *Gala*-Priesterinnen einnimmt, will sie noch höher hinaus und sich Inannas Krone aufs Haupt setzen.«

Sie wandte sich von Urgigir zu Schubad, und als sich ihre Blicke trafen, wich die Sängerin zurück. »Und ich weiß noch Schlimmeres von dir, Schubad. Du warst die Geliebte von Ischbi-Erra und wußtest von seinem Plan, den Ensi zu ermorden. Hat er dir versprochen, daß er mich nach Gilgameschs Tod absetzen und dich zur Schamhatu von Aggas Gnaden erheben würde?«

»Nein!« schrie Schubad. »Ich ahnte nichts von seinen Plänen.«

»Aber du warst seine Geliebte und hast ihm erzählt, daß Zwietracht in der Eanna herrsche. Das war eine Waffe in seiner Hand, und er benutzte sie gegen Gilgamesch. Der Ensi hat es mir selbst gesagt, willst du es leugnen?«

»Es ist leicht, einem Toten Worte in den Mund zu legen und eine begabte Frau des Ehrgeizes zu beschuldigen«, mischte sich jetzt Urgigir ein. »Doch wenn Schubad nur laut ausgesprochen hat, was andere dachten, worin besteht dann ihre Schuld? Was hat sie getan?«

»Sie wollte zerstören, was Bestand haben muß, und der Eanna ihren Mut rauben! Als sie Ischbi-Erra von Dingen des Tempels erzählte, ganz gleich, wie tief sie in seine Verschwörung verstrickt war, hat sie uns der Verachtung von Erech ausgesetzt. Ist das die Frau, die du als Schamhatu sehen möchtest, eine Frau, die auf Kosten der Eanna nach eigenem Glanz und Ruhm strebt?«

Urgigirs dichte, schwarze Augenbrauen zogen sich eng zusammen, aber er antwortete nicht, und die Schamhatu wußte, daß sie ihn getroffen hatte, so sicher, als hätte sie ihm ein Schwert bis ans Heft in den Bauch getrieben. Bevor Schubad etwas zu ihrer Verteidigung sagen konnte, brach Geme-Tiraschs rauhe Altstimme das Schweigen.

»Sie hat noch mehr getan«, sagte die Seherin leise. Die Augen der

vier anderen richteten sich auf sie, doch sie starrte unbeirrt auf das hinter ihnen stehende Abbild der Inanna und fuhr fort: »Ich habe bis jetzt nicht darüber gesprochen, denn es erschien mir nicht angebracht, und ich fürchtete mich davor, weitere Schwierigkeiten hervorzurufen. Aber während du, göttliche Herrin, in der Wildnis nach Enkidu suchtest und ich deine Stellvertreterin war ...« Sie hustete. »Ich hatte es nicht leicht. Einmal brachte man mir Bier, doch es war ein heißer Tag, und ich wollte nur Wasser. Eine meiner Freundinnen trank das Bier statt meiner, und danach entleerte sich eine Woche lang ihr Körper, und zwei weitere Wochen konnte sie ihre Pflichten nicht versehen. Die Krankheit kann ein Zufall gewesen sein, doch ich fand auch die heiligen Geräte für die Zeremonien nicht dort, wo ich sie hingelegt hatte, wenn ich sie brauchte, so daß ich dauernd andere schicken mußte, sie für mich zu suchen, und es so aussah, als sei ich zu ungeschickt und zu unachtsam für mein Amt, wie du dich bestimmt erinnerst. Danach trank ich nur noch klares Wasser und schüttelte jeden Abend meine Bettücher aus, weil ich Angst vor Skorpionen hatte.«
»Und hast du Skorpione gefunden?« fragte der En.
»Zweimal, und auch andere Dinge. Verstreuten Staub, Haare von einem schwarzen Hund, eine Geierfeder, Dinge, die mir unrein schienen. Ich wußte, daß mir jemand übelwollte, und fand heraus, daß nichts geschah, solange die Sänger im Heiligtum probten oder die Solisten mit ihren Lehrern arbeiteten. Doch nie im Leben war ich glücklicher als in dem Augenblick, als die Schamhatu zurückkehrte und die Bürde ihres Amtes wieder übernahm. Ich bete, daß die Göttin es mir niemals anbietet.«
Tränen standen in Geme-Tiraschs Augen und schimmerten dunkel im schwachen Licht. Die Schamhatu betrachtete die andere Frau, und eine brennende Röte stieg ihr ins Gesicht. Sie hatte nur Mißtrauen und Zweifel empfunden, anstatt Freundschaft und Vertrauen zu schenken; hätte sie früher mit Geme-Tirasch gesprochen, wären alle Schwierigkeiten vielleicht längst bereinigt gewesen.
»Für diese Anschuldigungen gibt es nicht den geringsten Beweis!« rief Schubad heftig. »Ist es der Neid, der dich jetzt gegen mich auf-

stachelt, Geme-Tirasch, obwohl doch nie ein böses Wort zwischen uns fiel? Aber sosehr ihr alle euch auch bemüht, ihr könnt nicht beweisen, daß ich irgendeines Vergehens schuldig bin, außer dem, den falschen Mann geliebt zu haben, einen Mann immerhin, dem Gilgamesch selbst die höchste Gunst erwies, bevor Ischbi-Erra ihn verriet.«

Schubads Blick huschte von einem Gesicht zum andern, Geme-Tirasch war wieder verstummt, so als sei sie in Trance gefallen, Urgigirs Miene war grimmig verzogen, und der En beobachtete alles, als wohne er einem rituellen Schauspiel bei. Die Schamhatu hob die Hand. Schubad zuckte nicht, doch ihre Schultern spannten sich, als erwarte sie einen Schlag.

»Das alles kann wahr sein«, sagte die Schamhatu. »Aber jetzt wissen wir ... wir alle«, fügte sie mit einem bedeutungsvollen Blick auf Urgigir hinzu, »wer du bist und was du getan hast. Schubad, *Gala*-Priesterin, du darfst weiter singen. Doch sei versichert, wenn man dich noch einmal dabei ertappt, wie du Unruhe zu stiften suchst, wirst du aus der Eanna ausgestoßen. Schätze dich glücklich, daß nur wir die Worte gehört haben, die heute nacht gesprochen wurden, und bescheide dich mit dem, was du hast, denn sonst wirst du auch das verlieren. Nun wirf dich der Göttin zu Füßen und geh.«

Selbst in ihrer Niederlage waren Schubads Bewegungen noch anmutiger und geschmeidiger, als sie der Schamhatu je gelungen wären. Urgigir schluckte krampfhaft und verfolgte die sich entfernende Gestalt mit flackerndem Blick. Selbst im dämmrigen Licht konnte die Schamhatu erkennen, wie die knochigen Wangen über seinem Bart sich röteten.

»Jeder kann sich einmal täuschen, Urgigir«, bemerkte der En verständnisvoll. »Bist du in der Lage, jetzt die Zeichen zu deuten, oder soll dich ein anderer Priester vertreten?«

»Nein. Nein, ich kann es tun. Aber laßt Geme-Tirasch dabei sein, damit die Götter sich ihr offenbaren können, falls ich versagen sollte.«

»Inanna und An, Enlil und alle Götter«, begann der En leise und legte die Hand auf den Kopf des Widders. »Zeigt uns, was die Dunkelheit

verbirgt, sagt uns mehr über die Vorzeichen, damit wir klug werden. Ihr, die ihr alles wißt, die ihr alles seht, ihr, die ihr das Tuch des Schicksals über die Gesichter der Menschen breitet, zeigt uns, wir flehen euch an, was wir wissen müssen, auf daß euer Wille geschehe in Erech.«
Er nickte und kniete mit der dunkelglänzenden Steinschale in den Händen nieder. Urgigir zog sein Messer und hielt mit der anderen Hand den Kopf des Widders fest. Dann stieß er es unterhalb des Kiefers in den Hals des Tieres und zog die Klinge in dem hervorbrechenden Schwall feuerroten Blutes quer durch die Kehle. Halb vom Körper gelöst, fiel der Kopf des Widders zur Seite. Seine Beine zuckten, und die Hufe schlugen blindlings aus. Ein schmerzhaft harter Tritt traf das Bein der Schamhatu unterhalb des Knies, doch ihr Griff in dem dicken Schulterfell lockerte sich nicht.
Die vier warteten, bis die letzten Zuckungen des Opfertieres vorüber waren. Dann öffnete Urgigir mit selbst im Halbdunkel des Schreins sicheren und genauen Handbewegungen die Bauchhöhle. Die warmen Eingeweide zitterten noch, als er vorsichtig die Leber herausschnitt. Er wischte das Blut mit einem weichen Tuch ab und trug die Leber zu einer Öllampe, um sie besser untersuchen zu können. Seine dichten Brauen zogen sich zusammen, als er auf das glitschige, dunkle Organ starrte, und die Schamhatu hörte ein leises, tiefes Stöhnen in seiner Kehle.
»Die Zeichen stehen schlecht«, sagte er schließlich. »Ich fürchte, es wird übel ausgehen mit Erech und noch übler mit Gilgamesch, wenn nichts geschieht, dieses Schicksal abzuwenden. Die Götter sind erzürnt, ihre Blicke voller Wut. Enlil ist erzürnt ...«
Die Schamhatu hörte, wie Geme-Tirasch heftig nach Luft schnappte, und erstarrte, als sie sich an die Prophezeiung der Seherin bei Gilgameschs Thronbesteigung erinnerte. »Was können wir tun?« fragte sie. »Gibt es einen Hinweis auf Hilfe?«
»Inannas Stern strahlt noch hell, und sie ist die Königin dieser Stadt. Ich habe gefehlt, als ich auf Schubad hörte. Du bist es, die die Göttin anrufen und ihren Willen erforschen muß. Doch die Hochzeit muß vollzogen werden«, fügte Urgigir leise hinzu, während er auf die

feuchtglänzende Masse der Leber in seinen großen Händen schaute.
»Sie hat sich schon zu lange verzögert.«
Die Schamhatu zweifelte nicht an seinen Worten. Es gehörte mehr dazu, Opferpriester zu sein und den Willen der Götter zu deuten, als nur jedes Zeichen und jeden Schnörkel auswendig zu wissen, die auf den leberförmigen Tonmodellen eingeritzt waren, an denen in der Eanna das Lesen der Omen gelehrt wurde.
»Ich werde sie noch heute nacht befragen. Hab Dank, mein Bruder, daß du uns deine Fähigkeiten zur Verfügung gestellt hast.«
»Wie die Götter es wollen, auch wenn die Menschen Narren sind«, gab Urgigir zurück. Er bückte sich, hob den Körper des Widders auf, hielt ihn auf Armeslänge von sich, und so leicht, wie ein schwächerer Mann einen Palmzweig hält, trug er ihn aus dem Heiligtum hinaus.
Die Schamhatu und der En standen eine Weile wortlos beieinander. Schließlich sagte der En: »Ich überlasse dir das Weitere. Dies ist ein Geheimnis, in das ich nicht eindringen darf. Möge Inanna dir Weisheit und Erech wieder ihren Segen schenken.« Er verbeugte sich tief, stellte die Schale mit dem Opferblut vor Inannas Füße und zog sich zurück. Geme-Tirasch folgte ihm.
Die Schamhatu war mit der Göttin allein. Sie zitterte. Die Decke des Tempels war schwarz wie die Dunkelheit über den Sternen. Die im Schatten liegenden Mauern schienen bis weit hinauf ins Unendliche zu ragen. Unten waren die Feuer bis auf die Glut heruntergebrannt, und die kleinen Flammen der Öllampen flackerten und erloschen, wenn ihre Dochte verbraucht waren.
»Inanna!« schrie sie auf. »Wo ist er? Lebt er noch?«
Das Gesicht der Göttin, in der Dunkelheit so verschwommen wie das verwitterte Gesicht ihrer Statue in Gunidus kleinem Dorfheiligtum, zeigte keine Regung. Die Stimme der Schamhatu klang dünn und weit entfernt, als käme sie vom Grund einer tiefen Schlucht. »Meine Göttin, Königin des Himmels, zeige dich mir ... Warum hast du mein Herz mit solcher Angst erfüllt? Meine Glieder beben, in meinen Augen stehen Tränen; ich bin hilflos. Warum hast du mein Herz mit solcher Angst erfüllt? Gilgamesch ...«

Jetzt ließ sie ihren Tränen freien Lauf, und ihr schlanker Körper wurde von heftigem Schluchzen geschüttelt. Ihre Beine versagten den Dienst, sie fiel auf die Knie und schaute mit tränenblinden Augen zu Inanna auf. »Wo ist er?« fragte sie wieder. »Lebt er noch?« Ein dunkler Gedanke bemächtigte sich ihrer. Einmal schon hatte sie Akalla gesalbt und erhöht, damit er Gilgameschs Platz auf der Mauer einnehmen konnte. Damals hatte sie sich gefragt, ob er auch für Gilgamesch sterben könnte. Jetzt standen die Vorzeichen schlecht für den Ensi. Der zweite Teil der Prophezeiung – *der Ensi von Erech ist tot* – war noch nicht erfüllt. Doch wenn die Götter auch das Schicksal bestimmten, so war es ebenso wahr, daß man eine Frucht mit Wärme und Wasser zum Reifen bringen konnte, wo sie von allein nicht gedeihen würde. Und wenn ein Verhängnis über dem Ensi schwebte, konnte ein anderer Mann den Titel tragen, bis sich das schreckliche Schicksal erfüllt hatte. Wenn sie Akalla darum bat, würde er sich salben lassen und die Hornkrone aufsetzen. Er würde den Streich, der ihn fällte, gar nicht spüren, und Gilgamesch würde leben, frei von dem Schatten, der selbst auf der Höhe seines Ruhmes auf ihm gelegen hatte.

Sie aber würde den Betrug ausführen müssen, im vollen Bewußtsein ihrer Tat, so schuldig an Akallas Tod, als ob sie ihm selbst in der Wüste die Kehle durchgeschnitten hätte. Sie müßte Inaschagga ins Gesicht sehen und ihr sagen, was sie getan hatte und warum. Und doch, wenn das der einzige Weg war, Gilgamesch zu retten ...

»Wenn«, dachte sie und ihre Augen schlossen sich unwillkürlich, um ein Bild zu verbannen, das sie nicht ertragen konnte, »Gilgamesch noch lebt.« Und genau das wußte sie nicht. Prophezeiten der geschweifte Stern und die Mondfinsternis nur den Tod des Ensi, oder meldeten sie bereits, daß er stattgefunden hatte?

Der Schamhatu kam es vor, als erinnere sie sich an jedes harte Wort, das sie damals, als sie beide Kinder in der Eanna gewesen waren, zu Gilgamesch gesagt hatte. Alles, was er tat, hatte sie getadelt, ihn zum Handeln aufgestachelt, wenn er sich zurückhalten, ihn zur Zurückhaltung überredet, wenn er eingreifen wollte. »Aber das war doch nur«, flüsterte sie, »das war doch nur, weil ...« Sie konnte es nicht laut aussprechen, denn die Worte blieben ihr in der von Tränen geschwollenen Kehle stecken, feiner und spitzer als Fischgräten.

»Ich wollte, daß er ein guter Ensi würde, der Erech Leben und Wohlstand, Gerechtigkeit und Weisheit brächte, und daß die Tage seiner heiligen Herrschaft lange währen sollten. Nur die stärkste Hand kann den Wildesel lenken, aber er ist das beste aller Zugtiere.« Die Worte, oft genug wiederholt, kamen ihr wie von selbst über die Lippen. Aber das genügte nicht, sie suchte in ihrem Geist, was sie noch sagen könnte.

»Ich wollte ihn als Inannas Bräutigam, der beim Neujahrsfest das Bett mit ihr teilt und die Versprechen seines Großvaters Dumuzi und seines Vaters Lugalbanda erfüllt. Die härteste Bronze muß am längsten geschliffen werden, doch sie hat dann die schärfste Schneide.«

Noch immer blickte die Göttin unbewegt auf ihre Priesterin herab, und die Schamhatu glaubte in dem Gesicht unter dem großen, goldenen Diadem sowohl Mitleid als auch Verachtung zu lesen. Die Schamhatu schloß die Augen, und ihr Kopf schwankte heftig hin und her. Sie wußte, daß sie wie ein Fisch am Haken hing, aufgespießt wie eine Schlange auf einem Speer, und wie sie sich auch wand und drehte, es gab kein Entkommen. Verzweifelt ließ sie sich vornüber fallen, verbarg ihr Gesicht auf den Lehmziegeln des Fußbodens, und stieß endlich einen lauten Schrei aus.

»Weil ich ihn liebe!« Die Schamhatu schlug mit den Fäusten auf den Boden, und ihr Wehklagen hallte durch das Heiligtum. Sie wußte nicht, welches Gefühl sie so überwältigte, Wut oder Trauer, Erleichterung oder Leidenschaft. Es war so stark, daß sie ihm keinen Namen geben konnte, zu stark, es zu ertragen. Ihre Glieder zuckten wild, und die Worte brachen gegen ihren Willen aus ihr heraus. »Ich liebe ihn, ihr Götter, ich liebe ihn!«

Sie weinte und schrie, bis sie kaum noch flüstern konnte und ihr Körper die Gewalt ihrer Gefühle nicht mehr ertrug, dann kauerte sie sich leise schluchzend wie ein Kind zu Füßen der Göttin zusammen, den Rücken an den kalten Stein gepreßt.

»Ich habe es nicht gewußt«, murmelte sie leise vor sich hin, und der stumme Gedanke war wie ein kühler Windhauch nach dem sengenden Wüten eines Sandsturms. »Ich habe nicht gewußt, wie sehr ich ihn liebe. Nicht bis heute. Ich habe mir eingeredet, daß ich mir Sorgen um Erech machte oder wünschte, daß Inannas Wille geschehe, und die ganze Zeit ...«

Jetzt wußte sie, was sie tun würde, wenn Gilgamesch noch am Leben war und heil nach Erech zurückkehrte. Sie würde zu ihm gehen und ihn bitten, notfalls kniefällig, die Hochzeit zu vollziehen, zu seinem und ihrem Besten. Als Gegenleistung würde sie ihm alles versprechen, was er wollte. Selbst wenn er eine andere Priesterin als Schamhatu einsetzen wollte, ja sogar wenn es Schubad wäre, sie würde ihm seinen Wunsch erfüllen.

Eine seltsame Klarheit begann langsam ihren Kopf und ihr Herz zu durchdringen – das ruhige, klare Licht des Abendhimmels, an dem die reinen Strahlen von Inannas Stern leuchteten. Die Verse des Abendgesangs im Heiligtum kamen ihr in den Sinn: *Am Ende des Tages erfüllt der strahlende Stern, das große Licht, den Himmel, die Herrin des Abends erscheint am Firmament. Die Männer läutern und die Frauen reinigen sich ...*

»Nun, meine Göttin, stehe ich nackt vor dir«, flüsterte die Schamhatu. »Ich habe dir alles gesagt, du hast mir die Tiefen meines Herzens gezeigt, und ich habe mich dir offenbart. Ich stehe hier vor dir wie ein leeres Tongefäß. Jetzt, so bitte ich dich, erfülle mich mit deiner Weisheit. Was soll ich tun? Um Gilgameschs und um meinetwillen, zeig mir den Weg, Königin des Himmels, erleuchte mich mit deinem Wissen.«

Und endlich vernahm die Schamhatu die stumme Antwort der Göttin. Es waren keine Worte, sondern eine Kraft, die sie durchströmte und wie eine große Welle forttrug. Hilflos wie ein Stück Holz in einem reißenden Fluß wurde sie davongeschwemmt, aus dem Heiligtum in ihr Zimmer. Dort bewegten sich ihre Hände wie von selbst, zogen ihr das Gewand aus, nahmen den Schmuck der Göttin von der Statue und legten ihn ihr an. Alle ihre Sinne schienen zu schwinden, die Geräusche verstummten, die Sicht verblaßte, und ihr Körper schien weit, weit entfernt. Wie im Traum bewegten sich ihre Füße und führten sie hinaus auf die Pfade der Eanna.

# 6

Das Floß trieb im Schein der Sterne und des Mondes den Fluß hinunter. Da sie schon kurz vor Erech waren, hatte Gilgamesch entschieden, nicht mehr über Nacht an Land zu gehen, sondern bis zur Stadt weiterzufahren. Es war kurz nach Einbruch der Dunkelheit, als sie den neuen geschweiften Stern zum erstenmal sahen. Hell strahlte er im Norden.
»Was ist das?« fragte Enkidu. »Es ist ein schöner Anblick, aber ich habe noch nie so etwas gesehen.«
»Das muß ein Komet sein«, antwortete Schusuen. »Diese seltsamen Sterne sind ein Zeichen der Götter, und viele Menschen bekommen ihr Leben lang keinen zu Gesicht. Es bedeutet ...« Der Schreiber verstummte, und selbst im blassen Sternenlicht bemerkte Gilgamesch das Zittern seines schlanken Körpers. »Es bedeutet, daß etwas Wichtiges geschehen wird. Ich habe gehört, daß sie oftmals vor Kriegen erscheinen.«
»Sollen wir etwa das Heer wieder einberufen?« fragte sich Gilgamesch laut und nur halb im Scherz.
Schusuen schüttelte ernst den Kopf. »Erech kann sich keinen weiteren Krieg leisten. Der letzte hat uns einer Katastrophe schon nahe genug gebracht. Ich weiß das besser als jeder andere, denn wer war es, der deinem Heer die Bücher führte? Wir haben kaum noch Vorräte und im Kampf mit Agga zu viele unserer Krieger verloren. Wir können nur hoffen, daß uns niemand angreift, was allerdings unwahrscheinlich ist, denn wir haben gerade erst das größte Heer in Sumer geschlagen, und Agga wird sich nicht wieder gegen uns erheben.«
Er streichelte den Kater, der zusammengerollt auf seinem Schoß lag. Das Tier hob den Kopf zu einem leisen, schnurrenden Gähnen und legte sich dann wieder hin. »Siehst du, Basthotep ist derselben Meinung. Wenn er in seiner Weisheit keine Gefahr sieht, warum solltest du dir Sorgen machen?«
»Hat der Komet etwas mit Huwawas Tod zu tun?« wollte Enkidu wissen.
Schusuen verzog den Mund und schaute noch einmal zu dem ge-

schweiften Stern hinauf. »Vielleicht. Wer außer den Göttern weiß, welche Veränderung die Befreiung des Zedernwaldes über unsere Welt gebracht hat?«

Gilgamesch hatte erwartet, daß der Schreiber noch mehr sagen würde, doch Schusuen verfiel in Schweigen und starrte zum Himmel hinauf. Schließlich sprach er doch weiter, und seine Stimme klang kalt und fern. »Schaut den Mond an.«

Der Ensi riß sich widerwillig vom blauweißen Glanz des Kometen los. Einen Augenblick lang wußte er nicht, was Schusuen meinte, dann sah er es und holte tief Luft. Ein fingernagelgroßes Stück Dunkelheit hatte sich schon über die helle Scheibe des zunehmenden Mondes geschoben: der erste Schatten einer Mondfinsternis.

»Der Mond verdunkelt sich«, stellte Enkidu erstaunt fest. »Warum?«

Gilgamesch erinnerte sich an die spröde Stimme des En, wie er sie vor Jahren vernommen hatte, wenn der alte Priester, umringt von den Jungfrauen und Knaben der Eanna, auf seinem Thron saß und erzählte: »Die Götter offenbaren uns ihren Willen in vielen Dingen. Überall sieht man ihre Macht. An der Leber eines Opferschafs, am Flug der Vögel, an seltsamen Geburten und den Bewegungen am Himmel können wir erkennen, was sie uns über ihre Pläne und ihren Willen mitteilen wollen.« Und dann folgte eine Aufzählung der Dinge, die sie alle niederschreiben, auswendig lernen und immer wieder aufsagen mußten. Und zwischen vielen anderen Vorzeichen, wichtigen und unwichtigen, hieß es: »Eine Mond- oder Sonnenfinsternis kündigt den Tod eines Ensi an.«

Schusuens Hand hob sich und sank wieder herab. Das Blut und jede Gefühlsregung wichen aus seinem Gesicht, bis es im matten Mondlicht wie eine bleiche, kalte Maske aussah. »Er weiß es auch«, dachte Gilgamesch. Er brachte es nicht über sich, Enkidu die wahre Bedeutung des Vorzeichens zu erklären. Zweimal schon hatte er den Mund zum Sprechen geöffnet, doch seine Zunge klebte trocken am Gaumen, und die Worte Enlils hallten in ihm wider: *Der Fluch des Menschen wird dir nur mit Schweigen antworten. Der Tag der Dunkelheit wird für dich kommen ... Die Welle der Dunkelheit, gegen die du nicht ankämpfen kannst, wird dich erreichen. Der Kampf, dem du nicht entfliehen kannst, wird kommen, der ungleiche Kampf, vor dem du dich auch in der Mitte deiner Schlachtreihe nicht schützen kannst ...*

Die kalte Hand der Angst faßte Gilgameschs Körper, während er zusah, wie der dunkle Schatten langsam und unaufhaltsam über den Mond kroch. In diesem Augenblick wünschte er sich mehr als jemals zuvor, zu Hause in Erech zu sein, ein gefeierter Held nach langer Fahrt. Er beugte sich hinab und strich über die rauhe Rinde der Zedernstämme zu seinen Füßen, und diese Berührung brachte ihm einen kleinen Trost. Der Schatten auf dem Mond würde größer werden und wieder vergehen, sein Zederntor aber viele Lebensalter überdauern. Und doch ...

Enkidu legte ihm den Arm um die Schultern und Gilgamesch spürte, wie ruhig er war, während er selbst zitterte. »Du bist besorgt«, sagte Enkidu. »Warum?«

»Die Mondfinsternis ist ... ein übles Vorzeichen«, antwortete Gilgamesch. »Häufig bedeutet sie Tod.« Er schloß die Lippen, bevor sein Herz ihn verraten und er noch mehr sagen konnte.

»Wir haben schon oft dem Tod ins Auge gesehen«, erinnerte ihn Enkidu. »Hab keine Furcht. Ich werde dich beschützen, solange ich lebe.«

»Trotzdem hätte ich mir für unsere Rückkehr nach Erech ein besseres Vorzeichen gewünscht.«

»Sollen wir hier anlegen und erst morgen in die Stadt fahren?« fragte Schusuen. »Wenn du meinst, das könnte das Vorzeichen mildern, sollten wir es tun.«

»Nein. Morgen werde ich vor das Volk von Erech treten und ihm von unseren Taten berichten, und das will ich in allem festlichen Glanz tun, der dem Ensi gebührt. Die Vorbereitungen dazu erfordern Zeit, und deshalb kehren wir heute nacht zurück.«

Sie vertäuten das Floß unmittelbar vor dem Tor. Gilgamesch und Enkidu zogen die Mäntel über den Kopf, um ihre Gesichter zu verbergen, damit sie niemand erkannte. Der Mond war jetzt fast verschwunden, doch in den Straßen der Stadt leuchteten grelle Fackeln, hallte das Scheppern von Töpfen und Pfannen und das Rufen und Singen der Bewohner vor ihren Haustüren, die die Mondfinsternis vertreiben wollten. Im Gedränge war es den beiden möglich, unbemerkt dem Dröhnen der großen Pauken und dem leisen, klagenden Gesang aus dem Heiligtum zu folgen, die aus der Eanna weit über die Stadt schallten.

Da sie noch schmutzig von der Reise waren, betraten Gilgamesch und Enkidu den Tempel nicht. Statt dessen begaben sie sich zu Gilgameschs Gemach, wo eine frisch entzündete Öllampe so freundlich neben dem Bett brannte, als wären sie nur einen Tag auf der Jagd gewesen.

»Enatarzi!« rief Gilgamesch. »Enatarzi, komm her!«

Gleich darauf hörte er die schnellen, sanften Schritte des Eunuchen an der Tür. Enatarzi kam keuchend herein, die rundlichen Schultern schweißglänzend.

»Gebieter!« rief er. »Mein Ensi, du bist zurück! Gelobt sei Utu, der deinen Weg beschützt, und gelobt sei Inanna, die dich zurückgebracht hat. Ich habe hier auf dich gewartet und alles sauber und für deine Rückkehr bereit gehalten. Wie ist es euch ergangen? Habt ihr euer Ziel erreicht?«

»Wir haben Huwawa erschlagen und die Zedern gefällt«, antwortete Gilgamesch, aber seine Worten klangen nicht so triumphierend, wie er beabsichtigt hatte. Die lange, ermüdende Reise und die Furcht, die tief in ihm wohnte wie eine zusammengerollte Schlange in ihrem Loch, lagen wie ein grauer Schleier über dem begeisterten Stolz auf ihre Heldentat. Trotzdem war es gut, den Erfolg verkünden zu können, und das vertraute, lockenumrahmte Gesicht des alten Dieners war ein tröstlicher Anblick. »Aber es war eine lange Fahrt, und wir müssen uns waschen. Bring heißes Wasser und Tücher, duftendes Öl und frische Kleidung, und danach Speisen und Getränke. Erzähl aber niemandem, daß wir hier sind.«

»Wie du befiehlst, geliebter Ensi.« Enatarzi verbeugte sich und verschwand.

Gilgamesch und Enkidu wuschen einander sorgfältig, bis die weißen Leintücher schwarz von Schmutz und ihre Körper sauber und glän-

zend waren. Dann lösten sie mit goldeingelegten Elfenbeinkämmen die Knoten aus ihren verfilzten Flechten. Gilgamesch seufzte und warf die frischgewaschenen Locken in den Nacken. Das heiße Wasser hatte seine verkrampften Muskeln gelöst, und der leichte Schmerz der vielen kleinen Quetschungen und Kratzer war wie weggeblasen. Der Leinenrock umspielte weich seine Beine, und es war selbst für einen dünnen Mantel zu warm. Die Nachtluft umschmeichelte seine nackten Schultern, sanft wie die Hand eines Geliebten.
»Es war eine gute Fahrt«, bemerkte Enkidu, »doch es ist auch gut, wieder zu Hause zu sein.«
Gilgamesch konnte dem nur zustimmen. Er fand, daß die Heimkehr durch diesen friedlichen Abend noch schöner wurde. Morgen würden sie im Triumph durch Erech ziehen, auf die Dächer der Tempel steigen und ihre Dankopfer darbringen, danach dann die besten Zimmerleute und Holzschnitzer von Erech zusammenrufen lassen und sie beauftragen, das große Zederntor zu bauen. Jetzt aber, für eine kurze Zeit, konnten sie die Annehmlichkeiten ihrer eigenen Gemächer genießen, ohne daß jemand an die Tür klopfte und sie zur Halle des Gerichts holte, zum Gipar oder ins Heiligtum, weil wichtige Dinge zu entscheiden waren. Es kam ihm vor wie einer der seltenen Tage in seiner Kindheit, an denen er nicht zur Schule mußte, sondern, befreit von der ewig gleichen Tretmühle des Lesens, Schreibens und Auswendiglernens der Rituale, durch die Straßen der Stadt laufen und seine wenigen Kupferringe nach Belieben für kühle Melonen und süße Datteln ausgeben durfte. Und wie ein Kind zerbrach er sich jetzt nicht den Kopf darüber, was der nächste Tag bringen würde, sondern war nur neugierig, welche Köstlichkeiten Enatarzi auftreiben würde, um ihre knurrenden Mägen zu besänftigen.
Als ob er es geahnt hätte, betrat Enatarzi in diesem Moment den Raum. Er kam mit leeren Händen, die geschminkten Augen weit aufgerissen, das Weiß darin grell im matten Licht. Seine hohe Stimme zitterte, als er sprach. »Ensi, kröne dich mit dem Diadem. Die Göttin der Stadt ist zu dir gekommen. Sie steht bereits vor der Tür, und sie will dich allein sprechen.«
Gilgamesch sprang auf und packte Enatarzis Schultern. Seine Finger

bohrten sich in das weiche Fleisch, bis der Diener erschrocken aufkreischte. »Hast du der Schamhatu gesagt, ich sei zurück? Ich habe dir ...«
»Ensi, ich habe niemandem etwas gesagt! Ensi, du tust mir weh. Sie steht in all ihrem Glanz vor deiner Tür. Sie wußte schon, daß du zurückgekehrt warst. Kann man denn etwas verbergen vor den Augen der großen Götter?«
Mit klopfendem Herzen ließ Gilgamesch Enatarzi los. Die Abdrücke seiner Finger hoben sich einen Augenblick kalkweiß von der Schulter des Eunuchen ab, dann floß das Blut zurück, und die Haut wurde wieder dunkel. Morgen würde Enatarzi blaue Flecke haben. »Es tut mir leid«, entschuldigte sich Gilgamesch. Einen Moment lang zögerte er unsicher, dann nahm er sich zusammen und sagte: »Enkidu, geh zu Sululi. Sie wird froh sein, dich zu sehen, denn sie war lange ohne Nachricht von dir. Grüße sie von mir, und auch den kleinen Ur-Lugal.«
Enkidu sah verwirrt aus, sagte aber nichts. Er beugte sich nur vor und gab Gilgamesch einen Kuß auf den Mund, bevor er aufstand und den Raum verließ.
Gilgamesch öffnete die Truhe, in der sich die Zeichen der Ensiwürde befanden. Er warf den blau verbrämten, scharlachroten Umhang aus Leinen und Wolle um die Schultern und band die goldene Schärpe um seine Hüften. Dann nahm er das große goldene Diadem mit der Löwen- und der Stierfigur unter der Spitze der geschichteten Hörner heraus und setzte es auf den Kopf. Zuletzt bewaffnete er sich mit dem Prunkzepter des Ensi, dessen Elfenbeingriff kalt in seiner Hand lag.
»Ich bin bereit«, sagte er zu Enatarzi. »Melde ihr, sie möge vor mich treten.«
Es dauerte nicht lange, bis er Schritte auf dem Flur vernahm. Es war nicht der bedächtige Gang Inannas, die im Angesicht von Erech ihr Heiligtum durchmaß, sondern der rasche, leichte Tritt einer Jungfrau auf dem Weg zu ihrem Liebhaber. Ein Frösteln ergriff ihn, als der leise Gesang einer weiblichen Stimme an sein Ohr drang. Es waren die Verse Inannas vor ihrer Vermählung mit Dumuzi, die verführerisch süßen Worte, die Dumuzi den Tod gebracht hatten.

»Meine Scham, das Horn,
Das Boot des Himmels,
Ist voller Begierde wie der junge Mond.
Mein unbestelltes Land liegt brach.

Was ist mit mir, Inanna,
Wer will meine Scham pflügen?
Wer will mein hohes Feld beackern?
Wer will meinen feuchten Grund bewässern?

Was ist mit mir, der jungen Frau,
Wer will meine Scham pflügen?
Wer will den Ochsen dort hinstellen?
Wer will meine Scham pflügen?«

Halb verzaubert, zwischen den Beinen schon hart von pochendem Verlangen, fühlte Gilgamesch, wie sich seine Lippen öffneten und er tief Atem holte. Er kannte seine Rolle an dem Tag, an dem er den Platz seines Großvaters als Ehemann und Opfer einnehmen würde, denn man hatte ihn schon vor langer Zeit darauf vorbereitet. Unter Aufbietung aller Willenskraft biß er sich auf die Zunge, bis Blut kam, und verschloß seine Lippen wie Tore bei einer Belagerung gegen die Worte, die in seinem Kopf schon ertönten. *Göttliche Herrin, der Ensi wird deine Scham pflügen. Ich, Dumuzi der Ensi, will deine Scham pflügen.*
»Inanna hat Dumuzi den Tod gebracht«, flüsterte Gilgamesch vor sich hin. Wieder sah er das blinde Auge des verfinsterten Mondes vor sich. »Sie hat das Wort des Zorns auf ihn geschleudert.« Was konnte es anderes als seinen Tod bedeuten, wenn Inanna heute, in dieser unheilvollen Nacht, zu ihm kam?«
Sie trat durch die Tür, begleitet von einem süßen Windhauch, der nach Honig und feuchter Erde, Äpfeln, Zedernweihrauch und frischem Lattich duftete. Die Öllampen brannten heller und erfüllten den Raum mit warmem Licht. Inannas Schmuck glitzerte auf ihrem blassen Körper, Lapislazuli und Gold. Die Achate um die Rundung

ihrer Hüften glänzten mild, fielen im Bogen über ihren glatten Bauch und streiften das schimmernde Dreieck aus dunklem Vlies zwischen ihren Beinen. Zwei goldene Spiralen hoben die Kugeln der Brüste und boten sie dar wie ein Apfelbaum seine Früchte. Ihr Mund war mit Bernstein geschminkt, die Augen groß und schwarz umrandet, und auf ihrer Stirn glühte der große Stern des Diadems in blendendem Licht. Ihr Duft trat Gilgamesch mit jedem Atemzug betörender in die Nase und entflammte seine Sinne. Sein Phallus war hart vor Begierde, und der Same schmerzte in seinen Hoden, ein unterirdischer Strom, bereit, unter ihrer Berührung hervorzubrechen.
»Ich habe mich für den wilden Stier gebadet«, sagte Inanna leise und kam näher. »Ich habe mich für den Schafhirten Dumuzi gebadet. Ich habe meinen Körper mit Ölen gesalbt. Nun will ich meinen Hohepriester auf dem Bett liebkosen, seine Lenden streicheln, das Hirtentum des Landes, ein süßes Schicksal will ich ihm bestimmen.«
Ihr schlanker Körper preßte sich fest und doch nachgiebig gegen Gilgamesch. Sie hob ihr Gesicht zu ihm auf und sah ihn aus dunklen Augen an. Seine Glieder zitterten vor heftigem Verlangen, und er konnte den Blick nicht von ihr wenden. »Komm, Gilgamesch, sei mein Geliebter, schenk mir deine Frucht. Sei mein Mann, und ich will deine Frau sein. Ich will dir einen Streitwagen anspannen lassen aus Lapislazuli und Gold, mit goldenen Rädern und Hörnern aus Silbergold, gezogen von den großen, unbändigen Wildeseln der Berge.« Sie nahm seine Hand und legte sie sanft auf die weichen Löckchen zwischen ihren Beinen. »Komm in unser Haus, in den süßen Wohlgeruch der Zedern. Wenn du es betrittst, werden die Torpfosten und Thronsockel deine Füße küssen. Könige, Herrscher und Prinzen werden sich vor dir neigen, Berge und Ebenen dir ihre Früchte anbieten. Deine Ziegen werden Drillinge gebären und deine Schafe Zwillinge werfen. Selbst mit der größten Last beladen, werden deine zahmen Esel schneller sein als die Wildesel. Dein Wagengespann wird schnaubend an den Zügeln reißen, dein Ochse im Joch wird ohnegleichen sein.«
Betäubt und verwirrt von ihrer Nähe, klebte sein Körper schon an ihr

wie ein Vogel an einer Leimrute. Gilgamesch stammelte: »Was verlangst du von mir, wenn ich dich zum Weib nehme? Salben für deinen Körper und feine Gewänder, um ihn zu bedecken? Soll ich dir Brot und Speisen geben, dir, die die Nahrung der Götter zu sich nimmt und den Wein des Ensi und des Tempels trinkt? Sie gießen dir Trankopfer aus, und du trägst das Heilige Gewand. Ah, welche Kluft zwischen uns, wenn ich dich heirate!«

Doch Inanna rieb sich an ihm, die Warzen ihrer goldumspannten Brüste strichen sinnbetörend über seine Haut, und ihre Stimme klang, als wiederhole ein ganzer Chor von Frauen ihre Worte in überirdisch hohem Gesang. »Bereitet das Bett, das das Herz erfreut, bereitet das Bett, das die Lenden versüßt. Bereitet das Bett des Ensi, bereitet das Bett für die Herrschaft der Königin. Bereitet das Bett für die Herrscher.«

Sie ergriff seine Hände und zog ihn zum Lager, das mit frischem, duftendem Leinen bezogen auf seine Rückkehr gewartet hatte. Doch die Bewegung brach den einzelnen Strahl des Sterns auf ihrer Stirn, sein bebendes Licht zersprang in tausend kleine, leuchtende Tropfen, und plötzlich war Gilgamesch frei. Er riß sich so heftig von ihr los, daß er durch den Raum flog und schmerzhaft an die Wand prallte. Das Zepter entglitt seiner Hand und fiel klirrend zu Boden. Er taumelte und keuchte, schmeckte das Blut in seinem Mund und stieß mit erstickter Stimme hervor: »Du bist ein Feuer, das in der Kälte erlischt, eine Tür, die weder Wind noch Sturm abhält. Du bist ein Palast, der über seinen tapferen Verteidigern zusammenbricht, ein Brunnen mit eingestürztem Deckel, Pech, das seinen Träger schwärzt, ein Wasserschlauch, der den Trinkenden durchnäßt. Du bist Kalkstein, der aus der Mauer bricht, ein Rammbock, der in Feindesland birst, ein Schuh, der den Fuß seines Trägers beißt.«

Inannas Mund öffnete sich, und Gilgamesch konnte das helle Licht darin sehen, doch er fuhr rücksichtslos fort, sie zu schmähen, und die Worte quollen aus ihm hervor wie ein Schaumschwall aus einem frischgeöffneten Bierkrug. Es waren die Gedanken, die in ihm gegärt hatten, seit er alt genug war, vom Schicksal Dumuzis zu erfahren, von der Stellung, die er selbst einmal einnehmen sollte, und dem

Schicksal, das sie begleitete. »Welchen deiner Bräutigame hast du für immer behalten? Welcher deiner Schafhirten hat dir auf Dauer gefallen? Hör zu, ich will dir deine Liebhaber aufzählen. Da ist Dumuzi, der Geliebte deiner Jugend – für ihn läßt du alljährlich Trauerlieder singen. Du hast den bunten, kleinen Hirtenvogel geliebt. Dann hast du ihn gefangen, ihm die Flügel gebrochen, und jetzt sitzt er im Wald und weint. Du hast auch den großen, mächtigen Löwen geliebt, doch du hast Fallgruben für ihn ausgehoben, sieben mal sieben an der Zahl. Du hast den kampfesmutigen Wildesel geliebt, doch dann hast du Peitsche, Stachelstock und Zaum für ihn befohlen. Sieben und abermals sieben Stunden mußte er galoppieren und das Wasser aufwühlen, bevor er trank, so daß es schlammig wurde. Seiner Mutter Silili hast du das Weinen befohlen. Auch den Schafhirten, den Meister der Herden, liebtest du. Kuchen, in der Glut gebacken, gab er dir, und täglich schlachtete er ein Zicklein für dich. Und doch hast du ihn verflucht, ihn in einen Wolf verwandelt, so daß seine eigenen Kameraden ihn wegjagten und seine Hunde nach seinem Fell schnappten. Du hast Ischullanu geliebt, den Gärtner deines Vaters. Jeden Tag brachte er dir Körbe voller Datteln und bereicherte deine Tafel. Du warfst ein Auge auf ihn und hast ihm nachgestellt. Als er dich abwies, straftest du ihn und verwandeltest ihn in einen Frosch, so daß er inmitten seines Gartens leben muß und nirgendwohin gehen kann. Und nun bin ich es, den du liebst, und du willst mein Schicksal bestimmen, wie du es bei den anderen getan hast.«
Gilgamesch hielt einen Moment inne und starrte sie zornig an. Der heiße Sturm der Wut, der ihn durchbraust hatte, ließ ihn leer und ausgebrannt zurück. Er fühlte sich wie ein hohles Stück Ton, das gerade aus dem Brennofen kommt. Plötzlich konnte er weder sprechen noch sich bewegen. Er stand einfach da, und Inanna ging an ihm vorbei und aus dem Zimmer. Ein Windstoß, der die Öllampen verlöschen ließ, fuhr durch die Tür, als sie den Vorhang zur Seite riß. Langsam gaben Gilgameschs Beine unter ihm nach. Er rutschte an der Wand herunter und blieb zitternd in der Dunkelheit sitzen.

7

Nachdem Schusuen Basthotep gefüttert und dieser es sich behaglich schnurrend auf dem Bett bequem gemacht hatte, räumte der Schreiber sorgfältig die Tontafeln mit seinen Notizen über die Reise ein und begab sich in die Baderäume der Eanna, um sich zu waschen. Selbst zu dieser nächtlichen Stunde drängte sich dort das Tempelvolk, badete und plapperte laut oder tuschelte mit gedämpften Stimmen über das Zwillingsvorzeichen von Mondfinsternis und Komet. Schusuen, noch unwillig, mit anderen zu sprechen, hielt sich im Schatten, wo man ihn nicht erkennen würde, zufrieden damit, unerkannt zu bleiben und zu lauschen. Was da leise gemurmelt wurde, beunruhigte den Schreiber. Es gab niemanden, der nicht die Meinung vertrat, daß die Zeichen Übles bedeuteten, und nur wenige zweifelten daran, daß das bevorstehende Unheil Gilgamesch betraf. Schusuen wußte nur zu gut – denn wer sollte es besser wissen als ein Schreiber, der sich in Heldenliedern und Sagen ebensogut auskannte wie darin, Aufzeichnungen zu erstellen und Bücher zu führen –, daß Menschen, die über böse Vorzeichen nachdachten und darüber redeten, ihrem Eintreffen schon den halben Weg gebahnt hatten, vor allem dann, wenn es dabei um Ruhm und Gesundheit eines großen Mannes ging. Aber jetzt war nicht der Zeitpunkt, zu widersprechen oder zu debattieren. Was er von ihrer Reise erzählen würde, war weitaus überzeugender als seine eigenen Ansichten, während das, was er verschwieg, warten konnte, bis feststand, was die Götter über Gilgamesch beschlossen hatten, und keine Gefahr mehr bestand, daß seine Worte dem Ensi schaden könnten.
Doch trotz der entspannenden Wirkung des heißen Wassers, trotz des erfrischenden Gefühls von heißem Dampf auf seinen frisch rasierten Wangen, war Schusuens Herz immer noch voller Furcht. Es lag nicht nur an der beklemmenden Dunkelheit der Mondfinsternis und dem seltsamen Licht des Kometen, sondern daran, daß der Schreiber sich an das erinnerte, was er in Enlils Heiligtum gehört hatte. Er konnte es nicht vergessen, denn er hatte es sogleich niedergeschrieben, ehe das Entsetzen, das die Stimme des Gottes in ihm

ausgelöst hatte, sich gelegt hatte. Er zweifelte nicht daran, daß Gilgamesch noch einen steinigen Weg zu gehen hatte, und das verhieß nichts Gutes für Erech und seine Bewohner. Schusuen wußte, daß man die Götter nicht leichtfertig herausfordern durfte, daß ihre Gunst schwer zu erringen war, aber leicht wieder verlorenging. Deshalb besorgte er sich, nachdem er sich abgetrocknet, ein frisches Gewand angezogen und das Badehaus verlassen hatte, ein Taubenpärchen, um es zu opfern. Obwohl er müde war und auf der ganzen Reise ständig die Grenzen seines Körpers und Geistes überschritten hatte, wußte er, daß er damit nicht bis zum Morgen warten konnte. Schon jetzt hielt ihn nichts weiter aufrecht, als die letzten Reste des inneren Dranges, der ihn die ganze Fahrt über angetrieben hatte. Wenn er sich erst einmal niederlegte, nachdem nun alle Gefahren und Anstrengungen heil überstanden waren, würde er nur schwer wieder aufstehen können und wahrscheinlich die nächsten zwei oder drei Tage im Bett zubringen müssen.

Schusuen wandte sich nicht dem großen Heiligtum der Inanna auf dem Hügel zu, da dort die Feuer niedergebrannt waren und aus der offenen Tür keine Stimmen mehr erklangen, sondern ging zu dem älteren Schrein, der unten im Schatten lag. Es war der Tempel von An, dem Herrn des Himmels, Inannas mächtigem Vater; an dieser Stelle schlug das älteste Herz der Eanna. Hier ging es immer ein wenig ruhiger zu, die Priester und Priesterinnen waren nicht so selbstgefällig und weniger damit beschäftigt, die vielen Fäden des Lebens der Stadt, die sich in der Eanna trafen und verknoteten, nach ihren Vorstellungen zu ordnen. Nach den endlosen Auseinandersetzungen zwischen Gilgamesch und dem Tempel der Inanna, in denen Schusuen sich bemüht hatte, das mühsame, ständig wechselnde Gleichgewicht zwischen Staatskunst und vernünftiger Entscheidung zu bewahren und Gilgamesch daran zu hindern, alles umzustürzen, brauchte der Schreiber vor allem Ruhe. Auch wenn es in den Liedern hieß, Inanna habe ihrem Vater An die Eanna geraubt, fand Schusuen die Stille hier mehr nach seinem Geschmack als das Geschrei und den lauten Prunk in Inannas Heiligtum.

An jeder Seite des Altars brannte ein Binsenlicht. Auf dem Altar

stand eine Opferschale aus poliertem Onyx, die mit Butter gefüllt war. Dahinter befand sich die hohe Mütze mit den sieben übereinanderliegenden Hörnerpaaren, ringförmig angeordnet wie die Stufen einer Tempelterrasse – der heilige Kopfschmuck, das Zeichen des ältesten der Götter. Es war niemand da, aber die Dochte waren frisch beschnitten und die Lampen neu entzündet. Die Tauben gurrten schläfrig, als Schusuen den kleinen Käfig nach vorn trug.
Der Schreiber hatte sich eben vor dem Altar niedergeworfen und wollte mit seinen Gebeten beginnen, als es hinter ihm donnernd an die Tür schlug. Rasch verhüllte er das Gesicht mit dem Mantel, trat zur Seite und versteckte sich hinter einer der hohen Lehmziegelsäulen.
Die Tür flog auf, und ein eisiger Windstoß, wie der erste zornige Vorbote eines Sturmes, rauschte durch die warme, stille Luft von Ans Tempel. Der rauhe Schrei der Frau fuhr Schusuen durch Mark und Bein, und er zitterte vor Furcht, als er sie erkannte. Es war die Schamhatu, aber das entsetzliche, weißglühende Licht, das in ihr brannte, hatte sie völlig verändert. Ihr nackter, nur mit Inannas Schmuck bekleideter Körper schimmerte in hellstem Glanz, als sei die eingeölte Haut ein für die Schlacht polierter Bronzeharnisch. Ihre Augen waren schwarz wie Teer und drohten in Flammen aufzugehen. Glühende Tränen strömten daraus hervor. Der Schreiber fiel auf die Knie und verbarg sein Gesicht, doch vor ihrer Stimme konnte er sich nicht verstecken. Sie erfüllte den ganzen Tempel und hallte darin wider, als wollte sie von den tiefsten Tiefen des Meeres bis hinauf zum Himmel über den Wolken reichen. Schusuen konnte nicht anders, er mußte die Schamhatu wieder anstarren.
»An, mein Vater, Urasch, meine Mutter!« rief sie aus, und Schusuen begriff, daß es Inanna war, die dort stand. »Gilgamesch hat mich beleidigt! Er hat von Untreue gesprochen, von meiner Untreue und meinem Fluch!«
Schusuen hielt den Atem an und lauschte. Und dann, so wie im Tempel von Enlil, obwohl hier kein sterblicher Mund war, aus dem die Worte hätten dringen können, hörte er die ferne Stimme des Gottes wie Donner vom Sternenhimmel heruntergrollen.

INANNA, HERRSCHERIN, WAS KRÄNKT DICH? HAST DU NICHT SELBST GILGAMESCH SO GEREIZT, DASS ER VON DEINER UNTREUE SPRACH, VON DEINER UNTREUE UND DEINEM FLUCH?
Inanna trat zum Altar und ergriff mit jeder Hand eine der beiden Binsenflammen. Ohne Docht und ohne Öl brannten die kleinen Feuer in ihren Handflächen. Als sie die Hände über den Kopf erhob, leuchtete ihr Sternendiadem in hellem Glanz.
»Vater, laß den Himmelsstier los! Laß ihn Gilgamesch in seinem eigenen Haus erschlagen! Wenn du mir nicht den Himmelsstier gibst, werde ich die Tore der Unterwelt zerschmettern. Ich werde die Türpfosten zerbrechen, die Türen niederreißen und die Toten nach oben führen, damit sie die Lebenden fressen. Und die Zahl der Toten wird die der Lebenden übertreffen!«
Obwohl der Mund der Göttin geschlossen war, gellten ihre schrecklichen Worte weiter durch das Heiligtum, Laute wie schwarze Vögel, die wild umherflatterten, bis aus dem Lärm ein Schrei wortloser Raserei wurde, der erst aufhörte, als ihn schließlich Ans gewaltige, tiefe Stimme zum Verstummen brachte.
WENN DU DEN HIMMELSSTIER VON MIR FORDERST, DANN WIRD MAN AUF DEN ÄCKERN VON ERECH SIEBEN JAHRE LANG NUR NOCH LEERE HÜLSEN ERNTEN. HAST DU KORN FÜR DIE MENSCHEN GESAMMELT? HAST DU DAFÜR GESORGT, DASS GRAS FÜR DAS VIEH WÄCHST?
»Ich habe Korn angehäuft in den Speichern der Menschen«, antwortete Inanna. Schusuen stöhnte leise auf, denn er wußte, daß sie die Wahrheit sprach. Allerdings war der Siebenjahresvorrat durch den Krieg und seine Nachwirren schon geschrumpft. »Ich habe Gras für das Vieh wachsen lassen, so daß es in den sieben Jahren der leeren Hülsen zu fressen hat. Ich habe Korn für die Menschen gesammelt, ich habe Gras für das Vieh wachsen lassen.«
DANN GEBE ICH DIR DEN HIMMELSSTIER, UND DU KANNST IHN ZU GILGAMESCH BRINGEN. ERECH IST DEIN EIGENTUM, UND DU KANNST DAMIT NACH DEINEM WILLEN VERFAHREN. WENN DU ES ZU SPREU FÜR DEN STIER DRESCHEN WILLST, DANN IST DAS DEINE ENTSCHEIDUNG, MEINE TOCHTER. TRITT VOR UND ICH GEBE DIR DEN HIMMELSSTIER.

Mit erschreckender Plötzlichkeit schoß das Licht aus dem Körper der Schamhatu nach oben und ließ Schusuen geblendet in der Dunkelheit zurück. Er hörte kaum den schwachen Aufschrei am Fuß des Altars, doch dann folgte ein leises Schluchzen, wie sanfter Regen nach einem heftigen Blitzschlag. Mühsam und unter Schmerzen schleppte er sich vorwärts, bis seine Hand das warme Fleisch der Schamhatu berührte. Sie lag zusammengebrochen am Boden und zitterte, als wäre sie gerade in einen eisigen Bergfluß gestürzt. Schusuen zog seinen Mantel aus, legte ihn vorsichtig um ihre nackten Schultern und nahm sie in die Arme, bis sie sich beruhigt hatte.

»Was ist geschehen?« fragte er leise. »Warum hat die Göttin ...?«

Die Stimme der Schamhatu war schwach und die Worte kamen in kurzen, stammelnden Stößen. »Ich ... sie kam zu mir. Mein Körper gehörte nicht mehr mir. Sie ging zu Gilgamesch als seine Braut. Die Hochzeit hätte stattfinden müssen, aber er ...« Sie hustete und setzte sich auf. Die kleinen Schreie und der Flügelschlag der Tauben in ihrem Weidenkäfig klangen sehr laut in der jähen Stille, das einzige Geräusch in Ans Heiligtum, bis die Schamhatu weitersprach. »Er wies sie ab. Er sprach von den Liebhabern, denen sie Unglück brachte. Er wies sie ab, und sie verließ ihn im Zorn.«

Schusuen schloß die Augen und ballte die Fäuste. Vor diesem Augenblick hatte er sich immer gefürchtet. Viele Jahre hatte er Gilgamesch beobachtet, lange bevor dieser Ensi geworden war. Er hatte gesehen, wie das Gesicht des Jungen jedesmal hart wie Stein wurde, wenn von Dumuzis wahnsinniger Flucht vor dem Tod gesungen wurde, davon, wie Inanna die *Galla*-Dämonen der Unterwelt auf seinen Großvater hetzte, damit Dumuzi an ihrer Stelle in Ereschkigals dunkles Reich eingehen sollte. Er war Zeuge jeder Auseinandersetzung zwischen Gilgamesch und dem Tempel gewesen, jedes harten Wortes, das zwischen dem Ensi und der Schamhatu fiel. Schon früh hatte er die Verwirrung der Gefühle vermutet, die sie miteinander verband, verknotete Fäden, die nicht zu entwirren waren. Und heute, ausgerechnet in dieser Nacht, als der Komet und die Mondfinsternis das gefürchtete Vorzeichen, *den Tod eines Ensi*, für alle sichtbar an den Himmel geschrieben hatten, mußte Inanna zu Gilgamesch kommen ...

»Der Bronzeschmied weiß, wie er die Metalle mischen muß, und auf der Tafel des Lehrling stehen Temperatur und Zeitdauer, so daß er weiß, wann der Guß glatt wird und wann er bricht«, sagte Schusuen laut, und die Worte schmeckten bitter wie Wermut auf seiner Zunge. »Der Baumeister kennt die Stärke seiner Steine und weiß, welches Gewicht seine Mauern tragen können. Es ist seine Schuld, wenn er sich irrt und sie zusammenbrechen. Wissen die Götter, die uns geschaffen haben, nicht ebensogut wie ein Schmied bei einem Bronzeschwert oder ein Baumeister bei einer Mauer, was wir ertragen können und welche Last uns zerbrechen muß?«
Die zarten Sehnen im Nacken der Schamhatu bewegten sich unter Schusuens Händen, als sie den Kopf schüttelte. »Ich weiß es nicht«, antwortete sie. »Ich weiß nur, daß sie kam und er sie abwies, und jetzt ...«
»Und jetzt läßt An den Himmelsstier los, und die Vorzeichen erfüllen sich.«
Doch die Schamhatu weinte schon wieder, ein tiefes, qualvolles Schluchzen, und Schusuen wußte, daß es grausam wäre, weiter in sie zu dringen. Sie hatte ihre Rolle auf der schrecklichen Bühne dieser Nacht gespielt, aber sie war nur Inannas Tongefäß gewesen, dazu bestimmt, den göttlichen Wein aufzunehmen und auszugießen.
»Komm«, flüsterte er. »Es ist geschehen, und die Götter haben ihren Willen kundgetan. Unsere Aufgabe ist es nun, das Korn der Eanna abzumessen und einzuteilen, damit, was immer auch mit Gilgamesch geschieht, Erech und sein Volk überleben. Wir sollten zu Bett gehen. Morgen werde ich veranlassen, daß der Inhalt aller Lagerhäuser erfaßt wird.«
Behutsam half Schusuen der Schamhatu auf. In diesem Augenblick war selbst ihr leichter Körper eine schwere Last für ihn, aber er stützte sie, als sie Ans Heiligtum verließen, und brachte sie in ihre Gemächer.
Sie stöhnte vor Schmerz, als ihre Hände das goldene Diadem auf ihrem Kopf berührten, und Schusuen erinnerte sich, wie die Flammen in ihren Handflächen gebrannt hatten.

»Laß sehen«, forderte er sie auf. Stumm öffnete sie ihre Hände und zeigte ihm die beiden tiefen Brandmale. Als er die verkohlten Wunden sah, sog der Schreiber zischend die Luft ein.
»Du solltest damit zum En gehen.«
»Nein! Nicht heute nacht.« Die Schamhatu biß sich auf die Lippen und schlug die Augen nieder. »Ich will mit niemandem sprechen.«
Schusuen seufzte. Er konnte ihre Gefühle sehr gut verstehen, denn er empfand das gleiche. »Zumindest werde ich die Wunden säubern und verbinden.«
Er tat, was er konnte, und gab sich Mühe, ihr dabei nicht wehzutun. Danach half er ihr, den Schmuck abzulegen und die Statue der Göttin wieder damit zu schmücken. »Schlafe nun, denn morgen früh müssen wir ausgeruht sein.«
Der Schreiber erhob sich und wollte gehen. Ein leiser Ruf hielt ihn zurück. »Schusuen ... verlaß mich nicht. Ich habe Angst, und ich möchte nicht allein sein, gerade jetzt nicht.«
Schusuen sah sie zu der Steinstatue von Inanna, die jetzt wieder im Glanz ihrer Juwelen erstrahlte, aufblicken und verstand. »Gib mir eine deiner Decken, und ich werde bei dir bleiben.«
»Es tut mir leid«, sagte die Schamhatu matt. »Ich habe das nicht gewollt. Es ist eine Last, die deine Schultern nicht tragen sollten.«
»Ich bin Gilgameschs Schreiber«, gab Schusuen zurück. »Er hat mich berufen, Zeuge zu sein und alles niederzuschreiben, wie es meine Pflicht ist, und mein zweites Amt ist es, die irdischen Geschäfte von Ensi und Eanna zu regeln. Auch wenn die Götter unter uns wandeln, bleibt es dabei.«
Die Schamhatu stand auf, umarmte ihn dankbar und reckte sich, um seinen Mund mit ihren Lippen zu streifen. »Und doch hätte ein Schwächerer schon lange versagt. Ich danke dir, mein Freund, daß du deine Pflicht erfüllst.«

# 8

Als Gilgamesch wieder stehen konnte, stolperte er aus seinem Zimmer in die warme Nachtluft hinaus. Unter dem überirdischen Licht des geschweiften Sterns, der immer noch am Himmel leuchtete, suchte er sich seinen Weg zwischen Gipar und Heiligtum zu Sululis Haus. Durch das kleine Fenster konnte er Enkidus Stöhnen und Sululis leises Seufzen hören, und er schloß die Augen vor Schmerz. Seine Lenden brannten von dem unerfüllten Begehren, das Inanna dort eingepflanzt hatte, doch er wußte, daß er es nicht ertragen könnte, heute nacht ein weiteres Mal berührt zu werden. Darum wartete er, bis Sululi einen unterdrückten Schrei ausstieß und Enkidu tief aufstöhnte, und dann noch eine Weile, bis sich ihre Atemzüge soweit beruhigt hatten, daß er sie nicht mehr hörte. Dann erst ging er zur Tür und klopfte an.

Glücklicherweise war es Enkidu, der mit schläfrigen Augen, ein Tuch hastig um die Lenden geschlungen, herauskam. Selbst im matten Licht der Sterne sah Gilgamesch, wie sich Enkidus Gesicht bei seinem Anblick umwölkte.

»Was ist geschehen?« fragte Enkidu leise. »Gilgamesch, was fehlt dir?«

Gilgamesch konnte nicht antworten. Er schlang nur seine Arme um Enkidu und preßte ihn an seine Brust.

»Willst du hereinkommen, oder soll ich mit dir zurückkommen?«

»Nein! Laß mich eintreten. Ich will diese Nacht hierbleiben, wenn ich darf.«

Gilgamesch ließ sich von Enkidu ins Haus führen und setzte sich auf den feingewebten Wollteppich, wo er stumm verharrte, während Enkidu einen Krug Bier mit zwei Trinkhalmen holte und sich dann neben ihm niederließ.

»Was hat sie gesagt? War es wegen der Zeichen am Himmel?«

»Es war ...«

Gilgamesch stockte und brachte keinen weiteren Ton heraus. Er konnte den Mund öffnen, seine Zunge bewegen, doch seine Stimme war so tot, als hätte ihm Inanna alle Muskeln und Sehnen in der

Kehle durchtrennt. Er schluckte und versuchte es noch einmal, wollte nur den Namen seines Geliebten aussprechen, damit dieses eine Wort die Schleusen öffnete, aber es gelang ihm nicht.
Einen Augenblick lang überkam ihn ein solches Entsetzen, daß er zitterte und die Augen schloß. Hatte Inanna ihn mit Stummheit geschlagen, war es ihr Fluch, daß die Qualen, die ihn peinigten, niemals ausgesprochen werden konnten?
»Gilgamesch, was hast du?«
Noch immer konnte er nicht sprechen. Schweigen umhüllte ihn wie ein Mantel, als hätte sich das Tuch des Schicksals auf sein Gesicht gelegt. Es schien immer schwerer zu werden, wie Sand auf ihn herunterzurieseln, und je länger es auf ihm lastete, desto sicherer war er, es nicht abschütteln zu können. Er würde auf ewig hier sitzen bleiben wie ein steinernes Bild, während die Stimmen in seinen Ohren ferner und ferner klangen.
»Gilgamesch, mein Geliebter.« Enkidu legte ihm die Hand auf die Schulter, und Gilgamesch spürte, wie sich seine Muskeln unter der Berührung verhärteten, als wollten sie die Wärme der Finger des anderen Mannes nicht an sich heranlassen. So würde er dereinst im Gipar oder im Heiligtum hocken, würde, für immer versteinert, alles teilnahmslos beobachten, den Lärm des Tempelvolks und die herzzerreißenden Gebete zu seinen Füßen in den Ohren wie Fliegengesummm. Er würde allein sein, jenseits von Schmerz und Tod, jenseits der Stimmen, die sein ganzes Leben lang gerufen und gejammert und von ihm verlangt hatten, eine Last nach der anderen auf sich zu nehmen, die ihm weder Ruhe noch Erleichterung gegönnt hatten.
»Gilgamesch, sprich. Gilgamesch, bitte.«
Gilgamesch hörte den nackten Schmerz in der sanften Stimme seines Geliebten, Schmerz und Furcht, eine Furcht, die er noch nie an Enkidu bemerkt hatte. »Er hat Angst um mich«, dachte er. Obwohl er dabei das Gefühl hatte, ganz allein die Mauern von Erech heben zu müssen, löste er eine Hand von seinem Oberschenkel und streckte sie Enkidu entgegen.
»Bitte«, sagte Enkidu nochmals. Das Wort zerriß Gilgamesch das Herz; Blut strömte heraus wie Dattelsaft aus einer Presse.

»Ich …«, krächzte er. »Sie …«
Dann brachen die Dämme in seiner Kehle wie die Deiche eines Bewässerungskanals bei Hochwasser, und er erzählte Enkidu alles, was vorgefallen war, und noch mehr. Er sprach von der Furcht, die ihn sein Leben lang wie ein unsichtbarer Diener begleitet hatte, seit er alt genug gewesen war, um zu erfahren, daß Dumuzi sein Großvater war.
Enkidu saß da, hörte zu und hielt Gilgameschs Hand fest in seinen beiden. Seine Pupillen waren in dem flackernden Licht der Öllampen groß wie die einer Katze, und Gilgamesch sah, wie seine Nüstern bebten und seine Kiefer mahlten, während der Ensi sprach. Einen Augenblick lang überkam ihn ein schrecklicher Zweifel, der ihn noch stärker zittern und seine Worte stotternd verstummen ließ.
»Ich hätte es ihm nicht erzählen sollen«, dachte Gilgamesch. »Er wird gering von mir denken, er wird mich verfluchen. Ist er denn nicht ein Geschöpf der Götter und von der Priesterin der Inanna hierher gebracht worden?« In diesem Augenblick kamen ihm alle Gebete, die Enkidu gesprochen hatte, in den Sinn, die bewundernden Bemerkungen über die Gaben der Götter, die Art und Weise, wie sein Geliebter ihn dazu gedrängt hatte, Opfer darzubringen, als sie fern von Erech waren, die Formen und Riten, die dabei beachtet werden mußten, und ihm sank der Mut.
Doch Enkidu beugte sich vor und flüsterte Gilgamesch grimmig ins Ohr. »Sie soll dich nicht haben!« zischte er. »Solange ich bei dir bin, wird Inanna dich nicht töten. Der vorangeht, rettet den Gefährten. Ich werde vorangehen und zwischen dir und der Göttin stehen. Wir haben Huwawa besiegt, und gewiß können wir auch andere Hindernisse überwinden. Du bist mein Leben und der einzige Grund für mein Dasein. Ich werde nicht zulassen, daß dir Böses widerfährt.«
Gilgameschs Herz zerriß wie eine Wolke, durch die ein Blitz fährt, und seine Augen füllten sich mit einem Strom von Tränen. Er drückte Enkidu an sich, und die Nähe des anderen war ihm wie ein kühler Brunnen inmitten dürrer Wüste. »Enkidu, Enkidu«, murmelte er mit gebrochener Stimme. »Du bist das wahre Glück meines Lebens.«

# Der Himmelsstier

## 1

Das Wetter blieb heiß und trocken. Als die Regenwolken des Herbstes schon längst den Himmel hätten bedecken müssen, strahlte er immer noch hell und ungetrübt wie eine polierte Zinnschale. Längst hätte das Getreide keimen müssen, doch jeder sengende Tag ließ nur die Sorgen in Schusuens Herz sprießen. Nachts warf er sich unruhig im Bett herum, während der geschweifte Stern über ihm heller leuchtete, bis er schließlich langsam verblaßte. Jeden Morgen, wenn er aufstand, waren seine dünnen Leinenlaken schweißdurchnäßt und schwer wie dicke Wolldecken. Kaum imstande, sich von der Stätte seiner schlaflosen Nächte zu erheben, schaute er zum wolkenlosen Himmel empor und sah den Atem des Himmelsstiers über dem brennenden Blau zittern wie Hitzewellen über einem Feuer.
Im Frühherbst gab es das erste sichere Anzeichen. Einer der gemieteten Schafhirten des Tempels kam in den Gipar, in der schwieligen Faust ein Bündel getrockneter Schafsehnen wie den verblühenden Blumenstrauß eines Kindes.
»Erhabener Schreiber«, sprach er zu Schusuen, »Hüter von Inannas Büchern, ich bitte dich, höre mich an.«
»Sag, was du zu sagen hast«, gab Schusuen zurück, obgleich er kaum zu fragen brauchte. Die Sehnen waren Beweis genug für den Tod der Schafe, mehr war dem Gesetz nach nicht nötig, und es waren zu viele, als daß man umherziehende Löwen oder Wolfsrudel dafür hätte verantwortlich machen können.
Der Schafhirte warf sich vor Schusuen auf den Boden, und sein er-

grauendes Haar breitete sich über den Teppich wie ein Gewirr aus den losen Enden ungewebter Fäden. »Erhabener Schreiber, sie sind alle tot! Ich habe sie gehütet, so gut ich es vermochte, doch es gab kein Gras mehr. Gras und Kräuter sind verdorrt, versengt, als hätte ein Feuer auf den Hügeln gewütet. Ich habe überall versucht, Futter und Wasser für die Tiere zu finden, aber es war vergeblich. Dann wollte ich sie in die Stadt zurücktreiben, doch sie strauchelten und brachen tot zusammen, eins nach dem anderen. Meine armen Schafe, ich habe sie gehegt und gepflegt, jedes hatte einen Namen. Ich habe sie mit meinem Brot gefüttert, doch es reichte nur zu einem Bissen für jedes. Selbst mein eigenes kleines Mutterschaf, das am längsten durchhielt, weil ich meine eigene Nahrung mit ihm teilte, starb, als ich schon fast die Kanäle der Stadt sehen konnte. Erhabener Schreiber, ich habe dir die Sehnen aller Schafe als Beweis gebracht. Ich war kein schlechter Hirte, aber ich konnte nichts mehr für sie tun.«
»Es stand so geschrieben«, antwortete Schusuen. Er beugte sich hinunter, nahm dem Schafhirten die Handvoll trockener Sehnen ab und half dem Mann auf. »Sag mir, hast du beim Hüten irgend etwas Ungewöhnliches gesehen oder gehört?«
»Nur das leise Grollen des Wüstenwindes, wie das Schnauben eines weit entfernten Stiers«, antwortete der Schafhirte. »Unablässig blies der Wind, wie aus einem Schmelzofen. Sieh, wie er mich versengt hat.«
Schusuen schaute ihn genauer an. Kurzsichtigkeit war für einen Schreiber, der die kleinsten Schriftzeichen lesen und schreiben mußte, von Vorteil, im täglichen Leben jedoch wenig hilfreich. Tatsächlich war das Gesicht des Mannes über die tiefe, faltige Sonnenbräune eines Lebens im Freien hinaus gerötet und so verbrannt, als ob er beim Bronzeguß zu nah am Ofen gestanden hätte.
»Dich trifft keine Schuld«, sagte Schusuen. »Das habe ich, Schusuen, der Schreiber, entschieden.«
Er wußte nicht, was er dem Hirten noch sagen sollte. Wenn eine Schafherde durch wilde Tiere oder Räuber ohne Schuld des Hirten verloren ging, pflegte die Eanna ihm eine neue Herde zu geben und ihn wieder zum Hüten zu schicken, doch Schusuen wußte, daß das jetzt bedeuten

würde, Samen auf felsigen Grund zu streuen. Besser war es, so viele Herden hereinzuholen, wie der bewässerte Landstrich nahe dem Fluß ernähren konnte, ohne die Ernten zu gefährden, die auf das Wasser der Kanäle angewiesen waren. Der Rest müßte so schnell wie möglich geschlachtet und das Fleisch getrocknet werden.
»Doch wer wird mir glauben, wenn ich schon so früh so harte Maßnahmen fordere?« überlegte Schusuen. »Sie werden denken, daß ich mich zu wichtig nehme, vielleicht sogar, daß ich einmal Gilgameschs Platz einnehmen will.« Immerhin war er der Urenkel des En, der einzige lebende Nachkomme des Mannes, der in den vergangenen Jahren die Heilige Hochzeit mit Inanna vollzogen hatte, während zuerst Lugalbanda und dann Gilgamesch von Knaben zu Männern heranwuchsen, um die Stelle des Gemahls der Göttin einzunehmen. Obwohl Schusuen kein Verlangen danach verspürte, mit der Krone des Ensi auf dem Kopf oder dem Medaillon des En am Hals, das Gilgamesch als Gatte der Stadtgöttin längst hätte tragen müssen, vor das Volk von Erech zu treten, so war doch ...
Trotzdem gab es auf die Frage, wer ihm glauben würde, eine einfache Antwort: die Schamhatu. Gemeinsam konnten Schusuen und die Priesterin jede Entscheidung durchsetzen, die nötig war, um Erechs Überleben zu sichern, und wenn sie damit auch ihre Stellung eine Zeitlang schwächen würden, so mußte sich doch nach spätestens einem Jahr unter dem Atem des Himmelsstieres erweisen, daß sie recht gehabt hatten.
Die Notwendigkeit, etwas zu sagen, blieb Schusuen durch die Ankunft einer Tempelbotin erspart. Die junge Frau trug eine Tontafel in der Hand und war außer Atem. Sie wollte niederknien, doch Schusuen winkte mit einer knappen Handbewegung ab.
»Gib her«, sagte er.
In den letzten anderthalb Jahren hatte die Eanna Wolle aus anderen Städten beziehen müssen, denn der Bedarf an Kleidung für das Heer hatte den gewöhnlichen Bedarf weit überstiegen und nach dem Krieg großen Mangel zurückgelassen. Die Tafel kam von einer ihrer wichtigsten Bezugsquellen in Ur, und Schusuen las sie mit wachsendem Unbehagen:

*Grüße und Segen von Lot aus Ur an die gottgefälligen und heiligen Priester der Eanna von Erech. Was die Wolle betrifft, die ihr bei mir bestellt und bezahlt habt, muß ich leider mitteilen, daß ich sie im Augenblick nicht liefern kann. Mein Onkel Abram, der die Herden unserer Familie vor den Toren der Stadt hütet, hat mir berichtet, daß durch eine Dürre, wie wir sie zeit unseres Lebens noch nicht gesehen haben, kaum noch Futter für die Schafe wächst. Er und die anderen Hirten, mit denen wir handeln, müssen weiter wegziehen, um die Tiere zu retten, die ihr Lebensunterhalt sind. Seid versichert, daß ich, sobald die Lage sich gebessert hat, alles schicke, für das ihr bezahlt habt. In der Zwischenzeit vertraue ich darauf, daß ihr unserer Lage Verständnis entgegenbringt und danach handelt und euch auch an den Kredit erinnert, den ich euch letztes Jahr, in den Zeiten eurer Bedrängnis, gewährt habe.*
*Mögen euch eure Götter stets segnen und schnell Regen bringen.*

Der Brief trug den Abdruck von Lots Rollsiegel, ein Muster, das Schusuen gut kannte, denn er hatte schon viele Briefe mit Lot gewechselt und über Waren und Preise mit ihm gefeilscht. Kurz vor dem Krieg hatte Lot einen Monat lang auf seine Bezahlung gewartet, und Schusuen war schon damals klar gewesen, daß er das Erech nicht vergessen würde. Allerdings hatte der Schreiber nicht erwartet, daß Aufrechnung und Ausrede so schnell kommen würden.
»Nimm diesen Mann mit«, sagte er zu der Botin. »Sorge dafür, daß er untergebracht wird und etwas zu essen bekommt, solange er sich in Erech-der-Schafhürde aufhält, und führe ihn zu der Stelle, die für seine Herde zuständig ist. Er hat sie ohne eigene Schuld verloren. Ich muß mich sofort um diesen Brief kümmern.«
Er machte auf dem Absatz kehrt und entfernte sich eilig. Es war keine Zeit zu verlieren. Schon hatte der Atem des Himmelstieres die ersten Opfer gefordert, auch wenn die Menschen es vielleicht nicht begreifen würden. Es mußte gehandelt werden. Aber ... Seine Schritte wurden langsamer, und er schlug so plötzlich die entgegengesetzte Richtung ein, als habe ihn ein überraschender Gegenwind erfaßt. Nicht er stand an erster Stelle, wenn es darum ging, eine Krise in

Erech zu meistern. Es gab einen Mann, der das Medaillon immer wieder übernommen hatte, wenn ein Ensi von Erech zuerst erhöht und dann von Inanna verworfen wurde. Es war sein Urgroßvater, zu dem Schusuen jetzt ging, um sich Rat zu holen, denn niemand in der Schafhürde war weiser oder besser imstande, eine Situation zu beurteilen.

Der En leitete gerade die mittäglichen Riten im Heiligtum. Schusuen wartete still neben der Tür, bis die heiligen Handlungen beendet waren. Als der alte Mann den Tempel verließ, trat er aus dem Schatten und berührte ihn an der Schulter.

»Urgroßvater«, sagte er. »Ich möchte dich unter vier Augen sprechen.«

Der En führte Schusuen in seine Privatgemächer im Gipar. Als sie eintraten, sprangen die Katzen von Wandgestellen und Bett, rannten zu dem En und legten sich um seine Fußknöchel wie ein gestreifter Teppich. Der En bückte sich, streichelte sie über Rücken und Ohren, und auch Schusuen hockte sich hin und tätschelte sie.

»Meine kleinen Löwen«, murmelte der En. »Habe ich dir je erzählt ... Als ich damals mit deiner Urgroßmutter das Schwarze Land verließ, hat mir der Oberpriester des Ra das gesagt.«

»Was hat er gesagt?«

»Er schenkte mir die Katzen als Ehrengabe von Priester zu Priester und deine Urgroßmutter dazu, um mir zu helfen, sie zu versorgen. Und er sagte zu mir – ja, er war damals schon sehr alt und ich sehr jung, nicht älter als du jetzt –: ›Mein Junge‹, sagte er zu mir, ›nimm dich der Löwen an und sei ihr Beschützer.‹ Ich habe mich gefragt, was er damit meinte, denn ich hatte, wie die meisten Menschen, immer geglaubt, Löwen wären am nächsten mit Wölfen und Hunden verwandt. Aber je länger ich meine Katzen beobachtete, desto ähnlicher schienen sie mir den Löwen, bis ich mich schließlich wunderte, wie jemand sie für etwas anderes halten konnte.«

Der En hob eine Katze auf, die sich sofort auf seiner Schulter niederließ, wo sie ihre Krallen tief in seine Haut bohrte und laut schnurrte. Sie starrte Schusuen aus gleichgültigen goldenen Augen an.

»Aber du bist nicht zu mir gekommen, um über Katzen zu sprechen.

Ich weiß, daß es Basthotep gut geht, denn ich sah ihn heute morgen äußerst erhaben mit einer Maus im Maul durch die Hallen des Gipar stolzieren, und wenn er sie noch nicht gefressen hat, wirst du sie wohl heute abend auf deinem Kopfkissen finden.«
»Nein, ich bin nicht gekommen, um über Katzen zu sprechen«, bestätigte Schusuen, während sein Urgroßvater sich neben ihn hockte, die gestreifte Last der Katze von seiner Schulter nahm und sie vorsichtig auf den Teppich setzte. »Ich bin gekommen, um über Schafe, Stiere und das Schicksal von Erech-der-Schafhürde zu sprechen.«
Der En nickte langsam und nachdenklich. »Vielleicht hättest du schon früher zu mir kommen sollen, wie die Schamhatu. Ja, sie hat mir schon alles berichtet, soweit sie sich daran erinnern konnte, was zwischen Gilgamesch und Inanna vorgefallen ist, und daß Inanna den Himmelsstier auf Erech losgelassen hat. Und du hast jetzt die erste Spur des Stiers gefunden, nicht wahr?«
»So ist es, Urgroßvater. Ich fürchte, Unheil ist über Gilgamesch gekommen, denn kein Mensch kann ungestraft die Götter herausfordern. Und schlimmer noch, ich befürchte, daß er Erech mit ins Verderben reißt.«
»Gilgameschs Unheil«, wiederholte der En. Seine dünnen Schultern sackten zusammen, und Schusuen konnte das Gewicht seiner ganzen dreiundneunzig Jahre in den Furchen seines Gesichts lesen, wie die Linien einer geheimen Schrift, die man in eine Tontafel gegraben hat. »Ja.«
Schusuen starrte seinen Urgroßvater an und konnte nicht glauben, was er eben gehört hatte. Doch die Miene des En zeigte ernste Sorge und gleichzeitig Resignation. Es war der Blick eines Mannes, der schon die Begräbnisfeierlichkeiten zweier Ensi geleitet hatte und noch immer die *Gala*-Priester anführte, wenn sie die alljährlichen Trauergesänge für seinen Jugendfreund Dumuzi anstimmten. »Es steht also geschrieben?« flüsterte Schusuen. »Muß Gilgamesch sterben?«
»Daran gibt es keinen Zweifel. Die Vorzeichen hatten alle dieselbe Bedeutung, und Inanna selbst fordert seinen Tod. Ja, er wird sterben und Erech wird leiden. Und du, mein Urenkel ...«

»Und ich?«
»Ich bin ein alter Mann, der bald sterben wird, und Gilgameschs Erbe hat seinen ersten Schritt noch nicht getan. Wenn auch Enkidu mit Gilgamesch verbunden ist, als seien sie verheiratet, und als Ensi an seiner Seite steht, kann er doch niemals allein herrschen. Denke darüber nach.«
Aber das war nicht nötig, denn der Gedanke war Schusuen seit der Mondfinsternis wohl hundertmal durch den Kopf gegangen. Enkidus Ahnungslosigkeit in allen Dingen, die jeder andere als selbstverständlich ansah, seine naive Denkweise, der völlige Mangel an Spitzfindigkeiten und Ausreden ... An Gilgameschs Seite hatte Enkidu der Würde des Ensi einen neuen und willkommenen Glanz verliehen, wie Goldstaub, der überraschend auf eine alte Tafel gestreut wird. Er hatte den vielen, uralten Gesetzen und Überlieferungen mit seinen Fragen neues Leben eingehaucht. Aber allein ...
»Wer sollte ihn führen, wenn nicht sein Schreiber?« zischte ein heimtückischer Gedanke in Schusuens Kopf wie eine Schlange im Dornbusch. »Ein starker Ensi, aber einer, der wenig Menschenkenntnis besitzt und nichts über Erech weiß ...« Obwohl Enkidu sich Mühe gab zu lernen, hatte er doch bisher nicht die Geheimnisse des Lesens gemeistert, ganz zu schweigen vom Schreiben. Er würde gänzlich auf Schusuen angewiesen sein, wenn er wissen wollte, was vorging und was getan werden mußte. »Ich könnte im verborgenen herrschen. Ich hätte die Macht, alles in Erech zu bestimmen und dafür zu sorgen, daß alles so geschieht, wie es sich gehört. Der Stadt würde es besser gehen, als je zuvor, denn der, der sich am besten auskennt, hätte die größte Macht, ganz wie es sein sollte ...«
Aber der Preis dafür war Gilgameschs Tod. Schon der Gedanke daran trieb Schusuen heiße Tränen in die Augen. Gilgamesch, der nicht länger durch die Hallen des Heiligtums wandelte, dessen Lachen nicht mehr durch die Schenken von Erech dröhnte, von dessen festen Schritten die Straßen der Stadt nicht mehr widerhallten, dessen dunkle Locken nicht mehr frei auf seine starken Schultern fielen, sondern sorgfältig um sein totenbleiches Gesicht gelegt waren ... Sein in Stein gehauenes Abbild wäre ein schlechter Trost für die, die

ihn lebend gekannt und die Strahlen des Glanzes gespürt hatten, der von ihm ausging. Schon lange rechnete Schusuen damit, daß er seinen Ensi überleben würde, denn wenn einen Schreiber keine Krankheit und kein Unfall traf, konnte er erwarten, lange zu leben und an Altersschwäche zu sterben, während Inanna irgendwann auf ihrem Opfer bestehen würde. Ob im Kampf, durch Krankheit oder infolge eines Schicksals, das keinem Sterblichen bekannt war, Gilgamesch würde früh sterben, und seine Furcht vor der Göttin wurzelte im fruchtbaren Boden guter Gründe und vergangener Ereignisse. Trotzdem hatte Schusuen nicht erwartet, daß es so schnell kommen würde, sich nicht so unmittelbar an die Fersen seines letzten Triumphes heften würde.

»Und was wird aus Enkidu?« fragte sich Schusuen. Er wußte, daß er selbst zwar trauern und Gilgameschs Tod eine Lücke in seinem Herzen zurücklassen würde, die sich niemals wieder füllen ließ, daß er aber trotzdem weiterleben könnte und die Jahre allmählich seinen Schmerz besiegen würden. Aber Enkidu... Schusuen hatte den wilden Mann lange genug beobachtet, wenn er mit Gilgamesch zusammen war, hatte gesehen, wie seine grünen Augen leuchteten, wenn er seinen Geliebten anblickte. Andere Männer hatten andere Dinge, die ihnen Halt gaben. Schusuen wußte, wenn man ihm das Herz brach oder ihm alle Freuden des Lebens entzog, würden ihn doch seine Pflichten aufrechterhalten wie die großen Säulen, die das Dach eines Heiligtums trugen, gleichgültig, ob darin Licht war und Weihrauch verbrannt wurde oder ob Kälte und Dunkelheit herrschten. Enkidu jedoch besaß nichts außer seiner Liebe. Während der Reise hatte Schusuen gesehen, wie der goldene Löwenmann trübsinnig und still wurde, wenn er von Gilgamesch getrennt war. Er hatte ihn trösten wollen, aber ihm war klar, daß er nicht helfen konnte, denn er war nicht Gilgamesch. Obwohl Enkidu von Schusuens Schreib- und Rechenkünsten begeistert war und sie ehrfürchtig bewunderte, obwohl er es liebte, mit Basthotep zu spielen, die Katze auf den Rücken zu rollen und ihren gefleckten Bauch zu kitzeln, während Basthotep grollend und miauend mit den Krallen nach seiner Hand schlug, wußte Schusuen doch, daß dies nicht über Spiele und Gespräche hin-

ausging, denn Enkidus Herz schlug für Gilgamesch, und nur dazu hatten die Götter ihn geschaffen.
*Er würde sterben. So sicher, wie die Melonen schrumpften und abstarben, wenn das Wasser im Kanal versiegte, würde Enkidu ohne Gilgamesch sterben.*
Der En wartete geduldig und musterte dabei seinen Urenkel. Zwar beherrschte Schusuen durchaus die Kunst, seine Gedanken zu verbergen, doch der En hatte dreiundneunzig Jahre Erfahrung und konnte aus der Bewegung eines Augenlides, dem Kräuseln einer Lippe und dem Zucken eines Fingers eine ganze Tontafel herauslesen. Unter dem Blick des alten Mannes fühlte sich Schusuen durchschaubar wie ein Kind, das seinen ersten Zug in einem langwierigen und äußerst komplizierten Brettspiel macht.
»Ich ...« Schusuens Zunge stockte.
»Genauso habe ich mich gefühlt«, sagte der En sanft, »als die *Galla* kamen, um Dumuzi zu holen.«
»Aber müssen wir das alles denn immer wieder erleben? Ist einmal nicht genug?«
»Es ist nie genug«, gab der En zurück. »Die Jahreszeiten wechseln ewig, und was einmal geschehen ist, wird wieder geschehen. Dumuzi fährt jedes Jahr in die Unterwelt hinab, und jedes Jahr kommt er zurück. Glaubst du nicht, daß ich am meisten von allen um ihn trauere, ich, der ihn kannte und liebte, und daß ich mich auch am meisten freue, wenn ich weiß, daß er nach Erech zurückgekehrt ist? Gilgamesch wird wie sein Großvater und Vater zu einem Geist werden, den alle verehren. Die Ensi von Erech werden ihm Opfer bringen, und er wird in ihren letzten Stunden ihr Führer sein. Zwei Drittel Gott, ein Drittel Mensch, das ist Gilgamesch, und es ist nicht an uns, mit seinem Schicksal zu hadern, sondern nur für das Wohl des Volkes von Erech-der-Schafhürde Sorge zu tragen, wenn der Hirte gefallen ist.«
»Und gibt es denn gar nichts, was ich dagegen tun kann?« fragte Schusuen verzweifelt.
Die Stimme des En war flach wie ein nasser Tonklumpen, den man auf den Tisch klatscht. »Nichts. Halte dich bereit.«

Er drehte ihm den Rücken zu, und Schusuen begriff, daß das Gespräch zu Ende war. Aufsässig blieb er noch einen Augenblick sitzen, streichelte die Katzen, die um ihn herumstrichen, stand dann schließlich auf und verließ die Gemächer des En. *Die Gemächer, die ihm vielleicht bald gehören würden ...*

2

Während der glühendheißen Tage ging die Schamhatu Gilgamesch aus dem Weg. Sie hastete davon, wenn sie ihn über den Innenhof der Eanna schreiten sah. Wenn der Ensi seinen Platz bei den Tempelzeremonien einnahm, achtete sie darauf, so lange am Altar stehenzubleiben, bis sie sicher sein konnte, daß er wirklich gegangen war. Nach dem, was Inanna in der Hülle ihres Fleisches getan hatte, konnte sie ihm nicht mehr ins Gesicht sehen und brachte es auch nicht über sich, ihm zu sagen: »Es war die Göttin, nicht ich, die zu dir gekommen ist. Sie ist es, die sich jetzt gegen dich stellt, nicht ich!« Und weil sie wußte, welches Schicksal ihm bevorstand und daß sie dazu beigetragen hatte, konnte sie auch seinen Anblick nicht aushalten. Schon bald würde Staub seine hellen Augen trüben, würden die schimmernde Stärke seiner Arme und Schultern, die Breite der Brust und die Kraft seiner Beine unter der Last des Todes zusammenbrechen wie ein Topf aus feuchtem Ton, der unter den Händen des Töpfers in sich zusammenfällt. Genausowenig konnte sie in das Haus gehen, in dem die Frauen webten, denn dort müßte sie mit Inaschagga sprechen, deren Ehemann sie hatte verraten und opfern wollen – und sie wünschte sich noch immer, auf diese Weise Gilgameschs Schicksal abwenden zu können. Aber das war nicht möglich, denn es war nicht länger der Ensi von Erech, den die Götter mit ihrem Zorn verfolgten, sondern Gilgamesch selbst. Der Himmelsstier würde ihn finden, ob er nun mit der Krone auf dem Kopf auf den Mauern von Erech stand oder sich verkleidet in der Schafhürde versteckte.
Um die Bürde abzuschütteln, die bei der erdrückenden Tageshitze

noch schwerer auf ihr lastete, stürzte sich die Schamhatu in ihre Arbeit. Sie prüfte die Dienstpläne des Tempelvolks, verbrachte viele Stunden mit den Oberpriestern und Priesterinnen, die für die einzelnen Bereiche zuständig waren, fragte danach, wie die ihnen Unterstellten ihre Aufgaben ausführten, und sorgte dafür, daß Züchtigungen und Beförderungen im richtigen Umfang erfolgten. Schusuen übertrug sie die volle Verfügungsgewalt über die Schatzkammern und Lagerhäuser der Eanna. Obwohl Meskalamdug, der bisherige Schatzmeister, sich bitter beschwerte, war er ein alter Mann, der sich ungern von seinen Listen und Berechnungen erhob, während Schusuen sich um alle Berichte und Beschwerden, die die Eanna erreichten, selbst kümmerte. Außerdem war er neben dem En und ihr selbst der einzige, der davon wußte, daß die Götter eine siebenjährige Verwüstung Erechs beschlossen hatten. Wenn schon keinen Trost, brachte ihr die Arbeit zumindest eine gewisse Betäubung und Ablenkung ... mit einer Ausnahme.
Der Grund dafür war die alte Priesterin Schibtum, verantwortlich für alle Priesterinnen und Priester, durch deren Körper Inanna den Gläubigen ihren Segen erteilte. Sie war auch für die Prüfung der Bittschriften von Männern zuständig, die der Göttin beiwohnen wollten. Sie entschied, wer würdig war, von der Schamhatu selbst empfangen zu werden, und legte ihr dann eine Auswahlliste vor. Obgleich die Reichen und Mächtigen, dem Lauf der Welt entsprechend, weit leichter ihren Weg in das Heiligtum fanden, war Schibtum vorsichtig genug, der Schamhatu dann und wann auch einen gewöhnlichen Mann, Arbeiter, Hirten oder Jäger, zuzuführen, damit das Volk von Erech nicht darüber tuschelte, daß die Stellvertreterin Inannas nur die Reichen und Mächtigen liebte. Die Schamhatu verließ sich dabei ganz auf Schibtums Urteil.
Nur ihre Hände und die Falten um ihre Augen zeigten, daß Schibtum schon in den Fünfzigern war. Sie hatte ein wenig mehr Fleisch an Bauch und Hüften als zu der Zeit, als sie die Schamhatu unterrichtet hatte, doch ihr hüftlanges Haar war immer noch glänzend schwarz, die roten Wangen glatt und die Lippen voll, und sie bewegte sich mit der Anmut einer Frau, die dreißig Jahre lang vor den Göt-

tern getanzt hat. Während ihrer Ausbildung hatte die Schamhatu gesehen, wie Schibtum sich nach hinten gebeugt hatte, bis sie zu voller Länge ausgestreckt war und nur noch ihre Hände und Füße den Boden berührten. In dieser Position hatte sie ihre Hüften wellenförmig bewegt, einen Mörserstößel Zoll um Zoll in ihren Körper hineingezogen und ihn dann langsam wieder herausgepreßt, bis nur noch die Spitze in ihr steckte. Dann hatte sie sich wieder aufgerichtet, sich auf den Stößel gesetzt, die Beine hinter dem Kopf verschränkt und ihren Schülerinnen gezeigt, wie man sich auf der Rute eines Mannes dreht wie Ton auf einer Töpferscheibe. Die Schamhatu fürchtete sich etwas vor ihr, wie alle Priester und Priesterinnen, die sie unterrichtet hatte.
»Schau hier«, sagte Schibtum und reichte der Schamhatu eine Tontafel. »Viele Männer sind heute morgen in den Tempel gekommen, doch ich glaube, diesen da solltest du dir selbst ansehen. Er ist ein Bauer, der weder schreiben noch lesen kann; er hat einen unserer Schreiber bezahlt, diese Bittschrift zu verfassen, und ich habe mit ihm gesprochen.«
Rasch überflog die Schamhatu die Tafel. Ibul-Il, Bauer, war im Krieg verwundet worden und hatte den größten Teil seiner Ernte verloren. Jetzt fürchtete er aufgrund des Wetters und des ausgedörrten Bodens um die herbstliche Aussaat. Er hatte alles geopfert, das er konnte, und Inanna angefleht, seinen Sorgen ihr Ohr zu leihen und ihn zu segnen.
»Bring ihn zu mir«, sagte die Schamhatu und fragte dann, voller Furcht vor der Antwort: »Gibt es viele wie ihn?«
»So viele, wie wir Priesterinnen haben, ihnen zu Diensten zu sein. Seit der Zeit vor Lugalbandas Tod sind nicht mehr so viele Männer in das Heiligtum geströmt. Göttliche Herrin, heute kamen fünf oder sechs Bittschriften dieser Art. Wären sie einzeln in ruhigeren Zeiten gekommen, hätte ich sie dir alle vorgelegt. Wenn das so weitergeht ...«
Die Schamhatu fühlte, wie sie sich verkrampfte, aber sie nickte. »Ich vertraue deinem Urteil.«
»Göttliche Herrin, darf ich, wenn die Not sehr groß ist, alle die, die

ich ausgebildet habe, einsetzen, auch wenn sie inzwischen andere Pflichten haben?«
Die Schamhatu zuckte zusammen. Was würde eine solche Maßnahme für die Arbeit des Tempel bedeuten? Doch die Opfer, die gebracht wurden, wanderten in Inannas Schatzkammern und Lagerhäuser und stärkten das Bollwerk gegen die Schrecken der kommenden Hungersnot. »Ja.«
Den Rest des Tages verbrachte die Schamhatu in Angst. Seit der Mondfinsternis hatte sie zwar die Zeichen ihrer Würde für die Zeremonien des Tempels angelegt und die Anrufungen der Göttin durchgeführt, wie es ihre Pflicht war, aber sie hatte der Statue nicht mehr in die Augen blicken können und sich so gut wie möglich gegen Inannas Berührung gewehrt. Nun mußte sie tun, was sie so fürchtete: Sie mußte Inanna bitten, erneut von ihrem Körper Besitz zu ergreifen.
»Ich kann es nicht«, murmelte die Schamhatu, während sie sich auf das Zusammensein mit Ibul-Il vorbereitete. Früher hatte sie es genossen, sich für die Liebhaber der Göttin herzurichten, doch jetzt fühlte sie nur Unbehagen, als sie die Tropfen des Duftöls auf ihren Brüsten verrieb, und das Salben zwischen den Beinen bedeutete lediglich das Geschmeidigmachen eines Werkzeuges und nicht die angenehme Vorfreude auf zukünftige Lust.
Der Bauer Ibul-Il war ein gutaussehender Mann mit breiten, von der Feldarbeit kräftigen Schultern und kurzem, dunklem, von vielen Stunden in der Sonne rotgesträhntem Haar. Die Kriegsverletzung, die er erwähnt hatte, war gut verheilt, nur noch eine gezackte Narbe, die sich rosa von der tiefgebräunten Haut seines Unterarms abhob. Er wagte nicht, ihr gerade ins Gesicht zu sehen, doch die Schamhatu bemerkte sein Zittern freudiger Ehrfurcht und fühlte die Wellen von Verlangen und Furcht, die durch seinen Körper liefen, als er vor ihr niederkniete, um sie zu küssen. *Vergib mir*, dachte sie, als sie mit warmer Stimme sagte: »Inanna ruft dich zu sich. Komm in meinen Garten.« *Ich habe dich um dein Opfer betrogen und deine Hoffnung getäuscht. Vergib mir.*
Ibul-Ils erstes Eindringen war so schmerzhaft, wie sie es seit ihren er-

sten Liebesakten als Schamhatu nicht mehr erlebt hatte. Seine Rute erzwang sich den Weg durch ihre verkrampften Muskeln. Sie konzentrierte sich auf die Kontrolle dieser Muskeln, wie sie es von Schibtum gelernt hatte, und zwang ihre Scheide, sich ihm zu öffnen; sie erwiderte seinen Stoß mit dem Abrollen ihrer Hüften und paßte ihre Atemzüge den seinen an. Als Ibul-Ils Hin- und Hergleiten in ihrem Körper schmerzhaft zu werden begann, umschloß sie ihn fester und beschleunigte ihren Rhythmus, bis er endlich aufstöhnte und erschauerte. Dann hielt sie ihn fest und schrie gleichzeitig mit ihm auf.

Obgleich sie sich hinterher Mühe gab, Ibul-Ils Aufzählung seiner Sorgen zuzuhören, fing ihr Geist an zu wandern. Sie konnte sein Vertrauen nicht ertragen, denn sie wußte, daß sie ein falsches Spiel mit ihm trieb. Als er dann fertig war und sie ihm ihren lügnerischen Segen spenden mußte, war sie gezwungen, in sein ehrliches, breites Gesicht zu blicken. Schließlich, obwohl sie wußte, daß es töricht von ihr war, zog sie einen von Inannas Ringen von ihren Fingern. »Bring das dem Schreiber Schusuen. Sag ihm, daß ich befohlen habe, dir ein Geschenk aus dem Schatz der Eanna zu reichen, damit deine Familie in diesem Jahr leben und gedeihen kann.«

Schmerzlich betroffen lauschte sie Ibul-Ils Flut von Dankesworten, bis er sich schließlich vor ihr zu Boden warf und dann ging. Sie wußte, daß sie unvernünftig gewesen war, denn die Eanna würde im kommenden Jahr und den darauf folgenden sechs Jahren jeden Schekel ihres Vermögens brauchen. Der Tempel konnte es sich nicht leisten, zur Beruhigung ihres Gewissens Geschenke zu verteilen. Doch Ibul-Ils Vertrauen hatte sie an die Unschuld Enkidus und Akallas erinnert. Sie hatte Enkidu der Liebe in die Arme geführt, die ihm schon bald das Herz brechen würde. Daß sie nicht an Akallas Tod schuld war, lag allein am raschen Eingreifen der Götter. Es bedeutete ihr viel, auch wenn sie nicht sagen konnte, warum, daß die Begegnung mit ihr nicht auch Ibul-Il Unglück brachte.

In der Nacht lag die Schamhatu in der Hitze wach, wälzte sich rastlos in den schweißnassen Laken und starrte in die Dunkelheit. Als sie endlich einschlief, träumte sie, wieder eine Schafhirtin zu sein, doch ihre Herde hatte sich zerstreut, und während sie ohne Pause, bald hierhin, bald dorthin den Schafen hinterherlief, hörte sie überall, wie Löwen und Wölfe ihre Lämmer rissen. Als Atab sie weckte, fuhr sie mit einem Schrei auf. Tagsüber fielen ihr während der endlosen Litaneien die Augen zu, und sie sehnte sich nur nach ihrem Bett, doch als sie sich abends niederlegte, wehrte sich ihr Körper gegen den Schlaf, zuckte und warf sich herum, als wolle er die Alpträume bekämpfen, die sie bedrohten.

Nach mehreren solchen Nächten suchte sie den En auf und bat ihn um ein Schlafmittel. Danach schlief sie, doch die Alpträume wurden schlimmer, und es fiel ihr immer schwerer, sich morgens aus ihrem nassen Griff zu befreien. Bei Tage stand sie vor einer neuen Schwierigkeit. Obwohl sie ihre Pflichten ohne die Unterstützung der Göttin erfüllte und sich weder etwas in ihr regte, wenn sie Inanna anrief, noch göttliche Verzückung sie über sich hinaushob, fiel sie beim geringsten Anlaß in Trance, als versinke sie in tiefem Schlamm. Das Spiegelbild ihres Gesichts in einem Silberbecher, der ferne Rhythmus der Trommeln, wenn die Musiker im Heiligtum probten, selbst das Klimpern der eigenen Finger auf den Saiten ihrer Lyra, bis sie das Instrument zu fürchten begann – alle diese Dinge warfen ihr einen dunklen Schleier über die Augen, füllten ihre Ohren mit dumpfem Gesumm und ihr Herz mit der jähen Furcht, daß die Göttin erneut Gewalt über ihren Körper ergreifen, ihr Ich achtlos zur Seite stoßen und ihren unbarmherzigen Willen durch sie wirken lassen würde. Und jeden Tag, als ob ihr eigenes Unglück nicht genug wäre, mußte sie den Stimmen von Männern lauschen, die ihre Opfer dargebracht hatten, um der Göttin von ihren Sorgen zu sprechen, und so tun, als ob sie ihnen Inannas Segen spendete. Es war schlimmer für sie als die Anstrengungen des Krieges. Schon zweimal hatte sie, halb in Trance und erschöpft von den Nachwirkungen des Schlafmittels, bei einer Litanei die falschen Antworten gegeben. Der En war für sie eingesprungen, aber sie wußte, daß früher oder später etwas passieren würde, was er nicht mehr decken konnte.

Und vielleicht, dachte die Schamhatu, als sie verdrossen auf ihrem Bett lag und wegen der Hitze die Laken von sich geworfen hatte, war es so am besten. Sollte Schubad doch ihren Willen haben. Sie würde ihr diese zermürbenden Pflichten aufhalsen und frei sein ... *Frei sein, um Schafe zu hüten und zuzusehen, wie sie verhungerten und an Durst und Hitze starben? Frei, sich in den Tavernen von Erech zu prostituieren, wo die Männer zumindest nicht mehr erwarteten als ihr kurzes Vergnügen?* Doch sie hatte dafür gesorgt, daß Schubad ihr Amt nicht übernehmen konnte, und sie selbst würde es niemals niederlegen können, ohne Rücksicht darauf zu nehmen, wer ihr folgte. Auch glaubte sie nicht, daß sie auf diese Weise von den Alpträumen erlöst oder ihr Geist daran gehindert sein würde, in unerwünschte Trance zu fallen. Das konnte nur der Tod erreichen.

Sobald sie diesen Gedanken einmal gefaßt hatte, fiel es ihr schwer, ihn wieder zu verdrängen. Wenn sie jetzt sterben würde, sich die Pulsadern öffnen, eine Phiole mit Gift aus den Gemächern des En stehlen oder sich kopfüber von Erechs Mauern stürzen, dann brauchte sie nicht mehr jeden Tag endlose Stunden lang die Gesänge an Inanna zu wiederholen oder sich die Klagen der Bittsteller im Tempel anzuhören. Und wenn auch der Atem des Himmelsstiers ganz Erech verbrannte, ihre Haut würde unter der Erde kühl und trocken bleiben. Sie würde nicht mehr jeden Tag bei fremden Männern liegen und ihrer Verzweiflung lauschen, und vor allem würde sie nicht zuschauen müssen, wie Gilgamesch starb, sondern in Ereschkigals dunkler Zuflucht sitzen und auf ihn warten.

Während sie so dachte, erhob sich die Schamhatu und kleidete sich an. Der Mond war schon untergegangen, und obgleich die Sterne hell schienen, sah sie niemand auf ihrem Weg durch die Eanna, und niemand belästigte sie, als sie durch die Straßen der Stadt ging und die Mauer von Erech erklomm. Die Ebene lag bleich und verlassen im Sternenlicht.

»Nun werde ich frei sein«, murmelte sie. In Ereschkigals Reich würde sie nicht das Sternendiadem tragen und auch keinen anderen Namen als den, den sie abgelegt hatte. Sie würde einfach Puabi sein, einer von den vielen Geistern in den Hallen des Staubs.

Sie kletterte auf die Brustwehr und blieb oben am Rand stehen. Ein heftiger Windstoß hätte sie hinabgeworfen, doch es ging kein Lüft-

chen, nur die heiße unbewegliche Nachtluft lag auf ihr wie eine Decke. »Noch zwei kleine Schritte, und es ist vorbei.«
Unter ihr glänzte im Sternenschein die trockene Erde, die sich in der Hitze zu kräuseln schien, auf und ab wogte wie die Wellen des Flusses. Sie nahm nichts mehr wahr außer dieser sanft schimmernden Bewegung und hörte nur noch das hohe Summen von Ereschkigals Lied, das sie rief. *Sie schläft, sie schläft. Ihre heiligen Schultern sind unverhüllt, kein Tuch verhüllt ihre heiligen Brüste, die Mutter von Geburt und Tod, sie schläft ...*
Mit betäubten Augen und Ohren trat die Schamhatu über die Mauer. Sie spürte keinen Luftzug, ihr Blick verdunkelte sich, und sie wartete auf den Aufprall am Boden. Doch ihre Füße bewegten sich weiter und trugen sie durch die Dunkelheit, eine Dunkelheit, hell von glitzernden Sternen. Erst jetzt begriff sie, daß sie wieder durch die Straßen von Erech lief. In ihrer Trance war sie nicht gesprungen, sondern zurückgetreten, und ihre Füße hatten sie zurück zur Eanna geführt.
»Darf ich denn nicht einmal sterben?« fragte sie verzweifelt. Doch es kam keine Antwort.
Hinter den Toren der Eanna wurden die Schritte der Schamhatu zielstrebiger. Sie begab sich zum Haus der Frauen und suchte das Zimmer, das Geme-Tirasch mit zwei anderen Seherinnen teilte.
»Geme-Tirasch, wach auf«, rief sie leise. »Ich bin es, die Schamhatu. Wach auf und komm mit.«
Gleich darauf erschien die Seherin mit verschlafenen Augen und zerzaustem, schwarzem Lockenhaar an der Tür. »Was gibt es?« fragte sie ängstlich. »Warum brauchst du mich?«
»Ich bin beunruhigt«, gab die Schamhatu zurück, »und ich möchte mit dir sprechen.«
Die Schamhatu führte die andere Frau in ihre Gemächer, entzündete die Öllampen und ließ sich neben ihr auf dem Teppich nieder. »Seit deinem Eintritt in die Eanna wurdest du zur Trance-Priesterin ausgebildet«, begann die Schamhatu, »und deshalb mußt du auch wissen ... du mußt wissen, was du zu tun hast, wenn dich ungebetene und unerwünschte Visionen überkommen. Ich habe gehört, wie Ninki-

salsi von Novizen erzählt hat, denen er diese Fähigkeit nur schwer vermitteln konnte.«
»Das stimmt. Wir lernen, wie man seinen Geist abschirmen kann. Doch warum solltest du so etwas brauchen? Sind deine Visionen nicht immer heilig, und gehört dein Körper nicht ganz Inanna?«
»So war es einmal«, sagte die Schamhatu. Ihre Augen waren trocken wie die Ebenen vor der Stadt, doch ihre Schultern bebten, und ein rauhes Schluchzen zerriß ihre Kehle. Geme-Tirasch legte die Arme um sie und hielt sie sanft, bis das qualvolle Zucken nachließ.
»Erzähl mir«, murmelte die Seherin. »Du weißt ja inzwischen, daß du mir vertrauen kannst.«
Ihre Worte versetzten der Schamhatu einen Stich, und sie überlegte, wie ihr jahrelanges Mißtrauen Geme-Tirasch verletzt haben mußte. Gerade deshalb wäre es ihr vielleicht unmöglich gewesen, zu sprechen, aber der Stachel der Schuld löste ihre Zunge. Sie erzählte Geme-Tirasch, was zwischen Inanna und Gilgamesch vorgefallen war und vom Loslassen des Himmelsstiers. Sie sagte ihr, daß die Göttin nicht länger durch ihre Priesterin sprach und berichtete von den Alpträumen und Trancezuständen, die sich ihrer immer wieder bemächtigten. Zuletzt teilte sie ihr mit, was in dieser Nacht auf der Mauer von Erech geschehen war.
»Und deshalb will ich wissen, was ich tun muß, damit mein Geist mir lange genug selbst gehört, um...«
Geme-Tirasch umklammerte mit ihren rundlichen Händen die schlanken Finger der Schamhatu, und die Schamhatu sah, daß sie weinte. Die Tränen rannen in glänzend goldenen Bächen über ihre runden Wangen.
»O nein, göttliche Herrin«, schluchzte Geme-Tirasch. »Bitte nicht! Du mußt am Leben bleiben, denn niemand in der Eanna kann dich ersetzen.«
»Ich habe versagt und Erechs Untergang heraufbeschworen. Ich habe kein Vertrauen mehr zu Inanna und möchte ihr nicht mehr dienen. Das Sternendiadem sollte dir zufallen, denn du könntest es weit besser tragen als ich.«
»Niemals!« Geme-Tirasch gab die Hände der Schamhatu frei und

warf sich zu Boden. »Göttliche Herrin, ich flehe dich an! Bitte geh nicht ... geh nicht fort, schon um meinetwillen nicht. Ich fürchte, daß man dann mich erwählen wird, und ich weiß, daß ich es nicht ertragen könnte. Ich konnte es damals nur, weil ich jeden Tag hoffte, du würdest vor Einbruch der Nacht zurücksein und mich erlösen. Wenn du willst, lehre ich dich, wie man seinen Geist schützt, aber nur wenn du mir schwörst, daß du bei uns bleibst und lebst.«
Die Schamhatu nahm Geme-Tiraschs Hände und zog die junge Frau wieder in die Hocke. »Es wäre keine so große Bürde, wenn du deine Entscheidung selbständig treffen würdest«, meinte sie schmeichelnd. »Der En hat mir erklärt, daß die Schamhatu frei bestimmt, ob sie nur ein rituelles Symbol sein oder die Eanna wirklich regieren will.«
»Aber sie muß immer an der Spitze des Tempels stehen, und alle Augen sind auf sie gerichtet. Und ... und da sind noch die Männer, die sie als Göttin empfangen muß. Das war schlimm genug, als ich wußte, daß es vorübergehen würde, und jetzt ist es noch schlimmer, obwohl alle Frauen sagen, daß dieser Ansturm bald enden wird.«
»Jetzt? Aber du bist eine Trance-Priesterin. Du willst doch nicht sagen ...«
»Schibtum hat mich gerufen, weil sie mir ein wenig Unterricht für meine Zeit als Schamhatu gegeben hatte«, gestand Geme-Tirasch und zerknitterte den Saum ihres Kleides in den Händen. »Doch selbst wenn ich weiß, daß Inanna in mir ist, empfinde ich keine Lust. Ich weiß, daß ich mich nicht bei dir beklagen sollte, da du diese Pflicht deines Amtes schon seit Jahren erfüllst, aber ich hatte noch nie bei einem Mann gelegen, bis ich dich vertreten mußte, und als du zurückkehrtest, hoffte ich, daß ich es auch nie wieder tun müßte.« Sie wischte sich die Augen und schniefte. »Es tut mir leid, göttliche Herrin. Ich wollte dir keine Sorgen machen, von denen du selbst genug hast.«
Die Schamhatu strich über Geme-Tiraschs dichte Lockenpracht. »Nein, Geme-Tirasch. Ich war zu sehr mit mir selbst beschäftigt und hatte niemanden, der mich trösten konnte. Du hast meine Bürde schon etwas leichter gemacht.« Sie rückte dichter an die andere Frau und lehnte sich an ihre weiche, warme Schulter. Geme-Tirasch

drehte den Kopf, sah der Schamhatu in die Augen und legte den Arm um ihre Mitte.
»Ich wäre glücklich, dich trösten zu dürfen«, sagte die Seherin. Ihre Augen waren groß und glänzten noch von den letzten Tränen. Die Schamhatu war ihr so nah, daß sie die grünen Flecken in der haselnußbraunen Iris erkennen konnte. Geme-Tiraschs Atem war süß wie frisches Wasser. Sie beugte den Kopf leicht zurück, ihr Mund stand halb offen, und die Schamhatu merkte, daß sie selbst sich immer weiter vorbeugte, bis ihre Lippen in einem zärtlichen Kuß verschmolzen. Geme-Tiraschs Hand liebkoste ihre linke Brust und hielt sie wie eine süße Frucht. Die Schamhatu griff nach ihr und spürte das warme Gewicht der schweren Brüste der Trance-Priesterin in ihren Händen. Sie berührte Geme-Tirasch, wie sie seit ihrem Unterricht bei Schibtum nie mehr eine Frau berührt hatte. Langsame, sinnliche Lust breitete sich in ihr aus, warm und entspannend wie ein großer Schluck Dattelwein, und ihre Finger schlossen sich fester um Geme-Tiraschs Brustwarzen, während die samtweichen Lippen der anderen die ihren liebkoste. Geme-Tirasch stöhnte, zog die Schamhatu enger an sich und streichelte ihre Hüften und die Innenseiten der Schenkel. Zärtlich zogen die beiden Frauen einander die Kleider aus und tauschten dabei Liebkosungen, bis Wellen der Lust durch den Leib der Schamhatu brandeten und Geme-Tiraschs Atem flach und schnell ging. Die Schamhatu hatte nicht bemerkt, daß sie wieder weinte, bis die Zunge der Seherin ihr die Tränen vom Gesicht leckte. Die salzige Flüssigkeit vermischte sich mit der Süße ihrer Küsse, und sie umarmte Geme-Tirasch noch leidenschaftlicher und zog sie auf das Bett.
Danach blieben die Schamhatu und Geme-Tirasch noch einige Zeit zusammenliegen, und der Schweiß trocknete kühl auf ihren Körpern. Die Schamhatu hätte es gern gesehen, wenn Geme-Tirasch bei ihr geblieben wäre, doch das war unmöglich. Die Trance-Priesterin mußte am Ende aufstehen und sich wieder ankleiden. »Von morgen an werde ich dir zeigen, wie man seine Gedanken schützen kann«, versprach Geme-Tirasch leise. »Bis dahin, schlaf gut und fürchte dich nicht. Wenn du mich brauchst, laß mich holen.«

Die Schamhatu lag noch eine Zeitlang wach. Nun würde sie weiterleben und ihr Amt behalten müssen, denn sie konnte Geme-Tirasch nicht im Stich lassen. Die Eanna würde weiterbestehen, und wenn sie selbst nicht länger auf die Göttin hörte oder Inanna auf sie, dann gab es genug andere Priesterinnen, die taten, was getan werden mußte ...

## 3

Als die Tage eigentlich mit dem Einsetzen des Winters kühler werden sollten, wurden sie statt dessen noch heißer. Gilgamesch lernte bald, rasch abzubiegen, wenn er Schusuens leichten Schritt in den Gängen vernahm, denn er wußte, daß der Schreiber von ihm verlangen würde, sein Siegel auf eine weitere feuchte Tontafel zu setzen, auf der stand: *Der Hirte Soundso hat keine Schuld am Tod seiner Schafe. Es war der Wille der Götter, daß sie an Futtermangel gestorben sind, weil* ...

Dennoch konnte er sich Schusuen und den Nachrichten, die der Schreiber ihm täglich brachte, nicht völlig entziehen. Hunger und Armut herrschten in der Stadt und in ganz Sumer. Lot von Ur und seine gesamte Familie waren mit dem Geld von Erech in der Wüste verschwunden, genauso wie eine Reihe anderer wichtiger Handelspartner in anderen Städten, die die abgeschlossenen Verträge nicht erfüllen konnten. Und jetzt wurden die Gerüchte noch seltsamer. Die Männer, die abgerissen und niedergeschlagen in die Eanna kamen, erzählten von einem riesigen Stier, dessen Atem wie ein Feuersturm war und dessen Hufe riesige Spalten in den trockenen Boden stampften. Der Himmelsstier, Inannas Strafe für Erech, die Trockenheit, die sieben Jahre ohne Regen oder andere Linderung anhalten würde. Es gab kein Entkommen, weder bei Nacht noch bei Tage, denn die unnatürliche Glut heizte die Ziegel des Gipar ebenso heiß und gründlich auf, wie sie das Land um Erech verbrannte. Und obwohl Gilgamesch allen Männern der Stadt, die noch dazu imstande waren, befohlen hatte, die Kanäle neu auszuheben, verschlammten diese schneller, als man sie freischaufeln konnte. Das Wasser des Flusses fand keinen Weg auf die Felder, so daß die Pflanzen in dieser Jahreszeit, wo sie doch sprießen und vor Leben bersten sollten, nicht bewässert werden konnten. Das einzige, was wuchs, ehrfurchtgebietend in der glänzenden Schönheit seines rot und sahnefarben gemaserten Holzes, war das Zederntor von Erech. Die Handwerker arbeiteten bis in die Nacht, schnitten und glätteten die Balken und schnitzten Darstellungen der Siege von Gilgamesch und Enkidu hinein.

Gilgamesch und Enkidu saßen in der Halle des Gerichts und hörten einem weiteren Schafhirten zu, der mit den Sehnen seiner toten Tiere in einem Beutel, den er auf dem Rücken trug, zu ihnen gekommen war. Selbst nachdem Schusuen befohlen hatte, die Herden zur Stadt zu bringen und die, die nicht ernährt werden konnten, zu schlachten, waren die Schafe an Hunger und Durst gestorben, weil die Kanäle verstopft waren. Plötzlich stürmte ein Bote in die Halle, rannte zu Gilgamesch und warf sich vor ihm nieder.

»Ensi, ich bringe schreckliche Nachrichten. Ich bitte dich, bestrafe mich nicht. Ich bin nur gekommen, dir zu berichten, was ich gesehen habe.«

»Steh auf und sag es mir«, forderte Gilgamesch ihn auf. »Was hast du gesehen?«

Der Bote erhob sich vom Boden, hielt aber den geschorenen Kopf gesenkt, um seinem Ensi nicht in die Augen sehen zu müssen. »Ich habe den Himmelsstier erblickt, der hitzig die Mauern von Erech bestürmte. Er schnaubte, und ein Spalt tat sich auf in der Erde, groß genug für wohl hundert Männer. Und abermals schnaubte er, und in die neue Spalte hätten zweihundert Männer gepaßt. Jetzt läuft er am Ufer des Buranun entlang, und mit jedem Tritt seiner Hufe wird der Fluß schlammiger und eine neue Welle Schlick in die Kanäle gespült. Ensi, von den Göttern Erhöhter, zwei Drittel Gott, ein Drittel Mensch, ich bin zu dir gekommen, denn kein anderer als du selbst kann uns vor der Wut des Stiers retten.«

Gilgamesch holte tief Atem und stieß dann mit einem leisem Seufzen die Luft wieder aus. Nun war der Zeitpunkt gekommen, der Augen-

blick, in dem er sich Inannas Rache würde stellen müssen. Und trotzdem fühlte er sich sicher, denn Enkidu saß neben ihm, und er wußte, daß es nichts gab, das sie beide gemeinsam nicht überwinden konnten.
»Komm, Enkidu«, sagte er. »Bewaffnen wir uns. Gegen die Sonne und den Wind konnten wir nicht kämpfen, noch dem Buranun befehlen, klares Wasser zu führen oder den Kanälen, sich zu öffnen. Doch nun hat der Himmelsstier sich gezeigt ... Ihn können wir besiegen und niederwerfen, wie wir es mit Huwawa getan haben.«
Enkidu stand auf und lächelte, und der Ausdruck seines Gesichts gab Gilgameschs Herz Kraft. »Bewaffnen wir uns«, stimmte Enkidu zu, »und suchen wir den Stier.«

4

Die Schamhatu saß vor Inanna auf ihrem Thron und hörte geistesabwesend den Mittagsgesängen zu. Ihre Kraft war verbraucht, denn schon seit sie heute morgen aufgestanden war, rang sie um einen klaren Kopf. Sie hatte jede Technik des Abschirmens angewandt, die sie von Geme-Tirasch gelernt hatte. Sie hatte sich in eine Mauer aus Obsidian verwandelt, sich dadurch abgelenkt, daß sie sich ganz auf die praktischen Angelegenheiten des Tempels konzentrierte; und als ihre Kraft nachließ, hatte sie sich an die hölzernen Lehnen ihres Sessels geklammert und sich in die Wurzeln des Baumes versenkt, der er einmal gewesen war. Bald mußte die Zeremonie vorbei sein, und sie konnte etwas essen; sie würde Atab bitten, bei ihr zu bleiben und ihr die neuesten Gerüchte aus dem Tempel zu erzählen. Und wenn sie das Gefühl hatte, wirklich die Kontrolle zu verlieren, dann konnte sie einen Schluck von dem Trank nehmen, den ihr der En gemischt hatte. Er hatte sie zwar gewarnt, nicht zu häufig und nicht zuviel davon zu trinken, aber jedenfalls sorgte das Gebräu dafür, daß sie bei klarem Verstand blieb.
Doch noch während sie so dachte, überkam sie ein Schwindelgefühl, das ihren Blick verdunkelte. Die Kraft, die auf sie einströmte, ging von

Inannas Statue aus und war so mächtig wie ein reißender Fluß, gegen den es kein Halten gab. Wie eine Ertrinkende nach Luft schnappend, brach die Schamhatu in ihrem Sessel zusammen. Der En wollte sie auffangen, doch sie stieß ihn zur Seite. Ihre Beine trugen sie wieder, und eine Stimme durchschnitt den Gesang, ihre eigene Stimme, die gegen ihren schwindenden Willen aus ihrem Mund gellte.
»Ihr Priesterinnen, tretet vor! Kommt mit mir auf die Mauern von Erech, denn mein Streiter, der Himmelsstier, kämpft für meine Ehre.«

5

Gilgamesch und Enkidu trugen keine Rüstungen, denn Beweglichkeit und Schnelligkeit waren in diesem Kampf wichtiger als schwere Panzer. Enkidu hatte seine Streitaxt und Gilgamesch sein Schwert, die beiden mächtigen Waffen, die Huwawa besiegt hatten. So traten sie aus den Toren von Erech und schritten vorsichtig über die tiefen Risse der Ebene.
»Ich höre sein Schnauben«, sagte Gilgamesch. »Wir wollen hier warten. Ich denke, er wird zu mir kommen.«
Das Schnauben des Stiers wurde lauter, und ein heißer Wind versengte ihre Gesichter. Schließlich erschien die große, goldene Gestalt am Horizont. Hörner aus Lapislazuli erhoben sich, als der Stier seinen Kopf in den Nacken warf.
»Er weiß, daß seine Gegner hier sind«, sagte Enkidu.
Der Stier schnaubte erneut. Die verbrannte Erde brach unter seinem Atem auf, und der Pflug seiner Hitze riß tiefe Furchen in den ausgedörrten Boden.
»Jetzt, Enkidu!« rief Gilgamesch. »Gehen wir ihm entgegen.«
Der Stier drehte sich in ihre Richtung und stampfte schwer auf sie zu. Gilgamesch lachte, denn jetzt hatten die Ängste, die ihn in der Nacht plagten, der Schweiß in seinen Laken und das Zucken der Muskeln, die keinen Feind fanden, den er bekämpfen konnte, Gestalt angenommen, und das Schwert lag leicht in seiner Hand.

Unter dem Atem des Stiers öffnete sich ein weiterer tiefer Spalt. Enkidu stolperte, fiel und sank bis zu den Hüften in die ausgedörrte Erde. Doch bevor Gilgamesch auch nur aufschreien konnte, hatte sich Enkidu schon wieder befreit und sprang auf den Stier zu. Wie ein Löwe, der sich auf seine Beute stürzt, machte Enkidu einen Satz, packte die Hörner des Himmelsstiers und mit einem Überschlag über seinen Kopf kam er noch etwas schwankend auf dessen Rücken zu sitzen. Der Schaum vom Maul des Stiers spritzte über die Ebene, glühend heiß wie Tropfen geschmolzenen Goldes.

»Mein Freund!« schrie Enkidu. »Er ist in unserer Gewalt. Wie sollen wir ihn erschlagen? Ich habe seine Stärke gesehen. Ich werde ihn am Schwanz packen, und wir werden ihn zusammen töten; du aber stoße dein Schwert zwischen den gehörnten Schädel und das Genick.«

Mit diesen Worten rutschte Enkidu nach hinten und bohrte die Hände tief in das schimmernde Fell am Schwanz des Stiers. Das mächtige Tier brüllte und senkte den Kopf mit den riesigen Hörnern, um dann rückwärts damit auszuhaken. In diesem Augenblick, als der Stier abgelenkt war, stürzte Gilgamesch vor und sprang, das Schwert fest in beiden Händen, an ihm hoch. Die kleine Vertiefung zwischen Kopf und Genick lag deutlich vor ihm. Er stieß mit aller Kraft zu und riß dann die Schultern herum, um das Rückgrat des Stiers zu durchtrennen.

Ein letztes Mal brüllte der Himmelsstier auf und warf seinen Körper zur Seite, als wolle er im Fallen noch seine Schlächter zermalmen. Doch Gilgamesch und Enkidu sprangen rechtzeitig ab. Beim Aufkommen hätten sie fast das Gleichgewicht verloren, so bebte die zerrissene Ebene. Dann rollte der Stier die Augen, noch einmal traten die Hufe krampfhaft in die Luft, und es war vorbei.

Gilgamesch lief um den Stier herum und riß Enkidu in seine Arme. »Wir haben es geschafft!« keuchte er und drückte den Geliebten an sich. »Wir haben den Himmelsstier erschlagen. Es wird wieder regnen, und die Kanäle werden wieder Wasser führen. Erech wird leben, und alle Ängste von Schreibern und Priestern haben keine Bedeutung mehr.«

Doch noch während er das sagte, hörte Gilgamesch das hohe, unirdi-

sche Klagen von den Mauern der Stadt. Gegen seinen Willen wandte er den Kopf und schaute zu der Brustwehr auf, von der die heulenden Klagelieder über die ausgedörrte Erde schallten.
»Inanna weint«, sagte Enkidu unsicher und starrte hinüber.
»Das soll sie nur. Aber wir ...«, und plötzlich war Gilgamesch überrascht von den Worten, die aus seinem Mund kamen, »wollen das Herz des Stiers dem Gott opfern, der uns auf unseren Fahrten so treu zur Seite gestanden hat. Mag uns Inanna auch übelwollen, so ist ihr Zwillingsbruder Utu uns wohlgesonnen und hat dieses Geschenk verdient.«
Enkidus Streitaxt fuhr durch die mächtigen Rippen des Himmelsstiers, und Gilgamesch riß das Herz heraus. Es war so groß, daß selbst er es mit seinen beiden Händen nicht umfassen konnte, und zuckte noch von der Lebenskraft des Stiers, als er es der brennenden Sonne entgegenstreckte. »Utu«, rief er. »Du, der durch den Himmel wandert, bärtig und mit langem Arm: Wir haben den Himmelsstier erschlagen und opfern dir sein Herz. Mächtiger Gott, hellglänzend und allsehend, wir bringen dir dieses Opfer dar. Nimm es an und sei uns wohlgesonnen, verteidige uns im Rat der Götter, wie wir dir Ehre erweisen unter den Menschen.«
Damit schleuderte Gilgamesch das Herz des Stiers mit aller Kraft in die Höhe. Die Sonne blendete ihn, so daß er blinzeln mußte, als das dunkle Organ den Höhepunkt seiner Flugbahn erreichte. Ihm schien, als blitze das Licht strahlend auf und verzehre das Herz mit einer einzigen Flamme, aber er mußte den Blick abwenden und konnte nicht sehen, ob es wieder zu Boden gefallen war oder nicht.
Doch die Stimmen der Frauen, die ihr Trauerlied sangen, wurden lauter, und im gleißenden Sonnenlicht sah Gilgamesch die Schamhatu auf der Mauer von Erech stehen, der Mauer, die er errichtet hatte. Hinter ihr standen ihre Priesterinnen, deren gelockte Haare zum Zeichen der Trauer offen hinter ihnen herwehten, und alle beweinten den Tod des Himmelsstiers. Und als Enkidu und er erschöpft neben dem Leichnam des Stiers niedersanken, hörte er noch Inannas Stimme über die Ebene hallen: »Wehe dir, Gilgamesch, der du mich beleidigt und den Himmelsstier getötet hast!«

Bei diesen Worten sprang Enkidu auf. Seine Muskeln spannten sich, als er das mit wutverzerrtem Gesicht schrie: »Wenn ich an dich herankäme, dann würde ich dir das gleiche antun!«
Gilgamesch rannte zu ihm und faßte ihn von hinten. Er war nicht stark genug, Enkidus mächtigen Arm herunterzudrücken, doch bei seiner Berührung gab der andere nach und ließ sich von Gilgamesch zurückhalten.
»Beruhige dich, Enkidu«, beschwor ihn Gilgamesch. »Beruhige dich. Ich lebe und bin bei dir. Laß sie jammern, soviel sie wollen, solange wir nur zusammen sind.«
Enkidu drehte sich um und umarmte ihn eng. Sein dichtes Körperhaar rieb sanft an Gilgameschs Brust, und der Ensi fühlte, wie Enkidus Herz hart unter den mächtigen Muskeln pochte.
»Wir sind zusammen, und wir haben den Himmelsstier erschlagen«, wiederholte Enkidu leise. »Laß uns die Männer der Stadt zusammenrufen und unsere Tat feiern.«
Gilgamesch gab Befehl, im Gipar ein großes Fest zu bereiten, zu dem er alle Männer einlud, die ihn auf der Fahrt zu Huwawa begleitet hatten, dazu so viele der tapferen jungen Krieger, die im Krieg gegen Agga gekämpft hatten, wie die Halle fassen konnte. Der Himmelsstier hatte genug Fleisch für alle. Dann ließ er die Kunsthandwerker kommen und die Lapislazulihörner des Stiers absägen; und sie bewunderten ihre Schönheit.
»Der Lapislazuli jedes Horns hat ein Gewicht von gewiß dreißig Minen«, sagte Schullat, der erste Edelsteinschneider der Eanna. Die Muskeln seiner Schultern wölbten sich unter dem dichten grauen Haarwuchs seines Körpers, als er eines der großen Hörner hochhob und in seinen plumpen Händen mit den breiten Fingern hin und her drehte. Der Lapislazuli glänzte dunkel im Sonnenlicht, und darin schimmerten winzige, goldene Flecken wie am Nachthimmel verstreute Sterne. »Wenigstens dreißig Minen und eine Dicke von zwei Fingern. Beide Hörner zusammen fassen bestimmt sechs Maß Öl. Was hast du mit diesen Schätzen vor, mein Ensi? Soll ich sie dir schneiden, oder den Stein in eine Form bringen und fassen?«
»Ich werde diese Hörner behalten«, antwortete Gilgamesch nach-

denklich, »und sie mit Öl füllen. Dann will ich sie im Schrein meiner Vorfahren aufhängen, als Opfer für meinen Vater Lugalbanda, der über mich wacht, damit er, der vor mir Ensi war, sieht, wie gut sein Sohn die Stadt beschützt.«

Er ließ die Hörner in sein Schlafgemach bringen, das vor ihm Lugalbanda gehört hatte, Wandhalter aus hellem Silber anbringen und die Hörner mit süß duftendem Öl füllen, dessen Geruch das ganze Zimmer durchdrang.

»Lugalbanda, mein Vater«, sagte Gilgamesch, »Enkidu und ich haben vollbracht, was kein anderer je erreicht hat, vor allem kein einzelner. Selbst vor dem Zorn der Götter und vor dem Himmelsstier haben wir Erech errettet. Der Regen wird kommen, die Kanäle werden, vom Schlamm befreit, Wasser führen und junge Pflanzen am Ufer wachsen. Sprich du zu den großen Göttern und ehre so unsere Tat.«

Beim Weggehen stolperte er fast über Schusuen, dessen schlanker Körper im Schatten des Korridors gut verborgen gewesen war.

»Was tust du hier?« fragte Gilgamesch. »Hast du den Kampf gesehen?«

»Ich stand auf der Mauer von Erech neben der Schamhatu«, antwortete Schusuen. »Ich habe alles beobachtet, was geschah, und werde es niederschreiben. Du bist unglaublich, Gilgamesch! Gibt es keine Herausforderung, die du nicht annimmst, keine Gefahr, der du dich nicht stellst, selbst wenn sie die Götter dir entgegenschleudern? Du hast den Himmelsstier erschlagen und damit, so glaube ich, Erech Freiheit von Hunger und Leid erkauft, sofern die Götter uns keinen neuen Fluch schicken.« Die Stimme des Schreibers klang sanft und verwundert, als wage er noch nicht zu hoffen, daß seine Aufgabe, Vorräte zu bemessen, Anweisungen zu erteilen und darum zu kämpfen, daß das Vermögen der Eanna für eine siebenjährige Hungersnot ausreichte, endlich vorüber wäre.

»Zieh deine besten Kleider an«, sagte Gilgamesch zu Schusuen, »und rüste dich, vor das Volk zu treten. Enkidu und ich werden alle unsere Waffen anlegen und im Triumph durch die Straßen der Stadt ziehen. Du sollst in deinem eigenen Streitwagen vor uns herfahren und die Nachricht verkünden, daß der Himmelsstier tot ist.«

»Das weiß inzwischen jeder, denn die Priesterinnen der Inanna betrauern ihn von Erechs Mauer herab und mit Trauerzügen durch die ganze Stadt.«
»Dann wollen wir mit einem Freudenfest darauf antworten. Wenn die Frauen den gefallenen Feind bejammern, sollen die Männer unseren Sieg feiern!«
Noch einmal kleideten sich Gilgamesch und Enkidu in das schimmernde Gold und die Bronze des Kampfes. Zusammen gingen sie zum großen Stadttor, wo die Zedernbalken, die schon zur Hälfte mit Schnitzereien verziert waren, hinaufragten. Die Holzschnitzer waren bereits damit beschäftigt, im oberen Teil der Pfosten die Bilder des Kampfes mit dem Himmelsstier vorzuzeichnen. Es roch würzig nach Zedern, und der reine Duft versetzte Gilgamesch für einen Augenblick zurück in die Berge mit ihren grünen Hängen, die sich weit hinaufzogen und von denen ein frischer Wind herunterwehte. Die Lust, mit aller Kraft die Axt zu schwingen, zu fühlen, wie sie tief ins Holz drang, die Schweißtropfen auf Stirn und Rücken, die die Bergluft kühlte, das unbekümmerte Lachen der Männer, die mit ihm arbeiteten, furchtlos neben Huwawas verdorrendem Kopf, und der endlose Genuß von Enkidus Umarmungen unter den duftenden, grünen Zweigen ... Doch das war Vergangenheit, fortgetragen wie ein Zweig auf den Wellen des Buranun. Nur noch die großen, glänzenden Holzstämme, die an der Mauer von Erech lehnten, blieben als Beweis für die Tage im Zedernwald, das unvergängliche Gerippe einer Erinnerung, von dessen riesigen hölzernen Knochen der Zederngeruch wie Opferrauch aufstieg.
Dort warteten die Streitwagen auf sie. Schusuen saß schon in seinem, und das Sonnensegel schützte seine helle Haut vor der unerbittlichen Hitze. Wie auf der Fahrt zu Huwawa lag seine Katze zusammengerollt auf seinem Schoß und schien sich wenig um das Wehklagen der trauernden Priesterinnen auf den Mauern zu kümmern. Als Gilgamesch näherkam, sah er, daß der Kater auf einem großen Stück blutigen Fleischs herumkaute.
»Verfüttert man das Fleisch des Himmelsstiers etwa an Katzen?« fragte er Schusuen unwillig.

Der Schreiber hob anmutig die langfingrige Hand. »Du hast ein Festmahl für die tapferen, jungen Männer von Erech angeordnet. Wie kannst du dich beschweren, wenn einer der Tapfersten, der dich zum Zedernwald begleitet und dir unterwegs viele gute Ratschläge erteilt hat, seinen Anteil lieber roh verzehrt?«
»Sehr klug von ihm«, fiel Enkidu unerwartet ein. »Blutiges Fleisch hat die meiste Kraft.«
»Möchtest du etwas davon?« fragte Gilgamesch. »Bediene dich nur.«
»Nicht für mich. Ich lebe jetzt in der Stadt und esse gebratenes Fleisch. Aber ich werde ein Stück für meinen Freund, den Löwen, und sein Rudel beanspruchen, denn sie sind nicht fern von hier. Über Tag haben sie sich zwar zurückgezogen, aber letzte Nacht brüllte er nach mir.«
»Was immer du willst, mein Freund. Es ist genug für alle da – Löwen und Krieger.«
Gilgamesch half Enkidu, einen Anteil von dem Fleisch für seine wilden Gefährten herauszuschneiden und es im spärlichen Schatten einer Tamariske auszulegen. Dann wuschen sie sich im Buranun die Hände. Das Blut des Stiers floß ins braune Wasser wie kleine bunte Fäden, die langsam in ein einfarbiges Tuch gewoben werden. Arm in Arm gingen Gilgamesch und Enkidu zurück zur ihrem Streitwagen und stiegen auf. Schusuen fuhr vor ihnen her und schrie so laut, daß seine Stimme die jammernden Priesterinnen auf der Stadtmauer übertönte: »Freut euch! Gilgamesch hat den Himmelsstier erschlagen! Enkidu hat den Himmelsstier erschlagen! Freut euch, denn der Sieg ist unser. Die Helden von Erech haben gesiegt. Freut euch über die Bezwinger von Huwawa, die Sieger über Agga von Kisch: Die Mächtigen haben sie niedergeworfen und die Schwachen beschützt.«
Das Volk von Erech drängte sich in den Straßen, und seine Rufe waren fast noch lauter als Schusuens Stimme. Da es wegen der Dürre keine frischen Blumen gab, die sie werfen konnten, hoben sie Becher mit Bier und Dattelwein und Opferschalen mit Butter und Öl zum Gruß, wenn Gilgamesch und Enkidu vorbeikamen. Gilgamesch hörte das

Klimpern von Lyren, das Dröhnen von Trommeln und den scheppernden Klang von Zimbeln in den Straßen und dann und wann den langgezogenen Ton eines krummen Widderhorns. Der Lärm schien ihn davonzutragen, die ganze Stadt glühte golden in seinen sonnengeblendeten Augen, und er fühlte sich freudig und stark, bis er schließlich einen lauten Schrei ausstieß, den ganz Erech hören konnte, einen Schrei unbändigen Stolzes, dessen einfache Worte alle Preislieder Schusuens über seine Taten, all die in Stein, Holz und Elfenbein festgehaltenen Ereignisse zusammenfaßten, wie ein einzelner Tropfen Zedernöl das Bild des ganzen Waldes heraufbeschwört: »Wer ist der größte aller Helden? Wer ist der stärkste aller Männer? Gilgamesch ist der größte aller Helden! Enkidu ist der stärkste aller Männer!«
Trunken, gerötet von ihrem Triumph, führten Gilgamesch und Enkidu die jungen Männer in die große Halle. Dort standen Bier- und Weinfässer bereit, und ihr berauschender Geruch mischte sich mit dem der trockenen Binsen auf dem Boden, die ein Parfüm von Schwertlilien und Narden verströmten, wenn die Füße der Männer auf sie traten. Auf langen Tischen dampften Platten mit warmem Brot, und es gab Schüsseln mit Butter, Honig und Käse, Opfergaben für den Ensi, die seine Gefolgschaft heute mit ihm teilen durfte. Die Musikanten hatten sich hinter dem Doppelthron von Gilgamesch und Enkidu aufgestellt und begannen, als die beiden eintraten, mit ihrem Lobgesang.

»Heil dir, Gilgamesch, ein Held schon im Mutterleib!
Heil dir, Enkidu, ein mächtiger Mann seit deiner Geburt!
Hirten und Hüter des schwarzköpfigen Volkes,
Sohn der Ninsun, Utus Löwe mit gähnendem Rachen ...«

Gilgamesch führte seinen Geliebten zu seinem Thron, nahm ihm den Helm ab und ließ sich von Enatarzi die vielhornige Krone des Ensi reichen, um sie Enkidu aufzusetzen. Man füllte ihre goldenen Becher mit Dattelwein und schob ihnen Brot und Honig in den Mund, während die Krieger sie mit ihren Glückwünschen umdrängten.
Die Feier dauerte bis spät in die Nacht. Gilgameschs Köche hatten

den Himmelsstier mit Senfkörnern und Honig gebraten, und sein Fleisch war überraschend zart, noch blutig und so würzig, daß alle schworen, nie etwas Besseres gegessen zu haben. Leere Fässer wechselten mit vollen, bis einige der jungen Männer nach Hause taumelten, während andere auf den Liegen einschliefen, die man in der Halle aufgestellt hatte. Zuletzt begaben sich auch Gilgamesch und Enkidu in ihr Zimmer, wo sie sich in trunkenem Genuß umarmten und auf dem Bett wälzten, während sie einander die Kleider auszogen. Enkidus Mund war warm und süß und schmeckte noch nach dem Stierfleisch und dem Dattelwein. Seine sanfte Berührung und sein zärtliches Flüstern bereiteten Gilgamesch höchste Lust. Schließlich schliefen sie engumschlungen unter der dünnen Leinendecke ein.

6

Ganz plötzlich war es Enkidu, als stehe er in einer großen Halle voller Säulen, ähnlich dem Heiligtum der Inanna, nur daß die Säulen aus lebendigen Zedern bestanden, besetzt mit Kegeln aus Gold, Lapislazuli und Karneol, und das Licht, das vom Dach herabfiel, war so hell, daß es ihn blendete. Ihm war kalt wie nie zuvor, die Knochen zitterten in seinem Fleisch, und seine Arme und Beine waren starr vor Furcht, als stünde er wieder vor dem Tor, das Huwawas Glanz bewachte. Vor ihm, hoch auf einem Sockel aus schimmerndem weißem Stein, standen vier Throne, und die Männer, die darauf saßen, waren von vielfacher Menschengröße. Ihre Gesichter waren im grellen Licht, das von ihren hohen Hornkronen ausging, nicht zu erkennen.
Einer trug ein Gewand von der blauschwarzen Farbe des Nachthimmels, und ferne Sterne glommen in seinen Falten. Aus den Ärmeln des zweiten strömten Flüsse von frischem Wasser mit kleinen Fischen darin. Der donnergraue Mantel des dritten blähte sich, als würde ein Sturm darin toben. Von den Schultern des vierten gingen goldene Strahlen aus, und er hielt eine Gartensäge in der rechten

Hand. Voller Verwirrung und Ehrfurcht starrte Enkidu sie an. Nach und nach fielen ihm ihre Namen ein: An, Enki, Enlil und Utu, vier der größten Götter in der Halle des Himmels.
»Wo ist Inanna?« dachte er verwundert. »Sollte sie nicht unter ihnen sein? Und dann, warum bin ich hier? Warum haben sie mich gerufen?«
Doch die Götter schauten ihn weder an, noch sprachen sie zu ihm. Ihre schrecklichen Blicke waren nur aufeinander gerichtet, und neben ihnen fühlte sich Enkidu körperlos und schattenhaft wie ein Nebelschwaden, der in der Morgensonne über einem Wasserloch aufsteigt. Als sie zu sprechen begannen, hallten ihre Stimmen durch ihn hindurch und schüttelten ihn, daß er glaubte, in Stücke gerissen zu werden, aber er war unfähig, sie zu bitten aufzuhören oder mit erhobener Hand um Gnade zu flehen.
WEIL SIE DEN HIMMELSSTIER GETÖTET HABEN, sagte An in seinem Sternenkleid, UND HUWAWA ERSCHLAGEN HABEN, DESHALB MUSS DER, DER DEM BERG SEINE ZEDERN GERAUBT HAT, STERBEN.
Enkidu wollte aufschreien, aber kein Ton kam über seine Lippen. Wenn die Götter Gilgameschs Tod forderten ... Er konnte nicht weiterdenken, sich nicht vorstellen, was dann aus Erech und ihm werden sollte.
Jetzt erhob Enlil seinen Arm. Sein Sturmmantel wehte. Seine Worte klangen wie das Brüllen eines Stiers in der Ebene, das Brüllen, das Enkidu im Heiligtum von Nippur gehört hatte, doch nun als Worte aus einer menschlichen Kehle.
LASST ENKIDU STERBEN, erwiderte er. GILGAMESCH ABER SOLL NICHT STERBEN.
Da erhob sich Utu und trat vor Enlil, und sein Licht fiel wie ein Regenbogen auf die sturmgepeitschte Finsternis des anderen Gottes. Seine Stimme war hell und klar wie eine Trompete, und nach der Kälte von Ans und Enlils Worten verbreitete sie eine unerwartete Wärme.
GESCHAH ES NICHT AUF MEINEN BEFEHL, DASS SIE DEN HIMMELSSTIER UND HUWAWA ERSCHLUGEN? wandte er ein. Hätte Enkidu sich bewegen können, wäre er vor ihm auf die Knie gefallen. Inannas Bru-

der, ihr Beschützer in der Wildnis, hielt noch immer, wie Enkidu sehen konnte, das Herz des Himmelsstiers in seiner linken Hand. Der Anblick erfüllte Enkidu mit plötzlicher Hoffnung, selbst als Utu fortfuhr: SOLL JETZT DER UNSCHULDIGE ENKIDU STERBEN?
Aber zornig fuhr Enlil den Sonnengott an, und die Wolken seines Gewandes schwollen an und strömten von ihm fort, als risse der Wind seiner Wut sie von innen her in Fetzen, und sie verdunkelten Utus hellen Schein.
AUCH WENN DU DIE GANZE ZEIT IHR GEFÄHRTE WARST, BEFREIT SIE DAS NICHT VON IHRER SCHULD. DU KANNST SIE NICHT VOR DEM BEWAHREN, WAS WIR HIER BESCHLIESSEN, NOCH WIRD INANNA SIE BESCHÜTZEN.
Dann, so schien es Enkidu, wurde er plötzlich fortgerissen und fiel durch ein großes schwarzes Loch. Er schrie auf, und obwohl er seine eigene Stimme nicht hören konnte, weckte ihn sein Schrei. Er saß kerzengerade im schweißdurchtränkten Bett, Gilgamesch neben sich.
»Enkidu?« rief Gilgamesch erschrocken. »Enkidu, was fehlt dir?«
Die Hand seines Geliebten auf Enkidus Stirn fühlte sich angenehm kühl an und vertrieb die Übelkeit, die in heißen Wellen durch seinen Körper lief. Ihm war schwindlig. Das triefendnasse Leintuch roch nach Krankheit. Enkidu riß es vom Bett und warf es weg. Die Bewegung strengte ihn so sehr an, daß er sich wieder hinlegen mußte.
»Mein Geliebter«, sagte er matt, »warum sitzen die großen Götter zu Rate? Ich habe geträumt ...«
Langsam, so als ob er die Worte mühselig hervorwürgen müßte, erzählte er Gilgamesch von seinem Traum.
Gilgamesch hörte entsetzt zu. Er konnte es nicht glauben. Aber Enkidus Gesicht war weiß und feucht wie lange eingeweichtes Leinen, und seine Haut brannte unter Gilgameschs Hand wie glühende Bronze.
»Mein Bruder, mein lieber Bruder«, keuchte Gilgamesch, »warum sollten sie mich auf Kosten meines Bruders von meiner Schuld freisprechen?«
»Und muß ich jetzt ein Geist werden?« fragte Enkidu fiebrig. »Bei

den Geistern der Toten sitzen und meinen lieben Bruder niemals wiedersehen?«
Gilgamesch legte sich neben ihn und umarmte ihn. Sein Körper war tröstlich und kühl. »Mein Geliebter, warum hat dir dein Herz so merkwürdige Dinge eingegeben, einen Wahrtraum, so voller Furcht? Deine Glieder sind so starr, als hätte ein Gott sie berührt. Ich fürchte, es war wirklich ein Wahrtraum. Den Lebenden bringt er Trauer, er läßt sie wehklagen. Ich werde zu den mächtigen Göttern beten, ich werde deinen Gott suchen und ihn anflehen. Ich werde zum Vater der Götter gehen, zu Enlil will ich gehen und für dich bitten. Ich werde dir eine Statue aus Gold von unermeßlichem Wert errichten ...«
Er verstummte. Er hatte Angst gehabt, Enkidu in der Schlacht zu verlieren, wie Krieger immer um ihre Freunde fürchten, doch die Worte, die sie jetzt sprachen, waren anders als vor einem Kampf, bei dem man die Todesfurcht verdrängen konnte, indem man die Rüstung anlegte, Axt und Schwert schwang und sich daran erinnerte, wie stark sie waren. Was aber konnte Gilgamesch gegen die Krankheit ausrichten, die den Leib seines Geliebten gepackt hielt, außer nach Enatarzi zu rufen, damit er neue Laken und kaltes Wasser brächte, um Enkidu zuzudecken und die schlimmsten Auswirkungen des Fiebers zu lindern?
»Und schicke zu dem En«, trug Gilgamesch dem Eunuchen auf, nachdem dieser das Lager frisch bezogen hatte. »Sag ihm, er möge seine sämtlichen medizinischen Gerätschaften mitbringen, denn Erech bedarf seiner Heilkunst wie niemals zuvor.«
Es dauerte nicht lange, bis der En erschien, begleitet von drei seiner gestreiften Katzen, die um seine Füße strichen. Als er Enkidu, der jetzt mit einem feuchten Tuch auf der Stirn dalag, sah, verfinsterte sich seine Miene.
»Hast du an einer bestimmten Stelle Schmerzen?« fragte er.
»Mein ganzer Körper tut mir weh«, antwortete Enkidu. Die sanfte, verstörte Stimme zerriß Gilgamesch das Herz. Er hatte Enkidu schon ängstlich erlebt, doch niemals so niedergeschlagen.
Der En beugte sich herab und untersuchte behutsam Enkidus Körper unter dem dünnen Laken. Enkidu stöhnte leise und versuchte auszu-

weichen. Ein paarmal hob er sogar die Hand, als wollte er ihn bitten aufzuhören. »Wo immer du mich berührst, tut es weh«, murmelte Enkidu, »und der Schmerz ist überall gleich stark.«
Schließlich richtete sich der En auf. »Ich kann nicht feststellen, daß irgendeines seiner Organe beeinträchtigt ist«, erklärte er. »Ein Umschlag wird vorläufig wenig Sinn haben. Laß heißes Wasser bringen; ich werde ihm einen Kräutertee zubereiten, der vielleicht das Fieber senkt.«
Gilgamesch ergriff den Ellenbogen des alten Mannes. Zerbrechlich wie Stöckchen lagen die Knochen in seiner Hand. »Was hat er?« wollte er wissen. »Was fehlt ihm, und wie kannst du ihn heilen?«
Der En schüttelte den Kopf. »Ich weiß es nicht, außer daß er Fieber und starke Schmerzen hat. Halte ihn kühl und mach es ihm bequem, so gut du kannst.«
Der alte Priester braute seinen Kräutertee, indem er trockene Blätter, Samen und einen Löffel voll stark riechender, zerstampfter Wurzeln in kochendes Wasser warf. Während die Kräuter darin schwammen, murmelte er über dem dickwandigen Tongefäß Worte, die Gilgamesch nicht kannte, vielleicht in der Sprache des Schwarzen Landes. Eine der Katzen sprang auf das Bett, roch an Enkidus Gesicht und stieß einen klagenden Schrei aus, in den die anderen beiden auf dem Fußboden einstimmten.
»Sie spüren ...«, flüsterte Enkidu, sprach aber nicht weiter. Um Gilgameschs Herz legte sich eine kalte Schlange der Furcht. Er wußte, was Enkidu dachte: Die Katzen spürten die Wahrheit des entsetzlichen Traums.
Als der En fertig war, verschloß er das Tongefäß und reichte es Gilgamesch. »Zwei Löffel davon jetzt und wann immer das Fieber steigt. Ruf mich, wenn sich sein Zustand ändert.«
Beim Geschmack der Medizin rümpfte Enkidu die Nase, als wolle er das Gebräu wieder ausspucken, aber dann würgte er es hinunter, und Gilgamesch reichte ihm einen Becher Wasser, um den schlechten Geschmack fortzuspülen. Enkidu hustete und schluckte, und Gilgamesch sah, wie seine bleichen Wangen wieder einen Hauch von Farbe bekamen.

»Hätte ich gestern gewußt, daß so etwas geschehen würde ...«
»Wären wir dann nicht gegen den Himmelsstier ausgezogen?« fragte Gilgamesch. »Ich hätte allein gegen ihn gekämpft, oder Erech weiter unter seinem Atem vergehen lassen, wenn es um deinetwillen nötig gewesen wäre.«
Enkidu schüttelte den Kopf, und Gilgamesch sah, daß sogar die Berührung seines zerwühlten Haars mit dem Kissen ihm Schmerzen bereitete. »Nein. Es ist nur, daß es Dinge gibt, die ich hätte tun können, Angelegenheiten, um die ich mich hätte kümmern müssen. Ich hätte für kurze Zeit das Fest gestern abend verlassen, mit Sululi sprechen und mit Ur-Lugal spielen sollen. Ich hätte das Haus von Gunidu aufsuchen und ihn, Akalla und Inaschagga begrüßen müssen. Ich hatte immer vor, ihnen Geschenke zu bringen, weil sie mich so lange beherbergt haben. Aber es gab immer so viel anderes zu tun, daß ich die Zeit dazu nicht fand. Doch ich bin froh, daß wir zusammen waren. Es wäre unerträglich, wenn es diese letzte Nacht des Glücks nicht gegeben hätte.«
»Es wird noch viele solche Nächte geben«, sagte Gilgamesch verzweifelt. »Du wirst dich erholen und alle Zeit der Welt für deine Frau, dein Kind und mich haben.« Er begann Enkidu von seinen Zukunftsplänen zu erzählen. Er würde ein Haus bauen lassen, in dem er, Enkidu, Sululi und Ur-Lugal zusammen wohnen könnten. Enkidu konnte selbst Auswahl und Ausführung der Bilderfriese überwachen, denn Gilgamesch wußte, wie solche Handwerkskunst ihn erfreute. Er sprach von anderen Kindern, die in der Geborgenheit der Eanna zu ihren Füßen spielen würden, von der Jagd auf die wilden Eber, die immer häufiger und bedrohlicher in den Sumpfgebieten auftraten, von den Festen des nächsten Jahres mit ihrer Musik und den prächtigen Umzügen. Es würde viel zu tun geben für sie.
Schließlich wurde Enkidus Atem ruhiger, und er schlief ein. Aber selbst im Schlaf kam er nicht zur Ruhe, warf sich immer wieder herum, bis er nach einiger Zeit leise zu schnarchen anfing.
Gilgamesch beobachtete ihn eine Weile und verließ dann den Raum. Er ging, um eines der Schafe der Eanna zu fordern, was leicht genug war, denn eine Herde war bereits vor dem Gipar eingepfercht, um

dort geschlachtet zu werden. Die Schafe waren dünn, und die verfilzte Wolle hing in Fetzen von ihren Flanken, doch er suchte sich den besten Widder aus und führte ihn in den Tempel des An.
»Ich will dieses Tier opfern«, sagte er barsch zu dem bleichen Priester, der ihn am Eingang begrüßte. »Hol mir, was ich dazu brauche und geh dann. Ich möchte allein sein.«
Mit dem warmen Blut des Schafs an seinen Händen kniete der Ensi nieder und starrte auf die übereinandergeschichteten Hörnerpaare, die die hohe Krone auf dem Altar schmückten. Die Handwerker des Heiligtums gefielen sich darin, die Götter so genau wie möglich darzustellen und dem feingemeißelten Stein oder dem Holz den Ausdruck göttlicher Macht zu verleihen, damit die Menschen in Ehrfurcht zu ihnen aufblicken konnten. Doch für diese schlichte Kunst war An zu erhaben und zu fern. Die meisten Menschen glaubten, daß man seine Macht nur am Himmelsgewölbe selbst sehen konnte und sie so hoch über ihnen stand, daß sie für Sterbliche weder zu begreifen noch zu ergründen war. Jetzt aber spürte Gilgamesch, wie sein Groll sich Bahn brach, herausdrängte, heiß und dampfend wie das Blut aus der Kehle des Widders.
»Du hast es getan!« schrie er. »Du hast den Himmelsstier geschaffen, seine mächtigen Sehnen und die brennende Hitze sind allein dein Werk. Warum hast du dich nicht an deinen Entschluß gehalten, mich sterben zu lassen und Enkidu zu verschonen?«
Niemand antwortete. Um Gilgamesch war nur die Stille des Heiligtums und die beiden Flammen, die ruhig zu beiden Seiten des gekrönten Altars brannten. War er zu gering für eine Antwort, oder war, wie er fürchtete, die Antwort schon gesprochen – die Worte, die kein Mensch auslöschen konnte, tief in die Tafeln des Schicksals eingeritzt, die Enlil in seinen Händen hielt und vorlas?
Nach einiger Zeit erhob sich Gilgamesch und verließ den Schrein. Ans Priester und Priesterinnen würden sich um den Körper des Opfertiers kümmern. Als nächstes ließ er sich einen Stier mit weißem Fell und hohen Hörnern kommen. Vier Männer führten ihn in Enlils Heiligtum.
Der Tempel ähnelte dem in Nippur, war jedoch nicht halb so groß.

Enlils Statue thronte einsam auf ihrem Sockel, und die Duftstoffe, die verbrannt wurden, waren weniger wertvoll und stark. Da er den Stier nicht allein opfern konnte, wagte Gilgamesch nicht, seine Gebete laut zu sprechen, doch als er den schweren Hammer hob und mit aller Macht zwischen die Hörner des Stiers schlug, um das große Tier zu betäuben, bebte sein Arm vor Wut. Als er ihm dann den Genickstoß versetzte und schließlich den Kopf mit einem einzigen Schlag vom Rumpf trennte, wie er es bei dem Himmelsstier getan hatte, entrang sich ihm ein stummer Aufschrei.
*Enlil, alle Menschen müssen sterben, aber warum jetzt, warum so? Du hast meinen Tod beschlossen – war das nicht genug für dich? Gewähre uns Aufschub, damit wir uns unseres Lebens noch freuen können.*
Aber der Stier am Boden vor Gilgamesch war nur ein langsam erkaltendes Stück Fleisch, so als ob er ihn für einen der Metzgerläden in der Stadt geschlachtet hätte anstatt im Heiligtum eines Gottes. Sein Blut war weder Opfer noch ein Gebet, sondern nur eine unappetitliche Masse, die dunkel an seinem Bronzeschwert klebte, den Boden befleckte und schon begann, die Fliegen anzuziehen. Er reinigte die Klinge und steckte sie in die Scheide, dann ging er zurück zur Eanna.
Die Sorge um Enkidu beschleunigte seine Schritte, und doch merkte er, daß er nicht zu seinen Gemächern eilte, ganz als wolle er es vermeiden, die stille Gestalt seines Geliebten in dessen Schmerzensschlaf zu sehen. »Das muß ich für ihn tun«, überlegte Gilgamesch, wie um damit das schmerzliche Schuldgefühl zu lindern, das ihn quälte. »Das wird ihn freuen.«
Sululi saß bei den Weberinnen wie jeden Tag und half ihnen, soweit ihre Hände nicht mit dem eigenen Webstuhl beschäftigt waren. Die Frau des Jägers saß auf dem Boden und sah zu, wobei das Neugeborene an ihrer Brust der Grund dafür war, daß sie nicht selbst arbeitete.
»Komm mit mir«, forderte Gilgamesch Sululi auf.
Das Blut wich aus ihrem Gesicht, und ihre Wangen wurden fahl und bleich wie gelber Ton. »Was ist geschehen?« fragte sie leise. »Ein Unglück?«

»Komm mit«, wiederholte Gilgamesch, und sie folgte ihm stumm ins Freie.

»Ist etwas mit Enkidu?« fragte sie dann. An dem angstvollen Flehen in ihrer Stimme erkannte Gilgamesch das Mädchen wieder, das sie in ihrer Hochzeitsnacht gewesen war. Unwillkürlich mußte er an die Schmerzen denken, die er ihr zugefügt hatte, und nur mühsam brachte er die Worte über die Lippen.

»Er ist krank, sehr krank, doch ich hoffe, daß er sich erholt. Aber er hat von dir gesprochen, und ich glaube, daß er sich freuen würde, wenn du bei ihm wärst. Hol dir, was du brauchst, bring Ur-Lugal mit, und komm dann in meine Gemächer. Ich wage nicht, ihn an einen anderen Ort zu verlegen, darum mußt du bei uns bleiben.«

»Ich werde kommen, ach, wie gern komme ich, denn ich würde alles für Enkidu tun. Nur ... wie lange, glaubst du, wird es dauern? Hat der En ihn schon untersucht oder ein anderer Arzt?«

»Der En hat ihn untersucht. Er weiß nicht, was es ist.«

»Ich werde kommen«, wiederholte Sululi. »Sag ihm, daß wir kommen.«

Gilgamesch schaute ihr nach, als sie ging. Sie hielt den schlanken Rücken so gerade, als trüge sie einen Korb mit schweren Ziegeln auf ihren dicken schwarzen Flechten. Dann hörte er die Rufe und drehte sich um. So schnell er konnte, rannte er los, und jeder Schritt pumpte das Blut durch seine Adern wie sengendes Gift.

»Ein Löwe!« schrie jemand. »Ein wilder Löwe in der Eanna! Holt Gilgamesch, es ist allein das Recht des Ensi ...«

»Den Löwen zu töten«, dachte Gilgamesch, doch er lenkte seine Schritte zuerst in sein Zimmer, um nachzusehen, ob es Enkidu gut ginge. »Wenn er gestorben ist, so ganz allein ...«

Aber als er zu ihm kam, lebte Enkidu noch, auch wenn sein Atem nur noch ein heiseres Röcheln war. Und neben ihm lag der Löwe, sein alter Freund aus der Wildnis. Die Streifenmarkierung auf seiner Stirn bewies, daß es dasselbe Tier war, das sie nach der Jagd zurück nach Erech begleitet hatte.

Enkidu öffnete die Augen und wollte den Löwen streicheln. Sein Arm fiel herunter, die Hand lag schlaff auf dem goldenen Fell.

»Wie seltsam«, sagte er unsicher. »Löwen verlassen ihre Kranken, damit sie entweder überleben oder allein sterben. Im Rudel ist kein Platz für sie.«
»Aber er liebt dich«, erwiderte Gilgamesch. »Wie wir alle. Ruhe dich aus, mein Geliebter. Sululi kommt und bringt unser Kind mit. Wir lassen dich nicht allein.«
Er beugte sich über Enkidu und küßte seine Lippen, die schon rissig vom Fieber waren, wie Schlamm in der brennenden Sonne. Der Löwe gab einen leisen Laut von sich, kein Grollen, mehr ein tiefes Schnurren der Begrüßung. Gilgamesch nahm das warm gewordene Tuch von Enkidus Stirn, tauchte es in die Wasserschüssel und legte es ihm wieder auf.
»Ruhe dich aus«, sagte er wieder. »Ruhe dich aus, denn du mußt gesund werden.«


7


Doch auch am nächsten Tag ging es Enkidu nicht besser. Der Trank des En konnte das Fieber nicht senken, so oft ihm Gilgamesch und Sululi die Flüssigkeit auch löffelweise eingaben. Er konnte seine Beine nicht bewegen und sagte, er empfinde ein schmerzhaftes Stechen in Fingern und Zehen, als kröche er über Dornen. Gilgamesch schlug die Bettdecke zurück, nahm Enkidus Hände und streichelte sie zärtlich. Es schienen dieselben kräftigen Hände zu sein, die so machtvoll Schwert und Streitaxt geschwungen und mit Lust und Freude die Zügel des Streitwagens geführt hatten, mit den stumpfen Fingernägeln, den Schwielen und den kleinen goldenen Locken auf den Handrücken. Es waren dieselben Hände, die ihn liebkost hatten und deren verhaltene Kraft zum sanften Tätscheln einer weichen Tatze geworden war. Aber er sah den Schmerz von den Stichen der unsichtbaren kleinen Dornen in Enkidus Gesicht, und er schien ihm noch schlimmer, weil an Händen und Füßen weder Wunden noch Krankheitsmale sichtbar waren.
Wütend, vor allem aber voller Angst, schickte Gilgamesch nach den

besten Ärzten von Erech und versprach ihnen Gold, wenn sie Enkidu heilten. Einer nach dem anderen kam, gekleidet in seine prächtigen Gewänder, mit geschorenem Kopf oder in üppiger Lockenpracht. Jeder sah mit unruhigen Blicken auf den schlafenden Löwen am Fuß des Bettes und betastete Enkidus Körper, bis der Kranke stöhnte und sich abwenden wollte. Aber Gilgamesch blieb hart, die Ärzte mußten ihn untersuchen, denn vielleicht konnten sie helfen, wo der En versagt hatte.

*Hat er versagt, weil er es so wollte?* Dieser bohrende Gedanke quälte Gilgamesch, während er im Gang darauf wartete, daß ein weiterer Heiler seine Untersuchung von Enkidu abschloß. Was war, wenn die Götter zu dem En gesprochen hatten, oder noch schlimmer, wenn die Eanna selbst beschlossen hatte, daß Enkidu sterben mußte, damit es nichts mehr gab, das Gilgamesch von den stumpfsinnigen Pflichten und schweren Bürden seines Amtes als Ensi ablenkte, und keine Liebe ihn dazu brachte, sich von Inannas trügerischen Versprechungen abzuwenden und auf ein glückliches Leben zu hoffen, wie es jedem einfachen Menschen beschieden sein kann?

»Sie werden nicht gewinnen«, sagte Gilgamesch laut und ballte die Fäuste. Obwohl der En durch die Heilkünste, die er im Schwarzen Land gelernt hatte, der berühmteste Arzt in Erech war, gab es doch andere, die fast ebensogut und dabei zuverlässiger waren. Sie würden Enkidus Krankheit erkennen und zu heilen wissen.

»Wovon sprichst du?« fragte Schusuen.

Gilgamesch fuhr herum und hob vor Schreck die Hand, als wollte er den Schreiber schlagen. Schusuen wich einen Schritt zurück, verbeugte sich tief, und seine Katze huschte von seinen Füßen weg, als ob sie einen schlafenden Bullenbeißer geweckt hätte.

»Das geht dich nichts an. Hast du nichts zu tun, daß du dich zu einer Zeit hier aufhältst, in der du in der Halle des Gerichts sitzen und Fälle aufzeichnen solltest?«

»Und du ...« Schusuen brach in weiser Voraussicht ab, denn Gilgamesch hätte ihn mit Sicherheit niedergeschlagen, wenn Schusuen ihm seine eigene Abwesenheit von den täglichen Geschäften der Stadt vorgeworfen hätte. »Ich habe dich gesucht, damit ich meine

Pflichten erfüllen kann.« Sein Kinn deutete auf den Stapel von Tontafeln, die er an seine Brust gedrückt hielt. »Diese hier mußt du siegeln, bevor der Ton trocken ist, damit die Befehle ausgeführt werden können.«
»Was ist es? Wieder ein Haufen Schafhirten, deren Herden in der Dürre umgekommen sind?«
»Hirten, und Händler, die um Aufschub ihrer vertraglichen Verpflichtungen bitten, die sie dieses Jahr nicht erfüllen können. Ich habe die Faulen und Habgierigen schon aussortiert; dies hier sind die nachweislich begründeten Anträge, denen man stattgeben sollte. Du mußt nur dein Siegel darüberrollen, dann verlasse ich dich wieder.«
In diesem Augenblick trat der letzte Arzt aus der Tür und wischte sich mit einem feinen, bestickten Leintuch die dicken Finger von etwas Klebrigem sauber. Er beugte kurz das Knie und richtete dann seinen kleinen, beleibten Körper unter einigen Schwierigkeiten wieder auf.
»Ensi, erhabener Herrscher von Erech, ich habe den Patienten gründlich untersucht. Meiner Ansicht nach liegt die Ursache der Krankheit in seiner Leber, die ich mit Öl und gemahlenem Schildkrötenpanzer eingerieben habe. Ich habe außerdem eine Medizin aus Bier und zerstoßenen Perlen, Gurkensamen und Thymian, vermischt mit Öl aus Flußteer, hergestellt, die er zweimal pro Tag zu sich nehmen soll. Doch sein Zustand ist bedenklich, und die Genesung wird lange dauern.«
»Hab Dank für deine Dienste«, sagte Gilgamesch kühl. Der Arzt verbeugte sich und eilte davon, wobei der Lederbeutel mit seinen Gerätschaften und Arzneimitteln auf seiner Schulter schwankte. Gilgamesch wollte gerade zurück ins Zimmer gehen, als Schusuen leise hüstelte.
»Gilgamesch, dein Siegel.«
Von plötzlicher, unerklärlicher Wut erfüllt, fuhr Gilgamesch herum und schrie den Schreiber an: »Wie kannst du es wagen, mich jetzt mit diesen Nichtigkeiten zu belästigen!« Er griff in seinen Gürtelbeutel, riß den kleinen Zylinder aus geschnittenem Lapislazuli heraus und schleuderte ihn Schusuen ins Gesicht. Aber das Ziel war so nah, daß er zu kräftig ausgeholt hatte und den Schreiber verfehlte. Das Siegel

schlug über Schusuens Kopf gegen die Wand, prallte ab und rollte scheppernd über den Flur, bis Schusuens Kater aus dem Schatten heraussprang und sich darauf stürzte. Der Schreiber rannte hin, um es aufzuheben, Gilgamesch drehte ihm den Rücken und ging zu Enkidu.
Die Luft in dem Zimmer war so stickig, daß Gilgamesch kaum atmen konnte. Um den Gestank von Enkidus Krankheit und den Moschusgeruch des Löwen zu überdecken, hatten zwei der Ärzte wohlriechende Kräuter verbrannt, deren schwere Süße die scharfen Gerüche von Teer und glühenden Wurzeln, Harz und zerquetschten Samenkörnern verdrängte. An zwei Wänden standen Tontöpfe aufgereiht, und vor jedem lag eine kleine Tafel, auf der die Gebrauchsanweisung verzeichnet war. Das Schlafzimmer sah aus wie der Lagerraum eines Arztes für seine sämtlichen Arzneien. Enkidus Oberkörper und Bauch, seine Arme und Beine waren in weiße Verbände gehüllt, und auf jedem sah man die Flecken einer anderen Salbe. Schweißperlen zeichneten sich deutlich auf seiner bleichen Stirn ab, und er rang mit verzerrtem Gesicht nach Luft. Plötzlich drehte er den Kopf zur Seite und spie einen dünnen schwärzlichen Strahl aus, der über die Bettücher und den Boden spritzte.
Gilgamesch hielt ihm den Kopf, bis es vorbei war, dann wischte er das Erbrochene von seinen Lippen und küßte ihn. Enkidus Mund schmeckte bitter von den Heilmitteln, die man ihm eingeflößt hatte, sein Atem roch faulig nach Krankheit, aber Gilgamesch achtete nicht darauf.
»Geht es dir ein wenig besser?« fragte er besorgt. »Helfen die Umschläge?«
»Sie brennen auf der Haut. Ich weiß nicht, ob das gut oder schlecht ist.«
»Es muß gut sein. Ich habe gehört, daß es die Heilkraft der Arzneien ist, die die Hitze verursacht.«
»Aber ...« Enkidu griff mit der verbundenen Hand schwach nach Gilgameschs Handgelenk. »Keine Tränke mehr. Sie schmecken widerlich und drehen mir den Magen um, und danach fühle ich mich schwindliger und kränker als vorher.«

Gilgamesch strich ihm das schweißnasse Haar aus der Stirn. »Oft schmeckt eine Medizin nicht, aber sie hilft. Sululi ist auf den Markt gegangen, um frisches Obst zu holen, damit du deine Kehle kühlen kannst und etwas zu dir nimmst; wenn du gegessen hast, wird es dir leichter fallen, deine Medizin bei dir zu behalten. Und das mußt du tun, mein Geliebter, denn du mußt leben.«


8


Nachdem Schusuen die Tafeln gesiegelt und weitergeleitet hatte, begab er sich wieder in die Gemächer des En. Der alte Mann war gerade dabei, in einem Mörser sorgfältig eine Mischung aus frischen und getrockneten Kräutern zu zerstoßen. Über dem kleinen Feuer in seinem Zimmer brodelte ein Topf mit Wasser, und zwei dünne Streifen des wertvollen Papyrus aus dem Schwarzen Land lagen auf dem Tisch. Die rote Tinte der sorgfältig darauf ausgeführten Zeichnungen trocknete langsam. Basthotep beschnüffelte die anderen Katzen und fing dann an, um eine davon herumzustreichen, wobei er leise grollte.
»Wenn ich mich nicht täusche, wird es hier gleich einen Kampf geben«, meinte der En. »Meine kleine Löwin Nefereremkhet wird bald rollig sein, und die Kater haben schon darum gestritten, wer sie begatten darf, obwohl die Dame selbst sich noch nicht entschieden hat.«
Schusuen bückte sich, um seinen Kater aufzuheben, doch Basthotep entwischte ihm und floh unter das Bett.
»Aber du bist nicht gekommen, um Katzen zu züchten, Urenkel. Aus deinem Gesichtsausdruck schließe ich, daß du bei Gilgamesch und Enkidu warst.«
»Das war ich«, gab Schusuen zu. »Und die Dinge stehen nicht gut.«
»Nein. Enkidu liegt im Sterben.«
Schusuen starrte den alten Mann an, entsetzt über dessen scho-

nungslose Feststellung. »Er ist krank«, stammelte Schusuen. »Gilgamesch hat die Ärzte kommen lassen.«
»Und die haben über Enkidu gemurmelt, ihm Umschläge gemacht und ihm Arzneien eingeflößt, und können, wenn sie ehrlich sind, trotzdem nicht sagen, was ihm fehlt.«
»Ich habe nur den letzten gehört, der seine Leber für krank hielt. Aber ich glaube, du hast recht.«
»Ich bereite gerade eine Medizin, die ihm vielleicht ein wenig Erleichterung bringt. Das ist alles, was wir jetzt für Enkidu tun können: ihn zu trösten und seine Schmerzen zu lindern, so gut es möglich ist. Hast du ihn gesehen?«
»Ich ... nein. Nein, ich habe nicht gewagt, Gilgamesch zu bitten, mich zu ihm zu lassen.« Vor Schusuens geistigem Auge erschienen plötzlich die Bilder anderer Todkranker: Seine Mutter, die sich vor Schmerzen herumwarf und zuckte, als das Krebsgeschwür, das sich in ihrem Bauch eingenistet hatte, sie bei lebendigem Leib auffraß; die jungen Soldaten, die er nach dem Krieg gepflegt hatte, mit ihren entzündeten, grün geschwollenen Wunden, nach Wasser stöhnend; ein alter Priester der Eanna, der an Lungenfieber starb, mit Augen, so klar wie zwei Wassertropfen im Sonnenschein; sein Atem rasselte wie ein loses Wagenrad, und er kämpfte um jeden Atemzug. Diese Bilder paßten nicht zu den anderen, die er im Herzen trug: Enkidu, wie er groß und golden auf Gilgameschs Streitwagen stand, oder sich mit staunenden grünen Augen gebannt über Schusuens Schulter beugte, wenn dieser schrieb, wobei die Nähe seines starken Körpers so überwältigend und zugleich beruhigend war wie eine mächtige, sonnenwarme Sandsteinsäule. Er wollte den Löwenmann nicht auf dem Krankenbett sehen, sein freundliches Lächeln zu einer Grimasse der Qual verzogen, die starken Glieder schlaff von der Krankheit, die in ihm wütete. Schon seit der Mondfinsternis hatte Schusuen heimlich um Gilgamesch getrauert, und sich für das gewappnet, was kommen mußte; und als Gilgamesch und Enkidu gegen den Himmelsstier zu Felde zogen, hatte er sich dagegen gestählt, das Blut des Ensi in den trockenen Spalten der Ebene versickern zu sehen. Doch das hier war ein neuer Schmerz, der ihn durchfuhr, wie die Schneide

eines Messers durch eine frisch vernarbte Wunde gleitet, während er noch unter der doppelten Wucht des Schicksals taumelte: *Enkidu stirbt und nicht Gilgamesch.*
»Es gibt keinen Zweifel«, sagte der En und legte die Hand auf Schusuens Schulter. Selbst in der Wärme des Zimmers waren die Finger des alten Mannes trocken und kalt, und Schusuen merkte, daß der En in den letzten Monaten noch zerbrechlicher geworden war. »Ich habe meinen Anteil am Tod gehabt. Bis auf den Priester Menhotep im Schwarzen Land lebt keiner meiner Jugendfreunde mehr, und auch er hat meinen letzten Brief noch nicht beantwortet. Es gibt auch immer weniger Reisende, die dorthin gehen, doch wenn er tot wäre, würde ich es erfahren. Aber die anderen ... Kriege, Krankheiten und Alter haben ihren Zoll gefordert, und nur ich bin übriggeblieben. Doch so geht es allen Menschen, und oft sind es gerade die scheinbar Stärksten, die zuerst sterben, während die, die in der Kindheit kränklich und ein Leben lang schwach sind, so lange leben, daß sie noch ihre Urenkel erblicken. Die Tafeln des Schicksals geben selten klare Auskunft über das Schicksal eines einzelnen Menschen, und die Kraft zu laufen, zu kämpfen oder Gewichte zu heben ist nicht immer die gleiche, die ein langes Leben gewährleistet. Und doch ...«
»Und doch?«
»Müssen wir um Enkidu trauen, aber auch den Göttern danken, daß der Fluch nicht, wie wir zuerst dachten, Gilgamesch traf.«
»Du scheinst erleichtert«, warf ihm Schusuen vor. Doch als er es aussprach, begriff er entsetzt: *Ich auch.*
Ein jüngerer Mann wäre vielleicht zusammengezuckt, doch der En blinzelte noch nicht einmal mit den faltigen Augenlidern.
»Ja, ich bin erleichtert«, bemerkte er gelassen. »Das Chaos wird nicht über Erech hereinbrechen. Die Stadt wird sich von den Schlägen erholen, die auf sie niedergegangen sind. Enkidu hat uns Freude gebracht, aber nicht, wie wir hofften, Gilgameschs Übermut besänftigt. Statt dessen forderte er den Ensi zu einer verrückten Tat nach der anderen heraus, nicht absichtlich, denn sein Rat war weit vernünftiger als Gilgameschs, sondern durch seine bloße Anwesenheit,

aber das Ergebnis war das gleiche. Erech wird ohne Enkidu ruhiger und trauriger werden, doch nur in der Ruhe kann es neue Kraft finden, und wir wollen hoffen, daß auch Gilgamesch ruhiger wird.«
Schusuen war immer noch entsetzt, wie gleichmütig der En von Enkidus Tod sprach. Aber er konnte die Wahrheit seiner Worte nicht leugnen.
»So«, fuhr der alte Priester fort, »die Arznei sollte bald fertig sein. Wenn du nicht zu beschäftigt bist, tust du mir vielleicht den Gefallen und bringst sie Enkidu.«
Bevor er das tat, ließ Schusuen, der die Wut in Gilgameschs Gesicht gesehen hatte, als dieser das Siegel nach ihm schleuderte, und geglaubt hatte, sein letztes Stündlein sei gekommen, den obersten Arzt von Erech, Ur-Gula, zu sich rufen. Der Arzt kam schnell, denn er war schon einmal zu Schusuen gerufen worden, als die Lungen des Schreibers sich wie unter den Eulenkrallen eines *Lilitu*-Dämons auf seiner Brust zusammmengekrampft hatten. Der durchdringende Geruch des Umschlags, den er für Schusuen vorbereitet hatte und der von ihm aufstieg wie Weihrauchduft vom Gewand eines Priesters, schwebte ihm voran in den kleinen Raum. Sein bloßer Anblick genügte, um Schusuen das Atmen zu erleichtern. Ur-Gula war ein hochgewachsener Mann mittleren Alters, der sein kurzes Silberhaar aus der hohen Stirn gekämmt trug. Trotz der Hitze war er mit einem würdevollen, dunklen Wollmantel bekleidet, den eine kleine Silbergoldnadel mit einem Hundekopf an der Schulter zusammenhielt.
»Du hast Beschwerden«, stellte Ur-Gula beim Eintreten fest. Seine freundliche Stimme war sanft und tief. »Ich höre, daß deine Lungen verkrampft sind, und du siehst sehr blaß aus. Gut, daß du nach mir geschickt hast, bevor der Anfall schlimmer wurde.«
»Es ist nicht ...«, begann Schusuen, doch dann brachte ihn das Keuchen seiner Lungen zum Schweigen.
Ur-Gula legte dem Schreiber energisch die Hand auf die Brust und drückte ihn auf das Bett nieder. »Leg dich hin und versuche nicht zu sprechen, bevor der Umschlag ein wenig Zeit zum Wirken gehabt hat.«
Doch die Ungeduld preßte Schusuens Rippen nur noch enger zusam-

men, anstatt sie zu entspannen, und mühsam preßte er hervor: »Hör mir zu, ehrwürdiger Arzt. Ich muß dir etwas sagen.«
Ur-Gula seufzte ergeben und setzte sich auf das Bett. »Was quält dich so?«
»Du warst heute morgen bei Enkidu. Ich weiß, daß es so ist, denn Gilgamesch hat dich zweifellos vor allen anderen rufen lassen.«
Der Arzt schloß einen Augenblick die dunklen Augen, und die Furche zwischen seinen dichten, grauen Augenbrauen vertiefte sich. »Ja, ich war bei Enkidu«, antwortete er. »Ich habe ihn untersucht, so gut ich konnte, obwohl der Löwe, der bei ihm lag, jedesmal seinen Kopf gehoben und gegrollt hat, wenn meine Berührung Enkidu Schmerz bereitete. Ich weiß nicht, welche Krankheit er hat, denn ich habe dergleichen noch nie gesehen. Ich konnte nur kalte Umschläge und einen Absud, um sein Fieber zu senken, empfehlen. Mir wird angst und bange«, fügte er trocken hinzu, »wenn ich daran denke, was einige meiner Kollegen, in der Hoffnung auf mehr Erfolg, vielleicht empfohlen haben.«
»Wird er sterben?« fragte Schusuen, und ein plötzlicher, verzweifelter Hoffnungsschimmer durchzuckte ihn. *Der En kann sich irren, er ist ein alter Mann.*
»Es ist nicht Aufgabe des Arztes, jedem Beliebigen Auskunft zu erteilen«, erklärte Ur-Gula ernst. »Du, als Gilgameschs Schreiber, solltest die Tugend der Verschwiegenheit besonders hoch schätzen.«
Schusuen versuchte sich auf die Ellenbogen aufzurichten, um zu erklären, daß er es wissen mußte, weil es vielleicht vieles zu veranlassen gab, doch Ur-Gula drückte ihn wieder auf sein Bett.
»Geduld, junger Mann. Ja, ich will es dir sagen. Enkidu stirbt, und wenn nicht die Götter ihre Hand von ihm nehmen, kann niemand etwas dagegen tun.«
»Hast du das Gilgamesch gesagt?«
Der traurige Ausdruck im Gesicht des Arztes vertiefte sich. »Hättest du es gewagt?«
»Nein. Und deshalb habe ich dich gerufen ... weil ich um dich und alle deine Mitärzte fürchte. Der Ensi ist nicht mehr er selbst. Er

ist verrückt vor Angst, wie ein Elefant in einer Fallgrube, und darum...«
Der Arzt hob die starke, eckige Hand, auf der sich die Flecken seiner Heilmittel wie Abzeichen seines Berufes eingegraben hatten. »Du brauchst nichts mehr zu sagen. Ich werde mich morgen früh nach Nippur begeben und vorher noch allen Ärzten der Stadt eine Warnung zukommen lassen. Ich fürchte, es wird nicht lange dauern, bis auch Gilgamesch begreift, daß unsere Kunst seinen Freund nicht heilen kann. Doch nun zu dir«, fuhr er fort. »Es gibt keinen Grund, warum du nicht noch lange leben solltest, wenn du besser auf dich achtest. Arbeite nicht zu hart, was du offensichtlich getan hast. Vermeide alles, das dich aufregt und deinen Herzschlag allzusehr beschleunigt, und sorge dafür, daß du jede Nacht genügend Schlaf bekommst. Und wenn du merkst, daß deine Brust eng wird, mußt du sofort in dein Zimmer gehen, einen Umschlag mit einer der Salben machen, die ich dir hierlasse, und nur an angenehme Dinge denken, bis der Anfall vorüber ist. Willst du mir das versprechen?«
»Das kann ich nicht«, sagte Schusuen, als er wieder genügend Luft zum Reden bekam. »Ich muß mich um die Bücher der Stadt kümmern, und solange Gilgamesch so außer sich ist, muß ich auch auf ihn achten, damit er jetzt nichts tut, das ihm später noch mehr Kummer einbringt.«
Ur-Gula schüttelte den Kopf. »Ich habe heute morgen einen Patienten gesehen, den ich ganz sicher verlieren werde, und einen weiteren, dessen Zustand fast genauso schlecht ist, obwohl sein Körper gesund ist. Wenn du nicht besser auf dich achtest, dann wirst du so gewiß sterben, als wenn du mit jedem Atemzug die Luft aus Enkidus Lungen einatmen würdest. Ich habe dich behandelt, seit du ein Kind warst, und ich will nicht, daß meine Arbeit verschwendet wird.«
»Ich werde versuchen, auf mich aufzupassen«, antwortete Schusuen. »Aber ich kann meine Pflichten nicht um meiner Gesundheit willen vernachlässigen, so wie ein Krieger seinen Posten nicht verlassen kann, wenn sich der Feind nähert.«
»Nun, du kennst die Gefahr, die dir droht, und ich habe mein Bestes getan. Bevor ich die Stadt verlasse, will ich den En aufsuchen und

ihm sagen, wie deine Arznei zubereitet wird, obwohl er selbst anscheinend auch nicht besser auf sich achtet als du. Er hätte das Medaillon des En an Gilgamesch weitergeben sollen, als dieser zum Ensi gesalbt wurde, um sich dann selbst einen ruhigen Lebensabend zu gönnen.«
Aber darauf ging Schusuen nicht ein, denn keinen Außenstehenden ging an, was nur wenige aus dem Tempelvolk wußten, daß nämlich Gilgamesch die Würde von Inannas Gemahl, Ensi und En zugleich, wie sein Großvater und sein Vater vor ihm, verweigert und dem alten Mann damit eine Bürde auferlegt hatte, die sein alter Körper nicht länger tragen konnte. Nach kurzer Zeit erhob sich Ur-Gula mit einem Seufzer.
»Ruh dich noch ein wenig aus, dann kannst du wieder an deine Arbeit gehen. Und von ganzem Herzen, erhabener Schreiber, danke ich dir für deine Warnung, denn du hast mir so sicher das Leben gerettet, wie ich nur jemals das deine, oder das eines anderen Menschen, retten konnte.«

### 9

Enkidu ertrug die Umschläge, so gut er konnte. Gilgamesch schnitt die Melonen und den Lattich, die Sululi vom Markt brachte, sorgfältig in kleine, saftige Stücke und schob sie Enkidu zwischen die Lippen, damit der Kranke die süße Feuchtigkeit heraussaugen und so den brennenden Schmerz in seiner Kehle lindern konnte. Das machte Gilgameschs Herz ein wenig leichter, doch als er versuchte, Enkidu weitere Arzneien einzuflößen, drehte sein Geliebter entschlossen den Kopf zur Seite, und der Löwe grollte warnend.
»Hilft dir denn nichts davon?« fragte Gilgamesch. »Lassen deine Schmerzen nicht nach?«
»Nein. Und obwohl meine Beine stechen und schmerzen, kann ich sie nicht bewegen.«
»Ich werde die Wickel erneuern«, sagte Gilgamesch. »Vielleicht hilft das.«

Enkidu bewegte seinen Kopf auf dem Kissen, ein schwaches Schütteln. »Nein. Nein, bitte nicht. Ich kann den Gestank nicht ertragen. Schon jetzt dreht sich mir der Magen um. Ich weiß, daß die Ärzte es gut meinen«, fügte er mit leiser Stimme hinzu, »doch trotz all ihrer Bemühungen fühle ich mich nur schlechter.«
»Was kann ich für dich tun?«
»Wisch mir den Unrat ab – ich fühle mich wie ein Junges, das sich besudelt hat – und versuche, frische Luft hereinzubekommen. Das Atmen fällt mir immer schwerer«, flüsterte Enkidu. »Reine Luft wird mir gut tun.«
Sofort schnitt Gilgamesch die Verbände auf und wischte die öligen Salben von Enkidus Körper ab, während Sululi die Spindel fallen ließ, den gewebten Türvorhang zurückschlug und mit einem ausgebreiteten Mantel – Gilgamesch erkannte ihn mit einem Anflug von Hoffnung als den zottigen Wollmantel, den sie für Enkidu gewebt hatte, damit er ihn in der Schlacht beschützen sollte – Luft hereinfächelte. Damals hatte der Mantel seine Pflicht gut erfüllt, vielleicht halfen die Gebete, die sie hineingewoben hatte, auch diesmal? Doch schon als er ein von Kräutern und Ölen fleckiges Tuch nach dem anderen neben das Bett warf und Enkidu dafür ein frisches, feuchtes Leinentuch auflegte, konnte er sehen, wie das Fieber an Enkidus Körper fraß wie ein Geier. Die Knochen zeichneten sich schon unter den Muskeln ab, die einst so kraftvoll Brust und Bauch bedeckt hatten, und das feste Fleisch seiner Oberschenkel war unter dem dichten goldenen Haar, das immer noch hell glänzte, gelblich und schlaff.
»O ihr Götter, warum muß ich das mitansehen?« fragte sich Gilgamesch und gab sich selbst die Antwort. »Weil ich Enkidu nicht verlassen werde, was immer ihm auch genommen wird: sei es seine Schönheit, seine Kraft oder seine Jugend. Ich werde ihn immer lieben. Selbst wenn wir beide nur noch zwei grauhaarige Knochensäcke sind, die in der Sonne sitzen und über die dummen Streiche der jungen Leute von Erech jammern, werde ich ihn kein bißchen weniger lieben.«
Schließlich seufzte Enkidu, sein Kopf sank zurück, und Gilgamesch schlug sanft die Decke über ihn. »So, mein Geliebter«, sagte er. »Jetzt

wird es besser ... bald wird dir es besser gehen. Sollen wir dich schlafen lassen, oder soll ich die Musikanten rufen, damit sie deine Ruhe erfreuen?«
»Ich möchte Ur-Lugal eine kleine Weile sehen, wenn ich darf. Laß mich zuschauen, wie unser Sohn mit seiner Mutter spielt, das wird mir das Herz leichter machen.«
»Sicher wird es das, denn du wirst ihn noch viele Jahre spielen sehen, bis er groß ist. Geh, Sululi und hole Ur-Lugal. Auch ich«, fügte Gilgamesch, von diesem Eingeständnis selbst überrascht, hinzu, »freue mich, ihn zu sehen.«

10

Doch am nächsten Morgen ging es Enkidu noch viel schlechter. Obwohl er nicht aufstehen konnte, hatte er nur sehr wenig geschlafen, ebenso wie Gilgamesch und Sululi. Kaum waren sie eingenickt, weckten sie das Rascheln der Laken und Enkidus leises Stöhnen, wenn er versuchte, seinen Körper, der ihn so elend im Stich ließ, in eine nicht ganz so schmerzhafte Lage zu bringen. Nur der Trank des En hatte ihm etwas Erleichterung verschafft und das Rasseln in seinen Lungen gedämpft. Obgleich Gilgamesch äußerst unfreundlich zu Schusuen gewesen war, als der Schreiber das Mittel brachte, und Sululi schon befürchtet hatte, er werde das Tongefäß gegen die Wand werfen, hatte Gilgamesch es wie einen Brustpanzer gegen feindliche Pfeile an sich gedrückt und Enkidu jedesmal davon gegeben, wenn das Fieber anstieg. Jetzt aber schlief Sululis Gatte ruhig, und Gilgamesch war aus dem Zimmer geschlüpft, zu seinen Pflichten im Heiligtum oder der Halle des Gerichts, oder um mit seinen Beratern zu sprechen; Sululi wußte es nicht. Sie konnte nur dasitzen, spinnen und Enkidus Schlaf bewachen. Ab und zu streckte sie die Hand aus und strich über das lockige, dunkle Haar von Ur-Lugal, der, den Kopf auf ihren Fuß gebettet, vor sich hindöste. Obwohl sie todmüde war, wagte sie nicht, die Augen zu schließen, solange Gilgamesch fort war, denn Enkidu konnte aufwachen und sie brauchen. Statt dessen sang sie leise ein Wiegenlied für beide, Kind und Mann. Ihre tiefe Stimme war nicht kräftig genug für den Gesang im Heiligtum, doch sie klang klar und rein, und Enkidu hatte ihr immer gern zugehört.

»Mit meinem Freudenlied wird er stark werden,
Mit meinem Freudenlied wird er groß werden.
Schlaf wird deinen Schoß mit Emmerweizen füllen.
Ich werde dir die kleinen Käse süßen,
Diese kleinen Käse, die den Mann heilen,
Den Mann heilen, den Sohn unseres Herrn Schulgi.

Möge die Frau deine Stütze sein,
Möge der Sohn dein Los sein,
Möge die geworfelte Gerste deine Braut sein.
Schlafe nun unter den Zweigen der Palme...«

Sie war wach, als Gilgamesch mit wirrem Haar und hochrotem Gesicht ins Zimmer zurückkam. »Wie geht es ihm?« fragte er leise.
»Wie du siehst, schläft er immer noch ruhig.«
»Dann sollten wir ihn auch schlafen lassen. Ich habe Befehle gegen die falschen Ärzte erlassen. Seine starke Natur wird ihn besser heilen, als sie es mit all ihren Kräutern, ihrem Herumstochern und Gemurmel können. Es ist ein Wunder, daß irgendein Kranker in Erech jemals gesund geworden ist, wenn diese Giftmischer ihn behandelt haben.«
»Still«, flüsterte Sululi, doch Enkidus Augenlider flatterten bereits, und die goldenen Wimpern teilten sich. Einen Augenblick lang erschien er ihr wie ein erwachendes Kind, und plötzliche Hoffnung durchzuckte sie, als fache ein Windstoß schon fast erloschene Glut an.
»Wie fühlst du dich heute morgen?« fragte Gilgamesch besorgt.
»Nicht besser«, krächzte Enkidu. Er erhob sich halb auf einen Ellenbogen und sank dann wieder zurück. »Ich hatte schlechte Träume, kann mich aber nicht an sie erinnern.«
»Laß sie von der Morgensonne vertreiben, mein Freund; nach jeder

dunklen Nacht kommt ein neuer Tag. Ich war unten am Tor von Erech. Wenn du erst wieder gesund bist, wirst du begeistert sein, wie die Zedern dort in die Höhe wachsen. Es ist die bisher beste Arbeit unserer Zimmerleute und Holzschnitzer, und die Menschen werden von weit herkommen, um sie zu sehen und uns zu bewundern, die wir die Zedern aus dem Land der Lebenden geholt haben.«
Doch Enkidu runzelte die Stirn, und fletschte plötzlich fauchend die Zähne. Er richtete sich wieder auf, krümmte den Rücken und stützte sich auf die Ellenbogen. Sein Kopf sank zurück, als würde er zu der gewaltigen Höhe des Zederntors aufschauen.
»Du Tor des Waldes, das nichts versteht«, begann er, und jeder Atemzug rasselte in seiner Lunge, »schon aus zwanzig Meilen Entfernung bewunderte ich deine Bäume, bevor ich noch die stolzen Zedern mit eigenen Augen sah. Für mich kam nichts deinem Holz gleich. Deine Höhe beträgt sechs Dutzend Ellen, deine Breite zwei Dutzend, deine Dicke eine Elle, eine Elle auch Pfosten, Angelstein und Knauf ... Ich habe dich hinunter nach Nippur gebracht. Hätte ich gewußt, o Tor, daß es so endet und daß dies dein Dank wäre, dann hätte ich deine Bretter genommen und sie zerhackt. Ich hätte deine Planken zu einem Floß zusammengeschnürt, damit sie auf ewig den Fluß befahren. Doch so, Tor, habe ich dein Holz geglättet und nach Nippur gebracht. Möge ein Herrscher, der nach mir kommt, dich verwerfen, möge der Gott, der mich verflucht hat .... möge er meinen Namen tilgen und seinen eigenen an die Stelle setzen.«
Sululi sah, wie bei diesen Worten Tränen in Gilgameschs Augen traten und unbeachtet über das Gesicht des Ensi strömten, und sie schloß ihre Augen, um nicht länger zuschauen zu müssen. Gilgamesch so weinen zu sehen flößte ihr, genau wie Enkidus Krankheit, tiefe Furcht ein, denn wenn der Ensi in all seinem Stolz und der Kraft seines mächtigen Körpers so hilflos war, wer konnte dann stark sein?
Von dem Geräusch der Stimmen um ihn herum wachte Ur-Lugal auf und fing nun auch an zu schreien. Obgleich Sululi ihn schon vor einigen Monaten entwöhnt hatte, gleich nachdem Rimsat-Ninsun ihr auf ihre Frage, was sie tun könnte, um ein zweites Kind zu be-

kommen, geantwortet hatte, daß das Stillen oft eine neue Schwangerschaft verzögert, legte sie ihn jetzt an ihre Brust und füllte seinen Mund mit dem Trost einer Warze, die keine Milch mehr gab. Dann kauerte sie sich mit dem Kleinen in eine Ecke und hoffte, daß Gilgamesch sich in seiner Trauer nicht gegen sie wenden würde.
Gilgamesch kniete neben dem Bett nieder und griff nach Enkidus Händen, als dieser erschöpft zurücksank. »Sprich nicht so«, sagte er, noch immer unter Tränen. »Du bist nur müde, das kommt von der Krankheit. Wenn es dir besser geht, dann wirst du auf das Tor schauen, und seine Schönheit wird dich glücklich machen.«
Doch Enkidu lag bleich in seinen Laken, und nur sein goldenes Haar und sein Bart ließen sein Gesicht ein wenig leuchten. Sululi wollte zu ihm gehen, ihn berühren, ein stummer Trost gegen die Verzweiflung, die in Gilgameschs Stimme bebte, doch sie wagte es nicht. Der muskulöse Rücken des Ensi war wie eine Mauer, die sie von ihrem Gemahl trennte. Erst als Gilgamesch ans Ende des Lagers trat, die Decke zurückschlug und anfing, Enkidus Füße zu reiben und zu liebkosen, fand sie den Mut, sich von ihrem Platz zu erheben. Sie wusch das Tuch aus, das von Enkidus Stirn gefallen war, reinigte sein Gesicht damit und glättete die Furchen, die der Schmerz in seine von Schweißperlen bedeckte Haut gegraben hatte.
»Möchtest du noch etwas vom Heiltrank des En?« fragte sie.
»Nein. Ich bin noch ganz benommen von der letzten Einnahme, und soviel schlechter geht es mir nicht.« Er verstummte, wie von der Anstrengung seiner Rede völlig erschöpft. Das und der wütende Blick, den ihr Gilgamesch zuwarf, verhinderten, daß Sululi noch etwas zu sagen wagte.

11

So lag Enkidu in seinen Schmerzen, bis Tag und Nacht für ihn zu verschwimmen schienen und Kälte- und Hitzewellen ihn überfluteten, als wechselten Winter und Sommer in stündlichem Abstand. Es war immer jemand bei ihm. Sululi verließ ihn nie, und Gilgamesch ent-

fernte sich nur für kurze Zeit, um Opfer darzubringen oder kleine Dinge zu finden, die ihn erfreuen sollten, kühle Getränke, Süßigkeiten und schöne Gegenstände, die ihn von seiner Krankheit ablenkten.
Es waren vielleicht acht oder neun Tage vergangen, als Enkidu eines Nachts erwachte. Die Öllampen waren erloschen, ebenso das Binsenlicht in seinem Leuchter, das Gilgamesch ihm hingestellt hatte. So sehr Enkidu seine Augen auch anstrengte, die Dunkelheit zu durchdringen, es gab nirgends auch nur den geringsten Lichtschimmer zu entdecken. Er konnte Sululi auf ihrem Strohlager atmen hören und das leise, kleine Schnarchen von Ur-Lugal neben ihr. Der Geruch der Frau, des Kindes und des Löwen waren selbst im Gestank seines eigenen, kranken Körpers deutlich wahrzunehmen. Nur Gilgamesch konnte er weder hören noch riechen. Auf einmal schien ihm die Dunkelheit qualvoll bedrückend, als wäre der Raum zu einem Kasten ohne Öffnung geworden und hielte ihn gefangen wie eine Motte in einer luftdichten Truhe.
»Sululi«, rief er mühsam, und der Name rasselte in seinen Lungen. »Sululi, bist du wach?«
Sululi stand sofort auf. Der Saum ihres Kleides rauschte um ihre Knöchel, als sie mit ein paar schnellen Schritten das Zimmer durchquerte. »Ja, ich bin wach. Was kann ich tun, mein geliebter Gatte? Ist dein Fieber wieder gestiegen? Brauchst du deine Medizin, oder willst du etwas zu essen?«
»Nur Licht«, keuchte Enkidu. »Hier ist es zu dunkel, zünde die Lampen wieder an, damit ich etwas sehen kann. Die Zeit vor der Morgendämmerung, zwischen Mond und Sonne, ist immer die schlimmste.«
Enkidu hörte das leise Zischen, mit dem Sululi den Atem anhielt, dann ein noch leiseres Seufzen und ein schweres Schlucken.
»Was ist?« fragte er, und eine neue, schleichende Furcht kroch in sein mühsam schlagendes Herz, wie Ameisen durch einen morschen Baumstumpf kriechen.
»Enkidu, mein Gatte ... Die Lampen brennen hell, und draußen dämmert der Morgen. Deine Augen sind geöffnet ...«
»Nein.«

Enkidu drückte die Lider fest zu und öffnete sie dann wieder. Es gab keinen Unterschied. Noch immer bedeckte ihn undurchdringliche Dunkelheit wie ein Tuch, das man über sein Gesicht gebreitet hatte, unbarmherzig und hartnäckig wie die Lähmung, die seine Beine wie mit Stricken fesselte, und das Gewicht der Rippen, das auf seiner Brust lastete und ihm wie mit Bronzeklammern die Lungen zusammendrückte. Er war gefangen wie ein Vogel an einer Leimrute, dessen Versuche sich zu befreien ihn nur noch fester an den Fäden kleben lassen, wie ein Fisch im Netz, der verzweifelt nach Luft schnappt und so nur noch schneller den Tod auf dem Trockenen stirbt.

Der Löwe hob mit einem kleinen, fragenden Schnaufen den Kopf und stieß mit der Nase gegen den Bettrahmen, als ob er Enkidu wecken wollte, wie er es oft getan hatte, wenn die langen Schatten der Morgendämmerung unter einem rotgestreiften Himmel über die Ebene fielen. Ein Tag wie jeder andere, ohne Erinnerung und Gedanken, nur mit dem frischen Wind im Fell und den warmen Sonnenstrahlen auf dem träge ausgestreckten Körper. Die kleinen Geräusche beim langen Warten am Wasserloch, Vögel, Insekten und das Rascheln des Grases, die geduldig erhobenen Nasen, die nach dem Geruch einer Gazelle oder eines Steinbocks forschten. Und jetzt lag Enkidu hier eingesperrt und würde niemals mehr ein freies Leben führen. Akalla hatte ihn in der Wildnis aufgespürt und in diese Falle gelockt, so sicher, als hätte der Jäger selbst eine Grube ausgehoben und die Stricke um ihn gelegt.

Beim Gedanken daran krampfte sich Enkidus Herz in jähem Zorn zusammen, ein plötzlicher Schmerz durchzuckte ihn, und Tränen flossen aus seinen Augen. »Utu«, krächzte er, »aus tiefstem Herzen flehe ich dich an, strafe diesen Fallensteller, diesen Elenden, der mich nicht bei meinen Freunden ließ. Möge er niemals genug Nahrung finden, möge er seinen Verdienst verlieren, nimm ihm seine Kraft. Möge der Weg vor seinen Schritten ihn hassen, mögen die Tiere ihm entkommen, möge kein Herzenswunsch sich ihm erfüllen!«

Er hätte vielleicht noch mehr gesagt, doch die Worte gingen in einem langen Hustenanfall unter, und der Schleim brach schmerzhaft aus seiner Brust heraus. Sululi war sofort mit einem Tuch zur Stelle, fing den größten Teil des zähen Auswurfs auf und wischte ihm Lippen und Kinn ab, als der Anfall nachließ.

»Wo ist Gilgamesch?« fragte Enkidu und fügte, obwohl er die Antwort fürchtete, hinzu: »Wann kommt er zurück?« Denn er begriff, daß der einzige Vorteil der Blindheit darin lag, Gilgameschs Gesicht nicht sehen zu müssen, wenn dieser erfuhr, daß ein neuer Stein in die Festungsmauer aus Hoffnungslosigkeit und Verzweiflung, die sich zwischen ihnen aufbaute, eingefügt worden war.

»Er wollte in den Tempeln der höchsten Götter Opfer für dich darbringen, wie er es jeden Tag tut. Er läßt das Blut von Schafen und Ochsen in Strömen fließen, und die Hunde vor den Heiligtümern werden von den Eingeweiden fett. Er tut alles, wovon er sich auch nur die geringste Hoffnung für dich verspricht.«

»Sieht er denn nicht, daß ich sterbe?« schrie Enkidu auf. »Wie könnte ich auch so weiterleben, verkrüppelt und blind wie der armseligste Bettler auf dem Marktplatz? Mein Körper besteht nur noch aus Schmerzen, und das Licht hat meine Augen verlassen.«

»Mein Geliebter, mein Gatte«, murmelte Sululi, und der Gram in ihrer Stimme lastete schwer wie eine riesige Pranke auf Enkidus Brust. »Ich weiß. Auch ich hätte dich gerne gesund und stark, aber wenn die Götter es anders beschlossen haben, können wir nur auf ein gnädiges Ende hoffen. Ich liebe dich von Herzen, denn du bist die größte Freude meines Lebens; mein Glück begann erst in dem Augenblick, als du den Mund auftatest, um mich vor der Hinrichtung zu retten. Wenn der Weg deiner Krankheit ins Grab führt, dann werde ich dich ein Jahr, zwei Jahre, drei Jahre betrauern. Ich werde dich betrauern und dich mit jedem Atemzug vermissen, aber ich werde weiterleben für unseren Sohn und die Arbeit, die in der Weberei des Tempels geleistet werden muß und die keine andere so gut beaufsichtigen kann wie ich. Gilgamesch sieht in deinem Sterben seinen eigenen Tod, obwohl sein Körper stark und gesund ist. Dein Fleisch ist auch das seine – ist es da ein Wunder, daß er nicht glauben will, was ihm seine Augen, seine Ohren und alle anderen sagen?«

»Und so teilt er auch meine Blindheit mit mir«, dachte Enkidu. In seiner Schwäche merkte er, daß er wieder weinte. Er dachte an seinen Geliebten und wünschte sich, daß Gilgamesch von seinem Opfer zurückkehrte, um Enkidus verfallenden Körper in seine starken Arme zu nehmen, die Breite seiner glatten Brust und der Schlag seines starken Herzens ein Schild gegen die Dunkelheit.
Doch es waren nicht Gilgameschs Schritte, die draußen im Korridor erklangen, sie waren leichter, zögerlicher, die Schritte einer Frau, von der ein vertrauter, würziger Duft ausging. Enkidu drehte den Kopf zur Seite und hustete, als sich sein leerer Magen vor Übelkeit zusammenkrampfte. Beim kleinsten Hauch von Weihrauch wurde ihm schlecht, da man schon viel zuviel davon im Zimmer verbrannt hatte, um den Gestank der Krankheit zu überdecken.
Noch widriger als die den süßen Rauch ausströmende Kleidung war ihm aber die Frau selbst. Sie, die Enkidu aus der Wildnis geholt, ihm Sprechen und Denken und all die Foltern der Erinnerung geschenkt hatte, die seine Löwin gewesen war, mit Schenkeln wie Honig und Brüsten wie Sahne – sie wollte Gilgamesch das Leben nehmen. Sie hatte auf den Mauern von Erech gestanden, den Himmelsstier beweint und seine Überwinder verflucht. Warum kam sie jetzt, wenn nicht, um sich an der Rache der Götter zu weiden?
Nun endlich konnte Enkidu seiner Wut freien Lauf lassen. Und obwohl jeder Atemzug Strahlen von Schmerz wie eine aufsteigende Wolke von Kriegspfeilen durch seinen Körper schickte, schaffte er es, die schwarzen Worte herauszuhusten, die in seinen Lungen schwärten.
»Schamhatu! Ich will dir dein Schicksal verkünden, ein Schicksal ohne Ende, das ewig währen soll. Einen furchtbaren Fluch will ich über dich verhängen, wie ein Wurfholz soll er dich treffen. Möge dein Hunger nie gestillt werden, mögest du nie ein eigenes Kind lieben dürfen! Mögest du niemals in den Zimmern junger Frauen wohnen, möge die Neige des Biers deine lieblichen Brüste besudeln und das Erbrochene der Betrunkenen deine festlichen Gewänder beschmutzen. Mögest du nie Schätze von weißem Alabaster noch glänzende Silberschmiedearbeiten, die Freude der Menschen, dein eigen nennen. Möge der Staub der verrufenen Straßenkreuzung deine

Wohnung sein, die verlassene Ebene dein Bett, der Schatten der Stadtmauer dein Zuhause. Mögen Dornen und Disteln deine Fußsohlen zerstechen, und mögen Betrunkene und Nüchterne dich in den Straßen der Stadt ohrfeigen. Möge der Löwe dich anbrüllen, möge der Baumeister das Dach deines Hauses nicht abdichten, mögen die Eulen in den Spalten der Mauern nisten, in denen keine Feste mehr gefeiert werden – möge es um meinetwillen so sein, weil du über mich Unschuldigen den Dämon der Lähmung gebracht hast.«
Ob die Schamhatu auf diese harten Worte antwortete, konnte Enkidu nicht hören. Das Rasseln seiner keuchenden Lungen tobte wie ein Gewitter in seinen Ohren, und der unregelmäßige Schlag seines Herzens war wie das Klappern einer offenen Tür im Wind. Und in diesem Lärm glaubte er eine Stimme zu hören, die Stimme Utus, wie er sie aus seinen Träumen kannte, hell und fest wie ein Sonnenstrahl im Sturm.
ENKIDU, WARUM VERFLUCHST DU DIE SCHAMHATU? SIE HAT DIR DAS BROT DER GÖTTER UND DAS GETRÄNK DER HERRSCHER GEGEBEN. SIE HAT DICH IN FEINE GEWÄNDER GEKLEIDET UND GAB DIR DEN SCHÖNEN GILGAMESCH ZUM GEFÄHRTEN. JETZT IST GILGAMESCH DEIN GELIEBTER BRUDER. HAT ER DIR NICHT EIN GROSSES BETT ZUM SCHLAFEN UND DEN EHRENPLATZ BEI TISCH GEGEBEN, HAT ER DICH NICHT AUF DEN RUHESESSEL ZU SEINER LINKEN GESETZT, WO DIE HERRSCHER DER WELT DEINE FÜSSE KÜSSEN? ER WIRD DIE BEWOHNER VON ERECH UM DICH WEINEN UND KLAGEN LASSEN. DIE FREUDENREICHE STADT WIRD SICH UM DEINETWILLEN IN TRAUER HÜLLEN. UND DANACH WIRD ER DIE ZEICHEN DER TRAUER AM KÖRPER TRAGEN, ER WIRD SICH IN EIN LÖWENFELL KLEIDEN UND IN DER WILDNIS UMHERSTREIFEN.
Während Enkidu so die Stimme des Gottes hörte, beruhigte sich sein rasendes Herz und das qualvolle Hämmern wurde zu einem gleichmäßigen, schmerzhaften Pochen. Eine Welle der Scham folgte dem wilden Zorn wie Regen, der nach einem feurigen Blitzschlag die Luft abkühlt. Er erinnerte sich an jede kleine Freundlichkeit aus ihrer Zeit in der Wüste und im Dorf. Das Brot, das die Schamhatu mit ihren eigenen Händen geschnitten und ihm gereicht, der Trinkhalm aus

ihrem eigenen Becher, den sie ihm in den Mund geschoben hatte, das sanfte Waschen und Einölen seines Körpers – das alles hatte ihn darauf vorbereitet, nach Erech zu gehen, vor Gilgamesch zu treten und seine Hände an den Gürtel des Ensi zu legen. Wo hätte er je in der Wildnis einen solchen Gefährten gefunden? Wo hätte er lernen sollen, durch Worte und Berührungen seine Seele mit einer anderen zu vereinen und das vollkommene Glück einer großen Liebe zu erfahren? Und wenn ein kurzes Leben und ein bitterer Tod der Preis für seine Zeit mit Gilgamesch war – konnte das schlimmer sein, als seine Tage zwischen den Felsen zu beenden, tödlich verletzt von den tiefen Prankenhieben eines Rivalen, bedeckt von Wunden, die sich in der brennenden Sonne entzündeten und faulten?

Beschämt begann Enkidu von neuem zu sprechen. Obwohl der Fluch ihm die Kehle zerrissen hatte, war sein heiseres Flüstern jetzt im Raum deutlich zu hören.

»Schamhatu, ich werde dein Schicksal verkünden«, wiederholte er. »Laß den Mund, der dich verflucht hat, dich nun segnen. Mögest du deinen rechtmäßigen Platz einnehmen, mögen der Ensi und alle anderen dich lieben. Möge der Mann, der eine Meile entfernt ist, sich in Sehnsucht nach dir verzehren, möge der, der zwei Meilen entfernt ist, sein Haar lösen, um für dich bereit zu sein. Möge der Krieger dich nicht verschmähen, sondern seinen Gürtel für dich öffnen. Möge er dir Karneol, Lapislazuli und Gold opfern, dir wertvolle Geschmeide schenken und alle seine Schätze vor dir aufhäufen. Mögest du ins Haus der Götter einziehen, und möge selbst eine Mutter von sieben Kindern um deinetwillen verlassen werden.«

## 12

Die Schamhatu spürte, wie Tränen aus ihren Augen tropften, denn seine liebevollen Worte waren schwerer zu ertragen, als die Härte davor. »Enkidu«, murmelte sie und strich ihm sanft über die Wange, »ich wollte dir nie etwas Böses. Ich verdiene deinen Fluch und mit

mir Inanna, für das, was wir dir angetan haben, dir, der so unschuldig und glücklich war, als ich ihn fand.«
»Ja, Unheil ist über mich gekommen und läßt sich nicht aufhalten. Und doch war es unrecht, dich zu verfluchen; Schmerz und Furcht sprachen aus mir wie Dämonen, die zwischen den Felsen heulen. Ich bereue nicht, nach Erech gekommen zu sein.«
»Enkidu, mein geliebter Löwe, gibt es irgend etwas, was ich für dich tun kann? Ich habe die Götter für dich angefleht, doch sie wollten nicht hören. Ich habe den En gefragt, aber er sagt, daß er schon alles für dich getan hat, was er tun kann, und Gilgamesch ihm verboten hat, in deine Nähe zu kommen oder mit dir zu sprechen.«
»Ich wünschte, er käme zu mir«, flüsterte Enkidu. »Denn er ist alt und wird selbst bald sterben. Er hat schon lange auf die Straße geblickt, die ich jetzt gehen muß.«
»Es tut mir leid, Enkidu«, sagte die Schamhatu. »Alles, was geschehen ist, tut mir leid.«
»Das muß es nicht«, hustete er, und wieder rasselte der Atem in seinen Lungen. »Nur bleib ein Weilchen bei mir.«
Sie ließ sich neben seinem Bett nieder und strich ihm die hellen Haare aus dem eingefallenen Gesicht. Hinter ihr raschelte leise Sululis Kleid. Die andere Frau erhob sich und verließ den Raum.
»Enkidu, mein Löwe. Ich wünschte...«
Jetzt konnte sie ihm die Wahrheit sagen, denn sie waren allein. »Ich wünschte, wir beide wären im Dorf geblieben und niemals nach Erech gegangen. Denn obwohl damals alles so hell für uns aussah, stand es unter einem schlechten Stern. Du hast dein Leben verloren und ich ... ich habe mein Vertrauen in Inanna eingebüßt. Ich will nicht länger ihre Priesterin sein. Sie ist in mich geschlüpft wie in einen Mantel und hat mich als Werkzeug benutzt, um alles zu zerstören, was ich liebe. Ich wäre lieber selbst gestorben, als das alles erleben zu müssen.«
Enkidu drehte sein Gesicht in ihre Richtung, und große Tränen flossen aus seinen blinden Augen. »Sprich nicht so, Schamhatu. Ich will nicht unter der Last deiner Trauer sterben. Trotz allem, was geschehen ist, bin ich froh, daß du mich hierhergebracht hast. Und war es

nicht Inanna in deiner Gestalt, die mir die *Me* der Sprache, der Liebe und der Freude an allen schönen Dingen gab? Ich habe sie vor den Mauern von Erech verflucht, aber ich bereue meine Worte. Und ich bereue ...« Er brach ab und ein Hustenanfall schüttelte ihn. »Es tut mir nur leid, daß du mich nie wieder gerufen hast, seit wir in die Mauern der Stadt kamen. Ich hätte gerne wieder bei dir gelegen.«
»Ich wünschte, ich hätte es getan, mein Löwe.« Die Schamhatu fing von neuem an zu weinen. Sie hatte sich und ihm alle Freude versagt, und wofür? Allein für ein Amt, das sie nicht länger ausüben wollte.
»Ich habe gehört ...«
Enkidu hustete wieder, ein Anfall, der länger anhielt. Die Schamhatu betupfte seine aufgesprungenen Lippen mit einem Tuch und wartete geduldig, bis er weitersprach.
»Ich habe gehört, daß du Männern, die ins Heiligtum kommen, Inannas Segen erteilst. Willst du ihn auch mir geben?«
Ihr wurde plötzlich kalt, und das Blut wich aus ihrem Gesicht. Wie konnte sie Enkidus Wunsch ablehnen, vielleicht den letzten, den er ihr gegenüber äußern würde? Und doch, sich wieder für Inanna zu öffnen und nicht einmal zu wissen, ob die Göttin ihren Segen gewähren oder den sterbenden Mann verfluchen würde ...
»Ich will dir geben, was ich kann«, antwortete sie. »Ich will dir meine Liebe geben und hoffen, daß ein Segen sie begleitet.«
Als sie das Laken von Enkidus Körper zog, fiel ihr ein, daß Gilgamesch, wenn er jetzt käme, sie wahrscheinlich umbringen würde. Doch das lag in den Händen der Götter, und es gab schlimmere Arten zu sterben. Wenn es Enkidu trösten würde, war es den Einsatz wert. Sie beugte sich über ihn und nahm seine weiche Rute in den Mund. Das Glied glühte vom Fieber, war aber sauber, und als sie zart daran saugte, fühlte sie, wie der Kopf dicker wurde und der Schaft in ihrem Mund anschwoll. Sie schloß die Augen und zwang sich zu vergessen, daß Enkidu im Sterben lag, all ihre Sorgen und Ängste zu vergessen und sich nur daran zu erinnern, wie es gewesen war, als sie sich in Akallas Hütte miteinander vergnügten. Und zu ihrer Verblüffung regte sich ein kleines Kribbeln der Erregung in ihren Len-

den, denn so hatten sie damals miteinander gespielt, sie und ihr Löwenmann; halb betrunken vom Bier hatten sie sich an ihren Körpern ergötzt.
»Komm in meinen Garten, Geliebter«, flüsterte sie und ließ ihre Finger an Enkidus dickem Schaft auf und ab gleiten und die Spitze seines Phallus umkreisen, bis er vor Lust den Atem anhielt. »Der Granatapfel ist für dich gepflückt, die süße Feige erwartet dich.« Die Schamhatu hob ihr Kleid, kletterte auf Enkidus Bett und kniete sich über ihn. Ohne sich dessen bewußt zu sein, murmelte sie die heiligen Worte, die Inanna zu ihren Liebhabern sprach. »Siehe, meine Scham ist das Boot des Himmels. Ich bringe es dir, gefüllt mit den gesegneten *Me*.« Ihre Schamlippen öffneten sich sanft und leicht, als sie sich auf Enkidu gleiten ließ und ihn in einer langsamen, zärtlichen Bewegung aufnahm. »Bleib still liegen, Geliebter, und laß mich dir Freude spenden«, flüsterte sie und wiegte sich sanft auf ihm. »Mein Baum, der am Wasser wächst, meine heilige Liebe ...«
Selbst als ihr eigenes Verlangen wuchs, war sie so vorsichtig, ihn nicht mit ihrem Gewicht zu belasten oder zu schnell für ihn zu werden. Sie glitt über Enkidus Körper und zog ihn immer wieder in sich hinein, bis die erschlafften Muskeln seiner Brust sich spannten und er sich keuchend in sie ergoß. Erst in diesem Augenblick überließ sie sich ganz ihrer Lust, warf den Kopf zurück und ballte die Fäuste in der Luft, um ihm keine Schmerzen zu bereiten.
Als die Wellen der Lust langsam verebbten und Enkidu in ihr kleiner wurde und schließlich aus ihr herausfiel, fand die Schamhatu sich von einem merkwürdigen Gefühl berührt. Ihr war zumute wie vor der Mondfinsternis, als Inannas Berührung noch Erfüllung und ihr Herz, wenn die Göttin sich zurückzog, voller Glück gewesen war. *Und wenn Enkidu jetzt seinen Frieden mit Inanna macht, und nach allem, was er erlitten hat, sie um ihren Segen bittet, warum sollte ich es nicht auch können?*
Sie stand auf, reinigte behutsam seinen und ihren Körper und küßte Enkidu, bevor sie das Laken wieder über ihn breitete.
»Danke«, flüsterte Enkidu heiser.
»Danke dir«, gab sie zurück. »Du weißt gar nicht, wie sehr du mein

Herz erleichtert hast, Enkidu. Gibt es noch etwas, was ich für dich tun kann?«
»Bring mir einen Becher Bier und hol deine Lyra. Ich will trinken und deinem Gesang lauschen, wie ich es in dem Dorf am Rand der Wildnis getan habe.«

13

Auch wenn seine mit Blasen bedeckten Lippen an dem glatten, goldenen Trinkhalm klebten, erfrischte das Bier Enkidus Kehle besser als alles, was er in den letzten Tagen zu sich genommen hatte, und der Gesang der Schamhatu schien ihn aus der Dunkelheit zu heben, die ihn umgab, wie es ihre Berührung getan hatte. Die Welt in seinem Kopf wurde heller durch sie.

»Als er Ensi war, floß frisches Wasser im Fluß,
Auf den Feldern wuchs reiches Korn,
Fische und Karpfen füllten die Meere,
Altes und junges Schilf sproß im Rohrdickicht,
Hirsche und wilde Ziegen tummelten sich im Wald.
Auf der Ebene wuchs der Maschgur-Baum,
Honig und Dattelwein füllten die bewässerten Gärten.
In der Halle des Ensi wuchs das Leben ...«

Die Schamhatu sang noch immer, als Gilgamesch zurückkam. Seine schweren Schritte dröhnten wie Trommelschlag in die hellen Töne der Lyra. Sie brach mitten im Lied ab, und Enkidu hörte die schnelle Bewegung ihrer Kleidung, so, als rasch ele ein Reh im Laub und suche nach einer Fluchtmöglichkeit.
»Du!« rief Gilgamesch. Unter dem feuchten Geruch nach sauberem Wasser, in dem er gebadet hatte, konnte Enkidu immer noch das Blut und den Rauch der Opfer riechen, die er dargebracht hatte; sie hafteten an ihm wie Teerflecken an den Fingern eines Einlegearbeiters.
»Was tust du hier?«

»Ich kam, um mit Enkidu zu sprechen und ihn zu trösten, so gut ich kann. Er bat mich, für ihn zu spielen und zu singen.«
Rasch durchquerte Gilgamesch das Zimmer und strich Enkidu zärtlich über das Haar. »Erfreut dich ihre Musik, mein Geliebter?«
Enkidu nickte.
»Dann sollst du sie auch hören. Spiel, Schamhatu, laß deine Lyra uns erfreuen, sofern du zu etwas so Schönem und Friedlichem fähig bist. Und schau her, Enkidu, was ich dir mitgebracht habe. Ist dieses Holz, Ebenholz aus einem Land weit im Süden, nicht wunderschön, und sind die Einlegearbeiten aus Zedernholz und Karneol nicht wohlgelungen? Ist ... Enkidu?«
Mühsam befeuchtete Enkidu seine Lippen. »Gilgamesch, ich kann nicht sehen.«
Das tiefe Stöhnen, das aus Gilgameschs Kehle drang, schien nicht enden zu wollen und drang qualvoll in Enkidus Ohren. »Geliebter, wann ist das geschehen?«
»Als ich aufwachte, war alles dunkel.«
»Warum hast du nicht sofort nach mir schicken lassen? Ich wäre auf der Stelle zurückgekommen. Ich hätte dich nicht verlassen. Ach, mein Geliebter.« Gilgamesch kniete nieder und umarmte Enkidus Schultern. Enkidu biß die Zähne zusammen, um unter dem Griff nicht aufzustöhnen, denn seine Knochen, die aus der eingefallenen Haut stachen, fühlten sich so wund an, als hätte die Zunge eines Löwen sie bis aufs Mark abgeschabt. Doch sein Verlangen nach dem Trost, den die Umarmung seines Geliebten brachte, verlieh ihm Kraft, und er sagte auch nichts, als er die schnellen, leichten Schritte der Schamhatu vernahm, die sich aus dem Raum stahl.

14

Da es ein schöner Tag war, hielt sich Inaschagga im Hof ihres Hauses auf. Ihr Sohn Eannatum lag neben ihr auf einem Teppich aus Schaffellen, strampelte mit den Beinen und gurgelte. Ur-Lugal, dessen

Pflege sie, seit Enkidu krank war, zeitweise übernommen hatte, war zum Rand des Fischteiches gekrabbelt, starrte auf das umherhuschende Silber zwischen den Wasserpflanzen und lachte. Gunidu war nicht da, denn man hatte ihn in die Dienste der Eanna zurückberufen. Er war zwar zu alt, um selbst noch Schafe zu hüten, doch sein scharfer Blick und seine Erfahrung halfen den Leuten im Tempel, zwischen den Schafen zu unterscheiden, die geschlachtet werden mußten, und denen, die die Hirten nach Möglichkeit durchbringen sollten.

»Geht es den Kindern gut, Frau?« fragte Akalla, der jetzt ebenfalls in den Hof hinaustrat. Auf seinen bloßen Schultern glänzte das Wasser, und sein kurzgeschorenes Haar stand in kleinen feuchten Spitzen nach oben. Er war vor kurzem von der Jagd zurückgekehrt und hatte sich danach gleich gewaschen, eine Angewohnheit, die sie unter Sululis Einfluß alle schnell angenommen hatten. Er hatte sich auch rasiert, und nur ein kaum sichtbarer Schatten schwarzer Stoppeln lag auf seinem breiten Kinn. Außer daß er sich häufiger wusch und besser kleidete, hatte sein plötzlicher Aufstieg in der Welt Akalla jedoch nicht verändert. Selbst seine kurze Vorstellung als Ensi schien von ihm abgetropft zu sein wie Wasser von poliertem Granit, und er war noch der gleiche zuverlässige, ruhige und geschickte Mann, der er immer gewesen war.

»Es geht ihnen sehr gut, mein Gatte«, antwortete Inaschagga, und ein stolzes Lächeln umspielte ihre Mundwinkel, als sie nach unten griff und Eannatums dicken Bauch kitzelte. Er packte ihren Zeigefinger mit der winzigen Hand. »Willst du, wenn du groß bist, auch den Bogen so festhalten, mein Kleiner? Willst du der erste Jäger des Ensi werden und deinem Vater nachfolgen?«

Akalla lächelte, hockte sich hin, so daß Eannatum auch nach seinem Finger greifen konnte, und warf gleichzeitig einen kurzen Blick auf Ur-Lugal, um sicherzugehen, daß für das Kind keine Gefahr bestand, in den Fischteich zu fallen.

»Was für ein guter Vater er ist«, dachte Inaschagga. »Wie behutsam er die Kinder berührt, welche Freude er an ihnen hat. Vielleicht sollten wir schnell ein zweites bekommen. Ich werde Inanna darum bit-

ten.« Sie wußte, daß es nicht zu verschwenderisch sein würde, noch ein weiteres Kind großzuziehen. Zwar hatte sich ihr Einkommen, das war nicht zu leugnen, in den letzten Monaten etwas verringert. Das lag an den vielen Tieren, die man hatte schlachten und so schnell wie möglich verzehren müssen, so daß selbst die Oberen der Eanna es sich nicht mehr leisten konnten, ihren Gaumen mit Wild und Geflügel zu laben. Aber der Jäger des Ensi erhielt einen festen Lohn, unabhängig von dem, was er zusätzlich verdiente, und sowohl Gunidu als auch Inaschagga bekamen vom Tempel Zuteilungen an Speisen und anderen Gütern. »Ja, ich werde Inanna darum bitten.« Zwar mußte die Göttin bis zum Bersten satt von geopferten Schafen und Rindern sein, aber Inaschagga konnte es sich immer noch erlauben, ihr eine schöne Schale mit Myrrhe und Zedernspänen darzubringen.
»Sie entwickeln sich gut.«
»Ja, beide. Sululis Sorgen scheinen nicht auf ihr Kind abgefärbt zu haben.«
Akalla preßte die dicken Lippen zusammen und senkte die schweren Augenbrauen. »Und wie geht es Enkidu? Hat dir Sululi heute morgen, als du Ur-Lugal bei ihr abholtest, etwas gesagt?«
»Sie meinte, er schliefe noch, aber es scheine ihm nicht besser zu gehen.«
»Das heißt, daß es wenig Hoffnung für ihn gibt. Das ist traurig.«
»So ist es. Ur-Lugal!«
Sululis Sohn lehnte sich jetzt gefährlich weit über den Rand des Teichs und schlug mit einem seiner runden Ärmchen ins Wasser wie ein Bärenjunges, das einen Fisch fangen will. Inaschagga sprang sofort auf, aber Akalla war schneller. Mit drei großen Schritten stand er am Teich, riß Ur-Lugal hoch und beförderte ihn zu dem Fell, auf dem Eannatum lag. Ur-Lugal begann zu schreien, doch Akalla schaukelte ihn in den Armen und murmelte: »Ruhig, ruhig, kleiner Ensi. Du wirst schon noch Fische fangen, wenn es an der Zeit ist. Viele Fische, große Fische wirst du fangen. Doch jetzt, wo du selbst noch nicht viel größer als ein Fisch bist, läßt du das schön bleiben.«
Inaschagga legte die Hand über die Augen und schaute zur Sonne auf. »Es ist bald Zeit, ihn zu seiner Mutter zurückzubringen. Und ich

denke...« Schon den ganzen Tag war ein Gedanke in ihrem Kopf gereift wie eine Melone, die im Sonnenlicht langsam anschwillt, und ihr Entschluß war gefaßt. Auch wenn sie nicht in das Krankenzimmer durfte, hatte ihr Sululis Aussehen alles gesagt, was es über Enkidus Zustand zu wissen gab. Das ausgezehrte Gesicht der Edelfrau, die tiefen, blauroten Ringe unter den Augen und das Zittern ihrer Hände, als sie ihren Sohn in Inaschaggas Obhut gab, hatten Inaschagga gezeigt, daß das Ende ihres Mannes nicht mehr fern war.
»Wir müssen zu Enkidu gehen«, erklärte sie mit Bestimmtheit. »Wenn wir ihn nicht bald besuchen, dann werden wir ihn außer in Ereschkigals Hallen gar nicht mehr sehen. Ich möchte mich von ihm verabschieden, bevor er die Straße zur Unterwelt noch weiter beschreitet oder durch die schrecklichen Tore tritt, von denen kein Lebender zurückkehrt.«
Akalla biß sich nachdenklich auf die Lippe und setzte Ur-Lugal bequem auf eine seiner breiten Schultern. »Ist das klug, Frau? Vater sagte...«
»Ich weiß, was er gesagt hat.« Es stimmte, Gunidu hatte sie beide vor Gilgameschs wilden Gemütsschwankungen gewarnt. Und wußte nicht ganz Erech, daß er die Verhaftung aller Ärzte, denen es nicht gelungen war, seinen Geliebten zu heilen, angeordnet hatte und seine Wut nur dadurch ohne Folgen blieb, daß durch einen Zufall oder eine heimliche Warnung fast alle Ärzte die Stadt gerade noch rechtzeitig verlassen hatten? »Trotzdem möchte ich Enkidu sehen. Wir werden Vater mitnehmen, wenn du das für sicherer hältst.«
Akalla ließ die Schultern hängen. Obwohl ihm der Zweifel deutlich in sein schwerfälliges Gesicht geschrieben stand, wußte Inaschagga, daß sie gewonnen hatte. Sie hob ihren Sohn auf und setzte ihn auf ihre Hüfte. »Komm, gehen wir.«

## 15

Gunidu war draußen bei den anderen Hirten, um eine Schafherde zu prüfen und einzelne Tiere mit seinem Hirtenstab zu bezeichnen. Die kahle Stelle auf seinem Kopf glänzte wie poliertes Mahagoni, und die Muskelstränge standen deutlich unter der tiefgebräunten Haut, wenn er den Stab zum Zeichen hob oder senkte. »Dieses, dieses und das dort drüben. Nein, faß es fester an. Natürlich ist das Fell schütter, wie bei allen nach der großen Hitze in diesem Winter. Aber schau dir die Muskeln darunter an. Das ist ein wackerer Bursche, der einen guten Vater für eine anderen Herde abgeben wird. Schafft diese Tiere schnell fort, bevor Gilgamesch kommt und die besten als Opfertiere aussucht, solche, die wir besser für die Aufzucht behalten sollten. Bei dem Rest besteht wenig Hoffnung, daß sie durchkommen werden, also warum gutes Gras und Wasser aus unseren ohnehin geringen Vorräten an sie verschwenden. Sag den Schlachtern, sie sollen das Fleisch pökeln, wie Schusuen es angeordnet hat.«
Die jüngeren Hirten brachten die Schafe, auf die Gunidu gedeutet hatte, mühelos mit ihren krummen Hirtenstäben zu Fall und schleppten sie fort. Der alte Mann fuhr sich mit dem Handrücken über die Stirn und wischte den Schweiß ab. Erst dann hinkte er zu seinem Sohn und seiner Schwiegertochter hinüber.
»Wie steht es mit deiner Arbeit, Vater?« fragte Inaschagga höflich.
»Sie wird jeden Tag schwerer, und dank der Hilfe unseres erhabenen und von den Göttern geliebten Ensi wird sie noch dreimal so schwer«, knurrte Gunidu. »Er hat wirklich den Blick des Hirten von Erech, denn er erkennt sofort unsere besten Tiere. Und was tut er mit ihnen, die wir so dringend brauchen, wenn wir nächstes Jahr überhaupt noch Schafe haben wollen? Er nimmt sie mit und schlitzt ihnen in den Heiligtümern die Kehlen auf, ein Wachhund, der zum Wolf geworden ist.«
»Weiß er denn nicht...?« begann Inaschagga. Gunidu legte den Finger auf die eingesunkenen Lippen, um sie zum Schweigen zu bringen, und schaute vorsichtig nach links und rechts. Inaschagga begriff, daß sie um ein Haar die im Augenblick gefährlichsten Worte in Erech

ausgesprochen hätte: ... *daß Enkidu im Sterben liegt.* Mit großer Anstrengung, als müßte sie den Fuß unter einem herabgefallenen Felsen herauszerren, zwang sie sich, an ihr Vorhaben zu denken.
»Vater«, sagte sie, »wir sind auf dem Weg, Ur-Lugal wieder zu seiner Mutter zu bringen. Wegen der Zeit, die Enkidu in unserem Haus verbracht hat, und der Ehre, die uns dadurch zuteil wurde, möchte ich, daß wir ihn selbst begrüßen.«
Gunidu pfiff durch die Zähne und stützte sich schwer auf seinen krummen Amtsstab. »Das ist unvernünftig. Der Ensi wacht mit Argwohn über die Ruhe seines geliebten Freundes.«
»Und trotzdem«, erklärte Inaschagga, »wollen wir ihn bitten, Enkidu sehen zu dürfen. Wenn er schläft, lassen wir ihn schlafen, aber er soll erfahren, daß wir da waren und nach ihm gefragt haben. Wenn er wach ist, können wir ihn vielleicht ein wenig aufheitern, denn er war glücklich, als er bei uns war.«
Gunidu seufzte erneut und trat von einem Fuß auf den anderen. »Eine Tochter ist das Heil eines Mannes«, murmelte er, »und eine Schwiegertochter ist sein Untergang.« Aber in seinem Tonfall lag kein wirklicher Stachel – nur trockenes Laub und keine Dornen –, und Inaschagga wußte, daß er ihre Bitte nicht ablehnen würde.

### 16

Enatarzi ließ sie ohne zu fragen ein, denn er war an Inaschaggas Kommen und Gehen mit Ur-Lugal gewöhnt. Inaschagga merkte, wie ihre Schritte langsamer wurden, als sie ihre Familie zu dem Zimmer führte, wo Enkidu lag. Es war, als gingen sie über heiligen Boden, als näherten sie sich Inannas großem Standbild im Tempel. »Es ist ja auch wirklich heiliger Boden«, rief sich Inaschagga erschauernd ins Gedächtnis, denn wußte nicht jeder, sogar ein ungebildetes Dorfmädchen wie sie, daß die Gebeine von Lugalbanda im Boden unter dem Bett seines Sohnes bestattet waren und das Gebäude selbst den Ahnenschrein der Ensi von Erech darstellte?

Noch ehe sie die Tür erreicht hatten, hörte Inaschagga schon das heisere Rasseln von Enkidus Lungen, vermischt mit leisen Stimmen, die aus dem Raum drangen. Akallas Gesicht war bleich, Gunidus wie versteinert, während sie dastanden und darauf warteten, daß Inaschagga ihren Mut zusammennahm. Schließlich klopfte sie.
Es war nicht Sululi, die herauskam, sondern Gilgamesch, der den gewebten Vorhang am Eingang zur Seite stieß und wie ein verwundeter Stier in den Gang stürmte. Auch er war in den letzten Tagen dünner geworden, seine stolzen Wangen und das Kinn traten knochig unter den dichten Bartstoppeln hervor, die Augen waren rot und verschwollen. Doch sein schmerzverzerrtes Gesicht hellte sich auf, als er Sululis Sohn in Akallas Armen schlafen sah.
»Komm herein mit dem Kind, Akalla«, sagte er. »Wir müssen einen Jagdausflug vorbereiten.«
»Einen Jagdausflug?« dachte Inaschagga erschrocken. »Wie kann er so etwas planen, wenn sein Geliebter im Sterben liegt?« Doch sie hielt an ihrem Entschluß fest. Mit bebender Stimme fragte sie: »Dürfen auch wir eintreten? Ich würde gern mit Enkidu sprechen, um der Zeit willen, die er Gast in unserem Hause war.«
Einen Augenblick lang zögerte Gilgamesch und wandte den grimmigen Blick von ihr ab. Erst als von drinnen ein heiseres Flüstern ertönte, »Laß sie herein, Geliebter«, hob er den Türvorhang und winkte der kleinen Familie, ihm zu folgen.
Als sich ihre Augen an das Licht der Öllampen gewöhnt hatten, stockte Inaschagga vor Entsetzen der Atem. Sie stand da und starrte auf das Bett. Die Gestalt unter der Decke war kaum mehr als eine Anhäufung von Knochen, und jede Zuckung des wirren Gestrüpps verzerrter Sehnen sprach von fast unerträglichen Schmerzen. Obwohl Inaschagga damit gerechnet hatte, Enkidu bleich und ausgemergelt vorzufinden, überstieg dieser Anblick ihre schlimmsten Befürchtungen. Der Löwenmann, der an ihrer Feuerstelle gehockt hatte, so fröhlich durch ihr Dorf gestürmt war und in glänzender Bronzerüstung vor dem Volk von Erech gestanden hatte, war nur noch an den hellen, sauberen Locken zu erkennen, die sein Gesicht umrahmten. Der goldene Bart und das Haar glänzten immer noch um das eingesunkene

Fleisch des Schädels, der aussah, als gehöre er einer von der Sonne ausgedörrten Leiche. Seine grünen Augen bewegten sich noch in den dunklen Höhlen, doch Inaschagga merkte schnell, daß sie nichts mehr sahen, denn obgleich er den Kopf lauschend in ihre Richtung drehte, wanderten seine Blicke so ziellos umher wie die runden Steine, die die Kinder über glatte Fliesen rollen.
»Enkidu«, sagte Gilgamesch, und sie hörte die erzwungene Fröhlichkeit in seiner Stimme, die sie an das zum Neujahrsfest grell geschminkte Gesicht einer in die Jahre gekommenen Schankfrau erinnerte. »Akalla, der Jäger, ist hier. Akalla, wenn es Enkidu wieder besser geht, wollen wir den Fluß hinunterziehen und jagen. Sein neuer Bogen ist fertig, dort in der Ecke steht er neben seinem Speer. Der Bogen genügt für Wasservögel und das meiste Wild, aber ich frage mich, ob er auch stark genug für den wilden Eber ist. Oder sollten wir dazu lieber den Speer nehmen?«
Inaschagga hielt ihren Sohn fester und betete, daß die übliche Wortkargheit ihres Mannes ihnen half, anstatt sie in Schwierigkeiten zu bringen. Wenn Akalla vor lauter Schreck das aussprach, was Gilgamesch auf keinen Fall hören wollte ...
Doch der Jäger setzte lediglich Ur-Lugal bei seiner Mutter ab, die, den Rücken an die Wand gelehnt, am Boden hockte und spann, und ging hinüber, um sich den Bogen anzusehen. Auf Gilgameschs Nikken hin bog er ihn durch, um rasch die Sehne zu befestigen. Als er ihn ganz spannen wollte, sah man die mächtigen Muskeln an Schulter und Rücken deutlich hervortreten, dann ließ er die Sehne langsam los und entspannte den Bogen.
»Ich würde ... würde den Speer, der da an der Wand lehnt, vorziehen«, erklärte er nachdenklich und deutete auf die große Waffe mit der Bronzespitze. »Auch der Bogen ist sehr gut, wenn man eine gute Hand und ein sicheres Auge besitzt«, fügte er hinzu, »wie Enkidu. Aber ... aber der Speer ist besser für den wilden Eber, wenn man genau zielt.«
»Hast du das gehört, mein Geliebter?« fragte Gilgamesch. »Ich habe es dir doch gesagt.«
»Ja«, flüsterte Enkidu. »Das hast du.«

Ein kurzes Schweigen trat ein, in dem nur das Keuchen von Enkidus Lungen zu hören war. In der Stille bewegte sich etwas am Boden, das aussah wie ein großer, goldener Felsblock. Inaschagga schaute hin, und eine kalte, entsetzliche Furcht packte sie. Vor dem Bett lag ein großer Löwe. Er hatte den Kopf gehoben und die gelben Augen auf sie und ihr Kind gerichtet. Sein Blick ließ sie erstarren wie eine Taube unter dem ausdruckslosen Blick der Schlange.
»Aber es muß ungefährlich sein«, murmelte Inaschagga vor sich hin. »Sonst hätte Sululi niemals Ur-Lugal hier.«
»Akalla, komm zu mir«, keuchte Enkidu. Langsam näherte sich der Jäger dem Bett. Seine Sandalen schleiften am Boden. Obwohl Inaschagga hörte, wie mühsam Enkidu atmete, hob der Kranke die Hand, und Akalla ergriff sie über den Löwen hinweg.
»Mein Freund, es tut mir leid.«
Inaschagga wandte sich ab, um ihre Tränen zu verbergen. Wie oft hatte der Löwenmann das in ihrem Haus gesagt, wenn er in seiner unendlichen Unschuld etwas zerbrochen oder beschmutzt hatte, das seiner erst halb gebändigten Kraft nicht gewachsen war. Jetzt das Echo dieser Worte zu vernehmen, verzerrt und matt wie Enkidus Körper, ging fast über ihre Kräfte. Sie wollte aus dem Zimmer laufen, doch dann erinnerte sie sich daran, daß sie hierher gekommen war, um sich von Enkidu zu verabschieden, bevor er seine Reise in das Land ohne Wiederkehr antrat, und sie wollte nicht gehen, ohne ihn gesegnet zu haben.
»Was tut dir leid?« fragte Akalla, und deutliche Verwirrung klang aus seiner stockenden Stimme.
»In meinem Schmerz habe ich etwas Falsches gesagt. Ich habe dich verflucht für etwas, was nicht deine Schuld war. Jetzt wünsche ich dir nur Gutes.«
Akallas Hände krampften sich zusammen, und die kleinen Muskeln seines Kopfes zuckten unter dem kurzen, schwarzen Haarpelz. Schließlich sagte er: »Ich habe viele Male ... viele Tiere in Schmerzen gesehen. Ich habe gesehen, wie sie ... wie sie alles angriffen und bissen, gleich, ob Freund oder Feind, wenn sie verletzt waren. Du ... dir geht es nicht anders, mein Freund. Mach dir keine Gedanken.«

»Trotzdem tut es mir leid. Ich schulde dir nur Segenswünsche und Dank, denn du warst der erste, der mich aufnahm und mir ein Dach über dem Kopf gab. Ich habe immer etwas für dich tun wollen ...«
»Und das hast du auch«, fiel Inaschagga schnell ein. »Weil du meinen Mann wiedererkanntest und mit ihm sprachst, wohnen wir jetzt in einem schönen Haus, und unser Leben ist besser, als wir es uns jemals erträumt hätten. Enkidu, Licht der Ebenen, du hast unsere Gastfreundschaft siebenfach und abermals siebenfach vergolten. Laß dir deine Reise nicht von den Sorgen um uns trüben, sondern geh freudig und mit reinem Herzen.«
Plötzlich war Gilgamesch über ihr wie ein Dämon. Unter seinem wütenden Blick schlug ihr das Herz bis zum Hals, und sie konnte den bitteren Salzgeschmack ihrer eigenen Todesfurcht im Munde spüren.
»Was meinst du mit ›Reise‹?« fragte der Ensi grimmig.
Obwohl Inaschagga immer über eine flinke Zunge verfügt hatte, lag sie jetzt schlaff wie ein gekochtes Stück Fleisch in ihrem Mund. Einen schrecklichen Augenblick wußte sie, daß sie Gilgamesch nicht antworten konnte, ohne ihm die Wahrheit ins Gesicht zu schleudern und die staubige Straße in die Unterwelt noch vor Enkidu zu gehen.
Doch plötzlich öffnete Eannatum den Mund und gab ein kleines Gurgeln von sich, und der Laut ihres Kindes war das sprudelnde Wasser, das Inaschaggas trockene Kehle wieder geschmeidig machte und sie die richtigen Worte finden ließ.
»Ensi, Erhabener von Erech, du hast von einem Jagdausflug gesprochen, wenn es Enkidu wieder besser geht.« Mehr fiel ihr nicht ein.
Gilgameschs Nasenflügel zitterten, als er heftig Atem holte, und sie sah, wie er den halbgesponnenen Faden ihrer Worte aufgriff.
»Ja, das habe ich. Und ist es beschlossen, Akalla? Noch vor dem Neujahrsfest?«
»Ja, Ensi«, bestätigte Akalla.
»Dann geht jetzt«, befahl Gilgamesch. »Enkidu ist müde und muß sich ausruhen.«
»Lebt wohl«, kam ein schwaches Murmeln vom Bett.
Bis sie im Hof ihres Hauses waren und in der kühlen Abendluft sa-

ßen, sprach niemand ein Wort. Überraschenderweise war es Akalla, der das Schweigen brach. Seine Stimme klang merkwürdig klar und ausdruckslos.
»Wenn ich in der Ebene jagen würde«, sagte er, »und ein Tier sähe, das so krank ist ... Löwe, Wolf oder Hyäne, dann ... wäre da nur eins.«
»Gilgamesch tut seinem Geliebten nichts Gutes«, stimmte Gunidu zu. »Aber was bleibt ihm übrig, als zu versuchen, Enkidus Herz zu erleichtern und ihn von seinen Schmerzen abzulenken?«
»Ihn sterben lassen«, dachte Inaschagga. Doch das konnte sie nicht laut aussprechen. Selbst nachdem sie Enkidu gesehen hatte und wußte, wie es um ihn stand, hätte sie sich nicht überwinden können, die Aufmerksamkeit der Götter auf sein Krankenlager zu lenken, auch hier nicht und jetzt nicht. Wenn es Akalla wäre, der da lag, oder – sie hob die Finger zum Hornzeichen gegen das Böse – Eannatum, würde sie sich mit dem Verlust abfinden können? Oder würde sie sich ebenso verzweifelt wie Gilgamesch an das Leben klammern und blindwütig gegen etwas kämpfen, das kein Sterblicher besiegen kann, auf die Gefahr hin, alles um sich herum zu zerstören?
*Ihr Götter, seid mir gnädig*, betete Inaschagga aus den verzweifelten Tiefen ihres Herzens. *Gewährt mir, daß ich es niemals herausfinden muß.*

17

Gilgamesch erwachte von den furchtbaren Schreien, die vom Bett kamen. Es war tief in der Nacht, alle Lampen waren erloschen und hatten nur erdrückende Dunkelheit und den Gestank der Krankheit zurückgelassen. Enkidus Stöhnen formte sich zu Worten, Worten, die Gilgamesch zerrissen wie Geierklauen.
»Mein Geliebter haßt mich«, stöhnte Enkidu. »Einmal saßen wir in Erech zusammen, und ich fürchtete den Kampf mit Huwawa, da gab er mir Mut. Mein Freund, der mich in der Schlacht gerettet hat, hat mich nun verlassen.«

Gilgamesch sprang von seinem Strohsack, stolperte in der Dunkelheit zu Enkidus Bett und legte sich vorsichtig neben ihn auf die schweißnassen Laken. »Mein Geliebter, mein Geliebter, ich habe dich nicht verlassen«, raunte er. »Sieh mich an, berühre mich, ich bin da.«
Enkidus Finger, kochendheiß, schlossen sich um Gilgameschs Arm. »Du bist da«, wiederholte er. »Die Angst wühlt in meinen Eingeweiden, wenn ich so allein hier liege. Mein Geliebter, ich hatte heute nacht einen Traum.«
»Du liegst nicht allein, denn ich bin bei dir. Erzähl mir deinen Traum, Geliebter.«
Enkidu wollte sprechen, doch nur ein Husten entrang sich seiner Kehle, und seine Lungen gurgelten wie bei einem Ertrinkenden, den man aus dem Fluß zieht. Gilgamesch wartete hilflos, bis die Krämpfe nachließen und Enkidu flüstern konnte: »Der Himmel ächzte, und die Erde schrie, und ich stand allein zwischen ihnen. Ein Mann mit dunklem Gesicht erschien vor mir, und sein Gesicht war wie das des Sturmvogels Imdugud. Seine Hände waren wie Löwenpranken und seine Fingernägel wie Adlerkrallen. Er packte mich an den Haaren und überwand mich. Ich schlug nach ihm, doch er sprang in die Höhe und warf mich nieder. Er stampfte auf mir herum wie ein wilder Stier, seine Hand hielt mich gepackt. Ich rief, ›Hilf mir, mein Geliebter!‹ Aber du rettetest mich nicht, denn du hattest Angst. Dann gab er mir einen Schlag und verwandelte mich in eine Taube, so daß meine Arme gefiedert waren wie bei einem Vogel. Er ergriff mich und brachte mich in das Haus der Dunkelheit, Irkallas Wohnstatt, das Haus, das niemand, der es betreten hat, wieder verläßt. Er führte mich auf der Straße ohne Wiederkehr zu dem Haus, dessen Bewohner nie das Licht sehen. Ihre Nahrung ist Lehm und ihr Trank Staub, ihre Kleidung ist die der Vögel, ein Gewand aus Federn. Sie wohnen in der Dunkelheit, und auf ihren Türen und Türriegeln liegt dicker Staub.«
Enkidu hielt inne, und seine keuchenden Lungen rangen nach Atem. Gilgamesch griff nach dem Becher auf dem Tisch neben dem Bett, wischte den goldenen Trinkhalm sauber und führte ihn an Enkidus

Mund. Enkidu saugte ein paarmal schwach daran und fuhr dann fort.

»Als ich in das Haus des Staubes kam«, ächzte er, »lagen dort die heiligen Herrscherkronen auf dem Boden aufgehäuft, und alles, was ich hörte, betraf die Träger der Kronen, die in grauer Vorzeit über das Land geherrscht hatten. Sie waren wie An und Enlil unter den Menschen gewesen, jetzt aber boten sie gebratenes Fleisch und gekochte Speisen an und zapften kühles Wasser aus Schläuchen. Als ich das Haus des Staubes betrat, saßen dort der En, der Menschen und Götter versöhnt, und der Trauerpriester für die Beerdigungen. Da saß der *Ischib*-Priester der Reinigung und der *Lumahhu*-Priester der Trance, da saßen die gesalbten Priester der großen Götter. Etana, den der Adler in den Himmel brachte, und Schakkan von den Tieren. Ereschkigal, die Königin der Unterwelt, saß da, während Beletseri, ihre Schreiberin, vor ihr kniete und eine Tontafel hielt, die sie Ereschkigal laut vorlas. Ereschkigal hob ihren Kopf und schaute mir gerade in die Augen.«

Gilgamesch spürte die Anstrengung in den erschlafften Sehnen, als sein Geliebter den Kopf zur Seite drehte. Trotz der Hitze, die sein Körper ausstrahlte, zitterte Enkidu heftig, und kalter Schweiß bedeckte seine Haut. Vorsichtig schlug Gilgamesch die Decke zur Seite und legte sich neben Enkidu, so daß dieser seinen Körper spüren konnte. Um ihm keine Schmerzen zu verursachen, achtete er jedoch sorgfältig darauf, ihm nicht zu nahe zu kommen.

»Sie sagte: ›Wer hat diesen Mann hergebracht?‹ Und der, der mich gepackt hatte, der Mann mit den Löwenpranken und den Adlerkrallen, antwortete: ›Ich war es.‹

›Warum hast du das getan?‹ fragte Ereschkigal. ›Er ist weder Tier noch Mensch, was soll er in den Wohnungen der Unterwelt?‹

Und er antwortete: ›Auf den Tafeln des Schicksals stand geschrieben, daß der Ensi von Erech sterben muß, denn er hat den Zorn der Götter erregt. Trägt dieser Mann nicht die Krone des Ensi auf seinem Kopf, und haben die Priesterinnen des Ensi, die Weihepriesterinnen von Gilgamesch, ihn nicht erhöht?‹ Und es schien mir, als trüge ich deine große Hornkrone und hielte deinen Stab in meiner Hand, und

Ereschkigal konnte es nicht bestreiten. Sie blickte wieder auf mich herab, und ich konnte mich weder bewegen noch sprechen.
›Wer die Stadt der Dunkelheit betritt‹, sagte sie, ›muß hierbleiben. Wer die *Me* der Unterwelt erhält, kehrt nie zurück; das Grab öffnet sich nicht, um die Toten auszuspeien aus dem Mund der Erde.‹ Und Beletseri, die Schreiberin, die vor ihr kniete, sagte: ›So steht es geschrieben, und die Anuna haben es besiegelt. Erhebe keinen Einwand, denn so lauten die Gesetze der Herrin der Unterwelt.‹
Ereschkigal aber fuhr fort: ›Vor mir sind alle Toten gleich. Denn niemand verläßt die Unterwelt, ohne mein Zeichen zu tragen, und wenn ich einen Platz bereitet habe, muß er ausgefüllt werden. Darum soll Gilgameschs Platz hier nicht leer bleiben, auch wenn er sich noch seiner Tage in der Oberwelt erfreut. Höre also, daß die Flut, der du dich nicht entgegenstellen kannst, gekommen ist, dich fortzutragen. Auch der Trance-Priester mit seinem Gesang und seiner Verzückung kann dir nicht helfen, und auch wenn du Gula anflehst, die auf ihrem Thron zwischen Hunden sitzt, kann sie dich nicht heilen, denn der Sturmwind hat dich niedergeworfen und der Mund der Erde sich über dir geschlossen.‹
Und dann, Geliebter«, Enkidus Stimme war sehr leise geworden und er versuchte, sich zu seinem Geliebten umzudrehen. Gilgamesch umarmte ihn vorsichtig und spürte die heißen Knochen seiner Rippen, die sich an ihn preßten. »Dann erwachte ich. Gilgamesch, vergiß mich nicht, der ich alle Mühsal mit dir geteilt habe, erinnere dich an die Gefahren, die wir gemeinsam bestanden haben.«
»Der Traum verheißt Schlimmes«, sagte Gilgamesch traurig. »Aber es ist ein Fiebertraum, ein Nebelbild, das sich auflösen wird, wenn das Fieber sinkt. Schlafe, ich werde bei dir bleiben. Ich werde dich nicht verlassen.«
Allmählich sank Enkidus Atmen zu einem heiseren Keuchen herab. Nach einiger Zeit kam es Gilgamesch vor, als sei sein Geliebter wieder eingeschlafen, und so schloß auch er die Augen. Er vergaß den zerfallenden Körper neben sich und dachte daran, wie es gewesen war, neben Enkidu zu schlafen, sich an ihn zu schmiegen und seiner Stärke zu vertrauen.

Als Gilgamesch wieder aufwachte, waren die Lampen entzündet und die Morgendämmerung angebrochen. Der Raum schien ihm merkwürdig ruhig, und er konnte sich nicht gleich erklären, warum. Dann merkte er, daß das schreckliche Gurgeln in Enkidus Lungen verstummt war. Enkidu schlief ruhig neben ihm, und Gilgamesch spürte, daß das Fieber gefallen war, denn der Körper des Geliebten an seiner Seite war nicht wärmer als sein eigener.
Gilgamesch atmete vor Freude und Erleichterung tief auf und verließ, um den ersten ruhigen Schlaf, den Enkidu seit Tagen gefunden hatte, nicht zu stören, das Bett noch vorsichtiger, als er in der Nacht hineingeglitten war.
Doch sein Bemühen war von wenig Nutzen, denn Ur-Lugal war schon von dem Strohsack geklettert, den er mit seiner Mutter teilte, und schwankte auf Enkidu zu.
»Da-da?« fragte das Kind. »Da-da?«
Plötzlich vernahm Gilgamesch einen Laut, der ihn erstarren ließ wie Frost einen jungen Trieb. Der Löwe hatte seinen Kopf gehoben und starrte mit dumpfen Grollen auf Ur-Lugal.
»Nein«, flüsterte Gilgamesch. »Geh zurück, mein Sohn.«
Doch Ur-Lugal tat einen weiteren unbeholfenen Schritt vorwärts. In weniger als einem Herzschlag hatten sich die Muskeln unter dem gelben Fell gespannt. Wie eine Katze sprang der Löwe auf. Seine riesige, gestreckte Gestalt erfüllte den Raum.
Gilgamesch wußte nicht, wie er sich so schnell bewegt hatte und auch nicht, wie der Speer in seine Hand gekommen war. Doch plötzlich spritzte ihm heißes Blut ins Gesicht und scharfe Krallen zerkratzten ihm Schultern und Beine. Mit aller Kraft versuchte er, das riesige Tier an der Wand festzunageln. Die Speerspitze war durch den Körper des Löwen hindurch in die Lehmziegel gedrungen. Dann sackte der Löwe zusammen, die langen Krallen griffen nicht mehr an und der aufgerissene Rachen mit den schrecklichen Fangzähnen hing schlaff herunter, als der Kopf zur Seite fiel.
Keuchend ließ Gilgamesch den Speer los und starrte auf den blutenden Kadaver. »Warum?« flüsterte er, und seine Stimme war in Ur-Lugals Brüllen kaum zu vernehmen. Sululi, die inzwischen erwacht

war, sprang auf und schrie: »Gilgamesch! Ur-Lugal! Was ist geschehen?«
Gilgamesch riß das Kind in seine Arme und untersuchte es hastig. Ur-Lugal heulte jetzt aus Leibeskräften, aber er hatte keinen Kratzer abbekommen. Gilgameschs Speerstoß hatte den Löwen quer durch den Raum geworfen, bevor seine Krallen das Kind berühren konnten. Der Ensi zitterte so heftig, daß er fürchtete, seinen Sohn fallen zu lassen. Er gab ihn Sululi.
»Der Löwe ist toll geworden«, keuchte er und wandte sich zum Bett. »Enkidu? Enkidu, hast du das gesehen? Ich mußte es tun ... Ich konnte nicht ...«
Enkidu konnte doch nicht geschlafen haben, konnte nicht jetzt noch schlafen, während Ur-Lugals Geschrei die Wände erzittern ließ. Doch er lag ganz ruhig, bewegte sich nicht und sagte auch nichts.
»Er schläft wirklich noch«, sagte Gilgamesch verwundert.
Sululi schaute erst Gilgamesch an und dann den riesigen, gelben Körper des Löwen, der ausgestreckt am Boden lag. Zuletzt wandte sie ihren Blick Enkidu zu, und Tränen liefen ihr aus den dunklen Augen übers Gesicht. Mit Ur-Lugal auf der Hüfte ging sie langsam zum Bett. Sie bückte sich und berührte Enkidus Stirn, zog dann die Decke zurück und legte die Hand auf seinen eingesunkenen Brustkorb.
Sie schüttelte den Kopf, sagte aber nichts.
»Nein«, flüsterte Gilgamesch. »Nein.«
Ein furchtbarer Schrei brach aus seinem Mund und tobte durch das Zimmer wie ein Sturmwind, der die Mauern und alles darin erschütterte.
»Nein!«
Er sprang an Enkidus Seite, nahm ihn in den Arm und richtete ihn auf. Doch der abgemagerte Leib seines Geliebten, nicht länger gewärmt von Gilgameschs Körper, begann schon zu erkalten. Sein Kopf fiel zur Seite, der Mund stand offen und die Augenlider hingen schlaff herunter.
»Mein Geliebter, was ist das für ein Schlaf, der dich befallen hat? Du bist dunkel geworden und hörst mich nicht mehr. Du hebst den Kopf nicht, und ich spüre dein Herz nicht unter meiner Hand.«

Mit unendlicher Behutsamkeit legte Gilgamesch Enkidu wieder hin. Er konnte die hohen Klagelaute nicht unterdrücken, Worte der Qual strömten laut von seinen Lippen. Einem Adler gleich, der am Himmel kreist, umkreiste er das Zimmer, immer wieder kehrte er zum Leichnam seines Geliebten zurück, wie eine Löwin zu ihrem toten Jungen.
»Enkidu, Kind von Gazelle und Wildesel, aufgezogen von allen Tieren der weiten Wildnis. Die Wege zum Zedernwald und wieder zurück betrauern dich, sie weinen Tag und Nacht. Die Ältesten von Erech-der-Schafhürde betrauern dich, alle, die uns segneten, beklagen dich, das Volk der Berge und Hügel beweint dich. Das Weideland weint, es klagt um dich wie eine Mutter, die Zypressen und Zedern weinen um dich. Bär und Hyäne, Leopard und Tiger, Schakal und Löwe, der wilde Stier, Hirsch, Steinbock: alle Tiere der Ebenen trauern um dich. Der heilige Fluß Ulaja, an dessen Ufer wir wandelten, beweint dich, und der klare Buranun, an dem wir unsere Wasserschläuche füllten und Trankopfer darbrachten, betrauert dich. Die Männer von Erech-der-Schafhürde, die von den Mauern zusahen, wie wir den Himmelsstier erschlugen, beweinen dich. Mögen alle, die deinen Namen in Eridu gepriesen haben, dich beweinen, und auch die, die deinen Namen noch nicht lobten. Möge die Frau, die dir Speisen brachte, dich beweinen und auch die, die Butter vor dich stellte und dir Bier zu trinken gab. Möge die Priesterin, die dich mit süßem Öl salbte, dich beklagen und die Ehefrau, die dir einen Ring gab. Mögen die Brüder Trauer tragen und sich vor Gram den Kopf scheren.«
Gilgamesch stellte seinen Fuß auf den Körper des Löwen und zog den Speer heraus. Er nahm eine Handvoll seiner Locken und sägte mit der blutigen Speerspitze daran, bis sie verstreut am Boden lagen. Er weinte wie eine Frau oder ein Klagepriester, laut und bitterlich. Es gab auf der ganzen Welt nicht genügend Worte, seiner Trauer Ausdruck zu geben. Sie brach aus ihm heraus wie ein Sturzbach geschmolzener Bronze aus einer berstenden Tonform.
»Ich werde in der Wildnis um dich weinen. Enkidu war die Axt an meiner Seite, der Bogen in meiner Hand, das Schwert an meinem Gürtel, der Schild vor meinem Leib, mein Festgewand und die

Schärpe um meine Lenden. Das Böse hat sich erhoben und dich mir genommen! Enkidu, mein schnelles Maultier, du flinker Wildesel der Berge, Panther der Ebenen, zusammen sind wir in die Berge gezogen, zusammen haben wir den Himmelsstier gefangen und getötet und Huwawa erschlagen, der im Zedernwald lebte. Was ist das nur für ein Schlaf, der über dich gekommen ist? Du bist dunkel geworden und hörst mich nicht.«

Immer noch klagend zog Gilgamesch das dünne Leintuch über ihn, denn er konnte Enkidus offene Augen, die in die Dunkelheit starrten, und den offenen Mund, der ein dunkler Fleck in den goldenen Locken seines Bartes war, nicht mehr ertragen. Er bedeckte Enkidus Gesicht wie das einer Braut und beugte sich weinend über ihn.

Nach einiger Zeit bemerkte Gilgamesch, daß Sululi sich mit Ur-Lugal aus dem Zimmer geschlichen hatte. Er schritt über den am Boden liegenden Kadaver des Löwen hinweg, und weil er sich nicht überwinden konnte, ihm einen Fußtritt zu versetzen, trat er statt dessen gegen die Decken auf Sululis Strohsack. Unter den zerwühlten Falten war eine Wollfranse zu sehen: Es war der zottige Mantel, den sie für Enkidu gewebt hatte.

Gilgamesch zog ihn mit beiden Händen heraus. Er wollte ihn in Stücke reißen, diesen trügerischen Schutz, der Enkidu in den Stunden des Leids nicht hatte helfen können, doch der Stoff war zu fest gewebt. Schließlich warf er das Kleidungsstück über seine eigenen, zitternden Schultern und schluchzte in tränenloser, ohnmächtiger Wut.

Das Zimmer, vollgestopft mit all den unnützen und wertvollen Dingen, die er in der Hoffnung angeschleppt hatte, Enkidu damit die Lebensfreude zurückzugeben, schien Gilgamesch jetzt sehr klein, voll und doch leer, eine Opferstätte, der man den Gott geraubt hat. Die Lapislazulihörner des Himmelsstiers hingen immer noch dunkelglänzend über der verhüllten Gestalt auf dem Bett. Seine Gabe an Lugalbanda hatte ihm wenig Gutes gebracht. Gilgamesch nahm eines der Hörner herunter, und das Öl schwappte über den Rand. Es war in den letzten zwölf Tagen ranzig geworden, und tote Fliegen schwammen darin.

»Verflucht sollst du sein!« schrie der Ensi und warf das Horn mit aller Kraft gegen die Wand. Es prallte krachend gegen die Ziegel, und ein Schwall von Öl ergoß sich auf den Fußboden. Doch der dicke blaue Stein hatte weder einen Sprung bekommen, noch war er zerbrochen. Als Gilgamesch sich bückte, um ihn aufzuheben, gab plötzlich das Knie, das in der ersten Schlacht gegen Agga verwundet worden war, unter ihm nach, und er fiel mit einem Schmerzensschrei zu Boden und hielt sich das sofort anschwellende Bein. Benommen begriff er, daß er es sich im Kampf mit dem Löwen wieder verrenkt haben mußte. Gilgamesch war nicht mehr fähig aufzustehen, er saß da, das Horn in seinen Händen, und drehte die schwere Last hin und her. Die polierte schwarzblaue Oberfläche mit den goldenen Einsprengseln war ohne Zweifel wunderbar, doch erst jetzt fiel ihm auf, wie häßlich es darunter aussah, wo sich Schmutzklumpen, bedeckt mit Öl und Käfern, angesammelt hatten, als ob es schon lange von innen her faulte. So saß er noch, als die Männer kamen und stumm den Kadaver des Löwen hinaustrugen. Sie wichen dem Blick des Ensi aus.

### 18

Schusuen stand draußen im Hof des Gipar und überprüfte zusammen mit Gunidu eine Liste mit Zahlen. In den letzten Monaten war der alte Hirte ihm äußerst hilfreich geworden. Soweit Schusuen es beurteilen konnte, hatten weder seine Klugheit noch sein Blick für den Zustand der Schafe in der langen, selbst auferlegten Verbannung gelitten, und bei den großen Herden, die für das Schlachten oder die Aufzucht gemustert werden mußten, waren seine Fähigkeiten für die Eanna besonders wichtig.
»Man hat mir berichtet, daß die Kanäle seit dem Tod des Himmelsstiers schon viel mehr Wasser führen«, sagte Schusuen. »Deshalb denke ich, daß wir uns leisten können ...«
Er brach ab, denn Gunidu hörte ihm nicht zu, sondern starrte auf etwas hinter Schusuen. Er drehte sich um, um zu sehen, was die Auf-

merksamkeit des Hirten so plötzlich abgelenkt hatte. Es waren vier kräftige Diener der Eanna, die aus der Tür zu den Gemächern des Ensi traten. Zwischen sich trugen sie den goldenen Körper eines mächtigen Mähnenlöwen, des Tiers mit der Markierung auf der Stirn, das Enkidu gefolgt war. Seine vier Beine hingen schlaff herunter, und aus der Wunde in der Brust fielen immer noch dunkle Blutstropfen auf den Staub des Hofes.
»Er ist tot«, sagte Schusuen.
Gunidu nickte.
»Und Gilgamesch ... Ich muß zu ihm.«
Der Hirte hob die Hand und legte sie sanft auf Schusuens Schulter, als wollte er ihn zurückhalten. »Willst du ihn in seiner Trauer stören?« fragte er. »Denk nach. Der Löwe ist nicht an Enkidus Krankheit gestorben.«
Schusuen überlegte kurz, meinte dann aber entschlossen: »Jemand muß nach ihm sehen. Ich werde mich darauf einstellen, daß ich notfalls wegrennen muß.«
Gilgamesch saß auf dem Boden, den Rücken der verhüllten Gestalt auf dem Bett zugewandt, eines der schweren Lapislazulihörner des Himmelsstiers in den Armen. Sein Haar hing wirr herunter, die Locken, die ihm sonst glänzend über den Rücken fielen, waren verfilzt und teilweise wahllos abgeschnitten, Oberkörper und Beine mit kleinen Wunden bedeckt und blutverschmiert. »Hat er sich das selbst zugefügt?« überlegte Schusuen erschrocken. Dann aber erinnerte er sich an den Löwen und atmete erleichtert auf. Wenn der Ensi die Kraft zum Kämpfen hatte, war er noch ein ganzes Stück vom Tod entfernt. Doch die Binsen, auf denen Gilgamesch saß, waren schmutzig, voll von schwarzen Haarsträhnen, Blutflecken und altem Öl. Eine unvorsichtige Bewegung mit der Hand oder einem Kleidungsstück, die eine Lampe oder ein Binsenlicht umwarf, und der Raum würde in Sekundenschnelle in Flammen stehen.
Der Ensi blickte nicht auf, als Schusuen den Raum betrat, doch der Schreiber konnte die dunkle Leere in seinen Augen sehen, und sein Herz krampfte sich zusammen. Wenn Gilgamesch wahnsinnig geworden war ...

»Gilgamesch. Gilgamesch, hörst du mich?«
»Ich höre dich«, antwortete Gilgamesch teilnahmslos. »Geh weg. Es gibt hier nichts für dich zu tun, Schreiber. Er ist nicht im Kampf gestorben. Es gibt nichts, was du noch aufschreiben könntest.«
Mit zitternden Knien ging Schusuen zu der Truhe, in der die Hoheitszeichen des Ensi aufbewahrt wurden. Für das, was er im Sinn hatte, schrieb das Gesetz die Todesstrafe vor, doch wenn er auf diese Art bestraft würde, dann von Gilgameschs Hand, und seine Entscheidung würde nichts mit den Gesetzen zu tun haben.
Der Schreiber griff in die Truhe, holte die hohe Krone mit den einander überlappenden Hörnern heraus und hielt sie Gilgamesch hin. »Ich habe einen Ensi«, antwortete er. »Den Ensi von Erech, dessen Haupt diese Krone tragen sollte.«
Gilgamesch legte das Stierhorn auf die beschmutzten Binsen und schob sich mit dem Rücken an der Wand hoch. Er hinkte schwer, sein Knie war dick geschwollen, aber er nahm die Krone aus den Händen des Schreibers. Doch anstatt sie sich selbst aufzusetzen, ging er zum Bett und legte den Kopfschmuck des Herrschers liebevoll auf das Kissen.
»Der Ensi von Erech ist tot. Steig auf die Stadtmauer und verkünde es, Schreiber. Enkidu aber soll hier liegen, und ich werde bei ihm bleiben.«
»Und wen soll ich seinen Erben nennen, wenn nicht den, der schon gesalbt ist in Erech?« beharrte Schusuen. »Hier liegt Enkidu, doch Gilgamesch steht vor mir, und die Pflichten der Lebenden enden nicht mit dem Tod. Willst du Enkidu jetzt im Stich lassen? Er braucht ein würdiges Begräbnis, das nicht stattfinden kann, wenn du dich jetzt nicht der Reinigung unterziehst und die Zeremonie leitest. Ich werde die Klagepriester schicken.«
»Das wirst du nicht tun!« brauste Gilgamesch auf, und plötzlich flammte ein Licht in seinen Augen auf, grell wie Laternen in einer mondlosen Nacht. »Geh! Tu, was du willst, aber störe uns nicht wieder.« Er griff nach dem Speer, der an der Wand lehnte, doch seine Hand verfehlte ihn. Die Waffe fiel klappernd zu Boden, und Schusuen sah, daß die Spitze dunkel von verkrustetem Blut war. Bevor der

Ensi den Speer aufheben konnte, hatte sich der Schreiber schon schnell verbeugt und den Raum verlassen.
Draußen im Hof wurden seine Schritte langsamer. Er mußte dem Volk der Eanna die Nachricht verkünden und die Klagepriester versammeln, damit sie durch die Stadt zogen und die Staatstrauer ausriefen. Die täglichen Schlachtungen sorgten dafür, daß es beim Leichenschmaus nicht an Fleisch mangeln würde, doch es mußten zusätzliche Getreidemengen ausgegeben werden, um Brot zu backen. Er würde um Milch- und Honigopfer bitten lassen. Mit dem Leichenbier würde es schwierig werden, da man auf Gilgameschs Befehl alle Vorräte schon beim Fest zum Tode des Himmelsstiers ausgeschenkt hatte. Aber selbst wenn die Zeit ausgereicht hätte, frisches Bier zu brauen, gab es nicht genügend überschüssiges Korn, so daß Schusuen nicht wagte, die Lagerhäuser dafür zu plündern. Auch wenn der Himmelsstier tot war und das Wasser wieder frei durch die Kanäle floß, waren die Vorräte der Eanna viel zu gering, um eine solche Verschwendung zu fördern, jedenfalls nicht, bevor mindestens ein oder zwei weitere Jahre mit guten Ernten hinter ihnen lagen. Schusuen würde seine Beauftragen in die Schenken der Stadt schicken und als Entgelt möglicherweise eine befristete Steuerminderung anbieten müssen, wobei er jedoch annahm, daß man ihm nicht zuviel abverlangen würde, denn selbst der geizigste Wirt sprach nur gut von Enkidu, was immer sie heimlich über Gilgamesch flüsterten. Schusuen würde die Totengräber und Steinmetze rufen lassen, damit eine ordentliche Grabkammer gebaut wurde, wie sie Enkidu zustand. Denn was Gilgamesch in seiner Trauer herausgeschrien hatte, stimmte: Enkidu war ebensogut Ensi gewesen wie Gilgamesch und sollte es auch im Tod bleiben. Und auch wenn sich die Zahlen in seinem Kopf schneller addierten, als Schusuens Finger die Steine auf dem Rechenbrett verschieben konnten, konnte er Enkidu den Aufwand nicht mißgönnen.
Und er selbst ...
Schusuen holte tief Luft und prüfte sein Herz wie ein Krieger eine heilende Wunde. Er hatte schon allein in seinem Zimmer um Enkidu getrauert, sobald ihm klar geworden war, daß Gilgameschs Freund

sterben würde. Jetzt verspürte er nur noch dumpfen Kummer über den Verlust des Löwenmannes, bereits überdeckt von seiner wachsenden Sorge um Gilgamesch.
Seine Schritte beschleunigten sich wieder; er hatte sich entschlossen. Zuerst mußte er den Leibsklaven des Ensi suchen, um sicherzustellen, daß Gilgameschs Zimmer ordentlich gereinigt und seine Wunden versorgt würden, bevor sie sich entzündeten. Doch nein, zuerst würde er zu Birhurturre gehen und ihn bitten, ein paar zuverlässige Männer auszuwählen, falls man den Ensi mit Gewalt von der Leiche zurückhalten mußte. Dann würde er den En und die Schamhatu unterrichten, wenn sie nicht schon von dem traurigen Ereignis wußten. Danach würde er sich um die Einzelheiten des Begräbnisses kümmern. Er verwahrte immer noch Gilgameschs Rollsiegel, so daß er dem Ensi noch ein oder zwei Tage Ruhe gönnen konnte, bis er dann wirklich gebraucht würde, um die Riten zu vollziehen.
Bis dahin – Schusuen konnte nur darum beten – mußte Gilgamesch sich beruhigt und damit abgefunden haben, daß Enkidu einen Weg gegangen war, auf dem er ihm noch nicht folgen konnte.

# Die lange Reise

1

Sieben Tage und sieben Nächte trauerte die Stadt Erech um Enkidu. Die Klagepriester ließen ihre Stimmen von den Stadtmauern und in den Straßen ertönen und alle, die Enkidu gekannt hatten, zerrissen ihre Kleider und rauften sich die Haare. Das heiße Wetter hielt noch immer an, doch die Luft war schwül und drückend, was auf ein drohendes Gewitter hindeutete. Gilgamesch hatte sich mit der Leiche in seinem Zimmer eingeschlossen, und niemand außer Enatarzi, der ihm zu essen und trinken brachte, durfte hinein.

»Ja, er ißt und trinkt«, bestätigte Enatarzi Schusuen. »Und die Wunden, die ihm der Löwe beigebracht hat, heilen gut, obwohl ich nicht weiß, warum, da er mir noch nicht einmal erlaubt hat, das Blut von den Kratzern zu waschen. Aber er liegt auf dem Bett und klammert sich an Enkidus Leiche. Ich habe gehört, daß er zu dem Toten spricht, als könne er ihn damit ins Leben zurückholen. Aber ...«, der Eunuch beugte sich vor und sein Atem streifte sanft Schusuens Ohr, »... ich denke, es kann nicht mehr lange dauern. Auch wenn der Ensi vergessen haben muß, wie frische Luft riecht, dringt der Gestank inzwischen bis auf den Flur, und die Fliegen ...«

Schusuen verzog das Gesicht. »Nur gut, daß die Grabstätte fast fertig ist. Hab ein Auge auf ihn und gib mir sofort Bescheid, wenn sich etwas ändert.«

Schon am nächsten Tag, als Schusuen in der Morgendämmerung gerade mit Basthotep, der ihm auf den Fersen folgte, den Hof des Gipar überquerte, sah er eine riesige, zottige Gestalt aus den Gemächern

des Ensi kommen. Sekundenlang täuschte das Zwielicht seine kurzsichtigen Augen, und er glaubte, ein zahmer Bär hätte sich irgendwo in der Stadt losgerissen und streife durch die Eanna. Dann begriff er, daß der Fransenpelz zu hell für einen Bären war, und sein nächster Blick enthüllte ihm die Gestalt eines Mannes mit zerwühlten Haaren, unrasiert, die Kleidung unter dem groben Mantel zerrissen und in Unordnung, aber immer noch erkennbar Gilgamesch.
»Schusuen!« rief Gilgamesch. »Komm her!«
Die Stimme war rauh wie der Schrei eines Geiers und vom Weinen entstellt, doch die Worte waren deutlich zu verstehen.
Schusuen rannte zu ihm hin. »Ja, Ensi?«
»Hast du Tafel und Rohrfeder bei dir? Ich habe Anweisungen zu erteilen.«
»Natürlich, Ensi.«
»Verkünde, daß ich diesen Befehl gebe und das ganze Land dazu aufrufe: Handwerker, Metallarbeiter, Steinmetze, Goldschmiede! Schafft mir ein Abbild meines Freundes, formt eine Statue! O mein Geliebter, auch wenn sein Körper aus Lehm vergeht, soll sein Anblick für Erech nicht verloren sein, und ich werde nicht aufhören, sein Antlitz zu schauen. Aus Lapislazuli soll seine Brust sein, der Körper aus Gold, in Lebensgröße, so wie er stets alle anderen Männer überragt hast, und die Hörner des Himmelsstiers sollen ihn schmücken!«
Pflichtgemäß schrieb Schusuen die Worte nieder und versuchte, beim Schreiben nicht die Nase zu rümpfen. Aus der Nähe übertraf der Leichengeruch, der von Gilgamesch ausging, noch den seines ungewaschenen Körpers, und neben ihm zu stehen war, als stünde man an einem offenen Grab. Weniger empfindlich als sein menschlicher Freund, schlich sich Basthotep an Gilgamesch heran. Sein Schnurrbart zuckte vor Erregung, als er sich an den Beinen des Ensi rieb, und er schnurrte, während sich auf die Hinterbeine stellte und begeistert mit den schmutzigen Fetzen von Gilgameschs Rock und dem herabhängenden Ende seines Gürtel spielte. Gilgamesch schien es kaum zu bemerken. Sein Blick war schon zum östlichen Horizont gerichtet, während im gleichen Augenblick oben im Heiligtum die

Stimme des Eunuchen Atab erklang. Er sang keinen der Klagegesänge, die man die ganze Woche über in der Stadt gehört hatte, sondern das vertraute Preislied für Inanna bei Anbruch des Tages.

*Ehrwürdige Ratgeberin, Zierde des Himmels, Freude des An!*
*Wenn der süße Schlaf beendet ist,*
*erscheinst du wie das helle Tageslicht ...*

»O Enkidu, mein Geliebter«, murmelte Gilgamesch. »Ich habe dich auf dem großen Lager liegen lassen, auf dem Lager der Ehre ließ ich dich zurück.«

*Wenn sich alle Länder und Menschen von Sumer versammeln,*
*die unter den Dächern und neben den Mauern schlafen,*
*wenn sie dich preisen und dir ihre Sorgen anvertrauen,*
*wägst du ihre Worte ...*

»Du saßest zu meiner Linken auf dem bequemen Ruhesessel, und die Herrscher der Welt küßten dir die Füße. Ich ließ die Menschen von Erech um dich weinen, und das frohe Volk war voller Trauer über dich.«
Nun setzte der gesamte Chor ein, und der Freudengesang, der Schusuen fast jeden Morgen seines Lebens geweckt hatte, erhob sich. Heute machte er ihm das Herz besonders leicht, denn er schien das Ende der Trauer um Enkidu und die Rückkehr zum gewohnten Leben zu verheißen.

*Meine Herrin schaut voll süßer Verwunderung vom Himmel herab,*
*die Menschen von Sumer schreiten feierlich vor der heiligen Inanna.*
*Die Herrin des Morgens strahlt. Ich preise dich, heilige Inanna.*
*Die strahlende Herrin des Morgens erscheint am Horizont.*

»Richte mir«, befahl Gilgamesch, »den großen Opfertisch aus edlem Holz und stelle eine Schale aus Karneol mit Honig und eine Schale aus Lapislazuli mit Sahne im Angesicht von Utu bereit. Enkidu sollen

auch weiterhin die Opfer für einen Ensi dargebracht werden, damit ihn niemand vergißt, und sein Körper soll gewaschen, mit süß duftenden Ölen eingerieben und gekleidet werden, als ob er noch lebte. Man soll ihn reinigen und schmücken wie zu einem Fest.«
»Ganz wie du wünschst, Ensi.«
Gilgamesch wandte sich zum Gehen, doch Basthoteps Krallen hatten sich in einem ausgefransten Streifen seines Rock verfangen, so daß er sich bücken mußte, um den Kater zu befreien. Einen Moment zögerte er, dann nahm er den Kater hoch. Das Schnurren des Tieres wurde lauter. Basthotep stieß seinen gestreiften Kopf gegen den Gilgameschs und knetete mit den Pfoten heftig seinen Mantel.
»Was ist aus dem Körper des Löwen geworden?« fragte Gilgamesch unvermittelt.
»Das Fell wird für dich gegerbt, mein Ensi, und den Kadaver haben wir in Inannas Heiligtum begraben, wie es uns für ein so edles Tier angebracht erschien.«
Gilgameschs Kiefer bewegten sich, als kaue er an zwei Antworten gleichzeitig, doch dann sagte er nur: »Bringt mir das Fell. Ich will es zum Andenken an meinen Geliebten tragen.«

2

In Enkidus Mantel gehüllt, das Löwenfell über den Schultern, Enkidus Bogen und Köcher auf den Rücken geschnallt, die Axt seines Geliebten am Gürtel, hinkte Gilgamesch, nachdem er die Opfer dargebracht hatte, durch die Straßen von Erech. Er schenkte den Leute, die ihn anstarrten und deren leises Gemurmel sich vor und hinter ihm erhob, nicht mehr Beachtung als den Fliegen, die ihn umsurrten. Er wußte nur, daß er laufen mußte, und wenn sein Knie bei jedem Schritt unerbittlich stach, so lenkte ihn das zumindest ein wenig von seinem Seelenschmerz ab. Aber es schien ihm, als sei Enkidu in seiner Nähe, gerade so weit voraus, daß er ihn nicht sehen konnte. Auch das war eine Qual für ihn, denn er konnte seinen Geliebten weder

wahrnehmen noch berühren, nur die Wärme des Löwenfells auf seinen Schultern und die rauhen Haare spüren, die er unablässig zwischen den Fingern rieb.
Da... in dieser Schenke... wie hieß das Schankmädchen noch gleich? Gilgamesch konnte sich nicht daran erinnern, obwohl das runde Gesicht und das Lächeln der schiefen Zähne ihm noch klar vor Augen stand, genauso wie ihre großen Brüste in Enkidus Händen. Kichernd hatte sie dabei mit ihnen beiden geschäkert. Und dort... in der Werkstadt dieses Kupferschmieds hatte Enkidu sich oft aufgehalten und dem stämmigen Mann endlose Fragen über sein Handwerk gestellt, die dieser geduldig beantwortet hatte, ohne dabei einen einzigen Hammerschlag auszusetzen. Und hier... der Stand des Obsthändlers, an dem es jetzt keine Melonen gab, sondern nur Stränge mit getrockneten Zwiebeln und Knoblauch. Enkidu hatte Melonen geliebt.
Schließlich erreichte Gilgamesch den Platz in der Mitte der Stadt, auf dem man das Kriegsdenkmal errichtet hatte. In den Stein waren Bilder aus der Schlacht gemeißelt: Enkidu, wie er den Streitwagen lenkte, in dem Gilgamesch mit erhobener Axt stand, ringsum gefallene Feinde. Der Anblick trieb Gilgamesch neue, brennende Tränen in die geschwollenen Augen.
»Wie töricht ich doch war«, sagte er leise, »zu glauben, daß Stein, Worte und Erinnerungen ein verlorenes Leben ersetzen können.«
Seine Worte vor der Schlacht kamen ihm jetzt wieder in den Sinn: *Wißt, daß man sich an die, die tapfer sterben, erinnern wird.* Sie waren leer und sinnlos wie das Krächzen eines Kranichs im Schilf. Wie viele waren in dieser Schlacht umgekommen? Wie viele Frauen, deren Witwenjahr noch nicht vorüber war, trauerten um ihre Männer wie Gilgamesch um Enkidu? »Ich habe in der Schlacht unser Leben gewagt«, dachte Gilgamesch, »weil ich nicht glaubte, daß wir sterben könnten. Trotz all meiner Schlachten zuvor kannte ich den Tod nicht und wußte nicht, wie er einem das Herz brechen kann.«
»War es das wert?« fragte sich Gilgamesch, und die Worte lagen bitter wie ein zerbissener Aprikosenkern auf seiner Zunge. Selbst tausend Jahre Tribut von Erech an Kisch würden Enkidu nicht wieder le-

bendig machen. Sonst würde er es sofort versprechen, würde vor Agga auf dem Bauch kriechen und dem alten Mann die Sandalen ablecken. Aber tausend oder sogar zehntausend Jahre Tribut würden ihm Enkidu nicht wiedergeben und auch keinem anderen Liebenden das geliebte Wesen zurückbringen. »War es all diese vielen Leben wert?«
War es auch nur ein Leben wert?
Und wer wollte den Wert eines Lebens bestimmen, dieses Schatzes, der, einmal verloren, nie wieder errungen werden konnte? Was spielte es für eine Rolle, daß man des Tributs ledig war, den Krieg gewonnen hatte und es in Erech wieder Wohlstand und Vergnügen geben würde? Was bedeuteten Reichtum und Freude von Zehntausenden oder gar Hunderttausenden, wenn man sie gegen ein einziges Leben aufwog? Was hatten Erinnerung oder Tapferkeit, Lob oder Macht, Ehre oder Überlieferung und die Geschichten von mächtigen Vorfahren wirklich für einen Wert?
»Keinen«, flüsterte Gilgamesch, »für jemanden, der seinen Liebsten verloren hat.«
Er drehte sich um und verließ den Platz, denn er ertrug ihn nicht länger. Hätte er sein Schwert bei sich geführt, diese ausschließlich zum Töten geschmiedete Waffe, er hätte es auf der Stelle zerbrochen, um mit den glitzernden Bruchstücken die Verherrlichung seiner Kriegstaten Lügen zu strafen. Doch er hatte es nicht bei sich, und das Denkmal, ein in unvergänglichen Stein gehauenes Zeugnis seiner Verbrechen, klagte ihn an.
Vor Gilgamesch ragte hoch und schimmernd in der noch dunstigen Sonne das große Zederntor auf. Das rötliche Holz glänzte tief und satt im Morgenlicht. Die Handwerker mußten doppelt und dreifach hart gearbeitet haben, um das Tor so schnell fertigzustellen. Er blieb stehen und blickte hinauf. Der Duft des Zedernwaldes, die warmen Tage auf dem Fluß ... Enkidus heisere Stimme, schon geschwächt von der Krankheit ...
»Hätte ich gewußt, o Tor, daß es so enden wird und dies dein Dank wäre, dann hätte ich deine Stämme genommen und sie zerhackt ...«

Gilgamesch zog die Axt aus dem Gürtel und umklammerte den glatten Griff. Aber er war außerstande, einen Streich gegen das geschnitzte Holz zu führen, denn es trug Enkidus Bild, das stumm und ewig zu dem seinen sprach. Obwohl er wünschte, nie einen Blick auf die mächtigen Gipfel der bewaldeten Berge geworfen und nie den Fuß auf die Straße, die ins Land der Lebenden führte, gesetzt zu haben, brachte er es nicht fertig, den Arm zu heben und mit der Axt jenen glitzernden Bogen zu schwingen, der damit endete, daß die Schneide tief in das glatte Zedernholz fuhr. Nach kurzer Zeit steckte er die Waffe wieder weg und durchschritt das Tor, ohne auf die grüßenden Stimmen der Wachen zu achten.
Der Buranun strömte sanft dahin, die grünen Ufer noch immer weiß gefleckt von einigen Schafherden. Gilgamesch wandte sich ab und kehrte Erech den Rücken. Bei jedem Schritt knackte schmerzhaft sein Knie. Hinter sich vernahm er fernes Donnergrollen in der schwülen Luft. Das Wetter schlug endlich um. Mochte das Gewitter kommen, mochte der Wolkenbruch niedergehen, ihn kümmerte es nicht mehr. Mochte sich Erech einen anderen Hirten suchen, bis sein Sohn erwachsen war, mochten die Priester, die Schreiber und die Götter tun, was sie wollten. Gilgamesch hatte mit der Welt abgeschlossen.

3

Tag für Tag ließ Gilgamesch die Stadt weiter hinter sich und folgte dem Weg ins Ödland. Sein einziger Wasserschlauch war ein altes Ding, das ein anderer Reisender weggeworfen hatte. Er hatte die Risse mit dem Fett der Tiere, die er erlegt hatte, abgedichtet, so daß das Wasser nicht zu schnell heraussickerte. Die Fetzen des Rockes, den er in seiner Trauer zerrissen hatte, fielen schon bald von ihm ab wie Wollbüschel von einem ungeschorenen Schaf, das an einer Dornenhecke hängenbleibt. Schließlich hüllte er sich in die rohen Felle erlegter Tiere, die er immer dann austauschte, wenn er das Kratzen auf der Haut und den Verwesungsgestank nicht mehr ertragen

konnte. Die Riemen seiner Sandalen waren längst durchgescheuert und die Sohlen seiner Füße hart wie Horn geworden; sie klapperten wie die Hufe eines Esels, der lange ohne Pflege auf steinigen Wegen gelaufen ist. Er wußte nicht, wohin er ging oder was er suchte. Der Verlust Enkidus quälte ihn wie der endlose Schmerz in seinem geschwollenen Knie, beharrlich wie das Summen der Fliegen um den Blutgestank der Felle, die er trug, und das Verlangen nach Wasser, das nicht nach Teer oder alten Ziegenhäuten schmeckte.
Doch schlimmer als alles andere war der Schmerz, der seine Seele zerfraß und die Leiden seines Körpers wie eine Gnade, eine verdiente Strafe für seine Taten erscheinen ließ. Wenn Gilgamesch morgens aufstand und sich in seine halbverrotteten Felle wickelte, wiederholte die aufgehende Sonne die Worte, die er damals im Morgengrauen am Tor zum Zedernwald zu Enkidu gesprochen hatte: *Mein Geliebter, du bist kampferprobt und weißt dich zu wehren, du brauchst den Tod nicht zu fürchten ... Laß dein Herz für den Kampf entbrennen, denk nicht an den Tod und verlier nicht den Mut, denn ich brauche dich.*
Und auf den stummen Vorwurf, der sich in sein Gedächtnis gegraben hatte, konnte er nur antworten: »Ja, so habe ich gesprochen und meinen Geliebten damit getötet.« Der Tod, den er Enkidu gebracht hatte, dünstete jetzt aus seinen eigenen Poren, wie der Geruch von schalem Alkohol aus der Haut eines Betrunkenen. Er hatte das Gefühl, daß auch seine Seele faulig roch, denn alles, was er tat, führte nur dazu, daß die, die ihm vertrauten, starben, und die, die ihm helfen und ihn unterstützen wollten, ihr Leben verloren – ein übler Lohn. Es war nur gerecht, daß sein Knie geschwollen war und schmerzte, daß sein Körper die Spuren des Kampfes trug, den sein Stolz und seine Unbesonnenheit verschuldet hatte. Gilgamesch wußte auch, daß es richtig gewesen war, Erech zu verlassen und hier in der fremden und tödlichen Wildnis umherzuwandern, denn er war für alles, was er berührte, zum Fluch geworden. Auch wenn es vielleicht noch Menschen gab, die ihn eine Zeitlang vermissen oder freundlich von ihm sprechen würden, so war es doch besser für ihn, hier draußen zu leben, namenlos und gesichtslos wie ein Aussätziger.
Nach einiger Zeit begann sein Weg aufwärts in die felsigen Berge zu

führen. Schon längst zählte er die Tage nicht mehr, doch das rauhe, getüpfelte Fell der Hyäne, die er vor einiger Zeit, noch in der Ebene, erlegt hatte, war inzwischen schimmlig geworden und lockte die Aasfresser bei Nacht immer näher heran. Schließlich legte er das Fell auf einen Felsen, versteckte sich hinter einem Dornengestrüpp und wartete, was der Wind und das Glück ihm bringen würden.
Tatsächlich trottete, als die Sonne sich am Abend rot zu färben begann, ein kleiner Bär auf die Lichtung, spähte und schnüffelte nach dem Geruch verwesenden Fleisches. Lautlos spannte Gilgamesch den Bogen, was ihm nicht mehr leicht fiel, denn die Tage seiner Trauer und des Umherziehens hatten seine Kräfte aufgezehrt, wie die Sonne eine Frucht eintrocknen läßt. Er wartete, bis der Bär sich auf die Hinterbeine aufgerichtet hatte, um das Fell zu untersuchen, und mit der schwarzkralligen Pranke daran zerrte. Dann ließ er den Pfeil von der Sehne schwirren, der sich tief zwischen die Rippen des Bären bohrte. Das Tier stand einen Augenblick da und führte Hiebe in die Luft wie ein Mann, der auf einen Feind einschlägt, dann stürzte es zu Boden, während seine dicken, pelzigen Beine zuckten und nach allen Seiten traten.
Als Gilgamesch den Bären gehäutet hatte, fiel es ihm schwer, ihn zu betrachten. Nackt bis auf die faltige, schwarze Schnauze und die großen, runden Tatzen, hätte der Körper auch einem kleinen, stämmigen Mann gehören können. Genauso leicht war es, nachdem Gilgamesch vorsichtig durch die dicken Muskelschichten des Bauches geschnitten hatte und das gelbe Fett zusammen mit den glatten, gräulichen Schlingen der Eingeweide herausgequollen war, sich vorzustellen, er selbst würde so mit dem Messer aufgeschlitzt und seine eigenen Eingeweide, die Därme, die dunkle Leber und der Magen, würden hier freiliegen. Gilgamesch atmete tief durch den Mund, um sich von dem Gestank der Schlächterei nicht übergeben zu müssen. Er brauchte sich nur ein wenig mehr vor sich selbst zu ekeln, um den frischen, lebendigen Wind gegen die muffige Luft der Unterwelt einzutauschen und den Weg in das freudlose Land zu gehen ... Nur die Furcht hielt sein Messer im Leib des Bären, sonst hätte er es gegen sein eigenes Herz gerichtet.

Obwohl er sich nicht lange ausruhen konnte, denn der Sonnenuntergang glühte schon rot im Westen, und es gab nichts, womit er ein Feuer hätte machen können, unterbrach er ab und zu seine Arbeit und entspannte seine Augen mit einem Blick zum Himmel. Als er dabei wieder von dem hervorquellenden Gewirr von Eingeweiden, die immer noch heiß unter seinen Händen zuckten, aufschaute, sah er hoch über sich einen Adler kreisen.

»Du sollst deinen Teil bekommen«, versprach er ihm. Seine Stimme, die er seit vielen Tagen nicht mehr gebraucht hatte, hörte sich an wie das rauhe Knurren eines alten Hundes, doch der Klang menschlicher Worte hatte trotzdem etwas Tröstliches. »So wie Etana dich nach den Tagen des Hungers in der Grube gefüttert hat, als du die Rache der Schlange erdulden mußtest, deren Junges du gefressen hattest, so will auch ich dich mit gutem Fleisch füttern. Wirst du mich dann auch in den Himmel tragen, wie du es mit ihm getan hast?«

Bei dem Gedanken wurde ihm schwindlig, als ob er nach Tagen des Hungerns einen Becher Honig getrunken hätte. In grauer Vorzeit, so hieß es, hatte der Adler Etana bei seiner Suche nach der Pflanze der Geburt, die nur im Himmel wuchs, dorthin gebracht, denn der alte König von Erech hatte keinen Erben. Und obwohl Etana der Mut verlassen hatte, als er die Erde nicht mehr sah, wurde er doch gerettet und brachte die Pflanze zurück nach Kisch. Durch ihre Kraft zeugte er einen Sohn, Balih, und lebte selbst eintausendfünfhundertundsechzig Jahre.

Doch auch wenn er im Himmel gewesen war und die Pflanze der Geburt gegessen hat, was hatte er auf die Dauer für einen Vorteil davon gehabt? Enkidu hatte ihn in der Halle des Staubs gesehen, wie er zwischen den anderen Toten unter der Krone der Unterwelt saß und Ereschkigal, ihrer Königin, diente. Gewiß, der alte König war den Fallen des Todes lange Zeit entgangen, doch am Ende hatte sich die Schlinge aus Erde trotzdem um seinen Fuß gelegt, und man hatte ihn wie alle anderen Menschen die Straße ohne Wiederkehr hinabgeschleift.

»Und werde ich nicht auch sterben wie Enkidu?« fragte sich Gilgamesch verzweifelt. »Ich fürchte den Tod, und so streife ich jetzt durch die Hügel. Wer unter den Menschen lebt ewig? Keiner verdient den Tod, denn nichts kann ihm das gestohlene Leben ersetzen. Kein Lebender verdient es, die Toten betrauern zu müssen, denn nichts kann ihn dafür entschädigen, daß er die verliert, die er liebt. Und doch müssen alle, die leben, irgendwann sterben, und alle Liebe endet schließlich in Trauer. Denn wer unter den Menschen lebt ewig?«

Die Frage war bitter und rein rhetorisch, doch als er vorsichtig die dünnen Sehnen durchschnitt, die die Leber des Bären in dessen Bauch hielten, fiel ihm allmählich, so langsam wie das wachsende Licht der Morgendämmerung, eine Antwort ein. Denn es gab tatsächlich jemanden, der die Gabe des ewigen Lebens besaß, einen Mann und eine Frau, die auf der Erde gewandelt waren wie er, und immer noch lebendig über sie hinschritten. Utnapischtim und sein Weib, die einzigen Überlebenden der großen Flut, die an der Mündung der Ströme wohnten – sie würden die Antwort auf Gilgameschs Fragen wissen. Zum erstenmal, seit er Erech verlassen hatte, erhellte ein winziger Lichtschimmer Gilgameschs Herz, ein kleines Binsenlicht, das schwach hinter dem Altar eines großen, dunklen Tempels brannte.

»Ich will aufbrechen«, beschloß Gilgamesch und hob den Kopf. »Eilig will ich hingehen zum Haus von Utnapischtim, Ubaratutus Sohn, auch wenn ich die Gebirgspässe erst bei Nacht erreichen kann. Von ihm will ich das Geheimnis des Lebens erfahren und nach Erech bringen. Dann muß kein Liebender den Tod des Geliebten mehr fürchten, keine Eltern den ihres Kindes, kein Wanderer mehr ein Messer in der Nacht, kein Krieger die Streitaxt des Feindes. Die Angst wird mit dem Tod sterben, und jeder ist in Sicherheit. Vielleicht kann ich auf diese Weise sühnen, was ich getan habe.«

# 4

Gilgamesch richtete sein Nachtlager neben dem Weg her. Er deckte sich mit Enkidus zottigem Mantel und dem langsam erkaltenden Bärenfell zu und bettete seinen Kopf auf das zusammengerollte Löwenfell.
Nach einer Weile kam es ihm vor, als stehe er auf einer Landspitze, einer Felsenklippe, die unter einem leuchtenden Sternenhimmel auf einen großen, dunklen Ozean hinausragte. Um ihn herum erhob sich ein Chor von Stimmen, als sängen die Felsen und das Meer.

»In den ersten Tagen, den allerersten Tagen,
In den ersten Nächten, den allerersten Nächten,
In den ersten Jahren, den allerersten Jahren,
In den ersten Tagen, als alles erschaffen wurde,
Dessen die Welt bedurfte;
Als der Himmel sich von der Erde entfernte
Und die Erde sich vom Himmel trennte
Und der Name des Menschen bestimmt wurde;
Als der Himmelsgott An den Himmel forttrug
Und der Luftgott Enlil die Erde mitnahm,
Als der Königin der großen Tiefe, Ereschkigal,
Die Unterwelt zum Reich gegeben wurde,
Da setzte er Segel, der Vater setzte Segel;
Enki, Gott der Weisheit, setzte Segel in die Unterwelt ...«

Mit dem heulenden Wind wurden die Stimmen lauter und peitschten die Wogen auf. Gilgamesch sah ein Boot auf dem Meer, Bug und Heck hoch und stolz. Ein langbärtiger Mann stand am Bug und hielt eine lange Stange in der Hand. Der Wind wurde heftiger und schleuderte glitzernde Hagelkörner gegen das Boot; kleine Körner fielen wie Regenschauer aus Silber herab, und große Körner wallten aus dem Wasser auf und griffen den Kiel an, als dränge ein Heer von Schildkröten dagegen. Die Wellen wurden höher, schlugen über dem Bug zusammen und brandeten gegen das Heck. Die Gischt spritzte

gegen Gilgameschs hohe Klippe, und die Wut des Sturms trieb ihm den Schaum ins Gesicht.
Gilgamesch blinzelte mühsam und wischte sich immer wieder das Wasser aus den Augen. Im wogenden Schaum nahm langsam etwas vor ihm Gestalt an. Es war ein Schößling mit weißer Borke, der am Flußufer wurzelte. Der Sturm fegte durch seine langen grünen Blätter und peitschte die schlanken Zweige. Der Wind wurde stärker, das Wasser stieg höher und schwemmte die Erde von den Wurzeln des Schößlings. Plötzlich fiel er in den Fluß, und die schaumgekrönten Wellen rissen ihn fort wie einen Stock.
Es schien Gilgamesch, als sähe er zu, wie der kleine Baum auf und ab tanzte, übel zugerichtet von der reißenden Flut, und als treibe er, irgendwie, mit ihm zusammen den Fluß hinunter. Dann bemerkte Gilgamesch die Frau, die am Ufer des Flusses stand, ins Wasser starrte und wartete. Ihr langes, dunkles Haar war mit Gold geschmückt, ihr Gewand aus hellblauem Leinen, und sie ging barfuß. Ihr zartes, ovales Gesicht ähnelte dem der Schamhatu, doch sie war jünger, strahlender, und ihr fehlten die kleinen Linien, die Sorge und Ärger schon um die Augen der Priesterin eingegraben hatten. Anmutig bückte sie sich und zog den Schößling aus dem Wasser.
»Ich werde diesen Baum nach Erech bringen«, sagte sie. Auch ihre Stimme klang wie die der Schamhatu, doch gab es darin Töne süßer Macht, die einen Schauder von Begehren und Lust durch Gilgameschs Körper jagten.
Dann sah er sie mit dem Baum in der Hand die Tore von Erech durchschreiten und ihn in den Hof der Eanna bringen. Mit eigenen Händen nahm sie Spaten und Schaufel, grub ein Loch, füllte dann die lockere Erde über die Wurzeln des Baumes und trat sie fest.
»Wie lange wird es dauern«, fragte die junge Inanna mit ihrer lieblichen Stimme voll anrührender Sehnsucht und richtete den Blick zum Himmel, »bis ich einen glänzenden Thron habe, auf dem ich sitzen kann? Wie lange wird es dauern, bis ich ein schimmerndes Bett habe, auf dem ich liegen kann?«
Der kleine Baum wuchs und sproß unter ihrem Blick, und Gilgamesch fühlte, wie die Jahre vergingen. Fünf Jahre, dann zehn: Der

Baum wurde groß und stark, doch seine Borke riß nicht. Inanna schaute lächelnd zu, sah, wie der Baum größer wurde und schien schon Thron und Bett abzumessen. Doch dann bemerkte Gilgamesch ein dunkles Funkeln am Fuß des Baumes, das glänzende Gleiten einer Schlange zwischen den knorrigen Wurzeln. Inanna rief die Schlange, versuchte sie mit ihrem Gesang herauszulocken, doch das Tier ließ sich nicht betören. Ab und zu steckte es den Kopf durch eine Wurzelschlinge und prüfte mit der gespaltenen Zunge die Luft.
Während sie noch so sang und sich vor der Schlange wiegte, die sie nicht betören konnte, zogen Wolken am Himmel auf und ergossen ihre schwarzen Fluten wie ein Fluß, der seine Ufer sprengt. Der Wind riß die Schilfdächer von den Hütten von Erech, trieb die Schilfbündel vor sich her, fegte die kleinen Vögel vom Himmel und zerriß und zerfetzte die Blätter des Baumes. Die Schreie in den Straßen der Stadt klangen fern und matt im Heulen des Sturms, und Inannas Baum bog sich, schwankte und stöhnte, als solle er wieder ausgerissen werden. Die dunklen Wolken weiteten sich zum mächtigen Schlag von Adlerschwingen, und zwischen den Schwingen drohte der riesige Kopf eines schwarzen Löwen, in dessen offenem Maul Reißzähne wie Blitze funkelten. Unter dem Körper hielten zwei ungeheure Blitzkrallen jeweils ein löwenköpfiges Küken. Es waren der schreckliche Imdugud-Vogel und seine Jungen. Der gewaltige Vogel ließ sich auf den oberen Ästen nieder und schrie. Mit seinem mächtigen Flügelschlag riß er Zweige und Blätter aus und fegte sie zu einem Nest zusammen, in das er seine Jungen setzte.
Dann faltete er langsam die schwarzen Schwingen zusammen, der Himmel klärte sich auf, und die Sonne brannte wieder durch die feuchte Luft. Dichte Nebelschwaden stiegen aus den Straßen der vom Sturm zerstörten Stadt auf. Inanna schaute bestürzt nach oben, griff dicke Locken aus ihrem Haar und zog mit beiden Fäusten daran. »Warum nistest du in meinem Baum? In meinem schönen Baum, den ich aus dem Buranun gerettet und in Erech habe wachsen lassen? Was suchst du hier?« schrie sie. Doch der Vogel gab nur ein höhnisches Kreischen von sich, und seine Jungen stimmten aus dem sicheren Schutz seiner breiten Schwingen krächzend ein.

Dann antwortete ein anderer Schrei, und obwohl es mitten am Tage war, war es das klagende, unirdische »Huu, Huu« einer Eule. Der Ton ließ Gilgamesch erstarren, als streife ein kalter Finger sein Rückgrat und ziehe einen eisigen Strich zwischen seinen Hinterbacken hindurch bis zwischen die Beine – die liebevolle Berührung von etwas Verhaßtem. Die schwarze Eule schoß aus der Wüste auf sie zu. Aus ihrem Federkleid lugten menschliche Brüste mit roten Warzen, und ihr grausamer Schnabel saß im Gesicht einer Frau. Die dunklen Augen waren schwarz geschminkt, rote Farbe glänzte auf ihren Wangen, und sie wirkte wie ein schlecht gemaltes Bild Inannas, wobei ihr grobgeschnittenes Gesicht die jugendliche Sinnlichkeit der Göttin in eine Maske lüsternen Begehrens verwandelte.

Inanna fuhr herum und wurde bleich vor Wut, als sie auf ihr scheußliches Zerrbild starrte. »Lilitu! Hebe dich von hinnen! Flieg zurück in das Ödland und die verlassene Wüste, in der du haust! Die Kinder von Erech sind nicht deine Beute, und es ist dir nicht gestattet, in die Stadtmauern einzudringen oder dich in meinem heiligen Garten niederzulassen.«

Aber die Eulenfrau glitt herunter, und ihre krummen Krallen packten einen Ast des Baumes über Inannas Kopf. Sie schwang ihre Brüste hin und her und hob den gefiederten Schwanz, so daß man ihr weißes Hinterteil und das schwarze Aufblitzen ihrer Scham sah. Ihre Krallen begannen die Borke zu zerfetzen. »Hier werde ich mich niederlassen«, höhnte sie. »Hier, in diesem Baum, aus dem du dir einen Thron und ein Bett machen wolltest, werde ich wohnen, und du kannst es nicht verhindern. Ich werde die Männer von Erech nehmen, wie es mir gefällt, und die Kinder für mich beanspruchen.«

Inanna streckte den Arm aus und griff nach ihr, aber Lilitu hockte knapp außerhalb ihrer Reichweite. Die Eulenfrau lachte spöttisch und grub ihre Krallen tiefer in den Stamm. Tränen liefen über Inannas Gesicht, als sie die Schlange, den Sturmvogel und den Dämon anflehte, ihren Baum zu verlassen, doch sie beachteten sie nicht.

»Wer erlöst meinen Baum von diesen Untieren?« flehte sie verzweifelt. »Wer befreit meinen heiligen Garten und säubert meine Stadt?«

Gilgamesch wollte gerade sprechen, als ein tiefer grollender Laut ihn erstarren ließ und die Worte in seinem Mund erstickte. Etwas Schweres und Feuchtes lag auf ihm wie ein Nachtdämon, etwas, das nach schalem Blut stank, und er sah nur Dunkelheit ringsum.
Wieder ertönte das Grollen. Gilgamesch schreckte hoch und öffnete die Augen. Um ihn schimmerte mattes Sternenlicht. »Ein Traum«, dachte er mit plötzlicher Erleichterung. Er lag unter dem Fell des Bären, den er getötet hatte, und alles war in Ordnung bis auf das leise Fauchen und Schnüffeln in den Büschen. Hatte nicht Enkidus Löwe solche Geräusche gemacht, wenn er in jenen schrecklichen letzten Tagen neben dem Bett gelegen und eine Schafskeule gefressen hatte?
Damals war das Geräusch tröstlich gewesen, doch jetzt erfüllte es ihn mit Furcht. Gilgamesch hatte nicht die richtigen Waffen, um einem Löwen gegenüberzutreten. Er besaß nur Bogen und Axt, und er war schwächer als jemals zuvor. Er hielt den Atem an und rührte sich nicht. Nur seine Blicke huschten umher, bis die Büsche wieder raschelten. Das Geräusch schreckte ihn auf. Er schleuderte das Bärenfell so weit wie möglich von sich, rannte, ohne sich um die schrecklichen Schmerzen in seinem Knie zu kümmern, zu einem kleinen Baum, der am Wegrand stand, und kletterte ungeachtet der rauhen Borke, die ihm die Haut aufriß, hinauf.
Die beiden Löwinnen brachen aus dem Dornengestrüpp hervor, und ihre hellen Gestalten umkreisten in der Dunkelheit den Baum. Die Augen der einen glühten grün, als sie zu Gilgamesch hinaufstarrte. Ihr Schwanz peitschte, und sie duckte sich zum Sprung.
»Soll es so enden?« fragte sich Gilgamesch und nahm die Axt in die eine Hand, während er sich mit der anderen am Baum festklammerte. Zumindest einen guten Schlag würde er führen können: Die Löwin sollte ihre Beute nicht umsonst bekommen.
Aber gleich darauf entspannten sich ihre Hinterläufe, sie stand wieder auf und witterte. Die beiden Löwinnen berochen das Bärenfell, kratzten daran und betasteten es, und verschwanden dann wieder im Gestrüpp.
»Daß ich mich einmal vor Löwen fürchten würde«, flüsterte Gilga-

mesch ungläubig vor sich hin, »daß ich bei Nacht ihre Laute höre und Angst bekomme! Ich bin nicht mehr der Mann, der ich einmal war. Und doch will ich mich morgen auf den Weg zu Utnapischtim machen, denn dann werden alle meine Ängste ein Ende haben und mit ihnen das Leid der Menscheit.«


5

Am nächsten Abend suchte sich Gilgamesch ein Nachtlager in den Felsen oberhalb des Weges, wo keine wilden Tiere ihn im Schlaf überraschen konnten. Es fiel ihm schwer einzuschlafen, denn er konnte das geschwollene Knie nicht beugen. Die Steine drückten ihn im Rücken, und die kalte Nachtluft fuhr durch die Risse im Bärenfell, das seine Waden und Füße dort bedeckte, wo Enkidus zottiger Mantel nicht hinreichte. Plötzlich jedoch wurde es vor seinen Augen hell von der Morgenröte, und das Heulen des Windes formte sich zu Worten, zu einer klagenden Frauenstimme, die hoch und melodisch wie eine goldene Flöte über dem zimbelhellen Gesang der kleinen Morgenvögel erklang.
»Utu, mein Bruder, der du bei Tagesanbruch dein königliches Schlafzimmer verläßt«, rief die Stimme, »o Utu, in den Tagen, da die Schicksale geschrieben wurden, setzte der Gott der Weisheit, unser Vater Enki, Segel in die Unterwelt. Zu dieser Zeit wuchs ein Baum, ein einzelner Baum am Ufer des Buranun. Der Südwind riß an seinen Wurzeln und Zweigen, bis die Wasser des Buranun ihn wegschwemmten. Ich holte ihn aus dem Fluß, pflanzte ihn ein und pflegte ihn, bis er groß genug war für einen glänzenden Thron und ein Bett für mich. Dann aber baute sich eine Schlange, die nicht zu betören war, ein Nest zwischen seinen Wurzeln, der Imdugud-Vogel setzte seine Jungen in die Äste, und die schwarze Lilitu nistete sich in seinem Stamm ein. Ich weinte, oh, wie ich weinte, doch sie verließen meinen Baum nicht.«
Aber obwohl Inanna nach oben blickte und das Sonnenlicht in den Tränen glitzerte, die ihr über das zarte Gesicht liefen, schien es, als

erhalte sie keine Antwort. Die zusammengefalteten Schwingen des Imdugud-Vogels oben im Wipfel bewegten sich nicht, Lilitus hohles Bett im Stamm des Baums raschelte nur düster, und die Schlange ringelte und wand sich zwischen den Wurzeln wie zuvor.

Endlich wandte Inanna ihr Gesicht von der Dämmerung des neuen Tages ab, und ihr Blick fiel auf Gilgamesch und gab ihm einen kleinen, prickelnden Stich. »O Gilgamesch, mein Bruder«, bat sie, »in den Tagen, da die Schicksale geschrieben wurden, da Überfluß in Sumer herrschte ...«

Ein merkwürdiges Gefühl der Stärke und Leichtigkeit überkam Gilgamesch, als er ihre Bitte hörte. Seine Rüstung lag neben ihm bereit, und er legte sie an; die schwere Bronze schien gewichtlos wie ein Panzer aus Federn. Er hob die Streitaxt auf die Schulter und betrat den heiligen Garten.

Als der Kopf der Schlange zwischen den Wurzeln hervorschoß, sauste die Axt nieder, und obwohl der Körper zwischen den Wurzeln noch zuckte, würde sie dort nicht mehr nisten. Beim Geräusch des Hiebs hob der Imdugud-Vogel seinen Löwenkopf. Seine Schwingen breiteten sich aus und verdunkelten den Himmel. Ein einziger, heftiger Windstoß brauste herab, als er sich, seine Jungen in den Klauen, in die Lüfte erhob. Aus dem Stamm des Baumes ertönte ein einzelner, kreischender, schrecklicher Schrei. Holz knackte und zerbrach, und ein schmales Rinnsal von Blut rieselte über die Borke. Wie eine Schmeißfliege aus einem Kadaver kroch Lilitu langsam aus dem dunklen Loch, das sie in den Stamm gehackt hatte, spreizte die Flügel und glitt auf der Spur des Sturm zurück in das Ödland der Wüste.

Nun nahm Gilgamesch Inanna den Spaten aus der Hand und grub um die dicken, knorrigen Wurzeln des Baumes herum, um sie zu lockern. Obwohl der Baum groß war, löste er sich leicht aus der Erde. Plötzlich war Birhurturre da, eine Axt in der Hand, und mit ihm viele von Gilgameschs jungen Kriegern. Auch Schusuen stand bei ihnen und hielt einen Hobel. Über ihren Köpfen erhob sich Enkidus goldene Mähne, und seine grünen Augen leuchteten vor Freude.

Gilgamesch rannte zu ihm und umschlang ihn mit beiden Armen. Er

spürte die starken Muskeln und die weichen Locken der blonden Haare auf seiner Brust, und die süße Wärme seiner Lippen, die zärtlich seinen Mund berührten. Es war, als wiche ein Schatten von der Sonne, als löse sich ein dunkler Nachttraum im Morgenlicht in blasse Nebelschwaden vergessener Erinnerung auf. Für Gilgamesch hätte diese Umarmung ewig dauern können.
Doch es gab viel zu tun, und so begannen sie, während Inanna zusah, den Baum von Ästen zu säubern, die rauhe Borke vom Stamm zu schälen und das helle, schimmernde Fleisch darunter freizulegen. Das Holz teilte sich leicht unter den Schlägen der Bronzeäxte und lag glatt und glänzend unter Schusuens Hobel. Mit der Schneide seiner Axt kerbte Gilgamesch die einzelnen Teile, damit sie ineinanderpaßten, und mit der Rückseite trieb er die goldenen Nägel ein.
»Siehe, aus dem Stamm des Baumes habe ich einen Thron für meine heilige Schwester gemacht«, sagte er, »und für Inanna habe ich aus dem Holz ein Bett gebaut.«
Inanna trat vor und bückte sich. Ihre Hand strich leicht über eine gekrümmte Wurzel und einen geraden Ast und säuberte sie. Dann hielt sie Gilgamesch Ring und Stab hin.
»Siehe, aus der Wurzel des Baumes habe ich ein *Pukku* für meinen Bruder geformt«, sagte sie mit klarer Stimme, »und aus der Krone des Baumes habe ich ein *Mikku* für Gilgamesch, den Helden von Erech, gemacht.«
Gilgamesch nahm Ring und Stab, die heiligen Hoheitszeichen des Ensi, von ihr entgegen, und in seinen Händen schienen sie sich zu verwandeln, bis er eine glänzende Trommel und einen Trommelstock mit einem Stierkopf hielt.
Plötzlich schritt er durch die Straßen von Erech, Enkidu an seiner Seite, und schlug die Trommel, deren betörender Klang die jungen Männer aus ihren Häusern treten und ihm folgen ließ. In den Straßen und Gassen ließ er das *Pukku* erklingen, denn der Festungswall wuchs allmählich um die Stadt, und Gilgamesch wußte, daß der Krieg vor der Tür stand. Und wohin er unter dem Licht des Abendsterns auch ging, sammelten sich die Männer um ihn. Die Frauen liefen hinter ihren Männern her, die Mütter brachten ihren Söhnen

Brot und die Schwestern ihren Brüdern Wasser. Die Krieger riefen Schlachtrufe, und die jungen Männer lärmten vor Freude, selbst als die Menge abnahm und einer nach dem anderen zurückblieb. Aber hinter ihnen weinten die Frauen, und die Klagegesänge, mit denen sie ihren Verlust und ihre Witwenschaft beweinten, wurden immer schriller.
Gilgamesch führte seinen Gast um die Stadt herum und zurück in sein Haus. Doch als er sein Schlafzimmer betrat, ertönte das Weinen der Frauen noch lauter; es schien aus den Wänden zu dringen. Neben seinem Bett gähnte in den Fliesen, unter denen der Körper seines Vaters Lugalbanda begraben lag, ein riesiges, schwarzes Loch wie ein leerer, bodenloser Brunnen. Er beugte sich darüber, um hineinzusehen, und auf einmal war das Holz von *Pukku* und *Mikku* in seiner Hand ölig glatt. Stab und Ring, Trommelstock und Trommel bewegten sich von selbst, entglitten seinem Griff und fielen hellglänzend in die schwarze Tiefe.
Gilgamesch stieß einen Schreckensschrei aus. Er legte sich ausgestreckt auf den Boden und fuhr, soweit er konnte, mit dem Arm in das Loch, doch seine Hand konnte die heiligen Gegenstände nicht berühren, sein tastender Fuß sie nicht finden. Weinend setzte er sich neben das Tor, das leere schwarze Auge der Unterwelt, und sein Gesicht war kalt und bleich.
»Mein *Pukku*, mein *Mikku*!« klagte er. »Mein *Pukku*, dessen Klang unwiderstehlich, dessen Rhythmus im Tanz unvergleichlich war! Hätte ich doch mein *Pukku* im Haus des Tischlers gelassen, wäre es nur bei der Frau des Tischlers geblieben, wie die Mutter, die mich geboren hat, die Tochter des Tischlers neben mir wie eine jüngere Schwester. Mein *Pukku*, wer bringt es mir aus der Unterwelt zurück? Mein *Mikku*, wer holt es mir aus der Unterwelt zurück?«
Da legte sich Enkidus Arm um Gilgameschs Schultern und zog ihn nach oben. »Mein Geliebter«, flüsterte Enkidu, »warum weinst du? Warum ist dein Herz so schwer? Ich werde dir dein *Pukku* aus der Unterwelt bringen, ich werde dir dein *Mikku* aus der Unterwelt holen.«
Gilgamesch dreht sich um und erwiderte Enkidus Umarmung. Er-

leichterung wärmte sein Herz wie das duftende Wasser eines Reinigungsbades, aber gleich darauf erzitterte er bei dem Gedanken, daß Enkidu in das schwarze Loch im Boden hinabsteigen wollte. »Mein Geliebter«, antwortete er, »wenn du jetzt dort hinuntergehst, wo die Erde stöhnt, will ich dir etwas sagen. Höre auf meinen Rat und die Geheimnisse, die ich dir offenbare.«
Wissen stieg in ihm auf, wie Teer schwarz an die Oberfläche eines Flusses quillt. Er wußte nicht, woher es kam, aber so sicher, wie ein Schwert sein Ziel trifft, wußte er, daß es die Wahrheit war.
»Zieh keine saubere Kleidung an, damit man dich nicht als Fremden erkennt. Salbe dich nicht mit duftendem Öl aus dem Becher, denn der Duft wird alle anlocken. Gebrauche in der Unterwelt nicht das Wurfholz, denn die, die es trifft, werden sich nach dir umdrehen und dich umzingeln. Trage keinen Stab in der Hand, sonst werden dich überall Schatten umflackern. Binde keine Sandalen an deine Füße und rufe nicht laut an dem Ort, wo die Erde ruft. Küsse das geliebte Weib nicht und schlage nicht das verhaßte. Küsse das geliebte Kind nicht und schlage nicht das verhaßte, sonst wird das Lied der Unterwelt dich fesseln, das Lied für sie, die schläft und schläft, für Ereschkigal, Ninazus Mutter, die schläft und deren heilige Schultern keine Kleidung bedeckt, deren heilige Brüste nicht verhüllt sind. Das ist mein Rat, wenn du glaubst, in die Unterwelt gehen zu müssen.«

6

»... die Unterwelt«, schnarrte eine rauhe Stimme.
Der Arm um Gilgameschs Schulter war nicht mehr der eines Liebenden, sondern grob, und eine andere Hand griff nach seinem Handgelenk und verdrehte es. Er schrie auf und riß sich los. Eine Messerschneide fuhr ihm über die Schulter. Gilgamesch wollte aufspringen, doch sein Bein versagte ihm den Dienst. Statt dessen rollte er sich über sein gesundes Knie ab, griff nach der Streitaxt an seinem Gürtel und schaute sich hastig um. Das Licht der Mondsichel zeigte ihm die

dunklen Umrisse dreier Männer, von denen einer Enkidus Bogen in den Händen drehte. Der größte der drei, der Mann mit dem Messer, der ihn im Schlaf gepackt hatte, kam auf ihn zu. Die Spitze des Messers, das zum Stoß von unten locker in seiner Hand lag, beschrieb im Mondlicht glitzernd kleine Kreise. Es waren Wegelagerer, Ausgestoßene, doch sie verstanden ihr Handwerk. Der Mann mit Enkidus Bogen hatte gar nicht erst versucht, ihn zu spannen; er ließ ihn fallen. Jetzt verteilten sie sich, um Gilgamesch in die Zange zu nehmen.
Blitzschnell hatte Gilgamesch den Dolch aus dem Gürtel gezogen und mit der linken Hand geschleudert. Wie ein Pfeil pfiff die Waffe durch die Luft und bohrte sich unterhalb ihres eigentlichen Zieles, der Kehle des Mannes mit dem Messer, tief in dessen Schulter. Der Räuber schrie auf und ließ die Klinge fallen. Gilgamesch stemmte sich mit dem Rücken gegen einen Felsblock und richtete sich auf. Er wußte, daß er nicht warten durfte, bis sie ihn eingekreist hatten, aber mit seinem unzuverlässigen Knie konnte er sie auch nicht angreifen.
Die beiden anderen stürzten gleichzeitig auf ihn los. Der größere hob seine Streitaxt, während der kleinere nach Gilgameschs Mitte schlug. Gilgamesch warf sich zur Seite, dem Hieb von oben entgegen, und riß den Arm hoch, um die Hand des Gegners abzufangen und zur Seite zu schlagen. Mit derselben kraftvollen Drehung fuhr seine eigene Axthand nach unten und hackte dem anderen Wegelagerer die Waffe aus der Hand. Instinktiv warf er sich nach hinten und entging so der Rückhand des großen Angreifers, während er sein ganzes Gewicht in die Axtspitze legte und damit den Feind hinter sich durchbohrte. Obwohl sein Knie erneut unter ihm nachgab, riß Gilgamesch die Axt aus dem Körper des anderen heraus und schwang sie in weitem Bogen. Die Waffe des Wegelagerers sauste über seinen Kopf, so daß Gilgamesch den kalten Luftzug in seinem Haar spürte; gleichzeitig grub sich seine eigene Axt tief in den Oberschenkel des Feindes. Ein riesiger Blutstrom spritzte über Gilgameschs Gesicht, als er die Waffe drehte und gerade noch rechtzeitig herauszog, um die Klinge des anderen Angreifers damit abzufangen. Er versuchte nicht, die Gewalt des Schlages zu hemmen, sondern nur, dessen Kraft nach in-

nen zu lenken, so daß die Waffe, unterstützt durch Gilgameschs eigenen Schwung, mit voller Wucht den Unterleib des Wegelagerers traf. Der große Mann schrie auf und brach zusammen, doch gleichzeitig brachte ein neuer Hieb auf den Rücken Gilgamesch zu Fall. Als er sich verzweifelt zur Seite rollte, sah er, daß der Messerstecher seine Waffe wieder aufgehoben hatte. Obwohl dunkles Blut aus seiner Schulterwunde auf den Mantel sickerte, konnte er seinen Arm ungehindert bewegen und drang nun triumphierend auf seinen am Boden liegenden Feind ein.

»Komm her«, keuchte Gilgamesch und hob sich mühsam auf ein Knie, »dann wirst du ganz sicher sterben.«

Der Mann mit dem Messer blieb stehen und wiegte sich leicht auf den Fußballen. »Das siehst du falsch, wilder Mann.« Seine freie Hand huschte zum Gürtel und wieder zurück. Gilgamesch warf sich flach vornüber, das Gesicht nach unten, und führte einen verzweifelten Schlag mit der Axt. Doch er schlug zu kurz und schaffte es nur knapp, sich wegzudrehen, so daß der rohe Fußtritt des anderen seine Schulter anstatt den Kopf traf. Den zweiten Tritt fing er ab, packte den Fuß des Mannes, drehte ihn um und warf den Gesetzlosen krachend auf den Rücken. Dann griff er nach seiner Axt, stürzte sich in der Sekunde, als der Mann noch um Atem rang, auf ihn und schlug mit voller Wucht zu. Die Rippen des Räubers zerbarsten, und seine Brust platzte unter dem Schlag auf.

Einen Augenblick lang lag Gilgamesch wie in liebevoller Umarmung der Länge nach auf ihm, und das Herzblut des Erschlagenen strömte warm über seinen Mantel. Plötzlich hörte er keuchende Atemzüge hinter sich: Einer war noch am Leben. Er nahm alle Kraft seiner Arme zusammen, richtete sich auf und schaute sich um.

Der Wegelagerer, dessen Unterleib er aufgerissen hatte, kroch langsam über den Boden. Gilgamesch nahm die blutige Axt und stand mühsam auf. Jetzt konnte er sehen, daß der Verwundete keine Gefahr für ihn bedeutete, denn er schleppte seine Eingeweide, die dunkel im Mondlicht schimmerten, hinter sich her.

»Gnade«, keuchte der Sterbende. »Töte mich schnell, denn ich bin schon so gut wie tot.«

Gilgamesch schaute zu ihm herab, und zu seiner eigenen Verwunderung traten Tränen in seine Augen. Der Mann war ein Bösewicht, der ihn im Schlaf erschlagen wollte und ohne Zweifel schon oft getötet und geraubt hatte, und doch ...
Der Wegelagerer sackte zusammen, und etwas Schwarzes drang aus seinem Mund und floß über seinen Bart. Er spuckte aus und sprach wieder. »Mein Name ist Girbubu. Ich bin im Kampf gegen dich gefallen – gewähre mir Gnade.«
Gilgamesch hob die Streitaxt, aber er konnte nicht zuschlagen. Sein Herz versagte und lähmte seine Hand. Einen weiteren Mann in Ereschkigals dunkles Reich zu schicken, während sein Blut noch abkühlte und seine Sehnen steif wurden, weil er gerade dessen Gefährten erschlagen hatte – wie konnte er so etwas tun, er, der das Geheimnis des Lebens suchte?
Girbubu stöhnte und warf sich hin und her, als könne er dadurch den unerträglichen Schmerz in seinem Bauch lindern. »Erbarmen, ich bitte dich! Wenn du ein Mensch bist, dann laß mich nicht leiden, gib mir einen schnellen Tod.«
Doch Gilgamesch wurde auf schreckliche Art an Enkidu erinnert, der zwölf Tage lang auf seinem Bett gestöhnt hatte, bis er starb, geängstigt von Todesträumen. »Gnade?« fragte er, und seine Stimme brach unter der Anstrengung. »Ist nicht der schlimmste Augenblick des Lebens besser, als deine Schritte schneller auf den Weg ohne Wiederkehr zu lenken?«
»Nein! Tu es jetzt, ich flehe dich an!«
Immer noch vorsichtig, bückte sich Gilgamesch. Die Starrheit seiner Arme löste sich, und die Axt sauste herab. Girbubus Kopf wurde vom Körper getrennt, die blutigen Lippen bewegten sich noch kurz, dann verdrehte er die Augen.
»Wieder drei Tote«, murmelte Gilgamesch und richtete sich wieder auf. »Warum?«
»Weil sie in der Nacht lauerten, um den Schwachen und Schlafenden nachzustellen«, gab er sich selbst die Antwort.
»Und das Gleiche tut der Löwe«, fügte er in Gedanken hinzu. »Die Löwinnen hätten mich letzte Nacht gerissen, wenn sie gekonnt hät-

ten, diese Männer hätten mich heute nacht umgebracht, aber ich habe sie statt dessen erschlagen, weil ich der bessere Mörder bin. Wo liegt der Unterschied?«
Jagt der Löwe den Löwen? Ja, der Stärkere vertreibt den Schwächeren, nimmt seine Löwinnen und tötet die Jungen. Wo aber liegt dann der Unterschied zwischen einem Löwen und einem Menschen?
»Ich hätte Enkidu fragen können«, flüsterte Gilgamesch. »Von allen Menschen wäre er derjenige gewesen, der es mir hätte sagen können.«
Er bückte sich steif, hob Enkidus Bogen auf, den der Räuber fallen gelassen hatte, und strich mit den Fingern nachdenklich über die eingelegten Elfenbeindarstellungen. Da lag der Unterschied: in all den Dingen, die Enkidu immer so bestaunt hatte. Die Menschen kannten Handwerkskunst, Schrift, Musik und die Anwendung von Gesetzen, die *Me* des Himmels, und sie versuchten, die Welt zu erfahren und zu gestalten, anstatt nur einfach in ihr zu leben. Dazu gehörte aber auch das Wissen um den Tod: Enkidus zwölf Tage dauernde Reise zu den Hallen des Staubs, in denen sich der Weg ohne Wiederkehr deutlich sichtbar vor ihm erstreckte, das Hinabsteigen in die Unterwelt mit offenen Augen ...
Jäh überkam Gilgamesch eine freudige Erinnerung; sein Traum, zurückgedrängt durch den Kampf, aber weder verblaßt noch vergessen, fiel ihm ein. Ja, Enkidu würde wirklich in die Unterwelt hinabsteigen, um wiederzuholen, was Gilgamesch aus Stolz und Torheit verloren hatte, doch er würde zurückkehren! Gilgamesch wußte, daß seine Träume nicht logen. Enkidu lebte, jetzt in diesem Augenblick, selbst am Beginn seines Abstiegs, und er würde, sofern die Gesetze der Unterwelt nicht verletzt würden, mit *Pukku* und *Mikku*, dem Herzblut des Ensitums, das sie geteilt hatten, zu seinem Geliebten zurückkehren. Und dann, wenn er erst das Geheimnis des Lebens besaß, das er von Utnapischtim erringen wollte, würde es weder Tod noch Leiden geben, sondern nur ewiges Leben in ihrer Liebe.
Mühsam zerrte Gilgamesch die drei toten Räuber auf einen Haufen vor seinen Schlafplatz. »Meine *Galla*, meine Wächter aus der Unterwelt.« Wenn noch andere Räuber in dieser Nacht durch die Hügel

streiften, würden sie die Leichen sehen und gewarnt sein, während die wilden Tiere sich erst an die Toten halten würden, bevor sie sich an die Lebenden wagten. Er rollte das Löwenfell wieder zum Kopfkissen zusammen und legte sich schlafen, die Hand an Enkidus Bogen und voller Hoffnung auf neue Träume.

## 7

Gilgamesch hatte in dieser Nacht keinen weiteren Traum, aber die Erinnerung an den ersten stärkte ihn den ganzen nächsten Tag beim Weiterziehen. Ab und zu brach die Schnittwunde auf seiner Schulter, die tiefer war, als er erst gedacht hatte, wieder auf und blutete ein wenig, und sein ganzer Körper war noch steif und schmerzte von dem nächtlichen Kampf. Sein Knie war geschwollen und pochte wie damals nach der Schlacht. Doch immer, wenn die Schmerzen zu groß wurden und er nicht weitergehen konnte, lehnte er sich auf seinen Stock und rief sich Enkidu ins Gedächtnis, wie er ihn im Traum gesehen hatte: stark wie ein Löwe, bei bester Gesundheit und bereit, für Gilgamesch die Reise in die Unterwelt anzutreten.
Als sich Gilgamesch dem Weg näherte, der zwischen den Bergen hindurchführte, beschlich ihn ein Gefühl von Angst und Ehrfurcht. Er kannte das Gefühl, es war wie bei dem ersten Mantel des Huwawa, ein Eindruck von Glanz und Schrecken, der alle überkam, die sich dem Tor zum Zedernwald näherten. Unbewußt streckte er seine Hand aus, als könne Enkidu sie wieder ergreifen wie damals, und obwohl sein Geliebter nicht bei ihm war, gab ihm die Geste Mut.
Dann sah er die Bewegung hoch oben auf den felsigen Hängen: die glänzenden schwarzen Leibesringe von zwei Schwänzen, die sich aufrichteten, das Seitwärtshuschen zweier riesiger Insektenkörper, die zu beiden Seiten vom Berg herunterkrochen.
»Huwawas Verwandte«, dachte Gilgamesch erschrocken, »die das Tor durch die Berge bewachen.« Er fühlte, wie sich bei dem furchtbaren Anblick sein Gesicht dunkel färbte und seine erschöpften Glieder

starr und träge wurden wie eine Eidechse bei Frost. Aber er zwang sich weiterzugehen, und jedes Aufsetzen seines Wanderstabes auf dem Boden klang so sicher und entschlossen, als stoße er in der Halle des Gerichts den Ensistab auf den Boden.
Die großen Skorpiongeschöpfe warteten auf beiden Seiten des Weges und beobachteten ihn. Obwohl sie Huwawa glichen und ihre Menschenköpfe so hoch wie ein Mann waren, hatten sie keine häßlichen Gesichter. Das Wesen auf der linken Seite war bärtig. Lange, dunkle Locken umrahmten ein edles Antlitz mit scharfen Augen, und auf dem Kopf trug es die göttliche Krone mit den vielfach geschichteten Hörnern. Das andere Wesen besaß die feinen Züge einer Königin. Sein Haar war in einem dicken Zopf um den Kopf gewunden und mit goldenen Nadeln geschmückt. Beide blickten Gilgamesch durchdringend an, und er spürte die Kraft, die von ihren schwarzen Augen ausging. Sie war wie ein Wind, der ihm entgegenwehte, dunkel und kalt wie die Nacht in den Bergen, aber klar und rein. Obwohl ihre Hinterleiber zum Stoß gekrümmt waren und er das Gift aus den Stacheln tropfen sehen konnte, hatte Gilgamesch so wenig Angst vor den schrecklichen Waffen wie vor dem Torwächter einer Stadt, der mit erhobenem Speer dastand. Trotzdem zwang ihn etwas stehenzubleiben. Er richtete sich mit Hilfe des Stockes so gerade auf wie möglich und nickte ihnen zu, wie er andere Herrscher begrüßt hätte.
Der Skorpionmann drehte seinen Kopf zu der Skorpionfrau und begann zu sprechen. Seine Stimme war tief und voll wie der Ton einer Pauke, doch sie schien stumm zu sein, so daß Gilgamesch seine Worte mehr im Tanzen der Kiesel auf dem Weg fühlte, als sie zu hören.
»Der, der da zu uns kommt«, sagte der Skorpionmann, »sein Körper ist vom Fleisch der Götter.«
»Er ist zu zwei Dritteln Gott«, antwortete die Frau, wobei ihre hohe Stimme lieblich durch die dünne Gebirgsluft klang, »und zu einem Drittel Mensch.«
Der Skorpionmann schaute zu Gilgamesch hinab und neigte achtungsvoll den großen Kopf. »Warum hast du eine so weite Reise auf

dich genommen?« fragte er. »Warum bist du vor uns getreten, hier an diesem Ort, dessen Wege tückisch sind? Ich möchte deine Absichten erfahren und wissen, wonach dein Begehr steht. Edler Fürst, von Inanna und Enlil Erhöhter, ich will dir von denen erzählen, die vor dir stehen. Utu schuf uns als Wächter und gab uns den Auftrag, diesen Weg zu bewachen. Das war am Anfang der Zeit, als An Himmel und Erde trennte und Ereschkigal die Unterwelt überließ. Hier an den Hängen des Berges Maschu bewachen wir Utus Tor zum *Kur*, das Tor, durch das er auf seiner täglichen Reise in die Unterwelt hinabsteigt und aus dem er wieder herauskommt. Bei diesem Kommen und Gehen bewachen wir ihn. Unsere Macht ist entsetzlich, unser Blick bedeutet Tod, und unser furchteinflößender Glanz leuchtet bis hinauf zu den Hängen der Berge. Ohne unsere Einwilligung kommst du hier nicht vorbei. Wie weit du auch gereist sein magst, du mußt umkehren und ins Land der Lebenden zurückgehen.«

»Mächtiger Wächter Utus, gesegnet von der Hand des Gottes«, antwortete Gilgamesch ebenso höflich, »ich werde nicht umkehren. Ich bin wegen meines Ahnherrn Utnapischtim gekommen, der seinen Platz im Rat der Götter hat und dem ewiges Leben geschenkt wurde. Ich bin gekommen, ihn über Leben und Tod zu befragen.«

Ein Ausdruck tiefer Traurigkeit trat in das Gesicht der Skorpionfrau, als sie in Gilgameschs Augen blickte. »Niemals, Gilgamesch«, sagte sie sanft, »hat es einen Sterblichen gegeben, der das gekonnt hätte. Niemand hat je den weiten Weg durch die Berge vollendet. Er dauert zwölf Doppelstunden, und die ganze Zeit herrscht Dunkelheit, die undurchdringlich ist und ohne Licht. Wenn Utu hineingeht, lassen wir seine Helligkeit erlöschen und erst wieder leuchten, wenn er von neuem erscheint. Auf dieser Straße ist kein Laut zu hören, denn die Wege der Unterwelt sind stumm; es gibt keine Berührung außer dem Weg unter deinen Füßen, keinen Geruch von Kräutern oder Bäumen, keinen Geschmack von Wasser oder Brot. Wenn du vom Weg abkommst, kann kein Gott, Dämon oder Mensch dich retten. Die Dunkelheit wird dich für immer verschlingen, fern von den Hallen der Toten, wo Ereschkigal auf ihrem Thron sitzt, die Herrscher der Erde

den Göttern kühles Wasser einschenken und den Gefallenen ein Platz bereitet ist.«
»Noch niemand hat den weiten Weg durch die Berge vollendet«, wiederholte der Skorpionmann. »Der unbarmherzige Weg durch den *Kur* ist nicht für die Füße der Menschen. Gilgamesch von Erech, glaube meinen Worten, denn ich spreche zu dir als Freund und als jemand, der dir einen guten Rat gibt. Hat dein Stolz dich nicht schon früher dazu getrieben, Dinge zu tun, die unmöglich erschienen, brachten sie dir nicht bitteres Leid und schmerzliche Tränen, und irrst du jetzt nicht, in Tierfelle gehüllt, in der Wildnis umher?«
»Und dennoch kann ich nicht umkehren, denn ich weiß, daß Enkidu auf den dunklen und gefährlichen Wegen der Unterwelt wandelt. Auch wenn sein Körper verwest, er selbst lebt noch, und deshalb muß ich den Weg zu Utnapischtim finden und das Geheimnis des Lebens erfahren, damit Enkidu zu mir zurückkehren kann. Auch wenn es tiefste Traurigkeit und Schmerz, Kälte oder Hitze bedeutet und ich um jeden Atemzug ringen muß, ich werde gehen. Nun öffnet das Tor!«
Die beiden Skorpionwesen traten zur Seite, senkten ihren Hinterleib und verneigten sich. »Geh, Gilgamesch!« sagte der Skorpionmann. »Hab keine Furcht. Den Maschu-Berg öffne ich dir. Zwischen seinen Gipfeln darfst du ungehindert reisen. Mögen dich deine Füße sicher tragen. Das Tor des Berges steht dir offen.«
»Ich danke euch, ihr Edlen. Empfehlt mich Utu, bis ich wieder in die Welt des Sonnenlichts zurückkehre.«
Gilgamesch schritt zwischen den beiden Skorpionwesen hindurch in den dunklen Schatten der Berge. Ein Schritt, noch einer, ein weiterer – dann umgab ihn, wie sie ihn gewarnt hatten, finstere Nacht.
Die Dunkelheit war erstickend leer. Es schien ihm, als wären seine Ohren und Augen mit schwarzem Staub verstopft und sein Körper davon verhüllt wie von einem Leichentuch. Gilgamesch konnte nichts berühren und fühlte nichts außer den knirschenden Steinen unter seinen harten, nackten Fußsohlen, dem Schmerz in seinem Bein und dem Pochen der Wunde in seiner Schulter. Seine Lungen weiteten sich, aber obwohl er wußte, daß er atmete, konnte er keine

Luft spüren. Der Schmerz in seinem Knie stieg mit jedem Schritt, doch er wagte nicht, stehenzubleiben oder eine Rast einzulegen, denn der Weg, den er ging, mußte, einmal beschritten, bis zum Ende fortgesetzt werden. Es gab keine Umkehr.

Zwölf Doppelstunden, hatte die Skorpionfrau gesagt. In der Dunkelheit hatte Gilgamesch jegliches Zeitgefühl verloren. Er versuchte, seine Schritte zu zählen, zweihundert, dreihundert, vierhundert, doch die Zahlen entfielen ihm, und er mußte immer wieder von neuem beginnen.

Gilgamesch hinkte weiter, seine Füße folgten der Straße des schwarzen Staubs. Er wußte nicht, wie lange er gelaufen war, als er plötzlich vor sich einen Schaft aus Licht sah, der von oben her das Dunkel durchbohrte. Der Anblick war für seine entwöhnten Augen wie frische Luft, die in staubverklebte Lungen strömt, und er eilte darauf zu.

Als er den Lichtschaft – einen einzelnen Strahl, der keinerlei Helligkeit verbreitete – erreicht hatte, schaute er nach oben und stellte fest, daß er aus einer mannsgroßen Öffnung in der Dunkelheit kam, die wie ein riesiges Auge in die Oberwelt blickte. Gilgamesch konnte einige Umrisse erkennen: die Kante eines Bettes und den Schimmer eines gekrümmten Gegenstandes aus Lapislazuli an der Wand. Es war sein eigenes Zimmer, in das er durch das Auge der Unterwelt blickte. Dann sah er den breitschultrigen Schatten, der über das Licht fiel: Enkidu, der sich zum Abstieg bereitmachte.

»Ich werde mit ihm zusammen sein!« dachte Gilgamesch freudig. »Ich darf ihn führen, an seiner Seite stehen, wenn er den Schrecken der Unterwelt ins Gesicht sehen muß, so wie er mich im Zedernwald geführt und beschützt hat.« Wieder schaute er zu Enkidu hinauf. Kein Hauch von Krankheit trübte die goldene Schönheit und Kraft des Löwenmannes, und Gilgameschs Körper sehnte sich schmerzhaft danach, seinen Geliebten zu umarmen und ihn festzuhalten.

Aber als Enkidu seinen Abstieg begann, stach die kalte Klinge der Sorge in Gilgameschs freudig erregtes Herz. Denn sein Freund hatte Gilgameschs Ratschläge nicht beachtet und die Zeichen, die ihn als Lebenden unter den Toten verrieten, nicht verborgen.

Enkidu hatte sich gewaschen und saubere Kleider angezogen. Er trug einen Rock aus weißem Leinen und einen Gürtel mit einer schimmernden Schnalle aus Gold und Karneol. Sein zottiger Mantel war frisch gewaschen und gebürstet und glänzte wie das Fell eines Ochsen, den man als Festopfer gebadet und gestriegelt hat. Gilgamesch hob verwundert die Hand und berührte den Zwilling des Mantels, der steif von getrocknetem Blut und Schmutz um seine Schultern lag. Gute Sandalen schützten Enkidus Füße, und er trug den Krummstab des Ensi in der einen und ein Wurfholz in der anderen Hand. Seine Haut und die goldenen Locken glänzten, frisch mit lieblich duftendem Öl eingerieben, als wollte er zu einem Fest gehen, und seine Kleider rauschten durch die Unterwelt wie Windböen. Jeder seiner Schritte hallte wie Donner.
»Enkidu!« rief Gilgamesch. »Warum hast du nicht auf mich gehört? Geh zurück, bevor die *Galla* dich entdecken oder die *Gidim*, die ruhelosen Geister, über dich herfallen. Ziehe deine sauberen Kleider aus und lege schmierige Lumpen an, beschmutze deinen Körper, löse die Sandalen von deinen Füßen und lege den Stab hin. Wenn du das nicht tust, merken alle hier, daß du lebst.«
Gilgamesch stürmte auf seinen Geliebten zu, doch so laut er auch schrie, Enkidu schien ihn nicht zu hören. Die Sandalen an seinen Füßen und der Aufschlag seines Stabes hallten auf dem Weg, als ginge er auf dem Fell einer großen Pauke. So schritt Enkidu auf der Straße der Toten. Gilgamesch holte ihn ein und rief ihm laut ins Ohr, doch Enkidu drehte nicht einmal den Kopf, und als Gilgamesch die Hand ausstreckte, um ihn zu berühren, schien sie über die breite, goldhaarige Brust zu schweben wie Nebel über einen Stein.
»Enkidu!« rief Gilgamesch verzweifelt. Enkidus grüne Augen waren in der Dunkelheit wie die einer Katze geweitet, und die Goldfäden, die von seiner Iris ausstrahlten, schienen zu glühen. Er schritt leichtfüßig dahin und konnte offenbar alles sehen ... alles außer Gilgamesch. Gilgameschs Brust zog sich schmerzlich zusammen. Wenn Enkidu ihn nicht sehen konnte, wenn seine Stimme nicht an das Ohr des Geliebten drang, wenn seine Berührung unbemerkt blieb – was gab es für eine größere Qual?

Erst jetzt bemerkte Gilgamesch die dunklen Gestalten, die sie wie Fledermäuse am Abend umflatterten und auf die kleinen Schwärme von Insekten am Flußufer herabstießen. *Gidim* und *Galla*, *Udug* und *Maschkim*, *Lilu* aus dem öden Land ... die Geister, Gespenster und Dämonen der Unterwelt, die Toten, denen keine Opfer gebracht wurden, und all die anderen fremden und unirdischen Wesen, die das *Kur* bevölkerten. Ihre Schatten schienen mißgestaltet im trüben Licht, aber Gilgamesch hörte das Rauschen gefiederter Schwingen und das Klatschen ledriger Flügel über sich. Der Schrei einer Eule erklang und zerriß die Luft, ein Wolf heulte zur Antwort, dann ein zweiter, und der Laut wirbelte ringsum den Staub auf.

Enkidu hob das Wurfholz und holte aus. Gilgamesch ergriff sein Handgelenk, um ihn daran zu hindern, doch Enkidus Arm schwang durch seine Hand hindurch und schickte das Holz in weitem Bogen in die Luft. Es prallte mit dumpfem Aufschlag gegen eines der Schattenwesen, und wo es traf, wurde das Wesen deutlicher. Es hatte die Gestalt eines dünnen Mannes mit Adlerschwingen statt Armen und Bärentatzen statt Füßen, der die großen Stierhörner senkte, die aus seinen fast haarlosen Schläfen wuchsen. Enkidu schrie auf, als die dunklen Schatten näherkamen und schlug mit dem Ensistab nach ihnen. Doch mit jedem Schlag gewann ein weiterer Geist an Gestalt und sie umringten ihn immer enger, wie Bullenbeißer, die einen wilden Stier auf eine Fallgrube zutreiben.

Gilgamesch zog die Axt aus dem Gürtel und trat zwischen Enkidu und die auf ihn eindringenden Schatten. Er schlug zu, und wo seine Schneide traf, löste sich der Geist in schwarzen Staub auf. Enkidu sprach immer noch nicht zu ihm, doch als Gilgamesch zurückblickte, sah er, wie sein Gesicht sich aufhellte, als die Bewohner der Unterwelt zurückwichen und er weitergehen konnte.

Dann schimmerte etwas vor ihnen, und Gilgamesch vernahm ein leises Weinen, einen unterdrückten Laut, den er nur zu gut kannte. Er hatte ihn oft in der Dunkelheit von Enkidus Krankenzimmer vernommen, mitten in der Nacht, wenn das gleichmäßige Rasseln in den Lungen seines Geliebten darauf hinwies, daß er schlief. Es war Sululi, die da weinte. Enkidu hob den Kopf und eilte vorwärts.

»Warum kann er sie hören und mich nicht?« dachte Gilgamesch bitter. Jetzt konnte er Sululi sehen. Sie saß mit tief gesenktem Kopf am Weg, hielt Ur-Lugal in den Armen, und ihr dichtes, schwarzes Haar fiel ihr ins bleiche Gesicht. Wie waren sie so schnell in die Unterwelt gekommen? Hatte sie dieselbe Krankheit dahingerafft wie Enkidu?
Gilgamesch wollte zu ihnen rennen, aber sein Bein hinderte ihn, sich schneller als humpelnd fortzubewegen. Enkidu, in der Blüte seiner Kraft, war schneller und beugte sich schon über Weib und Kind, als Gilgamesch noch durch die Staubwolken hinkte, die sein Freund hinter sich aufgewirbelt hatte.
»Frau!« rief Enkidu aus. »Meine Liebste, mein geliebtes Kind, weine nicht, denn ich bin bei euch.« In Gilgamesch kämpfte neu erwachender, eifersüchtiger Schmerz mit der Furcht um seinen Geliebten. *Er darf nicht, er darf nicht – er eilt, sie zu umarmen und nicht mich; er sieht sie und mich nicht!*
Doch als Enkidu sich bückte und die mächtigen Arme um Sululi und Ur-Lugal legte, als wollte er sie zusammen hochheben, verschwanden auch sie wie Nebel, und seine Arme schlossen sich um leere Luft. Er starrte ungläubig auf die Stelle, wo sie gesessen hatten, und sah dann hinauf in die Schwärze.
»Warum?« fragte er, und seine tiefe, klare Stimme klang verwirrt wie die eines Kindes. »Was wolltet ihr hier in der Unterwelt? Wohin seid ihr gegangen?«
Lediglich der Schrei der Eule antwortete ihm aus ihrer fernen Behausung im dunklen Ödland. Enkidu straffte die breiten Schultern und ging weiter. Gilgamesch hastete mühsam hinterher.
Wieder schrie die Eule, und ihr klagender Ruf kam näher. Schwingen rauschten durch die Luft, und Gilgamesch machte sich bereit, gegen einen weiteren Schwarm von Schatten zu kämpfen. *Enkidu, hättest du nur auf mich gehört ...*
Doch es war nur eine einzige Gestalt, die jetzt über sie hinflog und dabei ein unheimliches grünes Leuchten ausstrahlte. Die *Lilitu* war über sie gekommen. Ihre schweren Brüste schwangen nackt und obszön aus ihrem Gefieder, und ihr offener Mund glich einem schwar-

zen Schlund. Sie trug ein halbflügges Eulenküken, das die kurzen Federkiele im flaumigen Menschengesicht gesträubt hatte und mit winzigen Klauen die Luft zerfetzte.

Zu seinem Entsetzen erkannte Gilgamesch das Gesicht, das nicht das der Eulenfrau in Inannas Baum war. Diese *Lilitu* trug Sululis Züge, die tiefen Wangenknochen zur breiten Maske der Häßlichkeit verzerrt, die gelbliche Haut unter der dicken Schminke von roten Pusteln übersät. Das Gesicht ihres Kükens war ein Zerrbild Ur-Lugals, dessen helle Augen über dem Schnabel, der dort herausragte, wo eigentlich Mund und Nase sitzen sollten, grausam und gierig zusammengekniffen waren.

Enkidu schrie laut auf und hob den Stab, um sie zu verscheuchen. Der laute Knall des Schlages hallte durch die Dunkelheit. Unter dem schweren Ensistab barsten die Körper der *Lilitu* und ihres Kükens wie ein dünnwandiger Topf, den man gegen die Wand wirft. Ihre hohlen Gestalten zersplitterten in tausend Scherben, die noch im Herabsinken zu Staub wurden und sich mit dem schwarzen Staub der Straße vermischten.

Aber der Widerhall wollte nicht enden, wurde immer lauter und umgab Enkidu und Gilgamesch wie ein tiefes Stöhnen, bis es schien, als schrie von allen Seiten die Erde. Enkidu knirschte mit den Zähnen. Zuletzt öffnete auch er den Mund, und sein Stöhnen vereinte sich mit dem Schrei der Erde.

Da wurde das Stöhnen um sie herum zu Worten, zu einer Klage, so tief und traurig, daß sie aus keiner menschlichen Kehle kommen konnte.

SIE SCHLÄFT, SIE SCHLÄFT,
ERESCHKIGAL, NINAZUS MUTTER, SCHLÄFT.
IHRE HEILIGEN SCHULTERN SIND UNBEDECKT.
KEIN TUCH VERHÜLLT IHRE HEILIGEN BRÜSTE.
SIE, DIE SCHLÄFT, SIE, DIE SCHLÄFT,
DIE MUTTER VON GEBURT UND TOD, DIE SCHLÄFT,
IHRE REINEN SCHULTERN SIND UNBEDECKT.
IHRE BRUST, EINE STEINERNE SCHALE, GIBT KEINE MILCH.

Enkidus Schritte wurden langsamer und stockten endlich, als sich um ihn herum die Klage der Erde erhob. Das Lied hatte ihn gebannt. Schwarzer Staub rieselte auf ihn herab wie Erde, die in ein Grab geschaufelt wird, schwärzte seine Haare, sammelte sich im zottigen Gewebe seines Mantels und klebte an der duftenden Ölschicht seiner Haut. Gilgamesch schrie auf und versuchte verzweifelt, den Staub mit den Händen wegzuwischen, doch er konnte kein einziges Körnchen entfernen, und der Staub rieselte immer weiter herab und türmte sich immer höher um Enkidu, während das Licht immer schwächer wurde.
Gilgamesch blieb bei ihm, klagte laut und bemühte sich, Enkidu von den Staubmassen zu befreien. Doch er spürte nichts unter den Händen und konnte in der Dunkelheit nichts sehen und fühlen, außer den knirschenden Steinen des Weges unter seinen aufgerissenen und blutenden Fußsohlen, dem stechenden Schmerz in seinem Bein, dem Pochen der verletzten Schulter und dem rauhen Holz des Stocks in seiner Hand.
»Ich muß weitergehen«, sagte er sich. »Die Unterwelt hält Enkidu zu fest. Ich werde ihn niemals befreien können, wenn ich hier nicht durchkomme.«
Wie zu Anfang seiner Reise konnte Gilgamesch weder vor sich noch hinter sich etwas erkennen. Hitzewellen durchfluteten seinen Körper, ein brennendes Fieber, das sich von seinem Bein und der Schulterwunde her ausbreitete. Sein Gesicht glühte wie unter den sengenden Strahlen der Sommersonne, er fühlte, wie ihm der Schweiß über die Wangen lief und die Tropfen in die Dunkelheit fielen. Seine Lippen sprangen auf, und seine Kehle trocknete aus, so viel Hitze war in seinem Körper.
Lange Zeit, wie lange, wußte er nicht, änderte sich nichts. Die Dunkelheit war undurchdringlich, und weder vor sich noch hinter sich konnte er etwas sehen. Plötzlich jedoch schlug ihm ein Eisschauer ins Gesicht, und der Schweiß gefror zu einer Kruste aus salzigem Reif, die über Haar und Bart aufbrach. Weder Mantel noch Tierfelle konnten ihn gegen den schneidenden Wind schützen, der ihm durch Mark und Bein fuhr, Eisfinger griffen ihm in den Brustkasten und zwi-

schen die Rückenwirbel, und der Schmerz seiner beiden Verletzungen war die einzige Wärme, die in seinem Körper übrigblieb. Hände und Füße waren taub und nur daran, daß der Wanderstab sein Bein noch stützte, merkte er, daß seine erstarrte Hand ihn noch festhielt. Während er in die undurchdringliche Dunkelheit blinzelte, fielen dünne Eisschuppen von seinen Augenlidern.
Als die bittere Kälte schließlich nachließ, zitterte Gilgamesch so heftig, daß der Stab immer wieder seiner Hand zu entgleiten drohte. Hinter ihm war es nach wie vor stockdunkel, doch vor ihm löste sich die Schwärze allmählich auf, und ein schwacher, grauer Schimmer erhellte die Nacht. Während er weiterging, nahm das Licht zu, und er seufzte tief und erleichtert.
Endlich ging die Sonne auf. Weit, weit entfernt schimmerte die Morgendämmerung durch ein Gehölz aus Bäumen mit glänzenden Blättern. Dahinter, unter dem heller werdenden Himmel, erstreckte sich der Horizont. Gilgamesch erkannte die Umrisse eines kleinen Gebäudes. Dort mußte jemand wohnen, und wer immer sein Haus am Ende des Weges durch das *Kur* gebaut hatte, würde ganz sicher auch den Weg zu Gilgameschs Ziel kennen. Er war zu müde und verletzt, um seinen Gang zu beschleunigen, aber er schritt stetig weiter, bis er den Garten und das Haus erreicht hatte.
Aber so erschöpft und von Schmerzen geplagt er auch war, hielt er doch vor Entzücken den Atem an. Der Garten war von hohen, schlanken Zedern umgeben, deren süßer Duft die Luft erfüllte. An den Büschen, die zwischen den Bäumen standen, leuchteten Trauben von Früchten, Beeren von der Farbe glänzenden Karneols, die rotorangefarbige Lichtstrahlen durch den Schatten der Blätter warfen. In der Mitte des Gartens lag ein Teich mit einem Springbrunnen, dessen weiße Schaumsäule in das klare Wasser zurücksprühte. Daneben stand ein Baum, von dessen goldenen Zweigen grüne, rote und dunkelblaue Steine wie kostbare Johannisbrotschoten herunterhingen. Weinreben, deren Blätter aus Lapislazuli waren und schwere, dunkelblaue Trauben beschatteten, wuchsen an silbernen Säulen.
Gilgamesch betrat den Garten, ging zu dem Baum am Teich und pflückte eine der Früchte. Sie löste sich und fiel in seine Handfläche,

ein Apfel aus warmem, klarem Stein, der tiefrot im Sonnenlicht glänzte. Vorsichtig führte er ihn zum Mund und prüfte ihn mit seinen Zähnen. Sofort spritzte ihm der Saft in den Mund, der berauschende Geschmack überwältigte ihn, sein Blut geriet in Wallung, und er wäre von der Freude, die ihn überkam, fast ohnmächtig geworden.
Diese einzige rubinrote Frucht genügte, um Gilgameschs Hunger und Durst zu stillen und auch den pochenden Schmerz in seinem Bein und in der Schulter zu lindern. Als der Saft des Apfels durch seinen Körper floß, spürte er, wie seine Müdigkeit verschwand und er von einer prickelnden, erregenden Welle der Kraft fortgetragen wurde, wie er sie nie zuvor erlebt hatte, nicht einmal, wenn er mit erhobener Axt in seinem Streitwagen gestanden und die Wildesel ungestüm nach vorne gedrängt hatten, nicht, als er im Zedernwald die kalte, reine Luft eingeatmet hatte und auch nicht, wenn er mit Enkidu gerungen und dessen Stärke wie die eigene gefühlt hatte. Gern wäre er länger in dem Garten geblieben, doch er wußte, daß Enkidu in der Unterwelt auf ihn wartete. Wie konnte er die berauschenden Säfte von Äpfeln und Beeren genießen, wenn der Mund seines Geliebten mit Staub gefüllt war, wie konnten seine Augen sich am Glanz des fließenden Wasser und der schimmernden Steine erfreuen, wenn Enkidu in der Dunkelheit gefangen war? Also verweilte er nicht, sondern ließ den Garten hinter sich und ging auf das Haus zu. Wie er jetzt merkte, war es eine Schenke, die denen glich, die es in Erech gab. Sie war aus Lehmziegeln errichtet und riedgedeckt. Über der Tür hingen eine Gerstengarbe und ein Tonbecher.
Von drinnen erklang eine klare, ein wenig schmollende Frauenstimme, die zu den leisen Tönen einer Harfe sang.

»Mein Geliebter, mein Augenstern, traf mich.
Wir jauchzten miteinander.
Er hat sich an mir erfreut.
Er brachte mich in sein Haus.

Er legte mich auf sein duftendes Honigbett,
Mein süßer Geliebter lag an meinem Herzen.

> Wir spielten das Zungenspiel, einer um den anderen.
> Mein edler Geliebter tat es fünfzigmal.«

Das Lied brach plötzlich ab, und als die Frau sprach, wurde ihre Stimme schärfer. »Dieser Mann ist ohne Zweifel ein Mörder ... wo kann er hinwollen?«
Als Gilgamesch auf die offene Tür zuging, schloß sie sich vor ihm, und er hörte, wie von innen der Riegel vorgelegt wurde. Er blieb stehen und hob seinen Stock. Wer immer die Sängerin war, sie konnte bestimmt seine Fragen beantworten. Er war nicht den weiten Weg gegangen, um sich von einer ängstlichen Frau aussperren zu lassen.
»Wirtin!« rief er. »Was hast du gesehen, daß du die Tür schließt und verriegelst?«
Aus dem Haus kam keine Antwort. Gilgamesch schlug gegen die Tür, doch die Frau antwortete immer noch nicht. Es hätte jede beliebige Schenke sein können, die nach der Sperrstunde geschlossen war, und jede beliebige Frau, die sich mürrisch weigerte, für einen müden Wanderer zu öffnen, doch hier, zwischen dem Bergpfad und dem Meer, neben dem heiligen Garten, mußte der Fall anders liegen. Warum hatte sie, in ihrer Abgeschiedenheit doch sicher vor Räubern und Halsabschneidern, ihn ausgesperrt, ohne ihn anzuhören?
Wütend und enttäuscht trat er gegen gegen die Tür. Er tat es vorsichtig, denn er war immer noch beschwingt von der Stärke, die die Frucht ihm beschert hatte, und wußte, daß er das schwere Holz mit einem zu festen Tritt leicht zerbrechen konnte.
»Laß mich ein!« rief er. »Oder ich trete die Tür ein und zerschmettere den Riegel!«
»Wer bist du?« erwiderte sie. »Wer bist du, daß du in Tierfelle gehüllt und mit altem Blut verschmiert zu mir kommst, stinkend wie eine Ziege, die seit drei Wochen tot ist?«
»Ich bin Gilgamesch!« gab er zurück. »Ich habe den Wächter Huwawa, der im Zedernwald lebte, erschlagen, ich habe mit dem Himmelsstier gerungen und ihn überwunden und mit den Löwen in den Bergen gekämpft.«

»Wenn du Gilgamesch bist, der all diese Dinge vollbracht hat«, sprach die Wirtin durch die Tür hindurch, »warum sind dann deine Wangen eingefallen und dein Aussehen so kläglich? Warum ist dein Herz so verzweifelt, dein Gesicht so abgemagert? Warum trägst du so großes Leid in dir? Warum siehst du aus wie jemand, der weit gereist ist, dessen Züge Kälte und Hitze gegerbt haben, und warum streifst du in der Wildnis umher?«
»Wirtin«, wiederholte Gilgamesch sanfter, »muß nicht mein Herz verzweifelt und mein Gesicht abgemagert sein? Muß ich nicht großes Leid in mir tragen, und muß ich nicht aussehen, als wäre ich weit gereist und mein Gesicht gegerbt von Kälte und Hitze? Muß ich nicht in der Wildnis umherstreifen? Enkidu, mein Freund, mein Geliebter, der den Wildesel und den Panther in der Ebene jagte, der mit mir alle Feinde besiegte und die Berge erkletterte, der jede Entbehrung mit mir teilte ...« Es würgte ihn in der Kehle, und er mußte schlucken, dann sprach er weiter. »Ihn hat das Schicksal der Menschen ereilt.«
Der Riegel wurde zurückgeschoben, und die Tür ging auf. Die Frau dahinter war klein wie ein Mädchen von zehn oder elf Jahren. Ihr Kopf reichte kaum bis an Gilgameschs Brust, doch ihr Körper war wohlgeformt und voll üppiger Rundungen. Ihr dunkelgrünes Kleid hatte einen tiefen Ausschnitt, und als Gilgamesch zu ihr herabschaute, blickte er auf die Hügel ihrer prachtvollen, großen Brüste. Sie trug eine Halskette aus buttergelbem Bernstein im Wechsel mit gemusterten Goldplättchen und dazu passende Ohrringe. Ihr Haar floß über den Rücken wie ein schimmernder, rotbrauner Strom aus poliertem Mahagoni. Auf dem Kopf hatte sie einen goldenen Reif, von dem ein hauchdünner, rostroter Schleier über ihr Gesicht fiel. Die blauen Augen darunter waren sehr groß und standen schräg über den hohen Wangenknochen. Unter einem entschlossenen kleinen Mund ragte ihr energisches Kinn deutlich hervor.
»Ich bin Siduri, die Wirtin der Schenke am Rande des Meeres«, sagte sie. »Komm herein, Gilgamesch, und erfrische dich nach deiner langen Reise.«
Gilgamesch trat ein und mußte sich dabei bücken, um nicht an den

niedrigen Türrahmen zu stoßen. Die Teppiche auf dem Boden waren dick und weich, mit verschlungenen Mustern in Gold und Grün. Das Topfgestell und die Töpfe waren aus Gold, ebenso das große Braugefäß in der Ecke neben der kleinen Harfe. Siduri schenkte Gilgamesch einen Becher Bier ein und forderte ihn auf, sich zu setzen.
Auf einmal wurde Gilgamesch bewußt, wie schmutzig er war, wie verkrustet von getrocknetem Blut und Reisestaub. Mit einer Fußzehe schob er die Ecke des schönen Teppichs zur Seite, nahm den Becher aus ihren Händen entgegen und hockte sich auf den Boden. Das kühle Bier, das er durch einen goldenen Trinkhalm zu sich nahm, vermischte sich mit dem Geschmack der Frucht aus Siduris Garten; es machte seine Kehle geschmeidig und seine Gedanken frei.
»Sieben Tage und sieben Nächte«, sagte er, »habe ich um Enkidu getrauert. Ich habe nicht erlaubt, ihn zu beerdigen, bis ... bis die erste Made aus seiner Nase fiel. Dann faßte mich Grauen vor seinem Anblick. Aus Angst vor dem Tod floh ich in die Wildnis. Nun quält mich der Gedanke an meinen geliebten Enkidu, deshalb streife ich auf den weiten Pfaden der Wildnis. Wie kann ich stumm bleiben? Wie kann ich still sein, wenn mein Freund, den ich liebte, zu Staub zerfallen ist? Werde nicht auch ich einmal daliegen und nie mehr aufstehen?«
Etwas berührte Gilgameschs Kopf, und er zuckte mit schreckgeweiteten Augen heftig zurück. Dann begriff er, daß es nur Siduris kleine Hand war, die über sein Haar strich, und duldete, daß sie seinen Kopf auf ihren runden Oberschenkel bettete.
»Warum ziehst du umher, Gilgamesch?« fragte sie. »Selbst wenn du überall suchst, wirst du nicht das Leben finden, das du dir erträumst. Als die Götter die Menschen erschufen, bestimmten sie ihnen den Tod und behielten das Leben für sich selbst. Darum, wenn du glücklich sein willst, Gilgamesch, schlage dir den Bauch voll. Genieße jede Stunde, verwandle jeden Tag in ein Fest und tanze, solange dich deine Füße tragen. Trage schöne, saubere Kleider, wasche dein Haar und deinen Körper mit Wasser. Kümmere dich um das Kind, das deine Hand hält, und laß ein Weib den Genuß deiner Umarmung spüren. Das ist die wahre Bestimmung des Menschen.«
Siduris Schenkel unter dem Wollkleid lag angenehm weich unter den

langen Stoppeln auf Gilgameschs Wangen, und sie roch nach süßer Myrte. Die Berührung ihrer Hand, die über sein Haar strich, war beruhigend, und doch riß er sich von ihr los. Das Bier spritzte aus dem goldenen Becher, als er ihn absetzte.
»Sag mir jetzt, Wirtin«, verlangte er, »wie komme ich zu Utnapischtim? Welchen Wegzeichen muß ich folgen? Sag es mir! Nenne mir die Wegzeichen! Um zu ihm zu gelangen, will ich das Meer überqueren und durch die Wildnis gehen.«
Siduri schüttelte den Kopf. »Gilgamesch«, sagte sie ernst, »es gibt keine Brücke. Noch nie seit Urzeiten hat jemand das Meer überquert. Der einzige, der es kann, ist Utu, und wer außer ihm darf es tun? Die Überfahrt ist mühsam, der Weg voller Gefahren und die Wasser des Todes versperren den Weg. Gilgamesch, selbst wenn du das Meer überquerst, was willst du tun, wenn du vor den Wassern des Todes stehst?«
Gilgamesch richtete sich zu seiner vollen Größe auf, blickte auf die kleine Frau hinab und ballte in ohnmächtigem Zorn wortlos die Fäuste. Siduri warf den Kopf in den Nacken und schaute zu Gilgamesch auf, als wollte sie ihn herausfordern, die Hand gegen sie zu heben. Plötzlich strömte ein Wolkenbruch von Tränen aus seinen Augen. Sie liefen ihm übers Gesicht, und ein schreckliches, hustendes Schluchzen erschütterte seinen Körper.
»Was willst du von mir?« fragte Siduri gereizt. »Wenn es eine Brücke gäbe, würde ich es dir sagen, doch es gibt keine. Es spielt keine Rolle, von wie weit her du gekommen bist oder welche Sorgen du hast. Dein Weg endet hier. Es geht nicht weiter.«
Gilgamesch rieb sich die Tränen aus dem Gesicht. »Gibt es ein Boot? Wenn es irgendein Boot gibt, dann werde ich es nehmen. Ich werde die Wasser des Todes wagen und den Preis bezahlen, den ich muß.«
Siduri runzelte die Stirn. »Komm mit.«
Sie führte ihn hinaus und deutete hinunter zum Strand, wo dunkle Bäume am Rand einer kleinen Bucht standen. »Dort wohnt Urschanabi, Utnapischtims Fährmann. Bei ihm sind die Steinwesen, und er fängt die Urnu-Schlangen im Herzen des Waldes. Wenn er dich mitnimmt, fahre mit ihm. Wenn nicht, dann kehre um.«

Sie ging zurück in die Schenke. Die Tür schloß sich, und Gilgamesch hörte, wie der Riegel vorgelegt wurde. Bald darauf erklangen von neuem die Töne der Harfe, und er hörte Siduri singen.

»Mein Blütenträger, deine Lockung war süß,
Mein Blütenträger im Apfelgarten,
Mein Fruchtträger im Apfelgarten ...«

Gilgamesch ging auf dem Weg, den Siduri ihm gezeigt hatte, hinunter zum Strand. Ein Boot lag in der Bucht vertäut. Es war kein kleines Boot, wie es die Fischer auf dem Buranun benutzten, aber auch nicht so groß, wie Gilgamesch es für eine so lange Fahrt erwartet hätte. Innen war es wie üblich mit geteerten Binsenmatten verkleidet, außen jedoch mit grauen Steinen. Es hatte weder einen erhöhten Bug noch ein erhöhtes Heck, nur einen kleinen, thronartigen Steinsitz vorne und hinten. Einen Augenblick erwog Gilgamesch, das Boot zu nehmen und auf eigene Faust loszufahren, doch er wußte nicht, ob es ihm überhaupt gehorchen würde.

Drei Spuren führten den Strand hinauf zu den Pinien. Die mittlere stammte von Sandalen, die beiden äußeren waren tiefer und hatten Furchen im Sand zurückgelassen, als hätten die, die da gelaufen waren, etwas Schweres hinter sich hergezogen. Gilgamesch folgte ihnen, bis der weiße Sand unter breiten, dunklen Ästen zu sandiger Erde und schließlich zu Waldboden wurde.

Als er vor sich ein Zischen und Murmeln vernahm, beschleunigte Gilgamesch seine Schritte. Die Wirtin hatte von Schlangen gesprochen, also mußte er sich in der Nähe von Urschanabi befinden.

Zu beiden Seite des Pfades stand eine Steinstatue, die einen geflügelten, mit einem Rock bekleideten Mann darstellte, der einen langen gegabelten Stock und auf dem Kopf eine kleine, spitze Mütze trug, an der vorn und hinten Hörner saßen. Gilgamesch hätte sie nicht weiter beachtet, wenn sie sich nicht plötzlich bewegt, die Flügel gespreizt und ihm mit ihren Stöcken den Weg versperrt hätten.

»Du darfst nicht weitergehen«, sagte der eine mit einer Stimme, so tief und rauh, als reibe sich Felsen an Felsen. »Urschanabi fängt Urnu-Schlangen im Herzen des Waldes, und niemand darf ihn dabei stören.«

»Ich *muß* weitergehen!« antwortete Gilgamesch. »Ich muß mit ihm sprechen, denn er soll mich über das Wasser führen, dorthin, wo Utnapischtim wohnt.«

»Du darfst nicht weitergehen«, wiederholte das Steinwesen ungerührt und hob den gegabelten Stab, so daß die beiden Spitzen auf Gilgameschs Brust zielten.

Gilgamesch ergriff seine Axt und sprang unter dem ungelenk geschwungenen Stab durch nach vorn. Er zielte nicht mit der Schneide, die nur an dem Stein absplittern würde, sondern schlug mit dem stumpfen Ende zu. Eine der Steinschwingen brach ab, dann ein Arm; die Stange fiel zu Boden und zerbrach in zwei Teile. Er wich dem schwerfälligen Griff des jetzt einarmigen Steinwesens aus und griff dessen Gefährten an, auf den er einhämmerte wie ein Bildhauer auf einen Granitblock, der sich unter seinem Meißel aufbäumt und sträubt.

»Verdammt, zerbrich«, keuchte er zwischen den hallenden Schlägen des Axtendes, denn er spürte schon, wie die Kraft ihn verließ und sein Knie unter ihm nachgab. »Zerbrich!«

Und plötzlich geschah es – die Hand, die nach ihm griff, zerbrach in drei Teile. Gilgamesch schlug noch einmal zu und hieb ein großes Stück der Schwinge herunter, bevor er bemerkte, daß das Steinwesen sich nicht länger bewegte. Aber etwas Kaltes wand sich zu seinen Füßen und ringelte sich um seine Knöchel. Es waren zwei schwarze Schlangen, die mit flinken, gespaltenen Zungen seine Haut untersuchten. Mit einem halberstickten Schrei des Abscheus ließ Gilgamesch die Axt fallen, griff nach unten und packte mit jeder Hand eine Schlange hinter dem Kopf, bereit ihnen das Rückgrat zu brechen. Ihre Körper peitschten um seine Arme.

»Halt ein«, rief eine sanfte Stimme. »Öffne deine Hände. Verletze die Schlangen nicht!«

Schwer atmend bezwang sich Gilgamesch, bückte sich und ließ die Schlangen frei. Sie schossen durch die herabgefallenen Piniennadeln und verschwanden. Vorsichtig, um nicht auf weitere Schlangen zu treten, entfernte er sich ein Stück von den beiden halb zerstörten Statuen.

Der Mann, der vor ihm stand, war uralt und knorrig. Sein grauweißes Haar reichte wie ein Mantel aus Wollfilz vom Rücken bis zu den Kniekehlen, und sein struppiger und schmutziger grauer Bart hing bis über den Gürtel. Die Haut seines Gesichts war runzlig wie eine getrocknete Frucht und von der Sonne tiefgebräunt, doch die schwarzen Augen, die Gilgamesch musterten, waren klar und hell und schmal vor Zorn.

»Wer bist du?« fragte der alte Mann. »Deine Wangen sind eingefallen und dein Aussehen ist kläglich. Du siehst aus wie jemand, der weit gereist ist und dein Gesicht ist von Kälte und Hitze gegerbt. Warum streifst du in der Wildnis umher, und was hast du hier getan?«

»Ich bin Gilgamesch, Enkidus Freund. Müssen meine Wangen nicht eingefallen und mein Aussehen kläglich sein? Muß ich nicht aussehen wie jemand, der weit gereist ist, muß mein Gesicht nicht von Kälte und Hitze gegerbt sein? Enkidu, mein geliebter Freund, ist zu Staub zerfallen, deshalb wandere ich auf den weiten Wegen der Wildnis. Nun, Urschanabi, wie kann ich Utnapischtim finden? Was sind die Wegzeichen? Sag es mir, nenne sie mir! Wenn es möglich ist, werde ich das Meer überqueren, wenn es möglich ist, werde ich durch die Wildnis ziehen.«

Urschanabi ging hinüber zu den Statuen, fuhr mit der Hand über die schroffen Risse, wo Gilgamesch ihnen Schwingen und Arme abgeschlagen hatte, blickte auf die zerbrochenen Stangen und schüttelte den Kopf. Sein Mund war vor Alter so tief unter den verfilzten Bart gesunken, daß Gilgamesch nicht erkennen konnte, ob er lächelte oder wütend war, doch seine Stimme klang tonlos wie die eines Geldverleihers, der eine Ablehnung ausspricht.

»Du selbst hast es unmöglich gemacht, Gilgamesch. Du hast die Steinwesen zerstört und die Urnu-Schlangen aufgehoben. Die Steinwesen sind zerbrochen und die Urnu-Schlangen verschwunden. Ohne sie können wir die Wasser des Todes nicht überqueren.«

»Und doch müssen wir es tun!« schrie Gilgamesch. Er wollte dem

Fährmann nichts Übles, aber er mußte sich wehren. Er hob die Streitaxt und holte zu einem weiteren Hieb gegen den Kopf des nächststehenden Steinwesens aus.
»Halt! Du hast sie genug verletzt. Wisse, daß sie es waren, die mich über die Wasser des Todes gebracht haben. Nur ihre Steinstangen konnten den Wassern widerstehen, ihre steinernen Hände und Arme über die Wellen greifen.«
»Ich will es wagen ...«, begann Gilgamesch, aber Urschanabi brachte ihn mit einer Handbewegung zum Schweigen.
»Du kannst dich gegen die Wasser des Todes nicht wehren. Alles, was sterblich ist, ist ihre Beute. Du würdest niemals finden, was du suchst. Torheit ist es, den Tod zu suchen, wenn man das Leben finden will! Und doch ...«
Der alte Mann verstummte und blickte zu dem Teppich aus Nadeln und Zweigen über sich auf. Er nickte einmal kurz und bestimmt.
»Gilgamesch, nimm deine Axt, geh in den Wald und schlage Stangen von sechzig Ellen Länge ... hm ... dreihundert Stück. Schäle sie ab und tränke ihre Enden mit Teer, den du unten am Strand findest, wo er aus dem Sand quillt. Dann bring sie mir.«
Als die dreihundert Stangen geschlagen und zugeschnitten waren, luden Gilgamesch und Urschanabi sie in das Boot. Die langen Stangen ragten vorne und hinten darüber hinaus, so daß es wie ein Holzstoß aussah.
»Jetzt mußt du es zu Wasser lassen«, sagte Urschanabi. »Ich habe nicht die Kraft dazu.« Er bestieg das Boot und verschränkte abwartend die Arme vor dem verfilzten Bart.
Gilgamesch stemmte die Schulter unter den Granitthron am Heck des Bootes und grub seine Fersen in den Sand. Einen Augenblick lang glaubte er nicht, es bewegen zu können, doch dann begann sich das *Magillu*-Boot langsam, ganz langsam, in Gang zu setzen. Ächzend glitt es den Strand hinunter, als knirsche sein Steinkiel über einen einzigen, riesigen Kristall.

# 8

Urschanabis Boot war in der Tat schnell. Es durchschnitt die Wellen so rasch, daß keiner der Vögel, die über ihm kreisten, folgen konnte. Gilgamesch konnte nicht schätzen, wie weit sie schon gefahren waren, doch als der Abend des dritten Tages sich näherte, wurde das Boot auf einmal langsamer.
»Warum verlieren wir Fahrt?« fragte Gilgamesch. »Was ist der Grund?«
»Wir haben die Wasser des Todes erreicht«, antwortete Urschanabi düster. »Nun werden wir sehen, ob wir sie tatsächlich überqueren können. Schau auf das Wasser, Gilgamesch.«
Gilgamesch tat, wie ihm geheißen, und konnte seine Augen nicht von dem Anblick abwenden. Das Meer war schwarz und glänzte wie geschmolzener Teer. Träge, regenbogenfarbene Strömungen kräuselten die Oberfläche wie die Rücken sich windender Riesenschlangen, und die Luft stieg in kleinen Wellen auf wie Hitze über einem Lagerfeuer und neigte sich tief vor dem Wind, der über den Ozean wehte. Das Boot war am Rande der Wasser des Todes zum Stehen gekommen. Sie saßen fest, wie ein Elfenbeinsplitter in einem Fleck Asphalt.
»Jetzt, Gilgamesch«, sagte Urschanabi, »halte dich zurück und gib gut acht. Nimm eine der Stangen zum Staken, aber streck deine Hände nicht über die Wasser des Todes.«
Gilgamesch hob eine der großen Stangen auf und schob sie über die Bordwand. Noch bevor er sie ins Wasser tauchte, sah das Holz bereits halb verrottet aus, als hätten seit Jahren Würmer daran gefressen. Er stieß ab und das Boot glitt über die zähe, schwarze Wasseroberfläche. Plötzlich war die Stange in seinen Händen federleicht und schwang frei über den Wellen. Das ganze Stück, das in die Wasser des Todes eingetaucht gewesen war, fehlte, und die Fäulnis kroch an dem verbleibenden Stumpf hoch, während Gilgamesch noch darauf starrte.
»Wirf sie weg und nimm eine neue«, befahl Urschanabi. »Und zwar so schnell du kannst. Es ist nicht gut für Lebende, sich zu lange über den Wassern des Todes aufzuhalten.«

Gilgamesch stakte nun mit aller Kraft, und Urschanabi reichte ihm jedesmal sofort eine neue Stange, wenn die alte verbraucht war. Bald begannen Gilgameschs Schultern von der Anstrengung zu schmerzen, und Schweiß floß in seine Augen, daß sie brannten und vom Salz anschwollen. Aber er wagte nicht, innezuhalten und sie abzuwischen.
Als aber der Stumpf der letzten Stange aus Gilgameschs Fingern in die schwarze Flüssigkeit unter ihm gerutscht war, zeigte sich immer noch kein Land. Er schaute nach vorn und zurück, doch da waren nur das flache, schwarze Meer, seine glänzenden Strömungen und die dunklen Spiegelungen der langgezogenen Wolken am Himmel.
»Was tun wir jetzt?« fragte er.
Urschanabi zuckte die Achseln. »Wir sind auf dem Wasser des Todes gefangen. Es gibt keinen Ausweg. Du kannst dir Glück wünschen, Gilgamesch, denn mit deinem Ende hast du mir den Tod gebracht, etwas, das in den vielen Generationen, die ich das *Magillu*-Boot gesteuert habe, weder Mensch, noch Zeit noch Schicksal gelungen ist.«
Die Stimme des alten Mannes klang spöttisch und bitter zugleich, aber Gilgamesch konnte die Verzweiflung tief in Urschanabis scharfen Augen sehen wie einen Sprung in einem polierten Onyx. Urschanabi drehte seinem Gefährten den Rücken zu und richtete seinen Blick auf den leeren Horizont. Der Wind wehte sein langes Haar und den Bart über den Bugthron des Bootes, so wie er auch Enkidus zottigen Mantel über Gilgameschs Schultern nach vorn blies.
»Warte!« sagte Gilgamesch plötzlich. »Wir sind noch nicht bereit zum Sterben.« Er löste seinen Gürtel, streifte das zerfetzte Bärenfell ab und zog seinen Mantel aus. Er gab das Bärenfell Urschanabi und sagte: »Stell dich hin und halte es mit ausgestreckten Armen hoch, wie ich es mit dem Mantel mache. Der Wind soll sich darin fangen. Er bläst stark, vielleicht treibt uns sein Atem von diesen Wassern weg.«
Wortlos hob Urschanabi das Bärenfell hoch, dessen zerfetzte Seiten im Wind flatterten. Das *Magillu*-Boot bockte und schlingerte, doch als Gilgamesch Enkidus Mantel in den Wind hielt, begann es wie eine

Silberkugel auf einem polierten Holztisch durch das Wasser zu gleiten.
»Wir haben es geschafft!« rief Gilgamesch aus. »Wir sind frei!«
»Noch sind wir nicht frei«, grollte Urschanabi. Doch Gilgamesch konnte schon einen schwachen Streifen zwischen dem schwarzen Ozean und dem lichten Blau des Himmels erkennen, die erste neblige Wolkenbank, die Land anzeigte, und als sie weiter dahintrieben, wurde das dunkle Wasser unter ihnen hell wie die Nacht am Rande der Morgendämmerung.
Das Land, das sich vor ihnen erhob, war grasig und schön. Von den Hügeln herab breitete sich ein Netz blauer Wasserläufe aus. Vereinzelt standen Apfelbäume, deren Blüten sich an den knorrigen Zweigen hellgrün von der graubraunen Borke abhoben. Überrascht stellte Gilgamesch fest, daß er den ganzen Winter umhergeirrt sein mußte; bald würde der Tag des Neujahrsfestes kommen. Zu Hause in Erech würden sich der En und die Schamhatu auf Dumuzis und Inannas Hochzeitsfeier vorbereiten.
Am Strand wartete ein Mann und beobachtete sie. Es war ein ganz gewöhnlicher Mann in mittleren Jahren mit einem kleinen Bauchansatz und glattrasiertem Kopf. Sein Bart war kurz gestutzt, und er trug einen einfachen Rock und einen Mantel aus brauner Wolle. An seinem schmucklosen Ledergürtel hingen ein Pfropfmesser und eine große Schere. Gilgamesch vermutete, daß dies ein weiterer von Utnapischtims Dienern sein mußte, höchstwahrscheinlich ein Gärtner, der gekommen war, den Fährmann zu begrüßen. Er rief ihn an: »He, du! Hilf mir mit dem Boot!«
Der Diener watete ins Wasser, stemmte die Schulter unter das Heck und schob. Zusammen brachten Gilgamesch und er das *Magillu*-Boot ein paar Ellen weiter den Strand hinauf bis in die Nähe einer Stelle, an der sich ein Frischwasserbach in den Ozean ergoß. Urschanabi nickte und meinte: »Genug, genug! Hier wird es bleiben.«
Der Diener musterte Gilgamesch von Kopf bis Fuß und betrachtete dann das Boot. »Warum wurden die Steinwesen des Bootes zerstört, und warum trägt es den, der nicht sein Meister ist?« fragte er.
»Ich habe sie zerstört, weil sie mir den Weg zu Utnapischtim verweh-

ren wollten«, antwortete Gilgamesch, »und es hat mich getragen, weil ich das Meer überqueren mußte. Ich muß Utnapischtim finden, denn ich habe mit ihm zu reden. Zeig mir den Weg, damit ich zu ihm gehen kann.«

»Was begehrst du von Utnapischtim?« wollte der Gärtner wissen, als sie den Strand entlang zu der kleinen Hütte gingen, die am Bachrand stand. »Deine Wangen sind eingefallen und dein Aussehen ist kläglich. Du siehst aus wie jemand, der weit gereist ist, und dein Gesicht ist von Kälte und Hitze gegerbt.«

»Und wie sollte es anders sein? Um meines Freundes Enkidu willen bin ich die weiten Wege der Wildnis gegangen.«

Die Worte, die Gilgamesch verfolgten, seit er sie gegenüber Siduri zum erstenmal ausgesprochen hatte, kamen in diesem schlichten Land mit seinen blühenden Apfelbäumen und den kleinen Salatpflanzen in ihren Beeten zwischen der Hütte und den Bach weit bitterer und schmerzlicher über seine Lippen. Die weiße Ziege, die neben der Hütte angepflockt war, meckerte wie mitfühlend, senkte dann den Kopf und wandte sich wieder dem Grasen zu. Gilgamesch sah, daß ihr Bauch aufgebläht war und ihre Zitzen tief herabhingen.

»Mein Freund, den ich liebe, ist zu Staub zerfallen. Enkidu, mein Geliebter, ist zu Erde geworden. Bin ich nicht wie er? Werde ich mich nicht auch eines Tages niederlegen und nie mehr aufstehen? Das ist der Grund, warum ich weiter muß, um den fernen Utnapischtim aufzusuchen, von dem die Sagen erzählen. Viele Gebirge habe ich umgangen, trügerische Berge erstiegen, Meere überquert. Darum hat kein Schlaf mein Gesicht geglättet, darum bin ich von Müdigkeit ausgemergelt, darum wird mein Körper von Schmerz gepeinigt.«

Als die milden braunen Augen des anderen Mannes auf ihm ruhten, wurde Gilgamesch auf einmal bewußt, daß seine Kleidung nur aus einer zerfetzten Bärenhaut unter dem Löwenfell und dem Fransenmantel bestand, und er fühlte sich, als liefe er nackt durch die Straßen von Erech. Er beeilte sich, seinen Aufzug zu erklären, bevor der Diener zu der Überzeugung käme, er wäre wahnsinnig. »Noch bevor ich Siduris Haus erreicht hatte, war meine Kleidung schon verschlissen.

Ich habe den Bär und die Hyäne erlegt, Löwen und Panther, Hirsch und Steinbock und die kriechenden Tiere der Wildnis. Ich habe ihr Fleisch gegessen und mich in ihre Häute gehüllt. Ich habe mich wie ein Tier auf den Boden gelegt und in Schmutz und Verzweiflung geschlafen. Als Siduri mich sah, hat sie ihre Tür verriegelt. Ich bin ohne Glück und vom Schicksal verdammt.«

Der Diener nahm einen spitzen Stock, beugte sich über seine jungen Pflanzen und stach das winzige, grüne Unkraut aus, das zwischen den Salatköpfen zu sprießen begann. Er schien keine Eile zu haben und von Gilgameschs Worten nur wenig berührt zu sein.

»Warum, Gilgamesch«, fragte er, während er so arbeitete, »läßt du dich von Traurigkeit verzehren, du, der du doch aus dem Fleisch von Göttern und Menschen geschaffen bist? Hast du jemals den Narren bei einem Neujahrsfest beobachtet? Sie stellen ihm einen Thron in die Halle des Rates, doch sie opfern ihm die Neige des Biers statt Butter und ein Gemisch aus Kleie und schlechtem Mehl, das wie Schlamm aussieht. Er trägt einen Lendenschurz, als wäre es ein Bindenrock, und anstelle der Schärpe ein Ziegenfell, denn er besitzt weder Rang noch Weisheit, und niemand berät ihn. Sieh dich vor, Gilgamesch, denn auch wenn man einem Narren den Ehrenplatz gibt, kann er doch seine Natur nicht verbergen und seinen Platz nicht das ganze Fest über mit Würde einnehmen. Obwohl man ihn erhöht hat, verspottet man ihn, und er ist ein doppelter Narr, weil er sich selbst für den Herrn hält.«

»Manchen ist eben ein böses Schicksal bestimmt«, gab Gilgamesch zurück, »und meines bestimmte Nanna in der Nacht des geschweiften Sterns, als der Schatten der Mondfinsternis sein strahlendes Gesicht verhüllte.«

Der Diener legte den Stock weg, richtete sich auf und wischte sich den Schmutz von den Händen. Er winkte Gilgamesch, ihm auf dem von Steinen gesäumten, kleinen Pfad zu seinem Apfelhain zu folgen. Die blühenden Bäume waren alle sauber beschnitten, und hier und da stand ein an einen Pfahl gebundener Schößling, der die Lücke ausfüllte, die ein älterer Baum hinterlassen hatte. Der Gärtner schritt zwischen ihnen hindurch, gefolgt von Gilgamesch, und von Zeit zu

Zeit richtete er einen Stock gerade oder zog einen Zweig herunter, um die Blüten auf Anzeichen von Flecken oder Krankheit zu untersuchen.

»Die Götter schlafen nicht«, sagte er, »und werden oft von Ruhelosigkeit geplagt. Aber der Unterschied zwischen Menschen und Göttern ist vor langer Zeit festgeschrieben worden. Du machst dir unnütz Sorgen, Gilgamesch, und dir ist nicht leicht zu helfen. Wenn Gilgamesch sich selbst auf einen Thron im Tempel der heiligen Götter setzen könnte, was würde er tun?« Er pflückte einen kleinen grünen Wurm von einem Zweig, zerdrückte ihn zwischen den Fingern und wischte sich die Hand an seinem fleckigen braunen Rock ab. »Die Götter haben alle Menschen geschaffen und über ihr Schicksal beraten, doch die Menschen müssen sich mit dem abfinden, das ihnen die Götter zubilligen. Du aber richtest dich durch deine Anstrengungen selbst zugrunde, dein Körper leidet, und deiner langen Lebensspanne bereitest du ein frühes Ende.«

Er hockte sich hin und wühlte um die Wurzeln eines der jungen Bäume herum in der Erde.

»Die Kinder der Menschen«, fuhr er fort, »werden geknickt wie ein Rohr im Schilf. Der blühende Knabe und das liebliche Mädchen sind dem Tod nicht ferner als der Greis und die alte Vettel. Niemand kann das Gesicht des Todes sehen, niemand seine Stimme hören, und doch knickt er das Rohr grausam ab. Aber wir sind nicht die einzigen, die vergänglich sind. Bauen wir ein Haus, damit es ewig steht? Schließen wir einen Vertrag, der ewig hält? Wie lange teilen sich Brüder ein Erbe? Und wie lange noch«, fügte er hinzu und deutete auf den Bach, »fliegen Libellen über dem Wasser? Es hat nie jemanden gegeben, der ins Antlitz der Sonne blicken konnte; die Schlafenden und die Toten ähneln sich. Auf den Tod kann man nicht zeigen, aber man kann ihn im Gesicht eines einfachen Mannes so gut wie in dem eines Helden das ganze Leben lang wie einen Schatten wahrnehmen.«

Die Stimme des Dieners war traurig und ernst geworden. Er trat zu einem der älteren Bäume, strich über einen Zweig bis an die Stelle, wo er sich gabelte, zog dann sein Pfropfmesser und schnitt ihn ab.

»Wenn ich dieses Holz«, erklärte er, »einem anderen Wurzelstock aufsetze, wird es die gleichen Äpfel tragen wie vorher. Es wird wachsen, Früchte bringen und sterben, wie es alle meine Bäume im Lauf der Zeit tun, und irgendwann muß ich es ersetzen, denn es kann nicht von dem Muster abweichen, nach dem die Götter es schufen. Ich kann es auf stärkere Wurzeln pfropfen, aber ich kann es nicht vor seinem Schicksal bewahren. Nachdem Enlil seinen Segen erteilt hatte, versammelten sich die mächtigen Götter, und Mammu, die Mutter der Lose, beschloß zusammen mit ihnen das Schicksal. Sie regelten Leben und Tod, doch die Zeit des Todes bleibt verborgen, während die Tage des Lebens bekannt sind.«
Endlich sah Gilgamesch den Gärtner genauer an. Gewiß, er war ein gewöhnlicher Mann mit einer Hakennase, der rasierte Kopf von der Sonne braungebrannt, die Hände schwielig und schmutzig von der Arbeit, doch in der Entrücktheit seiner braunen Augen und der gelassenen Redeweise lag etwas, das ihm vertraut schien. Ihm fiel auf, daß er dem En ähnelte, der mehr als neunzig Jahre gelebt hatte und den nichts mehr überraschen oder aus der Ruhe bringen konnte. Und er hatte davon gesprochen, seine alten Bäume ersetzen zu müssen, Bäume, deren Lebensspanne die eines Menschen weit überstieg. »Ich habe ihn gefunden!« dachte Gilgamesch grimmig. »Jetzt werde ich das Geheimnis des Lebens von ihm erfahren. Wenn es sein muß, werde ich es ihm mit Gewalt entreißen.« Er griff nach der Streitaxt an seinem Gürtel, doch als sich seine Hand um den Griff schloß, verließ ihn die Kraft. Utnapischtim würde sein Geheimnis freiwillig enthüllen oder gar nicht.
»Ich schaue dich an, Utnapischtim«, sagte er voller Verwunderung, »und deine Erscheinung hat nichts Fremdartiges. Du bist wie ich, du unterscheidest dich nicht von mir. Ich kam hierher, entschlossen, notfalls mit dir zu kämpfen, und nun ist mein Arm kraftlos vor deinem Antlitz. Wie kommt es, daß du einen Platz in der Versammlung der Götter und das wahre Leben gefunden hast?«
Utnapischtim drehte den blühenden Zweig in der Hand und befreite mit der Schere den Stumpf von der Borke, bevor er antwortete. Schließlich sagte er: »Ich will dir etwas Verborgenes enthüllen, Gil-

gamesch, und dir ein Geheimnis der Götter verraten. Hör zu und setze dich hin, denn ich sehe, daß du müde bist.«
Utnapischtim hockte sich unter einen alten Apfelbaum, dessen blühende Zweige ein Geflecht von Licht und Schatten über sein Gesicht warfen. Gilgamesch ließ sich neben ihm im Gras nieder. Sein Knie war zu stark geschwollen, als daß er sich hätte hinhocken können, deshalb streckte er die Beine aus und lehnte sich mit dem Rücken gegen den rauhen, sonnengewärmten Stamm. Er hörte die Bienen summen, wie eine angenehme Musik zu der sanften Stimme des Uralten.
»In Schurippak, ich denke, du kennst die alte Stadt am Ufer des Buranun, lebten die Götter, und sie hatten in ihren Herzen beschlossen, die große Flut zu schicken. Vater An sprach den Fluch, Enlil beriet ihn, Ninurta, der Thronträger, und Ennugi führten die Aufsicht über die Kanäle; und der helläugige Enki war bei ihnen ...«
Während Utnapischtim sprach, konnte Gilgamesch seinen Blick nicht von ihm wenden. Utnapischtims sanfte, braune Augen schienen immer größer zu werden, und Gilgamesch hatte das Gefühl, als würden sie ihn wie Strudel in einem schlammigen Fluß immer tiefer in sich hineinziehen, bis er glaubte, vor einer Wand aus mit Lehm bestrichenem Schilf zu stehen und dem Flüstern des Flusses im Gras zuzuhören.
»Haus aus Schilf, Haus aus Schilf! Hör mir zu, Haus aus Schilf, leihe mir dein Ohr! O Mann aus Schurippak, Sohn von Ubartutu, reiße dein Haus nieder und baue ein Boot. Verlaß dein Besitztum und suche das, was lebt! Verschmähe deinen Besitz und halte dich an das Leben. Führe alle Lebewesen in dein Boot, das Boot, das du bauen wirst. Nimm sein Maß, Länge und Breite genau gleich, und baue ein Dach darüber, wie die Erde das *Apsu*, die große Süßwassergrotte, bedeckt.«
»Herr«, antwortete Utnapischtims Stimme, »du hast deinen Befehl gegeben. Ich habe ihn vernommen und werde gehorchen. Doch was soll ich der Stadt sagen, dem Volk und den Ältesten?«
Das Rauschen des Flusses wurde lauter und ein neuer Strom von Worten quoll hervor. »Das kannst du ihnen sagen: ›Enlil haßt mich,

deshalb kann ich nicht in eurer Stadt wohnen, noch einen Fuß auf die Erde setzen, die Enlils Reich ist. Ich werde hinunter zum *Apsu* steigen, um im Angesicht meines Herrn Enki zu leben, und er wird reichlich Regen über euch ergießen, der Vögel und Fische im Übermaß bringen wird. Er wird euch eine üppge Ernte bescheren. Bei Sonnenaufgang wird Brot auf euch herabregnen und am Abend Weizen in Fülle.‹ Die Arche war nach sieben Tagen fertiggestellt«, fuhr Utnapischtim fort und Gilgamesch meinte, sie vor sich zu sehen – ein riesiges Boot aus geteertem Schilf, viereckig und hoch aufragend wie ein Tempel, innen in mehrere Decks unterteilt. Männer stemmten sich gegen die Stangen, um es in Bewegung zu setzen, und es glitt langsam vorwärts, bis der Kiel zu zwei Dritteln im Wasser des Buranun lag. Die Rampen, die auf die Arche hinaufführten, bogen sich unter dem Gewicht der Tiere, die man auf das Boot trieb, Rinder und Schafe, Ziegen, Esel und wilde Tiere. Männer trugen Körbe mit Gold und Waren und geflochtene Käfige mit Vögeln zwischen den langsam vorwärtsschreitenden Tierpaaren durch.

Der Himmel wurde dunkel und wieder hell, und wie verheißen regnete es Brotlaibe vom Himmel herab. Die Leute tanzten in den Straßen der Stadt und sammelten das Brot in großen Körben. Sie verschlangen es gierig und jubelten über die Wolken, die schon am Himmel aufzogen, ein Nebelschleier, der die Sonne verdeckte.

Gilgamesch wollte aufschreien, doch er war nur ein Zuschauer, der etwas beobachtete, das schon vor langer Zeit geschehen war. Er war sowenig in der Lage, sie zu warnen oder etwas zu ändern, wie er den Lauf von Utus Wagen beeinflussen konnte.

Der Himmel färbte sich immer dunkler, doch die Fluten, die am Abend herabregneten, waren nicht Wasser, sondern schimmernder Weizen. Wieder hörte Gilgamesch die Freudenschreie und die laute Trunkenheit und Lust. Und die Luken des großen Bootes schlossen sich.

»Für das Teeren meines Bootes«, sagte Utnapischtim und seine Stimme klang ganz leise und fern, »gab ich Puzur-Amuri, dem Schiffbauer, meinen Palast mit allem, was darin war.«

Als die Morgendämmerung zum nächsten Mal anbrach, sah Gilgamesch, wie sich am Horizont schwarze Wolken zusammenballten, in deren brodelnder Finsternis Blitze flackerten. Große Gestalten bewegten sich in ihnen. Gilgamesch glaubte Ischkur auf dem Rücken seines feuerspeienden Drachen stehen zu sehen, den gegabelten Blitzstab in der Hand, wie er den Sturm anstachelte, vor ihm seine Helfer Schullat und Hanisch, die auf wilden Stieren ritten, deren Schnauben große Wolkenbänder über den Himmel trieb. Unter ihnen brach die Erde auf, und die Tore der Unterwelt öffneten sich. Heraus trat Nergal mit seinem Krummschwert und dem Stab mit dem Löwenkopf in der Hand. Hinter ihm her strömten wie ein Sturzbach die Wasser auf die Erde. Das Land glühte in furchtbarer Helligkeit, schaurige, blaue Flammen sprangen unter dem schwarzen Himmel hin und her. Bis auf die unablässig zuckenden und zischenden Blitze und die merkwürdig kalten, knisternden Flammen über den Dächern und Bäumen gab es kein Licht. Die Erde barst unter dem Sturm wie ein Tontopf, die Deiche des Flusses brachen unter der Flut, so daß der Wind das Wasser in einer riesigen Woge über das Land und die Stadt trieb. Die Schreie der Menschen ging in dem Donner, dem trommelnden Regen und dem Brüllen der wütenden Wassermassen unter, ihre Körper wurden wie Zweige in der reißenden Flut weggespült. Hilflos und mit letzter Kraft griffen sie nach treibenden Planken und den Ästen entwurzelter Bäume, bevor die aufgewühlten Wasser sie endgültig verschlangen.
Im Licht der Blitze, die die Dunkelheit zerrissen, sah Gilgamesch riesige Gestalten wie aufgescheuchte Tauben durch den Sturm nach oben fliegen – selbst die Götter, überrascht und eingeschüchtert von der Flut, erhoben sich in die Lüfte und versammelten sich über den Wolken, an die tiefblaue Himmelsmauer geduckt wie verängstigte Hunde. Inannas Haar hatte sich gelöst und hing ihr zerzaust ins Gesicht, und ihre strömenden Tränen mischten sich mit dem unaufhörlichen Regen, während sie ausrief: »Weil ich Übles geredet habe in der Versammlung der Götter, ist nun das Ende der alten Zeit gekommen. Wie konnte ich Übles reden in der Versammlung der Götter? Wie konnte ich nach der Vernichtung meines Volkes schreien? Ich

selbst habe mein Volk geboren, und nun treibt es im Meer wie die Kinder der Fische!«

Sie weinte und die anderen Götter mit ihr. Gilgamesch sah, daß niemand mehr übriggeblieben war, der den Göttern Speise und Trank reichte, keiner, der ein Trankopfer darbrachte, Schalen mit Honig und Bier hinstellte; von den überschwemmten Trümmern der Heiligtümer erhob sich kein Opferrauch.

»Sechs Tage und sieben Nächte«, erklärte Utnapischtim, »tobten der Wind und die Flut, und der Sturm ebnete das Land ein. Die Flut erhob sich am siebten Tag, die Wasser kämpften mit sich selbst wie eine Frau, die in den Wehen liegt. Dann beruhigte sich das Meer, und der Sturm ließ nach. Der Wirbelwind und die Flut legten sich. Ich schaute hinaus. Stille war eingetreten, und die Menschheit war zu Lehm geworden. Das Meer war flach wie ein riesiges Dach. Ich öffnete eine Luke, und klares Licht schien mir in die Augen. Ich fiel auf die Knie und weinte, Tränen strömten über mein Gesicht. Dann hielt ich Auschau nach Land, und in zwölf Meilen Entfernung sah ich eine Felsspitze. Das Boot legte sicher am Berg Nimusch an, und der Berg ergriff es und hielt es fest.

Sieben Tage lang lag das Boot am Berge Nimusch. Dann schickte ich eine Taube aus, doch sie fand keinen Ruheplatz, sie kreiste und kam zurück. Dann schickte ich eine Schwalbe aus, auch sie fand keinen Ruheplatz, sondern kreiste in der Luft und kam zurück. Danach schickte ich einen Raben aus, er sah, daß die Wasser gesunken waren, fraß, zog seine Kreise und kehrte nicht zurück.«

Während er sprach, sah Gilgamesch, wie die Wasser abflossen und die aufgedunsenen Körper von Menschen und Tieren wie Treibgut an den Berghängen lagen. Der Rabe hüpfte von Kadaver zu Kadaver und stieß seinen Schnabel in das vom Wasser aufgetriebene Fleisch. Dann erhoben sich die Vögel in einer großen Wolke von der Arche zur Sonne, und die Männer auf dem Boot begannen, die Tiere wieder über die Rampe nach draußen zu treiben. Ihre rotgeweinten Augen blinzelten ins helle Licht des Tages. Utnapischtim nahm den Strick eines Widders und führte ihn neben die Arche, unter dem Gipfel des Berges, der vor ihnen zum Himmel aufragte wie ein riesiger, steinerner Terrassentempel. Zusammen mit seiner Frau entzündete er ein Feuer und stellte zweimal sieben Gefäße aus getriebenem Gold und Silber auf, in die sie Bier, Milch und Honig gossen. In das Feuer warfen sie Weihrauch aus getrockneten Binsen, Zedern und Myrte, und der süße Duft stieg zum wolkenlosen Himmel. Zuletzt schnitt er dem Widder die Kehle durch und ließ das Blut auf den Boden strömen, dann zog er ihm geschickt die Haut ab und weidete ihn aus, und schließlich hängten er und seine Frau die warmen Fleischstücke auf.

Im Opferrauch sah Gilgamesch die Nebelgestalten der Götter, die sich um den Berggipfel drängten wie Fliegen um ein Opferschaf. Als letzte erschien eine Göttin mit großen Brüsten und breiten Hüften; sie war hochschwanger, und von ihren Brustwarzen tropfte Milch. Sie trug eine Halskette aus dunkelblauen Lapislazulifliegen, und an ihren Händen und dem braunen Gewand klebte Ton, als ob sie gerade aus einer Töpferwerkstatt käme. Gilgamesch glaubte sie sofort zu erkennen. Es war die Göttin Nintun, Mutter und Schöpferin allen Lebens.

Nintun schloß ihre Hand um die großen Steinfliegen an ihrem Hals und hob die Lapislazulistücke an. »Ihr Götter«, rief sie aus, und ihre Stimme war tief und kraftvoll wie das Brüllen einer wilden Kuh, »so gewiß ich nie diesen Lapislazuli an meinem Hals vergessen werde, so möge ich mich an diese üblen Tage erinnern und sie nie vergessen. Nähert euch dem Opferrauch, ihr Götter! Enlil aber, der so rücksichtslos die Flut hereinbrechen ließ und meine Kinder vernichtet hat, darf sich nicht nähern.«

Während sie sprach, fuhr ein Windstoß über den Berggipfel, peitschte den Rauch auf und warf einige der Gefäße um. Utnapischtim warf sich flach auf den Boden, doch die Götter umringten ihn beschützend und stellten sich dem Gott im grauen Gewand entgegen, der auf seinem wilden Stier auf sie zuritt. In der einen erhobenen Hand hielt er seine Streitaxt, in der anderen die Tafeln des Schicksals. Der Stier stampfte und schnaubte wütend, und Blitze zuckten aus seinen Nasenlöchern, als Enlil mit der Axt auf das Boot deutete.

»Gibt es denn immer noch Lebensatem?« fragte er zornig. »Kein Mensch sollte der Vernichtung entgehen!«

Es war Ninurta, der Gott des Krieges, der vortrat, ihm zu antworten. Sein strenges Gesicht unter dem glänzenden Bronzehelm zeigte keine Regung. »Wer außer Enki könnte sich so etwas ausdenken?« fragte er. »Ist nicht er es, der das Wort kennt?«
Nun wandte Enlil sich zu Enki, der unbeweglich dasaß, während die Flüsse aus den Ärmeln seines Gewandes strömten. Er erhob sich auch jetzt nicht, sondern sprach von seinem Thron aus zu Enlil. »Du, Tapferer, bist der Weise unter den Göttern – wie konntest du so rücksichtslos diese Flut hereinbrechen lassen? Bestrafe den, der das Verbrechen begangen hat, laß den Missetäter allein bezahlen, aber sei nachsichtig mit der Menschheit und geduldig, damit sie nicht ausgerottet wird. Anstatt die Flut zu schicken, wäre es besser gewesen, einen Löwen loszulassen, der Menschen tötet. Anstatt die Flut zu schicken, wäre es besser gewesen, einen Wolf zu senden, der ihre Zahl verringert. Anstatt der Flut hätte eine Hungersnot das Land heimsuchen und Erra, die Herrin der Pest, es verwüsten können. Ich habe das Vorhaben der Götter nicht preisgegeben, ich habe Utnapischtim nur einen Traum gezeigt, und er hat das Geheimnis der Götter erkannt. Sprechen wir über ihn!«
Enlil schaute auf den Mann und die Frau, die neben ihrem Boot vor den umgeworfenen Opferschalen lagen und versuchten, sich vor dem Wind zu schützen. Langsam legte sich der Sturm, und das zornige Gesicht des Gottes wurde milder. Er stieg vom Berggipfel herab zu der Arche, bückte sich und nahm Utnapischtim und seine Frau bei der Hand. Er hob ihre zitternden Körper auf, ließ sie vor sich niederknien und berührte ihre Stirn.
»Bis jetzt«, erklärte er, und seine Stimme hallte von den Bergen wider, »war Utnapischtim ein Mensch. Nun sollen Utnapischtim und seine Frau verwandelt werden und sein wie wir, die Götter! Und sie sollen von nun an fern von hier leben, an der Mündung der Ströme.«
Das Donnern von Enlils Stimme verschwand aus Gilgameschs Ohren, und sein Blick wurde wieder klar, bis er schließlich Utnapischtims einfaches Gesicht, das von den Zweigen des Apfelbaums beschattet wurde, wieder vor sich sah. »Sie führten uns weit fort«, sagte

Utnapischtim, »und wir ließen uns an der Mündung der Ströme nieder. Doch was dich betrifft, Gilgamesch – wer soll für dich die Götter zusammenrufen, auf daß du das Leben findest, das du suchst?«
Er stand auf, und Gilgamesch folgte ihm mit bebendem Herzen. »Setz dich hier an die Wand meiner Hütte«, sagte Utnapischtim. »Sechs Tage und sieben Nächte darfst du nicht schlafen.«
Gilgamesch setzte sich hin und lehnte seinen Rücken an die trockene Wand aus mit Lehm bestrichenem Schilf. Es würde ihm nicht schwerfallen, an diesem angenehmen Ort wach zu bleiben, nachdem er so weit gereist war und so große Entbehrungen und Gefahren überstanden hatte. Doch Leben für ihn selbst war nicht genug, Einsamkeit nichts als Folter. Deshalb hob er, sobald Utnapischtim gegangen war, den Blick zum warmen, wolkenlosen Himmel.
»Enlil«, rief er leise. »Enlil, in deinem heiligen Haus in Nippur, in Ekur, dem Haus der Berge, rufe ich dich. Vater Enlil, mein *Pukku* fiel in die Unterwelt, mein *Mikku* fiel in die Unterwelt. Ich sandte Enkidu aus, sie zu holen, aber die Unterwelt hält ihn fest. Kein Schicksal ereilte ihn, der Dämon der Pest überfiel ihn nicht, die Unterwelt hält ihn fest. Die Diener des gnadenlosen Nergal ließen ihn in Ruhe, aber der Schrei der Erde erfaßte ihn. Er fiel nicht in den Kriegen der Menschen, aber die Unterwelt hält ihn fest.«
Doch die polierte Zinnschale des Himmels leuchtete unverändert, und nicht der kleinste Windstoß deutete darauf hin, daß Enlil ihn gehört hatte oder antworten würde. Obwohl die Stille Gilgamesch zur Verzweiflung brachte, überlegte er: Enlil hatte bestimmt, daß Enkidu sterben mußte. Selbst wenn der Gott Utnapischtim das Geschenk des Lebens gemacht hatte, geschah dies doch nur, weil er auf die Vorwürfe der anderen Götter gehört hatte. Aber er würde nicht auf Gilgamesch hören, noch würden dessen Worte oder seine Verzweiflung Enlils Herz rühren. Klüger war es, und nun glaubte Gilgamesch den Rat, den Utnapischtim ihm geben wollte, besser zu verstehen, Enki anzurufen, den Gott zu bitten, Gilgameschs bittere, salzige Tränen mit seinen süßen Wassern abzuwaschen, und sich der Gnade dessen anzuvertrauen, der das menschliche Leben auf der Erde bewahrt hatte.

»Vater Enki«, murmelte Gilgamesch. »Vater Enki in deinem heiligen Haus in Eridu, im *Apsu*, dem Meer aus Süßwasser unter dem Dach der Erde, ich rufe dich an.« Und obwohl Tränen seine Stimme erstickten, sprach er weiter und preßte die Worte aus seinem Herzen durch die fast zugeschnürte Kehle, wie Blut durch den Verband einer Wunde sickert.

»Vater Enki, mein *Pukku* fiel in die Unterwelt, mein *Mikku* fiel in die Unterwelt. Ich sandte Enkidu aus, sie zu holen, aber die Unterwelt hält ihn fest. Das Schicksal hat ihn nicht ereilt, der Dämon der Pest ihn nicht überfallen, doch die Unterwelt hält ihn fest. Die Diener des gnadenlosen Nergal ließen ihn in Ruhe, aber der Schrei der Erde hielt ihn fest. Er fiel nicht in den Kriegen der Menschen, doch die Unterwelt gibt ihn nicht frei.«

Gilgamesch wartete und öffnete sein Herz, während er auf die plätschernden Wellen des Meeres, das grüne Gras am Strand und die schweigenden Äste des Apfelhains blickte. Utnapischtim war zu seinen Bäumen zurückgekehrt und hockte im Schattengestrüpp des Hains, das *Magillu*-Boot lag mit neuen Stangen in den Halterungen immer noch am Ufer, und nur Urschanabi war nirgends zu sehen.

Auf einmal kam es Gilgamesch vor, als sei das Rauschen des Baches neben der Hütte stärker geworden, so als trüge es das Echo aller Flüsse der Welt in sich, die in diesen Bach mündeten. Worte erhoben sich aus dem Wasser, das ferne Donnern eines Wasserfalls über Felsen, und die Worte erfüllten Gilgamesch mit einer stillen überströmenden Freude, wie Dattelwein, der in einen leeren Becher fließt.

TAPFERER UTU, KRIEGER UND HELD, SOHN DES NINGAL! ÖFFNE JETZT EIN TOR ZUR UNTERWELT. HOLE ENKIDUS GEIST AUS DER UNTERWELT, DAMIT ER SEINEM BRUDER ALLES DARÜBER ERZÄHLEN KANN.

Als das Sonnenlicht heller wurde, hielt Gilgamesch den Atem an. Ein einzelner Strahl fiel vom klaren Himmel herab und traf den Boden vor seinen Füßen. Die Erde öffnete sich wie ein dunkles Auge, und die Öffnung reichte hinab in unergründliche Tiefen. Gilgamesch schlug das Herz bis zum Hals. Er starrte in die Dunkelheit und wartete, daß Enkidu daraus hervortrat.

Zuerst war alles verschwommen, als sei ein Tropfen Öl in seine Augen geraten und hätte die Linse getrübt. Doch langsam, fast unerträglich langsam, wurde das trübe Bild deutlicher und nahm Gestalt an, bis schließlich Enkidu nackt vor ihm stand. Seine goldenen Haare glänzten, und das Sonnenlicht lag auf seinen breiten Schultern wie ein Mantel. Seine grünen Augen waren hell und klar wie Meerwasser, und Gilgamesch glaubte in ihrer Freude zu ertrinken.
Gilgamesch und Enkidu umarmten sich fest wie zwei Ringer. Enkidus Kuß war schmerzhaft süß auf Gilgameschs Lippen, ihre Zungen suchten einander und sie atmeten des anderen Atem, der warm und voller Leben war. Gilgamesch merkte, wie sein Glied an Enkidus fester Hüfte steif wurde, und er streifte den Fransenmantel und das Löwenfell von seinen Schultern und die Bärenhaut vom Gürtel. Seine Hände glitten über die kräftigen Rückenmuskeln seines Geliebten, der ihn seinerseits liebkoste. Enkidus goldener Bart vermischte sich mit den verfilzten dunklen Haaren an Gilgameschs Wangen und Hals. Gilgamesch kümmerte sich nicht darum, daß Utnapischtim in Sichtweite war. Er zog Enkidu zu sich herunter in das weiche Gras und vergaß allen Schmerz. Sein ganzer Körper bebte vor Seligkeit über die Nähe seines Geliebten.
Gilgamesch schrie auf, als er den Gipfel erreichte, ein scharfer Schrei über Enkidus freudigem Löwengebrüll. Sonnenwarmer Schweiß lief ihnen über den Rücken, als sie noch eine Weile engumschlungen dalagen, bis sich ihr Atem beruhigt hatte und ihre Herzen wieder gleichmäßig schlugen.
»Erzähle mir, mein Geliebter«, sagte Gilgamesch nach einiger Zeit, »erzähle mir, was du in der Unterwelt gesehen hast.«
Aber Enkidu schüttelte den Kopf, und Gilgamesch konnte den Schatten hinter seinen Augen sehen. »Ich will es dir erzählen, mein Geliebter, doch wenn ich dir von der Unterwelt berichte, wirst du weinen. Und es wird noch genug Tränen für dich geben.«
Enkidu beugte sich vor, um Gilgamesch zu küssen, bevor er fortfuhr. »Meinen Körper, den zu berühren dein Herz erfreute, hat das Ungeziefer wie ein altes Kleidungsstück aufgefressen, und er ist zu Schmutz geworden.«

Gilgamesch wandte sich ab und preßte das Gesicht ins Gras, um die Erinnerung abzuschütteln. Enkidus Leiche, mit Fliegen übersät, aufgedunsen und grünlich verfärbt unter den goldenen Haaren ... Doch jetzt war er hier, heil und gesund, mit sonnengebräunter Haut und weichem, hellem Pelz über den starken Muskeln, die Augen im gleißenden Sonnenlicht halb geschlossen wie ein am Wasserloch dösender Löwe. Gilgamesch fuhr mit einem Finger die mächtigen Brustmuskeln entlang und glättete die hellen Locken, eine vertraute Geste der Zuneigung, die es ihm leichter machte weiterzufragen.
»Wie ergeht es den Menschen in der Unterwelt?«
»Ich wanderte überall hin, denn da ich noch kein Grab oder ordentliches Begräbnis hatte, gab es in Ereschkigals Hallen keinen Platz für mich. Ich war gekleidet wie ein Lebender und konnte niemanden finden, der mich aufnahm. Ich hungerte und litt Durst, denn man bringt mir in Erech immer noch die Opfer für einen Lebenden dar, die ich weder essen noch trinken kann. Es sind die Opfer für die Toten, die ihnen in der Unterwelt helfen, die Speisen und Getränke, die ihre Hinterbliebenen ihnen hinstellen; sie geben ihnen alles an Kraft, Leben und Freude, das sie dort noch finden können. Damals im Dorf hat die Schamhatu einmal versucht, es mir zu erklären, aber ich konnte es nicht verstehen, weil ich zuwenig von der Welt der Menschen und gar nichts von der Unterwelt wußte.«
Gilgamesch erinnerte sich an die Befehle, die er in seinem Fieberwahn von Leid und Schuld nach Enkidus Tod gegeben hatte und schloß schaudernd die Augen. »Es tut mir leid, mein Geliebter«, sagte er. »Ich wollte nur ... Ich wollte dich nicht aufgeben.«
»Ich weiß«, antwortete Enkidu und strich über Gilgameschs Rücken. »Ich weiß.«
»Was ist mit dem Mann, der nur einen Sohn hat?« fragte Gilgamesch, um das ständig wiederkehrende Bild seines Geliebten, der durch seine, Gilgameschs, Torheit verirrt und hungrig die dunklen und staubigen Straßen der Unterwelt durchwanderte, zu verdrängen. »Hast du ihn gesehen?«
»Das habe ich. Er liegt unter der Mauer und weint bitterlich.«
»Was ist mit dem Mann, der zwei Söhne hat?«

»Er lebt in einem Steinhaus und ißt Brot. Der Mann mit drei Söhnen trinkt Wasser von Schläuchen, die aus tiefen Brunnen gefüllt werden, das Herz des Mannes mit vier Söhnen ist voller Freude. Der Mann mit fünf Söhnen ist wie ein Dichter, ein Schreiber des Königs, seine Hand ist offen, und er spricht Recht im Palast. Der Mann mit sechs Söhnen ist stolz wie jemand, der einen Pflug führt, und der Mann mit sieben Söhnen leuchtet blendend hell wie ein Kriegsbanner.«

»Was ist mit dem, der einen plötzlichen Tod starb?« fragte Gilgamesch weiter. »Hast du ihn gesehen?«

»Ja, das habe ich. Er schläft nachts auf einer gepolsterten Liege und trinkt reines Wasser.«

»Was ist mit Ur-Lamma, der in der Schlacht fiel? Hast du ihn gesehen?«

»Ja, das habe ich. Sein Vater hält seinen Kopf hoch, und seine Frau pflegt seinen Körper.«

Gilgamesch nickte, und der Gedanke tröstete ihn. Er würde dem alten Heerführer nach seiner Rückkehr nach Erech weitere Opfer darbringen und ihm nochmals für alles danken, das er für ihn getan hatte.

»Was ist mit Ischbi-Erra, dessen Leichnam in die Wüste geworfen wurde? Hast du ihn gesehen?«

»Ja. Sein Geist findet in der Unterwelt keine Ruhe.«

Gilgamesch hatte sich von dieser Antwort mehr Genugtuung erwartet, aber seine lange Wanderung hatte seinen Zorn gemildert und den Eisklumpen aus Ärger und noch nicht vergessener Furcht, der seit Ischbi-Erras Mordversuch in ihm steckte, ein Stück schmelzen lassen. »Ich würde ihn vielleicht nicht begnadigen, wenn er jetzt vor mir stünde«, dachte Gilgamesch. »Aber ich würde erlauben, daß man ihn begräbt, damit selbst er einen Platz in den Hallen des Staubs hat.«

»Der, den kein Lebender mehr liebt«, fragte Gilgamesch leise, »hast du ihn gesehen?«

»Ja. Die Reste, die Brotkrumen, die in die Gosse geworfen werden und die kein toter Hund mehr anrührt, die ißt er.« Enkidus helle Augenbrauen zogen sich enger zusammen. Obwohl er nichts sagte,

spürte Gilgamesch den Vorwurf um so deutlicher. Hatte nicht auch er seinem Geliebten verweigert, was er in der Unterwelt brauchte?
Gilgamesch berührte zärtlich Enkidus Wange und streichelte dessen helle Bartlocken. »Aber jetzt ist es vorbei, mein Geliebter. Du bist in das Sonnenlicht zurückgekehrt und wirst wieder mit mir leben.«
Enkidu schüttelte den Kopf, seine goldenen Wimpern zuckten und er schloß die Augen. »Nein. Man hat mir nur diese kurze Zeit mit dir gegönnt, damit ich dir von der Unterwelt berichte. Denn ich bin tot, und du mußt als Ensi nach Erech zurückkehren.«
»Nein! Nein, mein Geliebter!« Gilgamesch umarmte Enkidu und hielt ihn ganz fest. »Nein, du bist hier an der Mündung der Ströme, wo Utnapischtim ewig lebt. Du bist zu mir zurückgekehrt – wie könnte ich dich wieder gehen lassen?«
»Das Schicksal ist unabänderlich«, sagte Enkidu, und seine tiefe Stimme begann schon leiser zu werden und sein Körper sich in Gilgameschs Umarmung aufzulösen. »Ich bin tot und du lebst. Leb wohl, mein Geliebter.«
»Geliebter!« schrie Gilgamesch mit von Sehnsucht und Verzweiflung verzerrter Stimme auf. Er spannte die Armmuskeln, aber es gab nichts mehr zu halten, und als er die dunkle Öffnung im Boden suchte, hatte sie sich schon wieder geschlossen. Der grasbewachsene Boden versiegelte den Eingang, als hätte es ihn nie gegeben. »Enkidu, Geliebter ...« Er schloß verzweifelt die Augen, bereit, Enkidu in die Tiefe zu folgen.
Etwas berührte Gilgameschs Schulter, und er fuhr erschrocken hoch. Utnapischtim stand neben ihm und starrte voll ferner und mitleidiger Trauer auf ihn herab.
»Bist du wach?« fragte Utnapischtim.
»Gerade als der Schlaf mich übermannen wollte«, gab Gilgamesch zurück und erhob sich mühsam, »hast du mich berührt und wachgerüttelt.«
»Schau hierhin, Gilgamesch.« Utnapischtim deutete auf eine Reihe von sieben Brotlaiben, die an der Hauswand lagen. Über jedem war ein Zeichen an der Mauer. »Zähl diese Brote, und schau dir die Zeichen an. Das erste Brot ist trocken, das zweite ist wie Leder, das dritte

feucht. Das vierte ist weiß geworden und das fünfte mit grauem Schimmel überzogen, das sechste ist muffig, und als ich das siebte hinlegte, bist du aufgewacht.«
Gilgamesch blickte ungläubig auf die Brotlaibe. Sie lagen da, aufgereiht von hart und hohl bis frischgebacken, der unumstößliche Beweis dafür, daß er geschlafen hatte, und das endgültige Nein zu seiner Suche nach dem Leben. *Ähneln die Toten nicht den Schlafenden?* Selbst an diesem Ort des Lebens hatte ihn der Schlaf übermannt, und wenn er für immer hierbliebe, würde ihn der Tod genauso überkommen.
»Weh mir! Was soll ich nur tun, Utnapischtim? Wohin soll ich gehen? Ein Dieb hat mein Fleisch gestohlen. Tod wohnt in dem Haus, da mein Bett steht, und wo immer ich meinen Fuß hinsetze, ist der Tod schon da.«
Utnapischtim antwortete nicht. Statt dessen rief er zu Urschanabi hinüber, der am Wasser in seinem Boot saß.
»Urschanabi! Von nun an wird dich der Hafen abweisen und die Anlegestelle dich hassen. Du hast die Küste angelaufen, doch von nun an ist sie dir verboten. Den Mann, den du hierhergebracht hast, bedeckt verfilztes Haar, und Tierfelle verbergen seinen schönen Körper. Nimm dich seiner an, Urschanabi, und führe ihn zum Waschplatz. Er soll sein schmutziges Haar im Wasser waschen, damit es rein wird; er soll seine Felle ins Meer werfen und seinen Körper mit duftenden Ölen salben und sich das Haar kämmen und flechten. Er soll saubere Kleidung tragen, das Gewand des Lebens, damit er seine Reise antreten und in seine Stadt zurückkehren kann. Laß ihn das Gewand eines Ältesten anlegen und achte, daß keine Flecken daraufkommen; alles soll ganz neu sein.«
Gilgamesch ließ sich von dem Fährmann zu der Stelle führen, wo der Bach ins Meer mündete, und watete bis zur Mitte ins Wasser. Er beugte sich vor und spülte sein Haar in der klaren Flut. Dichte Büschel lösten sich zusammen mit verkrustetem Blut und Schmutz von seinem Körper und trieben in der sanften Strömung davon. Er öffnete seinen Gürtel, zog das stinkende Bärenfell aus und ließ es wie eine dunkle Masse aus Tang vom Wasser forttragen, bis es endlich in

den kleinen Wellen verschwand. Die Wunden seiner Reise stachen scharf und rot von seiner Haut ab, und seine Rippen standen hervor. Der siebentägige Schlaf hatte seine Knieverletzung erheblich gebessert, aber er spürte immer noch ein Stechen, wenn er sich bewegte, und belastete das Bein nur vorsichtig.

Schließlich kam Gilgamesch, der sich sauber und leicht wie ein frischgescheuerter Flaschenkürbis fühlte, aus dem Wasser. Urschanabi erwartete ihn mit einer Schüssel Öl, das nach Narde und Weihrauch duftete, und einem neuen weißen Gewand, gewebt aus Leinen und Wolle wie die zeremonielle Kleidung von Priestern und Ältesten. Der Stoff kratzte ganz leicht auf seinem frisch gewaschenen Körper, und er hatte das Gefühl, als hätte er beim Baden eine Schicht alter Haut abgestreift, so daß die neue bloßlag. Urschanabi reichte ihm einen Kamm. Gilgamesch kämmte sein Haar, band es hoch und war bereit zum Aufbruch. Enkidus Fransenmantel und das Löwenfell rollte er zusammen. Den Mantel würde er ihm mit den Totenopfern zurückgeben; was er mit dem Fell tun würde, wußte er noch nicht, er war jedenfalls noch nicht willens, sich davon zu trennen. Zum Schluß schwang er sich Enkidus Bogen und Köcher über die Schulter.

»Bist du bereit?« fragte Urschanabi. »Da mir der Weg übers Meer nun verboten ist, werden wir den Bach hinauffahren. Wenn dann der Buranun, wie alle Flüsse der Welt, in ihn mündet und deine Stärke dich nicht verläßt, können wir bis nach Erech gelangen.«

Aber sie waren noch nicht außer Sichtweite der Hütte, als Gilgamesch eine klare Frauenstimme über das Wasser klingen hörte. »Utnapischtim, Gilgamesch ist müde und erschöpft von Anstrengungen und Entbehrungen hierhergekommen. Was hast du ihm als Abschiedsgeschenk für die Rückkehr in sein Land gegeben?«

Gilgamesch zog seinen Staken aus dem Flußbett und ließ das Boot langsam zurück zum Meer treiben. Aus seiner Vision der Sintflut erkannte er die Frau, die neben Utnapischtim stand, als dessen Gemahlin. Sie war fast so groß wie ihr Mann. Ein einfaches, graues Kleid verhüllte ihre eckige Gestalt, und ihr grauschwarzes Haar war in einem dicken Zopf um den Kopf gewunden. Sie hob ihre Hakennase

und richtete einen stechenden Blick auf Utnapischtim. Schließlich nickte er und winkte den beiden, näherzukommen.
»Gilgamesch«, sagte Utnapischtim, »du bist müde und erschöpft von Anstrengungen und Entbehrungen hierhergekommen. Was kann ich dir als Abschiedsgeschenk für die Rückkehr in dein Land geben?« Er zupfte an seinem kurzen Bart, sah sich langsam um und blickte dann wieder Gilgamesch an. »Ich will dir ein Geheimnis enthüllen, Gilgamesch. Ich werde dir ein Geheimnis der Götter verraten. Es gibt eine Pflanze, deren Wurzeln so tief hinabreichen wie die des Bocksdorns, und ihre Dornen stechen wie Brombeeren. Wenn du diese Pflanze für dich pflücken kannst, wirst du wieder jung werden.«
»Wieder jung«, wiederholte Gilgamesch, und die Worte erfüllten ihn mit überwältigender Sehnsucht. Er erinnerte sich an die wilde Freude, die ihm seine Stärke bereitet, die Sicherheit, die ihm seine Kraft gegeben hatte. Keine Angst mehr zu haben, daß sein Knie versagen und unter ihm nachgeben würde, wenn er am meisten darauf angewiesen war, die müde Last des Wanderns und der Trauer abzuwerfen wie eine Schmutzkruste, die von der Haut platzt, sich wieder rein und leichten Herzens zu fühlen, frei von der bleiernen Gewißheit des Endes, die Enkidus Tod und diese Fahrt auf ihn geladen hatten! »Wo ist diese Pflanze? Ich möchte sie suchen.«
»Unter der Mündung aller Flüsse gibt es einen Einstieg in das *abzu* unter der Erde. Dort, in Enkis Königreich, wo es das süßeste und frischeste Wasser gibt, wachsen die am tiefsten wurzelnden Pflanzen: Dort, in der tiefsten Tiefe, wirst du das Kraut finden.«
Gilgamesch und Urschanabi vertäuten das *Magillu*-Boot, und Gilgamesch suchte am Ufer nach großen Steinen. Er brachte sie zusammen mit einer Schnur zurück ins Boot. Dann zog er sich bis auf den einfachen Ledergürtel mit dem Dolch aus, befestigte die Schnur mit den Steinen an seinen Füßen, blieb einen Augenblick am Bootsrand stehen und sah hinab in die Wellen.
Der weiße Sand des Strandes fiel an der Stelle, wo der Bach mündete, schnell in die Tiefe ab. Das Wasser schimmerte dort in einem dunklen Grün. Ein letzter, tiefer Atemzug, und Gilgamesch sprang aus dem Boot. Die Steine an seinen Füßen zogen ihn schnell auf den

Grund. Der Geschmack in seinem Mund war eine Mischung aus Salz- und Süßwasser. In dem klaren Wasser konnte er gut sehen. Um ihn herum schwankten die roten und grünen Wedel der Seegräser, und aus den Augenwinkeln sah er kleine, braune Fische pfeilschnell hin und her schießen. Gilgameschs Lungen schmerzten schon, als die Steine den Meeresboden berührten, aber er hatte sie bei früheren Kampfübungen oft stärker belastet und achtete darum nicht auf das Hämmern im Kopf.

Der mannshohe Felsblock stand am Eingang eines Tunnels in die Dunkelheit. Ungeschickt schwankte Gilgamesch durch das Wasser, stemmte die Schulter gegen den Fels und schaukelte so lange, bis der Stein endlich ein Stück zur Seite glitt und er sich durch den Spalt zwängen konnte. Nur mühsam gelang es ihm, gegen die Strömung in dem dahinterliegenden Tunnel anzuschwimmen. Er konnte nichts sehen und fühlte nur die glatten Steinwände, an die er manchmal mit seinen Schultern stieß, und die moosbewachsenen Steine des Bodens, an denen seine Hände abrutschten, als er sich weiterzog. Er wagte nicht, sich zu fürchten, denn er wußte, daß er den Atem nicht sehr viel länger anhalten konnte. Aber er durfte nicht zulassen, daß sein Herz angstvoll pochte und seine Lungen nur mühsam arbeiteten, denn sonst würde die Furcht seinem Körper den letzten Sauerstoff entziehen, wie eine *Lilitu* das Blut eines Kindes aussaugt. Er würde auf der Suche nach der Wiedergeburt sterben, wie ein Kind, das stirbt, während seine Mutter noch mühsam versucht, es zur Welt zu bringen.

Nein, er würde mit der Pflanze in der Hand nach Erech zurückkehren. Der alte En würde davon essen und sein verfallener Körper sich erneuen, um Inannas Heiligtum weitere siebzig Jahre oder länger vorzustehen. Rimsat-Ninsun würde davon essen und ihren Sohn preisen, während sich ihre faltigen Brüste strafften und ihr vom Alter gezeichnetes Gesicht wieder glatt würde. Die Ältesten von Erech würden nicht länger dasitzen und über die Unbesonnenheit der Jungen murren, sondern kraftvoll aufspringen und wieder in ihren Streitwagen auf die Jagd fahren.

Während Gilgamesch sich noch mit diesen Gedanken Mut machte,

verschwand der Steinboden plötzlich unter seinen Händen. Ohne innezuhalten, denn er wußte, daß jeder Augenblick des Zögerns ihn scheitern lassen würde, schwang er seine beschwerten Füße über den Rand des Tunnels und ließ sich in das dunkle Wasser fallen.
Ihm schien, als sinke er eine sehr lange Zeit in unvorstellbare Tiefen. Doch obwohl seine Lungen schmerzten, waren sie noch nicht geborsten, als seine Füße die Felsenbank berührten. Vorsichtig griff er nach unten.
Die Dornen drangen tief in seine Hände, spitz wie die Fangzähne einer Schlange, und schickten einen eisigen, stechenden Schmerz seinen Arm hinauf. Sein Nacken und Hinterkopf begannen vor Schreck zu prickeln, und eine lautlose Luftblase entwich seinen Lungen. Aber Gilgamesch hielt die Pflanze fest, die sich in sein Fleisch gegraben hatte, und riß sie mit einem einzigen Ruck vom Boden los. So schnell es ging, zog er seinen Dolch und schnitt die Schnur durch, die seine Füße an die Steine fesselte, stieß sich kräftig von der Felsbank ab und schwamm nach oben. Jetzt begann er Sterne zu sehen, und ein Schwindelgefühl überkam ihn, doch die Strömung zog ihn nach oben, hinein in den Tunnel und durch ihn hindurch. Die Helligkeit des Meeres blendete seine Augen, als er sich an dem Felsblock vorbeizwängte. Er kämpfte sich nach oben, vorbei an den Luftblasen, die aus seiner Lunge strömten.
Endlich brach sein Kopf durch die Wasseroberfläche. Keuchend schwamm er in der sanften Dünung und ließ sich von der Strömung auf das Boot zutreiben. Dort, wo die Dornen in seine Hand gedrungen waren, brannte das Salz in den Wunden, und dünne Blutfäden kräuselten sich im klaren Wasser. Doch die Pflanze selbst war von einem vollen, tiefen Grün. Ihre Blätter waren in Hunderte kleiner Blättchen gespalten, von denen jedes in einem scharfen Dorn endete. Die Wurzel glänzte weiß und war wie bei einer Alraune gegabelt. Das Kraut war schön anzusehen, doch es war sein Duft, seine schwindelerregende Süße, die Gilgameschs Herz und Kopf schon beim Einatmen neue Kraft gab und ihm bestätigte, daß er wirklich gefunden hatte, was er suchte.
Als er in das Boot kletterte, hielt Gilgamesch die Pflanze triumphie-

rend hoch, und kleine Rinnsale von Blut und Wasser liefen über sein Handgelenk. »Urschanabi«, sagte er ruhig, »das ist die Pflanze, mit deren Hilfe einem Mann ein neues Leben offensteht. Ich werde sie nach Erech-der-Schafhürde bringen. Ich werde sie den Ältesten zu essen geben, und sie werden sie unter sich aufteilen. Der Name der Pflanze ist ›Der-alte-Mann-wird-wieder-jung‹. Auch ich werde sie essen und wieder so werden wie in meiner Jugend.«
Urschanabi brummte nur, kaute auf seinem langen Bart herum und spuckte ein paar Haare ins Wasser. »Wenn du bereit bist, nach Erech zu fahren, dann nimm den Staken in die Hand.«

9

Beim Weiterfahren wurde der Bach breiter, und Seitenarme gingen von ihm aus wie Wurzelschößlinge von einer Pfahlwurzel. Urschanabi nannte Gilgamesch den Namen eines jeden, es waren die Wendepunkte der großen Ströme der Erde. Als die Sonne schon tief im Westen stand, erreichten sie die Mündung des Buranun. Die Ufer waren grün, Lattich sproß an den feuchten Kanalhängen und die Weinreben begannen aus dem Boden zu schießen und zu ranken.
»Hier werden wir unser Nachtlager aufschlagen«, erklärte Urschanabi. »Wir sind Erech näher, als du glaubst.«
Sie hielten an und lagerten am Ufer. Neben ihren Schlafdecken befand sich ein kleiner Teich, in dessen klarer Oberfläche, die vom unterirdischen Wasserzufluß leicht gekräuselt wurde, sich der Himmel spiegelte. Gilgameschs Gewand war trotz der harten Arbeit, das *Magillu*-Boot in der heißen Sonne den Fluß hinauf zu staken, unbefleckt, doch er hatte stark geschwitzt, und seine Muskeln schmerzten. Wenn er morgen nach Erech käme, dachte Gilgamesch, sollte er frisch gebadet und rasiert sein, denn er brachte die Pflanze der Wiedergeburt und durfte nicht wie ein müder, abgerissener Wanderer aussehen. Er wollte als stolzer Ensi vor sein Volk treten.
Mit dieser Überlegung zog Gilgamesch sein Gewand aus und legte es

sorgfältig über einen Busch. Als seine Füße im weichen Grasboden am Rande des Teiches einsanken, blieb er stehen, duckte sich und sprang ins Wasser. Der Teich war tiefer, als er gedacht hatte, das Wasser kühl und angenehm. Er planschte und spritzte und tauchte den Kopf unter, um sein Haar auszuspülen. Etwas Kaltes wie der glatte Stengel einer Wasserpflanze streifte sein Bein, doch er beachtete es nicht.
Erfrischt schwamm Gilgamesch ans Ufer und watete hinaus. Ein Rascheln im Schilf erregte seine Aufmerksamkeit, und er erkannte die nassen, schwarzen Windungen einer Schlange, die auf den Teich zuglitt. Dann sah er etwas Hellgrünes aufblitzen, und ein süßer Duft drang in seine Nase, der Duft der Pflanze der Wiedergeburt, die die Schlange im Maul trug. Gilgamesch stieß einen Schrei aus und sprang hinterher, aber er rutschte im Schlamm aus, und seine Finger streiften nur knapp die glitschigen Schuppen. Die Schlange schnellte vorwärts wie eine Peitsche und schoß davon. Gilgamesch verfolgte sie durch das Schilf. Immer wieder griff er nach ihr, doch sie rann ihm durch die Finger wie Wasser. Endlich änderte sie die Richtung und strebte dem Teich zu. Gilgamesch warf sich der Länge lang hinterher und packte sie am Schwanz.
Doch obwohl er wußte, daß er sie festhielt und ihre schwarze Schwanzspitze unter seiner Faust zuckte, merkte er, wie sie sich seinem Griff entzog. Dann begriff er: Die Schuppen ihres Kopfes waren aufgeplatzt, als sie ihre Kiefer gespreizt und nach der Pflanze geschnappt hatte, und nun schlüpfte sie aus der Haut wie aus einem abgetragenen Kleidungsstück. Ein schimmernder Regenbogen lief über ihre schwarzen Schuppen, als sie ins Wasser glitt. Dann war sie verschwunden und mit ihr die Pflanze der Wiedergeburt.
Gilgamesch öffnete die Faust und ließ die federleichte, abgestreifte Haut fallen. Er starrte auf das von seinem Bad schlammige Wasser des Teichs, konnte aber nichts erkennen. Die Schlange mußte irgendwo in dem Teich oder dem Frischwasserzufluß ihr Nest haben. Aber es war zu spät, ihr die Pflanze noch zu entreißen.
Er ging zurück zum Lagerfeuer und setzte sich auf einen Stein. Eine Weile konnte er nichts sagen, seine Enttäuschung war zu groß für Worte.

»Eine Schlange«, dachte Gilgamesch. Ein Tier, das den Tod nicht sehen konnte, der sich wie die Mauern einer Stadt am Ende eines langen Weges vor ihm erhob, das nie wissen würde, selbst wenn es als neues Tier aus den Fetzen seiner alten Haut kroch, daß es wiedergeboren war. Er war so nahe an Erech – wie konnte ihm da die kostbare Belohnung, für die er soviel gelitten und die er so mühsam errungen hatte, auf eine solche Art genommen werden? Kein Ratschluß der Götter, noch nicht einmal ein Feind, nur ein blinder Zufall, eine ungeheuerliche Unwahrscheinlichkeit hatte ihm die Hoffnung, an die er schon sicher geglaubt hatte, aus den Händen gerissen. Nun kam er mit leeren Händen nach Erech zurück, und alles Wandern war sinnlos gewesen. »Ich hätte zu Hause bleiben sollen«, dachte Gilgamesch, »um zu herrschen, trotz aller Trauer. Wenn ich gewußt hätte, daß meine Mühen so wenig belohnt würden ...«
Tränen stiegen ihm in die Augen. Urschanabi kaute an einem getrockneten Apfel und schaute ihn verwundert an.
»Warum weinst du?« fragte der Fährmann. »Was bedrückt dich denn jetzt noch?«
»Für wen, Urschanabi, plage ich mich? Für wen ist mein Herzblut verdorrt?« fragte Gilgamesch bitter. »Ich habe nichts für mich erreicht, sondern nur einer Schlange, der Löwin des Erdbodens, eine gute Tat erwiesen, und die Flut hat sie jetzt schon zwanzig Meilen weggetragen. Ich wußte, wo ich war, als ich in den Kanal einfuhr. Was wird mir nun Wegweiser sein?«
Er sah hinaus auf den Buranun. Obwohl das Land schon in Dunkelheit versank, glänzte der Fluß im Widerschein der letzten Helligkeit noch immer blau zwischen den schattigen Ufern. Das Land war ihm nicht mehr fremd, denn, wie Urschanabi gesagt hatte, waren sie nicht weit von Erech entfernt.
»Verlassen wir den Fluß«, sagte Gilgamesch nachdenklich, »und vertäuen das Boot am Ufer. Wir können genausogut zu Fuß nach Erech gehen.«

# 10

Hoch ragten die Mauern von Erech aus der Ebene auf, und vor ihnen glänzte das Zederntor. Selbst aus der Entfernung, ohne daß die reiche, glatte Maserung des roten Holzes und die kunstvollen Schnitzereien zu erkennen waren, wirkte das Tor beeindruckend in seiner Größe und Schönheit, ein Zeichen des Willkommens für weitgereiste Wanderer. Trotz seiner Niedergeschlagenheit und der Schmerzen in seiner Hand, in die sich die Dornen der verlorengegangenen Pflanze der Wiedergeburt tief eingegraben hatten, merkte Gilgamesch, wie seine Schritte schneller wurden. Er fühlte ein plötzliches Verlangen, wieder durch die Straßen seiner Stadt zu laufen, im Schatten der Halle des Gerichts zu sitzen und sich von Enatarzi Bier im eigenen Becher bringen zu lassen.
Doch Urschanabi zögerte. Er brummte in seinen Bart und war bald mehrere Schritte zurückgefallen.
»Ich glaube, ich werde nicht weitergehen«, sagte der alte Fährmann, als Gilgamesch stehenblieb und sich nach ihm umdrehte. »Ich habe schon seit vielen Generationen keine Stadt mehr betreten oder mit Männern auf dem Marktplatz gesprochen. Ich werde dich jetzt verlassen und zu meinem Boot und meiner gewohnten Arbeit zurückkehren.«
»Nein.« Gilgamesch deutete mit einer weiten Armbewegung auf die Stadt. Es war eine stolze Geste, denn er konnte nicht umhin, auf die Pracht stolz zu sein, die vor ihnen lag, auf die gewaltigen Mauern und das unvergleichliche Tor. »Urschanabi, du solltest lieber auf die Mauern von Erech steigen und darauf herumgehen. Sieh dir das Fundament an, prüfe das Mauerwerk. Besteht nicht der Kern aus gebrannten Lehmziegeln, und haben nicht die sieben Weisen die Pläne dazu entworfen? Erech, das Haus Inannas, ist zu einem Teil Stadt, zu einem Teil Obstgarten und zu einem Teil Tongrube, und das sind die drei Teile, aus denen Erech besteht.«
Urschanabi knurrte noch etwas vor sich hin, ging aber an Gilgameschs Seite weiter und drehte auch nicht um, als sie die von Radspuren zerfurchte Straße erreichten, die zum Zederntor führte. Jetzt

aus der Nähe sah Gilgamesch, daß die Stadtbewohner und das Tempelvolk in ihren feinsten Gewändern auf den Mauern den Neujahrsumzug abhielten. Die jungen Freudenpriester der Inanna waren mit bunten Schärpen geschmückt, die Jungfrauen und Priesterinnen trugen Schwerter und zweischneidige Streitäxte, und die jungen Männer der Stadt hatten für ihre Tanzvorführungen und Tauzieh-Wettkämpfe Holzreifen und bunte Seile bei sich. Der Lärm der Hörner und Trommeln schallte zusammen mit Fetzen von Gesang weit über die Ebene. *Die Menschen von Sumer schreiten feierlich vor dir, sie spielen die lieblichen* Ala-*Trommeln für dich ... Ich rufe ›Heil dir, Inanna, große Herrin des Himmels‹.*
Als sie zur Stadt kamen, schwang das Zederntor auf ein tiefes Widderhornsignal hin auf, und zwei Gestalten traten heraus. Die Schamhatu, deren schlanker Körper verschleiert und in bräutlichen Putz gekleidet war, führte zwei gelbbraune Tiere mit sich, die Gilgamesch zuerst für Hunde hielt. Dann aber, als sie an ihren Leinen zogen und nach vorne drängten, sah er, daß es zwei dickpfotige Löwenjunge waren. Neben ihr ging Schusuen, der das gleiche weiße Gewand trug wie Gilgamesch, und sein gestreifter Kater saß auf seinen Schultern. Auf seinem dichten Haarschopf prangte die hohe, vielhornige Herrscherkrone, und seine Hand hielt ein Zepter, Gilgameschs Zepter, das kunstvoll eingelegte Zepter des Ensi. Das große Silbergoldmedaillon, auf dem sich die klaren Edelsteine hell von den dunklen, halbkugelig geschliffenen abhoben, glänzte auf der schmalen Brust des Schreibers.
Ein schrecklicher Gedanke durchfuhr Gilgamesch, als die beiden näher kamen. Er war monatelang fortgewesen, und niemand hatte gewußt, wo er hingegangen war und ob er jemals wiederkommen würde. Eine Stadt brauchte einen Herrscher. Hatte Schusuen den Titel des En für sich beansprucht, und war er vielleicht auch schon zum Ensi gesalbt und ausgerufen? Gab es überhaupt noch einen Platz für Gilgamesch in Erech, oder würde er weiterziehen oder gar, wenn er die Herrschaft wieder übernehmen wollte, einen Bürgerkrieg entfesseln müssen? Schusuen hätte ihn schon längst zum Ausgestoßenen erklären können. Nichts wäre für den Schreiber leichter gewesen, als

sich selbst zum Herrscher und zur höchsten Instanz zu erheben, denn er hatte schon die ganze Zeit die Geschäfte der Stadt verwaltet und dem Volk Gilgameschs Anweisungen übermittelt, ja, er verfügte sogar längst über Gilgameschs Rollsiegel.
Gilgamesch blieb stehen, und seine Hand fiel auf die Streitaxt an seinem Gürtel. Es war einfach, hier draußen, ohne Wachen, Schusuen mit einem Schlag bis zur Hüfte zu spalten. Aber seine Finger wollten sich nicht um die Waffe schließen. Er war zu weit gewandert und hatte zu viel gesehen, und als er jetzt in das bleiche Gesicht des Schreibers mit den wohlvertrauten Linien des eckigen Kinns und den ernsten blauen Augen unter den dichten Augenbrauen blickte, wußte Gilgamesch, daß er eher auf seinen Thron verzichten würde, als seinen alten Freund auf die lange Straße zu den Hallen des Staubs zu schicken. Wenn es Schusuen bestimmt war, heute nacht in Inannas Brautgemach zu treten, und Gilgamesch als einfacher Mann aus Erech vor den Mauern der Eanna bleiben mußte, dann sollte es so sein. Gilgamesch hatte es aufgegeben, weiter gegen das Schicksal anzukämpfen.
Doch trotz dieser entsagungsvollen Gedanken seufzte Gilgamesch vor Erleichterung und Freude tief auf, als er Schusuens erste Worte vernahm. »Heil und willkommen, Gilgamesch, Ensi von Erech, erhöht von Inanna und An. Wir feiern das Neujahrsfest und sind glücklich über deine Rückkehr.«
Schusuens Kater, der sich um seinen Hals gewunden hatte, gab einen kurzen, zirpenden Begrüßungslaut von sich und bohrte dabei seine Krallen so tief in die Schultern des Schreibers, daß der junge Mann aufstöhnte. Die beiden Löwenjungen, die die Schamhatu hielt, zerrten sie an ihren Leinen nach vorne.
»Inanna heißt dich willkommen, Gilgamesch!« Eines der Löwenjungen sprang plötzlich nach hinten, und der Ruck an der Leine warf die Schamhatu fast um. Schusuen griff schnell nach ihrem Ellenbogen und hielt sie fest. Als sie das Gleichgewicht wiedergefunden hatte, richtete sie sich auf und faßte die Leinen kürzer. Einer der Löwen setzte sich hin und putzte seine Hinterpfote, der andere legte den Kopf auf die Pfoten und beobachtete mit zuckender Schwanzspitze

Gilgamesch und Urschanabi. »Ich und der En von Erech«, fuhr sie mit unerschütterlicher Würde, die nur von ihrer Atemlosigkeit ganz leicht getrübt wurde, fort, »begrüßen deine Rückkehr.«
»Der En von Erech?« fragte Gilgamesch und blickte Schusuen an. Der Schreiber nickte. »Also hat der alte Mann schließlich doch sein Amt abgegeben.«
»Er ist tot«, erklärte Schusuen. »Kaum einen Monat, nachdem du fortgingst, ist er gestorben. Die Schamhatu und ich haben während deiner Abwesenheit getan, was wir konnten, und immer auf eine Nachricht von dir gewartet.«
Gilgamesch, von den Worten Schusuens überwältigt, schaute seinen Schreiber voller Verwunderung an. Ohne viel Hoffnung auf seine Rückkehr hatte er die ganze Zeit gewartet, obwohl er so leicht nach der Herrschaft hätte greifen können. Gilgamesch mußte an die lange Nacht in den Bergen denken, als ihm der Schreiber bis zu Huwawas Toren gefolgt war. Die Erkenntnis von Schusuens unverbrüchlicher Treue ließ ihm heiße Schamröte in die Wangen steigen, weil er an ihm gezweifelt hatte ... »Ich habe das nicht verdient«, dachte er. »Warum ist er mir so treu ergeben? Was kann ich tun, um mir diese Treue zu verdienen? Nur, daß ich in die Mauern meiner Stadt zurückkehre und herrsche, so gut ich es vermag«, gab sich Gilgamesch selbst die Antwort.
»Du hast deine Sache mehr als gut gemacht, besser, als ich es verdiene. Ich werde nicht wieder fortgehen.«
Wortlos reichte Schusuen Gilgamesch das Zepter des Ensi, nahm die hohe Hornkrone vom Kopf und das Medaillon von seinem Hals, und hielt Gilgamesch alles hin.
»Du bist immer noch der En«, sagte Gilgamesch. »Ich will dir dieses Amt nicht nehmen, denn hast du es dir nicht mehr als verdient?«
»Der En ist Inannas Gatte«, entgegnete Schusuen. »Mein Urgroßvater bewahrte diese Dinge als Vermächtnis von Lugalbanda, damit du sie bekommen und bei deiner Thronbesteigung tragen solltest.«
Es hatte den Anschein, daß er noch mehr sagen wollte, doch in diesem Moment duckte sich das Löwenjunge, das zu Füßen der Schamhatu gelegen hatte, und sprang auf Gilgamesch zu. Die Schamhatu

wurde nach vorne gerissen. Es umklammerte mit den Pfoten Gilgameschs Bein. Wären die Krallen nicht gestutzt gewesen, hätte es ihm die halbe Wade weggerissen, doch so rieb es nur sein pelziges Gesicht an ihm und versuchte auch nicht, ihn zu beißen. Gilgamesch schaute nach unten und mußte lachen.
»Woher habt ihr diese beiden?« fragte er.
Die Schamhatu blickte Gilgamesch an und zog das andere Junge mit sich, als sie auf ihn zutrat. »Akalla hat sie eines Tages bei der Jagd gefunden, ganz in der Nähe der Stadt. Sie waren bei einer Löwin, die versuchte, ihre Jungen vor einem anderen Löwen zu schützen. Akalla hat die Zeichnung über ihren Augen erkannt, siehst du sie?« Sie bückte sich und zeichnete den doppelten Bogen nach, der sich schwarz von der Stirn der Jungen abhob. Es war die gleiche Zeichnung, die Enkidus Löwe getragen hatte. »Akalla hat den Eindringling verjagt und die beiden überlebenden Jungen hierhergebracht, damit sie im Heiligtum aufwachsen.«
Gilgamesch hockte sich hin, und das zweite Junge kam zu ihm und begrüßte ihn mit einem sanften, tiefen Schnurren. Es stieß gegen seine Hand und neigte den Kopf, damit er es hinter den Ohren kraulte. »Enkidus Kinder«, murmelte er. »Und die Löwen von Inanna, die Löwen des Ensi von Erech. Mein *Pukku* und mein *Mikku*.«
Die Augen der beiden Jungen, grün, mit den gleichen goldenen Kristallsplittern wie Enkidus, blickten zu Gilgamesch auf. »Pukku und Mikku«, wiederholte er nachdenklich, streichelte ihre Köpfe und erhob sich dann wieder. Die Schamhatu reichte ihm die Leinen der Tiere. Dann griff Gilgamesch nach dem Medaillon des En, legte es sich um den Hals und setzte die Hornkrone auf seinen Kopf. Den Stab und die Leinen der Löwen in der einen Hand, ergriff er mit der anderen die Hand der Schamhatu und zog sie an sich. Dann legte er seine Hand auf ihr Herz, fühlte die schnellen Schläge unter der warmen Rundung ihrer Brust und spürte, wie ihre Brustwarze unter seinen Fingern hart wurde. Es war Zeit, daß Gilgamesch nach Erech heimkehrte, und er wußte, daß heute seine Hochzeitsnacht war.
»Meine Schwester«, begann er und die Worte von Dumuzis Lied

flossen ihm so leicht von den Lippen, als liefe frische Opfermilch über seine Zunge. »Ich will mit dir in meinen Garten gehen, ich will mit dir in meinen Obsthain gehen, ich will mit dir zu meinem Apfelbaum gehen. Dort will ich die süßen, honiggetränkten Samen pflanzen.«
»Laß das Bett, das das Herz erfreut, bereit sein«, antwortete die Schamhatu. »Laß das Bett, das die Lenden versüßt, aufdecken. Laß das Bett des Ensi herrichten und das Bett der Herrschaft der Königin bereit sein. Laß das Bett der Herrscher vorbereitet sein.«
Die dunklen Augen der Schamhatu glänzten, als sie den seinen begegneten, und obwohl sie lächelte, bemerkte Gilgamesch das leichte Zucken ihrer Mundwinkel. Die Worte der Zeremonie genügten nicht mehr, um den wahren Gefühlen seines Herzens Ausdruck zu geben oder zu beschreiben, was er jetzt am Ende seines Weges empfand. Statt dessen beugte er sich zu ihr herab, hielt ihren schlanken Körper, und zum erstenmal in ihrem Leben berührten sich ihre Lippen.
»Das Bett des Herrschers ist bereit für euch«, sagte Schusuen, und Gilgamesch glaubte in dem trockenen Bariton, mit dem der Schreiber die rituellen Worte sprach, einen Anflug von Belustigung zu hören. »Kommt in die Schafhürde, damit Erech von eurem Segen überfließt.«
Gilgamesch, die Schamhatu und Schusuen traten durch das große Zederntor. Urschanabi folgte ihnen, und die Löwenjungen tollten an seiner Seite. Als sie die Stadt betraten, wurden die Gesänge lauter, die Stimmen vereinigten sich zu einem einzigen Ton der Freude, und die drei stimmten ein.

»Meine Herrin blickt in süßer Verwunderung vom Himmel herab,
In süßer Verwunderung blickt sie auf alle Lande
Und auf die Menschen von Erech, so zahlreich wie Schafe.
Ich singe dein Lob, heilige Inanna.
Hell leuchtet die Königin des Himmels über Erech.«

# Nachwort

Das Gilgamesch-Epos ist eines der ältesten bekannten Heldenepen. Der historische Gilgamesch war wahrscheinlich ein sumerischer König aus der Frühen Dynastie, der etwa um 2700 v. Chr. geherrscht hat. Der Text, der von seinen Taten erzählt, wurde im ersten vorchristlichen Jahrtausend niedergeschrieben und besteht aus zwölf Tafeln, deren letzte eine alternative Fassung von Enkidus Tod enthält. Die zwölf Tafeln gehen ihrerseits auf ein früheres Epos aus der altbabylonischen Epoche (1800–1600 v. Chr.) zurück. Zusätzlich zu dem Epos gibt es noch eine Reihe von sumerischen Gedichten über Ereignisse in Gilgameschs Leben, die während der Herrschaft von Schulgi, um 2000 v. Chr., entstanden sind.

Bei der Niederschrift dieses Buches haben wir uns weitestgehend an den Standardtext in der Übersetzung von Maureen Gallery Kovaks (*The Epic of Gilgamesh*, Stanford University Press, Stanford 1989) und John Gardner und John Maier (*Gilgamesh*, Vintage Books, New York 1985) gehalten. Darin nicht enthalten ist Gilgameschs Krieg mit Agga, den wir dem sumerischen Gedicht »Gilgamesch und Agga«, übersetzt von Samuel Noah Kramer (*The Sumerians: Their History, Culture and Character*, University of Chicago Press, Chicago 1963), entnommen haben.

Die zwölfte Tafel des Standardtextes, die die Geschichte von Gilgameschs Verlust des *Pukku* und des *Mikku* enthält und Enkidus darauf folgenden Abstieg in die Unterwelt schildert, stellt ein besonderes Problem dar, da sie offensichtlich nicht zu den anderen Tafeln paßt. Aus dem Wunsch heraus, die Überlieferung nicht zu verfälschen, aber gleichzeitig auch eine in sich zusammenhängende Geschichte zu erzählen, haben wir uns die künstlerische Freiheit genommen, diese Episode in Form von Visionen Gilgameschs in die Handlung der Tafeln neun bis elf einzubauen. Was das *Pukku* und das *Mikku* genau darstellt, ist Gegenstand intensiver wissenschaftlicher Auseinandersetzungen; ihre Erwähnung im Text deutet auf Trommel und Trommelstock hin, doch es gibt auch die Ansicht, daß es sich um Stab und Ring handelt, die Symbole der Herrschaft.

Die Hymnen an Inanna sind im wesentlichen dem Werk: *Inanna, Queen of Heaven and Earth: Her Stories and Hymns from Sumer* (Diane Wolkstein und Samuel Noah Kramer, Rider, London 1984) entnommen. Außerdem haben wir noch Texte aus *The Ancient Near East,* Band I und II (James B. Pritchard, Hrsg., Princeton, Princeton University Press, 1973–75) benutzt.

Bei der Schilderung des Verhaltens der verschiedenen Löwen im Buch haben wir uns an Beobachtungen in *The Serengeti Lion: A Study of Predator-Prey Relationships* (George B. Schaller, Chicago, University of Chicago Press, 1972) und *The Tribe of Tiger: Cats and their Culture* (Elizabeth Marschall Thomas, New York, Simon & Schuster, 1994) gehalten. Katzen kannten die Sumerer als Ungeziefervernichter; sie spielten jedoch keine besondere Rolle in Religion und Kultur (der gegenseitige Einfluß zwischen Ägypten und Sumer war, obwohl es einen gewissen Austausch und einige Handelsbeziehungen gab, erstaunlich gering). Die sumerischen Katzen haben möglicherweise eher der langhaarigen östlichen Art angehört als der kurzhaarigen ägyptischen. Die Katzen des En in dem Roman sind darum einzigartig und hätten vermutlich einer besonderen Erlaubnis des Tempels bedurft, vielleicht als Geschenk eines angesehenen ausländischen Priesters. Wer möchte, kann dies mit der Geschichte der ersten siamesischen Katzen, die aus Siam herauskamen, vergleichen. Interessant ist, daß die Sumerer die Löwen der Gattung Hund zuordneten, und so ist es, wie der En bemerkt, auch eher der Beobachtung als dem allgemeinen Wissen zuzurechnen, daß einige der Figuren im Buch Parallelen zwischen den Löwen und den Hauskatzen ziehen.

Im großen und ganzen haben wir versucht, das Epos in dem historischen Kontext der Frühen Dynastie darzustellen. Aber die Zeit der

Entstehung und die Art des verfügbaren Materials zeigt ganz deutlich, daß unser Gilgamesch eine Reihe von konzeptuellen und tatsächlichen Anachronismen aufweist. Zum Beispiel war die Inanna in Gilgameschs Zeit wahrscheinlich viel weniger aggressiv und kriegerisch als ihre spätere Verkörperung, die akkadische Ischtar. Leser des ursprünglichen Epos werden feststellen, daß in unserem Buch die Namen der Götter verändert wurden (Inanna für Ischtar, Utu für Schamasch, Enki für Ea usw.). Das liegt daran, daß wir, wann immer es möglich war, die sumerischen Namensformen benutzt haben, auch wenn in einigen Fällen der Standardform der Vorzug gegeben wurde. So haben wir z. B. die frühe sumerische Form »Bilgamesch«, die den Namen des Helden wohl richtiger wiedergibt, nicht verwendet. Wir entschuldigen uns bei allen Spezialisten für vorderasiatische Geschichte für gravierende linguistische oder historische Fehler, die uns vielleicht unterlaufen sind.

Die mesopotamische Religion ist ein insgesamt außerordentlich kompliziertes Gebiet und hat sich ganz sicher in dem Zeitraum zwischen der Frühen Dynastie und der Zeit, in der das Gilgamesch-Epos niedergeschrieben wurde, verändert. Einige der Götter haben an Bedeutung gewonnen, während andere weniger wichtig wurden; auch Kulthandlungen und die Darstellungen der Götter haben sich zweifellos entscheidend gewandelt. Das heutige Wissen über die Religion der Sumerer stammt von überlieferten Mythen, Liedern, Weihe-Inschriften und Bildern. Obwohl eine Fülle von Material existiert, ist vieles davon unvollständig, manchmal auch widersprüchlich und gibt Raum für weitreichende Interpretationen. Eine Reihe von sakralen Titeln und Begriffen sind bekannt, einige davon leicht zu identifizieren. Dazu gehören eine Reihe von Funktionen wie Wahrsager, Reinigungspriester, Ausübende ritueller Sexualpraktiken bis hin zu Brauern und Köchen. Andere sind auch heute noch ein Geheimnis.

Allgemein deckt sich die sumerische Vorstellung von den Göttern und ihren Beziehungen zu den Menschen in weiten Teilen mit der Auffassung, die wir im Alten Testament finden. Das beste Beispiel dafür ist die Übereinstimmung von Utnapischtims Flut mit dem biblischen Mythos von Noah. Der sumerische Korpus enthält auch ein

Zwiegespräch, das an Hiob denken läßt (entstanden ist es etwa eintausend Jahre vor dem biblischen Hiob) und den Titel trägt »Ein Mann und sein Gott«, worin ein tapferer Mann sein Leid beklagt. Seine Antwort enthält neben anderen Dingen die Aussage: »Niemals wurde einer Mutter ein sündenloses Kind geboren ... noch nie hat es einen sündenlosen Jüngling gegeben.« Der Unterschied zwischen Göttern und Menschen, besonders die Macht der ersteren und die Ohnmacht der letzteren, wird hier deutlich herausgestellt. Neben der Verehrung der großen Götter gab es bei den Sumerern noch eine Art Ahnenkult, bei dem man vor allem den Verstorbenen Opfer darbrachte und dafür ihre Hilfe in dieser oder der nächsten Welt erwartete. Jeder Mensch hatte außerdem so etwas wie einen »persönlichen Gott«, vergleichbar mit einem »Schutzengel« (möglicherweise der hilfreiche Geist eines Vorfahren, so wie Lugalbanda als Gilgameschs persönlicher Gott gedeutet wird), der bei den großen Göttern für ihn eintrat.

Die Götter der Sumerer wurden normalerweise mit den Stadtstaaten identifiziert, in denen ihr Kult besonders gepflegt wurde: Inanna in Erech, Enlil in Nippur, Enki in Eridu usw. Der Tempel kontrollierte große Teile des wirtschaftlichen und sozialen Lebens, war aber bei weitem nicht die einzige Instanz. Die drei hauptsächlichen Herrschaftstitel, En, Ensi und Lugal, eröffnen einen faszinierenden Blick darauf, wie der sumerische Stadtstaat organisiert war. Der En war der Hohe Priester oder die Hohe Priesterin, die als Gemahl oder Gemahlin der Stadtgottheit auftrat, der Ensi sehr wahrscheinlich ein allgemeiner Führer, während der Lugal speziell als Kriegsherr fungierte. Diese drei Ämter konnten in einer Person vereinigt sein oder getrennte Träger haben, ganz wie es die besonderen Umstände erforderten. Obwohl Gilgamesch in modernen Übersetzungen häufig als »König« bezeichnet wird, haben wir auf diesen Begriff verzichtet, denn er gibt keinen der sumerischen Titel exakt wieder und würde den Leser hinsichtlich Gilgameschs Stellung nur verwirren.

Aus der Sicht der historischen Legende hat uns besonders fasziniert, wie gut die biblische Geschichte von Lot und Abraham in den sumerischen Zusammenhang paßt. Es war für die Sumerer ganz normal, daß ein männlicher Verwandter in der Stadt lebte, während der andere weiter mit den Herden ein halbnomadisches Leben außerhalb der Stadtmauer führte. Als wir das festgestellt hatten, konnten wir einfach nicht widerstehen, Lots Brief in die Geschichte aufzunehmen.

Allen, die sich näher für die Kultur der Sumerer interessieren, möchten wir Kramers *The Sumerians* (wie oben angegeben), George Roux' *Ancient Iraq* (Harmondsworth, Penguin 1980) und Wolfram von Sodens *Einführung in die Altorientalistik* (Darmstadt, Wissenschaftliche Buchgesellschaft, 1985) empfehlen. Wer sich besonders für die Religion interessiert, dem empfehlen wir als Einführung in diesen Sachbereich: Thorkild Jacobson *The Treasure of Darkness: A History of Mesopotamian Religion* (New Haven, Yale University Press, 1976). Als allgemeines Nachschlagewerk wäre noch Jeremy Black und Anthony Green: *Gods, Demons and Symbols of Ancient Mesopotamia: An Illustrated Dictionary* zu nennen.

Der letzte Teil des Buches wurde unter dem Licht des Kometen Hale-Bopp geschrieben, der unseren Himmel lange nach Gilgameschs Tod zuletzt passierte, jedoch auch zu einer Zeit, als seine Geschichte noch sehr bekannt war und ständig wuchs, nämlich etwa 2000 v. Chr. Uns hat die Vorstellung gefallen, daß ein akkadischer Schreiber so wie wir, als wir die Geschichte eines vorzeitlichen Heldenkönigs und seines Kampfes gegen den Tod nacherzählten, zu dem großen geschweiften Stern aufblickte. Man sollte noch erwähnen, daß die Astronomie in Babylon hoch entwickelt und eine Mondfinsternis in der späteren Epoche keine Überraschung für die Menschen war; doch in der Frühen Dynastie verfügten die Astronomen wahrscheinlich noch nicht über die Kenntnisse, solche Erscheinungen vorauszusagen, so daß die im Buch geschilderte Finsternis sie überrascht und erschreckt haben muß. Denen, die glauben, daß das gemeinsame Auftreten einer Mondfinsternis und eines Kometen etwas zuviel dichterische Freiheit ist, möchten wir sagen, daß eine partielle Mondfinsternis in einer der hellsten Nächte unter Hale-Bopp stattfand und eine vollständige 1996 beim Durchgang eines früheren Kometen.

Gilgameschs Sohn Ur-Lugal wird in den frühen Königslisten erwähnt, und es heißt, daß er Kisch erobert und so Erechs Herrschaftsgebiet für eine gewisse Zeit über Sumer ausgedehnt hat. Über Gilgamesch selbst berichtet ein sumerisches Gedicht mit dem Titel »Der Tod des Gilgamesch«, wie er zu gehöriger Zeit den Göttern der Unterwelt und den bedeutenden Verstorbenen seine Opfer darbringt. Ein späteres Gedicht, das den Tod des berühmten sumerischen Königs Ur-Nammu beschreibt, erwähnt, wie der verstorbene Ur-Nammu den »sieben Göttern« der Unterwelt opfert, zu denen sowohl Gilgamesch als auch Dumuzi gehören, und schildert auch, wie Gilgamesch ihn in der Unterwelt begrüßt und ihm erklärt, wie es dort zugeht. Auch wenn Gilgamesch auf seiner Suche nach der Unsterblichkeit gescheitert ist, scheint er – vielleicht wegen seiner Suche nach den Geheimnissen von Leben und Tod – in der Unterwelt ein Wesen von großem Einfluß geworden zu sein. Deshalb, aus Ehrfurcht vor den Toten und unseren sumerischen Kulturvorläufern, bitten wir dich, lieber Leser, für Gilgamesch und seinen geliebten Enkidu ein Glas Bier auf die Erde zu schütten.

Stephan und Melodi Lammond Grundy
15. April 1997 n. Chr.

# Anmerkung der Übersetzerin

Als Einstieg in den Gilgamesch-Mythos empfiehlt sich das Reclam-Bändchen Nr. 7235, »Das Gilgamesch-Epos«, von Albert Schott und Wolfram von Soden. Es enthält den kompletten Text und eine Fülle von Anmerkungen.

# Glossar

*Apsu*: Ein Süßwassermeer, das unter der Erde liegen soll und die Wohnung von Enki ist.

*An*: Gott des Himmels. Eine sehr ferne Gestalt, wird selten dargestellt; nimmt kaum Anteil am menschlichen Leben.

*Aruru*: Eine Muttergöttin.

*Basthotep* (ägyptisch): »Altar der Bastet (eigtl. Ubastet)«, ein nicht belegter Name für eine ganz besondere Katze.

*Buranun*: Euphrat.

*Dumuzi (Tammuz)*: Ein früher Herrscher von Erech, der zu einem sterbenden und wiederkehrenden Gott wurde. Sein Kult blieb überaus lange populär. Im sechsten Jahrhundert v. Chr. beschimpft Hesekiel die Frauen Israels, weil sie ihn beklagen. Kramer stellt fest, daß »bis heute ein Monat im jüdischen Kalender seinen Namen trägt und das Fasten und Trauern, das am siebzehnten Tag dieses Monats stattfindet, ohne Zweifel zurückgeht bis in die weit zurückliegenden Zeiten der Sumerer«. (*The Sumerians*, S. 45) Eine der Königslisten bezeichnet ihn als Sohn des Lugalbanda und Vater von Gilgamesch, doch die literarische Überlieferung bevorzugt Lugalbanda als Gilgameschs Vater.

*Eanna*: Der Tempelbezirk von Erech. Der Name bedeutet »Haus des Himmels« oder auch »Haus des An«.

*En*: Ein Priester oder eine Priesterin. Gemahl oder Gemahlin der Schutzgottheit einer Stadt.

*Enki (Ea)*: Gott der Worte, des Betrugs und des Süßwassers.

*Enlil*: Einer der Hauptgötter in Mesopotamien, häufig als der erste unter ihnen dargestellt. Oft ist ihm der Wind zugeordnet.

*Ensi*: Der Herrscher über eine Stadt.
*Ereschkigal*: Göttin der Unterwelt.
*Gala*-Priester: Ein Priester, der auf rituelle Gesänge spezialisiert ist.
*Galla*: Ein Dämon aus der Unterwelt.
*Gidim*: Ein ruheloser Geist.
*Gipar*: Wohnung des En einer Stadt und Verwaltungszentrum des Tempels.
*Gula*: Göttin der Heilung.
*Idiglat*: Tigris.
*Inanna (Ischtar)*: Schutzgöttin von Erech. Ihre wichtigsten Attribute scheinen Liebe und Frieden zu sein. Ihr wichtigstes Ritual war die Heilige Hochzeit, die jedes Jahr bei den Neujahrsfestlichkeiten zu Beginn des Frühlings stattfand.
*Ischib*-Priester: Reinigungs- und Opferpriester.
*Kur:* »Berg« oder »Unterwelt«.
*Lilitu*: Ein weiblicher Dämon, dessen hauptsächliche Beute schwangere Frauen und Kleinkinder sein sollten. Möglicherweise Verbindungen zu Lilith im jüdischen Kulturkreis. Eine männliche Form, *Lilu*, ist auch bekannt.
*Lugal*: Kriegsherr.
*Me*: Ein Pluralwort, das alle besonderen Kenntnisse, handwerklichen Fähigkeiten und Kräfte bezeichnet, die sich Inanna von Enki erschlichen hat, als dieser betrunken war, um sie den Menschen zu bringen.
*Naditum*: »Die Brachliegenden«: Tempelfrauen, deren hauptsächliche Aufgabe der Beischlaf war.
*Nanna*: Gott des Mondes.
*Nergal*: Gemahl von Ereschkigal.
*Ninurta*: Gott des Krieges, auch Gott der Landwirtschaft
*Wildesel*: Zu dieser Zeit gab es in Mesopotamien noch keine Pferde. Die »Wildesel«, die hier gemeint sind, waren in Wirklichkeit eine Kreuzung zwischen wildem und zahmem Esel, denn die echten Wildesel lassen sich nicht zähmen. Bei den Sumerern waren die Esel weit höher angesehen als bei uns heute. In dem Lied »Der

König der Straße«, verfaßt von König Schulgi, in dem er sich selbst lobt, unter anderem auch als schnellen Läufer, nennt er sich: »Einen fürstlichen Esel, wild auf die Straße, einen edlen Esel aus Sumugan, wild auf den Lauf.«

*Schakkan*: Gott der wilden Tiere und der Jagd, manchmal auch in Verbindung mit der Unterwelt genannt, wahrscheinlich, weil in Mesopotamien die Wildnis gedanklich eng mit der Unterwelt verbunden war.

*Schamhatu*: Die Interpretationen der Frau, die Enkidu mit ihren Verführungskünsten zum Menschen macht, reichen von der Kneipenhure bis zur Hohepriesterin, zu deren Aufgabe der rituelle Beischlaf gehört. Wir haben uns für letztere Auffassung entschlossen und den Namen als Titel gedeutet.

*Utu (Schamasch)*: Gott der Sonne, Inannas Bruder. Seine Bedeutung innerhalb des Epos variiert in den verschiedenen Niederschriften. In der altbabylonischen Fassung ist er sehr herausgehoben, insgesamt scheint er einer der aktivsten und wohlwollendsten Götter zu sein.